데몰리션 엔젤

DEMOLITION ANGEL

데몰리션 엔젤

로버트 크레이스

박진재 옮김

비채

데몰리션 엔젤

지은이 로버트 크레이스 **옮긴이** 박진재 **1판 1쇄 인쇄** 2011년 7월 11일 **1판 1쇄 발행** 2011년 7월 18일
발행처 도서출판 비채 **발행인** 박은주 **주소** 서울특별시 종로구 가회동 17
등록 2005년 12월 15일(제101-86-20069호) **주문 및 문의 전화** 031)955-3220 **팩스** 031)955-3111
편집부 전화 02)3668-3290 **팩스** 02)745-4827 **전자우편** viche@viche.co.kr

알립니다

취재에 협조해준 폭발물 전문가들과 폭발물처리 수사관들은 이 책이 교육용 자료로 쓰여서도 안 되며, 이 책에서 폭발물처리 수사관들의 일선 현장 활동이 그대로 누설되어서도 안 된다고 강조했습니다. 그래서 저는 특정 사실 및 절차를 비롯하여 여러 사항을 허구화했습니다. 이 분야의 식견 있는 전문가들께서는 이 책의 기술상·절차상의 부정확성이 전적으로 작가의 책임임을 양지해주시기 바랍니다.

DEMOLITION ANGEL

차례

사지가 파열되다: 폭탄의 압력으로 인체가 산산조각 나다
_《그래드월 법의학》 중에서

경보 3호(경계경보) 발령
폭발물처리반
캘리포니아 주 실버레이크

찰리 리지오는 대형 쓰레기 수거함 옆에 놓인 종이 상자를 빤히 쳐다보았다. 그것은 졸리그린자이언트(미국 식품회사 그린자이언트사의 마스코트) 상자로, 구깃구깃한 갈색 종이 봉지가 상자 윗부분에 나와 있었다. 상자에는 '그린 빈스(GREEN BEANS)'라고 찍혀 있었다. 리지오도, 함께 있는 순경 두 명도 선셋 대로의 스트립몰(일렬로 늘어선 상점과 식당, 주차장을 갖춘 쇼핑몰) 모퉁이에서 한 발짝도 더 떼려 하지 않았다. 그들이 서 있는 자리에서도 상자가 잘 보였다.

"상자가 언제부터 저기 있었지?"

리지오가 순경들에게 묻자 필리핀계인 루이즈가 시계를 확인했다.

"배치 명령을 받은 게 두 시간 전쯤이야. 그때부터 죽 저기 있었어."

9

"상자가 저기에 놓이는 걸 목격한 사람은 찾았나?"

"아 아니, 아무도."

루이즈의 말에 메이슨이라는 흑인 순경이 고개를 끄덕였다.

"루이즈가 저 상자를 발견했네. 저쪽으로 가서 종이 봉지 안을 들여다봤지. 이 필리핀 녀석은 정신이 나갔어."

"그럼 자네가 본 걸 말해보게."

"당신네 경사님께 다 보고했는데."

"말해주게. 저 망할 상자에 접근할 작자는 바로 나니까."

루이즈는 아연 도금 파이프 두 개가 은색 덕트테이프로 묶여 있었는데 끝 부분이 뚜껑으로 씌워져 있더라고, 파이프들이 신문에 느슨하게 감싸여 있어서 끝 부분만 볼 수 있었다고 했다.

리지오는 루이즈의 설명을 곰곰이 따져보았다. 그들이 서 있는 실버레이크 선셋 대로의 스트립몰에는 최근 몇 달 사이에 갱 활동이 증가했다. 갱단들은 건설현장에서 아연 도금 파이프를 훔치거나 운 나쁘게 걸려든 사람들의 정원에서 플라스틱 PVC를 파내서는, 파이프나 PVC에 스카이로켓(고체연료 로켓 모터를 이용해 하늘로 쏘아 올리는 일종의 폭죽)이나 성냥 꼭지들을 잔뜩 채워 넣었을 것이다. 리지오는 그런 자이언트 상자에 실제 폭탄이 들었는지 안 들었는지 알 수 없지만 폭탄이 들어 있다고 가정하고 접근해야 한다. 폭탄 신고전화를 받고 출동하면 으레 그래야 했다. 사실 폭탄이라고 신고된 물체의 95퍼센트 이상이 헤어스프레이 캔이거나 십대들의 책가방 등으로 밝혀졌다. 최근 출동에서 리지오는 팸퍼스 아기 기저귀에 싸인 마리화나 900그램을 발견하기도 했다. 100건 중 한 건 정도만이 폭발물처리 수사관들이 '언제 터질지 모르는 폭탄'이라 부르는 사제 폭탄이었다.

"똑딱거리는 소리 같은 거 들리지 않았나?"

"아니."

"타는 냄새는?"

"아 아니."

"봉지를 열어서 들여다봤나?"

"젠장, 아니야."

"상자나 뭐 다른 거 옮기진 않았고?"

루이즈는 리지오가 미친 사람이라도 된다는 듯 웃었다.

"이봐, 저 파이프들을 보고 내가 얼마나 기겁한 줄 아나? 내 발도 간신히 움직였어!"

메이슨이 웃음을 터트렸다.

리지오는 차로 돌아왔다. 폭발물처리 수사관들은 가벼운 봉이 장착된 진청색 서버번(미국 제너럴모터스 사의 쉐보레 서버번 모델. SUV의 원조격)을 타고 다녔다. 차에는 폭발물처리반에서 다루는 온갖 도구가 다 실려 있었다. 단, 로봇만 제외하고. 로봇이 필요하면 특별히 요청해야 하는데, 리지오는 요청하지 않을 작정이었다. 그 망할 놈의 로봇은 상자 주변에 땅이 움푹 팬 곳은 어디에나 빠져서 꼼짝 못 할 게 뻔했다.

리지오는 자신의 감독관인 벅 다제트를 찾았다. 벅 다제트는 경찰 정복을 입은 경사에게 사방 90미터 밖으로 사람들을 대피시키라고 지시하는 중이었다. 소방관들은 이미 도착해 있었고 구급요원들도 오는 중이었다. 선셋 대로는 폐쇄되었고 차량은 다른 길로 우회했다. 이 모든 일이, 어떤 놈이 배관공을 자처하다가 버린 배수트랩으로 판명 날지도 모르는 물건에서 비롯된 것이었다.

"벅, 준비 됐습니다."

"보호복 입게."

"너무 더워요. 1단계에서는 가슴 보호대를 찰게요. 해체 장비가 필요하게 되면 그때 보호복을 입죠."

1단계에서 리지오는 봉지 안을 보기 위해서 이동식 엑스레이를 나르는

11

일을 할 뿐이었다. 내용물이 폭탄으로 짐작된다면 다제트와 함께 작전을
짜서 폭탄을 해체하거나 그 자리에서 폭파할 것이다.

"보호복 입어, 찰스. 이 건은 느낌이 그래."

"언제는 느낌이 안 드셨나."

"게다가 경사 계급장도 있지. 보호복 입어."

방호 보호복은 거의 40킬로그램에 육박했다. 케블라 판(타이어 등 고무
제품의 강도를 높이는 데 쓰이는 인조 물질)에 육중한 노멕스(미국 뒤퐁사에서
개발한 폴리아마이드 섬유)를 덧댄 보호복이 리지오의 몸 전체를 덮었다.
단, 폭발물처리 수사관들은 손가락을 자유롭게 쓸 수 있어야 하기에 손은
덮지 않았다.

보호복을 갖춰 입은 리지오는 실시간 RTR3(Real Time Rendering, 실시
간 투시도) 엑스레이 장비를 꺼내 상자를 향해 천천히 움직였다. 보호복을
입고 걷는 일은 마치 젖은 누비이불을 두르고 걷는 느낌이었지만, 보호복
이 훨씬 더웠다. 중무장한 채 3분이 지나자 땀이 벌써 눈으로 흘러내렸
다. 엎친 데 덮친 격으로 리지오의 등 뒤에는 안전 케이블과 텔렉스 전선
이 질질 끌려가고 있었다. 텔렉스 전선이 텔렉스 회선을 통해 그와 다제
트를 연결했고, 다른 선이 실시간 엑스레이와 서버번 화물실의 컴퓨터를
연결하고 있었다. 마치 쟁기를 끄는 것 같았다.

다제트의 목소리가 리지오의 귀에 들려왔다.

"상태는 어때?"

"비 오듯 땀 흘리고 있습니다. 경사님 덕분에요."

리지오는 정체를 파악하기 전에 물체에 접근해야 하는 이 작업을 가장
싫어했다. 매번 똑같았다. 리지오는 저 정체 모를 물체가 생명과 정신이
있는 살아 움직이는 짐승처럼 여겨졌다. 마치 잠자고 있는 투견 같았다.
조심스럽게 다가가 제대로 처리한다면 모든 게 괜찮을 것이다. 투견을 놀
라게 한다면, 저 지랄맞은 개가 그를 갈기갈기 찢어놓을 것이다.

그는 아주 천천히 여든두 번 발을 옮겨 상자에 도착했다.

상자에는 한쪽 구석에 개가 오줌을 지린 듯한 젖은 얼룩이 있을 뿐 별다른 특징이 없었다. 갈색 종이 봉지는 구깃구깃했지만 위가 열려 있었다. 리지오는 봉지를 건드리지 않고 들여다봤다. 몸을 숙이는 동작은 힘겨웠다. 그가 몸을 굽이자 렉산(창문, 렌즈 등에 쓰이는 투명하고 단단한 합성 수지) 안면마스크 위로 땀이 뚝뚝 떨어졌다.

그는 루이즈가 설명한 파이프 두 개를 보았다. 파이프 뚜껑은 지름이 6센티미터쯤 되어 보였고 파이프 두 개가 테이프로 함께 묶여 있었다. 다른 것은 전혀 보이지 않았다. 파이프들은 신문에 느슨하게 감싸여 있어서 그 끝만 겨우 보였다.

"어때?" 다제트가 물었다.

"파이프가 두 개 있는 것 같습니다. 잠시만요. 사진 찍을게요."

리지오는 측면을 노려 상자 아래 지면에 실시간 RTR3를 놓은 후에 전원을 켰다. RTR3는 공항 보안검색대의 엑스레이 장비처럼 반투명 이미지를 출력해내는데, 두 개의 화면에 그 이미지를 보여주었다. 하나는 리지오를 위해 RTR3 위에, 다른 하나는 뒤에 있는 서버번의 컴퓨터에.

찰리 리지오가 웃었다.

"망할 자식 같으니. 하나 있어요, 벅. 폭탄이 하나 있어요."

"나도 보고 있어."

두 개의 파이프는 엑스레이상에서 컴컴한 그림자로 나왔고, 파이프 사이로 전선이나 도화선의 삼각형 실패로 보이는 게 있었다. 좀더 복잡한 성질의 타이머나 기폭제는 없는 것 같아서 리지오는 이 폭탄이 모험심 많은 현지 갱 단원 하나가 차고에서 만든 폭탄일 거라고 생각했다. 기술도 형편없고 조악한 데다 해체하기도 그다지 어렵지 않을 거라고.

"이 폭탄 누워서 떡 먹기일 것 같은데요. 제가 불붙이고 꽁지 빠지게 달아나는 종류로 기본 도화선을 만들게요."

"조심해. 안쪽에 작동 스위치가 있을지도 몰라."

"그건 건드리지 않을 거예요, 벅. 절 좀 믿어주시죠."

"너무 자신만만해하지 마. 스냅사진을 찍어서 뭔지 알아보지."

실시간 엑스레이를 45도 각도로 조종해서 폭탄의 디지털 컴퓨터 스냅 사진을 연속해서 찍는 것이 절차였다. 사진들을 보고 폭탄 구조가 파악되면 리지오는 서버번으로 물러나 다제트와 함께 그 폭탄을 파괴하는 게 좋은지 해체하는 게 좋은지 결정할 것이다.

리지오는 상자 주위를 돌며 실시간 엑스레이를 여러 각도로 조종했다. 지금 자신이 다루고 있는 폭탄의 정체를 알아냈기 때문에 그는 두렵지 않았고 거뜬히 폭탄을 물리칠 수 있으리라고 믿었다. 리지오는 이때까지 폭발물처리반에서 6년간 마흔여덟 건에 걸쳐 의심스러운 상자에 접근했다. 그중 아홉 건만이 실제로 폭발성 폭탄(내부 에너지로 인해 갑자기 폭발하는 폭탄)이었다. 그중 그가 제어하지 못한 방식으로 폭발한 폭탄은 하나도 없었다.

"왜 말이 없어, 찰리? 괜찮은가?"

"지금 막 상자 주변에 땅이 팬 곳에서 작업했어요, 경사님. 거의 다 됐어요. 그런데 제가 뭐 하고 있는지 아세요? 브레인스토밍 중이에요."

"그만둬. 그러다 다칠 거야."

"아니, 제 얘기 좀 들어보세요. 거지 같은 물건들로 돈 버는 정보성 광고에 나오는 사람들 아시죠? 우리가 이 빌어먹을 보호복을 뚱보들에게 팔 수 있을 것 같지 않아요? 보호복만 입으면 살이 죽죽 빠질 테니까요."

"침착하게 폭탄에 집중해, 찰리. 체온은 어때?"

"괜찮아요."

사실 그는 너무 더워서 현기증이 났지만 이 작업을 깔끔하게 처리하고 싶었다. 그는 우주복 입은 사람처럼 상자 주위를 돌며 앞으로 갔다 옆으로 갔다. 각도에서 벗어났다 하다가 폭탄의 윗면을 볼 수 있도록 실시간 엑스레이를 바로 아래로 향하게 조종했다. 바로 그때 측면에서는 보이지 않던 그림자가 눈에 띄었다.

"벅, 그거 보이죠? 뭔가 찾은 것 같아요."

"뭐 말이야?"

"위에서 내려다보이는 곳, 여기요. 스냅사진 찍을게요."

한 파이프 옆에서 가는 머리카락 같은 그림자가 나와서 실패를 통해 위로 올라와 있었다. 이 전선이 다른 전선들에 연결되어 있지 않아서 리지오는 혼란스러웠다. 어쩌면 이 전선을 숨기기 위해 실패를 붙여놓은 것일지도 모른다. 예상치 못한 것이었다.

순간 리지오는 공포가 엄습하면서 위장이 죄어들었다. 벅 다제트를 부르려고 했지만 입이 열리지 않았다.

이런, 맙소사!

초당 0.8킬로미터 속도로, 9밀리미터 총알의 발사 속도보다 22배 빠른 속도로 폭탄이 폭발했다. 철을 충분히 녹일 정도로 뜨거운 흰 빛이 터지면서 화염이 밖으로 뿜어져 나왔다. 평균 15프사이에서 2만 2천 프사이(압력의 단위로, 1프사이는 1제곱인치 넓이에 가해지는 1파운드의 압력) 사이의 압력이 터지면서 산산조각 난 철 파이프가 뾰족한 파편이 되어 초고속 총알처럼 케블라 보호복에 박혔다. 135톤의 과중한 압력의 충격이 리지오의 몸을 쾅 덮치면서 가슴을 짓눌렀다. 간과 비장과 폐가 파열되었고 보호 장비를 끼지 않은 두 손이 떨어져 나갔다. 찰리 리지오는 공중으로 4미터쯤 몸이 붕 떴다가 25미터 밖으로 내동댕이쳐졌다.

만일 리지오가 처음 의심한 대로 이 폭탄이 갱 단원 하나가 이것저것 대충 주워다 차고에서 만든 것이었다면, 이 정도 폭발에서도 그는 살았을지 모른다.

하지만 그런 단순한 폭탄이 아니었다.

찰리 리지오가 죽고 나서도 오래도록 아스팔트 파편과 일부 쇳덩이가 피빗물처럼 그의 주위로 떨어졌다.

Part I

1

"엄지손가락 이야기를 해봐요. 전화상으로도 얘기했지만 지금 다시 전부 말해봐요."

스타키는 담배를 한 모금쯤 빨아들인 뒤 재떨이도 찾아보지 않고 바닥에 재를 털었다. 그녀는 이곳에 와 있는 게 화날 때마다 바닥에 재를 털었다. 그리고 그녀는 언제나 화가 나 있었다.

"제발 재떨이에 털어요, 캐롤."

"못 봤어요."

"못 본 게 아니죠."

형사 2급의 캐롤 스타키는 담배를 다시 깊이 빨았다가 짓이겨 껐다. 스타키가 처음 다나 윌리엄스에게 상담을 받기 시작했을 때 다나는 상담 중에 담배를 피우지 못하게 했다. 그때가 3년 전이었고 그 후로 스타키는 네 명의 정신과 의사를 더 거쳤다. 그녀가 두 번째 의사와 세 번째 의사에게 상담받는 동안 다나 자신이 담배를 다시 피우게 됐기에 이제는 스타키의 흡연에 대해서 왈가왈부하지 않았다. 가끔은 둘이 함께 피워대는 바람에 뿌연 연무가 대기를 덮은 임피리얼 밸리처럼 이 거지 같은 방에 담배 연기가 자욱했다.

스타키가 어깨를 으쓱했다.

"그래요. 못 본 건 아닌 것 같아요. 막 화가 나서, 그게 다예요. 치료받은 지 3년째인데 시작한 곳으로 다시 돌아온 거잖아요."

"나에게로 말이죠."

"네, 3년이 지났는데도 이 짓거리를 계속하고 있어요."

"그러니 무슨 일인지 말해봐요, 캐롤. 소녀의 엄지손가락 이야기를 해봐요."

스타키는 다시 담뱃불을 붙이고 의자에 편히 기대고는 소녀의 엄지손가락을 떠올렸다. 스타키는 하루에 세 갑까지 담배를 줄였다. 그 정도로 줄였으면 기분이 좀 나아져야 하는데 그렇지가 못했다.

"독립기념일이었어요. 베니스에 사는 웬 멍청이가 직접 폭죽을 만들어 이웃들에게 나눠주기로 마음먹었던 거죠. 한 소녀가 오른손 엄지손가락과 집게손가락을 잃었고, 우리가 응급실로부터 연락을 받았어요."

"'우리'란 누굴 말하는 거죠?"

"저와 그날 제 파트너였던 베스 마직이요."

"한 명 더 있다는 여자 말이죠?"

"네, CCS(범죄음모수사과)에 여자는 우리 둘뿐이에요."

"이제 알겠어요."

"응급실에 도착해보니 가족들이 이미 돌아가고 없어서 집으로 찾아갔어요. 소녀의 아버지가 울면서 어떻게 집게손가락을 찾았는지 이야기하더군요. 엄지손가락은 못 찾았고요. 소녀 아버지가 사제 폭죽을 보여줬는데 엄청 컸어요. 딸이 손을 완전히 잃지 않은 게 천만다행이었죠."

"폭죽을 만든 사람이 소녀 아버지인가요?"

"아뇨, 이웃 남자가 만들었는데 소녀 아버지는 우리에게 이야기를 않는 거예요. 그 남자가 해를 끼치려던 건 아니라면서요. 선생님 딸이 장애인이 됐어요, 다른 아이들도 위험합니다, 라고 했는데도 좀처럼 털어놓지 않았어요. 소녀 어머니에게 물었더니 소녀 아버지가 스페인어로 뭐라 뭐라 하더니만 어머니도 입을 안 열더라고요."

"왜 말하지 않았을까요?"

"멍청해서 그래요."

LA경찰 범죄음모수사과의 형사 2급인 캐롤 스타키의 편에서 보면 세상 사람들은 멍청했다. 다나는 가죽 장정 노트에 그러한 그녀의 특성을 기록했는데, 스타키는 그런 메모를 아주 싫어했다. 기록이 되는 순간 자신의 말에 물리적 실체가 부여되어 증거로 이용될 수 있기에 스타키는 자신이 취약해지는 기분이 들었다.

스타키는 담배를 더 피우고 나서 어깨를 으쓱하고는 계속 말했다.

"그 폭죽들은 길이가 15센티미터예요. 어떤 건지 아시겠죠? 우리는 멕시칸 다이너마이트라고 하죠. 그 폭죽들이 평평 터지고 있어서 마치 경찰학교 사격장에서 나는 소리 같았죠. 그래서 마직과 함께 집집마다 문을 두드리기 시작했어요. 그런데 이웃들도 소녀 아버지처럼 아무도 말을 않는 거예요. 화가 머리끝까지 치솟았죠. 마직과 함께 차로 돌아오다가 길바닥을 내려다보니 엄지손가락이 있었어요. 그냥 아래를 내려다본 건데 작고 예쁜 엄지손가락이 눈에 띄더라고요. 그 손가락을 재빨리 주워서 가족들에게 갖다줬어요."

"전화상으로는 소녀 아버지에게 그 손가락을 먹이려고 했다고 말했잖아요."

"멱살을 잡고 그 손가락을 소녀 아버지 입에 집어넣었죠. 실제로 그랬어요."

다나가 의자에 앉은 채로 자세를 바꾸었다. 스타키는 그녀가, 손가락을 먹이는 장면을 떠올리며 거북해한다는 것을 알아차렸다. 그러나 그녀를

20

탓할 건 없었다.

"왜 그 가족들이 민원을 제기했는지 충분히 이해되네요."

스타키는 담배를 마저 피운 뒤 비벼서 껐다.

"그 가족들이 제기한 게 아니에요."

"그럼 왜……?"

"마직이에요. 나 때문에 겁먹은 것 같았어요. 마직이 내 상관인 켈소 경위에게 이야기했고, 그가 날 은행으로 보내 감정을 받게 하겠다고 위협했죠."

LA경찰에서는 차이나타운 브로드웨이 파이스트 은행 건물에 행동과학원을 두고 있었다. 대다수 경찰관들이 은행으로 발령 날까 봐 벌벌 떨며 지냈다. 거기로 발령 나면 자신들의 평정심이 문제시되어 결국 진급 희망도 접어야 한다고 굳게 믿고 있었다. 그들 사이에서는 '경력계좌 초과인출'이라는 표현이 있었다.

"은행으로 가고 나면 절대로 폭발물처리반으로 복귀하지 못할 거예요."

"그동안 계속 복귀를 요청했던 건가요?"

"그게 내가 병원에서 나온 후로 줄곧 원하던 거예요."

이제는 짜증이 치밀었다. 스타키는 자리에서 일어나 다시 담배에 불을 붙였다. 다나는 스타키를 관찰하고 있었다. 스타키는 다나의 그런 모습도 마음에 들지 않았다. 자신이 무슨 행동을 하거나 이야기하기를 기다리며 노트에 적을거리를 찾는 듯한 다나의 모습이 마치 자신을 감시하는 것 같았다. 그건 스타키 자신이 써먹는 괜찮은 심문 기술이었다. 상대방이 아무 말도 하지 않고 있으면 사람들은 침묵을 견딜 수 없어 무엇이든 말하고 싶어 한다.

"내겐 일밖에 안 남았어요. 젠장."

스타키는 자신의 목소리에서 방어적인 어조가 나오자 방금 한 말을 후회했다. 게다가 다나가 펜을 휘갈겨 메모하기 시작하자 더더욱 당황스러웠다.

"그래서 켈소 경위에게 자청해서 치료를 받겠다고 한 건가요?"

"세상에나, 아니에요. 은행으로 가는 걸 피해보려고 켈소에게 아첨까지 했어요. 나한테 문제가 있다는 걸 알지만, 다나, 내 경력을 조지지 않는 방식으로 치료받을 거예요."

"엄지손가락 때문에요?"

스타키는 경찰 내사과를 상대할 때와 똑같이 단호한 눈으로 다나 윌리엄스를 바라보았다.

"내가 엉망이 되어가고 있으니까요."

한숨을 쉬는 다나의 눈에 온기가 서리자, 스타키는 쉽게 상처 받는 연약한 사람인 양 자신을 드러내고 말았다는 사실이 몹시 분했다. 캐롤 스타키는 '약한' 역할을 잘 해내지 못했다. 그녀는 약한 적도 없었다.

"캐롤, 어딘가 부러져서 고쳐주길 바라고 돌아온 거라면 난 못 해요. 상담 치료는 뼈를 이어 맞추는 것과는 달라요. 시간이 걸리는 문제예요."

"3년째예요. 지금쯤이면 당연히 치료가 끝났어야 해요."

"여기 '당연히'는 없어요, 캐롤. 자신에게 일어난 일을 생각해봐요. 어디서 살아남았는지를."

"지금까지 충분히 그 일을 생각했어요. 이 빌어먹을 3년 동안 그 생각을 했다고요."

스타키는 눈 뒤쪽이 지끈거리기 시작했다. 단지 그 일을 생각했다는 이유로.

"정신과 의사를 계속 바꾸는 이유가 뭐라고 생각해요, 캐롤?"

스타키는 고개를 내저으며 거짓말을 했다.

"모르겠어요."

"요즘도 술 마시고 있어요?"

"1년 넘게 한 모금도 입에 대지 않았어요."

"잠은 어때요?"

"두세 시간 자다가 완전히 깨요."

"꿈은요?"

캐롤은 오싹해졌다.

"안 꿔요."

"불안 발작은요?"

스타키는 뭐라고 대답해야 할지 얼른 생각이 떠오르지 않았다. 그때 마침 허리에 찬 무선호출기가 진동했다. 호출번호는 켈소의 휴대폰 번호였고 번호 뒤에 911이 찍혀 있었다. 911은 CCS 형사들 사이에서 바로 회신하라는 의미의 암호였다.

"젠장, 다나, 전화 좀 해봐야겠어요."

"자리 비켜줄까요?"

"아니, 아니에요. 내가 나갈게요."

스타키는 가방을 가지고 대기실로 갔다. 대기실 소파에 앉아 있던 중년 여성이 잠깐 그녀와 눈이 마주쳤지만 바로 얼굴을 돌렸다.

"실례합니다."

그 여자는 스타키를 쳐다보지도 않고 고개를 끄덕였다.

스타키는 가방을 뒤져 휴대폰을 찾고는 단축번호를 눌러 자신을 호출한 켈소에게 연락했다. 켈소는 운전 중이었다.

"접니다, 경위님. 무슨 일입니까?"

"어디 있나?"

스타키는 중년 여성을 쳐다봤다.

"신발을 고르는 중이었어요."

"자네가 뭘 하고 있는지 묻지 않았어, 스타키. 어디 있는지 물었네."

그의 대꾸에 그녀는 화가 치밀어 올랐고 심지어 그가 무슨 생각을 했을

지 걱정까지 했다는 게 부끄러웠다.

"웨스트사이드요."

"알았네. 폭발물처리반에 출동 명령이 떨어져서, 지금 거기로 가는 길이야. 스타키, 찰리 리지오를 잃었어. 현장에서 죽었네."

스타키는 손이 차가워지고 두피가 얼얼해졌다. 쇼크 상태가 오고 있었다. 이 증상은 출혈을 최소화하기 위해서 피를 안으로 끌어들여 자신을 보호하는 신체 방어기제였다. 맹수의 발톱과 송곳처럼 몸을 갈기갈기 찢을 것 같은 위협이 가해지면 우리 몸에 잠재해 있던 야생의 반응이 작용을 한다. 스타키의 세계에 그 위협은 여전히 존재했다.

"스타키?"

그녀는 중년 여성을 피해 고개를 돌리고 목소리를 낮췄다.

"죄송해요, 경위님. 폭탄이었어요? 폭발한 게 폭탄이었어요?"

"아직 자세히는 나도 모르네. 하지만 폭발이 맞네."

그녀는 식은땀이 흘렀고 속이 꽉 막히는 듯했다. 폭발을 제어하지 못하는 경우는 드물었다. 폭발물처리반 경찰관이 직무 중에 죽는 일은 더더욱 드물었다. 사망 사고가 마지막으로 일어난 것은 3년 전이었다.

"어쨌든 지금 가는 중이야. 스타키, 이 일을 다른 사람에게 배정하겠네. 자네가 그렇게 처리해주길 원한다면 말이야."

"제 차례입니다, 경위님. 이 일은 제 사건입니다."

"알았어. 제안은 하고 싶었네."

켈소는 스타키에게 위치를 알려주고 전화를 끊었다. 소파에 앉아 있는 여자는 스타키의 고통을 알아차리기라도 한 듯 그녀를 지켜보고 있었다. 스타키는 대기실 거울에 얼굴을 비춰보았다. 그을린 피부가 그새 창백해져 있었다. 그녀는 얕고 빠르게 숨을 쉬었다.

스타키는 휴대폰을 가방에 넣고 상담을 일찍 끝내야겠다는 말을 전하러 다나에게 돌아갔다.

"연락이 와서 이만 가봐야겠어요. 저기, 이 상담은 보험 청구 하지 않았으면 해요. 아셨죠? 전처럼 제가 낼게요."

"아무도 당신 보험 기록을 못 봐요. 당신 허락 없이는. 돈 낼 필요가 전혀 없어요."

"내는 게 나아요."

스타키가 수표를 쓰는 동안 다나가 물었다.

"이야기 아직 안 끝났어요. 그래서 폭죽 만든 남자는 잡았어요?"

"소녀 어머니가 두 블록 떨어진 한 차고에 데려다줘서 무연화약 300킬로그램을 소지한 남자를 찾았어요. 화약이 300킬로그램 있는 데다 차고에 온통 휘발유 냄새가 진동했어요. 이 남자가 뭘 해먹고 사는지 아세요? 정원사예요. 그 장소가 폭발했다면 그 블록에 사는 사람들이 전부 죽었을 거예요."

"맙소사."

스타키는 수표를 건네주고 인사를 한 뒤 문 쪽으로 걸어갔다. 문손잡이에 손을 대는 순간, 다나에게 묻기로 작정했던 질문이 떠올라 우뚝 멈춰 섰다.

"그런 남자에 대해 늘 궁금했던 게 있어요. 어쩌면 선생님이 그 답을 주실지 모르겠군요."

"뭔가요?"

"우리가 체포한 그 남자, 평생 폭죽을 만들었다고 해요. 그 말이 사실인지 아닌지를 어떻게 아는지 아세요? 그의 왼손은 손가락이 세 개만 남아 있고, 오른손은 두 개만 있었어요. 다른 손가락들은 차례차례 날려버린 거죠."

다나는 안색이 창백해졌다.

"그런 남자들을 열두 번도 더 체포했어요. 상습범들이죠. 대체 왜 그런 짓을 하는 거죠? 되풀이해서 폭탄 만드는 자들을 선생님은 어떻게 생각하세요?"

이번에는 다나가 담배를 꺼내 불을 붙였다. 그녀는 담배 연기를 내뿜더니 대답하기에 앞서 스타키를 쳐다봤다.

"그런 사람들은 자기 자신을 파괴하고 싶어 하는 것 같아요."

스타키가 고개를 끄덕였다.

"전화로 다음 예약 잡을게요, 선생님. 고마워요."

스타키는 고개를 숙여 대기실의 여자를 지나쳐 밖으로 나갔다. 차에 올라타 운전석에 앉았지만 시동은 걸지 않았다. 그 대신 서류가방을 열어 진이 들어 있는 은색 휴대용 술병을 꺼냈다. 그녀는 진을 오래 들이켜고는 차 문을 열어 주차장에 게워냈다. 몸의 들썩거림이 잦아들자 술병을 치우고 타가메트(위산 분비 억제제의 일종)를 삼켰다.

그녀는 최대한 마음을 다잡으며 시내를 가로질러 자신이 죽었던 장소와 흡사한 곳을 향해 나아갔다.

독수리들이 자동차에 치인 동물들 위를 빙빙 도는 것처럼, 헬리콥터들이 범죄 현장 위를 케이크처럼 겹겹이 에워싸 선회하면서 폭발 지점을 표시했다. 스타키는 사고 현장에서 800미터 떨어진 교통통제 지점에서 헬리콥터들을 보았다. 그녀는 경광등을 켜고 앰코 역으로 조금씩 이동해 주차한 뒤 남은 여덟 블록을 걸었다.

현장에 경찰차 열두 대와 폭발물처리반 서버번 두 대가 함께 있었고, 보도진이 점점 더 몰려들고 있었다. 켈소는 앞쪽 서버번 옆에 서 있었고, 폭발물처리반 지휘관 딕 레이턴과 주간근무 폭발물처리 수사관 세 명이 같이 있었다. 켈소는 콧수염이 축 늘어진 키 작은 남자로, 블랙 체크무늬 재킷을 입고 있었다. 그가 스타키를 알아차리고 손을 흔들어댔지만 그녀는 그를 못 본 척했다.

찰리 리지오의 시신이 앞쪽 서버번과 건물 사이 중간에 한 무더기로 놓여 있었다. 범죄학자 존 첸이 시신을 조사하고 있었고, 검시수사관 한 명이 그 모습을 지켜보며 자신의 밴에 기대서 있었다. 스타키는 사망 사건을 다룬 적이 없어서 그 수사관을 몰랐지만 첸은 알고 있었다(존 첸은 로버트 크레이스가 1999년 발표한 소설 《LA 레퀴엠》에서 범죄학자로 등장한다).

스타키는 주차장 입구에서 순경들에게 배지를 보이고 현장으로 들어갔다. 그녀가 모르는 젊은 순경 한 명이 말했다.

"이런, 저 사람 터져서 완전히 엉망이에요. 나라면 그쪽으로 가지 않을 겁니다."

"가지 않겠다고요?"

"선택의 여지가 있다면 안 가죠."

스타키는 담배를 꺼내 불을 붙였다. 범죄 현장에서의 흡연은 LA경찰 방침에 위배되지만 어쩔 수 없었다. 이제 그녀는 주차장을 가로질러 가서 찰리 리지오의 시신을 마주해야 한다. 폭발물처리반에서 일할 때부터 리지오를 알고 지낸 그녀는 이 사건이 힘들 거라고 예상했다. 그리고 실제로 힘들었다.

리지오의 헬멧과 가슴 보호대는 소생술을 실시했던 구급요원들이 벗겨놓은 상태였다. 오후의 환한 햇살에 푸르게 드러난 가슴과 배 위에 핏빛 잔주름이 새겨져 있었다. 보호복으로 파편들이 꽂히면서 받은 충격의 흔적이었다. 그의 왼쪽 눈 바로 아래에는 구멍이 하나 뚫려 있었다. 옆에 있는 헬멧을 보니 앞쪽의 렉산 안면마스크가 산산조각 나 있었다. 제조사에서는 렉산이 사슴 사냥용 소총 총알도 막아낼 거라고 장담했었다. 그녀는 시신을 다시 쳐다보았다. 그의 두 손은 사라지고 없었다.

스타키는 시신에서 눈을 떼고 타가메트 한 알을 삼키며 돌아섰다.

"존! 여기 뭐 좀 나왔어?"

"어이, 스타키! 당신이 이 사건 맡았어?"

"응, 켈소 말로는 벅 다제트가 여기 나왔다던데 벅을 못 찾겠어."

"벅은 병원으로 후송됐어. 상태는 괜찮지만 상당한 충격을 받았거든. 레이턴이 벅에게 검사를 받게 했어."

"그렇군. 벅이 뭐라 해? 내가 쓸 만한 게 뭐 있어?"

존 첸은 시신으로 고개를 돌렸다가 쓰레기 수거함을 가리켰다.

"폭탄이 저쪽 쓰레기 수거함 옆에 있었어. 벅 말로는 폭탄이 폭발했을 때 리지오가 실시간 엑스레이를 가지고 폭탄 위쪽으로 몸을 숙이고 있었대."

스타키는 존 첸의 고갯짓을 따라가보았다. 부서진 실시간 이동식 엑스레이의 커다란 조각이 거리에 떨어져 있었다. 그녀는 쓰레기 수거함을 다시 살펴보다가 실시간 엑스레이 조각이 35미터 정도 튕겨져 나온 것을 확인했다. 리지오의 시신은 쓰레기 수거함에서 거의 25미터 떨어진 곳에 뉘여 있었다.

"벅이나 구급요원들이 리지오를 이쪽에 끌어다 놓은 거야?"

폭발물처리 수사관들은 폭발이 일어나면 반드시 2차 폭탄이 터질 것을 대비하도록 훈련받았다. 그녀는 벅이 2차 폭탄을 염려해 리지오를 쓰레기 수거함에서 멀찌감치 끌어다 놓았으리라 생각했다.

"벅에게 물어봐야 할 거야. 여기가 리지오가 떨어진 곳 같은데."

"맙소사! 폭발 지점에서 25미터나 되는데?"

"벅이 지독한 폭발이라고 하더라고."

스타키는 거리를 다시 어림짐작했고 폭발 유형을 알아보려고 보호복을 발끝으로 톡톡 쳤다. 보호복은 마치 20밀리미터 엽총을 바로 앞에서 맞은 것 같았다. 그녀는 더티 폭탄(dirty bomb. 방사능 물질이 들어 있는 폭탄)이 엄청난 화력으로 폭파해 파편을 날렸을 때 이와 유사하게 훼손된 보호복을 본 적이 있지만, 이 폭탄은 열두 겹의 방호 보호복을 뚫고 파편들을 밀어붙여서 사람을 25미터 밖으로 내동댕이쳤다. 분명히 막대한 에너지가 분출되었다.

첸은 증거보관용 함에서 비닐봉지를 꺼내 비닐을 바짝 잡아당겨서 증거물을 그녀에게 보여주었다. 봉지 속에는 우표 크기 정도의 검게 그을린 금속이 들어 있었다.

"이 금속도 좀 흥미로워. 파이프 파편인데 리지오의 보호복에 박힌 걸 발견했어."

스타키가 금속 조각을 자세히 들여다보았다. 금속에는 구불구불한 선이 새겨져 있었다.

"이게 뭐야? S자?"

첸이 어깨를 으쓱했다.

"아니면 일종의 상징이든가. 지난해 샌디에이고에서 발견한 폭탄 기억나? 폭탄 표면에 온갖 게 그려져 있던 거 말이야."

스타키는 첸의 말을 못 들은 척했다. 첸은 말하기 좋아해서 폭탄에 대해 말할 작정이라면 자신의 일을 결코 끝내지 못할 것이다.

"존, 부탁 좀 들어줘. 오늘 밤 샘플 일부에서 견본을 채취해줘. 괜찮지?"

존 첸은 얼굴이 부루퉁해졌다.

"아주 늦게야 여기 일이 다 끝날 거야, 캐롤. 쓰레기 수거함 작업도 해야 하고, 당신들이 긁어모은 게 뭐가 됐든 그 조각들도 처리해야 하고. 모든 것을 기록하는 데만도 두세 시간이 걸려."

그들은 90미터 반경에 있는 모든 것을 뒤져 폭탄 조각을 찾을 것이다. 근처 옥상과 길 건너 아파트 건물과 주택의 앞쪽, 쓰레기 수거함, 수거함 뒷벽까지 샅샅이 뒤져야 한다. 폭탄을 복원하는 데 도움이 되거나 폭탄의 출처에 단서가 될 만한 것도 모조리 찾을 것이다.

"징징대지 마, 존. 좀 대범해봐."

"그냥 그렇다는 말이야."

"가스 크로마토그래프(유기 화학물 혼합체 분석기)를 돌리는 데 얼마나 걸릴 것 같아?"

부루퉁한 첸의 얼굴이 시무룩해지고 부담스러워하는 표정이 되었다.

"여섯 시간."

폭약 잔여물이 폭탄 구멍과 리지오의 보호복뿐만 아니라 그들이 발견한 폭탄 파편에도 있을 것이다. 첸은 가스 크로마토그래프에 파편을 넣어 물질을 확인할 예정인데, 그 과정이 여섯 시간 걸린다. 스타키는 사실 그 예상 소요시간을 알고 있었다. 하지만 오랜 시간이 걸리는 데 대해 첸이 죄책감을 느끼도록 물어본 것이었다.

"먼저 두세 개 샘플을 표본으로 해서 그냥 가스 크로마토그래프를 돌리면 안 돼? 그 후에 모든 걸 기록하고. 이 정도 에너지량의 폭약이면 내가 찾고 있는 녀석들이 뭔지 범위를 좁혀줄 수 있어, 존. 일을 좀더 쉽게 시작하게 해줄 수 있잖아."

첸은 체계적이지 않고 정석에 어긋나게 일하는 것을 아주 싫어했지만, 그녀의 논리를 부정할 수는 없었다. 그는 시계를 확인하고 시간을 쟀다.

"우리가 여기서 언제 작업을 끝낼지 알아볼게. 알았지? 노력은 해보겠지만 아무것도 장담 못 해."

"장담 같은 건 오래전에 포기했어."

벅 다제트의 서버번은 리지오의 시신에서 마흔여덟 걸음 떨어진 곳에 있었다. 스타키는 한 발 한 발 걸으면서 걸음 수를 셌다.

켈소와 딕 레이턴은 이쪽으로 오는 그녀를 보고 다른 사람들에게서 떨어져 나왔다. 켈소는 엄숙하고 레이턴은 긴장한 표정이었지만 둘 다 직업적인 태도를 유지하고 있었다. 레이턴은 비번일에 연락을 받아서 청바지와 폴로셔츠 차림으로 달려온 터였다.

레이턴은 그녀와 눈이 마주치자 부드럽게 웃어 보였다. 스타키는 그 미소의 한편에서 우울한 그림자를 발견했다. 레이턴은 12년째 폭발물처리반 지휘관으로, 찰리 리지오와 간부급 경사 휘하의 다른 모든 전문가들을 선발했던 것처럼 캐롤 스타키를 폭발물처리반에 선발했었다. 그는 그녀를 앨라배마 주의 FBI 폭탄 연수원에 보냈고 3년 동안 그녀의 상관이었다. 그녀가 병원에 입원했을 때는 54일간 하루도 빠짐없이 병문안을 왔고, 그녀가 폭발물처리 수사관 자리를 지키기 위해 싸울 때 그녀 편에서 영향력을 행사해주었다. 이 일터에서 그녀가 딕 레이턴보다 더 존경하고 좋아하는 사람은 없었다.

"딕, 가능한 한 빨리 현장을 점검하고 싶어요. 저희가 경위님 휘하의 폭발물처리반 인력을 얼마나 호출해 쓸 수 있습니까?"

스타키가 딕 레이턴에게 물었다.

"비번인 사람들은 모두 오고 있어. 자네가 우리 모두를 쓰게."

스타키가 켈소에게 돌아섰다.

"경위님, 우리가 램파트 지구 사람들과 이야기해 그쪽 순경들의 협조를 받을 수 있는지 알아보고 싶습니다."

켈소는 그녀에게 눈살을 찌푸렸다.

"이미 그쪽 상관과 협의를 마쳤어. 여기서 담배 피워서는 안 돼, 스타키."

"죄송합니다. 그분과 협의해서 일을 분담하는 게 좋을 것 같습니다."

그녀는 담배를 끄려고 하지 않았고, 켈소는 명백히 반항적인 그녀의 태도를 모르는 체했다.

"먼저 말해둘 게 있어. 자네는 마직과 산토스와 함께 이 사건을 담당할 걸세."

스타키는 타가메트를 한 알 더 간절히 삼키고 싶어졌다.

"마직과 해야 합니까?"

"그래, 스타키, 반드시 마직과 하게. 둘 다 지금 여기로 오는 중이야. 다른 일도 있고. 레이턴 경위가 잠깐 기다려 보라고 하더군. 이 폭탄을 신고한 911 전화가 있다면서."

그녀는 레이턴을 쳐다보았다.

"목격자가 있어요?"

"경찰차에서 전화를 받았는데, 벽 말로는 긴급구조대의 연락을 받고 출동했다는군. 그렇다면 녹음 테이프와 주소가 있겠지."

911 신고전화는 아주 큰 수확이었다.

"알았어요. 알아보죠. 감사합니다."

켈소는 LA경찰 언론담당관이 이쪽으로 다가오는 모습에 눈살을 찌푸리며 기자들 쪽을 힐끗 보았다.

"성명을 발표하는 게 좋겠어, 딕."

"바로 가지."

켈소는 언론담당관을 막아서기 위해 황급히 걸음을 옮겼다. 딕 레이턴은 스타키와 그대로 남은 채 사람들이 저쪽으로 물러날 때까지 기다렸다. 그가 스타키를 가만히 바라보며 말했다.

"어떻게 지내, 캐롤?"

"괜찮아요, 경위님. 늘 그렇듯 화가 나서 이것저것 걷어차고 있죠. 여전히 폭발물처리반으로 돌아가고 싶어요."

레이턴은 내심 고개가 끄덕여졌다. 그들은 3년 전에 그 타격을 헤쳐 나왔지만, 둘 다 LA경찰 인사과에서 스타키의 복귀를 허락할 리 없다는 것을 알고 있었다.

"자넨 항상 강한 여성이었지. 하지만 운도 좋았어."

"물론이죠. 오전에 지랄맞게 좋았죠."

"그런 욕은 하지 마, 캐롤. 왜 자신을 깎아내려."

"맞는 말씀이에요, 보스. 담배를 차버리는 대로 말도 바로잡을게요."

그녀는 그에게 웃어 보였고 레이턴도 마주 웃었다. 그녀가 담배를 끊지도, 말을 곱게 쓰지도 않으리라는 걸 두 사람 모두 알기 때문이었다.

스타키는 그가 기자회견에 합류하러 가는 모습을 지켜보다가, 마직과 산토스가 길 건너에 서 있는 것을 발견했다. 두 사람은 한 아파트 건물 밖에 모여 있는 사람들 중 정복 경사 한 명과 이야기하고 있었다. 마직이 그녀를 바라보았지만 스타키는 서버번 앞으로 걸어가 조사를 했다. 서버번은 약 60미터 떨어진 곳에서 폭발을 맞았다. 리지오가 몸에 매어 끌고 갔던 텔렉스 전선과 안전 케이블이 폭발로 뒤엉킨 채, 서버번 뒤쪽에서부터 그의 방호 보호복에 여전히 연결되어 있었다.

서버번은 별 피해가 없는 것처럼 보였지만, 자세히 살펴보니 앞 오른쪽 헤드라이트가 깨져 있었다. 스타키는 쪼그리고 앉아서 자세히 들여다보았다. 알파벳 E 형태로 보이는 검은 금속 조각이 유리에 박혀 있었다. 스타키는 그 조각을 건드리지 않았다. 그 조각을 빤히 쳐다보다가 그것이 리지오의 방호 보호복을 고정하던 끈의 금속 버클임을 알아차렸다. 그녀는 한숨을 깊고 길게 내쉬고 자리에서 일어나 다시 한 번 그의 시신을 보았다.

검시실 직원들이 리지오의 시신을 시체 운반용 자루에 넣고 있었다. 존 첸은 아스팔트에 흰 분필로 시신의 위치를 그려놓고 몸을 막 일으켜 아예 무심한 표정으로 그것을 지켜보고 있었다.

스타키는 손바닥을 엉덩이에 닦고 억지로 숨을 깊게 들이쉬어서 갈비뼈와 폐를 확장했다. 숨을 깊게 들이쉬면 상처 때문에 아팠다. 마직은 또 다시 길 건너에서 손을 흔들었고, 산토스는 스타키가 왜 거기 서 있는지 의아해하는 눈으로 바라보았다.

스타키는 곧 가겠다는 의미로 손을 마주 흔들었다.

옆에 있는 쇼핑몰은 의류 할인점과 중고서점, 스페인어로 '염가 세일'이라고 선전하는 치과, 쿠바 음식점 들이 일렬로 늘어선 소규모 상가로, 리지오가 폭탄에 접근하기 전에 이 모든 상점에 소개령이 내려졌다.

스타키는 음식점을 향해 억지로 걸음을 옮겼다. 갑자기 다리에 힘이 빠지면서 자신이 마치 외줄에 올라선 듯, 여기서 빠져나가는 길은 저 단 하나의 음식점 문인 것만 같았다. 뇌리에서 마직이 잊혀졌다. 찰리 리지오도 잊혀졌다. 쿵쾅거리는 자신의 심장 소리 외에는 아무 소리도 들리지 않았다. 그녀가 지금 줄을 제대로 타지 못한다면, 자신을 통제하지 못하고 균형을 잃는다면, 추락해 죽을지도 모른다.

스타키는 음식점에 발을 들여놓자 분노로 몸을 떨기 시작했다. 자신을 통제하지 못한 사실이 너무도 절망적이었다. 그녀는 똑바로 서기 위해 카운터를 붙들어야 했다. 레이턴이나 켈소가 지금 이곳에 온다면 그녀의 경력은 끝장날 것이다. 켈소는 분명히 그녀를 은행으로 발령 낼 것이고, 그녀는 의료보험 혜택을 받고 퇴직해야 할 것이다. 그렇게 되면 캐롤 스타키의 인생에는 오직 공포와 공허함만 남게 될 것이다.

스타키는 가방을 손으로 더듬어 열고 은색 휴대용 술병을 찾았다. 진이 목을 타고 흐르는 순간 그녀는 자신의 연약함이 저주스럽고 부끄러웠다. 그녀는 숨을 깊게 들이쉬고 내쉬면서 안간힘으로 서 있었다. 지금 앉으면 다시 일어서지 못할 것 같았다. 그녀는 두 번째로 술을 길게 들이켜고는 서서히 동요를 가라앉혔다.

스타키는 기억과 공포와 싸우며 자신에게 되뇌었다. 나에게 필요한 일을 하고 있을 뿐이야. 다 괜찮아질 거야. 그녀는 공포에 지기엔 너무 강했다. 그녀는 공포를 물리쳐 이길 것이다.

잠시 후에 스타키는 기운을 되찾았다.

그녀는 술병을 치우고 비나카(구강 스프레이의 일종)를 입안에 뿌린 뒤 범죄 현장으로 돌아갔다.

그녀는 항상 강한 여자였다.

스타키는 경찰차 순경 두 명을 찾아서 최초 배치 명령을 받은 일지기록 시간을 받았다. 그리고 휴대폰으로 911긴급구조대의 주간 관리자에게 전화해 자신의 신원을 밝히고 대략적인 시간대를 일러준 다음, 신고전화의 녹음 테이프와 전화 발신지 주소를 요청했다. 대부분의 사람들은 911에 전화하면 신고 내용이 자동으로 녹음되고 발신지의 주소와 전화번호가 기록된다는 사실을 잘 모른다. 위급상황에 처한 사람들이 특히 위협당하거나 목숨이 위태로워서 자신의 위치를 밝히지 못할 경우를 대비해 이런 시스템을 들인 것이었다.

스타키는 관리자에게 자신의 사무실 번호를 불러주고 정보를 얻는 즉시 넘겨달라고 부탁했다.

전화를 끝낸 스타키는 길 건너 아파트 건물로 걸어갔다. 건물 앞에서는 마직과 산토스가 경찰들의 허락을 받아 그 지역으로 되돌아오는 몇몇 거주자에게 질문을 하고 있었다. 잠시 후 두 사람은 스타키를 발견하고 그녀를 맞이하기 위해 길가로 걸어 나왔다.

호르헤 산토스는 키 작은 남자로, 항상 무언가를 잊어버려 기억해내려고 애쓰는 사람처럼 재미있는 표정을 지었다. 그는 이름이 '호어헤이'(whorehey. whore는 '매춘부'라는 뜻)로 발음되어서 '후커'(hooker. '창녀'라는 뜻)라는 괴상한 별명을 얻었다. 베스 마직은 두 아이를 둔 이혼녀로, 근무 중에는 그녀의 어머니가 아이들을 돌봐주었다. 그녀는 가욋돈을 벌려고 암웨이 제품을 팔았는데, 아주 심하게 제품을 강매해서 스프링스트리트 서의 형사들 절반은 그녀만 보면 몸을 숨기곤 했다.

"좋은 소식이 있어. 레이턴 경위님 말로는 911 신고전화를 받고 출동한 거래."

스타키의 말에 마직이 히죽거렸다.

"그 선량한 시민이 이름이라도 남겼대요?"

"내가 이미 긴급구조대에 전화를 걸었어. 그쪽에서 테이프를 돌려보고 가능한 한 빨리 연락을 해줄 거야."

마직이 산토스를 쿡 찔렀다.

"이름이 없다는 데 1달러 걸게. 지면 펠라티오 해줄게."

산토스는 얼굴이 어두워졌다. 그는 결혼해 네 아이를 둔, 신앙심이 깊은 남자로 마직이 늘어놓는 저속한 말을 아주 싫어했다.

스타키가 그녀의 말을 가로막았다.

"난 순경들에게 파편 긁어모으는 작업을 할당해야 해. 레이턴 말로는 램파트 지구 형사들이 집집마다 다니는 일을 도와주기로 했대."

마직은 마뜩잖은 듯 얼굴을 찌푸렸다.

"글쎄요. 오늘 밤 여기 사람들을 만나기는 거의 불가능할걸요. 듣자 하니 많은 대피자들이 이 빌어먹을 폭발 후에 친척 집이나 친구 집에 갔다는군요."

"관리인들에게 거주자 명단 받았지?"

"네, 그래서요?"

스타키는 마직의 미심쩍어하는 태도에 질렸다.

"관리인들에게 임대 신청서도 거둬들여. 관리인이 신청서들을 보관하고 있을 거야. 나도 임대 신청서를 몇 번 써봤는데, 대개는 친척 명이나 보증인을 적는 난이 있어. 바로 거기에 적힌 주소가 대피자들이 가 있는 곳이겠지."

"젠장, 그러면 한도 끝도 없을 거예요. 난 오늘 밤 데이트가 있다고요."

산토스의 얼굴이 전보다 더 침울해졌다.

"그 일 내가 할게요, 캐롤."

스타키는 쓰레기 수거함 쪽을 쳐다보았다. 첸이 땅에서 뭔가를 집고 있었다. 스타키는 자신들 뒤의 아파트 건물을 손짓으로 가리켰다.

"베스, 저 젠장맞을 블록에 사는 사람들에게 일일이 물어보라는 게 아니야. 그냥 사람들에게 뭔가 본 게 있는지 물어봐. 혹시 911에 신고한 사람이 아닌지 물어봐. 아무것도 보지 못했다고 하면 그때를 떠올려보라고 하고 나중에 다시 연락한다고 해."

베스 마직은 여전히 마뜩잖다는 얼굴이었지만 스타키는 개의치 않았다.

그녀는 마직과 산토스를 아파트 앞에 남겨두고 길 건너 쓰레기 수거함으로 돌아왔다. 첸은 폭탄 파편을 찾으려고 수거함 뒤의 벽을 조사하고 있었다. 주차장에 나와 있는 폭발물처리 수사관 두 명은 방사상 금속탐지기를 조정하고 있었다. 인근 아파트 앞쪽의 잔디밭을 수색할 때 쓰려는 것이었다. 비번인 폭발물처리 수사관도 두 명 도착했다. 이제 모든 사람이 스타키가 할당해줄 일을 기다리며 아예 손 놓고 서성거릴 것이다.

스타키는 그들을 못 본 척하고 폭발로 파인 구멍으로 다가갔다. 그 구멍은 직경 1미터 정도에 0.3미터 깊이로, 열로 인해 검은 아스팔트가 하얗게 그을려 있었다. 스타키는 지면을 손으로 만져보고 싶었지만 폭발물 잔여물에 유독 성분이 있을까 봐 만지지는 않았다.

그녀는 리지오의 시신이 떨어진 지점에 표시된 분필 윤곽을 살펴보다가 걸음 수로 거리를 재보았다. 거의 마흔 걸음이었다. 이 멀리까지 그를 날려버린 에너지가 굉장했던 게 분명하다.

스타키는 충동적으로 분필 윤곽 안으로 발을 들여놓고 정확히 그의 시신이 추락한 곳에 서서 구멍을 다시 보았다.

그녀는 3년 내내 계속된 슬로모션 장면을 상상했다. 죽는 장면이 촬영된 비디오테이프를 나중에 재생해서 보는 것처럼 그녀는 자신이 죽는 모습을 보았다. 정신과 의사인 다나는 이 장면을 '조작된 기억'이라고 했다. 스타키는 나중에 사람들에게 들은 내용을 바탕으로 폭발 후 정신을 잃었던 일을 상상하고는 그 사건을 실제 기억처럼 바라보았다. 다나는 이 것을 그 사건에 대처하기 위한 심리 작용, 그 순간에서 벗어나게 함으로써 실제 사건에서 자신을 분리하는 심리 작용, 재난에 형상을 부여함으로써 그 사건에 대처할 수 있게 하는 심리 작용이라고 말했다.

스타키는 담배를 깊이 빨았다가 인상을 구기며 연기를 땅으로 내뿜었다. 사고 장면을 이렇게 상상하는 게 자신에게 일어난 사건을 중재하는 심리 작용이라면 자신의 마음은 일을 지지리도 못하고 있었다.

그녀는 거리를 가로질러 베스 마직을 찾았다.

"베스, 좋은 생각이 있어. 여기 상점 주인들을 찾아가서 협박을 받았거

37

나 빚을 졌거나 그 비슷한 사정들이 있는지 알아봐."

마직은 고개를 끄덕이며 여전히 눈을 가늘게 뜨고 그녀를 보았다.

"캐롤, 이게 뭐예요?"

"뭐가 뭔데?"

마직은 캐롤 스타키에게 다가가 코를 킁킁거렸다.

"비나카 아니에요?"

스타키는 마직을 쓱 보더니 길 건너편으로 돌아가, 수색 팀이 폭탄 조각을 찾는 일을 도우며 나머지 저녁 시간을 보냈다.

꿈속에서 그녀는 죽는다.

이동식 주택 캠프장의 단단히 다져진 지면 위에 그녀는 누워 있다. 구급요원들이 라텍스 장갑을 낀 손을 피범벅으로 물들이며 그녀를 살리려 애쓰는데 그녀가 눈을 뜬다. 귓가에 윙윙거리는 소리가 들리며 믹스매스터(주방용 전기 믹서기의 일종) 세트가 아주 천천히 머릿속에 떠오른다. 그녀 위로 겨울 유칼립투스 나무의 가느다란 가지가 충격파의 여파로 여전히 흔들리고 있다. 마치 섬세하게 짜인 레이스처럼 보인다. 한 구급요원이 그녀의 심장을 소생시키려고 흉부를 압박한다. 또 다른 긴 바늘이 들어온다. 차가운 은색 바늘이 그녀의 살로 파고든다.

윙윙거리는 소리 너머 아주 멀리서 누군가 외친다. "클리어!" 전기 충격이 덜컥 가해지자 그녀의 몸이 갑작스럽게 흔들린다.

스타키는 그의 이름을 부를 힘을 끌어모은다.

"슈거?"

그녀는 그의 이름을 부른 것인지, 부른 거라고 생각될 뿐인지 확신이 서지 않는다.

그녀는 머리를 축 늘어뜨린 채 그를 바라본다. 데이비드 '슈거' 부드로. 그는 케이즌 루이지애나를 떠난 지 오래되었지만 그녀가 아주 섹시하게 여기는 부드러운 프랑스어 악센트를 구사할 줄 아는 케이즌(프랑스인 후손으로 프랑스어 고어의 한 형태인 케이즌어를 사용하는 미국 루이지애나 사람)이었다. 그는 그녀의 간부급 경사이자, 그녀의 은밀한 연인이자, 그녀가 마음을 내준 남자였다.

"슈거?"

멀리 떨어진 곳에서 다시 외치는 소리. "맥박이 뛰지 않아!" "클리어!" 끔찍한 전기 발작이 이어진다.

그녀는 슈거에게 손을 뻗지만 그는 너무 멀리 있다. 그가 저리 멀리 있다니 말도 안 돼. 하나로 고동치는 두 심장이 이토록 멀리 떨어져 있어서는 안 돼. 서로 떨어져 있어서 그녀는 슬프다.

"슈?"

두 심장이 더 이상 뛰지 않는다.

슈거를 살리려던 구급요원들이 물러선다. 그가 가버렸다.

그녀의 몸이 다시 덜컹 움직이지만 아무 소용이 없다. 그리고 그녀도 죽는다.

눈을 감고 그녀는 나뭇가지를 헤치며 하늘로 날아오르는 자신을 느낀다. 그녀는 오직 안도감을 느낄 뿐이다.

스타키는 그날 새벽 3시에 꿈에서 깼다. 잠은 완전히 달아나버렸다. 담뱃불을 붙이고 어둠 속에 누운 채 담배를 피웠다. 그녀는 자정 직전에 범죄 현장에서 일을 마치고 1시가 다 되어서야 집에 도착했다. 샤워 후 스크램블 에그를 먹고 봄베이 사파이어 진을 텀블러에 따라 한 잔 마셨다. 술에 취해 뻗어버리고 싶었다. 그런데 겨우 두 시간이 지난 지금 잠이 완전히 깨버렸다.

스타키는 천장에 20분간 연기만 뿜어대다 침대에서 나왔다. 집 이곳저곳을 돌아다니며 불이란 불은 모조리 밝혔다.

스타키를 덮친 폭탄은 정보 제공자의 가족을 살해하기 위해서 한 메스암페타민 공급자가 놓고 간 소포폭탄이었다. 그 폭탄은 두 채로 연결된 정보 제공자의 이동식 주택 한쪽, 우거진 덤불 뒤에 설치되어 있어서 로봇으로는 엑스레이나 해체 장비를 나를 수 없었다. 더티 폭탄으로 밝혀진 그것은 무연 화약과 지붕공사용 못을 채운 페인트 통으로 만들어져 있었다. 폭탄을 제조한 그 비열한 개새끼는 정보 제공자의 세 아이를 확실히 죽이려 한 것이었다.

덤불이 가로막고 있어서 스타키와 슈거는 함께 폭탄 처리작업을 해야 했다. 스타키가 덤불을 한쪽으로 치우면 슈거가 실시간 엑스레이를 가까이 댔다. 순찰 순경 두 명이 의심스러운 소포가 있다며 신고했는데, 그들 보고로는 소포에서 재깍 소리가 난다고 했다. 재깍 소리야말로 너무 뻔한 소리라 스타키와 슈거는 웃음을 터트렸다. 하지만 두 사람이 도착했을 때는 재깍 소리가 멈춰 있어서 둘은 웃을 수 없었다. 실시간 엑스레이를 통해 타이머가 오작동된 게 보였다. 폭탄 제조범이 손으로 감는 알람시계를 시한장치로 사용했는데, 무엇 때문인지 분침이 폭탄을 폭파시키는 도선에 닿기 딱 1분 전에 멈춰 있었다.

슈거가 분침을 보고 농담을 했다.

"저 빌어먹을 시계에 태엽 감는 걸 잊어버렸나 봐."

지진이 강타했을 때 그녀는 그의 농담에 씩 웃고 있었다. 남부 캘리포니아의 모든 폭발물처리 수사관들이 두려워하는 사건이었다. 리히터지진 계로 규모 3.2의 그 지진은 일반 로스앤젤레스 사람이라면 거의 알아차리지도 못할 정도였다. 하지만 그때 알람시계의 분침이 풀리면서 도선에 접촉했고 폭탄이 폭발했다.

나이 든 수사관들은 스타키에게 보호복이 파편을 막아내지 못할 거라고 늘 말해왔는데, 그들의 말이 맞았다. 그녀를 구한 것은 슈거였다. 폭탄이 폭발한 순간 그가 그녀 앞에서 몸을 숙이고 있어서 대부분의 못이 그의 몸에 박혔다. 하지만 실시간 엑스레이가 그의 손에서 터지면서 그녀를 덮쳤다. 무겁고 날이 들쭉날쭉한 파편 두 개가 그녀의 보호복을 뚫고 들어오더니, 오른쪽 옆구리를 따라 살을 찢고 오른쪽 가슴을 꿰뚫어 복부에 고랑을 떡 벌려놓았다. 실시간 엑스레이 파편에 이어 마이크로세컨드(100만분의 1초) 뒤에 슈거가 그녀 쪽으로 자빠졌다. 그가 그녀에게 부딪힌 순간 그녀는 마치 신이 자신을 걷어찬 듯한 느낌을 받았다. 그 충격이 너무 엄청나서 그녀의 심장이 멎었다.

2분 45초 동안 캐롤 스타키는 죽었었다.

그들 주위로 사방에서 이동식 주택의 파편이 날아다니고 진달래 덤불이 찢겨져 흩어졌다. 그때 구급요원 두 팀이 황급히 달려왔다. 스타키에게 도착한 팀은 그녀의 맥박이 뛰지 않자 보호복을 벗기고 CPR(심폐소생술)을 준비하면서 심장에 직접 에피네프린을 주사했다. 구급요원들은 거의 3분 동안 그녀의 가슴이었던 피와 선혈이 가득한 부위에 심폐소생술을 실시해 마침내 영웅적으로 그녀의 심장을 다시 뛰게 했다.

그녀의 심장은 되살아났지만 데이비드 '슈거' 부드로의 심장은 다시 뛰지 않았다.

스타키는 작은 식탁에 앉아 꿈과 슈거를 생각하면서 줄담배를 피웠다. 겨우 3년이 흘렀을 뿐인데 슈거에 대한 기억이 희미해지고 있었다. 그의 얼굴을 보는 게, 그의 부드러운 케이즌 악센트를 듣는 게 더 힘들어졌다. 요즈음 그녀는 기억을 되살리기 위해 대개 슈거와 함께 찍은 사진을 찾아 봤고, 사진을 봐야 그를 기억할 수 있다는 사실에 자신이 미워졌다. 마치 그를 잊는 게 그를 배반하는 것처럼 느껴졌다. 한때 영원하리라 생각했던 열정과 사랑이, 이제는 이 세상에 존재하지 않는 여인에게 되는 대로 읊조리는 남자의 말처럼 거짓되게 느껴졌다.

모든 것이 변했다.

스타키는 병원에서 퇴원하자마자 술을 마시기 시작했다. 그동안 상담받았던 정신과 의사들 중 한 명은, 두 번째 의사로 생각되는데, 그녀의 문제는 '살아남은 자의 죄책감'이라고 했다. 자신의 심장은 다시 뛰었는데 슈거의 심장은 뛰지 않았다는 죄책감, 자신은 살았는데 그는 죽었다는 죄책감, 비밀스러운 동물이 살고 있는 자아의 깊은 내면에서 슈거의 생명을 희생해서라도 자신은 목숨을 건졌다는 사실에 감사했다는 죄책감이라고. 스타키는 그 말을 듣고 상담실을 걸어 나온 뒤 다시는 그 의사를 찾아가지 않았다. 그리고 그날 경찰들 단골 술집인 쇼츠스톱에 가서 월셔 지구 절도수사과 형사 두 명에게 끌려나올 때까지 술을 마셨다.

모든 것이 변했다.

스타키는 사람들에게서 멀어지고 차가워졌다. 냉소 띤 얼굴로 사람들과 거리를 두고 자신을 방어하면서 일이 자신의 전부가 될 때까지 외골수로 업무에 매달렸다. 또 다른 정신과 의사는, 세 번째 의사로 생각되는데, 그녀가 수사관 시절 입었던 방호 보호복을 벗고 냉소적 태도라는 보호복으로 무장하고 있다는 의견을 제시했다. 그러고는 이 보호복을 벗을 수 있을 거라 생각하는지 물었다.

스타키는 그 질문에 대답하지 않았다.

생각하다 지친 그녀는 담배를 다 피우고 침실로 돌아갔다. 그녀는 티셔츠를 벗고 무덤덤하게 자신의 몸을 바라보았다.

가슴에서 엉덩이에 이르는 복부의 오른쪽 반은 그녀를 찍어내린 열여섯 개의 금속 조각으로 구멍이 파여 실개천이 흘렀다. 아래쪽 갈비뼈를 따라 옆구리에 생긴 고랑 두 곳을 꿰매야 했다. 그 사건 이후 그녀는 수영복을 입지 않았다. 그래서, 한때는 햇빛에 그을려 호두나뭇빛 갈색이었던 피부가 이제는 접시처럼 하얬다.

가장 심하게 다친 곳은 가슴이었다. 실시간 엑스레이에서 나온 5센티미터 파편 하나가 오른쪽 가슴 유두 바로 밑에 박혀서 등으로 빠져나가기 전에 갈비뼈 라인을 따라 내려가면서 세포조직에 고랑을 팠다. 그로 인해 마치 강 계곡을 조각해놓은 듯 가슴이 절개되어 봉합 수술을 받았다. 당시 의사들은 가슴 제거를 논의했지만 결국 그대로 두기로 결정했다. 하지만 복원 수술을 하고 나서도 그녀의 가슴은 기형적인 아보카도(껍질이 울퉁불퉁하고 서양배 모양으로 생긴 열대성 과일) 같았다. 의사들은 스타키에게 성형수술을 좀더 한다면 훨씬 나아질 거라고 했지만 그녀는 네 번의 수술 끝에 그만하면 됐다고 결론 내렸다.

스타키는 슈거가 그날 아침 자신의 침대를 떠난 후로 다른 남자를 만나지 않았다.

그녀는 샤워를 하고 옷을 챙겨 입고 사무실에 전화해 메시지를 두 개 받았다.

"나 존 첸이야, 스타키. 폭발 구멍에서 꽤 쓸 만한 견본을 건졌어. 분석기에 넣어둘 건데, 그 말은 3시 이후에야 결과가 나온단 소리지. 크로마토그래피 결과는 9시쯤에 나올 거야. 전화해줘. 이 빚은 나중에 갚아."

두 번째 메시지는 긴급구조대 관리자가 남긴 것인데, 의심스러운 폭탄을 신고한 911 전화의 테이프를 복사했다고 했다.

"테이프를 보안 창구에 맡겼으니 편하실 때 찾아가세요. 그 전화는 1시 14분 선셋 대로에 있는 공중전화에서 걸려온 거였어요, 어제 오후예요. 여기가 거리 주소예요."

스타키는 거리 주소를 스프링 노트에 받아 적고 인스턴트 커피를 한 잔 탔다. 타가메트를 두 알 삼키고 나서는 음산한 새벽 공기 속으로 뛰어들기 전에 담배에 불을 붙였다.

아직 5시 전이었고 세상은 조용했다. 낡아빠진 빨간 해치백을 탄 소년이 〈LA 타임스〉를 배달 중이었다. 그 소년은 길 이쪽저쪽으로 들어갔다 나왔다 하며 신문을 던져놓았다. 알타데나 유제품 트럭이 쿵쾅거리며 지나갔다.

스타키는 실버레이크로 차를 몰고 가 폭발 지점을 다시 둘러보기로 했다. 여전히 두근거리는 심장으로 정적에 귀 기울이느니 현장을 둘러보는 게 훨씬 나았다.

스타키는 현장을 감시하고 있는 램파트 지구의 무선경찰차 옆 쿠바 음식점 앞에 주차했다. 쇼핑몰 주차장은 민간인 차량 세 대를 제외하고는 텅 비어 있었다. 지난밤에 그 차량들을 본 기억이 났다.

그녀는 차에서 내리기 전에 배지를 들어 올렸다.

"저기요! 거기 아무 이상 없죠?"

그들은 남자 한 명과 여자 한 명으로 구성된 팀으로, 운전석에 앉은 남자 순경은 삐쩍 말랐고 여자 순경은 키 작고 통통한 금발머리였다. 그들은 아마도 몇 시간 전에 식어버렸을, 작은 가게에서 파는 커피를 마시고 있었다.

여자 순경이 고개를 끄덕였다.

"예, 괜찮아요, 형사님. 뭐, 필요하신 거 있으세요?"

"내가 이 사건을 맡았어요. 좀 둘러보려고요."

여자 순경이 눈썹을 추켜올렸다.

"폭발물처리 수사관이 완전 나가떨어졌다고 들었어요. 그래요?"

"네."

"그럴 수가."

남자 순경이 자신의 파트너를 스쳐서 몸을 기울였다.

"여기 좀 계실 거면 저희가 잠시 경보 7호('식사시간'을 뜻하는 암호)에 들어가도 될까요? 두세 블록 가면 인앤아웃 햄버거 가게가 있거든요. 형사님께도 뭐 좀 사다드릴게요."

그의 파트너가 스타키에게 윙크하며 덧붙였다.

"방광이 안 좋아서요."

스타키는 어깨를 으쓱했다. 그들이 자리를 비우는 게 내심 기뻤다.

"20분 드릴게요. 하지만 내 건 아무것도 사오지 마요. 20분 동안은 내가 여기 있을게요."

경찰차가 떠나자 스타키는 오른쪽 허리에 권총을 차고 긴급구조대 관리자가 준 주소를 찾아 선셋 대로를 건너갔다. 주변에 보안등이 켜져서 거리가 환했기 때문에 챙겨 온 맥라이트 손전등은 켜지 않았다.

쇼핑몰 바로 맞은편 과테말라 마켓 옆에 공중전화가 매달려 있었지만, 거리 주소는 메모해 온 주소와 맞지 않았다. 과테말라 마켓 앞에 서니 선셋 대로 건너 쓰레기 수거함을 뒤돌아볼 수 있었다. 그녀는 주소의 숫자가 매겨지는 방식을 알아낸 다음, 문제의 공중전화를 찾기 위해 숫자들을 따라갔다. 꽃집 건너편 세탁소 옆에서 동쪽으로 한 블록 간 지점에, 이제는 팩벨(Pac Bell. 퍼시픽텔레시스 그룹. 미국 지역전화 서비스 회사)에서 생산되지 않는 오래된 유리 부스 중 하나에 그 공중전화가 설치돼 있었다.

스타키는 세탁소와 꽃집 상호를 노트에 메모하고, 처음에 발견한 공중전화로 되돌아와 전화가 작동하는지 확인했다. 전화는 작동했다. 그녀는 911 신고를 한 사람이 여기서 전화하지 않은 이유가 궁금했다. 여기서는 수거함이 한눈에 들어오지만 다른 공중전화에서는 그렇지 않았다. 아마도 신고자는 폭탄 설치범이 자신을 볼까 봐 두려웠던 모양이라고 스타키는 생각했다. 하지만 테이프를 들을 때까지 그 점은 신경 쓰지 않기로 했다.

선셋 대로를 건너서 돌아오다가 바닥에서 구부러진 금속 조각을 하나 발견했다. 2.5센티미터 정도 길이로, 파팔레 파스타(흔히 '보우타이 파스타'로 불리는 나비 넥타이 모양의 파스타)처럼 꼬여서 한쪽 가장자리에 회색 잔여물이 묻어 있었다. 스타키는 지난밤에 이와 유사한 조각을 아홉 개 주웠다.

그녀는 그 조각을 차로 가져와 여분의 증거물 보관 봉투에 넣어두었다. 그러고는 건물 옆을 돌아 쓰레기 수거함으로 걸어갔다. 스타키는 그 폭탄이 건물 파괴를 목적으로 설치된 게 아닐 거라고 추측했지만 쓰레기 수거함 옆에 설치된 이유가 의심스러웠다. 사실 이런 의문을 풀어줄 만족스러운 이유가 끝내 밝혀지지 않는 경우도 더러 있었다. 그녀는 폭발물처리반에서 일할 때 고가도로나 출구, 피해를 입힐 만한 시설에서 멀리 떨어진 고속도로로 출동하여 폭탄을 처리한 적이 두 차례 있었다. 그것은 마치 머저리 같은 폭탄 제조자들이 폭탄을 만들고도 어쩔 줄 몰라 고속도로 한 편에 대책 없이 떨어트려 놓은 것 같았다.

스타키는 현장을 10분 더 돌아보고 좀더 작은 금속 조각을 하나 찾아냈다. 그 조각을 봉투에 넣고 있을 때 무선경찰차가 돌아왔다. 여자 순경이 두 개의 컵을 가지고 차에서 내렸다.

"아무것도 필요 없다고 하셨지만, 혹시 마음이 바뀌셨을까 봐 커피를 가져왔어요."

"친절하군요. 고마워요."

여자 순경은 수다를 떨고 싶어 했지만 스타키는 트렁크를 닫고, 사무실로 가봐야겠다고 말했다. 순경이 발을 돌리자 스타키는 차에서 멀리 떨어진 곳으로 가서 커피를 쏟아버렸다. 차로 돌아가는 길에 쇼핑몰 주차장에 있는 민간인 차량들을 다시 살펴보았다.

차량 두 대에는 폭탄 파편이 단단히 박혀 있었다. 그중 가까이 있는 차는 뒤 차창이 깨지고 심하게 파손돼 있었다. 폭탄에 가장 가까이 주차된 차는 서점 주인의 차였다. 경찰들이 서점 주인을 주차장에 들여보냈을 때 그는 자기 차를 보더니 발로 차버리고는 아무 말 없이 가버렸다.

가장 멀리 떨어져 있는 세 번째 차는 68년식 쉐보레 임팔라였다. 페인트칠이 형편없고 비닐 윗면이 벗겨져 있었다. 옆 차창들은 내려져 있었고, 뒤 차창은 햇빛에 약한 희뿌연 플라스틱으로 교체돼 있었다. 그녀는 우선 플라스틱 밑을 살펴봤지만 아무것도 발견하지 못했다. 차 앞쪽으로 가보니 앞유리에 별 모양으로 금이 가 있었다. 그녀는 맥라이트 손전등을 차 안으로 비춰보았다. 계기판에 둥근 금속 조각이 있었다. 그 조각은 디스크 같았는데 아주 가는 전선 하나가 튀어나와 있었다. 그녀는 쓰레기 수거함 쪽을 쳐다보았다. 아마 파편 조각이 열린 차창으로 들어와 앞유리에 금을 낸 모양이었다. 그녀는 그 조각을 꺼내 자세히 살펴보았지만, 결국 정체를 알지 못한 채 주머니에 넣어두었다.

스타키는 순경들을 쳐다보지 않고 차에 올라탔다. 일단 시내로 가서 오디오테이프를 챙긴 다음 사무실로 가서 보고할 생각이었다. 커다란 불덩이 같은 태양이 동쪽 하늘을 붉게 물들이며 솟아오르고 있었다.

미스터 레드

존 마이클 파울스는 학교 맞은편 벤치에 등을 대고 앉아 햇빛을 즐기고 있었다. 그는 자신이 FBI 10대 지명수배자 명단에 올랐는지 궁금했다. FBI에서는 정체불명의 인물을 수배자 명단에 올리기 쉽지 않겠지만, 그는 그동안 내내 단서를 남겨뒀다. 그는 나중에 킨코스(인쇄출력 소매점)나 도서관에 들러 그곳에 있는 컴퓨터로 FBI 웹페이지에서 명단을 확인해야겠다고 생각했다.

태양은 그를 미소 짓게 했다. 그는 태양을 향해 얼굴을 마주하고 온몸으로 온기를 받아내며 피부를 갈색으로 태웠다. 태양이 뿜어내는 엄청난 가스는 경탄할 만했다. 그는 태양에 대해 늘 그렇게 생각했다. 가공할 만큼 거대한 폭발이 환하게 터져서 1억 5천만 킬로미터 떨어진 이곳에서도 그 폭발을 볼 수 있고, 연료를 무한정 공급받아 화염이 전소되는 데도 수십억 년이 걸릴 것이다. 여기 이 지구상에 생명체를 탄생시켜놓고, 앞으로 수십억 년 후에 태양이 마지막 불길을 깜박거리며 스스로 꺼져갈 때 그 생명체를 소멸시킬 거라는 사실이 빌어먹게도 멋졌다.

존은 그 정도로 큰 폭탄을 만들어 터트리면 엄청나게 멋질 것 같았다. 폭탄이 터지는 처음 몇 나노세컨드(10억분의 1초)를 구경하면 얼마나 멋질까. 정말 환상적이겠다.

그 생각만 하면 존은 다른 어떤 생명체에도 반응하지 않던 사타구니가 단단해졌다.

목소리가 들렸다.

"미스터 레드십니까?"

존은 눈을 떴다. 선글라스를 끼고 있었지만 눈이 부셔 손으로 앞을 가렸다. 존은 크고 흰 이를 번쩍였다.

"네, 저구만요. 카르포프 씨?"

플로리다 거리 출신의 가난한 시골 백인처럼 말했지만 존은 플로리다 출신도, 가난한 남부 백인도, 거리 출신도 아니었다. 그는 남에게 그릇된 인상을 심어주는 것을 즐겼다.

"그렇소."

카르포프는 비만한 체구의 오십대 남자로 피부가 심하게 주름지고 머리선은 희끗희끗한 V자 형태였다. 그는 그 지역에 불법 사업체를 여러 개 둔 러시아 이민자였다. 그는 눈에 띄게 초조해 보였는데, 존은 그런 모습을 기대했던 터라 이 상황을 즐겼다. 빅토르 카르포프는 범죄자였다.

존은 벤치 한쪽으로 옮겨가 벤치를 톡톡 쳤다.

"여기 앉으소. 이야기합시다."

카르포프는 벤치에 돌이 떨어지듯 몸을 툭 떨어트렸다. 지켜야 하는 나일론 가방은 앞쪽에 놓고 마치 노파들이 핸드백을 쥐듯 두 손으로 꽉 움켜쥐었다.

"이 일을 맡아주셔서 감사합니다. 반드시 처리해야 할 끔찍한 문제가 있습니다. 무서운 적들이죠."

존은 카르포프의 가방에 손을 얹어 살살 비틀어 빼내려고 했다.

"당신 문제는 모두 잘 알고 있어요, 카르포프 씨. 그 건에 대해 더 말할 필요 없어요."

"그럼요, 그렇고말고요. 이 일을 해주시기로 하셔서 감사합니다. 감사합니다."

"나에게 감사할 필요 없어요, 카르포프 씨. 분명코 감사할 필요 없어요."

존이 빅토르 카르포프를 철저히 조사하지 않았다면 앞으로 하려고 하는 일을 떠맡지도 않았고, 카르포프와 말을 섞기는커녕 이 만남에 동의하지도 않았을 것이다. 그는 소개를 통해서만 일을 처리했고 자신을 추천한 사람들과 의사소통을 했다. 사실 추천인들은 카르포프에게 그를 추천해도 되는지 그에게 허락을 구했고, 카르포프의 기질을 장담할 수 있는 입장에 있었다. 존은 거만한 성격이었다. 그는 비밀 유지에 몰두했고 자주 변명으로 발뺌을 했다. 그렇다 보니 추천인들은 그의 실제 이름은 물론 그에 대한 개인적인 정보를 전혀 알지 못했다. 그들을 통해 존은 카르포프가 어떤 문제를 겪고 있으며 무엇을 필요로 하는지 세세하고 완벽하게 알아냈다. 그리고 카르포프와 처음 접선하기도 전에 일을 수락하겠다고 결정했다.

감옥에 가지 않고 지명수배자 명단에 남아 있으려면 그래야 했다.

"가방은 놔두고 가시죠, 카르포프 씨."

카르포프는 가방이 자신을 찌르기라도 한다는 듯 내려놓았다.

존은 웃으면서 자신의 무릎에 가방을 올려놓았다.

"긴장할 거 없어요, 카르포프 씨. 당신은 여기 동지들과 함께 있는 겁니다. 정말이에요. 당신은 정말 친근해 보이는군요. 이런 친근한 기분은 여지껏 한 번도 느껴본 적이 없어요."

카르포프는 어리둥절한 눈으로 그를 쳐다보았다.

"당신이 정말 둘도 없는 친구 같아서 난 나중에라도 이 가방을 열어보지도 않을 것 같군요. 좋은 친구 사이엔 그런 법이죠. 빌어먹게도 우리가 이렇게나 가까운 사이니 가방에 현금이 정확히 딱 떨어지게 들어 있으리란 걸 압니다. 그리고 현금이 정확히 들어 있다는 데 기꺼이 당신 목숨을 걸 작정이지. 그야말로 친밀하지 않나?"

카르포프는 눈이 확 튀어나온 채 침을 삼켰다.

"거기 모두 있소. 당신이 말한 대로 50달러와 20달러로 정확히 챙겼소. 지금 세주시오. 제발 돈을 세서 확인하란 말이오."

존은 고개를 흔들고 카르포프 맞은편 벤치에 배낭을 던졌다.

"아니. 그냥 이 사소한 시나리오를 진행한 후에 당신이 셈을 잘못하지 않았기를 바라자고."

카르포프가 존을 지나쳐 배낭을 가지러 갔다.

"제발 부탁하오."

존은 웃으면서 카르포프를 뒤로 밀쳤다.

"그 일은 걱정하지 마, 카르포프 씨. 그냥 당신에게 거짓부렁 좀 친 거니까."

거짓부렁이라니. 마치 자신이 일자무식 백인인 데다 멍청이 같았다.

"여기, 보여줄 게 있어."

존은 주머니에서 작은 통을 하나 꺼내 내밀었다. 전구 반대쪽 끝에 누름버튼식 스위치가 달려 있는 싸구려 손전등이었지만, 이제 더 이상 손전등이 아닌 물건이었다.

"자, 어서 집어. 이 지랄맞은 물건이 물지는 않을 거야."

카르포프가 손전등을 집었다.

"이게 뭐요?"

존은 길 건너 운동장을 향해 머리를 기울였다. 점심시간이었다. 아이들은 교실로 우르르 몰려 들어가기 전 잠깐의 시간 동안 뛰어놀고 있었다.

"저기 애들 좀 봐. 저놈들을 지켜보고 있었어. 예쁜 소년 소녀들이지. 이봐, 세상 모든 에너지를 품고서 자유로운 정신과 가능성을 갖고 저 아이들이 어찌 뛰놀고 있는지 봐봐. 당신이 저 애들 나이라면 모든 일이 가능하겠지. 그렇지 않나? 파란 셔츠를 입은 저 작은 소년을 봐. 저 오른쪽, 카르포프 씨. 맙소사, 저기 오른쪽 말이야. 금발머리에 주근깨 있는 잘생긴 꼬꼬마 말이야. 빌어먹을, 맹세코 저 꼬마 새끼는 커서 맘에 드는 치어리더들과 죄다 섹스를 할 거야. 게다가 나중에 빌어먹게도 대통령이 될지도 모르지. 당신이 자란 곳에서는 일어나지 않는 짓거리 아닌가? 하지만 여기 이곳은 빌어먹을 USA란 말이야. 정부에서 하지 말라는 말을 하기 전에는 어떤 골 때리는 짓을 해도 되는 곳이지."

카르포프는 손에 든 통은 잊은 채 존을 쳐다보고 있었다.

"지금 당장 저 아이 머릿속에 어떤 꿈이 있든 그 꿈은 이루어질 수 있어. 그 빌어먹을 치어리더가 저 아이를 여드름투성이라 부르고, 그녀의 덜떨어진 미식축구 풀백 남자친구가 자기 여자친구에게 말을 걸었다는 개똥 같은 이유로 저 아이를 팰 때까지 그 꿈은 그대로 가능할 거야. 지금 당장 저 소년은 행복하지. 카르포프 씨, 얼마나 행복해하는지 한번 봐. 하지만 이 모든 꿈과 희망을 결코 이루지 못하리란 걸 깨닫자마자 이 모든 게 그냥 끝날 거야."

존은 손전등 통으로 천천히 시선을 옮겼다.

"당신이 저 불쌍한 아이를 슬픔에서 건질 수 있어, 카르포프 씨. 우리 아주 가까이에 폭탄이 있거든. 내가 폭탄을 만들어 조심스럽게 놔뒀는데, 당신이 지금 그 폭탄을 조종할 수 있어."

카르포프는 그 통을 쳐다보더니 마치 방울뱀을 쥐고 있는 것처럼 얼굴이 하얘졌다.

"당신이 그 작은 은색 버튼을 누르면, 장차 직면하게 될 고통에서 저 아이를 구할 수 있을지도 모르지. 폭탄이 저쪽 학교에 있다는 말은 아니고 그럴지도 모른다는 거야. 어쩌면 저 젠장맞을 운동장 전체에 아름답고 빨간 화염이 분출될 수도 있어. 어쩌면 충격파가 저 아가들을 맹렬히 강타해 아가들 신발이 땅에 흩어지고 옷과 피부가 뼈에서 바로 타버릴 수도 있지. 난 그 광경을 말하고 있는 게 아니고 그 은색 버튼에 바로 그런 힘이 있다고 말하는 거야. 당신이 저 아이의 고통을 끝낼 수 있어. 그 힘이 당신에게 있어. 원한다면 당신은 세상을 지옥으로 바꿀 수도 있지. 당신에게 그 작은 은색 버튼을 누를 힘이 있으니까. 내가 만들었지만 지금은 당신에게 줬으니까. 당신, 바로 당신 손에."

카르포프는 일어서서 존에게 그 통을 내밀었다.

"난 이 일에는 관여하고 싶지 않소. 가지시오. 가지라고요."

존은 통을 천천히 집어서 손으로 은색 버튼을 만졌다.

"당신이 시킨 일을 내가 하게 되면, 카르포프 씨, 사람들이 죽을 거야. 빌어먹게도 무슨 차이가 있지?"

"돈은 거기 다 있소. 달러 한 장까지. 모두 다."

카르포프는 더는 말하지 않고 떠났다. 주변 세상이 화염에 휩싸일 거라고 생각하는 사람처럼 깡충거리며 길을 건너서 아주 빠르게 걸어갔다.

존은 돈이 든 나일론 가방에 손전등 통을 떨어트렸다.

그에게 일을 부탁한 사람들은 결코 그가 준 선물의 진가를 알아보지 못했다.

존은 다시 편히 기대 앉았다. 벤치 등받이를 따라 팔을 뻗어 햇빛과 아이들이 뛰노는 소리를 즐겼다. 아름다운 날이었다. 그리고 두 번째 태양이 떠오르면 더욱더 아름다워질 것이었다.

잠시 후에 그는 자리에서 일어나 수배자 명단을 확인하기 위해 걸음을 옮겼다. 지난주에 그는 명단에 올라 있지 않았다.

이번 주에는 명단에 올라 있기를 기대했다.

2

　스타키가 근무하는 범죄음모수사과는 스프링스트리트의 8층짜리 오피스 건물 5층에 입주해 있었다. LA경찰 권력의 핵심인 파커 센터에서 불과 몇 블록 떨어진 곳이었다. LA경찰 수배자수사과와 내사과도 그 건물 4층과 6층에 들어 있었다. 이 건물은 시 정부 건물 중에서 주차장 포화혼잡도가 가장 심하기로 유명한데, 각 층의 형사들이 차 문을 거의 열 수 없을 정도로 좁은 공간에 차를 끼워 넣어야 했다. 여기 경찰관들은 이 건물에 '경보 3호'라는 별명을 붙였다. 실제 비상사태에 출동하는 데는 건물에서 뛰어나가 택시를 잡는 게 더 빠르기 때문이었다.

　스타키는 10분 동안 이리저리 헤매고 다닌 끝에 3층에 주차를 하고 계단으로 5층에 올라갔다. 사무실에 들어서자마자 베스 마직의 시선을 받았다. 스타키는 마직이 비나카에 대해 뭐라고 말하고 싶어 하는지 떠보려고 마직 앞에 멈춰 섰다.

　"무슨 할 말 있어?"

　마직은 얼굴을 돌리지 않고 그녀와 눈을 마주쳤다.

"원하신 대로 임대 신청서들을 모았어요. 거기 사람들 대부분이 오늘 돌아올 것 같은데, 먼저 그들과 이야기할 수 있어요. 아무도 나타나지 않으면 사람들 행적을 찾는 데 신청서들을 이용하면 되고요."

"다른 건?"

"뭐 말이에요?

"말할 필요가 있다고 생각하는 건 뭐든지."

"괜찮아요."

스타키는 비나카 건은 접어뒀다. 마직이 그녀에게 음주 문제를 따지고 든다면 거짓말 외에 뭐라 말할지 알 수 없었다.

"알았어. 내가 911 신고전화 테이프를 갖고 왔어. 후커 있어?"

"네, 봤어요."

"테이프를 함께 들어보고 나서 나는 글렌데일 서로 갈 거야. 첸에게 크로마토그래피 결과가 나올 거라서 폭탄 복원과 함께 어떤 결과가 나오는지 보고 싶어."

"이제 막 분석을 시작했어요. 결과가 얼마나 나왔을 것 같아요?"

"일부 성분을 알 정도로 충분히, 베스. 제조업체들도 얻고 분석결과도 얻어서 여기서 수사를 시작할 수 있을 거야."

"주민들 탐문 조사도 다 처리해야 하잖아요."

마직은 그녀를 지치게 했다. 하루 시작으로는 참 지랄맞았다.

"내가 거기 가 있는 동안 당신이 호르헤하고 주민들 탐문을 시작하면 돼. 호르헤 찾아서 내 자리로 와."

"화장실에 간 것 같은데요."

"가서 문 좀 두드려봐, 베스. 이런, 젠장."

스타키는 수사과 레온 툴리 경사에게 카세트 플레이어를 빌리고 자리로 가 앉았다. CCS 형사들은 아주 넓은 사무실에서 칸막이 자리를 하나씩 배정받아 일하고 있었다. 칸막이 덕분에 개인 행동이 보호될 것 같지만 칸막이가 아주 낮아서 실제로는 그렇지 않았다. 켈소 경위에게 자랑하고 싶지 않은 한 모든 사람이 속삭여 말했다. 켈소는 대부분의 시간을 자신의 집무실에서 숨어 지냈는데, 그가 하루 종일 인터넷으로 주식투자를 하며 시간을 보낸다는 소문이 있었다.

베스 마직과 호르헤 산토스가 잠시 후에 커피를 들고 나타났다. 산토스가 물었다.

"켈소 경위님 만나봤어요?"

"아니, 그래야 해?"

"오늘 아침에 당신을 보자고 했어요."

스타키는 마직을 흘깃 쳐다봤지만 그녀의 표정은 읽을 수 없었다.

"오, 호르헤, 내게 그렇게 말해주는 사람도 있다니 고맙네. 그럼, 켈소를 보러 가기 전에 테이프를 들어보자고."

스타키가 카세트 플레이어를 켜는 동안 산토스와 마직이 의자를 끌어왔다. 긴급구조대 교환원인 흑인 여성의 목소리가 나오고 심한 스페인 악센트의 남자 목소리가 나왔다.

교환원 : 911입니다. 뭘 도와드릴까요?

발신인 : 올라?(여보세요?)

교환원 : 911입니다. 뭘 도와드리면 되겠습니까?

발신인 : 에…… 세 하블라 에스파뇰?(저…… 스페인어 하는?)

교환원 : 스페인어 할 줄 아는 사람으로 바꿔드릴까요?

발신인 : 에…… 아뇨, 괜찮아요. 이빠요, 여기 보러 사람을 보내야 좋아요.

산토스는 몸을 앞으로 숙이며 테이프를 멈췄다.

"남자 목소리 뒤로 들리는 소리가 뭐죠?"

"트럭이나 버스 같아. 선셋 대로에서 막 벗어난 공중전화에서 전화를 걸었거든. 쇼핑몰에서 동쪽으로 한 블록 떨어진 곳에 있어." 스타키가 말했다.

"쿠바 음식점 바로 앞에 공중전화가 있지 않아요?" 마직이 팔짱을 끼며 말했다.

"응, 작은 식료품점인 과테말라 마켓 건너편에도 공중전화가 있지. 하지만 그 사람은 한 블록 내려갔어."

산토스가 스타키를 쳐다보았다.

"그걸 어떻게 알아요?"

"긴급구조대에서 전화해줘서 주소를 받았어. 그래서 오늘 아침에 현장에 다시 가봤지."

마직이 바닥을 쳐다보며 끙 소리를 냈다. 제대로 된 삶을 살지 않는 낙오자만이 그런 일을 하는 것처럼.

스타키가 테이프를 다시 돌렸다.

교환원 : 뭘 보란 말씀인가요?

발신인 : 저…… 이 상자를 보고, 거어기 폭탄 이는 것 같아요.

교환원 : 폭탄이요?

발신인 : 이 파이프들, 알겠어요? 난 모르겠어요. 무서웠어요.

교환원 : 성함을 말씀해주시겠습니까?

발신인 : 거어기 쓰레기 옆에, 거 왜 있죠? 큰 통.

교환원 : 선생님 성함이 필요합니다.

발신인 : 와서 보는 게 좋겠어요.

남자가 전화를 끊으면서 찰칵 소리가 났다. 녹음 테이프는 그게 끝이었다. 스타키는 플레이어를 껐다. 마직이 눈살을 찌푸렸다.

"정당한 일인데 왜 이름을 남기지 않았을까?"

산토스가 어깨를 으쓱했다.

"사람들이 어떤지 알잖아. 불법체류자일 수 있어. 아마 그 주변을 늘 돌아다니는 이웃 주민일 거야."

스타키는 메모할 만한 종이를 슬쩍 집었다. 그녀가 구할 수 있는 최선의 종이는 LA경찰 조합 신문인 〈블루 라인〉 한 부였다. 그녀는 거리 지도를 대충 그려서 쇼핑몰과 공중전화들의 위치를 보여줬다.

"신고자는 상자에 있는 봉지 안을 봤다고 말하고 있어. 좋아. 그럼 그가 여기 쇼핑몰에 있다는 말이지. 파이프들을 봐서 무섭다고 하는데, 그는 왜 바로 여기 쿠바 음식점 앞의 공중전화를 이용하지 않은 거지? 왜 길 건너 여기로 오지 않았지? 왜 한 블록 동쪽으로 간 걸까?"

마직이 다시 팔짱을 꼈다. 뭔가 마음에 들지 않을 때마다 그녀는 팔짱을 꼈다. 스타키는 그녀의 표정을 일간지 뉴스처럼 읽을 수 있었다.

"아마 폭탄인지 확신할 수 없었겠죠. 게다가 신고전화를 하고 싶은지도 확신할 수 없었을 테고요. 그런 일을 하려면 자기 자신을 설득해야 하니까요. 젠장, 때로 난 똥을 누려고 해도 나 자신을 설득해야 한다고요."

산토스는 마직의 말에 눈살을 찌푸리다가 세탁소 앞의 전화를 톡톡 쳤다.

"만약 내가 폭탄으로 의심되는 물건을 발견한다면 가능한 한 거기서 멀리 떨어지고 싶을 거예요. 그 옆에 서 있고 싶지는 않을 테니까요. 아마 폭탄이 폭발할까 봐 두려웠을 거예요."

스타키는 산토스의 말을 곰곰이 생각해보다가 고개를 끄덕였다. 일리가 있는 말이었다. 그녀는 〈블루 라인〉을 쓰레기통으로 툭 던졌다.

"그럼, 그 이유가 뭐가 됐든지, 전화 걸려온 시간을 알았으니까 그 주변 사람들이 뭔가 봤을 수 있고 우리가 이 일을 해결할 수 있을 거야."

산토스가 고개를 끄덕였다.

"알았어요. 우리가 아파트 입주자들을 탐문하는 동안 당신이 그 일을 하려고요?"

"두 사람 중 누군가가 거길 지나갈 거잖아, 그렇지, 훅? 난 저쪽 글렌데일 서로 가서 첸을 만나야 해."

스타키는 두 사람에게 공중전화 주소를 건네주고 켈소 배리의 집무실로 향했다. 그녀는 문을 두드리지도 않고 들어갔다.

"절 보자고 하셨다고 후커한테 들었습니다."

켈소는 컴퓨터에서 확 떨어져 그녀를 향해 몸을 돌렸다. 그가 스타키에게 노크도 없이 불쑥 들어오지 말라는 소리를 그만둔 것은 1년도 더 전이었다.

"문 좀 닫아주겠어, 캐롤? 그리고 여기 와서 앉아봐."

스타키는 문을 닫고 급히 걸어와 책상 앞에 섰다. 망할 마직에 대한 자신의 생각이 맞았다. 그녀는 의자에 앉지 않았다.

켈소는 어떻게 말을 꺼내야 할지 몰라 의자에 앉은 채 꼼지락거렸다.

"자네에게 이 일이 괜찮은지 확실히 하고 싶네."

"뭐에 관해서요, 배리?"

"자네가 지난밤에, 음, 약간 긴장한 듯 보여서. 그래서, 음, 이 사건의 지휘를 맡아도 괜찮은지 확실히 하고 싶을 뿐이야."

"절 교체하시려고요?"

그는 몸을 흔들기 시작했다. 몸짓으로 보아 그녀를 교체하는 게 바로 그의 의중이었다.

"전혀 그렇지 않아, 캐롤. 하지만 이번 사건은 자네의 정곡을 찌른 셈이라서. 최근에 우리에게 이런저런 일들이 있었잖아."

그는 이야기를 더 끌고 나가기가 힘겨운지 입을 다물었다.

스타키는 떨리는 몸을 애써 가라앉히려고 했다. 그녀는 마직에게 몹시 화가 났고, 켈소가 자신의 은행 발령을 재고할까 봐 두려웠다.

"마직이 제가 술을 마시고 있었다고 하던가요?"

켈소는 양 손바닥을 들어 보였다.

"마직은 이 일에서 빼지."

"범죄 현장에서 절 보셨잖아요, 배리. 제가 술 취해 행동하거나 일을 제대로 처리하지 못하는 것처럼 보였나요?"

"내 질문은 그게 아니야. 자넨 낫기 힘든 부상을 좀 입었어, 캐롤. 그 일은 이야기한 적이 있으니 우리 둘 다 아는 사실이야. 지난밤 자네는 자네가 가까스로 살아남았던 사건과 아주 유사한 상황을 접했어. 어쩌면 불안했을지 몰라."

"절 교체하는 일을 말씀하시는 중입니다!"

"난 진 냄새가 난다고 생각하면서 우리 대화를 끝냈어. 그랬지?"

스타키는 그의 눈을 마주 보았다.

"아닙니다. 비나카 냄새를 맡으셨죠. 점심에 쿠바 음식을 먹어서 전 하루 종일 마늘 냄새를 풍기고 다녔어요. 그게 경위님과 마직이 맡은 냄새입니다."

그는 두 손바닥을 다시 내보였다.

"마직은 이 일에서 빼지. 마직은 내게 아무 말도 하지 않았어."

스타키는 그가 거짓말한다는 것을 알았다. 그녀의 입김에서 진 냄새를 맡았다면 켈소는 그 자리에서 한소리 했을 것이다. 지금 그는 마직의 항의에 동조하고 있었다.

스타키는 서 있는 자세에 무척 주의를 기울였다. 그녀가 켈소의 몸짓을 읽는 것과 마찬가지로 그는 그녀의 몸짓을 읽을 것이다. 그는 그녀에게서 어떤 방어적인 흔적이라도 찾아낼 것이다.

마침내 그는 꼭 언급해야 할 사항을 말했다는 것과 자신이 책임감 있는 지휘관이었다는 데 안도하며 의자에 등을 댔다.

"좋아, 캐롤. 이 사건은 자네 담당이야. 자네를 위해 내가 여기 있다는 것을 알아주면 좋겠군."

"전 글렌데일 서에 가야 합니다, 경위님. 폭탄에 대한 명백한 사실들을 빨리 입수할수록 이 진창을 더 빨리 수습할 수 있습니다."

켈소는 등을 기댄 채 그녀에게 나가보라고 했다.

"알았어. 뭔가 필요하면 내가 여기 있다는 것만 알아두게. 이건 아주 중요한 사건이야, 캐롤. 사람이 죽었어. 더구나 경찰관이 죽어서 사적인 일이 되어버렸어."

"저와 폭발물처리반 사람들의 일입니다, 경위님. 믿어주십시오."

"그럴 거라고 생각해. 서두르지 마, 캐롤. 우리가 틀림없이 이 일을 해결할 거야."

스타키는 부서 사무실로 돌아와 마직을 찾았다. 마직과 산토스는 이미 나가고 없었다. 그녀는 소지품을 챙기고 나와, 말리라는 이름의 뚱뚱한 내사과 형사와 주차 다툼을 벌였던 곳에서 힘겹게 차를 빼냈다. 건물을 빠져나오는 데 15분이 걸렸다. 잠시 후 그녀는 길가에 차를 댔다. 마직에게 너무 화가 나서 손이 떨렸다.

진을 넣어둔 휴대용 술병이 좌석 밑에 있었지만 건드리지 않았다. 하지만 진 생각은 굴뚝같았다.

스타키는 담뱃불을 붙인 다음 지옥에서 빠져나오는 박쥐처럼 불가마 같은 연기를 내뿜으며 차를 달렸다.

글렌데일 경찰서 주차창에 차를 댔을 때 시간은 아직 8시 30분이었다. 존 첸은 9시까지 크로마토그래피 분석이 나올 거라고 말했다. 스타키는 그가 분석하다 실수할 가능성과 서류 작업 시간까지 감안하여 9시라고 추정했으리라 생각했다.

그녀는 차에 앉아 5분간 담배를 피우고 휴대폰으로 SID(과학수사부)에 전화했다.

"존, 스타키야. 여기 주차장에 와 있어. 결과는 나왔어?"

"지금 앞에 와 있다고?"

"당연하지. 레이턴 경위님 뵈러 가는 길이야."

고집스럽게 굴거나 변명하는 대신에 첸이 말했다.

"2분만 줘. 바로 내려갈게. 이거 진짜 좋아할 거야."

LA경찰 폭발물처리반은 글렌데일 미니 경찰서에 인접한 낮은 현대식 건물에 본부를 두고 있는데, 과학수사부와 더부살이하고 있었다. 붉은 벽돌로 지어진 이 건물 바로 뒤로는 유칼립투스 나무가 숲을 이루고 있었다. 3미터 높이의 철조망 울타리만 건물 뒤에 바싹 붙어 있지 않다면 대다수 사람들이 경찰서를 치과로 오해할 만했다. 주차장 곳곳에 진청색 폭발물처리반 서버번들이 주차돼 있었다.

스타키는 폭발물처리반 접수처에 가서 레이턴 경위와의 면담을 요청했다. 레이턴은 다른 사람들과 마찬가지로 파편을 주워 모으며 범죄 현장에서 밤을 지새운 터였다. 눈 가장자리가 거뭇거뭇해 그녀가 그를 본 이래로 가장 나이 들어 보였다. 심지어 슈거 부드로가 죽었을 때에도 이만큼 늙어 보이지는 않았다.

스타키가 그에게 비닐봉지를 건넸다.

"오늘 아침에 현장에 다시 가서 이 조각들을 발견했습니다. 폭탄 복원할 사람은 벌써 구하셨어요?"

레이턴이 비닐봉지를 보려고 위로 들어 올렸다. 세 조각 다 증거 기록물에 기록해두고 실제로 폭탄의 일부인지 확인하는 검사를 거쳐야 했다.

"러스 데이글이 맡았어. 데이글이 일찍 나와서 어젯밤 우리가 발견한 조각들을 분류하고 있지."

"첸이 크로마토그래피 결과를 가지고 내려오는 중이에요. 여기서 갖고 있는 성분 제조사들이 어떤 곳이든 운 좋게 얻어걸리길 바라고 있었거든요. 그래야 그걸 가지고 굴려보죠."

"물론이야. 첸에게 결과를 들어 보지."

그녀는 레이턴을 따라 긴 복도를 내려가 상황실과 경사 사무실들을 지나 부서 사무실로 갔다. 그곳은 경찰서의 여느 사무실과 같지 않았다. 작고 비좁은 책상과 검은색 포마이카 작업대가 가득한 고등학교 과학 실험실 같았다.

부서 사무실의 모든 작업대 위에는 파이프 폭탄과 다이너마이트 폭탄에서부터 금속용기 폭탄과 커다란 군포에 이르기까지 해체된 폭탄이나 폭탄 복제본이 있었다. 공대공 미사일이 한 대 천장에 매달려 있었다. 폭탄이 없는 작업대 위에는 업계 전문지와 참고도서 들이 어질러져 있었고, 벽에는 FBI 지명수배자 포스터가 테이프로 붙어 있었다.

러스 데이글은 한 작업대 앞에서 등받이 없는 의자에 앉아 금속 조각들을 분류하고 있었다. 그는 폭발물처리반 간부급 경사 세 명 중 한 사람으로 부서에서 근무 경력이 가장 높았다. 짙은 회색 콧수염을 기르고 작고 탄탄한 몸을 지닌 그는 뭉툭한 손가락에 라텍스 장갑을 끼고 있었다.

데이글은 두 사람이 걸어오는 소리에 고개를 들어 흘깃 쳐다보고는 작업대 끝의 얼룩덜룩한 컴퓨터를 턱으로 가리켰다. 그 컴퓨터에는 TV 드라마 〈바빌론 5〉 스티커가 잔뜩 붙어 있었다.

"스냅사진들을 살려냈어. 보겠나?"

"물론이죠."

스타키는 모니터를 보기 위해 그의 뒤로 이동했다.

"가장자리 사진과 측면 사진이야. 다른 사진들도 있지만 이 사진들이 가장 상태가 좋아. 전형적인 골통 파이프 폭탄이야. 웬 빌어먹을 놈이 차고에서 만들었을 거야."

리지오가 촬영한 디지털 스냅사진들이 모니터에 떴다. 사진에서는 파이프 두 개가 컴컴한 그림자로 나왔고, 파이프 사이의 갈라진 틈이 전선 실패로 고정되어 파이프와 함께 깔끔하게 테이프가 붙여져 있었다. 파이프들의 양 끝 네 곳에는 모두 뚜껑이 씌워져 있었다. 스타키는 이미지를,

흰 부처 종이(크래프트지)에 펼쳐놓은 날이 들쭉날쭉한 검은 금속 조각들과 비교하면서 조사했다. 끝의 뚜껑 하나는 온전했지만 나머지 뚜껑들은 부서져 있었다. 데이글은 조각들을 크기와 형태별로 구분했는데, 지그소 퍼즐에서 조각들을 분류하는 방법과 똑같았다. 그는 이미 뚜껑 네 개의 주요 부분을 분류했고 파이프 통조각도 상당히 분류해냈지만 40에서 50퍼센트의 조각들이 여전히 없는 게 분명했다.

"뭐가 나왔어요, 경사님? 직경 5센티미터의 전형적인 아연철판 파이프 같은데요?"

그는 알파벳 V자가 철에 새겨진 뚜껑 조각을 하나 들어 올렸다.

"응, V자 보이지? 뱅가드파이프사(社). 전국 어디서나 살 수 있어."

스타키는 메모장에 그 정보를 적었다. 그녀는 부품과 그 특성을 목록으로 작성해 전국 법집행기관 정보통신 시스템(NLETS)을 통해 워싱턴의 FBI 폭탄 데이터센터와 ATF(주류 · 담배 · 화기 단속국) 국립보관소에 자료를 제출할 것이다. FBI 폭탄 데이터센터와 ATF 국립보관소에서는 시스템의 모든 폭탄 보고서와 특징이 일치하는지 검색할 것이다.

데이글은 뚜껑 가장자리 밑에서 손가락을 위로 올려 부스럭거리며 하얀 무언가를 벗겨냈다.

"이거 보이지? 배관용 접합 테이프야. 여기 아주 깔끔한 놈을 찾았어. 아주 정확하고. 여기 파이프를 연결한 테이프조차 마찬가지야. 이게 뭘 말하는지 아나?"

나이 든 경사는 이미 결론을 내리고 스타키를 시험하고 있었다. 그는 그녀가 폭발물처리반에 있을 때 이런 질문을 수백 번도 더 던졌다.

"싱크대 배수관 작업을 한다면 이음매에 테이프를 붙이고 싶기도 하겠죠. 하지만 폭탄에 테이프를 붙일 필요는 전혀 없다고 확신하시는 거죠?"

데이글은 그녀가 그 단서를 파악한 것을 자랑스러워하며 씩 웃었다.

"맞아. 테이프를 붙일 이유가 없지. 그러니 아마도 습관적으로 한 짓일 수 있어. 배관공일 수도 있고, 아니면 건설업자일 수도 있어."

연방기관에 보낼 사항이 하나 더 추가되었다.

"두 개의 파이프가 같은 크기야. 스냅사진들을 보고 눈으로 측정한 수치와 거의 똑같아. 놈이 같은 길이로 자르거나 다른 사람에게 시켰거나 했어. 그리고 깐깐해. 여기 테이프 그림자 보이지? 얼마나 조심스럽게 테이프를 둘렀는지? 우린 까다로운 놈을 만난 거야. 손재주도 있고. 아주 정확해."

스타키는 폭탄 제조범에 대한 그림을 이미 그리고 있었다. 솜씨 좋은 숙련공이거나 기계제작 기술자이거나 모형제작자이거나 목공처럼 정밀함에 자부심을 느끼는 마니아일 것이다.

"첸이 숫자 5를 보여줬나?"

"5라뇨?"

데이글이 파이프 통 한 조각을 확대경 밑에 갖다 댔다. 첸이 리지오의 방호 보호복에서 뽑은 S자가 새겨진 조각이었다.

"S자 같은데요."

"S자인지 숫자 5인지, 아니면 일종의 상징인지 확실치 않아."

레이턴이 말했다.

데이글이 확대경에 가까이 다가가 뚫어지게 보았다.

"이게 뭐가 됐든 고속 조각도구로 새긴 거야."

그들이 스냅사진에 대해 논의하는 동안 첸이 들어왔다. 첸 역시 잠을 못 잔 듯했지만, 스타키에게 크로마토그래피 분석결과를 건네주는 얼굴에는 홍분이 깃들어 있었다.

"확인차 다른 샘플을 돌리고 있다고 지금 말씀드리지만, 폭약은 모덱스 하이브리드라는 것입니다. 놈이 인근 철물점에서 이 성분을 사지는 않은 겁니다."

세 사람이 첸을 쳐다보았다.

"군대에서는 모덱스 하이브리드를 대포 탄두와 공대공 미사일에 이용하죠. 초당 8.5킬로미터의 발화속도를 이야기하는 겁니다."

데이글이 끙끙거렸다. 발화속도는 폭약이 얼마나 빨리 전소되어 에너지를 방출하는지 나타내는 측정 척도였다. 폭약이 강력할수록 발화속도가 더 빨랐다.

"TNT(황색의 바늘 모양 결정으로 된 고성능 폭약)가, 그러니까 초당 6킬로미터지?"

"6킬로미터이거나 6.5킬로미터이거나, 그 정도예요."

스타키의 말에 레이턴이 고개를 끄덕였다.

"군사폭약을 이야기하는 거라면 우리로서는 잘된 일이야. 범위가 좁혀질 거야, 캐롤. 누가 분실했고 누구에게 접근 권한이 있는지 보면 돼."

첸이 목소리를 가다듬었다.

"그런데 그렇게 간단하지 않습니다. 분석결과에서 화학적 특징에 불순물이 많이 나와서 펜실베이니아의 제조업체에 전화해봤습니다. 모덱스는 세 가지 형태로 나옵니다. 군수용 물자로 정부 계약 하에 제조되고, 상업적 용도로는 전량 외국 수출용으로 제조됩니다. EPA(환경보호국)에서는 국내에서 이용하지 못하게 하고 있죠. 그리고 집에서 직접 만드는 게 있습니다."

데이글이 얼굴을 찌푸렸다.

"그게 무슨 말이야? 집에서 직접 만들다니."

"그 제조업체 직원 생각으로는 집에서 화학물질을 혼합해 이 일회분을 만들어냈을 것 같다는군요. 성분과 알맞은 압력 장치만 있으면 만들기가 그리 어렵지 않습니다. 그 직원 말로는 순수 메스암페타민 일회분을 만드는 것과 같은 수준이라고 합니다."

스타키는 분석결과 기록지를 내려다봤다. 하지만 그녀가 알고 싶은 내용은 적혀 있지 않았다.

"알았어. 직접 이 성분을 만들 수 있다면 성분 목록과 제조방법이 필요해." 스타키가 말했다.

"그 직원이 자료를 모아서 팩스로 보낼 거야. 그에게 제조업체들도 문의해놓았어. 받는 즉시 보내줄게."

스타키는 기록지를 접어서 메모장에 껴 넣었다. 독특한 폭약은 수사에 도움이 되지만 그녀는 그 사실이 시사하는 바가 마음에 들지 않았다.

"군사폭약이거나 일종의 첨단 실험실 작업이 필요한 물질이라면, 제조범에 대한 제 그림이 바뀌게 됩니다. 이 물질로 뭘 할 수 있는지 그냥 확인해보고자 하는 놈을 거론할 수 없게 됩니다. 심각한 폭탄입니다."

레이턴이 눈살을 찌푸리고 의자에 등을 기댔다.

"꼭 그렇지만은 않아. 모덱스가 도난당한 것으로 판명된다면, 뒤뜰의 미치광이가 그 같은 성분의 입수 방법을 모를 거라는 게 맞지. 하지만 그자가 직접 만들었다면 인터넷에서 화학식을 얻었을 거야. 어쩌면 이처럼 좀 더 강력한 폭약을 이용하는 게 일종의 도전이라고 생각했을지도 모르지."

데이글은 레이턴의 말이 마음에 들지 않아 팔짱을 꼈다.

"이 폭탄이 심각한 폭탄이 되리라는 스타키 말이 맞아. 해두고 싶은 말이 있어. 왜 이런 폭탄을 만들었으며, 왜 쓰레기 수거함에 그냥 두고 갔느냐는 거야. 그 이유에 대한 설명이 좀더 있어야 해."

"상점 주인들과 다 이야기했는데, 아무도 협박받은 사람이 없었어요, 경사님. 폭탄은 건물에 피해를 입히지도 않았어요."

데이글은 더 언짢은 낯을 보였다.

"그자들 중 하나가 거짓말을 하고 있는 거야. 그냥 가지고 놀려고 누가 이렇게 강력한 폭탄을 만드나. 내 말에 주의해. 그자들 중 하나가 누군가를 뜯어먹고 이렇게 앙갚음 당한 거야."

스타키는 자신이 스냅사진들을 조사했을 때처럼 어쩌면 데이글의 말이 맞을 거라고 생각하며 어깨를 으쓱했다.

"경사님, 이 사진에 보면 뇌관이 보이지 않아요. 건전지도 없고 전력원도 없고요. 어떻게 터진 거죠?"

데이글이 등받이 의자에서 미끄러지듯 내려와 등을 펴고는 화면의 사진을 톡톡 두드렸다.

"내가 생각한 이론이 있어. 한 파이프에 폭약이 들어 있고, 다른 파이프에 뇌관이 있는 거지. 여기 봐봐."

그는 스타키와 레이턴이 볼 수 있게 커다란 파이프 조각을 두 개 들어 올렸다.

"둥근 부분 안쪽에 여기 흰 잔여물이 보이지?"

"네, 폭약이 타오를 때부터 그런 거죠."

"맞아. 그럼 다른 한쪽을 봐. 여긴 아무것도 없어. 깨끗해. 그래서 이 파이프에 뇌관을 넣은 게 아닌가 생각해. 건전지가 됐든 뭐가 됐든 그것과 함께."

"그게 타이머에 연결되었다고 생각하세요?"

데이글은 미심쩍은 표정이었다.

"리지오가 폭탄 위쪽으로 서 있었을 때 타이머가 저절로 움직였다고? 난 한 순간이라도 그건 아니라고 봐. 아직 아무것도 발견하지 못했지만 리지오가 스위치를 누른 거라고 생각하고 있어."

"벅은 리지오가 결코 소포를 건드리지 않았다고 하던데요."

"그거야 벅이 본 거고. 리지오가 뭔가를 건드린 게 틀림없어. 폭탄이 아무 이유 없이 저절로 터지지는 않아."

모든 사람이 갑자기 조용해졌고 데이글은 얼굴을 붉혔다. 스타키는 분위기가 싸해진 게 자기 때문임을 알아차리고 역시 얼굴이 붉어졌다.

"이런, 맙소사. 캐롤, 미안해. 그런 뜻이 아니었어."

"미안해하실 필요 전혀 없어요, 경사님. 이유가 있었어요. 지진이라는 이유 말이에요."

스타키는 자신이 찾은 일그러진 디스크가 생각나 봉지에서 꺼내 보여주었다.

"오늘 아침 범죄 현장에서 이 디스크를 발견했어요. 폭탄에서 나온 건지 모르겠지만 그럴 가능성이 꽤 있어요. 기폭제의 일부일 수도 있고요."

데이글이 디스크를 확대경 밑에 놓고 자세히 들여다보았다. 그러더니 아랫입술을 씹으면서 눈을 가늘게 뜨고 어리둥절해했다.

"전자장치 같은데. 디스크 안에 회로판이 있는 것 같아."

첸이 바싹 붙어서 디스크를 뚫어지게 보았다. 그는 데이글의 장갑을 잡아당겨 자신의 손에 끼고는 가는 드라이버를 집어서 조개껍질 열듯 디스크를 열었다.

"이런 개자식이 있나. 이게 뭔지 아세요?"

디스크 안에는 단 한 단어가 찍혀 있었다. 그들 모두 아는 단어로, 그자리에 너무 어울리지 않아서 터무니없게 여겨졌다. 그 단어는 '마텔' (MATTEL. 미국의 완구회사)이었다.

존 첸은 디스크를 내려놓고 뒤로 물러섰다. 다른 두 사람이 디스크로 다가가 자세히 들여다보았지만 스타키는 첸을 지켜보았다. 그는 비통한 표정이었다.

"이게 뭐야, 존?"

"아이들 원격조종 차에 들어가는 것 같은 무선수신기야."

이제 그들 모두가 첸을 쳐다보았다. 첸의 말이 이 폭탄과 폭발의 익명성에 대해 자신들이 세웠던 모든 가정을 바꾸었기 때문이다.

"찰리 리지오는 이 폭탄을 터트리지 않았어. 저절로 폭발한 것도 아니야. 이 폭탄은 원격조종됐어."

스타키는 다른 두 사람과 동시에, 첸이 하려는 말의 의미를 알아챘다. 하지만 그 의미를 말한 사람은 그녀였다.

"이 폭탄을 만든 미친놈이 바로 거기 있었어. 찰리가 폭탄 위로 몸을 숙일 때까지 기다렸다가 폭파한 거야."

존 첸이 숨을 다시 내쉬었다.

"맞아. 그놈은 누군가 죽는 걸 보고 싶어 했어."

켈소 배리는 커피를 따라 맛을 보더니 드라노(배수관 청소액의 일종)를 홀짝인 것 같은 표정을 지었다.

"정말 그 개자식이 현장에서 폭탄을 터트렸다고 보나?"

스타키는 그에게 원격제어 시스템 업체 직원에게 받은 팩스 용지를 보여주었다. 그 종이에는 무선수신기의 성능 사양 설명과 작동에 필요한 사항들의 목록이 실려 있었다.

"이 수신기는 아주 낮은 전압으로도 작동이 가능해서 55미터 거리에서만 시험해봤다고 합니다. 통화한 직원 말로는 송신기와 수신기의 최대 거리가 약 90미터 된대요. 그건 조준선 거리예요, 배리. 그 정도면 우리 경찰관들이 한눈에 들어와요."

"알았어. 그래서 자네 생각은?"

"시내 모든 TV 방송국에서 헬리콥터를 띄워서 현장을 방송했어요. 지상에도 카메라가 있었고요. 아마 그 촬영 테이프들 중 하나에 그자의 모습이 잡혔을지 몰라요."

켈소는 만족한 얼굴로 고개를 끄덕였다.

"알았어. 그거 좋네. 스타키, 좋은 생각이야. 언론담당과에 이야기해둘게. 방송국 테이프 모으는 게 문제가 되지는 않을 거야."

"하나 더요. 마직과 후커에게 업무를 분담했어요. 마직은 거주자들을 탐문하고 있고, 후커는 현장에 있었던 경찰관과 소방관 들과 이야기하고 있어요. 현장 탐문을 도와줄 인력이 더 있으면 도움이 될 것 같아요."

켈소의 표정이 다시 뚱해졌다.

"알았어. 내가 할 수 있는 일을 알아보지."

그는 나가다가 다시 돌아왔다.

"이 사건을 맡아도 정말 괜찮은 거지? 자네가 처리할 수 있는 게 맞지?"

스타키는 얼굴이 붉어졌다.

"인력을 더 요청하는 게 나약함의 징후라고 할 수는 없어요, 배리. 저희는 지금 진전을 보이고 있습니다."

켈소는 잠시 동안 그녀를 쳐다보다가 고개를 끄덕였다.

"맞아. 그렇지. 별다른 뜻이 있어서 한 말은 아니야."

스타키는 그 말에 놀라면서도 기뻤다.

"아직 다제트 경사와 이야기하지 않았지?"

"예."

"그와 이야기를 나눠봐야 해. 주차장에서 봤을지도 모르는 사람들을 생각해보라고 하게. 방송국 테이프들을 입수하면 그에게 보라고 해야 할 거야."

켈소가 문을 닫자 스타키는 뱃속이 꽉 뭉치는 걸 느끼며 자신의 자리로 돌아왔다. 벅 다제트는 혼란스럽고 화가 날 것이다. 그는 이 사건으로 충격을 받아 자신이 내렸던 결정을 비롯해 자신이 했던 행동 하나하나를 모두 되짚어볼 것이다. 스타키 역시 그런 감정을 겪어본 터라 그의 기분을 이해했으며 다시는 그런 감정을 마주하고 싶지 않았다.

스타키는 롤로덱스 회전용 명함꽂이에서 벅의 주소를 쳐다보는 한편, 가방에 든 휴대용 술병을 생각하며 20분간 그대로 앉아 있었다. 결국 더 이상 참을 수 없어 차로 성큼성큼 내려갔다.

벅 다제트는 산가브리엘 밸리의 비좁은 지중해 양식의 집에 살았다. 그 집은 몬터레이 공원 바로 동쪽에 동일한 베이지색 치장벽토와 구운 진흙 기와 지붕의 주택이 백여 채 있는, 저렴한 비용으로 개발된 주택지구에 있었다. 스타키는 슈거가 죽기 석 달 전 폭발물처리반에서 야외 파티를 할 때 벅의 집에 한 번 가보았다. 좋은 집은 아니었다. 간부급 경사의 월급이면 좀더 좋은 집에서 살 수 있겠지만 그녀는 벅이 세 번 이혼한 사실을 알고 있었다. 그는 이혼수당과 아이들 양육비에 시달릴 것이다.

고속도로를 벗어난 지 5분 만에 스타키는 벅의 집 진입로에 차를 댔다. 출입문으로 가니 검은 리본이 문 고리쇠에 매여 있었다.

벅의 네 번째 아내가 문을 열어주었다. 그녀는 벅보다 스무 살 연하로 매력적인 여자였는데 오늘은 얼이 빠지고 정신이 없어 보였다. 스타키는 자신의 배지를 보여주었다.

"캐롤 스타키입니다, 다제트 부인. 예전에 폭발물처리반에서 벅과 같이 일했습니다. 전에 한 번 뵌 적 있죠? 죄송합니다만 부인 이름이 생각이 안 나네요."

"나탈리예요."

"나탈리, 그렇군요. 벅 좀 볼 수 있을까요?"

"저기, 난 오늘 일을 나가지 못했어요. 벅이 아주 속상해하고 있거든요."

"그럴 거예요, 나탈리. 끔찍했으니까요. 음, 벅은 집에 있나요?"

나탈리 다제트는 스타키를 데리고 집 안을 가로질러 뒤뜰로 갔다. 벅은 뒤뜰에서 잔디깎기기계에 기름칠을 하고 있었다. 스타키가 뜰로 들어서자마자 나탈리는 집 안으로 사라졌다.

"이봐요, 벅."

벅은 그녀를 보고 놀란 듯 위를 흘깃 쳐다보더니 허둥지둥 일어섰다. 그를 보는 것만으로도 그녀는 가슴이 아팠다.

벅은 잔디깎기기계 쪽으로 어깨를 으쓱했다. 당황하는 몸짓이었다.

"바쁘게 지내려는 중이야. 자네를 껴안고 싶지만 땀투성이어서 안 되겠어."

"바쁜 게 좋은 거죠, 벅. 괜찮아요."

"시원한 음료수라도 마시겠어? 나탈리가 아무것도 안 내왔어?"

그는 스타키 쪽으로 건너오며 기름투성이 오렌지색 천에 손을 닦았다. 천이 지저분해서 오히려 손이 더 더러워졌다.

무척 더운 날이라 그의 머리에서는 땀이 뚝뚝 떨어졌다.

"시간이 별로 없어서요. 짧게 할게요."

그는 실망한 낯으로 고개를 끄덕이고는 집 벽에 기대놓은 접이식 의자를 두 개 펼쳤다.

"자네가 사건을 맡았다고 들었어. CCS에서 일하는 건 괜찮아?"

"차라리 폭발물처리반으로 돌아가고 싶어요."

벅은 그녀를 보지 않고 고개를 끄덕였다. 그녀는 자신이 폭발물처리반에 있었다면 쓰러진 사람이 리지오가 아니라 자신이 될 수도 있었다는 생각이 문득 들었다. 어쩌면 벅도 같은 생각을 했는지도 모른다.

"벅, 사건에 대해 몇 가지 묻고 싶어요."

"그래. 얼마든지 물어봐. 참, 내가 그 얘길 못 한 것 같은데, 폭발물처리반 사람들은 자네가 수사과로 옮겨가 형사가 된 걸 정말 자랑스러워해. 그거야말로 진짜 경찰 업무잖아."

"고마워요, 벅. 감사해요."

"지금 직급이 D-3(Detective III. 형사 3급)인가?"

"D-2(형사 2급)요. 승진하기엔 근속기간이 아직 부족해요."

벅이 어깨를 으쓱했다.

"승진하겠지. D-2인데도 지휘를 맡았잖아."(LA경찰의 형사 직급은 형사 1급에서 3급까지 총 3개 급이 있다.)

스타키는 벅이, 자신에게 그 수사를 할 만한 역량이 있는지 의심할지도 모른다는 생각이 들었다. 그녀는 벅을 좋아했지만 그의 의심을 받는 건 원치 않았다. 의심이라면 켈소만으로도 충분했다.

"누가 폭탄에 대해 전화해줬어요? 폭탄에 대해 들었어요?"

"아니, 듣다니 뭘?"

그는 그녀의 얼굴을 살피고 있었다. 그녀는 얼굴을 돌리지 않으려고 안간힘을 다했다. 안 좋은 이야기가 나오리라는 걸 눈치챈 그의 눈에 공포가 드리워졌다.

"폭탄이 어쨌다는 거야, 캐롤?"

"원격조종으로 폭발했어요."

그는 잠시 아무 표정 없이 그녀를 바라보다가 고개를 흔들었다. 자포자기한 어조가 조금씩 배어 나오는 목소리로 그가 말했다.

"그럴 리가 없어. 찰리가 실시간 엑스레이로 괜찮은 스냅사진을 찍었어. 우린 무선장치는 보지 못했어. 뇌관 같은 것도 보지 못했어. 그 비슷한 걸 봤다면 내가 찰리를 거기서 확 잡아당겼을 거야. 찰리가 달려 나왔을 거라고."

"보지 못했을 수도 있어요, 벅. 전원함과 기폭제가 한 파이프 안에 있었어요. 폭약은 다른 한쪽에 있었고요. 모덱스 하이브리드라고 불리는 거예요."

그는 눈을 심하게 깜박거렸다. 눈물을 삼키려는 것이었지만 눈물은 금세 흘러나왔다. 스타키는 자신의 눈에도 눈물이 고인 것을 느끼고 그의 팔에 손을 얹었다.

"난 괜찮아."

그녀는 그들 둘이 좋은 파트너였다고 생각하면서 그의 팔을 놓았다.

벅은 목소리를 가다듬고는 숨을 들이쉬고 내쉬었다.

"모덱스라, 군사용이지? 그 이름 들어봤어."

"군대에서 탄두에 모덱스를 쓴대요. TNT보다 거의 3킬로미터 더 빨라요. 하지만 저흰 이번 폭탄에 쓰인 양이 자가제작한 거라고 생각하고 있어요."

"맙소사, 원격장치가 확실한 거야? 원격조종이 확실해?"

"무선수신기를 발견했어요. 폭탄을 터트린 자가 그 지역 어딘가에 있었어요. 원하면 언제든지 폭탄을 터트릴 수 있었지만, 그자는 찰리가 폭탄 바로 위로 몸을 숙일 때까지 기다렸어요. 지켜보고 있었던 것 같아요."

그는 이 모든 이야기가 견디기 힘들다는 듯 얼굴을 문지르고 고개를 흔들었다.

그녀는 그에게 비디오테이프 얘기를 꺼냈다.

"좀 들어봐요, 벅. TV 방송국에서 촬영한 비디오를 모으고 있어요. 테이프를 모두 모으면 와서 봐줬으면 해요. 어쩌면 군중 속에서 누군가를 알아볼 수 있을 거예요."

"난 모르겠어, 캐롤. 난 폭탄 쪽을 보고 있었어. 찰리의 체온과 스냅사진 찍는 일만 걱정하고 있었다고. 우리는 저쪽의 어떤 갱단놈이 범인이라고 생각했어. 왜 있잖아? 함께 뭉쳐 다니며 으스대는 멕시코계 십대 길거리 깡패 말이야. 단지 빌어먹을 파이프 두 개였어. 하느님 맙소사."

"테이프를 다 입수하는 데 하루나 이틀이 걸릴 거예요. 이 일에 대해 생각 좀 해보세요. 눈에 띄었던 사람이나 물건을 떠올려보세요."

"물론이지. 달리 할 일도 없어. 딕이 사흘을 쉬게 해줬거든."

"그게 좋아요, 벅. 그동안 이 뜰의 잡초를 치우면 되겠네요. 완전 엉망진창이에요."

벅은 힘없이 웃으며 투덜댔지만 두 사람 다 곧 조용해졌다.

잠시 후 벅이 입을 열었다.

"상부에서 내게 뭘 하려는지 알아?"

"뭘요?"

"나 은행으로 가야 해. 젠장, 거기 사람들과 이야기하고 싶지 않아."

스타키는 뭐라 말해야 할지 몰랐다.

"'정신적 외상 상담'이라고 부른대. 지금은 새로운 규칙들이 있어. 총격 현장에 있으면 은행에 가야 해. 자동차 사고를 당해도 가야 해. 내 짐작인데, 내 파트너가 터져서 개진창 되는 꼴을 지켜보면서 어떤 심정이 들었는지 정신과 의사한테 말해야 하나 봐."

스타키는 그런 벅에게 뭐라고 말해야 할지 고민이었다. 그때 무선호출기가 진동했다. 호출번호는 마직의 번호였고 뒤에 911이 찍혀 있었다.

스타키는 그 호출에 응답해야 했지만 벅의 곁을 일찍 떠나고 싶지가 않았다.

"은행 걱정은 하지 마세요. 그쪽으로 발령 내지는 않을 것 같아요."

"난 그 사람들과 이야기하고 싶지 않을 뿐이야. 그 같은 일에 대해 말할 게 뭐가 있겠어? 자네는 뭐라고 말했어?"

"아무것도요, 벅. 말한 게 아무것도 없어요. 그들에게 그렇게 말씀하세요. 말할 게 없다고. 벅, 이 호출에 응답해야겠어요. 마직이거든요."

"물론이지. 이해해."

다제트는 집 안을 지나 그녀를 앞문까지 배웅했다. 그의 아내는 보이지 않았다.

"나탈리도 마음이 많이 상했어. 아내가 아무것도 내오지 않아서 미안해."

"신경 쓰지 마세요, 벅. 아무것도 마시고 싶지 않았거든요."

"우리 셋이 아주 가까웠어. 아내가 찰리를 많이 좋아했지."

"비디오 일로 전화할게요. 생각해보세요. 아셨죠?"

스타키가 문으로 나가려던 차에 벅이 그녀를 멈춰 세웠다.

"형사?"

직함으로 자신을 부르는 벽의 소리에 그녀는 웃으며 돌아보았다.

"묻지 않아서 고마워. 내가 무슨 말 하는지 알지? 사람들이 다들 내 상태를 물어오는데 그 질문에도 난 할 말이 없어."

"알아요, 벅. 저는 사람들이 그런 걸 물어올 때마다 완전 미쳐버릴 것 같았어요."

"그렇지. 그럼 자네와 내가 같은 처지의 소규모 클럽 멤버가 됐군."

스타키는 그에게 고개를 끄덕였다. 벅 다제트는 곧 문을 닫았다.

스타키는 차로 걸어가다가 또 호출음을 들었다. 이번에는 후커였다. 그녀는 다제트의 집 진입로에 앉아서 911을 친 마직에게 전화를 걸었다.

마직은 기다리고 있었는지 첫 번째 발신음에 전화를 받았다.

"베스 마직입니다."

"스타키야. 무슨 일이야?"

"여기서 뭐 좀 건졌어요, 캐롤. 꽃집에 내려와 있는데, 공중전화 건너편에 있는 그 꽃집 말이에요. 911에서 1시 14분에 신고전화를 받았다고 했죠? 꽃집 주인네 애가 배달 준비 하면서 가게 앞에 나와 있었는데, 전화하던 그 남자를 봤대요."

흥분한 마직의 목소리에 스타키는 맥박이 빨라졌다.

"그 애가 차를 봤다고 말해줘, 베스. 번호판을 구했다고 말해줘."

"캐롤, 내 말을 들어봐요. 더 좋은 정보예요. 그 아이 말로는 백인 남자였대요."

"전화 건 남자는 히스패닉이었잖아."

"내 말 좀 들어봐요, 캐롤. 그 애 말이 틀림없어요. 가게 사람들이 꽃을 싣는 동안 그 애는 트럭에 앉아 그 망할 집시 킹스 노래를 듣고 있었대요. 1시 좀 지나서부터 정확히 1시 20분까지 거기 있었어요. 가게 사람이 그 애가 출발한 시간을 일지에 기록해놓아서, 전화 걸려온 시간에 아이가 거기 있었다는 걸 알 수 있어요. 아이 말로는 백인이었대요."

스타키는 흥분하지 않으려고 했지만 자제하기가 쉽지 않았다.

"폭탄을 설치한 자가 아니라면 뭐하러 백인 남자가 히스패닉 흉내를 내겠어요? 범인이 히스패닉 흉내를 내는 백인 남자라면, 그자는 자기 자신을 숨기려고 했던 거라고요. 하느님 맙소사, 그 폭탄을 설치한 개자식을 밝힐 목격자가 생겼어요."

스타키는 범인을 밝힐 가능성을 엿보았다. 하지만 성공적으로 종결될 것 같았던 수사가 종종 난항을 겪으면서 결국 수사 실패로 이어지기도 한다.

"한 번에 하나씩만 하자, 베스. 아주 좋은 일이고, 우리가 이 일을 알아보겠지만, 속단하지는 말자고. 그 증인은 자기가 본 남자가 백인이라고 생각하는 거야. 어쩌면 그 남자가 백인이겠지. 하지만 그 아이에게 백인처럼 보였을 뿐인지도 몰라. 우리가 확인해봐야 해."

"알았어요. 맞는 말이에요. 당신 말이 맞다는 건 알지만 그 아이 인상이 믿을 만해 보여요. 당신이 와서 그 애와 얘기해봤으면 좋겠어요."

"그 애가 지금 거기 있어, 베스?"

"지금은요. 그렇지만 아직 배달할 게 남은 데다가 날도 저물고 있어서요."

"알았어. 그 애를 거기 잡아놔. 내가 갈게."

"여기 잡아둘 수는 없어요. 주문 들어오면 배달 가야 하거든요."

"부탁해봐, 베스. 상냥하게 부탁해봐."

"그 애 거시기라도 빨라는 거예요?"

"응, 한번 해봐."

스타키는 전화를 끊고 호르헤 산토스의 번호를 눌렀다. 대답하는 그의 목소리는 아주 낮아서 거의 알아들을 수 없었다.

"왜 속삭이는 거야?"

"캐롤, 당신이에요?"

"안 들려. 크게 말해봐."

"사무실에 있는데, ATF 요원 한 명이 여기 와 있어요. 오늘 아침 워싱턴에서 날아왔어요."

순간 위가 확 조여든 스타키는 타가메트를 찾아 가방으로 손을 뻗었다.

"워싱턴이 확실해? LA 현지 사무소에서 차 몰고 온 거 아니야?"

그녀는 겨우 어제 NLETS를 통해 폭탄 성분의 예비조사서를 제출했다. 이 요원이 워싱턴에서 온 거라면 첫 비행기를 잡아탄 게 분명했다.

"워싱턴에서 왔어요, 캐롤. 켈소와 함께 들어갔는데, 지금 켈소가 당신을 찾아요. 그 남자가 우리 보고서를 요구하고 있거든요. 그쪽에서 우리 사건을 인계받을 것 같아요. 캐롤, 이제 그만 끊어야겠어요. 내가 시간을 끌고 있긴 한데, 켈소가 그 요원한테 우리 자료를 갖다주래요."

"잠깐만, 호르헤, 그 요원이 그렇게 말했어? 이 사건을 원한다고 했어?"

"전화 끊어야 해요. 켈소가 방금 머리를 쑥 내밀고 날 보고 있어요."

"시간을 좀더 끌어봐, 호르헤. 나 들어가는 중이야. 마직이 좋은 걸 건졌어."

"켈소와 같이 있는 남자의 표정을 보니 그에게 좋은 일이 될 것 같네요."

스타키는 타가메트를 한 알 삼킨 다음 계기판에 경광등을 켜고 스프링 스트리트 서로 차를 몰았다.

스타키는 25분 뒤 사무실에 도착했다. 호르헤 산토스는 커피 머신 앞에서 그녀와 눈이 마주치자 켈소의 집무실 쪽으로 고개를 까딱였다. 문은 닫혀 있었다.

"보고서 넘겨줬어?"

스타키의 표정에 산토스는 움츠러들었다.

"내가 뭘 할 수 있었겠어요. 켈소한테 안 된다고 말하라고요?"

스타키는 이를 악물고 켈소의 집무실로 성큼 걸어갔다. 그녀는 세 번 세게 노크하더니 곧바로 문을 열었다.

켈소는 책상 맞은편에 앉은 남자와 이야기하면서 그녀를 향해 힘없이 손짓했다.

"이쪽은 스타키 형사입니다. 스타키 형사는 들어오고 싶으면 아무 때나 들어오는 편이죠. 스타키, 이쪽은 특수요원 잭 펠⋯⋯."

"ATF 요원이죠. 저도 압니다. 이분이 이 사건을 인계받습니까?"

펠은 앞으로 뛰어오를 듯 무릎에 팔꿈치를 대고 몸을 앞으로 숙이고 있었다. 삼십대 중반으로 보였는데, 좀더 나이가 들었더라도 스타키는 별로 놀라울 것 같지 않았다. 그의 피부는 창백했고 눈은 강렬한 잿빛이었다. 그녀는 그의 눈을 읽어보려 했지만 이쪽을 경계하는지 무덤덤한 빛을 띨 뿐이었다.

펠은 그녀를 알은체하지 않고 켈소에게 얼굴을 돌렸다.

"경위님과 좀더 이야기를 나누고 싶습니다. 우리가 준비될 때까지 그녀를 밖에서 기다리게 하십시오."

그녀라니. 마치 그녀가 여기 없다는 듯이 그녀라니.

"나가 있게, 스타키. 이따 부르겠네."

"이 사건은 제 담당입니다, 경위님. 우리 사건이라고요. 우리 사람 하나가 죽었어요."

"밖에서 기다리게, 형사. 필요하면 부를 테니."

스타키는 씩씩대면서 문 밖으로 나갔다. 산토스가 건너오다가 그녀의 찌푸린 얼굴을 보고 방향을 바꿔 가버렸다. 그녀가 CCS 사건을 넘기는 일로 켈소를 욕하고 있는데 허리에서 호출기가 윙 울렸다.

"이런 젠장, 마직이잖아."

스타키는 자신의 칸막이 자리에서 베스 마직에게 전화했다.

"캐롤, 여기 그 애와 함께 있는데, 배달 가야 한대요. 도대체 어디 있어요?"

스타키는 다른 형사들이 듣지 못하도록 목소리를 낮췄다.

"다시 사무실로 왔어. ATF가 개입 중이야."

"뻥 치는 거죠? 어떻게 된 일이에요?"

"내가 아는 거라곤 ATF 요원 하나가 지금 켈소와 같이 있다는 거야. 베스, 여기 일이 끝나면 그 아이와 이야기할게. 배달이나 열심히 하고 있으라고 전해줘."

"5시가 다 됐어요, 캐롤. 이 애는 배달 끝나면 집에 가야 해요. 내일 이 애를 다시 만나면 돼요."

스타키는 시계를 확인하고 그 애와의 면담이 물 건너갔다는 것을 알았다. 그녀는 그 애와 지금 당장 이야기하기를 원했다. 시간은 증인의 적임을 알기 때문이었다. 사람들은 세세한 내용을 잊어버리고 혼란스러워하며 경찰에 협력하는 일을 재고하기 마련이었다. 스타키는 마침내 자신이 너무 앞서 나가며 심하게 몰아붙이고 있다고 결론 내렸다. 그 아이가 두세 시간 더 기다려준다고 해서 자신에게 도움이 될 것 같지는 않았다.

"좋아, 베스. 시간 정해봐. 내일 아침에 그 애가 일해?"

마직은 그녀에게 잠시 기다리라고 했다. 그 애가 마직 옆에 서 있는 모양이었다.

"8시에 나온대요. 이 애 아버지가 가게 주인이고요."

"좋아. 우리가 내일 아침에 그 애를 만나자."

"우리가요? 아니면 ATF에서?"

"그걸 알아보려는 참이야."

켈소가 문 밖으로 고개를 쑥 빼고 그녀를 찾았다. 수화기를 내려놓은 스타키는 시간을 내서 타가메트를 좀더 먹어둘걸 하는 생각이 들었다. 종종 그녀는 타가메트 제조사의 주식을 사야 한다고 생각했다.

그녀가 켈소에게 다가가자 그가 속삭였다.

"진정해, 캐롤. 저 사람은 우리를 도우러 온 거야."

"행여 그렇다면 내 손에 장을 지지겠어요."

그녀가 들어가자 켈소가 문을 닫았다. 펠은 여전히 몸을 앞으로 숙이고 있었다. 스타키는 그를 최대한 노려보았다. 저 망할 놈의 잿빛 눈만큼 차가운 눈을 본 적이 없었기에 스타키는 그 앞에서 시선을 돌리지 않도록 애써야 했다.

켈소가 책상으로 가서 앉았다.

"펠 요원은 오늘 아침 DC에서 날아왔어. 자네가 시스템에 올린 정보가 거기 사람들 몇몇을 놀라게 했다는군."

펠이 고개를 끄덕였다.

"난 당신 사건을 인계받는 데는 관심이 없습니다, 형사. 여기는 내 도시가 아니라 당신 도시지만, 내가 당신을 도울 수 있을 거라고 생각합니다. 당신 폭탄과 우리가 봐온 다른 폭탄 사이에 일부 유사점이 파악되어서 이렇게 온 겁니다."

"예를 들면요?"

"모덱스는 빠르고 섹시하고 또 가장 뛰어나기 때문에 그자가 이용하는 폭약입니다. 게다가 그자는 특별한 종류의 무선 뇌관을 즐겨 사용하는데, 엑스레이로는 볼 수 없게 파이프 하나에 그 뇌관을 숨기는 편입니다."

"지금 누구를 말씀하시는 겁니까?"

"당신네 범인이 우리 범인이라면 그자는 미스터 레드라는 사람입니다. 진짜 이름은 알지 못합니다."

스타키는 켈소를 흘깃 쳐다봤지만 그는 어떤 표정도 짓고 있지 않았다. 그녀는 그가 연방수사관에게 사건을 넘기게 되어 안도할 거라고, 사건 해결에 대한 걱정은 그만둘 거라고 생각했다.

"지금 무슨 말씀입니까? 미스터 레드? 연쇄 폭탄범 같은 것인가요? 아니면 테러리스트? 뭐예요?"

"아니, 그 개자식은 테러리스트가 아닙니다, 형사. 우리가 아는 한, 놈은 정치나 낙태 그 비슷한 사안에는 관심이 없습니다. 지난 2년 넘게, 여기서 이용된 폭탄과 유사하게 모렉스 하이브리드와 무선기폭 폭탄의 특징이 있는 폭발이 일곱 건 있었습니다. 목표물의 성격과 관련자들로 보건대, 우리는 그중 네 건이 범죄 수익을 목적으로 일으킨 폭발이라고 믿고 있습니다. 돈을 받는 대가로 사람이나 사물을 폭파해주는 거죠. 스타키, 폭탄을 터트리는 게 놈이 돈을 버는 방식입니다. 폭탄으로 청부살인을 하는 자죠. 그런데다가 그자에겐 취미가 있습니다."

"저런, 알고 싶어 죽겠네요."

"거 참. 입 닥치고 좀 들어봐."

켈소가 끼어들어 그녀는 몹시 놀랐다.

스타키는 다시 펠을 바라보았다. 그의 잿빛 눈은 잔잔한 물웅덩이처럼 깊이를 알 수 없었다. 그녀는 문득 그의 눈이 몹시 지쳐 있는 이유가 궁금했다.

"그자는 폭발물처리 수사관들을 사냥합니다, 스타키. 미끼를 놓아 수사관들을 살해하는 겁니다. 이제까지 세 명을 죽였지요. 당신네 사람을 포함해서요. 모두 동일한 폭탄으로 말입니다."

스타키는 잿빛 눈을 빤히 바라보았다. 그 눈은 깜박거리지 않았다.

"미쳤군요."

"범죄심리 분석관의 말로는 지배 게임이라는 겁니다. 그자는 이 일을 경쟁으로 보고 있는 것 같아요. 그자는 폭탄을 만들고 당신네 폭발물처리 수사관들은 폭탄을 해체하고, 그러면서 그자는 당신들을 이기려고 하는 겁니다."

스타키는 오싹 소름이 끼쳤다. 펠이 스타키의 상태를 알아차린 것 같았다.

"당신에게 일어난 일을 알고 있습니다. 여기로 날아오기 전에 당신 자료를 찾아봤어요."

스타키는 사생활을 침해당한 것 같아 불쾌한 기분이 들었다. 펠이 자신의 부상에 대해 어느 만큼 알아냈을지 궁금했다. 아울러 이 남자가 자신의 감춰진 상처를 알고 있을지도 모른다는 생각에 갑자기 당황스러웠다. 그녀는 차분하게 말했다.

"제가 지휘하는 이 사건에 대해서 관여하는 것은 어쩔 수 없지만, 제가 누구이며 무엇을 하는지는 당신이 상관할 바가 아닙니다."

펠이 어깨를 으쓱했다.

"당신이 NLETS 요청에 서명하지 않았습니까? 난 내가 누구를 상대하고 있는지 알고 싶었을 뿐입니다."

지금 생각하니 스타키는 미스터 레드일지 모르는 신원미상의 용의자에 대한 ATF 전단지를 본 적이 있었다. 그 전단지는 보통 전 부서에 회람되는 것이었는데, 그 사안은 전국의 다른 지역에서도 다뤄지고 있는 주제로 이 사건과는 관련성이 거의 없었다.

"이 용의자에 대해 들은 적이 있었다면 기억하고 있을 겁니다. 폭발물 처리 수사관들을 살해하는 이 미치광이를 말이죠. 펠, 하지만 여기서는 아무도 이자에 대해 들어본 적 없습니다."

켈소가 평계를 댔다.

"ATF에서는 꼭 필요한 때 꼭 필요한 정보만 알려주는 방식으로 그자의 범행 일부를 숨겼을 거야."

"우리는 모방범은 원치 않습니다, 스타키. NLETS에 목록을 올린 성분을 제외하고 그자의 범행 수법과 폭탄 설계의 모든 세부사항을 기밀로 했습니다."

"그래서 성분 목록을 근거로 당신네 범인이 우리 범인이라고 말하는 겁니까?"

"아직 확언할 수는 없지만, 모덱스와 무선수신기는 설득력이 있어요.

다른 디자인 특징들도 확연합니다. 게다가 당신네가 찾은 이 글자도 있고요."

스타키는 혼란스러웠다.

"무슨 글자요? 무슨 이야기를 하시는 거죠?"

"우리가 찾은 파편에 새겨진 숫자 말이야. 펠 요원은 숫자가 아니라 알파벳 S자라고 생각해." 켈소가 말했다.

"어째서 알파벳이라고 생각하시죠?"

펠이 대답을 망설이자 스타키는 그가 무슨 생각을 하는지 궁금했다.

"우리는 예전 미스터 레드의 작품에서 에칭을 발견했습니다. 당신 보고서를 읽고 당신네 폭탄 복원을 우리가 아는 정보와 비교해야 합니다. 그후에 당신네 폭파범이 미스터 레드인지 아닌지 결정을 내릴 것입니다."

스타키는 자신의 사건이 사라지는 게 눈에 보이는 듯했다.

"쥐뿔도 모르면서 제가 결정을 내린다면 실례가 되겠군요. 하지만 제 보고서를 보셔야 한다면, 저 역시 그쪽 보고서를 보고 싶습니다. 당신들이 알고 있는 정보가 뭐든 우리가 여기서 찾은 것과 비교하고 싶거든요."

켈소가 양 손바닥을 내보였다.

"자자, 스타키, 여기서 서로 맞설 필요가 없어."

그녀는 그를 발로 뻥 차주고 싶었다. 그건 바로 켈소가 늘 둘러대는 식의 말이었다.

펠은 별로 많지 않은 서류 더미를 챙기더니 그 서류를 가리켰다.

"그건 문제없습니다, 형사. 친절하신 켈소 경위님께서 당신 사건 보고서를 공유해주셨으니 저도 기꺼이 제 사건 사본을 드리죠. 보고서는 지금 제가 묵는 호텔에 있는데 갖다드리겠습니다."

펠은 켈소에게 받은 보고서를 말아서 통에 넣고 일어섰다.

"이 보고서를 훑어봤습니다. 아주 훌륭한 것 같지만 좀더 주의 깊게 보고 싶습니다."

펠은 켈소에게 몸을 돌려 보고서를 가리켰다.

"이 보고서를 읽을 만한 자리를 마련해주시겠습니까, 경위님? 저와 스타키 형사가 일에 착수하기 전에 오늘 밤 가능한 한 상세히 검토하고 싶습니다."

스타키는 눈을 두 차례 세게 깜박이다가 켈소를 마주 보았다.

"그게 무슨 말씀입니까? 전 이 수사로 아주 바빠서요."

켈소가 문을 열기 위해 책상에서 빠져나왔다.

"진정해, 캐롤. 여기 있는 우리 모두 같은 편이잖아."

펠은 보고서를 들고 지나가다가 스타키 바로 옆, 그녀의 개인적인 공간 영역에 멈춰 섰다. 그녀는 그가 의도적으로 그 자리에 멈춰 섰다는 데 1천 달러를 걸 수 있었다.

"난 물지 않습니다, 형사. 날 두려워할 필요 없어요."

"난 아무것도 두렵지 않아요."

"나도 같은 말을 할 수 있으면 좋을 텐데요."

켈소는 산토스를 불러 펠의 자리를 안내해달라고 부탁했다. 집무실로 돌아온 그는 심기가 불편해 보였다. 하지만 스타키는 신경 쓰지 않았다. 손이 심하게 떨려서 그의 눈을 피해 주머니에 손을 넣었을 뿐이었다.

"좀더 협조적으로 굴 수 있었잖아."

"전 협조나 하려고 이 자리에 있는 게 아닙니다. 리지오를 죽인 놈을 찾기 위해 여기 있는 거죠. 그리고 지금 전 ATF가 제 일을 재고하는 문제와 제 사건을 훔치는 문제를 걱정해야 하고요."

"이 일이 팀 작업이라는 걸 잊지 말게. 펠이 보고서를 본다고 해서 해가 될 건 없어. 우리 폭탄을 펠이 찾는 용의자와 엮지 못하면 그는 다시 워싱턴으로 돌아가 우리를 방해하지 않을 거야. 우리 폭탄범이 다름 아닌 그의 폭탄범이라면 펠의 도움을 받는 게 우리에게 굉장히 좋을 수 있어. 모건 국장보게 이 상황을 이미 말씀드렸어. 우리가 최대한 협조하길 원해서."

스타키는 윗선에 보고하고 발뺌하는 게 딱 켈소답다고 생각했다.

"마직이 911 신고자를 목격했을지 모르는 증인을 찾았어요. 증인 말로는 전화하던 남자가 백인이래요."

그러자 연필을 주시하며 꼼지락거리던 켈소가 동작을 멈췄다.

"신고자가 히스패닉인 줄 알았는데."

"저 역시요."

스타키는 뒷말을 덧붙이지 않았다. 켈소도, 히스패닉을 흉내 냈다는 게 무슨 뜻인지는 알 만큼은 머리가 돌아갔다.

"그럼, 자네가 그 사항을 좀더 알아봐야 할 것 같군. 진척사항을 집으로 전화해주게."

"알아보려고 했는데, 경위님, 전 증인 면담 대신 여기 와서 펠 씨를 만나야 했죠. 지금으로선 내일까지 미뤄야 합니다. 증인에게 다른 일정이 있어서요."

켈소는 실망한 것 같았다.

"그럼 도움이 안 되잖아. 내일 그 일을 알아보고 계속 보고하게. 자네가 이 사건을 해결할 거라고 난 굳게 믿고 있어. 국장보도 마찬가지야."

스타키는 대답하지 않았다. 그녀는 그만 일어서고 싶었지만 켈소가 불안해 보였다.

"이 사건 잘 해내고 있는 거지, 캐롤? 괜찮지?"

켈소는 책상에서 걸어 나와 그녀의 입 냄새를 맡으려는 듯 가까이 다가왔다.

"괜찮습니다."

"좋아. 집에 가서 푹 자라고. 휴식을 취해야 자네 정신이 예리해지지 않겠나."

스타키는 퇴근하면서 펠과 마주치지 않기를 바라며 밖으로 나왔다. 6시가 조금 지난 시각이었다. 그녀는 시내 차량 속에 합류했지만 집으로 향하지는 않았다. 윌셔 지구의 배리건이라는 술집을 향해 서쪽으로 차를 돌렸다.

그녀가 휴대용 술병을 비우고 음주량을 줄이겠다고 다짐한 지 열두 시간도 채 되지 않았지만, 그딴 건 지옥에나 가라지. 그녀는 타가메트 두 알을 삼키고 욕을 내뱉었다. ATF가 끼어들다니 지지리 운도 없어.

잭 펠 특수요원

펠은 관만 한 크기의 하얗고 작은 방에 앉아 보고서를 읽었다. 폭발물처리반과 과학수사부의 초기 조사결과와 사망한 경찰관의 부검 결과였다.

자료를 다 읽은 그는 LA경찰의 과학수사부와 폭발물처리반이 범죄과학 수사와 분석을 훌륭하게 해냈다고 생각했지만, 찾아낸 글자가 S자 단 하나라는 사실에 실망했다. 펠은 글자가 좀더 있을 거라고 확신했다. 하지만 이쪽의 범죄학자 첸이 그 무엇도 간과하지 않았으리라는 것도 꽤 확신했다. 다만 검시실에 대해서는 그런 확신이 들지 않았다. 검시 기록에 중요한 단계가 명시되어 있지 않았다.

그는 보고서를 들고 복도로 나갔다. 산토스가 복도에서 대기하고 있었다.

"검시관이 리지오 씨 시신의 전신 엑스레이를 찍었는지 압니까?"

"모릅니다. 검시 기록에 없다면 아마 하지 않았을 겁니다."

"안 했다면 해야 합니다."

펠은 검시 기록 페이지를 펼쳐서 참관한 검시관의 이름을 찾았다. 검시관은 리 리처즈였다.

"스타키 형사가 아직 여기 있습니까?"

"퇴근했습니다."

"켈소 경위님을 뵙고 싶군요."

켈소가 리처즈를 수배하며 두 통의 전화를 하고 난 20분 뒤, 산토스는 카운티-USC 의료센터 뒤의 검시소 건물까지 펠을 차로 데려다주었다.

산토스가 펠과 함께 차에서 내리려는데 펠이 말했다.

"5분만 담배 피우고 들어가죠."

"피우지 마시죠."

"당신이 함께 들어가지는 않을 겁니다."

펠은 산토스가 이 상황에 신경 쓸 거라는 걸 알았지만 상관하지 않았다.

"검시관이 제 친구를 파헤치는 광경을 보고 싶어 할 줄 아셨습니까? 커피 한 잔 뽑아서 로비에서 기다리고 있겠습니다."

펠은 산토스의 말을 무시할 수 없어서 함께 자갈을 밟아 문으로 저벅저벅 걸어갔다.

건물로 들어서자 산토스는 보안요원에게 자신들의 신원을 밝히고 커피를 뽑으러 가버렸다. 리처즈는 몇 분 후에 나타났다. 펠은 그를 따라 차가운 타일이 깔린 엑스레이실로 들어갔다. 잠시 후 기술자 두 명이 바퀴 달린 밀대에 리지오의 시신을 끌고 왔다. 시신은 지퍼를 채운 불투명한 비닐 자루에 들어 있었다. 펠과 리처즈는 기술자들이 자루에서 시신을 꺼내 검사대에 놓는 동안 조용히 서 있었다. 시신의 가슴과 복부에 걸쳐 거대한 Y자 모양으로 봉합선이 보였다. 리처즈가 검시하면서 절개했던 선이었다. 파편으로 치명상을 입은 상처도 봉합돼 있었다.

시신을 바라보는 리처즈의 얼굴은 자신의 작품을 마음에 들어 하는 눈치였다.

"보시다시피 사입구는 아주 명백했습니다. 중요할 것 같은 사입구는 어디나 부분 엑스레이를 찍었고, 저기가 파편을 뽑아낸 곳입니다."

"그 점이 문제입니다. 사입구가 보이는 곳만 찾는다면 뭔가 놓칠 수 있으니까요. 파편이 골반에서 튕겨서 대퇴골을 따라 무릎까지 내려간 경우들도 저는 봤습니다."

펠의 말이 리처즈는 미심쩍은 모양이었다.

"가능할 것 같긴 하군요."

"가능하다는 걸 압니다. 시신의 양손은 어디 있습니까?"

리처즈가 눈살을 찌푸렸다.

"흠?"

"손도 다 되찾았나요?"

"아, 예. 제가 손들을 검사했습니다. 검사했다는 걸 압니다."

리처즈는 잘려나간 손목을 뚫어지게 보다가 눈을 가늘게 뜨고 기술자들을 쳐다보았다.

"그 손들은 어디 있나?"

기술자들은 자루 속을 뒤져 두 손을 꺼냈다. 두 손은 강렬한 열방사 에너지에 그을리고 압력에 눌려 있었다. 리처즈는 손을 보고 안도했다.

"보셨죠? 두 손이 다 있습니다. 모두 여기 말입니다."

리처즈는 신체 부위를 빠짐없이 갖추고 있어서 자랑스럽다는 듯 말했다.

"우선 투시경으로 시신을 살펴보면서 뭔가 보이면 표시를 할 겁니다. 아시겠죠? 이 방법이 엑스레이를 돌리는 것보다 훨씬 빠를 겁니다." 리처즈가 말했다.

"좋습니다."

"전 엑스레이를 좋아하지 않아요. 차폐물이 있다고 해도 암이 생길까 걱정스러워서 말이죠."

"알았습니다."

펠은 눈에 낄 노란색 고글을 받았다. 기술자들이 리지오의 시신을 색채 형광투시경 뒤로 밀고 갔다. 그 모습을 바라보는 펠은 아무 느낌도 들지 않았다. 형광투시경은 불투명한 평면화면 텔레비전 같았는데, 리처즈가 투시경을 켜자 갑자기 투명하게 변했다. 시신이 화면 뒤로 사라지자 살은 더 이상 살이 아니라 투명한 라임 맛 젤로(디저트용 젤리)로, 뼈는 어두컴컴한 녹색 그림자로 변했다. 리처즈가 화면을 조정했다.

"꽤 멋지죠? 이 투시경은 엑스레이처럼 고환을 스크램블로 만들지도 않아요. 암도 안 생기고요."

리처즈의 지시에 기술자들이 시신을 화면 밑으로 천천히 밀었다. 그에 따라 무릎 밑에 세 개, 왼쪽 다리에 두 개, 오른쪽 다리에 한 개의 아주 뚜렷한 그림자가 나타났다. 모두 BB탄보다 작았다.

"제기랄, 여기요. 바로 여기." 리처즈가 말했다.

펠은 파편을 좀더 많이 발견하길 원했지만, 방호 보호복이 그래도 제 역할을 한 모양이었다. 상당한 무게의 파편만이 케블라에 구멍을 뚫을 만한 관성이 있었다.

리처즈가 펠을 응시했다.

"이걸 원하십니까?"

"모두 다 원합니다, 의사선생."

리처즈는 사인펜으로 시신의 파편 지점을 표시했다.

그들은 시신을 다 촬영할 때까지 금속 조각을 열여덟 개 발견했는데, 그중에서 두 개만이 조각이라고 말할 만한 크기였다. 하나는 고관절에 박힌 뒤틀린 2.5센티미터 길이의 금속 조각이었다. 다른 하나는 오른쪽 어깨 연조직에서 금속 조각 덩어리를 제거할 때 리처즈가 간과했던 것으로 1센티미터 좀 넘는 길이의 사각형 조각이었다.

리처즈가 그 조각들을 빼내자 키 큰 기술자가 조각에 엉킨 피를 씻어내어 유리판에 올려놓았다. 펠은 그 조각들을 하나하나 살펴봤지만 뭔가 새겨진 흔적이나 표시는 찾지 못했다.

마침내 리처즈는 화면을 끄고 눈 앞의 고글을 들어 올렸다.

"이게 다입니다."

펠은 마지막 조각이 씻길 때까지 아무 말도 하지 않았다. 그것은 열여덟 개 중 가장 큰 조각이었다. 저기엔 분명 뭔가가 있을 거라는 기대감에 그는 심장이 두근거렸다. 하지만 그 조각에서도 역시 아무것도 발견하지 못했다.

"좀 도움이 됐습니까?"

펠은 대답하지 않았다.

"요원님?"

"도와주셔서 감사합니다, 의사선생. 고맙군요."

리처즈는 장갑을 벗고 자신의 미키마우스 시계를 쳐다보았다.

"이 파편들을 아침에 과학수사부에 보낼 겁니다. 증거의 사슬(일반 증거물 및 전자 증거물의 습득과 전송, 취급, 처분의 전 과정을 순차적으로 기록한 문서 및 문서화 과정을 말한다)을 유지하려면 봉인해서 조각들을 보내야 하거든요."

"알아요. 괜찮을 겁니다. 고맙습니다."

펠은 괜찮지 않았다. 그는 이 상황이 견디기 힘들었다. 좌절감이 차가운 분노가 되어 터져 나올 조짐이 느껴졌다.

펠은 자신이 너무 늦었다고, 미스터 레드가 여기 왔다가 다른 도시로 가버렸거나 아예 여기에 온 적도 없을지 모른다고 이미 생각하고 있었다. 그때 키 큰 기술자가 손을 언급했다.

"선생님, 손도 투시경으로 살펴보실 건가요? 아니면 자루에 넣어 가지고 나갈까요?"

리처즈는 그 손도 보는 게 당연하다는 듯이 끙끙거리더니 두 손을 가져와 투시경 밑에 놓았다. 왼쪽 손바닥 뼈에 빛나는 녹색 그림자가 두 개 박혀 있었다.

"젠장, 조각을 두 개 놓친 것 같네요."

리처즈는 그 조각들을 겸자로 꺼내서 기술자에게 넘겼다. 기술자는 두 조각을 씻어서 다른 조각들과 함께 놓았다.

펠은 다른 조각들과 마찬가지로 두 조각을 조사했다. 아무 기대 없이 조각을 뒤집어본 순간 그는 온몸이 분노로 들끓었다. 아드레날린이 급격히 분비되었다.

두 조각 중 큰 조각의 표면에 작은 글자가 다섯 자 새겨져 있었다. 여섯 자 글자의 일부인 그 글자를 보고 그는 망연자실했다. 자신이 기대했던 어떤 글자도 아니었다. 그의 심장이 아주 심하게 뛰었다. 심장 소리가 벽에 부딪혀 메아리로 돌아올 것 같았다.

"뭐 좀 발견하셨어요?" 뒤에서 리처즈가 물었다.

"아닙니다. 똑같은 종류일 뿐이네요, 의사선생."

펠은 글자가 새겨진 파편을 손에 감추고 남은 조각을 다른 조각들이 있는 유리판에 돌려놓았다. 실험실 기술자는 그가 한 조각만 돌려준 것을 알아채지 못했다.

리처즈가 그의 눈에서 동요의 빛을 읽은 게 틀림없었다.

"괜찮으세요? 물이라도 좀 드셔야 할 것 같은데요."

펠은 감정을 가라앉히고 조심스럽게 흥분한 표정을 지웠다.

"괜찮습니다, 의사선생. 시간 내주셔서 고맙습니다."

잭 펠 특수요원은 엑스레이실을 나와 복도를 걸어 내려갔다. 보안요원이 금붕어 같은 눈으로 그를 빤히 쳐다보았다.

"산토스를 찾고 계십니까?"

"네."

"커피 뽑아 들고 차에 가 있습니다."

펠이 문을 향해 몸을 돌리고 복도를 반쯤 내려갔을 때였다. 눈앞에 진홍빛 별 모양의 광채가 나타나더니 격심한 메스꺼움이 느껴졌다. 이어서 광채 주변의 대기가 점점 어두워지고, 눈앞에서 온몸을 일그러뜨리는 벌레 형상들이 우글거리며 다가왔다.

"젠장, 지금은 안 돼. 지금은 아니야." 펠이 중얼거렸다.

"뭐라고요?" 뒤에서 보안요원이 말했다.

펠은 화장실을 기억해냈다. 남자 화장실이 복도 끝에 있었다. 그는 어두워지는 별들을 향해 눈을 세차게 깜박이며 화장실로 향했다. 이리저리 몸을 비틀며 문을 열고 들어갔다. 등과 가슴에 식은땀이 마구 흘렀다.

세면대에 도착했을 때 현기증이 와락 밀려들고 위가 꽉 죄어들었다. 그는 세면대에 대고 토하기 시작했다. 화장실이 마치 고기 냉동고처럼 차갑게 느껴졌다.

눈을 감아도 형체들은 사라지지 않았다. 그 형체들은 검은 벌판 위에서 헬륨이 채워진 것처럼 슬로모션으로 느리게 솟아올라 일그러지며 공기 중에 떠다녔다. 그는 찬물을 틀어 다시 한 번 토했다. 눈에 물이 튀기면서 악취가 뿜어져 나왔다. 그는 침을 뱉어냈다. 속이 세 번째로 뒤틀리고 나서야 현기증이 사라졌다.

복도에서 사람들의 목소리가 들렸다. 저들 중에 산토스도 있을지 모르겠다고 펠은 생각했다.

그는 선반에서 타월을 잡아채 찬물로 적신 다음 칸막이 화장실로 비틀거리며 걸어갔다. 몸을 바로 세우자 머리가 빙빙 돌았다.

그는 변기에 털썩 주저앉아 타월로 눈을 꾹 눌렀다.

전에도 이런 증상이 있었다. 여러 차례 겪어본 증상이었다. 그는 발작 간격이 줄어들고 있다는 사실이 두려웠다. 발작이 빈번하게 일어나는 게 어떤 의미인지 알고 있었다. 살아오면서 이보다 두려운 일은 없었다.

그는 자신에게 찾아온 떠다니는 괴물들이 사라지기를 기다리며 젖은 타월에 대고 숨을 내쉬었다. 이윽고 괴물들이 사라지자 엑스레이실에서 훔쳐온 조각을 꺼내 들었다. 눈을 가늘게 뜨고 조각에 새겨진 글자를 내려다보았다.

펠은 켈소와 스타키에게 미스터 레드에 관한 정보를 모두 말한 게 아니

었다. 미스터 레드가 폭발물처리 수사관들을 무작위로 죽이는 게 아니라
는 말은 하지 않았다. 미스터 레드의 목표물은 대개 신문 헤드라인을 장
식한 사건들을 맡았던 선임 수사관이었다. 그는 아무나 죽이지 않았다.
그는 최고만 죽였다.

펠은 S자를 알았을 때 '찰스(CHARLES)'에서 온 글자라고 생각했다.

'찰스'가 아니었다.

펠은 다시 조각의 글자를 읽었다.

그것은 '타키(TARKEY)' 였다.

적색 분노

범죄 보스, 화염 폭발로 죽다
무고한 시민들도 사망

_로렌 베스 기자, 〈마이애미 헤럴드〉 단독

쿠바 범죄조직 왕국의 유명한 주요 행동대장 디에고 '서니' 베가가 자기 소유의
창고에서 일련의 폭탄 폭발을 맞아 목요일 이른 아침 사망했다. 폭발은 새벽 3시가
지나서 일어났다. 베가 씨가 고의적인 살인을 당한 것인지, 아니면 그가 우연히 그
건물에 있다가 사망했는지는 밝혀지지 않았다.

그 공업단지 창고는 모조품 의류공장이 들어선 곳으로, 불법체류 노동자들을 고
용해 디자이너 제품을 위조해 제작하고 있었다. 불법체류 노동자들도 다섯 명이
사망했고, 다른 아홉 명은 부상을 입었다.

경찰 대변인 에벌린 멜란콘 씨는 "분명히 이곳은 노동자 착취 공장이었습니다. 현
재로서는 베가 씨가 목표 대상인지, 창고 자체가 그 대상인지 알지 못합니다. 현재
폭탄을 설치한 자에 대한 단서는 전혀 없습니다"라고 밝혔다.

주류·담배·화기 단속국의 방화 수사관들과 폭발물처리 수사관들이 잔해를 헤치며 찾으려고 노력…….

기사는 3면에 실려 있었다. 하지만 존 마이클 파울스는 실망감을 드러내지 않기로 했다. 그렇긴 해도 미스터 레드에 대한 언급도 없고 자신이 그 건물을 파괴하려고 설치한 훌륭한 작품에 대한 언급도 없어서 솔직히 화가 났다. 그는 신문을 접어 안젤로 로시에게 다시 건넸다. 로시는 빅토르 카르포프와 그를 연결해준 사람이었다.

로시는 존이 신문을 돌려주자 놀란 듯했다.

"다음 페이지에 기사가 좀더 있어."

"그냥 기사일 뿐이야, 로시 씨. 차라리 당신이 그 가방에 갖고 있는 종이들을 읽고 싶은데. 내가 무슨 말 하는지 안다면 말이야."

"그럼. 물론이지."

로시는 카르포프가 존에게 빚진 돈가방을 불안한 마음으로 건넸다. 카르포프 자신은 이 도서관으로 존을 만나러 오지 않겠다고 했다. 그는 수업 땡땡이치는 아이처럼 아프다고 말했지만 존은 진짜 이유를 알았다. 그는 겁을 먹은 것이다.

전과 마찬가지로 존은 돈을 세어보지 않았고 심지어 가방을 열어보지도 않았다. 그는 돈가방을 배낭에 넣고 바닥에 내려놓았다. 존은 로시에게 웨스트팜비치 공공도서관의 이곳 정기간행물실에서 만나자고 하면서 '정기간행물'이 무엇인지 설명해야 했다.

존은 독서대에 기대면서 로시에게 가난한 시골 백인 특유의 교양 없는 웃음을 씩 지어 보였다.

"진정해, 로시 씨. 우린 괜찮아. 당신은 연체된 책도 없잖아."

로시는 도서관 청원경찰에게 바짝 추격당하는 사람처럼 어깨 너머로 획획 훑어보았다. 그는 불안해 보였고 그 자리에 어울리지 않았다. 존은 이 뚱뚱한 녀석이 도서관에 와본 적이나 있는지 궁금했다. 고등학교 시절 방과 후 도서관에 남는 처벌을 받았을 때 말고도 말이다.

"오늘처럼 도서관에서 보는 건 멍청한 짓이야, 레드. 어떤 얼간이가 도서관에서 이야기를 해?"

"나 같은 얼간이가 오겠지. 난 도서관의 질서를 좋아해, 안젤로. 사람들이 유일하게 예의 바르게 구는 마지막 장소가 도서관이라고 생각하지 않나?"

"그렇군, 어쨌든. 머리는 왜 그렇게 한 거야?"

"그래야 사람들이 기억할 테니까."

로시는 눈을 찌푸렸다. 존은 로시가 영리하다는 건 알지만 그의 머릿속에서 녹슨 기어가 돌아가는 광경이 떠오르는 바람에 이를 악물고 웃음을 참아야 했다.

"이 일은 걱정 마셔, 파트너. 미스터 레드에게 다 이유가 있어서 그런 거니까."

"아, 알았어, 미스터 레드. 빨간 머리."

"맞았어."

오늘 존은 머리를 아주 짧게 쳐서 컬러리스트가 '열정의 약속'이라고 부른 선명한 빨간색으로 염색했다. 콘택트렌즈를 껴서 눈은 초록색이었다. 짧은 구레나룻이 뾰족이 내려와서 그는 뺨 아래에 솜뭉치를 덧대 턱을 좀 더 사각형으로 보이게 했다. 그는 7센티미터 키높이 깔창 신발을 신고 있었다.

로시는 존이 이같이 변장한 진짜 이유를 안다면 뷰익에 똥을 지릴 것이다.

"이봐, 제안하고 싶은 또 다른 일거리가 있는데, 저 위 저지에 있는 내 친구들 일이야."

"이 아래서, 아니면 저 위에서?"

"망할 쿠바 해적놈들이 키웨스트(플로리다 남부 도시 또는 섬)에서 우리 마리화나 보트를 격추해 타격을 주고 있어."

존은 로시가 말을 끝내기도 전에 고개를 흔들었다.

"못 해, 로시 씨. 도와주고는 싶지만 지금 이 주변에서 나에 대한 말들이 달아오를 거야. 그러니 내가 떠나야 해."

"잠깐만 들어봐, 레드. 지금 이야기하는 일은 절대 오래 걸리지 않을 거야. 그냥 깜둥이 하나만 죽여주면 돼. 그게 다야."

"그럼 그놈에게 총을 쏴. 전에도 해본 일이잖아."

로시가 동요하는 것 같아 존은 그 이유가 궁금했다. 하지만 존은 로시가 그 일을 재차 강요할 거라고는 생각하지 않았고, 자신이 시간을 허비하고 있다는 생각에 점점 조바심이 났다. 그는 로시가 얼른 떠나주기를 바랐다. 그래야 자신의 일에 착수할 수 있었다. 그가 도서관에 온 진짜 목적은 그것이었다.

"글쎄, 어떤 깜둥이에게 걸어가 총질하는 것 이상의 일이야. 총질이라면 이 근방 아이를 꼬드겨서 시킬 수도 있겠지. 하지만 우리는 그를 잡고, 그의 가족을 잡고, 전체 본거지를 잡고 싶어. 알잖아. 자네가 잘하는 방식으로 메시지를 보내는 일 말이야."

"도와줄 수 없어, 로시 씨. 다른 주에서 일이 있다면 그건 논의할 수 있어. 하지만 여기서는 안 돼. 개인적으로 처리하고 싶은 일이 좀 있어."

로시는 다시 불안한 눈으로 주위를 획획 둘러보다가 존과의 의자 간격을 바짝 좁혔다. 떠나려는 신호가 아니어서 존은 그가 이미 저지 사람들에게 미스터 레드가 그 일을 맡을 거라고 말해버린 게 아닌지 의심스러웠다.

"젠장, 경찰들은 자네에 대해 아무것도 모르는 데다 자네와 그 개자식 베가를 연결할 방법도 없어. 신문 봤잖아. 그들은 아직 아무것도 모른다고."

"신문기사를 다 믿지 마, 안젤로. 나는 이만 다른 일을 해야 하니 실례가 안 된다면, 씨발, 썩 꺼져."

사실 존은 폭발 수사관들이 모은 정보에 대해 로시나 언론보다 더 잘 알았다. 전날 밤 11시경 브로워드 카운티 보안관 산하 실험실에서 그의 작은 흔적을 발견했다. 그들은 예비 실험결과와 성분 조사결과들을 FBI 폭탄 데이터센터의 컴퓨터 시스템에 입력했다. 데이터센터의 컴퓨터에서는 이 결과들을 전국에서 보고된 다른 폭발성 폭탄과 맞는지 대조했고, 경계경보가 워싱턴의 FBI 및 ATF 본부뿐만 아니라 예비조사 결과를 입력했던 보안관과 지역 ATF 사무소에도 내려졌다. 존은 그 사실을 몰랐지만, 안젤로와 함께 에어컨 바람 시원한 이곳 도서관에 앉아 있는 동안 ATF 현지 사무소 요원들이 이 정보에 따라 재빨리 움직여 행동을 취하고 있을 거라고 추측했다. 그게 바로 그가 그들에게 원했던 행동이었다.

"이봐, 레드, 제발. 지금 손쉽게 꽤 많은 돈을 벌 수 있다고 말하는 거야. 카르포프가 지불한 돈의 두 배는 어때?"

"죄송합니다, 선생님. 할 수 없는데요."

"자네가 우릴 궁지에 몰았어."

"아니, 궁지에 몬 사람은 자네 같은데, 안 그래? 북쪽의 이탈리아 새끼들에게 경솔하게 말을 놀렸는데 이제 그 말을 지키지 못하게 된 거잖아."

로시는 다시 주위를 휙휙 둘러보았다.

"제발 이번 부탁 좀 들어줘. 지금 당장 그 깜둥이에 대해 자네가 원하는 정보를 다 줄 수 있어. 젠장, 원한다면 내가 직접 거기까지 차로 데려다줄게."

"아니, 오늘 메뉴에는 어떤 깜둥이도 안 돼. 자 이제 썩 꺼져. 알았어?"

로시는 화가 나서 코가 벌름거렸고 손이 재킷 밑으로 미끄러져 내려갔다. 영상 32도에 습도 100퍼센트인 날에 이 멍청한 이탈리아 녀석은 동시상영하는 갱스터 영화 〈좋은 친구들〉에서 막 빠져나온 것 같은 스포츠 재킷을 입고 있었다.

존은 눈을 굴렸다.

"아, 제발, 로시 씨. 좀스럽게 굴지 마. 이 도서관에서 뭘 할 수 있을 거라고 생각해? 여기 정기간행물실에서 말이야. 맙소사, 자넨 멍청해서 정기간행물을 계집들이 한 달에 한 번 하는 거라고 생각하잖아."('정기간행물'은 영어로 'periodical'이고 '생리'는 'period'이다.)

로시는 껌을 씹듯 턱을 딱딱 움직였다.

존은 더 활짝 씩 웃었다. 웃음기가 사라지자 안젤로 로시를 향해 몸을 숙였다. 그는 로시가 자신을 두려워한다는 걸 알았고, 더 두려워하게 할 참이었다.

"조언 하나 해줄까, 안젤로? 바닥에 뭔가 떨어트린 척하고 몸을 숙여서 집어봐. 숙일 때 이 책상 아랫면을 올려다봐."

로시가 눈을 깜박였다.

"거기다 뭘 둔 거야?"

"봐봐, 안젤로. 뭔지 전혀 알지 못할걸."

존은 책상에서 신문을 꺼내 바닥으로 미끄러트렸다.

"지금 숙여서 봐. 알았지? 그냥 보면 돼."

로시는 몸을 숙이지 않았다. 존에게서 시선을 떼지 않은 채 천천히 의자에서 내려와 바닥에 쭈그렸다. 다시 몸을 일으켰을 때 로시의 얼굴은 하얬다.

"미친 새끼 같으니."

"그럴지도 모르지, 안젤로. 이제 가서 자네의 망할 깜둥이나 죽여. 나와 자네는 다음 기회에 다시 일하면 돼."

로시는 두 손바닥을 내보인 뒤 뒷걸음치다가, 자료 조사용 컴퓨터 사용법을 알아보고 있던 십대 소녀 두 명과 부딪혔다.

로시가 떠나자 존은 주변 책상에 앉아 있는 사람들을 살펴보았다. 대부분 노인들로 신문이나 잡지를 읽고 있었다. 미취학 아이들이 단체로 유치원 현장학습의 일환으로 와 있었다. 도서 검색대 뒤에는 인상이 부드러운 한 남자가 딘 쿤츠 소설을 읽고 있었다. 그들은 모두 하루하루를 당연하다는 듯 받아들이고 저마다의 삶을 꾸려가는 사람들이었다.

존은 몸을 돌려 인터넷 검색 컴퓨터에서 FBI 웹사이트 주소 www.fbi.gov를 톡톡 쳤다. 홈페이지가 나타나자 10대 지명수배자 아이콘을 클릭하고 페이지가 로딩되는 것을 지켜보았다.

작은 사진이 열 개 나타났고, 각 사진에서 해당 페이지로 연결되었다. 존은 로시가 도착하기 전에 자신의 사진을 찾기를 기대하면서 사이트를 확인했다. 그의 사진은 여전히 보이지 않았다.

존이 생각하기에 이것은 정부의 비능률을 보여주는 완벽한 사례였다.

실망한 존은 첫 페이지로 돌아와 신원미상 수배자 아이콘을 눌렀다. 사진이 아홉 개 나왔는데, 그중 세 개는 화가가 그린 스케치였다. 스케치 인물 중 하나는 이상한 안경을 쓴 학구적인 스타일의 젊은 남자로, 정수리가 벗어지기 시작한 갈색 머리에 눈도 갈색이었다. 그 당시 존은 자신을 노출하기 전 2주일을 일부러 굶었는데 목격자들은 확실히 그 모습에 주목했다. 그 스케치에서는 그가 수척하여 영양결핍 상태로 보였다. 단추를 채우는 흰색 셔츠를 입고 검은색 좁은 넥타이를 맨 모습으로, 실제의 그와 닮은 구석이 하나도 없었다. 오늘 그의 모습이 진짜 그의 모습과 전혀 다른 것처럼.

그 스케치를 클릭하자 그에 대한 (부정확하긴 하지만) 간략한 설명과 범죄 혐의 목록이 실린 페이지가 떴다. 그 기소 혐의에는 다수의 범죄 폭파 및 살인 죄목이 포함되어 있었다. 존은 연방요원들이 자신을 극도로 위험한 인물로 여기며, "범죄 수익을 올리기 위해 정교한 폭탄"을 이용한다고 기록한 부분을 보고 흐뭇해했다. 10대 지명수배자 명단에 오르는 것만큼 멋지지는 않지만, 신발에 오줌이 튀는 것보다는 좋은 일이었다.

존은 자신을 10대 지명수배자 명단에 포함시키지 않은 FBI를 저급하고 무례하며 심지어 게으르다고 생각했다. 10대 지명수배자 명단에는 무슬림 테러리스트들과 우익 정치적 괴짜들, 경찰관을 죽인 마약중독자들이 올라 있었다. 존은 그들 대부분보다 훨씬 많은 사람을 죽였다. 그는 자신을 훤한 대낮에 자유로이 걸어다니는 가장 위험한 사람이라 여겼고, 그에 걸맞은 대접을 받기를 기대했다.

존은 자신이 판돈을 올려야겠다고 생각했다.

책상 아랫면에 그가 이 도서관을 위해 설계한, 특별히 메시지를 전하기 위해 이용할 작은 폭탄이 하나 있었다. 그 폭탄은 간단하고 우아하며 그가 제작한 모든 폭탄처럼 그만의 특징이 있었다. 지역 당국자들은 수시간 내로 미스터 레드가 여기 왔었다는 사실을 알게 될 것이다.

"실례지만 컴퓨터 다 이용하셨나요?"

호박 같은 몸집의 노부인이 그의 뒤에 서 있었다. 손에는 노트를 들고 있었다.

"컴퓨터 이용하시려고요?"

"네, 다 쓰셨으면요."

존은 씩 웃어 보이며 배낭을 들어 올리고는 그녀를 위해 의자를 잡아주었다. 자리에서 막 일어나기 전에 그는 책상 밑으로 손을 뻗어 타이머를 켰다.

"다 썼습니다, 부인. 여기 앉으세요. 편안한 이 의자가 부인 엉덩이에 웃음을 안겨드릴 겁니다."

노부인이 웃었다.

존은 그녀를 뒤로하고 태양 속으로 걸어 나왔다.

4

스타키는 다음 날 아침 소파에서 온몸을 둥글게 만 채로 잠에서 깼다. 목은 뻣뻣했고 입안은 양모 시트 커버를 잔뜩 물고 있는 듯 꺼칠했다. 새벽 4시 20분. 잠든 지 두 시간 만에 깼다.

스타키는 꿈에 전에 없던 장면이 나타나서 마음이 뒤숭숭했다. 꿈속에서 펠이 그녀를 추격했다. 있는 힘껏 달렸지만 그녀가 더디고 느리게 움직인 반면 그는 재빨랐다. 스타키는 그 상황이 께름칙했다. 더구나 그의 손은 갈고리 발톱처럼 뼈만 앙상하고 날카로웠다. 부상당한 이후로 스타키의 꿈은 늘 한결같았는데, 갑자기 새로운 장면이 등장해서 불쾌했다. 그 자식이 자신의 수사에 개입한 것만으로도 충분히 불쾌한데, 악몽에서까지 그를 보고 싶지는 않았다.

스타키는 담배에 불을 붙인 뒤 다리를 절룩거리며 부엌으로 갔다. 신맛이 날아가버린 얼마 안 남은 오렌지 주스가 눈에 띄었다. 마지막으로 장을 보러 간 게 언제인지 떠올려보았지만 생각이 나지 않았다. 그녀가 유일하게 대량으로 사들이는 물품은 진과 담배였다.

스타키는 주스를 죽 들이켜고 물을 한 잔 마신 후 마음을 추슬렀다. 아침은 아스피린 두 알과 타가메트 한 알이었다.

마직이 그녀의 보이스메일에 메시지를 남겼다. 증인인 레스터 이바라라는 아이를 꽃집이 영업을 시작하는 9시에 그 앞에서 만나면 된다는 내용이었다. 5시 30분, 스프링스트리트 서에 도착한 스타키는 사무실로 이어진 계단을 오르고 있었다. 스프링스트리트 서는 조용했다. CCS도 수배자수사과도 내사과에도 야간근무조가 없었다. 그들의 지휘관들과 간부급 경사들은 무선호출기로 대기 중이었다. 그들은 차례로 필요한 기준에 따라 휘하의 순경들과 형사들에게 연락하곤 했다. 수배자수사과는 탈주자를 쫓는 직무 특성상 놈들이 잠자고 있을 때 체포하기 위해 종종 새벽 3시같이 이른 시간에 업무를 시작했다. 하지만 오늘은 계단이 텅 비어 있었다. 조용한 계단에 그녀의 발걸음만 울려 퍼졌다.

스타키는 이 분위기를 좋아했다.

그녀는 다른 사람들보다 일찍 일어나면 좋은 점이 많다고 언젠가 다나에게 이야기했지만, 그건 거짓말이었다. 그녀는 홀로 일어나 생활하는 게 더 편하기 때문에 고독을 즐겼다. 아무도 그녀를 방해하지 않았다. 아무도 그녀의 등 뒤에서 그녀를 그 사람이라고 생각하며 쳐다보지 않았다. 폭탄에 나가 떨어져 프랑켄슈타인 박사의 괴물처럼 산산조각 난 상처를 도로 꿰맨 그 수사관이라고, 파트너를 잃은 그 사람이라고, 도망쳤던 그 사람이라고, 죽었던 그 사람이라고 하며 쳐다보지 않았다. 스타키는 이러한 문제를 다나와 상담한 적이 있었다. 다나는 사람들의 시선에 부담감을 느끼거나 사람들의 생각을 들을 수 있다고 상상한 적이 있는지 물으면서 그녀에게 진실을 깨닫게 했다. 물론 스타키는 그 질문들을 모두 부정했다. 하지만 나중에 생각해보니 다나가 깨우쳐준 진실이 모두 옳았다. 고독은 그녀를 자유롭게 하는 '주문'이었다.

스타키는 CCS 사무실 문을 열고 커피메이커 미스터커피를 작동했다.

커피가 뚝뚝 떨어지는 동안 자리로 가서 앉았다. 모든 CCS 형사들은 폭약 제조사에 대한 참고 설명서와 자료집을 갖고 있는데, 스타키에게는 그 외에도 FBI의 레드스톤 아스널 폭탄 연수원에서 받은 자료와 폭발물처리 수사관으로 일하면서 수집했던 전문 카탈로그들이 있었다.

스타키는 커피를 한 잔 따라서 자리로 돌아왔다. 담배를 새로 꺼내 불을 붙이고 참고 자료를 꺼내 샅샅이 살폈다.

모덱스 하이브리드는 공대공 미사일의 작약으로 이용되는 삼중 폭발물이었다. 뜨겁고 빠르고 위험했다. 삼중은 세 가지 주요 폭약을 혼합한 것으로, 각각의 폭약을 단독으로 이용할 때보다 좀더 강력하고 안정적인 힘을 발휘했다. 스타키는 사건 노트를 꺼내서 성분들을 적었다. 모덱스 하이브리드의 성분은 RDX(백색·결정성·비수용성의 고성능 폭약)와 TNT, 피크린산암모늄, 알루미늄 금속 가루, 밀랍, 염화칼슘이었다. RDX, TNT, 피크린산암모늄은 고성능 폭약이었다. 알루미늄 금속 가루는 폭발력을 강화하는 데 이용되었고, 밀랍과 염화칼슘은 안정제로 이용되었다.

존 첸은 모덱스에서 오염물질을 발견해 제조사와의 논의 끝에 리지오의 폭탄에 이용된 모덱스는 정부용 제품의 일부가 아니라고 결론 내렸다. 그 모덱스는 자가제작한 성분으로, 따라서 추적이 불가능했다.

스타키는 그 점을 곰곰이 생각한 다음 자료집에서 주요 성분들에 관한 정보를 뒤졌다.

TNT와 피크린산암모늄은 민간인도 구할 수 있었다. 터무니없게도 거의 어디서나 구할 수 있었다. 하지만 RDX는 달랐다. 모덱스처럼 RDX는 정부 계약 하에 군수용으로만 제작되었지만, 모덱스와 달리 너무 까다로워서 산업용 정제 장비 없이는 생산할 수 없었다. 전자레인지에서 1회분을 얼렁뚱땅 구워낼 수는 없었다. 이것이 스타키가 설명서에서 찾기를 원한 단서였다. 성분이 있다면 모덱스를 만들 수 있겠지만 그 성분들을 만들어낼 수는 없었다. RDX를 입수해야 했다. 다시 말해, RDX의 출처를 밝힐 수 있다는 의미였다.

스타키는 이 정보가 수사하기 좋은 관점이라고 생각했다.

그녀는 NLETS 컴퓨터로 노트를 가져갔다. 커피를 한 잔 더 마신 다음 키보드를 두들겨 RDX 관련 사건들에 대한 요청서를 작성했다. 그녀가 요청서를 다 작성하고 신청 버튼을 누르는 동안 다른 형사들이 하나둘 나타나 교대 근무를 시작했다. 정적은 가버렸고 주문은 깨졌다.

스타키는 소지품을 챙겨서 떠났다.

스타키가 꽃집 앞에서 마직 뒤에 주차했을 때 마직은 차 트렁크에 암웨이 제품을 싣고 있었다. 마직은 그 빌어먹을 물건들을 어디나 끌고 다니며 가장 적절하지 않은 순간에 그녀에게 제품을 사라고 권유했다. 심지어 증인 심문을 하고 있을 때조차, 그리고 용의자일 가능성이 있는 사람들을 심문할 때도 권했다.

스타키는 위가 꽉 죄어들었다. 그녀는 켈소에게 자신을 고자질한 건으로 마직을 추궁하지 않기로 결심했지만, 이제 보니 짜증이 확 일었다.

인도에서 마주치자 마직이 물었다.

"ATF가 사건을 인수할 거예요?"

"그 요원은 아니라고 하는데 두고 봐야겠지. 베스, 꽃집에 암웨이 들고 간 거 아니지?"

마직은 트렁크를 쾅 닫았다. 화난 것 같았다.

"왜 안 되는데요? 사람들은 그런 것에 신경 쓰지도 않았어요. 판매도 잘 되었고요."

"제발 부탁인데 암웨이 좀 트렁크에 그냥 둬. 이 사건에서 그 물건 다시는 보고 싶지 않아."

"이런, 맙소사. 난 먹여 살릴 아이가 둘이나 돼요."

스타키가 한마디 더 하려는 순간, 키 작고 야윈 십대 히스패닉 소년이 꽃집에서 걸어 나왔다.

"형사님, 아빠가 저더러 곧 나가보래요. 아침 배달이 있거든요." 소년이 마직을 보며 말했다.

마직은 레스터 이바라라는 그 소년에게 스타키를 이 사건의 지휘 수사관이라고 소개했다.

스타키는 손을 내밀어 악수를 청했다. 레스터는 꽃집에 있다 나와서인지 손이 축축했고 화학약품과 아기 냄새가 났다.

"안녕, 레스터. 우리를 도와줘서 정말 고마워."

레스터는 수줍게 웃으면서 마직을 쳐다보았다.

"별일 아닌걸요."

"레스터는 폭탄이 터진 날 1시에서 1시 15분 사이에 길 건너 공중전화를 이용하는 사람을 봤어. 그렇지, 레스터?" 마직이 말했다.

레스터가 고개를 끄덕이자 마직이 함께 고개를 끄덕였다.

"스타키 형사님께 그 사람을 설명할 수 있겠니?"

레스터는 스타키를 흘깃하더니 마직을 재빨리 훔쳐보았다. 레스터의 시선이 대부분 마직에게 향해 있어서 스타키는 이 녀석이 마직에게 홀딱 반했으리라고 짐작했다. 혹시 이 녀석이 마직에게 좋은 인상을 주려고 이야기를 지어내지는 않았는지 의심스러울 정도였다.

"그 이야기를 하기 전에 내가 주변 상황을 파악할 수 있도록 도와주면 어떨까? 내가 상황을 그려볼 수 있게 말이야." 스타키가 말했다.

"그럼요."

"네 밴은 어디 있었지? 여기 내 차하고 비슷한 위치에 있었어?"

"네."

스타키의 차는 꽃집 정문 바로 밖에, 모퉁이에서 4.5미터 떨어진 빨간색 주차금지 구역에 있었다.

"꽃을 앞문으로 가져와서 늘 여기서 밴에 싣니?"

"저희는 밴이 세 대 있는데요. 다른 두 대는 골목을 이용하고 있어서 전 여기 밖에 있어야 했어요. 원래는 12시 30분에 떠나야 했는데, 출발하려고 할 때 큰 주문이 들어왔어요. 장례식 화환 아시죠? 작은 가지 열두 개 꽂는 화환 말이에요. 저희는 장례식장에서 돈을 많이 벌어들이거든요. 아빠가 저더러 기다려야 한다고 하셔서 여기 정문에 밴을 댔어요."

"밴에 앉아서 기다리는 중이었어, 아니면 꽃을 싣는 중이었어?"

"그 남자를 봤을 때 운전석에 있었어요. 누나들이 화환을 만드는 동안 저는 할 일이 없었거든요. 경찰들이 오면 차를 이동해야 하니까 운전석에 그냥 앉아 있었어요."

"이 애는 주차금지 구역에 있었어요." 마직이 말했다.

스타키는 고개를 끄덕였다. 꽃집 앞에 얼마쯤 그렇게 서 있었더니 선셋 대로에서 작은 골목길로 돌아 들어오는 차가 거의 없다는 것을 알게 되었다. 레스터는 길 건너 세탁소에 걸려 있는 공중전화를 거치적거리는 것 없이 훤히 볼 수 있었을 것이다. 스타키는 분홍색 상자를 들고 세탁소에서 나오는 노부부를 보고는 마직에게 세탁소 손님들을 언급해야겠다고 머릿속에 새겨뒀다.

"알았어, 레스터. 그 남자 생김새를 설명해주겠니? 물론 마직 형사에게 이미 설명했을 테지만 이번엔 날 위해서 해줘."

스타키와 마직은 잠시 서로의 눈을 마주 보았다. 그들은 지금 목격자를 파고들고 있었다. 전화 건 사람이 백인인지 히스패닉인지.

레스터는 그 남자를 설명하기 시작했다. 보통 키에 보통 체격인 백인이 색이 바랜 야구모자를 쓰고 (아마 레이밴 웨이페러일 것 같은) 선글라스를 끼고 있었다고 했다. 옷은 진청색 바지와 바지보다 좀더 연한 파란색 작업복 상의를 입고 있었는데, 주유소 직원이나 버스기사들처럼 제복 종류의 옷이었다고 했다. 스타키는 전화 건 사람이 백인이라는 레스터의 말에 별 반응 없이 메모를 했다. 레스터는 그 남자의 목소리는 듣지 못했다고 했다. 나이는 사십대 정도로 보이긴 했지만 그렇지 않을 수도 있다고 했다. 레스터가 진술하는 동안 스타키의 허리에 찬 호출기가 진동했다. 후커의 호출이었다.

레스터가 말을 마치자 스타키는 손가락으로 메모장을 접었다.

"그 남자를 다시 본다면 알아볼 수 있을 것 같아?"

레스터가 어깨를 으쓱했다.

"못 알아볼 것 같은데요. 어쩌면 알아볼 것도 같고요. 제가 그 남자를 자세히 살펴본 건 아니거든요. 아시죠? 2, 3초간 잠깐 봤을 뿐이에요."

"그 남자가 전화기에 다가갔을 때 어느 방향에서 왔는지 봤어?"

"못 봤어요."

"전화를 끊고 자리를 뜰 때는? 어느 쪽으로 갔는지 봤어?"

"주의해서 본 게 아니었어요. 그 사람은 그냥 남자였어요."

"그 남자가 차에서 내리거나 타거나 하는 건 봤어?"

레스터가 어깨를 으쓱했다.

스타키는 메모장을 치웠다.

"알았어, 레스터. 그런데 딱 한 가지 문제가 있어. 우리는 전화 건 사람이 히스패닉이라고 믿을 만한 근거가 있거든. 그 남자가 백인인 게 확실해?"

"꽤 확실해요. 머리카락 색깔이 연했거든요. 아시죠? 회색 말고 연한 머리 색이요."

스타키와 마직은 또다시 시선을 교환했다. 둘 다 어제만큼 열광적이지 않았다. '꽤 확실'하다는 말은 애매한 표현이었다.

"담갈색 말이야?"

"네, 담갈색이요. 모래 색깔 나는 그런 종류로요."

마직이 얼굴을 찌푸렸다.

"야구모자를 썼는데 구분할 수 있었어?"

레스터가 자신의 귀를 만졌다.

"제가 볼 수 있었던 부분은 여기 이 아래였어요."

스타키는 레스터의 말을 이해했다. 그녀는 메모장을 다시 꺼내 기록하다가 다른 생각이 떠올랐다.

"좋아. 한 가지 더. 신원을 알아볼 만한 특징들을 혹시 기억하니? 상처라든지 팔에 문신이 있었다든지?"

"그 사람은 긴 팔 셔츠를 입고 있었어요."

"긴 팔 셔츠를 입고 있었다고?"

"네, 그래서 팔을 볼 수 없었어요. 차 수리라도 했던 사람처럼 셔츠가 기름투성이에 낡았다고 기억해요."

스타키는 마직을 흘깃 보았다. 마직도 스타키를 보고 있었다. 마직은 레스터가 반신반의하는 모습이 분명히 마음에 안 드는 눈치였다. 스타키가 다시 레스터에게 눈을 돌렸을 때 그 애는 마직을 보고 있었다.

"마지막 하나. 너는 여기 밖에 몇 분 정도 있었어? 15분?"

"계속 하나만 더, 라고 말씀하시네요. 저희 노친네가 절 박살 낼 거예요. 이 꽃들을 배달해야 해요."

"이번에는 진짜 마지막이야, 레스터. 딱 이 질문만 할게. 네가 여기 밖에 있는 동안 저 공중전화에서 전화 거는 다른 사람은 없었어?"

스타키는 저 전화기에서 다른 전화가 걸리지 않았다는 사실을 이미 알고 있었다. 그녀는 레스터가 마직에게 잘 보이고 싶어서, 혹은 자신을 돋보이게 하고 싶어서 거짓말을 보태고 있는지 확인하고 싶었다.

"다른 사람은 못 봤어요. 없었어요."

스타키는 메모장을 치웠다.

"알았어. 고마워. 레스터, 나중에 마직 형사하고 우리 사무실로 와서 스케치 화가와 작업을 함께 해주면 좋겠구나. 그 남자의 모습을 제대로 그리는지 한번 봐줘. 알았지?"

"그거 정말 멋진 일인데요. 저희 아빠는 좋아하지 않으시겠지만요. 막 화내실 거예요."

"너는 배달을 가렴. 우리가 네 아빠한테 허락을 얻어줄게. 오늘 오전 늦게 너를 사무실로 부를지도 몰라. 마직 형사가 점심을 사줄 거야."

레스터는 양치기 개 콜리처럼 고개를 끄덕였다.

"좋아요. 물론이죠."

레스터가 꽃집으로 사라지자 마직이 스타키에게 말했다.

"뭐하러 그런 말을 한 거예요? 아휴, 진짜. 하루 종일 저 아이와 함께 있기 싫어요."

"누군가 저 애 옆에 있어야 해. 당신이 저 애와 친밀한 관계를 형성했잖아."

"아무 소용 없을 거예요. 꽤 확실하다는 말 들었죠? 야구모자에 선글라스를 끼고 빌어먹게도 영상 35도나 되는 더운 날에 긴 셔츠를 입은 남자라니. 그자가 우리 범인이라고 해도 지랄맞게 변장하고 있어요. 범인이 아니라면 그냥 머저리고요."

스타키는 제산제를 좀더 삼키고 싶어졌다.

"왜 늘 그렇게 부정적으로 말하는 거야?"

"비딱하게 구는 게 아니에요. 단지 명백한 사실을 말하고 있을 뿐이죠."

"알았어. 명백한 걸 원한다니 그럼 이건 어때? 그자가 우리 범인이라면, 그자가 폭탄을 터트렸을 때 같은 옷을 입고 있었다면, 그자가 뉴스 방송 테이프에 잡혔다면, 그 빌어먹을 모자와 선글라스와 긴 셔츠를 보고 그를 좀더 쉽게 찾아낼 거야."

"그러든지요. 레스터 아빠와 이야기하러 갈게요. 그 애 아빠는 형편없는 사람이에요."

마직이 입을 닫고 가게 안으로 성큼 걸어 들어갔다. 스타키는 담배를 한 개비 톡톡 쳐서 불을 붙이고 자신의 차로 갔다. 그녀는 몹시 화가 끓어서 떨고 있었다. 처음엔 펠, 지금은 이 일. 그래도 업무를 처리해야 하니 무시하고 지나가려고 애썼다. 하지만 화가 걷잡을 수 없이 솟구쳤다. 다나가 말해준 분노 억제 기술들을 떠올려보아도 아무것도 생각나지 않았다. 심리치료를 3년간 받았건만 그놈의 기술들을 하나도 떠올릴 수 없었다.

스타키는 세탁소를 드나드는 사람들을 지켜보았다. 그들 중 공중전화를 지나치는 사람이 얼마나 되는지 살펴보았다. 마직이 돌아오자 그녀는 숨을 크게 내쉬어 마음을 가라앉히고 말했다.

"베스, 세탁소 사람과 이야기했다고 했지?"

마직은 그녀를 보지 않고 부루퉁하게 대답했다.

"이야기했다고 했잖아요."

"시간과 인상착의를 알려줬어? 세탁소 고객 중에 우리 범인을 본 사람이 있을 것 같아."

마직은 가방에서 메모장을 꺼내 명단을 펼쳐 내밀었다. 여전히 부루퉁하고 시큰둥한 얼굴이었다.

"세탁소 사람에게 정오와 2시 사이에 생각나는 고객들이 있는지 물어봤어요. 나 멍청하지 않아요, 캐롤."

스타키는 마직을 쳐다보다가 담배를 떨어뜨리고 발로 짓눌렀다.

"알았어. 이 일에 대해 아무 말도 하지 않으려고 했는데, 터놓고 상황을 개선할 필요가 있을 것 같아."

"뭐에 대해서요? 당신이 암웨이 가지고 심하게 구는 거요? 아니면 저 아이가 내가 생각한 것만큼 믿을 만하지 않아서요?"

"내가 근무 중에 술을 마시는 것 같다고 켈소한테 이야기했잖아."

마직은 얼굴이 새빨개졌다. 스타키의 의심이 들어맞았다.

"아니, 안 그랬어요. 켈소가 그렇게 말하던가요?"

"베스, 이 사건은 충분히 힘들어. 내게 거짓말할 작정이라면 제발 부탁인데 아무 말도 하지 말고 들어줘."

"난 비난받고 싶지 않아요."

"나와 일하고 싶지 않으면 켈소한테 가서 나랑은 일 못 하겠다고 얘기해. 켈소한테 나도 그렇게 말할 테니까 우리 중 누구도 감점당하지 않을 거야."

마직은 팔짱을 꼈다가 다시 푼 뒤 스타키를 향해 몸을 똑바로 폈다.

"이 일을 있는 그대로 이야기하고 싶다면, 아예 까놓고 이야기하죠. 부서 사람들 모두 당신이 알코올의존증인 걸 알아요. 맙소사, 냄새를 맡을 수 있으니까요. 당신에게 진 냄새가 나지 않는다면, 그건 냄새를 감추기 위해서 알토이즈(페퍼민트 사탕)를 입에 달고 다녀서라고요."

스타키는 얼굴이 붉게 달아올랐지만 물러서지 않으려고 애썼다.

"모든 사람이 사고 때문에 당신을 안쓰럽게 여겨요. 상부에서 여기 CCS에 당신 자리를 마련해줬어요. 그런데 말이죠. 당신에게 빌어먹게도 뒷배경이 있다 해도 나한테는 이빨도 안 먹힌다고요. 아무도 내게 자리를 마련해주지도 날 보살펴주지도 않았어요. 게다가 난 키우는 아이가 둘이나 돼요."

"아무도 날 보살펴주지 않아."

스타키는 갑자기 방어적인 자세가 되고 말았다.

"바보 같은 소리 마요. 딕 레이턴이 파커에 영향력을 행사해 켈소 휘하에 당신을 두게 했어요. 딕이 여전히 당신을 보살피고 있죠. 난 애가 둘이나 되고 이 직업이 필요해요. 내 직업은 당신을 돌봐주라고 있는 게 아니에요. 당신의 나쁜 습관을 감춰주다가 내 경력이 끝장나는 일도 결단코 포함돼 있지 않고요."

"내 뒤를 봐달라고 부탁하는 게 아니야."

"좋아요. 안 그럴 거니까. 이 사건에서 손 떼지도 않을 거예요. 이 사건은 승진할 만한 거리가 있거든요. 백인 남자라는 이 증언이 실제로 판명

나면 난 승점을 원해요. 지랄맞게도 너무 오래 D-2였어요. 난 D-3로 승진해야 해요. 난 승진해서 돈을 얻길 원해요. 당신이 그 문제를 다루지 못하겠다면 당신이 손 떼요. 난 돈이 필요하니까."

스타키의 호출기가 또다시 진동했다. 후커였다. 그녀는 변명거리가 생긴 걸 감사하며 휴대폰을 찾아 차로 걸어갔다. 아무래도 음주 문제는 괜히 꺼냈다는 생각이 들었다. 그녀는 마직이 켈소에게 고자질한 사실을 부인하리라는 것을 알았다. 마직이 그 사실을 부인하는 한 어느 누구도 승산이 없었다. 이제 마직은 대놓고 적대적이었다.

"훅, 나야."

"꽃집 남자애한테 뭐 좀 건졌어요?"

"마직이 그 애를 데리고 화가와 작업하러 들어갈 거야. 몽타주 작업 좀 준비해줄래?"

"곧바로 하죠. 이봐요, 당신이 원하던 뉴스 테이프가 왔어요. 게다가 세 방송사에서요. 테이프 볼 방도 잡아둘까요?"

"주차장 위 헬리콥터에서 촬영한 테이프야?"

"네, 여기 테이프가 아주 많아요. 볼 수 있게 준비해둘까요?"

스타키는 테이프에 잡힌 이미지가 퍼뜩 떠올랐다. 폭탄이 터지는 광경을 보고, 찰리 리지오가 죽는 모습을 보게 될 것이다.

"그렇게 해줘, 호르헤. 그 애가 테이프도 보면 좋겠어. 단, 화가와 작업한 후에, 알았지? 그 애가 테이프를 먼저 봤다가는 테이프에서 본 사람이 의심스럽다는 생각이 들어 그 사람을 묘사할지도 몰라. 그래선 안 돼."

"준비해놓을게요."

"한 가지 더. 어젯밤 펠에게 무슨 일이 있었던 거야?"

"펠이 검시관의 보고서에서 석연치 않아하는 구석이 있었어요. 켈소가 나더러 펠을 그쪽에 데려다주라고 했어요."

스타키는 위가 죄어들었다.

"뭐가 석연치 않았는데?"

"검시관이 시신의 전체 엑스레이를 안 찍어서 펠이 찍게 했어요."

"맙소사, 그 사람이 현지 경찰처럼 사건을 다루게 켈소가 내버려뒀다는 거야?"

"난 말할 수 없어요, 캐롤. 알죠?"

"그 사람이 뭘 찾아냈어?"

"검시실에서 파편을 좀더 찾았는데 펠 말로는 그리 많지 않대요."

스타키는 숨쉬는 게 조금 편해졌다. 어쩌면 펠은 흥미를 잃고 워싱턴으로 돌아갈지도 모른다.

"알았어. 화가 수배하고 테이프 볼 방에 사람 드나들지 못하게 하고. 몇 분 후에 갈게."

그녀는 통화를 끝내고 마직에게 돌아갔다. 분위기를 좀 누그러뜨릴 필요가 있었다.

"베스? 비디오테이프가 왔어. 호르헤가 화가를 수배해놓을 거야. 그 후에 레스터를 데리고 테이프를 보게 하는 게 어때? 어쩌면 그 모자 쓴 남자를 찾아낼지도 모르잖아."

"그러든가요."

"베스, 난 세탁소 사람들에 대해 야단치려던 게 아니었어. 고객 명단을 적은 건 좋은 생각이었어."

"너무 감사하네요."

그게 그녀가 원하는 방식이라면 스타키는, 괜찮다고 생각했다.

차에 올라탄 스타키는 더위 속에서 레스터 이바라를 기다리는 마직을 두고 떠났다.

스타키는 스프링스트리트 서로 돌아갈 작정이었다. 그런데 중간에 리지오가 죽은 장소가 보이자 차 속도를 늦추고 그곳 주차장으로 들어갔다.

스타키는 비디오테이프가 도착했다는 소리를 듣고 떠오른 생각이 있었다. 원격제어 시스템 업체에서는 송신기의 최대 가능 출력이 90미터라고 했다. 폭발물처리반 정책상 이 지역은 90미터까지 소개되었다. 그렇다면 송신기를 가진 자가 누구든 바로 경계선 끝에 있어야 했다. 스타키는 뉴스 테이프에 녹화되었을 군중 중에서 누군가 송신기를 누를 만큼 가까이 있었을 거라고 생각했다.

주차장은 범죄 현장에서 해제되었고, 서점을 제외한 모든 상점이 다시 영업 중이었다. 젊은 히스패닉 남자 두 명이 파손된 벽에 페인트를 칠하고 있었고, 쓰레기 수거함은 교체돼 있었다. 폭발 구멍은 회색 아스팔트에 덧댄 검은 헝겊조각 같았다. 삶은 흘러가고 있었다.

스타키는 길가에 차를 세워두고 검은 폭발 구멍까지 건너갔다. 그녀는 90미터가 얼마나 먼지 가늠하며 선셋 대로 건너편을 바라보다가, 거리를 재보려고 아파트 건물 너머 작은 골목길 남쪽을 쳐다봤다. 햇빛이 진회색 재킷에 쨍쨍 내리쬐어서 살갗이 뜨겁고 갑갑했다. 그녀는 재킷을 벗어서 팔에 걸쳤다. 페인트공들이 그녀의 허리에 찬 권총을 쳐다보자 그녀는 권총을 빼서 재킷이 접힌 부분에 집어넣었다.

스타키는 걸음 수를 세며 신호등에서 선셋 대로를 건너 과테말라 마켓을 지나 북쪽으로 계속 나아갔다. 백삼십 걸음까지 걸으면 90미터가 될 것이다. 그녀가 멈춰 선 곳은 선셋 대로 북쪽으로 여섯 대의 주차요금 징수기가 있는, 전신주 북쪽으로 차 한 대 정도 길이의 지점이었다. 그녀는 뉴스 테이프에서 이 지점을 쉽게 찾아낼 수 있으리라 생각하면서 사건일지에 '전신주'를 기록했다. 잠시 후 그녀는 검은 폭발 구멍으로 되돌아와 남쪽으로 다시 백삼십 걸음을 걸었다. 이번에 멈춰 선 곳은 막대기같이 높다랗게 서 있는 야자수 옆이었다. 이 주변에는 야자수가 아주 많아서 테이프에서 정확히 이 야자수를 찾아내기는 힘들 것이다. 길 건너 아파트 건물을 보니 지붕이 파란색 타일로 덮여 있었다. 그녀는 사건일지에 아파트 지붕에 대해 적어 넣었다. 그녀는 눈에 띄는 지형물을 알아내기 위해 처음 지점으로 두 번 더 돌아가 동쪽과 서쪽으로도 걸음 수를 셌다.

차로 돌아온 스타키는 담배에 불을 붙였다. 그녀는 이 경계선 어딘가에서 살인자가 지켜보고 있다가 살인을 저질렀을 거라고 생각했다.

그자가 과연 레스터 이바라가 묘사한 남자인지, 펠의 미스터 레드인지, 아니면 다른 누구인지 몹시 궁금했다.

스타키가 CCS에 도착했을 때 후커는 상자에 든 테이프들을 분류하고 있었다.

그의 첫 마디는 펠의 전언이었다.

"ATF 요원이 전화했어요."

"펠이 전화했다고?"

"네, 책상에 메모를 올려놨어요."

"그 자식 엿먹으라고 해. 마직에게 스케치 화가 수배해줬어?"

"늦게나 컴퓨터를 쓸 수 있대요. 기다리는 동안 여기 와서 테이프를 먼저 보고 있어도 되는지 묻던걸요."

"안 돼. 마직한테 테이프를 먼저 봐서는 안 되는 이유를 말해줬어. 그 남자애가 테이프 속의 얼굴들을 보기 전에 자기가 목격한 사람을 묘사해야 해. 그 이유는 마직이 더 잘 알 거야."

"그 말은 전했어요. 좋아하지 않던데요."

"마직은 매사에 불만이야."

스타키는 파일 서랍에 가방을 넣다가 분홍색 메시지 쪽지들이 한 움큼 쌓여 있는 걸 보았다. 조직범죄수사과에서 일하는 체스터 리그스와 램파트 번코의 D-3 워런 페레즈, 두 사람 다 그녀의 전화에 회신한 것이었다. 리그스와 페레즈는 폭탄 배후의 동기를 찾기 위해 미니몰 상점 주인들을 파악 중이었다. 두 사람 모두 연관성을 찾을 거라고 예상하지 않았고, 스타키도 같은 의견이었다. 그녀는 펠의 메시지는 보려고도 하지 않았다.

스타키는 호르헤 산토스에게 돌아가 비디오테이프들을 손으로 만지작거렸다. 테이프는 크기가 두 종류로, 큰 0.75인치 마스터테이프와 가정용 플레이어에서도 볼 수 있는 더빙한 0.5인치 VHS였다.

산토스는 그녀가 눈살을 찌푸리는 모습을 보았다.

"이게 세 방송사에서 온 전부예요. 더 들어올 거예요. 캐롤, 시간이 걸린다고요. 겉면에 상영 시간과 함께 클로즈업인지 와이드앵글인지 적혀 있어요."

스타키는 테이프들을 뒤집어보았다. 가장 짧은 테이프에는 녹화 시간이 74분, 가장 긴 테이프에는 126분이라고 적혀 있었다. 그리고 각 테이프에는 '클로즈' 또는 '와이드'라는 표시가 있었다.

"클로즈, 와이드. 이게 무슨 뜻이야?"

"일부 헬리콥터에는 앞부분 아래로 쑥 나온 회전대 위에 권총 두 대처럼 카메라를 두 대 장착해 실어요. 카메라 두 대의 초점을 똑같은 물체에 맞추는데, 그중 한 카메라에서는 줌렌즈로 확대해 가까이 잡고, 다른 카메라는 뒤로 보내서 시야 범위를 좀더 넓게 잡아요. 방송국에서는 두 카메라를 녹화해 스튜디오로 보내죠."

"이런 장면은 생방송으로 보여주는 줄 알았는데."

"그렇죠. 하지만 동시에 녹화해요. 와이드샷과 클로즈샷이 모두 있으니, 볼 게 두 배로 많다는 뜻이죠."

스타키는 클로즈샷에서는 자신이 원하는 장면이 나오지 않을 거라고 이미 생각하고 있었다. 그녀는 와이드샷 VHS 테이프를 꺼내서 자리로 가져왔다. 벅 다제트에게 전화를 할까 생각했지만 자신이 우선 테이프들을 검토해야 한다고 판단했다.

등 뒤에서 산토스가 말했다.

"위층 TV실에 다 준비해놓았어요. 테이프 분류를 끝내자마자 올라갈 수 있어요."

스프링스트리트 서에는 텔레비전 한 대와 VCR 한 대가 구비된 회의실이 있었다. CCS와 수배자수사과에서는 필요한 경우가 없어서 그 회의실을 거의 이용하지 않았다. 주로 내사과 수사관들이 다른 경찰관들을 감찰한 테이프를 보는 데 이용했는데, 그래서 대개는 VCR이 파손돼 있었다. 껌이나 담배 등등이 VCR 헤드에 쑤셔져 있었고, 심지어 회의실이 잠겨 있기도 했다. 한번은 쥐 뒷다리가 기기 한구석에 끼워진 채 발견되기도 했다. 경찰들은 공공기물을 파손하는 데 일가견이 있었다.

"저 위 기계가 작동하는 게 확실해?"

"그럼요. 확인한 지 한 시간도 안 됐어요."

스타키는 테이프들을 자세히 바라보았다. 찰리 리지오가 살해당하는 모습이 세 개의 다른 각도로 비춰질 것이다. 폭탄을 처리하러 출동할 때마다 언제나 재빨리 소식을 듣고 달려온 언론사들이 카메라로 그 지역을 에워싼다. 그녀와 슈거가 출동했을 때 카메라 팀과 보도진들이 이동식 주택 캠프에 있었다. 그녀는 6시 뉴스를 위해 좋은 공연을 하자고 슈거와 농담을 나누었던 기억이 새삼 떠올랐다. 지금까지는 그 순간을 잊고 있었다.

스타키는 가방에서 담배를 한 대 꺼내 불을 붙였다.

"캐롤! 켈소가 당신을 집으로 보내버리면 좋겠어요?"

무슨 말인지 몰라 스타키는 후커 쪽을 휙 쳐다보았다.

"담배 말이에요."

스타키는 담배를 발로 비벼 끄고 손으로 휘휘 저었다. 어느새 얼굴이 붉어졌다.

"담배 피우고 있다는 것조차 깨닫지 못했어."

후커가 걱정스런 표정으로 그녀를 지켜보았다.

그가 자신이 술 취했다고 의심할지도 모른다는 생각에 스타키는 조바심이 났다. 그래서 그의 책상으로 바짝 다가가 쭈그리고 앉았다. 자신의 입에서 진 냄새가 나지 않는다는 걸 확인시키고 싶었다.

"이 ATF 남자를 걱정하고 있었어. 그게 다야. 이 사람이 어젯밤 검시관과 작업을 마치고 아무 말도 하지 않았어?"

"아무 말도요. 찾으려던 걸 찾았냐고 물었더니 파편을 좀더 찾았다는 소리만 하더라고요."

"그 밖에 다른 말은 없었어?"

"아무 말도요. 오늘 펠은 글렌데일 서에서 폭탄 복원을 지켜보며 하루를 보냈어요."

스타키는 자리로 돌아왔다. 검시관에게 전화해 무엇을 찾았는지 알아보고, 존 첸에게도 전화해야겠다고 다짐했다. 어떤 증거든 발견되면 첸에게 전달해 검사 및 서류 작업을 거쳐야 했다. 시스템에 따라 그 작업이 다 처리되는 데만도 여러 날이 걸렸다.

후커가 테이프 기록 작업을 마치고 책상 아래로 상자를 내려놓았다. LA경찰 공식 기록물이 된 것이었다. 그는 손에 0.75인치 테이프를 한 개 들고 흔들었다.

"다 했어요. 마직을 기다릴 게 아니라면 시작하죠."

스타키는 손이 축축해진 걸 느꼈다. 등을 뒤로 기대자 회전의자가 삐걱거렸다.

"호르헤, 난 부재중일 때 걸려온 전화에 회신하는 게 좋겠어. 나 없이 시작해. 알았지?"

후커는 테이프 작업에 많은 시간을 보낸 터라 그녀의 말에 실망한 눈치였다.

"이 테이프들을 보고 싶어 할 줄 알았는데요. 그 회의실은 두세 시간만 이용할 수 있어요."

"집에서 볼게, 호르헤. 메모가 남겨진 전화들을 먼저 걸어야 해."

그때 전화벨이 울렸다. 스타키는 구명구라도 낚아채듯 수화기를 들었다.

"CCS, 스타키입니다."

"왜 내게 전화하지 않는 겁니까?" 펠이었다.

"바빴어요. 911 신고전화 한 남자를 봤을지 모르는 증인을 확보했거든요."

"어디서 좀 만나죠. 우리가 이 사건을 어떻게 다룰지 의논해야 합니다."

"거 '우리'라는 말은 빼죠, 펠. 내 범인이 당신네 미스터 레드가 아니라면, 그럼 나와 아무 상관 없는 거니까. 그리고 처음 일곱 건의 폭발에 대한 당신네 정보도 알고 싶어요."

"내게 보고서가 있어요. 다른 것도 있고요. 만나서 그 일을 이야기합시다, 스타키. 이건 중요해요."

그녀는 펠을 무시하고 싶었지만, 그와 이야기를 나눠야 했고 그 이야기를 마무리 지어야 했다. 그녀는 배리건 술집에 가는 길을 일러주고 전화를 끊었다.

산토스가 그녀를 지켜보고 있다가 한 손 가득 테이프를 들고 건너왔다.

"그 연방수사관이 사건을 맡는답니까?"

"모르겠어. 말하지 않던데."

"그냥 시간 문제일 것 같은데요."

스타키가 그를 쳐다보았다. 그는 어깨를 으쓱하고 테이프들을 가리켰다.

"난 올라가려고요. 정말 같이 보지 않을 거예요?"

"펠을 만나야 해."

스타키는 산토스와 함께 테이프를 보지 못하는 자신에게 당혹스러워하며, 멀어져가는 그의 등을 지켜보았다. 그녀는 폭탄 현장에 가봤고, 리지오의 시신을 봤고, 뜨거운 대기 속에서 폭발의 냄새를 맡았다. 그렇게 다 경험했으면서 테이프 보기를 두려워하다니 이치에 어긋난 것 같지만, 그녀는 그 공포가 무엇인지 알았다. 그녀는 테이프에서 리지오만 보는 게 아닐 것이다. 그녀는 자신과 슈거를 볼 것이다. 그동안 자신이 죽었던 사건을 수천 번도 더 상상했지만, 그녀는 지금까지 그 순간이 녹화되었다는 사실조차 생각하지 못했다. 슈거와 농담을 나누고 있는데 그 모습을 뉴스팀이 카메라로 지켜보며 6시 뉴스에 나갈 테이프 릴을 돌리고 있던 순간을 말이다. 그 기억이 지금까지 폭발과 함께 사라졌었다.

스타키는 테이프 세 개를 만지작거렸다. 자신의 죽음이 녹화된 테이프가 여전히 있을지 궁금했다.

잠시 후 그녀는 혼잣말을 했다. 그 생각은 그만하자. 그녀는 소지품을 챙긴 뒤 펠을 만나러 나갔다.

배리건 술집은 윌셔 지구에 있는 좁은 아일랜드 술집으로 1954년부터 형사들에게 술을 대주었다. 당시에는 로스앤젤레스 공항에서 뉴욕 조직 폭력배들이 비행기에서 내릴 때 강력국 간부들이 그들을 가죽 철제곤봉으로 친 이야기가 떠들썩했었다. 벽은 네잎 클로버로 덮여 있고, 건물의 각 지지대에는 공무 집행 중에 순직한 경찰관들의 이름과 사망일이 적혀 있었다. 불과 몇 년 전만 해도 여형사들은 고객으로 환영받지 못했다. 여경찰들이 있으면 배지 찬 남자를 찾아 몰려온 비서나 간호사 들이 꺼려할 거라는 통념 때문이었다. 배지 찬 남자라면 그 누구와도 성관계를 맺고 싶어 하는 정서적 문제가 있는 여자들이 여경찰들을 달가워할 리 없었다. 그러나, 그 통념이 일부 맞기는 했지만 여형사들의 생각은 달랐다. "지랄하고 있네." 성 장벽은 사만다 돌런이라는 강도강력과 여형사가 강간 용의자 두 명을 정면으로 대치해 사살하던 날 밤에 마침내 깨졌다. 그런 사건이 있으면 으레 그렇듯 바로 그날 밤 배리건에서 돌런을 위한 파티가 열렸다. 돌런은 자신이 아는 모든 여형사들을 초대했고, 여형사들은 이 술집이 마음에 들어 다시 찾기로 결정했다. 그리하여 술집 주인에게 여형사들을 제대로 대접하지 않으면, 친하게 지내는 보건부 여직원들을 시켜 이 술집을 보건법 위반으로 영업정지시키겠다고 통보했다. 그것으로 게

임 끝이었다. 스타키는 돌런을 만난 적은 없지만 그 이야기를 알고 있었다. 나중에 사만다 돌런은 더블베럴드 샷건이 부비트랩으로 설치된 출입구에 들어서다 살해당했다(사만다 돌런은 로버트 크레이스의 소설 《LA 레퀴엠》에 경찰관으로 등장한다).

오후 늦은 시간, 배리건은 이미 형사들로 가득했다. 스타키는 성범죄 D-2 형사 두 명 사이에 자리를 잡고 담배를 새로 꺼내 피우며 더블 사파이어를 주문했다.

그녀가 술을 한 모금 들이켰을 때 펠이 나타났다. 그는 바 위에 두툼한 서류 봉투를 내려놓으며 말했다.

"항상 근무 중에 술을 마십니까?"

"내 일에 빌어먹을 참견은 그만두시죠. 하지만 공식적으로 말해서, 특수요원님, 전 지금 근무 중이 아닙니다. 당신 부탁을 들어주러 여기 온 거죠."

그녀 옆의 D-2 형사가 펠을 흘끔거리더니 슬쩍 쳐다보았다. 그는 더블 스카치에 남은 얼음을 짤랑거리고 있었다. 펠에게 자신의 술에 대해 한마디 할 기회를 주고 싶은 모양이었다.

스타키가 한잔 사겠다고 제안했지만 펠은 거절했다. 펠은 그녀의 옆자리로 미끄러져 들어와 거북할 정도로 가까이 앉았다. 배리건에는 스툴이 없었다. 술집 바닥을 따라 이어진 황동 레일에 훅으로 고정된 작은 의자가 일렬로 늘어서 있었고, 각 의자는 두 사람이 앉을 만한 너비였다. 스타키는 움직일 수 없는 이 망할 의자를 싫어했다. 의자는 1954년 이래로 변함이 없었고 앞으로도 계속 그럴 것이다.

"저리 가요, 펠. 너무 가까이 있네요."

펠은 옆으로 물러났다.

"이제 됐나요? 원한다면 저쪽 테이블에 앉아도 되고."

"거기 그대로 괜찮아요. 나는 다만 사람들과 가까이 있는 거 별로예요."

스타키는 자신이 내뱉은 말을 곧 후회했다. 의도했던 것보다 자신을 더 드러내버린 것 같아서였다.

펠이 서류 봉투를 톡톡 쳤다.

"보고서들입니다. 여기 다른 것도 갖고 왔어요."

그는 종이를 한 장 펼쳐서 바 위에 놓았다. 그녀는 이 종이가 그가 인터넷에서 찾아 인쇄한 신문기사임을 알았다.

"며칠 전에 일어난 일입니다. 읽어보시죠."

허위 폭탄으로 도서관 소개되다

_로렌 베스 기자, 〈마이애미 헤럴드〉

어제 데이드 카운티 지역 중앙도서관에서 도서관 직원이 폭탄으로 보이는 물체를 발견해 사람들이 대피했다.

사이렌이 요란하게 울리기 시작했을 때 사서들은 파이프 폭탄으로 추정되는 물체가 책상 아랫면에 고정돼 있는 것을 발견했다.

경찰이 도서관을 소개한 후 데이드 카운티 응급대응 팀에서 폭탄을 발견했다. 그 안에는 사이렌이 들어 있었지만 폭약은 없었다. 경찰은 이 사건을 허위 폭탄이라고 발표했다.

스타키는 기사를 몇 줄 읽고 멈췄다.

"이게 뭔데요?"

"우리가 마이애미에서 온전한 폭탄을 발견했습니다. 이 폭탄은 리지오를 죽인 폭탄의 복제품입니다."

스타키는 이 폭탄 뉴스가 마음에 들지 않았다. 펠의 말처럼 폭탄들이 복제품이라면, 펠이 이 사건에 뛰어드는 데 필요한 것을 내줄 근거가 될 것이다. 그녀는 그다음에 무슨 일이 벌어질지 알았다. ATF에서 특별프로

젝트 팀을 구성할 것이고, 이에 자극을 받은 FBI가 코를 킁킁거리며 주변에 몰려들 것이다. 보안관들도 이 작전에 자기네 몫을 챙기기 위해 합류할 것이다. 그리고 날이 저물기도 전에 스타키와 그녀의 CCS 팀은 좌천되어 위쪽 샌프란시스코의 ATF 실험실로 밤새 증거를 전달하는 사환 일이나 할 것이다.

그녀는 기사를 치웠다.

"알았어요. 허위 폭탄이라. 당신 범인인 미스터 레드가 마이애미에 있다면, 왜 동쪽으로 가는 비행기를 타지 않은 거죠?"

"그가 여기 있기 때문이에요."

"그는 마이애미에 있는 것 같은데요."

펠이 D-2 형사를 힐끗 보았다.

"테이블로 자리를 옮겨도 되겠어요?"

스타키는 그를 이끌고 외진 구석 테이블로 옮겨갔다. 그리고 자신이 술집 전체가 바라보이는 바깥쪽 자리를 차지하고 앉았다. 그녀는 그가 사람들을 등지고 앉으면 언짢아할 거라고 짐작했다.

"됐어요. 아무도 당신 말 못 들어요, 펠. 여기서 우리 둘이 스파이 짓을 해도 되겠네요."

펠은 짜증스러운 듯 턱을 당겼다. 그 모습에 스타키는 흐뭇해했다. 그녀는 새로 담뱃불을 붙이고 그의 어깨 너머로 연기를 내뿜었다.

"마이애미 경찰에서는 언론에 전모를 다 밝히지 않았습니다. 이 폭탄은 장난이 아니라 메시지였어요, 스타키. 종이에 적힌 실제 메모가 나왔거든요. 그자는 전에 그런 장난을 친 적이 없었어요. 이런 메모를 남긴 적이 결코 없었다고요. 그 말은 여기 기회가 있다는 말이에요."

"그자가 뭐라고 했는데요?"

"이 사람들을 죽이면 내가 10대 지명수배자 명단에 오를까?"

스타키는 그게 무슨 말인지 이해하지 못했다.

"무슨 말이에요?"

"그는 FBI 10대 지명수배자 명단에 오르고 싶어 합니다."

"농담 마세요."

"이건 상징입니다, 스타키. 그는 자기 능력을 제대로 알아주지 못한다고 생각하고 있습니다. 자기가 그저 그런 머저리로 인식되는 것에 분개하고 있다고요. 그가 명단에 없는 것은 우리가 그 자식의 정체를 전혀 알지 못하기 때문이죠. 신원이 확인되지 않은 사람은 명단에 올리지 못하잖아요. 우리가 그의 신원을 알아내지 못해서 그는 좌절하고 있는 겁니다. 그래서 전에 없이 위험을 무릅쓰고 있습니다. 다시 말해 그가 불안정하다는 뜻입니다."

스타키는 턱을 철 죔쇠처럼 꽉 다물었다. 그녀는 펠의 말을 이해했다. 범인이 패턴을 바꾸면 사건 해결이 이로워지는 법이다. 어떤 변화든 범인에 대한 새로운 관점을 제공해주기 때문이다. 관점을 충분히 확보하면 곧 선명한 그림을 그릴 수 있다.

"그가 여기 있다고 했죠? 그걸 어떻게 알아요? 로스앤젤레스로 오는 중이라고 메시지에 남겼나요?"

펠은 대답하지 않았다. 그녀의 눈에서 뭔가를 찾기라도 하듯 그녀를 바라볼 뿐이었다. 그 시선에 그녀는 무방비로 앉아 있는 것만 같아 불편해졌다.

"뭔데요?"

"나는 미스터 레드에 대해 모든 걸 이야기한 게 아니었습니다. 사실 미스터 레드는 사냥에 나서면 무작위로 공격하지 않습니다. 그는 주로 신문에 실렸던 선임 경력자나 수사관을 목표로 삼죠. 그는 거물을 쫓습니다. 폭발물처리반에서 내로라하는 최고를 이긴다고 말하고 싶으니까. 자존심 문제죠."

"그가 그 작은 메모지에 그렇게 써놓았던가요?"

126

"그는 폭탄 외관에 목표 대상자의 이름을 새겨 넣었습니다. 처음에 그가 죽인 폭발물처리 수사관 두 명의 이름이 폭탄을 복원하던 중 파편에서 발견됐지요. 볼티모어의 알랜 브레너트와 필라델피아의 마이클 캐서트, 두 사람 다 큰 사건에 관련된 간부급 경사였습니다."

스타키는 아무 말 없이 테이블 위에 물로 숫자 5를 크게 그렸다가 S자로 바꿨다. 그녀는 S자가 '찰스(Charles)'에서 온 거라고 추측했다. 찰리 리지오가 딱히 LA경찰 폭발물처리반의 거물은 아니었지만 그 점을 지적하지는 않았다.

"어째서 여기 술집에서 그 얘길 하는 거예요? 켈소 경위님 앞에서는 안하고."

펠이 주위를 획획 둘러보았다. 그는 왠지 불안해 보였다.

"우리는 꼭 필요한 때 꼭 필요한 정보만 알려주는 방식으로 정보를 유지하려고 합니다."

"저런! 영광이네요, 펠. 내가 확실히 알 필요가 있던가요?"

"네."

"또 뭘 숨기고 있는지 궁금하네요."

펠이 재빨리 뒤를 힐끗 보았다.

"사건 지휘관으로서 당신은 그자의 불안정한 상태를 부추기기 위해 언론에 성명을 발표할 수 있어요. 이 폭탄들은 단순히 그가 만들고 있는 작은 기계가 아닙니다. 바로 그 자신입니다. 그는 폭탄에 대해서는 아주 꼼꼼합니다. 폭탄들이 아주 정밀하고 아주 정확하지요. 우리는 그가 폭탄에 자부심을 갖고 있다는 것을 파악했습니다. 그의 머릿속에서 이 사건은 그가 로스앤젤레스에 머무르는 이유가 되는 동시에 우리가 그를 잡을 수 있는 아주 좋은 일대일 게임이 될 겁니다."

"나와 그의 대결이라."

"그런 셈이죠. 어떻게 생각합니까?"

스타키는 생각할 필요도 없었다.

"하겠어요."

펠이 한숨을 깊게 내쉬었다. 그녀가 동의하지 않을까 봐 불안했는지 그의 어깨가 안심한 듯 축 처졌다. 그가 자신을 잘 모른다는 생각에 그녀는 혼자 웃었다.

"좋습니다, 스타키. 좋아요. 우리는 그가 현지에서 폭탄을 제조한다고 보고 있습니다. 어디를 가든 그 지역에서 필요한 물품을 구입해 폭탄을 만드는 겁니다. 그러면 비행기로 물품을 옮기다 잡힐 위험이 없으니까요. 보고서와 함께 모덱스의 성분 목록을 넣었습니다. 당신이 현지에서 RDX에 접근 가능한 자를 찾아 확인해보시죠."

스타키는 이미 그 조사를 진행하고 있었지만 그가 지시를 내리자 불쾌해졌다.

"이봐요, 펠. 조사를 하고 싶으면 당신이 직접 하세요. 여기선 당신이 지시를 내리는 게 아니란 말이에요."

"이 일은 중요합니다, 스타키."

"그럼 직접 하시든가!"

펠은 그녀를 노려보다가 다시 생각하는 것 같았다. 그는 두 손바닥을 내보이고는 긴장을 풀었다.

"당신이 이 방향으로 조사할 수 있을 것 같네요, 형사. 내가 조사하면 당신 사건을 넘겨받게 될 겁니다. 당신이 조사를 하면 난 조언을 할 뿐이고요. 어느 쪽을 택하고 싶죠?"

스타키는 의기양양했다.

"이미 그 조사가 진행되고 있어요, 펠. 오늘 컴퓨터에 자료를 입력했거든요."

그는 아무 표정 없이 고개를 끄덕이고는 계속 말했다. 그녀는 자신이 그보다 앞서 있음을 인정해주지 않자 짜증이 일었다.

"이 남자 사진 갖고 있어요? 틀림없이 보안 카메라가 있었을 텐데요."

"시내 도서관에는 보안 카메라가 전혀 없지만, 제가 내일까지 스케치를 입수할 겁니다. 목격자들 말로는 선명한 빨간 머리에 이십대 백인 남자라는군요. 그리고 예전 사건에서 얻은 다른 스케치가 두 장 있습니다. 스케치 세 장 모두 다르다는 것을 미리 말해두죠. 그는 자신을 드러내고 싶을 때 외모를 바꿉니다."

스타키는 이도 저도 아닌 뜻으로 어깨를 으쓱했다. 레스터는 전혀 젊지 않은 나이 든 남자를 묘사했지만, 그들이 스케치를 얻을 때까지는 레스터를 언급하지 않기로 했다.

"그런가요. 스케치를 입수하면 스케치 세 장의 사본을 모두 주세요. 그리고 다른 것도 필요한데. 난 폭탄을 보고 싶어요."

"보고서를 얻는 대로 당신에게 넘겨드리죠."

"내 말 안 들었군요. 난 폭탄을 원한다고요. 내 수중에 폭탄이 들어오길 원해요. 난 폭발물처리 수사관이에요, 펠. 다른 사람 보고서를 곧이곧대로 받아들이기보다는 내가 직접 분해하고 싶어요. 그 폭탄을 실버레이크 폭탄과 비교해 뭔가 알아내고 싶어요. 일전에 타 도시들과 비교 증거를 교환한 적이 있어서 폭탄 입수가 가능한 걸 알아요."

펠이 다시 그녀를 유심히 바라보다가 고개를 끄덕였다.

"알았어요, 스타키. 좋은 생각인 것 같군요. 하지만 당신이 조치를 취해야 할 것 같습니다."

스타키는 펠이 허수아비 노릇이나 하려는 게 아닌지 의심하면서 눈살을 찌푸렸다.

"당신네가 그 빌어먹을 폭탄을 가지고 있잖아요. 당신이 폭탄을 가져오는 게 더 쉬울 텐데."

"내가 많이 관여할수록 FBI가 오기 전에 사건을 넘겨받으라는 압력이 워싱턴에서 더 많이 들어올 겁니다."

"지금 누가 FBI를 얘기하고 있나요? 테러리스트를 상대하고 있는 게 아니잖아요. 이 사건은 국내 문제라고요."

"FBI에서 테러리스트라고 하는 자는 누구나 다 테러리스트입니다. 당신은 내가 관여한다고 우려하는데, 나는 FBI가 걱정입니다. 우리 모두 걱정할 게 있습니다."

"이런 제기랄. 펠." 그가 두 손바닥을 다시 내보이자 그녀는 고개를 끄덕였다. "좋아요. 내가 직접 하죠."

펠은 일어서서 그녀에게 카드를 건넸다.

"여기가 내가 묵고 있는 호텔입니다. 내 호출번호는 뒤에 있고요."

스타키는 카드를 보지 않고 집어넣었다.

"뭔가 나오면 전화할게요."

펠이 그녀를 쳐다보고 있었다.

"왜요?"

"미스터 레드는 위험합니다, 스타키. 이런 자가 시내에 있는데, 너무 취해서 상대하지 못하고 싶습니까?"

스타키는 잔에 든 얼음을 짤랑거리며 한 모금 마셨다.

"난 이미 한 번 죽었어요, 펠. 정말이에요. 더 지독한 일도 있어요."

펠이 그녀를 잠시 더 바라보았다. 스타키는 그가 무슨 말인가를 하려는 줄 알았다. 하지만 그는 그대로 술집을 나가버렸다. 그녀는 그가 눈부신 햇살 속으로 들어가 사라질 때까지 지켜보았다. 펠은 정말 아무것도 몰랐다.

스타키는 자리로 돌아와 술을 한 잔 더 시켰다. 그녀는 펠이 말해준 내용보다 더 많은 정보를 알고 있다고 확신했다.

그때 성범죄과 형사가 그녀에게 몸을 기울였다.

"연방수사관?"

"응."

"다들 멍청한 놈들이야."

"두고 보면 알겠지."

스타키는 오후 내내 차에서 테이프를 생각하며 시간을 보냈다. 그 테이프들과 거기에 녹화된 장면은 실제 존재했다. 잠시 후 그녀는 테이프들이 짓누르는 부담감에 못 이겨 술집을 나섰다. 그녀가 배리건을 나와 집으로 향한 것은 8시가 다 됐을 무렵이었다.

스타키는 진을 마셔서 머리가 아팠다. 배가 고팠지만 집에 요기할 만한 게 없었다. 그렇다고 다시 나가기는 싫었다. 그녀는 거실 VCR 옆에 테이프들을 두고는 먼저 샤워를 하고 보고서를 읽기로 했다.

그녀는 샤워기를 세게 틀어놓고 머리와 목이 차가워질 때까지 물을 맞았다. 샤워를 마치자 검은색 티셔츠와 바지를 입고 부엌 싱크대 앞에 서서 건포도 한 상자를 먹었다. 우유도 한 잔 입에 쏟아부은 다음 담뱃불을 붙인 뒤 식탁에 앉아 보고서를 읽기 시작했다.

서류 봉투에는 메릴랜드 로크빌의 ATF 국립실험센터에서 작성된 일곱 건의 폭발물 분석서가 들어 있었다. 각 분석서에는 미스터 레드라고만 알려진 신원미상의 용의자가 저지른 범행 폭탄의 분석이 실려 있었지만 심하게 편집되어 있었다. 없는 페이지도 있었고 삭제된 문단도 좀 있었다.

그녀는 자료가 삭제된 걸 보면서 점점 더 화가 끓었지만, 남아 있는 세부사항에 흥미를 느끼면서 집중하게 됐다. 그녀는 메모를 하며 분석서를 읽어나갔다.

각각의 폭탄은 뚜껑을 씌운 한 쌍의 파이프 산탄통이 배관용 테이프로 밀봉된 것으로, 한 파이프에는 무선수신기와(모든 수신기는 웨이쿨의 원격조종 장난감 자동차 제품에서 나온 것으로 확인되었다) 9볼트짜리 전지가 들어 있었고, 다른 파이프에는 모덱스 하이브리드 폭약이 들어 있었다. 보고서 어디에도 펠의 설명대로 이름이 새겨진 내용은 언급돼 있지 않았다. 그녀는 삭제된 자료에서 아마 그 사항이 언급되었을 거라고 생각했다.

보고서를 다 읽자 거실로 걸어가 테이프들을 빤히 쳐다보았다. 그녀는 사건의 돌파구가 될지도 모르는 증거물인 테이프들을 피하고 있다는 사실을 알았다. 하지만 그 테이프들을 본다는 생각만으로도 속이 몹시 죄어들었다.

"이런 젠장. 멍청한 짓을 하고 있잖아."

그녀는 부엌으로 가 독한 진을 한 잔 들이켜고는 VCR에 첫 번째 테이프를 넣었다. 벅 다제트나 레스터 이바라나 또는 마직과 후커와 함께 테이프를 볼 수도 있었지만, 그녀는 혼자서 봐야 한다는 것을 알았다. 적어도 이번 처음은. 그녀가 그들 중 누구도 보지 못하는 장면들을 볼 것이기에 혼자서 봐야 했다.

화면에 주차장의 와이드샷이 나왔다. 폭발물처리반 서버번이 제자리에 있었고, 주차장과 인근 거리에 비상경계선이 쳐져 있었다. 프레임이 움직이지 않는 걸 보니 헬리콥터가 정지 상태로 맴돌고 있는 모양이었다. 이미 보호복을 입은 찰리 리지오가 서버번 뒤에서 벅 다제트와 이야기하고 있었다. 그 두 사람을 보자 그녀는 오싹한 기분이 들었다. 다제트가 리지오의 헬멧을 두드리는 모습을 보는 것은, 리지오가 몸을 돌려 폭탄을 향해 느릿느릿 움직이는 모습을 보는 것은, 슈거를 보는 것만 같았다.

"자기는 어때요? 공기 잘 통해요?"

"안에 폭풍이 불었지. 당신은?"

"보호복 입었고 줄도 묶었고 흔들 준비 다 됐어요. 카메라를 위해 좋은 공연을 보여주죠."

두 사람은 서로의 방호 보호복과 전선들을 점검했다. 그녀가 보기에 슈거는 괜찮았다. 그녀는 그의 헬멧을 톡톡 두드렸고, 그도 그녀의 헬멧을 톡톡 두드렸다. 그가 두드릴 때마다 그녀는 항상 생긋 웃었다.

두 사람은 이동식 주택을 향해 출발했다.

스타키는 테이프를 멈췄다.

그녀는 숨을 들이쉬었다. 그제야 자신이 숨을 쉬지 않고 있다는 사실을 깨달았다. 술에 라임을 좀더 넣어야겠다는 생각이 들었다. 그녀는 술잔을 들고 부엌으로 가서 라임을 하나 얇게 썰었다. 하지만 이 역시 테이프를 피하려는 행동임을 그녀는 알고 있었다.

거실로 돌아와 다시 테이프를 틀었다.

리지오와 서버번이 화면 중앙에 있었다. 폭탄은 쓰레기 수거함 맨 아래에 놓인 작은 판지 상자였다. 그 장면은 프레임에 주차장이 너무 조밀하게 들어와 있어서, 그녀가 오전에 걸음 수를 세며 확인해본 지형물을 하나도 보여주지 못했다. 겨우 보이는 인물이 찰리 리지오와 벅 다제트, 그리고 프레임 하단에 비친, 빌딩 가장자리에서 모퉁이를 기웃거리는 순경 한 명이었다.

리지오가 폭탄 쪽으로 걸어가기 시작하자 프레임이 미니몰 위로 미끄러지듯 움직였다. 두 채의 아파트 건물 사이로 몇몇 사람이 서 있는 게 보였다. 스타키는 그 사람들을 유심히 봤지만 너무 작고 어두워서 누가 긴소매 셔츠를 입고 야구모자를 썼는지 알 수 없었다.

이미지가 작다고 욕하고 있는데 갑자기 프레임이 아래로 이동하더니 리지오가 중심에 잡히고 사람들이 사라졌다. 헬리콥터의 카메라 기사가 장면을 재조정해 쇼핑몰 측면과 폭탄, 리지오 외에 모든 것을 제외시킨 것 같았다.

리지오가 실시간 엑스레이를 들고 폭탄 가까이 도착했다.

스타키는 앞으로 벌어질 상황을 알기에 마음을 단단히 먹었다.

하지만 심장이 두근거렸고 술을 더 삼키고 싶었다.

그녀는 시선을 확 돌리고 손으로 담배를 우그러트렸다.

다시 화면을 봤을 때 리지오가 상자 주변을 돌고 있었다.

두 사람은 진달래 덤불 속에서 슈거가 실시간 엑스레이를 배치할 수 있도록 무거운 가지를 옆으로 치우며 끙끙대고 있었다. 슈거는 마치 광선총을 든 스타트렉 우주 침략자 같았다. 그녀는 그를 보기 위해 몸을 틀어야 했다.

하얀 섬광이 덮쳤을 때 그녀의 눈이 흐릿해졌다…….

스타키는 프레임 가장자리에서, 여러 차량들 사이에서, 지붕에서, 쓰레기통에서 그림자와 각도를 들여다보려고 안간힘을 썼다. 그녀는 폭파범이 왠지 지하에 숨어서 하수배수관이나 건물 아래 배선·배관용 좁은 환기구를 통해 밖을 내다보고 있는 게 아닌지 궁금했다. 리지오는 폭탄을 실시간 엑스레이로 조사하면서 그 주위를 둥글게 돌았다. 그녀는 자신이 살해범이라 가정하고 화면에서 리지오를 바라보려고 노력했다. 손에는 원격조종기를 들고 있다고 상상했다. 살인범은 뭘 기다리고 있었을까? 스타키는 불안해졌다. 살인범이 살인을 저지른다는 생각에 겁을 먹고 있었는지 흥분한 상태였는지 궁금했다. 스타키는 TV 리모컨을 살인범의 주머니에 들어 있는 스위치로 여겼다. 그녀는 눈을 깜박이지 않고 살인범의 눈이 리지오에게 향한 것을 보았다. 폭탄 주위를 다 돈 리지오는 망설이다가 상자 위로 몸을 기울였다. 그 순간 살인범이 스위치를 눌렀고…… 빛 속에서 리지오가 상상 속 인물처럼 내동댕이쳐졌다.

스타키는 테이프를 멈추고 눈을 감았다. 스위치를 움켜쥔 채 자신이 리지오를 지옥으로 보낸 사람인 양 주먹을 꽉 쥐었다.

그녀는 숨을 들이쉬고 내쉬고 있었다. 가슴이 확장되고 몸에 공기가 채워지고 있었다. 그녀는 두 손으로 유리잔을 꽉 붙잡아 술을 마시고는 눈물을 닦았다.

잠시 후 그녀는 재생 버튼을 누르고 가까스로 나머지 부분을 시청했다.

아스팔트 건너편에서 충격파가 번쩍 치더니 그 뒤를 이어 먼지와 잔해가 화면을 집어삼켰다. 쓰레기 수거함은 뒤로 요동쳐 벽으로 밀려났다. 벽 다제트가 파트너에게 달려가 헬멧을 벗기는 동안 폭발 구멍에서 연기가 솟아올라 천천히 소용돌이치며 떠다녔다. 긴급구조대 밴이 그들 옆 주차장에 끽 소리를 내며 급정차했고, 구급요원 두 명이 부상자를 넘겨받기 위해 뛰어들었다. 벽은 구급요원들을 지켜보며 서 있었다.

스타키는 자신이 위치를 표시했던 경계선들을 구분해냈고, 90미터 주변에서 차량이나 건물 뒤에 숨은 사람들을 여러 번 발견했다. 그때마다 화면을 정지시키고 파란색 야구모자에 긴 셔츠 차림의 남자를 찾았지만 해상도가 형편없어서 별 소용이 없었다.

그녀는 내내 술을 마시면서 다른 테이프를 두 개 시청했다. 흐린 이미지를 선명하게 조정할 수 있기라도 한 듯 화면을 뚫어져라 주시했다. 그리고 그늘이 드리워진 얼굴들 중 누가 폭탄범이 아닐지 짐작해보았다.

그날 밤 늦게 그녀는 테이프를 되감고 텔레비전을 끈 채 소파에서 깊은 잠에 빠져들었다.

하얀 빛이 폭발하면서 그녀가 이동식 주택에서 튕겨져 나온다.

구급요원들이 긴 바늘을 찌른다.

그녀가 손을 뻗어 슈거의 손을 잡으려고 할 때 그의 헬멧이 벗겨진다.

그의 머리가 그녀 쪽으로 축 처진다.

펠이었다.

5

다음 날 마직은 시험 답안지를 수줍게 제출하는 학생처럼 CCS에 들어오더니 레스터 이바라의 진술에 따라 그려진 용의자 몽타주 사본을 나눠 줬다. 마지막으로 사본을 받아본 켈소 배리는 딸아이의 망친 시험지라도 바라보듯 몽타주를 노려보았다.

"여기서 우리가 쓸 만한 건 아무것도 없어. 자네 증인은 시간 낭비였어."

몹시 실망해 있던 마직은 켈소의 말에 기분이 상했다.

"저, 제 잘못이 아니에요. 레스터가 진짜로 뭔가를 봤을 것 같지는 않아요. 어쨌거나 얼굴은 보지 못했거든요."

켈소가 그림을 가지고 다가왔을 때 스타키는 자리에 있었다. 그녀는 충혈된 눈을 켈소나 마직이 알아차리지 못하게 시선을 피하고 있었다. 간밤 마신 진이 몸의 구멍이란 구멍은 다 통해서 배어 나오고 있으리라는 확신 때문이었다. 몽타주에 대해 말할 때도 그들의 얼굴에 입김이 닿지 않도록 조심했다.

"유령이네요."

마직이 침울하게 고개를 끄덕이며 동의했다.

"완전 꼬마유령 캐스퍼죠."

그 초상화는 얼굴형이 네모난 사십대 정도의 백인 남자로, 짙은 선글라스와 야구모자로 얼굴이 가려져 있었다. 코는 형태와 크기가 불분명했고, 입술과 귀와 턱도 마찬가지였다. 용의자 스케치는 그렇게 끝나는 경우가 더 많았다. 증인이 눈에 띌 만한 범인의 특징을 보지 못하면 초상화는 길거리의 아무하고도 같아지고 말았다. 형사들은 그런 초상화를 볼 게 아무것도 없다는 의미에서 '유령'이라고 불렀다.

켈소는 초상화를 좀더 노려보다가 고개를 흔들고 한숨을 깊게 내쉬었다. 스타키는 그가 어리석게 굴고 있다고 생각했다.

"이건 누구의 잘못도 아니에요, 배리. 우리는 여전히 같은 시간대에 세탁소에 있었던 사람들을 탐문하고 있어요. 초상화는 나아질 거예요."

마직이 스타키의 지지에 힘입어 고개를 끄덕였지만, 켈소는 스타키의 말을 인정하는 눈치가 아니었다.

"어젯밤 모건 국장보께서 전화를 하셨어. 자네가 지휘관으로서 수사를 어떻게 진행하고 있는지 물으시더군, 캐롤. 곧 보고서를 보자고 하실 거야."

스타키는 머리가 지끈거렸다.

"그분이 원하시면 언제든지 가서 뵐게요. 그건 문제가 아닙니다."

"단순히 자네를 보자고 하시는 게 아닐 거야, 캐롤. 진척 중인 사실을 원하실 거야."

스타키는 신경이 곤두서기 시작했다.

"제게 뭘 원하시는 거예요? 범인을 제 엉덩이에서 끌어내기라도 할까요?"

켈소는 턱이 뻣뻣해지고 구슬이라도 씹고 있었다는 듯 입이 확 벌어졌다.

"그게 도움이 될지도 모르지. 우리가 노력했다는 증거를 보여준다면 ATF에 이 사건을 넘기지 않도록 손쓸 수 있을 거라는 뜻을 내비치셨어. 한번 생각해봐."

켈소는 성큼성큼 걸어서 자신의 집무실로 사라졌다.

스타키는 머리가 더 심하게 지끈거렸다. 어젯밤은 그녀 자신이 깜짝 놀랄 정도로 술을 많이 마셨다. 그래서 자신의 음주가 마침내 통제할 수 없는 지경이 된 게 아닌지 걱정이 되었다. 간밤 꿈에는 또 펠이 나타나는 바람에 화가 나고 당황해서 잠에서 깼다. 하지만 그 꿈을 스트레스 탓이라고 치부해버렸다. 아침이 되자 아스피린과 타가메트를 두 알씩 삼키고 RDX에 관한 검색 결과가 나오길 바라며 사무실로 자신을 밀어 넣었다. 하지만 결과를 찾지 못했고 지금은 이 모양 이 꼴이었다.

"켈소는 치사한 인간이에요. 우리가 여자라서 저런 식으로 말했다고 생각하지 않아요?" 베스 마직이 말했다.

"모르겠어. 베스, 그 그림에 너무 목매지 마. 펠이 넘겨줄 다른 몽타주가 세 장 있어. 레스터에게 그 몽타주들을 보여줘도 되고. 어쩌면 일이 잘될 수도 있어."

마직은 돌아서지 않았다. 스타키는 확실히 입가심용 민트가 하나 더 필요했지만 마직이 곁에 있을 때는 입에 넣지 않을 작정이었다.

"레스터가 얼굴을 건지지는 못했지만 야구모자와 긴 셔츠는 틀림없어요."

"알았어."

"레스터한테 오늘 오후에 테이프를 보러 오라고 했어요. 어젯밤 뭐 좀 봤어요?"

스타키는 가능한 한 마직에게서 떨어지려고 의자 뒤로 등을 기댔다.

"와이드샷에서는 아니야. 모든 게 너무 흐려서 실제로 볼 수도 없어. 좀 더 괜찮은 이미지를 볼 수 있는지 해상도를 높여봐야 할 것 같아."

"원한다면 내가 처리할게요."

"후커한테 이야기해뒀어. 후커가 홀른벡에서 사단절도과에 근무할 때 테이프 해상도를 높여본 경험이 있거든. 베스, 난 NLETS를 확인해봐야 해. 나중에 이야기하자."

마직은 고개를 끄덕였지만 여전히 움직이지 않았다. 뭔가 할 말이 있는 것 같았다.

"뭔데, 베스?"

"캐롤, 저기요, 어제 일을 사과하고 싶어요. 내가 못되게 굴었어요."

"잊어버려. 그렇게 말해줘서 고마운데, 괜찮아."

"밤새도록 속상해서 사과하고 싶었어요."

"알았어. 고마워. 고마워. 그럼에 목매지 말고."

"네, 켈소는 치사한 인간이에요."

마직은 자기 몫의 초상화를 들고 자리로 돌아갔다. 스타키는 그녀의 뒷 모습을 빤히 쳐다보았다. 때때로 마직은 사람을 놀라게 했다.

마직이 안 보는 사이 스타키는 알토이즈를 새로 입에 톡 넣고 커피를 가지러 갔다. 자리로 돌아오는 길에 NLETS를 확인해보았다. 이번에는 뭔가 기다리고 있었다.

그녀는 RDX에 관한 한두 가지 검색 결과를 기대했는데, 그녀가 찾은 결과는 기대와 전혀 달랐다.

그 결과는 32세 백인 남자 댈러스 테넌트가 아타스카데로의 캘리포니 아 주립 교도소에서 현재 복역 중이라는 캘리포니아 주 보안관의 보고서 였다. 그 교도소는 정신병 치료를 받는 죄수들을 위한 시설이었다. 테넌 트는 2년 전에 세 번에 걸쳐 RDX로 만든 폭탄을 폭파했다. 스타키는 폭 탄이 세 개라는 점에 웃었다. RDX는 드물었다. 폭탄이 세 개라면 테넌트 가 RDX를 많이 입수할 수 있었다는 의미였다. 스타키는 컴퓨터에서 보 고서를 인쇄하여, 베이커즈필드(미국 캘리포니아 주 남부도시로, 로스앤젤레스에서 북쪽으로 약 180킬로미터 떨어져 있다)의 센트럴 밸리 사무소에서 워런 뮬러 경사라는 보안관 산하 폭탄및방화 수사관이 사건을 성립했다는 사실에 주목했다. 자리로 돌아온 그녀는 주 법집행기관 전화번호부를 찾아서 센트럴 밸리 번호를 누르고 폭탄및방화 부서를 부탁했다.

"폭방부 헤네시입니다."

"워런 뮬러 씨 부탁합니다."

"네, 잠시 기다리세요."

뮬러가 전화를 받자 스타키는 자신이 로스앤젤레스 경찰관임을 밝혔다. 뮬러는 말끝에 센트럴 밸리의 비음이 배어 나오는 편안하고 남자다운 목소리였다. 스타키는 그가 센트럴 밸리의 위쪽 도축공장들 중 한곳에서, 불어오는 바람을 받으며 자랐을 거라고 생각했다.

"경사님이 체포한 댈러스 테넌트라는 범인 건으로 전화드렸습니다."

"아, 그렇군. 그놈은 요즘 아타스카데로에서 방 하나 임대해서 잘 지내고 있지."

"맞아요. 제가 전화드린 이유는 그가 RDX를 이용해 폭탄을 세 차례 폭파했다고 부제가 나와서입니다. 아주 많은 양의 RDX죠."

"우리가 아는 건 세 개네. 더 있을 수도 있고. 그놈이 여기 애들한테 도난 차량을 백 달러 주고 사서는, 이 사실은 의심할 여지가 없지, 그 차들을 폭파하기 위해 사막으로 달려갔어. 훨훨 타게 차에 휘발유를 흠뻑 뿌리는 거 있잖아? 그 정신 나간 놈은 차 부서지는 광경이 보고 싶었던 모양이네. 그놈이 나무를 네 그룬가 다섯 그룬가 날려버렸는데, 그때는 TNT를 사용했지."

"제가 관심 있는 건 RDX입니다. 그가 RDX를 입수한 경로를 아세요?"

"글쎄, 술집에서 만난 녀석한테서, 훔친 대인지뢰를 한 상자 샀다고 주장하더군. 그 말을 믿는다면, 내가 여기 위쪽에 사막 땅이 좀 있는데 그 땅을 자네한테 팔겠네. 내 추측으로는 메스암페타민 거래하는 어느 오토바이족한테서 산 것 같은데, 그놈이 일체 자백하지 않아서 해줄 말이 없네."

스타키는 대다수 폭발이 라이벌 메스암페타민 중개인들 간의 마약 전쟁의 결과라는 것과, 중개인들 중 많은 수가 백인 오토바이족임을 알고 있었다. 메스암페타민 제조실은 언제라도 폭파될 수 있는 화학 폭탄이었다. 그래서 메스암페타민 중개인이 정적을 제거하려 할 때는 그냥 정적의 에어스트림(아웃도어 트레일러 캠핑카)을 폭파하곤 했다. 스타키는 폭발물 처리 수사관 시절 백여 군데의 메스암페타민 제조실에 출동을 나갔다. 폭발물처리반에서는 보증 서비스를 해주려고도 출동할 것이다.

"그럼 그 위에 RDX를 파는 자가 여전히 있다고 생각하세요?"

"그야 가능하지만 알 수 없는 법이지. 그 당시 용의자가 없었고 지금도 없으니까. 우리는 빌어먹을 차들을 날려버린 테넌트밖에 없어. 그놈은 사회적 교류 없이 혼자 지내는 전형적인 폭탄광이야. 하지만 그놈의 실력이 좋았다는 점은 내 인정하지. RDX를 어디서 얻었든 훔치지는 않았네."

"체포 당시 그의 소유지에 RDX가 더 있지 않던가요?"

"테넌트가 만든 폭탄은 전혀 발견되지 않았어. 그놈 말로는 집에서 다 만들었다고 하지만, 그런 흔적은 없었어. 고기 도축공장 지나서 여기 저쪽에 거지 소굴 같은 그놈의 아파트가 있었는데, 폭죽조차 발견하지 못했어. 그놈이 샀다고 주장하는 지뢰의 흔적도 전혀 찾을 수 없었네."

스타키는 그의 설명을 곰곰이 생각했다. 폭탄 제조는 댈러스 테넌트 같은 폭탄광에게 삶의 방식이었다. 폭탄은 그들의 열정이었다. 취미에 미친 마니아들에게 취미용 방이 있는 것처럼 그들에게는 필연적으로 폭탄 제조 장소가 있었다. 그 장소가 옷장이든 방이든 차고든, 어쨌든 그들에게는 물품을 보관하고 기술을 연마할 장소가 있었다. 그런 장소를 '작업장'이라고 불렀다.

"그에게 작업장이 있었던 것 같군요."

"글쎄, 내 개인적인 느낌으로는 테넌트와 RDX를 팔았던 그 남자는 게

이 커플인데 테넌트가 체포되자 그 남자가 짐을 챙겨 떠난 것 같아. 하지만 말했듯이 그냥 내 느낌일 뿐."

스타키는 그 말을 메모했지만 뮬러의 의견을 그다지 높게 치지는 않았다. 그의 지적대로 폭탄광들은 내성적인 은둔자들이어서 대개 자존감이 낮고 무능하다고 그녀는 생각했다. 그들은 종종 극도로 수줍어하며 여자들과 거의 관계를 맺지 못했다. 자신들의 장난감을 공유하는 것은 그들의 프로파일에 들어맞지 않았다. 테넌트가 작업장까지는 실토하지 않았다면 그건 아마도 자기 장난감을 잃고 싶지 않아서일 것이다. 모든 상습범들처럼 그는 꿈속에서 폭발을 볼 것이며, 풀려나자마자 자신이 만들 폭탄에 대해 온종일 상상의 나래를 펴며 하루하루를 보낼 것이다.

스타키는 메모장을 덮었다.

"알았습니다, 경사님. 그 정도면 된 것 같습니다. 시간 내주셔서 감사합니다."

"언제든 또 물어보게. 근데 내가 뭘 물어봐도 될까?"

"네, 저야말로 질문을 아주 많이 한걸요."

뮬러는 머뭇거렸다. 그녀는 그에게서 무슨 말이 나올지 알았다. 갑자기 위가 죄어드는 순간이었다.

"거기 LA에 있다고 하니, 음, 자네가 폭탄에 날아간 그 스타키인가?"

"네, 접니다. 그런데, 제가 여기 갖고 있는 자료는 보안관들이 부제로 올려놓은 것뿐입니다. 정보를 좀더 얻을 수 있게 테넌트 사건 수사기록을 팩스로 보내주시겠습니까?"

"그 아래 실버레이크 사건에 관련된 일인가?"

"네."

"물론 보내주겠네. 몇 페이지밖에 안 돼. 당장 보내주지."

"고맙습니다."

스타키는 팩스 번호를 알려주고 그에게서 다른 말이 나오기 전에 전화를 끊었다. 항상 이런 식이었다. 심지어 폭발물처리 수사관들과 폭탄 수사관들이 더 많이 물었다. 벼랑 끝에 가까이 살지만 그 너머를 결코 넘겨다보지 못했던 사람들이, 그녀가 그러했듯 일종의 경외심으로 사고에 대해 물었다.

스타키는 커피를 한 잔 더 채우고 계단통으로 가서 담배를 피웠다. 수배자수사과 형사 세 명도 옆에 서서 담배를 피우고 있었다. 세 사람은 짧은 머리에 짙은 코밑수염을 기른 젊고 건장한 남자들이었다. 그들은 여전히 일에 열정적이었다. 이 일이 아무런 목적도 소용도 없는 관료적 헛짓거리라는 사실을 깨달은 대다수 경찰들이 그렇듯 자제력을 잃지도 않았다. 그들은 오후 2시에 일과를 접고 경찰학교에서 운동하기 위해 차베스라빈으로 향할 것이다. 스타키는 그들의 팔뚝과 몸에 딱 붙게 입은 청바지로 그 사실을 알 수 있었다. 그들이 웃어 보이자 스타키는 웃음을 되받아 고개를 끄덕였다. 그들은 그녀를 대화에 끌어들이지 않고 자기들끼리 계속 이야기했다. 그들은 오전에 이글 록에서 상해와 무장강도 혐의로 수배 중이던, 잡기 힘들기로 소문난 베테랑 갱단 멤버를 하나 검거했다. 상해 혐의가 있다는 것은 그가 폭행 중에 코나 귀를 물어뜯은 전력이 있다는 뜻이었다. 수배자수사과 경찰 세 명이 체포 당시 그는 차고에서 담요 밑에 숨어 있었다. 이 거친 베테랑께서 바지에 오줌을 심하게 지린 바람에 경찰 셋은 그가 깔고 앉을 비닐 쓰레기봉투를 찾고 나서야 그를 차에 처넣을 수 있었다. 스타키는 세 남자가 회상하는 이야기를 듣다가 담배를 비벼 끄고 팩스기로 돌아갔다. 또 다른 경찰 이야기, 수많은 이야기 중 하나였다. 그 이야기들은 경찰이 총에 맞거나 불법 행위로 체포되지 않는 한 항상 좋게 끝났다.

팩스기로 와보니 뮬러의 사건 수사기록이 팩스 선반에서 기다리고 있었다.

스타키는 자리로 돌아가 수사기록을 읽었다. 테넌트는 방화와 폭약으로 열여덟 살 때부터 체포된 전력이 있었고 법원 명령으로 정신 상담을 두 차례 받았다. 그보다 훨씬 이전부터 그에게 체포 전력이 있었겠지만 청소년 기록은 봉인되기 때문에 사건 파일에 반영되지 않았다. 또한 십대 때 폭발 부상으로 테넌트의 오른손 손가락 두 개가 절단됐다는 뮬러의 기록을 통해서도 일찌감치 시작된 테넌트의 체포 전력을 알 수 있었다.

수사기록에는 테넌트가 파괴한 세 대의 차량 중 두 대를 훔친 로버트 카스틸로라는 젊은 차량 절도범의 진술과 파괴된 차량 사진이 실려 있었다. 뮬러는 순찰 경찰관의 호출을 받고 베이커즈필드 퓨리턴 병원 응급실로 갔는데, 거기서 자동차 와이퍼 날이 뺨에 박힌 카스틸로를 발견했다. 최신 모델의 닛산 스탄자 차량 한 대를 테넌트에게 배달했던 카스틸로는 테넌트가 그 차를 폭파했을 때 아무래도 너무 가까이 서 있었던 모양이었다. 얼굴에 날이 박힌 그를 친구들이 황급히 병원으로 옮겼다고 했다. 스타키는 뮬러의 면담보고서를 여러 차례 읽었다. 카스틸로의 진술 내용을 보니 테넌트에게 개인 작업장이 있다는 그녀의 믿음이 확고해졌다. 스타키는 테넌트와 이야기를 나눠야겠다고 결심했다.

스타키는 아타스카데로의 교도소 전화번호를 찾아 전화하고는 법집행기관 연락관을 부탁했다. 경찰관이 죄수와 무작정 이야기할 수는 없었다. 죄수들은 변호사 입회 권리가 있었고 면담을 거절할 수 있었다. 아타스카데로는 단순히 꺼지라는 소리를 들으러 가기에는 아주 먼 길이었다.

"거기 댈러스 테넌트라는 수감자가 있지요? 제가 여기 로스앤젤레스에서 수사 중인 사건이 있는데, 그가 관련 정보를 가지고 있는 것 같습니다. 변호사 없이 저와 면담 가능한지 알아봐주시겠습니까?"

"그가 변호사를 요청해도 만나보시겠습니까?"

"네, 만일 테넌트가 그런 식으로 나온다면 그의 변호사 이름을 알려주십시오."

"알겠습니다."

그녀는 잠시 말을 멈춘 상대편을 기다렸다. 내용을 기록 중인 모양이었다. 전화기 너머로 잔잔한 음악이 흘러나왔다.

"그를 언제 보시겠습니까, 형사님?"

스타키는 벽시계를 흘긋 쳐다보고 펠을 생각했다.

"오늘 늦게요. 아, 오늘 오후 두 명이라고 말해주세요."

"알겠습니다. 무슨 일인지 알고 싶어 할 겁니다."

"RDX라는 폭약의 입수 가능성에 대한 것입니다."

연락관은 그녀의 전화번호를 적고 가능한 한 빨리 연락을 주겠다고 했다.

전화를 끊은 스타키는 커피를 새로 한 잔 따르고 무엇을 할지 생각하며 자리로 돌아왔다. LA경찰 정책상 형사들은 반드시 두 명씩 짝을 이루어 일해야 한다. 오늘 오후 마직은 사람들을 면담해야 하고, 후커는 테이프에 관해서 알아볼 것이다. 스타키는 펠을 떠올렸다. 하지만 그에게 전화할 만한 용건이 없었다. 이 면담 건을 그에게 말할 이유도 없었다. 그렇지만 그녀는 펠에게 할 말이 있었다.

그녀는 가방에서 명함을 찾아 그를 호출했다.

스타키는 증거 이전 요청서를 작성해 마이애미 ATF 사무소에 팩스로 보낸 다음 로비에서 펠을 기다렸다. LA 시내에서 아타스카데로까지는 차로 세 시간 넘게 걸릴 것이다. 그녀는 대개 남자들이 운전석을 원하니 펠이 운전하겠다고 나설 줄 알았다. 그런데 그는 아니었다. "가는 동안 테넌트 사건 파일을 읽을 테니, 그 후에 작전을 짜면 될 겁니다."

그가 또다시 작전 계획을 들고 나왔다.

그녀는 그에게 보고서를 건넨 다음 도시를 곡예하듯 빠져나와 해안 위 벤투라 고속도로를 달렸다. 그는 아무 말 없이 보고서를 읽었는데, 여섯 페이지를 보는 데 엄청난 시간이 걸리는 것 같았다. 그녀는 그의 침묵이 신경에 거슬렸다.

"그거 보는 데 얼마나 걸릴 작정이에요, 펠?"

"한 번 이상 읽고 있는 중이에요. 이거 좋은 자료군요, 스타키. 이 자료를 이용하면 되겠어요. RDX 찾는 데 성과를 올렸네요."

"그 점을 거론하고 싶었어요. 시작부터 우리 관계가 꼬이지 않게 확실히 해두고 싶거든요."

펠이 그녀를 쳐다보았다.

"꼬이다니 뭐가요?"

"당신이 내게 조언해주고 있다고 생각하는 건 알지만, 난 조언 따위 필요 없어요. 이래라저래라 하면서 내가 당신 말대로 신속히 움직이길 기대하나 본데, 그런 식으로는 안 될 거예요."

"단순히 제안을 했을 뿐입니다. 어쨌든 당신이 그 일을 했고요."

"난 일을 바로잡고 싶을 뿐이에요. 내가 커피를 갖다 바치리라 기대하진 마세요."

펠은 그녀를 빤히 쳐다보다가 다시 보고서로 시선을 돌렸다.

"체포한 경찰관과 이야기를 해봤습니까?"

"네, 뮬러요."

"그가 말한 내용을 물어봐도 되겠습니까? 이 질문도 모카커피를 달라는 것처럼 너무 심한 부탁인가요?"

"당신과 싸우려는 게 아니에요. 다만 기본원칙을 정하고 싶을 뿐이에요."

그녀는 뮬러와 주고받은 이야기를 거의 다 되풀이해 들려주었다. 펠은 지나치는 풍경을 쳐다보고 있었다. 너무 입을 다물고 있어서 그녀의 말을 듣고 있는지 의심스러웠다. 하지만 그녀가 말을 마치자 그는 페이지를 다시 훑어보더니 고개를 흔들었다.

"뮬러는 테넌트의 작업장이 없다고 하는 실수를 저질렀어요. 이 보고

서에 보면, 테넌트는 폭파용 도난 차량을 사고 있었어요. 차량 세 대, 폭발 세 건. 그 차량 절도범……."

"로버트 카스틸로."

"그래, 카스틸로요. 카스틸로는 테넌트가 네 번째 차를 부탁했다고 진술했어요. 차를 파괴할 RDX가 더 있지 않거나 구할 방법이 없었다면 차가 한 대 더 필요하지 않았을 겁니다."

스타키가 운전대를 꽉 움켜쥐었다.

"그 점이 내가 짐작한 거예요."

펠은 어깨를 으쓱하고 보고서를 옆으로 치웠다.

그녀의 말은 아주 설득력 없게 들렸다. 그 허점은 바로 스타키가 추론한 것이었다. 그녀는 펠이 그 허점을 지적하기 전에 자신이 미리 말했으면 좋았겠다고 생각했다. 지금은 펠 혼자만 테넌트의 부인에 허점을 발견한 사람 같았다.

"마이애미에서 용의자 몽타주를 받기로 했다고 했죠? 가져왔나요?"

"갖고 왔습니다. 그 몽타주와 처음 몽타주 두 장이 있어요."

펠은 재킷에서 몽타주를 살짝 꺼내서 그녀에게 펼쳐 보였다.

"볼 수 있겠어요?"

"네."

"그 도서관에는 사람들이 꽤 있었던 덕분에 이것저것 짜맞춰서 상당히 괜찮은 몽타주를 그릴 수 있었어요. 이자는 키 180센티미터에 몸무게 80킬로그램 정도로 보이는데, 아마 깔창을 넣은 신발을 신고 있었던 것 같아요. 예전 목격자들은 그의 키가 160센티미터라고 했거든요. 그는 사각 턱에 머리가 새빨갛고 구레나룻을 짧게 기르고 있어요. 예전에는 사각 턱도 아니었지요."

스타키는 운전을 하면서 몽타주 세 장을 흘깃 보았다. 펠의 말이 맞았다. 세 장은 서로 흡사한 면이 없었고, 어느 몽타주도 레스터가 묘사한 남자와 닮은 점이 없었다. 마이애미의 몽타주는 펠이 말한 대로였고, 두 번째 몽타주는 머리가 벗어지고 안경을 쓴 전문가 분위기의 남자였다. 그리고 세 번째 몽타주는 연방기관에서 갖게 된 첫 번째 인상착의로, 양모 같은 레게머리의 육중한 남자가 선글라스를 끼고 수염을 기른 모습이었다.

스타키는 펠에게 몽타주들을 돌려줬다.

"이 마지막 몽타주는 여장한 당신 얼굴 같네요, 펠."

펠은 종이들을 한쪽으로 치웠다.

"당신 범인은 어떻습니까? 이 중에 일치하는 모습이 있나요?"

스타키는 그에게 뒷자석에 있는 서류가방을 열어보라고 했다. 펠은 가방 속의 몽타주를 보자 머리를 흔들었다.

"이자 나이가 어떻게 되죠?"

"사십대요. 하지만 우리 증인을 믿을 수가 없어서요."

"그럼 나이 들어 보이려고 분장했을지도 모르겠군요."

"그럴지도 모르죠. 우리가 같은 사람을 이야기하고 있다면요."

"미스터 레드는 이십대 후반이거나 삼십대 초반입니다. 나이 대와 백인이라는 점이 우리가 확실히 알고 있는 그에 대한 정보죠. 그는 사람들이 자신을 목격하게끔 행동하곤 합니다. 우리를 골탕 먹이려고 외모를 바꾸고요. 우리를 엿먹이면서도 잡히지 않는 방법을 쓰는 거죠."

두 사람은 잠시 동안 조용히 입을 다물었다. 스타키는 테넌트에게 접근할 방법을 생각해보았다. 그러다 우연히 시선을 돌렸는데 펠이 그녀를 쳐다보고 있었다.

"뭔데요?"

"실버레이크 사건 테이프를 입수했다고 한 것 같은데, 아직 보지 않았나요?"

스타키는 도로를 쳐다보았다. 그들은 샌타바버라를 지나쳤고, 고속도로는 산타마리아 내륙으로 커브 길로 이어지고 있었다.

"그랬죠. 어젯밤에 봤어요."

"뭐라도 건졌습니까?"

스타키는 어깨를 으쓱했다.

"해상도를 높여야 해요."

"그 일은 당신에게 힘겨웠을 겁니다."

"뭐라고요?"

"일어난 사건을 보는 일 말입니다. 힘겨웠을 게 틀림없어요. 나도 그럴 테니까."

펠은 그녀와 눈을 마주쳤다가 다시 창밖을 쳐다보았다. 그녀는 그가 자신을 동정할지 모른다는 생각이 들자 화가 나 얼굴이 붉어졌다.

"펠, 한 가지 더요."

"뭐요?"

"도착해서 테넌트를 만나면 이건 내 소관이에요. 여기선 내가 지휘관이라고요."

펠은 아무 표정 없이 그녀를 보지도 않고 고개를 끄덕였다.

"난 그저 차에 동승한 것뿐입니다."

스타키는 자신이 그에게 함께 가자고 제안한 게 화가 나서 남은 두 시간 동안 아무 말도 하지 않았다.

아타스카데로 경구금(經拘禁) 교도소는 파소로블레스 남쪽의 메마른 목장에 위치해 있었다. 예전에는 아몬드 숲이 우거져 있었으나 지금은 넓게 탁 트인 평지였다. 교도소는 갈색 벽돌 건물들로 이루어져 있었는데 벽도 없고 경비탑도 없었다. 단지 3미터 높이의 사슬로 연결된 울타리와 정문이 하나 있었고, 그 문에는 전동문 개폐를 담당하는 경비원 두 명이 지루한 표정으로 지키고 있었다.

아타스카데로는 법원에서 일반 교도소에 적합하지 않다고 여기는 비폭

력적인 중죄인을 주로 수용하는 곳이었다. 전직 경찰관들과 단 한 차례 서류상의 범죄를 저지른 화이트칼라나, 마약 혐의로 불가피하게 여덟아홉 차례 징역을 살 수밖에 없는 휴가족 유명인사 들이 수감되어 있었다. 아타스카데로에서는 아무도 칼에 찔리거나 윤간을 당하지 않았다. 다만 채소밭을 3에이커 가꿔야 했다. 여기서 일어날 수 있는 최악의 일은 일사병이었다.

"우리 총을 검사할 거예요. 차에 두고 가면 서류 작업이 빨라질 거예요." 스타키가 말했다.

"당신 총을 두고 가겠다고요?"

"이미 가방에 넣어뒀어요. 난 그 망할 물건을 절대 갖고 다니지 않아요."

펠이 주위를 휙 둘러보더니 거대한 10밀리미터 스미스 자동장전 권총을 꺼내서 좌석 밑에 밀어 넣었다.

"맙소사, 펠. 그런 괴물을 왜 가지고 다녀요?"

"총을 쏠 기회가 두 번 오지는 않는 법이니까요."

스타키는 정문 경비원에게 배지를 보여줬고, 경비원은 그녀에게 접수 구역으로 가는 길을 일러줬다. 그들은 차양 없는 작은 주차장에 차를 세우고 법집행기관 연락관을 찾아 안으로 들어갔다. 래리 올슨이라는 연락관이 그들을 기다리고 있었다.

"스타키 형사님?"

"네, 캐롤 스타키입니다. 이쪽은 ATF의 펠 특수요원입니다. 이 자리를 주선해주서서 감사합니다."

올슨은 신원 확인을 부탁했고 그들에게 방문 일지에 서명하라고 했다. 그는 지루한 표정의 남자로 다리를 다친 사람처럼 걸었다. 스타키와 펠은 그를 따라 이중 유리문을 통해 뒤쪽으로 가서 산책로를 따라 다른 건물 쪽으로 걸어갔다. 채소밭과 농구장 두 곳이 눈에 띄었다. 수감자들이 셔츠를 벗은 채 농구 경기를 하면서 웃고 즐기고 있었다. 그들은 쉬운 슛도 못 넣고 공도 형편없이 다뤘다. 한 명을 제외하고는 모두 백인이었다.

올슨이 말했다.

"테넌트가 현재 약물 치료 중이라는 점을 말씀드려야겠습니다. 법원 명령으로 치료받는 겁니다. 불안 해소를 위한 자낙스(신경안정제 알프라졸람의 브랜드)와 강박충동 장애를 조절해주는 아나프라닐(항우울제 브랜드)을 복용하고 있죠. 모두 그에게 필요한 약입니다."

"약물 복용한 게 그가 변호사 입회 없이 저희와 면담하는 데 문제가 됩니까?"

"전혀 아닙니다. 그 약들은 판단력과는 상관이 없고 충동조절력에만 영향을 끼칩니다. 테넌트는 한동안 약을 끊었는데 최근에 문제가 생겨서 치료를 재개했지요."

"어떤 문제가 생겼습니까?" 펠이 물었다.

"테넌트가 청소 제품과 의무실에서 훔친 일부 요오드를 이용해 폭약을 만들었습니다. 왼쪽 엄지손가락을 잃었죠."

펠이 고개를 흔들었다.

"머저리 같으니라고."

"여기가 경구금 시설이라서요. 수감자들이 엄청난 자유를 누리는 곳이죠."

댈러스 테넌트는 창백한 피부에 눈이 커다란 뚱뚱한 남자였다. 그는 벽에 붙여진 포마이카 책상에 앉아 있다가 올슨이 두 사람을 면접실로 안내하자 자리에서 일어섰다. 그의 왼손에 붕대가 감겨 있었는데, 엄지가 없어서 손의 폭이 꽤 좁았다. 테넌트는 스타키에게 눈을 고정한 채 그대로 쳐다보았다. 펠에게는 거의 시선을 주지 않았다. 그의 오른손 둘째와 셋째 손가락은 두 번째 마디에서 절단되어 있었는데 옹이 진 상처가 오래되고 닳아 있었다. 그 손가락들이 스타키가 뮬러의 사건 파일에서 확인한 부상이었다.

"안녕하세요, 올슨 씨? 이분이 스타키 형사님이신가요?" 테넌트가 물었다.

올슨이 두 사람을 테넌트에게 소개했다. 테넌트가 손을 내밀었지만 스타키도 펠도 그 손을 잡지 않았다. 절대로 범죄자들과 악수를 해서는 안 된다. 악수를 하는 것은 자신을 범죄자와 대등한 입장에 놓는 것이기 때문이다. 스타키는 범죄자들과 절대 대등한 위치가 아니었다. 범죄자들은 감옥에 있는 반면 그녀는 그렇지 않았다. 그들은 약했지만 그녀는 강했다. 스타키는 아직 순경이었을 때 이것이 파워 게임임을 알았다. 감옥에 수감된 녀석들은 친구를 쉽게 조종할 수 있는 사람으로 여겼다.

올슨은 탁자에 클립보드를 놓고 사인펜을 열었다.

"테넌트, 이 서식은 이 면담에 변호사 입회 권리를 권고받았지만 자네가 거절했다는 내용이네. 여기 줄 밑에 서명해야 해. 내가 증인이 될 거야."

테넌트가 서명하고 있을 때 스타키는 탁자 구석에서 두꺼운 플라스틱 커버의 책을 발견했다. 나사 고리 두 개로 책등이 묶여 있었고, 표지에는 '나의 행복한 기억들'이라는 필기체 제목과 해 질 무렵의 열대 섬 사진이 박혀 있었다. 천원숍에 가면 흔히 살 수 있는 싸구려 사진첩이었다.

스타키가 고개를 들자 테넌트가 그녀를 보고 있었다. 그는 수줍게 웃으며 말했다.

"내 스크랩북이에요."

올슨이 서식을 톡톡 쳤다.

"여기 서명해주십시오, 형사님."

스타키는 가까스로 테넌트에게서 눈을 떼고 서명을 했다. 올슨이 그녀의 서명 밑에 서명을 하고 날짜를 적어 넣었다. 그는 그들이 면담을 마치면 면접실 밖에 있는 경비원이 테넌트를 데려갈 거라고 말하고는 밖으로 나갔다.

스타키는 테넌트에게 앉을 자리를 지시했다. 그 맞은편에 스타키가 앉왔고, 펠이 테넌트 옆에 앉았다. 테넌트가 두 사람을 한꺼번에 보지 못하고 스타키를 보거나 펠을 볼 수밖에 없게 배치한 것이다. 테넌트는 자리를 바꿔 앉자 탁자 건너편으로 스크랩북을 당겨 제 옆에 두었다.

"우선 말해둘 게 있어, 테넌트. 우리는 자네를 조사하는 게 아니야. 자네를 기소하려고 조사하는 게 아니야. 사람을 상대로 한 범죄에 관련되지 않았다면 자네가 인정하는 어떤 범죄도 눈감아줄 거야."

테넌트가 고개를 끄덕였다.

"그런 일은 없을 거예요. 난 사람을 해치지 않아요."

"좋아. 그럼 시작하지."

"먼저 뭘 보여드려도 되나요? 도움이 될 것 같은데요."

"옆길로 새지 마, 테넌트. 우리가 여기 온 이유에만 집중해."

테넌트는 그녀의 거절을 무시하고 스크랩북을 펼쳐 보였다.

"오래 걸리지 않을 거예요. 이건 내게 아주 중요하거든요. 처음엔 당신을 만날 생각이 없었어요. 그러다가 당신 이름이 생각났어요."

그는 두루마리 화장지 조각으로 표시해둔 페이지를 펼쳤다.

오려낸 신문이 3년 동안 플라스틱에 짓눌려 누레져 있었지만, 1면 하단에 있는 두 번째 칼럼의 표제는 한눈에 들어왔다. 스타키는 한기를 느꼈다.

경찰관, 폭탄 폭발로 사망
두 번째 경찰관 위중

슈거가 죽고 스타키가 부상당했던 이동식 주택 폭발에 관한 〈LA 타임스〉 기사였다. 표제 위에 실린 거친 흑백사진에 구급요원 두 팀이 보였다. 한 팀은 슈거를, 다른 한 팀은 스타키를 살리려고 하는 모습이었고, 그들 뒤로는 소방관들이 불에 휩싸인 이동식 주택에 물을 뿌리고 있었다. 그녀는 그 기사와 뒤이어 실린 세 건의 추가 기사도 읽지 않았다. 마리온 타이슨이라는 친구는 그 기사들을 보관했다가 스타키가 병원에서 퇴원한 주에 갖다주었다. 스타키는 그 기사들을 버리고 마리온 타이슨과 다시는 이야기하지 않았다.

스타키는 목소리가 떨려서 감정이 드러날까 봐 잠시 말을 멈췄다.

"이 스크랩북은 죄다 폭탄 관련 기사인가?"

테넌트는 대답 대신 페이지를 휘리릭 넘겨 보았다. 죽음의 섬광과 초토화된 건물, 구깃구깃해진 차량, 갈기갈기 찢긴 몸, 절단된 사지 들이 보였다.

"어릴 때부터 이 기사들을 모았어요. 당신과 이야기할 생각이 없었는데, 그때 당신이 누구인지 기억나더라고요. 당신이 죽던 날 본 뉴스를 아직도 기억하고 있는데 얼마나 인상 깊었던지. 여기다 사인 좀 해주세요."

그녀가 대답하기 전에 펠이 탁자 건너편으로 손을 뻗어 스크랩북을 덮었다.

"오늘은 안 돼, 이 더러운 자식 같으니."

펠은 스크랩북을 가까이 끌어당겨 그 위에 팔을 얹었다.

"오늘은 네가 어디서 RDX를 구했는지 말해야 해."

"그건 내 거예요. 내 스크랩북을 가져갈 수는 없어요. 올슨 씨가 돌려주라고 할 거예요."

스타키는 펠이 끼어들어 몹시 불쾌했지만 겉으로는 침착한 태도를 보였다. 펠은 태도가 극적으로 변했다. 차에서는 거리감이 느껴지고 사려 깊게 보였는데, 여기서는 확 달려들 것 같은 표범처럼 의자에 앉아 있었다.

"난 사인해주지 않을 거야, 테넌트. 네가 어디서 RDX를 입수했는지, 우리가 어떻게 입수할 수 있는지 말해준다면 해줄 수도 있어. 하지만 지금은 아니야."

"내 스크랩북 돌려줘요. 올슨 씨가 돌려주라고 할 거예요."

"돌려줘요, 펠."

스타키는 펠에게서 천천히 스크랩북을 빼내어 탁자 건너편으로 밀었다. 테넌트는 스크랩북을 다시 끌어당겨 손으로 덮었다.

"사인해주지 않을 거예요?"

"네가 우리를 도와준다면 모르지."

"모르는 남자한테서 지뢰를 좀 샀어요. 레이시온(1922년 설립된 미국의 대표적인 군수업체) 제품이에요. 모델 명은 기억나지 않아요."

"지뢰는 몇 개나 됐어?"

테넌트가 한 상자를 샀다고 진술했다는 뮬러의 말을 듣고 스타키는 레이시온에 전화해 한 상자에 여섯 개의 지뢰가 들었다는 것을 확인해둔 터였다.

"한 상자요. 상자에 여섯 개 있었어요."

스타키가 웃자 테넌트도 마주 웃었다.

"그 남자 이름이 뭐였지?" 펠이 물었다.

"클린트 이스트우드요. 알아요, 안다고요. 하지만 본인이 그렇게 밝혔는걸요."

스타키가 담배를 한 대 꺼내 불을 붙였다.

"어디서 클린트를 찾을 수 있지?"

"몰라요."

"넌 어떻게 클린트를 찾았어?"

"여기서 담배 피워선 안 돼요."

"올슨 씨가 특별히 허락해줬어. 클린트를 어떻게 찾았지? 네가 오늘 풀려나서 RDX를 더 많이 구하려고 한다면 그와 어떻게 연락할 셈이지?"

"술집에서 만났어요. 그게 다예요. 체포됐을 때 말한 대로요. 그 사람이 대인 지뢰를 한 상자 갖고 있었는데 나한테 팔고 나서 가버렸어요. 난 지뢰를 원하지 않았다고요. 진짜예요. 들판에 지뢰를 내놓고 소나 뭐나 그

위로 걸어가는 광경을 지켜볼 작정이 아니었어요. RDX를 뒤지려고 샀거든요."

스타키는 도난당한 지뢰에서 RDX를 뒤지려고 했다는 점에 대해 테넌트가 사실을 말하고 있다고 믿었다. 최상급 폭약을 구하는 방법은 항상 그렇게 박격포 포탄이나 수류탄, 다른 군사장비에서 얻는 것이었다. 하지만 그녀는 클린트의 출처가 길가 술집의 이름 없는 촌놈이 아니라는 것도 알았다. 테넌트 같은 폭탄광들은 자존감이 낮은 외톨이로, 학교 통지표에서 결코 '사교성이 좋음'이라는 평가를 찾을 수 없는 인물이었다. 스타키는 방화범들처럼 테넌트가 폭약에 집착하는 행동이 성욕을 승화시킨 것임을 알았다. 그는 여자들과 같이 있으면 거북함을 느껴 일반적인 성적 경험이 적을 것이다. 그 대신 전적으로 가학피학성 성애와 고문 같은 일탈적인 성행위를 다룬 대형 포르노물을 보면서 욕구를 분출할 것이다. 그는 어떤 종류이든 일대일 대면을 피할 것이다. 그는 자신이 근무했던 취미용품점과 중고품 시장에 숨어 있었을 것이다. 두려움 때문에 오토바이족들이 모이는 술집에서는 접선할 수 없었을 것이다. 스타키는 방법을 달리하여 다른 방향에서 그에게 접근하기로 했다. 그녀는 뮬러의 사건 파일에서 차량 세 대의 사진과 진술 페이지를 꺼냈다. 이쪽으로 차를 타고 오면서 펠이 읽고 이해했던 내용이었다.

"알았어, 테넌트. 그 말 믿을게. 이제 이걸 말해보면 어떨까. RDX가 얼마나 남았지?"

테넌트는 우물쭈물했다. 뮬러에게 그런 질문은 받아보지 못했을 것이다.

"남은 게 하나도 없어요. 다 썼거든요."

"물론 그랬겠지, 테넌트. 하지만 차량 세 대를 날렸을 뿐이잖아. 이 사진들을 보면 네가 RDX를 다 쓰지 않았다는 걸 알 수 있어. 그런 건 계산할 수 있거든. 피해 규모부터 시작해서 화약량을 역산해가는 거지. 에너지 비교라고 하는 거야."

테넌트는 눈을 조용히 깜박였다.

"그게 내가 가진 전부였어요."

"넌 로버트 카스틸로라는 청년에게 차를 샀어. 카스틸로 말로는 네가 네 번째 차를 부탁했다던데. 세 대 펑 터트리기에 충분한 양만 있었다면 네 번째 차가 왜 필요했겠어?"

테넌트는 입술을 적시고 수줍게 미소 지었다. 그리고 어깨를 으쓱했다.

"다이너마이트가 좀 있었거든요. 차 내부에 휘발유를 충분히 뿌리면 다이너마이트로도 잘 터져요. RDX만큼 좋지는 않지만, 그건 특별한 거고요."

스타키는 그가 거짓말하고 있다는 것을 알았고, 테넌트도 그녀가 자신의 거짓말을 눈치챘다는 것을 알았다. 그는 눈을 돌리고 어깨를 으쓱했다.

"죄송해요. 더 할 말이 없어요."

"분명 있을 텐데. 네 작업장을 어디서 찾을 수 있는지 말해봐."

스타키는 그의 작업장을 찾으면 그의 RDX 공급처나 유사 공급처 사람들을 연결할 증거가 나오리라고 확신했다.

"난 작업장이 없어요. 모든 건 다 차 트렁크에 뒀는걸요."

"네 차 트렁크에서는 장전된 총알 한 세트와 전선밖에 못 찾았어."

"경찰들이 자꾸 작업장을 물어보는데, 말할 게 아무것도 없어요. 난 아주 깔끔한 사람이에요. 심지어 형량을 감량해주고 외래진료도 받게 해준다는 제안을 받았는데도 거래할 게 아무것도 없었어요. 거래를 할 수 있는데 내가 안 했겠어요?"

펠이 앞으로 몸을 숙이고 테넌트의 스크랩북 옆에 손을 짚었다.

"여기서 출소하고 나서 남은 네 물건들을 이용하는 꿈을 꾸며 매일 밤 자위행위를 하는 것 같은데, 넌 여기서 정신 치료를 받고 있지. 정신과 의사가 네가 제정신이라고 진단할 때까지는 죄다 너 혼자만의 생각이야. 그런데 그런 날은 오지 않을 것 같아. 제정신인 사람이 자기 엄지손가락을 날려버리겠어?"

테넌트가 얼굴을 붉혔다.

"사고였어요."

"나는 미합중국 정부를 대표하고, 여기 스타키 형사는 로스앤젤레스 경찰서를 대표하지. 네가 소소하게나마 협조해주면 우리가 함께 복역기간이 감량되도록 도와줄 수 있어. 그러면 넌 빈둥거리며 창문 세제로 손가락을 펑펑 터트릴 필요도 없을 거야. 손 전체를 목표로 해도 될 거야. 어쩌면 팔까지도."

스타키는 펠의 말을 들으며 테넌트를 쳐다보았다.

"난 아무도 해친 적이 없어요. 날 여기 잡아두는 건 불합리하다고요."

"그 말은 자동차 와이퍼 날이 얼굴에 박힌 녀석한테 해봐."

스타키는 테넌트가 머리를 굴리는 중임을 알았다. 그녀는 그에게 생각할 시간을 많이 주지 않으려고 동조하는 척하며 끼어들었다.

"그 말이 맞아, 테넌트. 그 친구를 해치려던 의도가 아니었잖아. 그 친구를 지켜주려고 네 나름대로 노력도 했잖아."

"녀석에게 숨으라고 했어요. 말 안 듣는 사람들이 꼭 있어요."

"난 그 말을 믿어, 테넌트. 하지만 문제는, 우리가 여기 온 이유인데, 너와는 달리 사람들을 전혀 개의치 않는 자가 저 밖에 있어. 그자는 사람들을 해치려고 해."

테넌트가 고개를 끄덕였다.

"죽은 경찰관 때문에 여기 온 거죠? 리지오 경찰관 말이에요."

"리지오를 어떻게 알지?"

"이곳엔 텔레비전도 있고 인터넷도 있어요. 몇몇 수감자가 부자에 은행가에 변호사라서요. 감옥에 가야 한다면 여기가 바로 최적의 장소지요."

펠이 코웃음을 쳤다.

"리지오 경찰관이 RDX로 죽었어요?"

"RDX는 성분이었어. 그 화약은 모덱스 하이브리드라고 불리는 거야."

테넌트가 등을 뒤로 대고 손깍지를 꼈다. 하지만 곧 움찔하며 손을 푼 모습으로 보아 없어진 엄지손가락 부위를 건드린 모양이었다.

"미스터 레드가 그 폭탄을 설치했나요?"

테넌트의 물음에 펠이 의자에서 벌떡 일어났다. 스타키는 화들짝 놀랐다.

"미스터 레드를 어떻게 알지?"

테넌트가 스타키에게서 눈을 떼고 불안한 얼굴로 펠을 흘깃 보았다.

"실은 몰라요. 사람들 소문이에요. 사람들끼리 뉴스와 거짓말을 교환하거든요. 난 미스터 레드가 실제 있는지조차 몰라요."

펠이 탁자 위로 손을 뻗어 붕대가 감긴 테넌트의 손목을 꽉 잡았다.

"누구야, 테넌트? 누가 미스터 레드 이야기를 하고 있어?"

스타키는 기분이 점점 더 언짢아졌다. 그녀는 그가 나쁜 놈 역할을 하게 하고 자신이 좋은 놈 역할을 하려 했다. 하지만 그가 테넌트를 건드리는 모습은 마음에 들지 않았다. 그의 눈에 드러난 격렬함이 마음에 들지 않았다.

"펠."

"그들이 뭐라고 말하지, 테넌트?"

테넌트는 눈이 점점 더 커지더니 손을 비틀어 빼려고 했다.

"아무것도요. 그는 신화적 존재예요. 굉장히 우아하게 폭발을 일으키는 대단한 인물이에요."

"그자는 사람들을 죽여. 이 자식아!"

스타키가 의자를 밀치고 일어섰다

"그만 놔줘요, 펠."

펠의 얼굴은 분노로 이글거렸다. 그는 테넌트를 놔주지 않았다.

"레드가 모덱스를 이용한다는 걸 이 녀석이 알고 있어요, 스타키. 우리는 대중에게 그 정보를 공개한 적이 없어. 이 녀석이 어떻게 그걸 알지?"

펠이 붕대가 감긴 테넌트의 손을 좀더 꽉 움켜잡았다. 테넌트는 얼굴이 하얘지고 숨을 헐떡였다.

"말해봐, 이 개새끼야. 미스터 레드를 어떻게 아는 거야? 그자에 대해 뭘 알고 있어?"

스타키는 펠을 물러서게 하려고 세게 밀었지만 밀칠 수가 없었다. 경비원이 이 소란을 알아채고 뛰어올까 봐 불안했다.

"젠장, 펠, 놔줘요! 테넌트한테서 그만 떨어져요!"

펠은 가볍게 테넌트를 내던졌다. 테넌트는 의자에서 떨어져 뒤로 넘어갔다.

"사람들이 클라우디우스에서 그에 대해 이야기해요. 그래서 아는 거예요! 그가 제작하는 폭탄에 대해서, 그의 생김새에 대해서, 그가 폭탄을 만드는 이유에 대해서요. 클라우디우스에서 봤어요."

"그 빌어먹을 클라우디우스가 누구야?"

"제기랄. 펠, 뒤로 물러서요."

스타키가 펠을 다시 떠밀었다. 마치 하나의 건물을 떠미는 것 같았다. 이번에는 그가 움직였다.

펠은 심하게 숨을 몰아쉬었지만 다시 자제하는 것 같았다. 총이 있었다면 분명 테넌트의 머리를 겨누었을 것 같은 얼굴로 테넌트를 바라보고 있었다.

"클라우디우스에 대해서 말해봐. 미스터 레드를 어떻게 아는지 말해봐."

테넌트는 손을 어루만지더니 바닥에서 훌쩍거리며 말했다.

"그건 인터넷 사이트예요. 나 같은…… 사람들이 채팅하는 방이 있어요. 폭탄과 다른 폭파범들, 뭐 그런 이야기를 나눠요. 사람들 말로는 미스터 레드조차 거기 숨어서 사람들이 자기에 대해 무슨 이야기를 하는지 읽는다고 해요."

스타키는 펠을 보다가 고개를 돌려 테넌트를 쳐다보았다.

"미스터 레드와 접촉해봤어?"

"아뇨, 난 몰라요. 그냥 소문일 뿐, 어쩌면 아닐지도 모르고요. 그가 거기 있다면 다른 이름을 사용하고 있어요. 내가 말하는 건 모두 다른 사람들이 하는 얘기들이에요. 사람들 말로는 유나바머(Unabomber. 본명은 시어도어 존 카진스키. 과학기술 문명의 허구성을 폭로한다는 명목으로 폭탄 테러를 감행했던 문명혐오주의자)도 가끔 들어왔다던데, 그게 사실인지는 난 몰라요."

스타키는 테넌트를 부축해 바닥에서 일으켜 의자에 앉혔다. 상처에서 피가 새어 나오는지 붕대가 붉게 물들어 있었다.

"괜찮아, 테넌트? 괜찮은 거야?"

"아파요. 젠장, 아프다고요. 젠장."

"경비원을 불러줄까? 의사를 부를까?"

테넌트는 그녀를 쳐다보더니 성한 손으로 스크랩북을 집어 들었다.

"사인해줘요."

스타키는 스크랩북에 사인을 해주고 경비원을 불러서 펠을 나가게 했다. 스타키와 펠이 떠날 때 테넌트는 괜찮아 보였다. 하지만 일단 두 사람이 가버리고 나면 테넌트가 무슨 말을 할지 그녀는 확신할 수 없었다.

펠은 그녀 앞에서 자동화 기계처럼 뻣뻣한 몸짓으로 성큼성큼 걸어갔다. 총총걸음으로 그를 뒤쫓아가는 스타키는 점점 더 화가 치밀어 올랐다. 그녀의 얼굴은 마치 도자기 가면처럼 느껴졌다. 그것도 아주 부서지기 쉬운 가면이었다. 만일 차에 도착하기 전에 그가 걸음을 멈춘다면 가면과 함께 그녀의 자제심도 산산조각 날 것만 같았다.

그녀는 그를 죽이고 싶었다.

주차장에 도착하자 스타키는 차 조수석까지 그를 따라가 다시 한 번 그를 떠밀었다. 뒤에서 미는 바람에 준비가 되어 있지 않았던 그는 범퍼에 부딪혀 비틀거렸다.

"야, 미친 새끼야! 도대체 무슨 짓을 한 거야? 거기서 당신이 무슨 짓을 한 건지 알기나 해? 우리가 어떤 곤경에 처할지 알기나 해?"

그녀가 순경 시절의 경찰봉이라도 갖고 있었다면 그가 기절할 때까지 신나게 두들겨 팼을 것이다.

펠은 그녀를 음울하게 쳐다보았다.

"그놈이 단서를 내줬어요, 스타키. 이 클라우디우스 건을."

"그가 내준 건 하나도 상관없어! 당신은 그 안에서 죄수에게 손을 댔다고! 그를 고문했어! 그가 고소장을 제출하면 난 끝장이야. 빌어먹을 ATF에 대해서는 알지 못하지만, 이것만은 말해두지, 펠. 난 LA경찰국에서 아주 곤란한 처지에 놓일 거야. 당신이 그 안에서 벌인 짓은 잘못됐어. 잘못된 짓이었어."

그녀는 그의 목을 조르고 싶었다. 그가 거기 서 있을 뿐 아무 말도 하지 않아서 그녀는 더 화가 났다.

펠은 심호흡을 하고 두 손을 펴고는 내부에서 그 자신을 충동질한 뭔가가 다 빠져나갔다는 듯 눈길을 돌렸다.

"미안해요."

"이런, 그것참 대단하네요, 펠. 감사하군요. 미안하시다니."

그녀는 머리를 흔들면서 그의 옆을 떠났다. 그녀는 여전히 지난밤에 마신 술 기운이 느껴졌다. 목에 뭔가 걸린 듯한 느낌이 들어 독한 술을 두세 잔 들이붓고 싶었다. 다시 어제만큼 마시고 싶다는 생각을 아까부터 하고 있었다. 빌어먹게도 부아가 너무 치밀어 그녀는 무슨 말을 내뱉을지 자신도 알 수 없었다.

"스타키." 펠이 불렀다.

그 순간 스타키는 뒤로 돌아서다 펠이 차에 기대 비틀거리는 모습을 보왔다. 그는 범퍼에 몸을 지탱하다가 한쪽 무릎을 꿇고 쓰러졌다.

스타키는 그에게 달려갔다.

"펠, 왜 그래요?"

그는 우유처럼 창백한 얼굴로 지친 개처럼 머리를 늘어뜨리며 눈을 감았다. 마치 심장마비를 일으키는 사람 같았다.

"누굴 좀 불러 올게요. 조금만 기다려요. 알았죠?"

펠이 그녀의 팔을 꽉 붙들었다.

"잠깐만."

그는 꼭 감았던 눈을 뜨고 깜박이더니 다시 눈을 감았다. 그녀를 얼마나 꽉 붙잡고 있는지 그녀의 팔에 통증이 느껴졌다.

"괜찮아요, 스타키. 가끔 이런 증상이 나타나요. 편두통이에요, 그게 다예요. 이런 식으로 통증이 와요."

그는 그녀를 놔주지 않았다.

"당신, 아주 개떡 같아요, 펠. 사람을 불러야겠어요. 제발."

"그냥 잠깐 있으면 돼요."

그는 눈을 감고 심호흡을 했다. 스타키는 바로 여기, 이 망할 주차장에서 그가 죽어가고 있다는 생각에 소름이 끼쳤다.

"펠?"

"괜찮아요."

"날 놔줘요, 펠. 안 놔주면 당신을 다시 후려칠지도 몰라요."

그러자 그는 얼굴이 부드러워지더니 펜치처럼 꽉 잡고 있던 그녀의 팔을 놔주었다. 그의 얼굴에 핏기가 돌아오고 있었다.

"미안해요. 당신을 아프게 하려던 게 아니었어요."

그러더니 그가 그녀를 쳐다보았다. 그녀는 그의 곁에 아주 가까이 있었다. 그녀는 그와 가까이 있는 게 당황스러워 급히 떨어졌다.

"잠깐만 여기 날 앉혀줘요. 저쪽에서 우리가 보이진 않겠죠?"

그녀는 차 위로 고개를 빼고 대기실 건물을 엿보았다.

"저쪽에서 차를 관통해서 보기 전에는 안 보여요. 만일 이곳을 봤다면 우리가 이 아래서 섹스라도 하는 줄 알걸요."

스타키는 자신이 그런 말을 했다는 데 놀라서 얼굴이 붉어졌다. 펠은 알아차리지 못한 것 같았다.

"지금은 괜찮아요. 일어날 수 있어요."

"괜찮지 않아 보여요. 잠시만 여기 앉아 있어요."

"괜찮다니까요."

그는 차에 의지해 몸의 중심을 잡으며 일어선 다음 차 문을 붙들고 조수석에 올라탔다. 그녀가 다른 쪽으로 돌아서 운전석에 앉고 나자 그의 낯빛이 좀 돌아와 있었다.

"괜찮아요?"

"거의. 갑시다."

"저 안에서 당신이 정말 우리 신세를 조졌어요."

"난 우리 신세를 조지지 않았어요. 테넌트가 클라우디우스를 내줬잖아요. 우리에게 없었던 중요한 정보예요."

"그가 고소장을 제출한다면, 당신이 그 정보로 내사과에서 왜 나를 기소할 수 없는지 설명할 수 있을 거예요."

펠은 옆으로 손을 뻗어 그녀의 허벅지를 건드렸다. 그녀는 그의 감정 표현에 놀랐다. 그의 눈은 후회로 가득했다.

"미안해요. 그가 고소장을 제출하면 내가 총대를 멜게요. 그 안에 있던 건 당신이 아니라 나였어요, 스타키. 내가 그렇게 이야기할 겁니다. 그냥 운전해줄래요? 명령이 아니라 부탁이에요. 집까지는 먼 길이니까."

스타키는 잠시 더 그를 쳐다보다가 시동을 걸고 출발했다. 그의 손이 여전히 자신의 다리에 얹어진 것처럼 다리에 손의 무게가 느껴졌다.

6

스타키가 스프링스트리트 서 앞 길가에 펠을 내려준 것은 7시가 지나서였다. 여름 태양은 여전히 서쪽 하늘 높이 야자나무 꼭대기에 걸려 있었다. 이제 곧 하늘이 자줏빛을 띨 것이다.

스타키는 담뱃불을 붙이고 차량들 속으로 들어갔다. 후커와 마직은 퇴근한 지 오래였다. 켈소조차 퇴근해 지금쯤이면 저녁을 먹고 있을 것이다. 인앤아웃버거를 지나치자 음식 생각에 위가 죄어들었다. 아침식사 이후 아무것도 먹지 못한 채 제산제 두 개로 그럭저럭 버티는 중이었다.

조용히 긴 시간 동안 LA로 돌아오면서 스타키는 자신의 사건과 자신의 경력을 되찾을 가능성에 펠이 위협이 될 거라고 판단했다. 테넌트가 고소장을 제출했거나 변호사에게 빽빽거리며 일러바쳤다면 그녀는 끝장이었다. 올슨이 지금 당장 켈소와 통화 중일 수도 있다. 켈소가 내사과 조사를 위해 고소장을 제출 중인지도 모른다. 세 시간 후면 많은 일이 벌어질 수 있었다.

스타키는 창밖으로 담뱃재를 세게 털었다. 자신의 경력과 클라우디우스 건을 맞바꾸는 것은 썩 신통치 않은 거래 같았다. 그녀가 자신을 지킬 수 있는 유일한 방법은 펠에 대해 보고하고 경찰관의 소장을 제출하는 것이었다. 그녀는 켈소의 집에 전화해 벌어진 상황을 설명하면 된다. 내일 아침 켈소가 그녀를 내사과에 올려 보내서 그녀가 경위와 면담을 하게 되고, 내사과 경위가 올슨에게 전화해 테넌트를 면담하라고 요청할 것이다. 오후 3, 4시면 스프링스트리트 서와 ATF 현지 사무소 간의 전화통에 불이 날 것이다. 워싱턴에서는 이 사건에서 펠을 제외시킬 것이고, 그녀는 아무 책임도 지지 않고 빠질 것이다. 그 후에 테넌트가 빽빽거린다 해도 그녀는 아무 혐의도 받지 않을 것이다. 그녀는 상황에 맞춰 규칙대로 행동한 게 될 것이다. 그녀는 안전할 것이다.

스타키는 느린 차량 속도에 감사하며 두 번째 담뱃불을 붙였다. 그녀 주위로 죽어서 피가 흐르는 생명체처럼 차들이 주차장에서 빠져나와 맥박이 뛰듯 꿈틀거렸다. 켈소에게 가는 것은 괜찮은 선택이 아니었다. 그런 생각을 한다는 것 자체로 자신이 저급하고 치사하게 느껴졌다.

그녀는 머릿속에서 펠 생각을 지울 수 없었다.

편두통에 대해서는 전혀 모르지만 주차장에서의 일이 펠이 테넌트에게 이성을 잃은 일보다 훨씬 두렵게 여겨졌다. 그런 한편, 용의자를 죽어라 때리는 게 펠의 ATF식 일처리 방식일까 봐 염려되었다. 그렇다면 그가 용의자를 다시 폭행해서 그녀가 법적으로 유죄에 처해질까 봐 불안했다. 그녀는 그가 뭔가 숨기고 있다고 확신했다. 그녀처럼 비밀이 많은 사람이 아는 사실이 하나 있었다. 사람들은 힘이 없다는 것을 감추지, 힘 있는 것을 숨기지는 않는 법이다. 이제 그녀는 펠의 힘이 두려웠다. 그녀가 아는 폭탄 수사관들은 모두 세심한 사람들이었다. 그들은 차분히 체계적으로 움직였다. 수주에서 혹은 여러 달에 걸쳐 조사하면서 수많은 작은 조각들로 이루어진 퍼즐을 완성하는 사람들이기 때문이다. 펠의 행동은 폭탄 조사관 같지 않았다. 그의 태도는 포식동물처럼 재빨랐고, 테넌트에 대한 행동은 지나치게 폭력적이었다. 그의 어처구니없이 큰 스미스 10 권총조차 프로파일에 들어맞지 않았다.

그녀는 약자가 된 것 같아 화가 났다. 펠의 호텔에 전화해 핏대 올리며 항의할까도 생각해봤지만 소용 없을 것이다. 그녀가 할 수 있는 일은 켈소에게 전화하거나 이 일을 그냥 넘기거나 둘 중 하나였다. 그 밖에는 다 머저리 짓이었다.

집에 도착한 스타키는 욕조에 뜨거운 물을 받아놓고 독한 진을 따라 침실로 가져와 옷을 벗었다.

그녀는 아무것도 걸치지 않은 채 침대 발치에 서서 물 떨어지는 소리를 들으며 진을 홀짝였다. 그녀는 옷장의 거울을 강하게 의식하고 있었다. 거울은 마치 그녀를 기다리고 있었다는 듯 그녀 뒤에 있었다. 술을 한 모금 깊게 들이마신 스타키는 몸을 돌려 자신을 바라보았다. 그녀는 상처를 보았다. 움푹 팬 곳과, 실개천과 계곡을 이룬 부분을 보고, 색이 고르지 못한 살갗과 아주 작은 구멍을 꿰맨 자국을 보았다. 그리고 허벅지를 쳐다보았다. 허벅지에 그의 손자국이 낙인이 찍힌 것처럼 선명하게 보였다.

그녀는 한숨을 깊게 내쉬고 몸을 돌렸다.

"진짜 제정신이 아니야."

그녀는 술을 벌컥 들이켜 다 털어넣고는 욕조로 성큼 걸어가 열기에 휩싸였다.

7

"펠 이야기를 해봐요."

"그는 ATF 연방수사관이에요. 알파벳 약자는 미국 주류·담배·화기 단속국이란 뜻이고요."

"나도 알아요."

"안다면서 왜 물어봐요?"

"ATF가 미국 주류·담배·화기 단속국의 약자라는 걸 안다고요. 캐롤, 오늘은 짜증 난 것 같네요."

"내가 이렇게 사려 깊지 못하다니. 매일 챙겨 먹는 상냥함을 오늘은 깜박했지 뭐예요."

스타키는 다나 앞에서 펠 이야기를 꺼낸 자신에게 화가 났다. 그녀는 산타모니카로 운전해 오면서 오늘 상담에서 이야기할 내용을 면밀히 정리해뒀는데, 거기에 펠은 포함돼 있지 않았다. 그런데도 입에서 튀어나온 빌어먹을 첫 마디가 펠이었다.

"이 남자 때문에 내가 위험하게 됐는데, 나는 그를 잘 알지도 못해요."

"왜 그렇게 됐는데요?"

"모르겠어요."

"이유를 짐작해야 한다면?"

"아무도 밀고자를 좋아하지 않으니까요."

"하지만 그 남자는 법을 어겼어요, 캐롤. 당신이 그렇게 말했잖아요. 그는 죄수를 폭행한 데다 지금 당신은 그를 보고하지 않아서 위험에 처했어요. 당신은 분명 그의 행동에 찬성하지 않아요. 그런데도 어떻게 해야 할지 고민하고 있어요."

스타키는 다나의 목소리를 놓쳤다. 그녀는 창가에 서서 산타모니카 대로의 차량을 내려다보며 담배를 피웠다. 한 무리의 여자들이 횡단보도 앞에 서 있었다. 그들은 꼬리에 꼬리를 무는 러시아워 차량이 오가는 6차선 도로 건너편에 자신들이 탈 버스가 정차해 있는 것을 불안하게 지켜보고 있었다. 작달막한 중앙아메리카인 체형과 비닐 쇼핑백으로 보아 그들은 몬태나 북부의 고급주택가로 일하러 가는 도우미들 같았다. 신호가 바뀌자 버스가 덜컹거리며 움직이기 시작했다. 당황한 여자들은 차들이 계속 지나가는데도 빨간 신호등을 무시하고 도로를 가로질러 달려갔다. 경적이 울리고 검은 닛산이 방향을 홱 틀었다. 닛산이 여자 두 명을 거의 들이박을 뻔했는데, 정작 여자들은 한 번도 고개를 돌리지 않았다. 버스를 잡는 데만 급급해 자신들의 목숨을 운에 맡겨버린 것이었다. 스타키는 자신이 결코 그들처럼 무모할 수 없으리란 걸 알았다.

"캐롤?"

스타키는 더 이상 펠 이야기를 하고 싶지도, 저 망할 놈의 버스를 잡는 일 외에는 아무 생각도 없는 여자 떼거리를 지켜보고 싶지도 않았다.

그녀는 자리로 돌아와 담배를 비벼 껐다.

"물어볼 게 하나 있어요."

"말해봐요."

"내가 이 일을 하고 싶은 건지 아닌지 확신이 서지 않아요."

"뭘 말이에요, 캐롤? 내게 질문하는 거 말이에요?"

"아니, 지금 말씀드리려는 거요. 리지오 일이 녹화된 테이프들을 갖고 있어요. TV 방송국에서 촬영한 뉴스 테이프들이죠. 그 테이프들을 보고 내가 뭘 깨달았는지 아세요? TV 방송국에 나에 대한 테이프도 있어요. 나와 슈거의 일이 녹화된 비디오테이프가 있다고요. 지금 난 그 사건이 테이프에 갇힌 채 저 밖에 있으며, 내가 그 사건을 볼 수 있을 거라는 생각을 멈출 수가 없어요."

다나가 메모장에 뭔가를 적었다.

"혹시 당신이 과거와 대면할 준비가 됐다고 판단한다면 난 좋은 생각이라고 봐요."

스타키는 뱃속이 서늘해졌다. 마음속 한편에서는 다나의 허락을 구하고 싶었지만 다른 한편에서는 굳이 얽매이지 않아도 된다는 말을 듣고 싶었다.

"난 모르겠어요."

다나가 메모장을 옆으로 치웠다. 다나의 그 행동에 스타키는 놀라야 하는지 말아야 하는지 알 수 없었다. 다나는 메모장을 옆으로 치운 적이 없었다.

"지금까지 얼마나 오랫동안 그런 꿈을 꾼 거죠, 캐롤?"

"거의 3년이요."

"그럼 당신은 슈거와 당신의 죽음을 3년 동안 거의 매일 밤 본 거군요. 며칠 전에 이 꿈에 대한 생각이 떠올랐어요. 내 생각이 맞는지는 모르지만 당신과 공유하고 싶어요."

스타키는 다나를 의심스럽게 쳐다보았다. 그녀는 '공유'라는 말을 싫어했다.

"지각의 환영에 대해서 알아요?"

"아뇨."

"그림이 하나 있어요. 그림을 보면 꽃병이 보여요. 하지만 사고방식을 달리해 그 그림을 보면 두 여자가 얼굴을 마주하고 있는 모습을 보게 돼요. 그림 안에 감춰진 그림 같은 거죠. 당신이 어떤 그림을 볼지는 그림을 감상할 때 반응하는 자신의 지각과 성향에 달려 있어요. 사람들이 그림을 보고 또 보는 건 감춰진 그림을 찾으려고 하기 때문일 수 있어요. 감춰진 그림을 보게 되길 바라면서 계속 보는 건데 찾지 못하는 거죠."

스타키는 다나의 말이 헛소리라고 생각했다.

"지금 사건을 이해하려고 애쓰기 때문에 제가 꿈을 꾸고 있다는 말씀 이세요?"

"모르겠어요. 어떻게 생각해요?"

"선생님이 모르는데 제가 어찌 알겠어요. 박사 학위가 있는 분은 선생 님이잖아요."

"자자, 됐어요. 알았어요. 내게 박사 학위가 있다는 건, 우리가 과거를 대면해야 현재 상태를 치유할 수 있다는 의미예요."

"그러고 있어요. 그러려고 노력하고 있고요. 맙소사, 그 빌어먹을 날의 일을 너무나 많이 생각해서 이제는 지긋지긋해요."

스타키는 한 손을 들어 올렸다.

"그리고, 맞아요. 그 일을 생각한다고 해서 그 일을 상대하는 건 아니라 는 걸 알아요.

"그렇게 말하려던 게 아니에요."

"맞아요."

"비난하는 게 아니에요, 캐롤. 탐구하는 거예요."

"그거나 이거나죠."

"지각의 환영으로 돌아가보죠. 내 생각은 당신 꿈이 첫 번째 그림이라 는 거예요. 두 번째 그림, 다시 말해 감춰진 그림을 찾지 못해서 그 꿈을 계속 꾸는 거죠. 당신은 꽃병을 볼 뿐이에요. 당신은 두 여자가 거기 있다고 의심해서 찾고 있는데, 이제껏 그들을 찾을 수 없었어요. 나는, 당신이 꿈에서 보는 장면이 실제로 일어난 일이 아니기 때문에 그런 꿈을 꾸는 것 같다는 생각이 들어요. 그 꿈은 당신이 일어났다고 상상한 거예요."

스타키는 짜증을 넘어서 화가 났다.

"물론 내가 상상한 거죠. 빌어먹게도 난 죽었잖아요. 제발!"

"테이프에 실제 상황이 나올 거예요."

스타키는 심호흡을 했다.

"그럼, 두 여자를 찾아야 한다면 그들을 발견할 수도 있어요. 어쩌면 꽃병만 있다는 사실을 발견할지도 모르죠. 무엇을 찾든지 그 사실을 알면 이 일을 잊는 데 도움이 될 거예요."

스타키는 다나를 지나쳐 창을 바라보았다. 자리에서 일어나 다시 창가로 걸어갔다.

"제발 자리로 돌아와요."

스타키는 담배를 털어서 불을 붙였다. 다나는 그녀를 보고 있지 않았다. 다나의 시선은 스타키가 여전히 맞은편에 앉아 있다는 듯 빈 자리를 향해 있었다.

"캐롤, 제발 자리로 돌아와요."

스타키가 내뿜은 연기가 넓게 퍼져갔다. 그녀는 담배를 깊이 빨아들이더니 연기를 더 많이 뿜어댔다.

"난 여기가 좋아요."

"당신이 듣기 싫거나 피하고 싶은 상황에 이르면 매번 그 창가로 도망친다는 사실을 알고 있나요?"

스타키는 의자로 성큼 돌아왔다.

"꿈이 달라졌어요."

"어떻게요?"

스타키는 다리를 꼬았다가 자신의 행동을 알아채고 도로 풀었다.

"펠이 꿈에 나왔어요. 사람들이 슈거의 헬멧을 벗겼는데 개자식 펠의 얼굴이 나왔어요."

다나가 고개를 끄덕였다.

"당신은 그 남자에게 끌리고 있어요."

"오, 이런, 맙소사."

"그런가요?"

"모르겠어요."

"좀 전에 그 남자가 두렵다고 했잖아요. 어쩌면 그게 진짜 이유인지도 몰라요."

"두 개의 얼굴 말씀인가요?"

"네, 감춰진 그림이요."

스타키는 농담으로 넘기려고 했다.

"어쩌면 난 나 자신을 위험에 처박기 좋아하는 괴짜인가 봐요. 그렇지 않다면 왜 폭발물처리반에서 일했겠어요?"

"그 일 이후 아무도 안 만났죠?"

스타키는 저도 모르게 얼굴을 붉혔다. 그녀는 두려워서 걱정하는 표정이 아니라 심사숙고하는 것처럼 보이길 바라면서 눈을 돌렸다.

"안 만났어요. 아무도요."

"마음 가는 대로 할 거예요?"

"모르겠어요."

두 사람은 다나가 시계를 확인할 때까지 조용히 앉아 있었다.

"시간이 다 된 것 같네요. 다음 시간을 위해 생각할 거리를 주고 싶어요."

"내게 생각할 거리가 충분하지 않은 것 같나요?"

다나는 메모장을 집어 무릎 위에 올려놓으며, 기록할 내용을 이미 생각하고 있었다는 듯 웃음 지었다.

"위험을 즐기기 때문에 폭발물처리반에서 일한다고 내게 농담했죠. 우리가 처음 만났던 때 당신이 한 말이 기억나요. 내가 폭발물처리 수사관은 아주 위험한 직업인 것 같다고 말한 적이 있어요."

"그래요?"

스타키는 기억이 나지 않았다.

"그랬더니 당신은 위험한 직업이 아니라고 했어요. 당신은 결코 폭탄을 위험하다고 보지 않는다고. 폭탄은 풀어야 할 퍼즐일 뿐이라고. 하나같이 깔끔하고 통제할 수 있으며 예측 가능한 퍼즐이라고. 난 당신이 폭탄과 함께 있으면 안전하다고 느낄 거라고 생각해요, 캐롤. 당신을 두렵게 하는 건 사람들이죠. 그게 폭발물처리반 일을 즐길 수 있었던 이유라고 생각하지 않아요?"

스타키는 시계를 흘깃 보았다.

"선생님 말씀이 맞는 것 같군요. 시간이 다 됐어요."

다나와 헤어진 스타키는 스프링스트리트 서를 향해 도시를 가로지르는 차량들 속으로 들어갔다. 그녀는 점점 더 피할 수 없다는 느낌이 들었다. 마음속으로는 결심이라고 되뇌었지만, 그 결심은 술주정꾼이 계단에서 떨어지는 것 못지않았다. 술주정꾼은 결심을 하든 안 하든 바닥을 치게 마련이다. 그녀는 계단 위에 있었다. 그녀는 떨어지고 있었다. 그녀는 자신이 죽는 것을 보게 될 것이다.

CCS에 도착할 때까지 스타키는 집에 출몰하려는 유령이라도 된 듯 멍하고 흐릿했다. 그런데 이제는 유령에서 분리되어 앞이 보이지도 않고 무게감도 없었다.

사무실 건너편, 커피 자판기 주변에서 후커가 빈둥거리고 있었다. 후커를 보자 스타키는 그에게 TV 뉴스 부서의 전화번호가 있다는 게 생각났다. 그래, 전화번호를 받아서 전화하는 거야. 나에 대한 그 빌어먹을 테이프를 찾아보자. 지금 전화하자. 겁먹기 전에.

그녀는 커피 자판기로 급히 걸어갔다.

"호르헤, 테이프 해상도 높이는 작업은 처리했어?"

"네, 그 일 처리하겠다고 한 말 기억 안 나요?"

"음, 확실히 해두고 싶어서."

"할리우드에 서에서 이용하는 포스트프로덕션 회사가 있어요. 2, 3일 후면 고해상도 테이프를 받을 수 있어요."

"알았어. 기억나. 그런데 채널8에서 얻은 테이프가 있었어?

"네, 거기서 받은 테이프들 중 하나를 집으로 가져갔잖아요, 캐롤. 기억 안 나요?"

"어휴, 진짜, 호르헤. 집에 가져간 게 얼마나 많은데. 어느 방송사 건지 어떻게 기억하겠어?"

후커가 그녀를 빤히 쳐다보았다.

"그렇죠. 그렇겠죠."

"채널8의 누구하고 이야기했어? 테이프를 달라고 말이야."

"수 보르먼이요. 뉴스 감독이에요."

"그분 전화번호 좀 알려줘. 물어보고 싶은 게 있어."

"내가 도움을 드릴 수도 있을 것 같은데, 뭘 알고 싶어요?"

쉬운 일이 하나도 없었다. 정말, 그 망할 놈의 번호 좀 그냥 주면 어디 덧나나.

"호르헤, 그 테이프 일로 이야기하고 싶어서 그래. 자, 그분 번호 좀 받을 수 있을까?"

스타키는 번호를 알아보러 자리로 돌아가는 후커를 따라갔다가, 곧바로 자신의 자리로 발을 옮겼다. 그녀는 기계적으로 수화기를 들고 채널8의 번호를 눌렀다. 무슨 말을 해야 할지, 어떻게 말해야 할지는 생각하지 않았다. 그녀는 생각하고 싶지 않았다. 자기 자신에게, 전화 걸지 않을 시간을 주고 싶지 않았다.

채널8은 이동식 주택 캠프에서 스타키가 기억하는 유일한 텔레비전 방송국이었다. 다른 방송국 사람들도 있었지만 제대로 기억하지 못했고, 여기저기 전화를 걸어 물어보고 싶지도 않았다. 채널8은 KROK라는 방송국 ID 글자 때문에 기억하고 있었다. 폭발물처리 수사관들은 그 KROK를 하등 쓸모없는 무인조종 차량이라고 불렀다.

"LA경찰의 스타키 형사입니다. 수 보르먼 씨 부탁합니다."

잠시 후 피곤에 지친 듯한 목소리의 여자가 전화를 받았다. 보르먼이었다. 목소리가 그런 것은 직업 탓일지도.

"그쪽에 테이프를 보냈는데요. 모두 이상 없죠? 재생에 문제가 있는 건 아니죠?"

"네, 테이프는 괜찮아요. 협조해주셔서 감사합니다. 오늘은 다른 테이프 건으로 전화드렸습니다."

"그쪽에 보낸 게 저희가 갖고 있는 전부인데요."

"좀 오래전 테이프입니다. 아마도 그쪽 자료실에 있을 것 같은데요. 3년 전 채츠워스의 이동식 주택 캠프에서 경찰관 한 명이 사망하고 또 한 명은 부상당했습니다. 그 사건 기억하세요?"

"아뇨, 그것도 폭탄 사건이었나요?"

스타키는 눈을 감았다.

"네, 폭탄 사건이었어요."

"잠깐만요. 한 사람이 아니었죠. 두 명 다 죽었는데 현장에서 한 사람을 살려냈어요. 맞죠?"

"바로 그 사건이에요."

"그 당시 전 신문기자였어요. 제가 기사를 썼던 것 같군요."

"3년이 지난 일이라 어쩌면 테이프가 없을지도 모르겠군요."

"저희는 모든 테이프를 보관해둡니다. 저기, 성함이 뭐라고 하셨죠?"

"스타키 형사입니다."

"실버레이크 사건으로 저와 얘기한 형사님은 아니시죠?"

"아니에요. 실버레이크 건은 산토스 형사였습니다."

"알았어요. 저희 자료실을 확인해봐야겠어요. 확인하고 전화드릴게요. 사건 날짜와 전화번호를 주세요."

스타키는 그녀에게 날짜와 전화번호를 알려주었다.

"테이프가 있으면 보시겠어요?"

"네."

"이 사건이 실버레이크 사건과 관련이 있나요?"

스타키는 이 여자에게 자신이 그 테이프의 두 경찰관 중 한 명이라는 것을 밝히고 싶지 않았다.

"저희는 두 사건이 관련 있다고 보지는 않지만 한번 확인해보는 겁니다. 더 알아봐야 할 사항이 있을 뿐이죠."

"여기 기삿거리가 있다면 제가 맡겠어요."

"기삿거리가 있다면 그쪽에 드릴게요."

"성함이 뭐라고 하셨죠?"

"캐롤 스타키입니다."

"전화드릴게요."

전화기를 내려놓는 스타키는 떨고 있었다. 그녀는 손을 펼쳐서 책상 위에 내려놓았다. 진정하려고 애썼지만 그럴 수 없었다. 그녀는 이 단계를 감행했다는 사실에 우쭐해하거나 자부심을 느껴야 한다고 생각했지만 토할 것 같은 기분만 들었다.

그녀는 타가메트 한 알을 맨입에 삼키고 메스꺼움이 가라앉길 기다렸다. 그때 펠의 전화가 걸려왔다.

"통화할 수 있겠어요?"

"네, 얘기하세요."

"어제 저 위에서 테넌트와 있었던 일로 다시 한 번 사과하고 싶어요. 어제 일로 당신에게 문제가 생기지 않았으면 좋겠군요."

"아직 내 사과가 있는 위층으로 올라가지는 않았어요. 그런 뜻에서 한 말이라면. 테넌트가 이제라도 마음을 바꿔서 내 경력을 망칠 수 있겠지만 아직까지 난 무사해요."

"날 보고했나요?"

"이봐요. 그건 내 스타일이 아니에요. 잊어버려요."

"알았어요. 그럼 어제 말했듯이 안 좋은 상황이 되면 내가 총대를 멜게요."

그녀는 그를 향해서라기보다는 자신에게 더 화가 나서 얼굴을 붉혔다.

"당신이 총대를 멜 수는 없어요, 펠. 뭔가 고결한 척하려나 본데, 당신이 총대를 메든 안 메든 당신을 보고하지 않은 일로 난 신세 조져요. 그게 현지 기준에서 일하는 방식이에요."

"알았어요. 사실 다른 용건이 있어서 전화했어요. 이 클라우디우스 단서에 대해서 우리를 도와줄 사람이 있어요."

"무슨 말이에요?"

"미스터 레드가 클라우디우스에 간다는 테넌트의 말이 사실이라면, 우리가 그 단서를 이용할 수 있을지 몰라요. ATF에는 이런 일에 빠삭한 사람이 칼 텍(캘리포니아 공과대학)에 하나 있어요. 준비해놓을게요, 당신이 원한다면."

"내가 원한다는 걸 빌어먹게도 잘 알잖아요."

"잘됐군요. 날 태우러 와줄래요?"

펠의 호텔 카드가 책상 위에 있었다. 카드를 보니 그는 로스앤젤레스 공항 근처 컬버시티에 있는 '아일랜더 팜스'라는 곳에 묵고 있었다.

"당신을 데리러 오라는 말인가요? 그냥 거기서 만나죠. 당신 호텔은 진짜 더럽게도 반대 방향이거든요."

"망할 렌터카가 속을 썩이고 있어요. 태우러 오지 않는다면 택시를 타죠."

"진정해요, 펠. 20분 후에 봐요."

아일랜더 팜스는 오래된 MGM 스튜디오 서쪽으로 두세 블록 떨어진, 피코 대로를 막 벗어난 곳에 위치해 있었다. 낮은 2층 건물로, 큰 네온 야 자수 광고판이 주차장을 내려다보고 있었고, 해록색 장식 테를 두른 건물 외부에는 꼴사나운 치장벽토가 발려 있었다. 스타키는 펠이 이런 쓰레기 같은 호텔에 묵고 있다는 사실에 놀랐다. 아무래도 여행 경비가 넉넉지 않은 모양이었다. 아일랜더 팜스는 '염가 세일'이라고 소리 지를 만한 종류의 숙소였다.

그녀가 주차장으로 들어서자 펠이 로비에서 걸어 나왔다. 그는 창백하고 지쳐 보였다. 그녀는 그의 눈밑에 번진 다크서클을 발견하고 문제는 그의 차가 아니라고 생각했다. 아타스카데로에서 그를 뒤흔들었던 증상이 무엇인지는 모르지만 여전히 그 충격에 눌려 있는 것 같았다.

그는 그녀가 시동을 끄지도 않았는데 차에 올라탔다.

"맙소사, 펠, ATF에 예산이 부족한가요? LA경찰도 날 이보다는 좋은 곳에 묵게 해줄 거예요."

"국장한테 그대로 전하죠. 거기 어떻게 가는지 알아요?"

"난 LA 태생이에요. 내 피에는 고속도로가 흐른다고요."

도시로 돌아오는 차 안에서, 펠은 도널드 버겐이라는 남자를 만날 거라고 설명했다. 버겐은 물리학을 전공하는 대학원생이면서 정부에 고용된 전문가였다. 정부가 고용한 여러 전문가들은 잠재적 대통령 암살범, 민병대, 소아성애자, 테러리스트 들을 비롯해 인터넷을 출처로 삼아 불법 행위를 연락, 계획, 실행하는 자들을 찾고 감시하는 일을 했다. 이 일은 법집행기관이 다루기에는 애매한 영역으로, 나날이 더 비밀스러워지고 있었다. 인터넷이 미국 우체국과, 대화방이 사적인 전화 통화와 같지 않다고는 해도 법집행기관들은 인터넷상에서 할 수 있는 일과 할 수 없는 일에 점점 더 제한을 받았다.

"그가 일종의 비밀요원인가요?"

"그렇죠. 부탁 좀 합시다. 그가 무슨 일 하는지 묻지 말고 우리 일에 대해서도 많이 이야기하지 않도록 해주세요. 그편이 좋겠어요."

"이봐요, 난 지금 불법적인 일은 절대로 하지 않겠다고 말하려는 거예요."

"이건 불법이 아닙니다. 버겐은 우리가 자기를 찾아오는 이유와 클라우디우스에 대해서 알고 있습니다. 그의 일은 우리를 클라우디우스로 안내해주는 거니까. 그 후에는 우리에게 달렸어요."

스타키는 펠을 유심히 바라봤지만 더 이상 말하지 않았다. 버겐과 클라우디우스가 사건 해결에 도움이 된다면 그게 바로 그녀가 원하는 바였다.

20분 후에 그들은 방문자용 주차장에 자리를 하나 찾아 주차하고 칼텍 캠퍼스로 들어갔다. 스타키는 LA에서 나고 자랐지만 이곳에 와본 것은 처음이었다. 캠퍼스는 예뻤다. 패서디나 저지대에 흙색 건물이 아늑하게 자리 잡고 있었다. 평범하게 보이는 젊은 남녀들을 지나치면서 그녀는 이 젊은이들이 아마 천재일 거라고 생각했다. 이 학교에 경찰이 되려는 학생은 얼마 없을 것이다. 스타키는 자신이 좀더 똑똑했다면 경찰이 되지는 않았을 거라고 생각했다.

펠과 스타키는 컴퓨터과학 건물을 찾아 계단을 내려가 무미건조한 복도를 따라 걸었다. 버겐 사무실의 문을 연 사람은 보디빌더처럼 엄청난 근육질에 키가 자그마한 남자였다. 그에게서 희미하게 암내가 났다.

"잭 펠 씨인가요?"

"맞습니다. 버겐 씨?"

버겐이 스타키를 뚫어지게 보더니 펠에게 물었다.

"이분은 누굽니까?"

스타키는 벌써부터 신경이 곤두서서 버겐에게 배지를 보여줬다.

"LA경찰의 캐롤 스타키 형사네."

버겐은 의심스러운 듯 펠을 다시 쳐다보았다.

"제리한테선 그런 얘기 없던데요. 어떻게 된 거죠?"

"우린 한 세트야, 버겐. 자넨 그것만 알면 돼. 자, 문 열어."

버겐은 밖으로 몸을 쑥 내밀어 복도에 누가 있는지 확인한 뒤 두 사람을 안으로 들이고 문을 잠갔다. 스타키는 마리화나 냄새를 맡았다.

"도니라고 부르세요. 준비는 다 해놨어요."

버겐의 사무실은 책과 소프트웨어 설명서, 컴퓨터, 여성 보디빌더들의 핀업 사진들로 어수선했다. 버겐은 얇은 노트북 앞에 의자 두 개를 놓으며 두 사람을 앉게 했다. 스타키는 서로 팔이 스칠 정도로 펠과 가까이 앉는 게 불편했지만 떨어져 앉을 공간이 없었다. 버겐이 회전의자를 꺼내서 펠의 다른 한쪽에 앉았다. 세 사람은 노트북이 마치 다른 세상으로 들어가는 창이기라도 한 듯 그 앞에 등을 구부리고 있었다.

"오래 걸리지 않을 거예요. 지난번에 당신들이 부탁했던 몇몇 일에 비하면 아주 쉽거든요. 한데, 좀 궁금한 게 있어요."

스타키는 버겐이 펠에게만 시선을 두고 말하는 게 신경에 거슬렸다. 그가 여자와 함께 있는 게 불편한 건지도 모른다는 생각이 들었다.

"뭐가 궁금한데?" 펠이 물었다.

"이런 일을 맡으면 제리를 통해서 전표를 다시 제출했는데, 이번엔 제리가 그냥 두라고 하던데요."

"그 이야기는 나중에 하지, 도니. 그건 스타키 형사의 관심사가 아니야."

버겐은 얼굴이 붉게 달아올랐다.

"알았어요. 물론이죠. 좋으실 대로요."

"도니, 클라우디우스를 보여줘."

"좋아요. 물론이죠. 뭘 알고 싶으신 거죠?"

"클라우디우스 찾는 방법."

"이미 찾아냈어요. 오늘 아침에 거기 들어가봤어요."

버겐은 가능한 한 스타키에게서 멀리 떨어져 펠의 저쪽 끝에 앉아 있었다. 그가 손을 뻗어 컴퓨터 키보드를 몇 개 눌렀다.

"처음에는 폭탄, 폭약, 급조무기, 대량 파괴 등등에 관한 웹사이트를 검색했어요. 그런 사이트가 수백 개 돼요."

스타키는 화면을 지켜보았다. 잠시 후 안와에서 원자폭탄 버섯구름이 솟아오르는 두개골 이미지가 뜨면서 '무덤 파는 사람(GRAVEDIGGER)'이라는 홈페이지가 펼쳐졌다. 미네소타에 사는 마니아가 제작해 관리하는 홈페이지로 완벽하게 합법적이라고 버겐은 설명했다.

"좀더 정교한 사이트가 아주 많아요. 사이트에 전자게시판이 있어서 사람들이 글을 올리거나 대화방에 모여 실시간 대화를 할 수도 있어요. 암살을 어떻게 검색하는지 아세요?"

"도니?" 스타키가 불렀다.

버겐은 목소리를 가다듬고 그녀를 휙 보았다가 시선을 돌렸다.

"네, 형사님?"

"내게 일일이 존대할 필요는 없어. 그리고 나를 상대로 말해줬으면 좋겠어. 마리화나를 피운다고 널 현행범으로 체포하진 않을 거야. 무슨 걱정을 하는지 모르겠지만 그런 이유로는 체포하지 않을 거야. 알았지?"

"전 마리화나를 피우지 않았어요."

"그냥 내게 말해. 난 네가 어떻게 암살을 검색하는지 몰라. 알고 싶지도 않고."

"이 이야기는 하지 말아야 할 것 같군." 펠이 말했다.

버겐은 얼굴이 다시 빨개졌다.

"죄송해요."

"클라우디우스를 어떻게 찾았는지, 어떻게 그곳으로 갈 수 있는지, 그것만 말해."

버겐은 몸을 틀어서 금속 틀에 전선이 함께 연결된 여러 대의 선명한 파란색 파워맥들을 가리켰다.

"단어 조합을 검색하면 돼요. 예를 들어 찾고자 하는 조합이 '대통령' '백악관' '죽이다'라고 해보죠. 저한테 사십 개 인터넷 서비스업체를 돌아다니는 소프트웨어가 있는데 그 소프트웨어가 전자게시판과 뉴스그룹과 대화방에서 끊임없이 그 단어들의 조합을 찾아요. 그 조합이 뜨면 소프트웨어에서 주고받은 내용과 관련자들의 이메일 주소를 복사해요. 제가 한일은 '클라우디우스'라는 단어와 다른 몇 가지 단어를 함께 찾도록 소프트웨어를 설정한 거였어요. 이게 우리가 찾은 거예요. 민주주의를 위해 세상을 지키는 것만큼이나 쉽죠."

버겐이 다른 버튼을 클릭하자 새로운 페이지가 나타났다. 그의 가슴이 활짝 부풀어 올랐다.

"운영은 가능하지만 숨을 수는 없지, 이 후레자식들아. 저게 클라우디우스예요."

화염에 휩싸인 머리가 있는 얼굴이었다. 엄청 고통스러운 듯 얼굴이 일그러져 있었다. 스타키는 그 얼굴이 고대 로마인 같다는 생각이 들었다. 왼쪽 면에 있는 네비게이션 막대에 '방법' '전문가들' '군대' '전시관' '링크' '지명수배자' '기타 주제들'이라는 메뉴가 나열돼 있었다.

스타키가 화면 쪽으로 몸을 숙였다.

"이게 다 뭐지?"

"페이지 안에 페이지가 들어 있는 거예요. '전시관'에는 폭발 희생자들 사진들이 있는데 아주 섬뜩해요. '방법' 페이지에는 폭탄 제조에 관한 기사가 실려 있고, 이 개자식들이 서로 폭탄 제조 이야기를 할 수 있는 게시판이 있어요. 자, 한번 둘러보세요."

버겐은 마우스를 움직여 그 메뉴들을 클릭해 지옥 여행 속으로 들어섰다. 스타키는 화면에 급조무기 설계도가 지나가면서 반짝이는 것을 지켜보다가, 폭약의 화학적 성분을 일반 가정용품으로 대체해 폭탄을 제조하는 내용의 기사를 보았다. '전시관'에는 파괴된 건물 및 차량 사진들과 폭발로 인한 사망자들이 실린 의학교재 사진이 있었고, 지뢰로 발과 다리를 잃은 제3세계 사람들의 사진이 끝없이 이어졌고, 부상연구조사에 의해 산산조각 난 동물들 사진도 있었다.

스타키는 시선을 돌려야 했다.

"완전 미치광이들이네. 역겨워."

"하지만 합법적이죠. 수정 제1조인걸요. 여기 페이지를 공공 페이지라고 하는데, 자세히 읽어보면 여기 게시된 글들은 법적으로 소송 걸릴 만한 게 하나도 없다는 걸 아실 거예요. 아무도 범죄를 시인하거나 불법 물품을 사고판다고 시인하지 않아요. 다만 취미로 즐길 뿐이라는 거죠. 나원 참."

"미스터 레드를 자처하는 사람을 찾고 있어. 사람들이 여기서 그자에 대해 이야기하대. 심지어 그자가 여기에 들어와봤을지도 모른다고 들었어."

펠의 말이 채 끝나기도 전에 버겐이 다시 고개를 끄덕였다. 그가 여전히 두 사람보다 앞서 있다는 뜻이었다. 그는 시계를 확인하고 커다란 매킨토시 데스크톱 쪽을 흘깃 보았다.

"글쎄요. 그자가 어젯밤 11시 4분 이후로 여기 있었다면 다른 이름을 쓰고 있을 거예요. 제가 접속자들을 기록하고 있거든요."

그는 다시 노트북 쪽으로 회전의자를 돌려 마우스를 이용해 게시판을 열었다.

"사람들이 미스터 레드에 관한 글을 올리는 한 게시글이 아주 많았어요. 이 미치광이 무리는 그를 대단한 영웅으로 생각하거든요. 그를 비롯하여 다른 개자식들에 대해서도요. 여기 토론 스레드에 IRS 폭파범이라고 불렸던 캘리포니아의 그 유나바머와, 판사와 변호사 들을 죽이려 했던 저 남부의 개자식, 그리고 오클라호마 머저리들(오클라호마 연방청사 폭탄 테러 사건의 범인들)과 미스터 레드에 관한 글이 아주 많아요."

"보여줘."

스타키가 말했다.

버겐은 키보드를 두드려 미스터 레드에게 헌정된 스레드를 불러냈다. 그는 스레드가 특정 게시판에 올린 연속된 메시지라면서, 주고받은 내용을 따라잡기 위해 메시지에서 다른 메시지로 연속해서 이동하는 방법을 그녀에게 설명했다.

"어디서 시작하지?" 그녀가 물었다.

"어디서든지요. 상관없어요. 스레드는 끝없이 계속되거든요."

스타키는 무작위로 메시지 하나를 골라서 열었다.

Subject: Re: 진실 또는 결과
From: 부머(BOOMER. '열렬한 팬'이라는 뜻)
Message-ID: 〉187765.34@zipp〈

〉〉······유나바머가 수년째 잡히지 않고 저 하고 싶은 대로 했다는 게 그의 우월함을 증명하는······〈〈

카진스키는 운이 좋았어. 그의 폭탄은 간단하고 투박하고 창피스러웠어. 격조 있는 폭탄을 원한다면 미스터 레드를 생각해봐.

붐스터(The Boomster. 'boomster'는 'boomer'와 같은 의미로 쓰였다)
(종종 잘못 알고 있기는 하지만 결코 틀린 적이 없는)

스타키가 스레드의 다음 메시지를 열었다.

Subject: Re: 진실 또는 결과
From: JYMBO4
Message-ID: 〉222589.16@nomad〈

〉〉 격조 있는 폭탄을 원한다면 미스터 레드를 생각해봐. 〈〈

무슨 격조? 붐? 그래서 그가 모덱스같이 엄청 고가의 찐득거리는 폭약을 이용하
나? 게다가 아무도 그의 정체를 모르잖아. 유나바머는 그 빌어먹을 17년 동안 정
체를 들키지 않았어. 레드는 겨우 2년 활동한 거잖아. 그가 잡히지 않을 정도로
똑똑한지 어디 두고 보자고.

하지만 그에게 정치적 성향이 없어서 그건 마음에 드는군. 모슬림 새끼들과 테
러리스트들이 폭파범의 평판을 떨어트리고 있어서…… 나 원 참! 그가 일반 활
동가라는 점은 아주 맘에 들어.

그럼 이만,
J

스타키가 펠을 쳐다보았다.
"이 사람들은 절대 애를 낳지 못하게 해야겠어요."
펠이 웃었다.
"그 점은 걱정 마요, 스타키. 대부분 데이트라곤 해본 적도 없는 놈들일
테니까."
스타키가 버겐을 흘깃 보았다.

186

"이처럼 왔다 갔다 메시지를 남기는 게 이 사람들이 여기서 하는 일이야?"

"네, 그래서 게시판이라고 하는 거고요. 하지만 이들은 별 볼일 없는 사람들이에요. 여기선 아무도 어떤 범죄 행위도 했다고 인정하지 않을 거예요. 진짜 괴짜들을 원한다면 대화방으로 가야 해요. 보이죠? 누구라도 어떻게 찾아가는지만 알면 현재 우리가 있는 곳에 들어올 수 있지만, 여기 대화방은 달라요. 똑똑 노크하고 나 여기 있어요, 라는 식으로 쉽게 접속할 수가 없어요. 초대를 받아야 하죠."

"넌 어떻게 초대를 받았지?"

버겐은 의기양양해 보였다.

"전 초대가 필요치 않아요. 침입하면 되죠. 하지만 일반인들은 '핫티켓'이라는 게 필요해요. 핫티켓은 다른 사람이 이메일로 보내줘야 하는 특별한 소프트웨어로, 대화방을 여는 열쇠 같은 거예요. 이 사람들은 체포될 만한 일을 이야기할 때 자기들끼리 따로 있고 싶어 하거든요. 그들도 저 같은 사람이 여기 와 있다는 걸 알아요. 하지만 대화방에서는 안전하다고 생각하죠."

버겐은 키보드를 몇 번 더 두드려 화면에 창을 하나 열었다. 'ALPHK1'과 '22TIDAL'이라는 이름으로 두 사람이 대화를 나누고 있었다. 그들은 폭탄이나 폭약이라든가, 혹은 그와 조금이라도 비슷한 소재의 이야기는 입에 올리지 않았다. 그들은 인기 있는 텔레비전 시리즈에 대해 이야기하고 있었다.

"젠장, 영화배우 얘기를 하고 있군." 펠이 말했다.

"원하는 건 뭐든 대화방에서 이야기할 수 있어요. 실시간이죠. 딱 우리처럼 대화를 나누고 있는 거예요. 단지 키보드를 두드려 말을 주고받는다는 것뿐이죠. 이런 자들은 지구상 어디에라도 있을 거예요."

스타키는 대화방을 지켜보다가 불현듯 자신이 발각될지도 모른다는,

이 두 사람이 컴퓨터 화면을 통해 자신을 볼지도 모른다는 생각에 사로잡혔다.

"이들이 우리를 볼 수 있어?"

"아뇨, 지금은 아니에요. 우리는 가려져 있어서, 이봐요, 절대 보이지 않아요. 인터넷에는 벽이 없어요. 제가 활약할 때는 벽이 전혀 없어요."

버겐이 다시 웃었다. 스타키는 자신들이 지켜보고 있는 괴짜들만큼이나 버겐이 정상이 아닐 거라고 생각했다.

펠이 깊게 한숨을 쉬더니 그녀에게 고개를 까닥했다.

"나는 여기서 그를 볼 수 있어요, 스타키. 이 사람들이 그의 자존심에 호소할 겁니다. 여기 와서 자신이 얼마나 위대한지 늘어놓는 온갖 쓰레기 글을 읽곤 하는 게 이런 자들이 할 만한 딱 그런 종류의 일이에요. 우리가 여기서 그를 잡을 수 있어요."

스타키는 문득 이자들 중 누구라도 미스터 레드가 될 수 있음을 깨달았다.

그녀는 펠을 스쳐서 버겐을 보았다.

"아이디가 있으면 여기 메시지를 남길 수 있어?"

"물론이죠. 메시지를 올리고 대화방에도 들어가고, 원하시는 건 뭐든 가능해요. 제가 형사님을 위해 설정해놓으면요. 그래서 우리가 여기 있는 거죠, 그렇죠?"

그녀가 펠을 보자 펠이 고개를 끄덕였다.

"그게 우리가 원하는 거야."

"문제없어요. 일 시작하죠. 그래야 출발하실 수 있죠."

펠

그들은 이름을 '핫로드'(HOTLOAD. '뜨거운, 성적으로 흥분되는'이라는 의미의 'hot'과 '화약의 장전'이라는 의미의 'load'를 조합한 이름)로 정했다. 펠은 그 이름이 우습게 여겨졌지만, 여기 앉아서 일하는 동안은 성적 매력이 전해지는 그 이름이 유리하게 작용하리라 생각했다.

그는 스타키를 곁눈질하면서 그녀의 집중력에 감탄했다. 버겐의 사무실은 작고 비좁아서 그들 셋은 간신히 컴퓨터 앞에 앉아 있었다. 버겐의 암내가 심하게 나서 펠은 그에게서 떨어져 스타키 쪽으로 자꾸 몸을 기울였다. 펠의 몸이 그녀에게 닿을 때마다 그녀는 움찔했다. 한번은 허벅지가 서로 닿았는데, 그 순간 펠은 그녀가 의자에서 떨어지는 줄 알았다.

펠은 그녀가 그렇게 움찔하는 이유가 궁금했다. 남자를 혐오하거나 누군가 자기를 만지는 걸 싫어하는 건지도 모르지만, 그런 이유는 아닐 거라고 판단했다. 그가 아타스카데로에서 그 지랄맞은 증상에 시달렸을 때 놀랍게도 따뜻하게 마음 써주었던 그녀에게 그는 가슴이 뭉클했다. 테넌트 일로 그녀가 그를 호되게 야단쳤을 때조차도.

"지구로 귀환해요, 펠."

스타키와 버겐이 그를 쳐다보고 있었다. 그제야 그는 홀로 스타키 생각에 빠져 있던 자신을 깨달았다.

"미안해요."

"어휴, 진짜, 펠. 집중해요. 난 여기서 밤새우고 싶지 않거든요."

버겐은 두 사람에게 노트북 시동법을 비롯하여 이런저런 이용 방법과, 정부에서 소유하고 운영하는 익명의 인터넷 서비스를 통해 인터넷 주소를 설정하는 방법을 보여줬다. 그런 다음 일단 인터넷에 접속하여 클라우디우스에 들어가는 방법을 보여줬다. 그들은 어떻게 일을 진행할지 의논한 끝에 '트롤링'(인터넷상에 선동적인 글을 올려 관심과 논란을 불러일으키거나 커뮤니티를 혼란시키려고 하는 행위)을 하기로 했다. 그리하여 게시판에 '핫로드' 이름으로 미스터 레드에 관한 메시지를 세 개 올렸다. 두 개는 핫로드가 미스터 레드의 팬임을 확실히 나타내기 위한 메시지였다. 다른 하나는 미스터 레드가 로스앤젤레스에서 다시 공격했다는 소문을 전하면서 그 소문의 진위 여부를 묻는 메시지였다. 버겐은 이 작업이 반향을 불러일으켜 게시판에 확고히 자리 잡을 거라고 말했다.

작업을 마치자 펠은 버겐에게 곧 돌아오겠다고 하고는 스타키를 밖으로 배웅했다.

"왜 다시 들어가봐야 해요?" 스타키가 물었다.

"ATF 일이에요. 걱정하지 마요."

"이런, 픽이나 그러겠어요, 펠. 젠장."

"늘 이렇게 짜증 내는 편이에요?"

스타키는 대답 대신 눈살을 찌푸렸다. 그녀는 담배를 하나 털어서 불을 붙였다. 펠은 그녀가 원래 이렇게 거친 말을 쓰고 태도가 불량했는지, 아니면 이동식 주택 사건 이후로 새로 태어난 것인지 궁금했다. 그녀가 줄담배를 피우고 진창 술을 마셔대는 그 모든 행동이 의아했다. 때때로 도시 이곳저곳을 운전하거나 자신의 형편없는 호텔 방에 누운 채, 펠은 그녀에게 이런 궁금증을 물어보고 싶다는 생각이 들었다. 하지만 그런 건 적절한 질문이 아니었다. 이동식 주택 같은 사건으로 사람이 어떻게 변할 수 있는지 그는 잘 알고 있었다. 내면이 약하다면 단단한 외피로 내면을 감추는 게 자기 자신에게 이로운 일이라는 걸 빌어먹게도 잘 알고 있었다. 그는 가까스로 그녀에 대한 궁금증을 떨쳐냈다.

그녀는 담뱃불이 붙은 방식이 마음에 안 든다는 듯 담배를 흔들다가 그를 쳐다보았다.

"스프링스트리트 서로 돌아가야 해요. 범인을 본 사람들을 찾으러 마직과 나가기로 했어요."

"당신이 컴퓨터를 가지고 가는 게 좋겠어요. 당신 집에서 만나 누가 대답을 올렸는지 확인하도록 하죠."

그녀가 그를 흘깃 쳐다보다가 어깨를 으쓱했다.

"그러죠. 내 집에서 하죠. 차에서 기다릴게요."

펠은 스타키가 걸어가는 뒷모습을 지켜보다가 버겐의 사무실로 발을 돌렸다. 노크를 하자 버겐이 문을 열고 또다시 펠 너머로 복도 끝까지 살피며 이상이 없는지 확인했다. 펠은 이런 사람들을 상대하기가 싫었다.

문을 닫고 버겐이 말했다.

"스타키 형사님 앞에서 말실수한 게 없었는지 모르겠네요."

펠은, 1200달러가 든 봉투를 꺼내 돈을 세는 버겐을 지켜보았다.

"1200달러네요. 좋아요. 당신들이 현금으로 지불한 건 이번이 처음이에요. 대개 전표를 발행하는데, 이번에는 제리가 그냥 두라고 하더라고요."

"제리가 그냥 두라고 하면 자네는 그냥 두면 돼."

버겐은 불안해하며 어깨를 으쓱했다.

"좋아요. 영수증 필요하세요?"

"내가 원하는 건 두 번째 컴퓨터야."

버겐이 그를 쳐다보았다.

"또 한 대가 필요하다고요? 당신에게 드린 컴퓨터 같은 걸로요?"

"그렇지. 내가 클라우디우스에 접속할 수 있게 설정해줘."

"뭣 때문에 두 번째 컴퓨터가 필요한 거죠?"

펠은 앞으로 바짝 다가가 근육질의 남자가 주춤할 정도로 그의 눈을 마주했다.

"두 번째 컴퓨터를 마련해줄 건가, 말 건가?"

"1200달러를 더 주시면요."

"나중에 다시 오지. 혼자서."

8

펠을 호텔에 내려준 뒤 스타키는 마직과 함께 실버레이크 세탁소의 고객들을 탐문하며 오후를 보냈다. 성과는 전혀 없었다. 야구모자에 긴 셔츠 차림의 남자가 전화하는 모습을 보았다는 사람이 아무도 없었다. 스타키는 용의자 몽타주가 해결되지 않았다고 켈소에게 보고하기가 두려웠다.

날이 저물고 스타키와 마직은 꽃집을 지나가다가 레스터 이바라를 불러 펠에게 받은 몽타주 세 장을 보여줬다.

레스터는 그림 세 장을 유심히 보다가 고개를 저었다.

"세 명 다 다른 사람처럼 보이는데요."

"같은 사람인데 변장한 거야."

"어쩌면 제가 본 남자도 변장하고 있었는지도 모르겠네요. 어쨌든 이 남자들보다는 나이가 더 들어 보였어요."

마직이 스타키에게 타가메트를 한 알 달라고 했다.

스타키는 차를 몰고 집으로 가면서 오늘 밤은 진을 마시지 말자고 결심했다. 집에 돌아오자 아이스티를 큰 병 가득 만들고 텔레비전 앞에 앉았다. 애써 텔레비전에 집중하며 아이스티를 홀짝거렸지만 그녀는 저녁 시간 내내 펠을 생각했다. 그러다 수사에 대한 생각에 집중해봤지만 낮에 펠과 나눴던 대화가 자꾸만 생각났다. 테넌트가 고소한다면 자신이 총알받이가 되겠다는 펠의 말, 자신이 총대를 메겠다는 펠의 말이 계속 떠올랐다.

스타키는 불을 끄고 침대로 갔지만 잠을 이룰 수 없었다. 평소에 애처롭게 이루었던 두 시간의 잠조차 자지 못했다.

결국 그녀는 서랍장에서 슈거의 사진을 꺼내 와서는 거실에서 사진을 보며 밤이 다하길 기다렸다.

한 남자가 이미 그녀를 위해 총대를 멨다. 그녀는 또 다른 남자가 그 일을 되풀이하게 내버려두지 않을 것이다.

다음 날 아침 9시 10분, 벅 다제트가 스프링스트리트 서로 그녀에게 전화를 걸어왔다.

"음, 캐롤, 성가시게 굴고 싶지는 않지만, 단서가 좀 나왔는지 궁금해하고 있었어."

스타키는 죄책감이 밀려들었다. 그녀는 엄청나게 충격적인 사건의 국외자라고 느끼고 있을 벅의 처지를 잘 알고 있었다. 그녀도 이동식 주택 캠프 사고를 겪고 국외자로 밀려나버린 기분이었고 여전히 같은 기분이었다.

"별로 못 건졌어요, 벅. 미안해요."

"그냥 궁금했을 뿐이야, 알지?"

"알죠. 저기요, 이 사건에 대해서 계속 알려드렸어야 했는데, 그동안 너무 바빴어요."

"파편에서 글자가 발견되었다고 들었어. 그게 뭐지?"

"발견하긴 했는데 확실치 않아요. 5자이거나 S자이거나 한데, 네, 파이프 본체에 새겨져 있었어요."

스타키는 미스터 레드에 관해서 벅에게 어느 정도 말해야 하는지 확신이 서지 않아 그 부분은 언급하지 않았다.

벅이 말을 머뭇거렸다.

"5자이거나 S자라고? 도대체 그게 뭐야? 메시지 일분가?"

스타키는 화제를 바꾸고 싶었다.

"모르겠어요, 벅. 진전이 있으면 알려드릴게요."

산토스가 전화기를 가리키며 그녀에게 손짓을 했다. 두 번째 회선의 불빛이 깜박거리고 있었다.

"벅, 다른 전화가 와 있어요. 뭐 좀 알아내면 전화할게요."

"알았어, 캐롤. 뭐 잔소리를 해대려던 건 아니야."

"알아요. 나중에 봐요."

스타키는 그를 피하려니 죄책감이 들었다. 그의 목소리가 실망한 듯 들려서 더 그랬다.

두 번째 전화는 존 첸이었다.

"여기 로크빌의 ATF 실험센터에서 당신 이름으로 온 이송 증거가 있어."

"마이애미에서 온 폭탄 부품들이야?"

"응, 내게 증거가 이송되어 올 거라고 말을 해줬어야지, 스타키. 이렇게 떡 나타나는 거 나 안 좋아해. 오늘 법원에 가야 하는데, 지금 이 이송된 증거물의 증거의 사슬 서류 작업을 처리하게 생겼어. 나 11시까지는 법원 가야 해."

스타키가 시계를 흘깃 내려다봤다.

"당신이 떠나기 전에 거기로 갈게. 그 증거 보고 싶어."

증거의 사슬을 유지하려면 첸이나 다른 범죄학자가 스타키에게 부품들을 넘기면서 직접 일지에 기록해야 했다.

194

"나 법원에 가야 해, 캐롤. 오늘 늦게나 내일 해."

그의 목소리에서 투덜대는 어조가 느껴지자 그녀는 몹시 화가 났다.

"지금 나가고 있어, 존. 20분 안에는 도착할 거야."

사무실을 나가려는데 켈소의 집무실 문이 열렸다. 그 순간 스타키는 테넌트가 떠올랐다. 아주 잠시 동안 아타스카데로를 잊고 있었다.

"스타키!"

켈소가 '세상에서 가장 섹시한 연인'이라고 적힌 커피잔을 들고 사무실을 가로질러 씩씩대며 걸어왔다. 스타키는 '제기랄' 하고 튀어나오려는 말을 삼키며 그를 별 표정 없이 쳐다보았다. 올슨이 고소장을 제출한다는 전화를 걸어왔다면 그 걱정을 하기에는 이미 너무 늦었다.

"모건 국장보께서 오늘 오후에 회의를 하자고 하시네. 내 집무실에서 1시에."

스타키는 발밑이 내려앉는 것 같았다.

"뭐에 관해서요?"

"뭐라 생각하나, 형사? 우리가 여기서 리지오 사건을 어떻게 수사하고 있는지 알고 싶어 하셔. 딕 레이턴도 여기 올 거야. 자네가 그분들께 수사 현황을 알려드려야 해. 진짜 말할 거리가 있길 바라네."

스타키는 공포가 물러나는 걸 느꼈다. 보아하니 아무도 내사과에 항의하고 있는 것 같지는 않았다.

켈소가 두 손을 펼쳐 보였다.

"그래서? 내게 미리 말해줄 텐가?"

스타키는 그에게 클라우디우스를 언급하면서 테넌트가 그곳에서 미스터 레드에 대해 알게 됐고 클라우디우스가 그럴듯한 정보 출처일 것 같다고 설명했다.

그러자 켈소는 다소 진정된 목소리로 말했다.

"그래, 바로 그것인 것 같군. 적어도 그 이야길 하면 우리가 뭔가 하고 있는 것처럼 보이겠어."

"우리는 진짜 뭔가를 하고 있어요, 배리."

술도 전혀 마시지 않았는데 그녀는 켈소 때문에 머리가 지끈거렸다. 그녀는 부들부들 떨리는 몸으로 CCS를 나오면서 첸이 법원으로 가기 전에 그를 붙들 수 있기를 바랐다.

스타키는 계단을 오르다가 팔에 싱글버튼 재킷을 걸치고 내려오는 첸을 만났다. 그는 그녀를 보고 반가워하지 않았다.

"내가 법원 가야 한다고 말했잖아. 그리고 여기 20분 안에는 올 거라고 하지 않았어?"

"그냥 나한테 떠넘기고 가. 나한테 증거를 두고 가면 돼."

그녀는 혼자 일하는 것을 더 좋아했다. 첸이 어깨 너머로 지켜보면서 남자입네 하며 도와주겠다고 하지 않는다면 집중하기가 더 좋을 것이다.

첸은 투덜거렸지만 이내 발을 돌리고 두 계단씩 올라갔다. 스타키는 그를 따라 복도를 걸어 실험실로 들어갔다. 기술자 두 명이 샌드위치를 먹고 있었다. 그들 사이에는 신체 부위로 여겨지는 것들이 든 비닐 자루가 놓여 있었다. 방부제 냄새가 진동했다.

"그쪽에서 폭탄을 두 개 보냈어, 스타키. 당신 말처럼 도서관 폭탄만이 아니야."

첸의 말에 스타키는 놀랐다.

"난 도서관 폭탄만 올 거라고 기대했는데."

"도서관 폭탄은 받았고, 저 아래 그쪽에서 갖고 있던 폭탄 파편도 받았어. 보고서에서는 두 개가 거의 같은 디자인이래. 하지만 하나만 진짜 폭탄이고 다른 하나는 아니야."

스타키는 노동자 착취 공장 폭발에 대한 펠의 이야기가 기억났다. 그 폭발은 그가 준 일곱 건의 보고서 중 하나에 기술되어 있었다. 그녀는 이미 그 폭탄에 대한 데이드 카운티의 보고서를 읽었고, 그 폭탄이 있으면

196

유용할지 모른다고 생각했다.

첸은 그녀를 실험실 구석으로 데려갔다. 검은 실험실 탁자 위에 흰 상자가 두 개 놓여 있었고, 두 상자 모두 개봉되어 있었다.

"모두 봉투에 넣고 꼬리표 붙여서 일지에 기록했어. 여기 서명해야 해. 그리고 ATF에서 당신이 원하는 건 뭐든 다 해도 된다고 했어. 파괴 실험까지도."

때때로 부품을 분해하거나 샘플을 얻기 위해 파괴 실험이 필요했다. 스타키는 그 정도까지 해야 하는 건 기대하지 않았고, 마이애미 당국에서 찾은 결과들을 참조할 것이다.

스타키는 첸이 가리킨 연방증거물 서식 네 장에 서명을 하고 돌려줬다.

"알았어. 여기 당신 탁자에서 일해도 돼?"

"어지르지만 마. 어디에 뭐가 있는지 기억하고 있으니까 뭐든 제자리에 갖다두고. 난 물건 아무 데나 두는 사람 질색이야."

"아무 데나 두지 않을게."

"러스 데이글에게 당신이 여기 와 있다고 전해줄까? 데이글도 이걸 보고 싶어 할 것 같은데."

"나 혼자 작업하는 게 좋겠어, 존. 다 끝나면 내가 그를 부를게."

첸이 마침내 가고 나자 스타키는 숨을 내쉬고 눈을 감았다. 빙하의 얼음이 천천히 물이 되는 것처럼 긴장이 점점 사라졌다. 이것이 그녀가 사랑하는 일의 일부였고 늘 사랑해온 것이었다. 이것이 그녀의 비밀이었다. 폭탄을 만질 때, 손에 폭탄 조각을 들고 있을 때, 손바닥에 조각을 놓고 주먹을 쥘 때 그녀는 폭탄의 일부였다. 레드스톤 아스널 폭탄 연수원에서 첫 훈련 연습을 한 이후로 그녀는 언제나 폭탄의 일부였다. 폭탄은 퍼즐이었다. 그녀는 다른 사람은 보지 못하는 방식으로 자신이 볼 수 있는 좀더 큰 전체의 한 부분이 되었다. 어쩌면 다나의 말이 맞았다. 3년 만에 처음으로 그녀는 폭탄과 단둘이 있게 되었고, 비로소 마음이 편안해졌다.

스타키는 비닐장갑을 한 켤레 꺼냈다.

ATF에서는 폭탄 두 개를 각각의 보고서와 함께 보내왔다. 각 폭탄마다 데이드 카운티 폭발물처리반에서 보낸 보고서와 메릴랜드 로크빌의 ATF 국립실험센터에서 보낸 보고서가 있었다. 스타키는 보고서들을 옆으로 치웠다. 그녀는 새로운 눈으로 자료를 보고 자신만의 결론을 내고 싶었다. 나중에 그 보고서들을 읽고 메릴랜드와 마이애미의 폭발물처리 수사관들의 결론과 자신의 결론을 비교하면 될 것이다.

폭파된 폭탄은 대개 불에 그슬리고 일그러진 파편들로 지퍼락 봉지 스물여덟 개에 넣어져 있었고, 각 비닐봉지에는 사건 번호와 증거물 번호, 간략한 설명이 적힌 라벨이 붙어 있었다.

#3B12:104/아연 도금 파이프
#3B12:028/뇌관과 플러그
#3B12:062-081/여러 가지 파이프

스타키는 온전한 폭탄에 관심이 있었기 때문에 그 비닐봉지들을 열 필요가 없었다. 봉지를 여는 대신 각 봉지에 든 내용물을 흘깃 쳐다보았다. 가장 큰 파편은 10센티미터 길이의 뒤틀린 파이프 조각으로, 기계 도구로 잘라낸 것처럼 가장자리가 완전한 직사각형 모양에 납작한 것이었다. 폭발이 일어나면 사물은 예기치 못한 놀라운 방식으로, 그것도 이치에 닿지 않게 형태가 변할 수 있었다. 매번 형체가 일그러지는 현상이 폭약의 결과일 뿐만 아니라 물질의 변화과정 중 내부 압력에 의해서도 예측되는 현상이기 때문이었다.

그녀는 봉지들을 상자에 돌려놓고 옆으로 밀어두었다. 두 번째 상자에는 도서관에서 발견한 폭탄의 해체 부품들이 각각의 봉지에 들어 있었다. 그녀는 봉지들을 작업대 위에 꺼내놓고 각 부품을 확인하며 늘어놓았다.

한 봉지에는 사람들의 주의를 끌기 위해 울렸던 사이렌이 들어 있었다. 다른 봉지에는 타이머가, 또 다른 봉지에는 사이렌의 배터리 팩이 있었다. 데이드 카운티에서 물대포로 폭탄 해체 작업을 했을 때 사이렌이 으스러졌고 AA건전지 세 개 중 두 개가 터졌다. 스타키는 봉지에 라벨이 없었다면 사이렌을 알아보지 못했을 거라고 생각했다.

스타키는 봉지들을 하나씩 열어보았다.

아연 도금 파이프 통 두 개는 활짝 핀 꽃처럼 터져 있었지만 그 외에는 온전했다. 파이프들을 묶어놓았던 덕트테이프는 가위로 잘린 채 붙어 있었다. 데이드 카운티에서 지문을 뜨기 위해 이용했던 접착제 냄새도 금속에 남아 있었다. 데이드 카운티 법의학 팀에서는 미스터 레드의 지문이 아니더라도 누구 것이든 지문의 일부나마 찾기를 기대했을 것이다. 판매원이라든가, 상점 직원이라든가, 금전등록기에 판매 내역을 입력했던 사람이라든가. 하지만 아무것도 발견되지 않았다. 미스터 레드가 부품을 깨끗이 닦아서 그럴 여지를 남기지 않은 것이었다.

스타키는 거의 힘들이지 않고 조각들을 조립했다. 일부 조각들은 해체 장치로 인해 형태가 변형되어 더 이상 들어맞지 않았지만, 그래도 거의 비슷하게 폭탄을 완성했다. 외관상 이 폭탄이 찰리 리지오를 죽인 폭탄과 다른 단 한 가지는 타이머가 추가됐다는 점이었다. 레드는 폭탄을 갖다놓고 준비가 되자 스위치를 눌러 카운트다운을 시작했을 것이다. 스타키는 타이머 외관을 보고, 60분에서 카운트다운했을 거라고 짐작했다. 경찰 보고서에는, 보고서가 철저하다면, 레드를 책상 주변에서 마지막으로 목격한 시간과 사이렌이 울린 시간 사이의 간격을 알아보기 위해서 목격자들의 진술을 토대로 만든 시각표가 있을 것이다. 스타키는 그 시각표에는 관심이 없었다.

그녀는 부품에 손을 대고 그 물질을 느껴보았다. 장갑 낀 손이라 재질이 잘 느껴지지는 않았지만 계속 만져보았다. 이 부품들은 미스터 레드가 만졌던 바로 그 금속과 전선, 테이프의 조각들이었다. 그는 원자재를 구입해서 자르고 부품 형태를 만들고 서로 맞췄다. 그의 몸에서 나오는 열기가 부품들을 덥혔다. 그의 입김이 연기처럼 부품들 위에 내려앉았다. 그의 피부에서 흘러나온 기름이 보이지 않는 그림자가 되어 부품들을 더럽혔다. 차와 집을 관리하는 방식에서, 삶에서 일어난 사건들을 정리하거나 캔버스에 물감을 칠하는 방식에서 그 사람에 대해 많은 정보를 얻을 수 있었다. 폭탄에는 얼굴이나 지문만큼이나 독특한, 그것을 만든 사람이 반영되었다. 스타키는 파이프와 전선 그 이상을 보았다. 그녀는 레드의 성격이 지닌 고리와 아치, 소용돌이 무늬의 패턴을 보았다.

미스터 레드는 오만할 정도로 자기 작품을 자랑스러워했다. 그는 꼼꼼한 데다 강박적이기까지 했다. 그라는 사람은 깔끔할 것이고 그의 집도 그럴 것이다. 그는 성격이 급하고 참을성이 없겠지만, 사람들 앞에서는 종종 안 그런 척하며 그런 성격을 숨길지 모른다. 그는 겁쟁이일 것이다. 자신이 제작한 완벽한 폭탄을 통해서만 분노를 표출할 것이다. 그는 폭탄을 자기 자신으로, 자신이 되고픈 막강한 힘을 지닌 존재로 볼 것이다. 그는 폭탄의 구조에서 위안을 받기 때문에 습관의 동물이었다.

스타키는 배선을 조사했다. 전선들이 연결된 부분을 보니 각 전선이 여느 취미용품점에서나 구할 수 있는 종류의 총알단자에 연결돼 있었다. 단자 보호관들은 빨간색이었다. 전선들도 빨간색이었다. 레드는 사람들이 자신을 봐주길 원했다. 자신을 알아주길 원했다. 그는 주목받기를 간절히 원하고 있었다.

스타키는 확대경 밑에 총알단자를 놓고 핀셋을 이용해 클립을 벗겨냈다. 그녀는 전선이 단자 둘레에 시계 방향으로 세 번 감긴 것을 발견했다. 모든 전선이 그랬다. 리지오의 폭탄에서는 총알단자가 발견되지 않아서 이 단자와 비교할 게 없었다. 그녀는 미스터 레드의 정밀함에 고개를 절레절레 흔들었다. 모든 전선이 시계 방향으로 세 번 감겨 있었다. 이런 체계를 세우면 그의 마음이 편안해졌을 것이다.

스타키는 파이프 끝에 박힌 나사산과 벗겨진 흰 플라스틱 배관용 테이프를 조사했다. 그녀는 불필요하다고 생각하여 리지오의 폭탄에서 테이프를 벗겨내지 않았는데, 지금 그게 실수라는 것을 깨달았다. 배관용 테이프는 폭탄에서 전혀 필요치 않은 부분으로, 그렇기 때문에 가장 의미심장한 단서가 될 가능성이 있었다. 미스터 레드가 메시지를 쓰고 싶었다면 깨끗한 흰 표면으로 시작하는 테이프 위에 써놓았을지 모른다.

그녀는 ATF 사람들이 벗겨낸 테이프 조각들을 살펴봤다. 하지만 아무것도 발견하지 못했다. 파이프 접합 부위가 단단히 고정되도록 붙여놓던 테이프는 벗겨질 때 갈기갈기 찢어진 상태였다. 테이프에 뭔가 적혀 있었더라도 발견할 수 없었을 것이다.

스타키는 남아 있는 접합 부위의 테이프를 조사하기로 하고 첸의 작업대 끝에 있는 바이스(기계공작에서 공작물을 끼워 고정하는 기구)로 파이프를 가지고 갔다. 그러고는 파이프가 손상되지 않도록 바이스의 죄는 부분 위에 고무 패드를 끼워 넣고 고무가 있는 특수 렌치로 파이프 끝의 뚜껑을 돌려 열었다. 뚜껑은 그다지 빡빡하지 않아서 힘이 별로 들지 않았다.

배관용 테이프는 나사산까지 깊숙이 붙여져 잘라져 있었다. 그녀는 확대경을 그 위로 가져와 탐색침의 바늘을 이용해 테이프의 끝을 찾을 때까지 나사산 뿌리 부근에서 작업했다. 이렇게 얼굴을 바짝 대고 작업하다 보니 눈이 아팠다. 스타키는 몸을 뒤로 젖히고 손목 등으로 눈을 비볐다. 한 흑인 수사관이 그녀를 보고 웃으면서 독서용 안경을 쓰라는 몸짓을 했다. 스타키는 그 몸짓을 보고 웃었다. 아마도 곧 독서용 안경을 쓰게 될 것이다.

스타키는 거의 20분 동안 작업해 테이프를 떼어냈다. 하지만 어떤 글자도, 어떤 종류의 표식도 발견하지 못했다. 그녀는 바이스 안의 파이프를 바꾸고 두 번째 테이프 작업을 시작했다. 이번 테이프는 오래 걸리지 않았다. 10분 후, 그녀는 테이프를 벗겨내다가 첫 번째와 두 번째의 접합 부위에 테이프가 같은 방식으로 감겼다는 것을 알아냈다. 미스터 레드는 파이프 꼭대기에 테이프를 눌렀다가 몸 바깥쪽으로 멀리 빼서 파이프 위로 넘긴 다음, 아래로 내려서 파이프 둘레를 감았다가 밑으로 가져갔다가 다시 위로 올라와 감았다. 시계 방향으로. 매번 똑같이 전선을 총알 클립에 감는 것과 마찬가지로 그는 매번 똑같이 배관용 테이프를 감았다. 스타키는 그 이유가 궁금했다.

그녀는 눈이 아파 죽을 지경이었다. 이마 쪽에서 두통이 시작되었다. 장갑을 벗고 담배를 한 개비 꺼낸 그녀는 주차장으로 나가 청색 폭발물처리반 서버번에 기대어 담배를 피웠다. 그녀는 폭발물처리 수사관들이 해체 장치로 조준하고 폭파하는 훈련을 하는 시설 뒤의 빨간 벽돌 차고를 쳐다보았다. 문득 자신이 처음으로 해체 장치로 폭파했던 순간이 떠올랐다. 물대포의 구경이 12게이지밖에 되지 않았는데도 그녀는 그 소음 때문에 몹시 놀랐다.

미스터 레드는 자신의 폭탄을 생각해 신중하게 제작했다. 그녀는 그가 파이프 나사산 주위에 테이프를 시계 방향으로 감싼 이유가 있을 거라고 생각했다. 그 이유를 알 수 없어서 신경에 거슬렸다. 자신이 알 수 없는 그 이유를 그가 안다는 것은 그가 자신보다 뛰어나다는 의미였다. 스타키는 그 점을 받아들일 수 없었다. 그녀는 담뱃재를 턴 다음 손으로 파이프를 쥐고 감싸는 척했다. 눈을 감고 끝의 뚜껑을 조이는 척했다. 잠시 후 눈을 떠보니 주차된 차로 향하던 순경 두 명이 그녀를 보고 비웃고 있었다. 그녀는 그들에게 가운뎃손가락을 치켜들었다. 세 번째로 눈을 감고 가상의 파이프를 조립했을 때 '그 이유'를 찾았다. 그는 끝의 뚜껑을 돌려서 조일 때(이 역시 시계 방향으로 돌리게 되어 있다) 테이프가 풀려서 접히지 않도록 테이프를 시계 방향으로 감았던 것이다. 모든 게 시계 방향으로 간다면 뚜껑이 좀더 쉽게 죄어들 것이다. 사소한 발견이었지만 스타키는 오랫동안 전혀 느껴보지 못했던 격렬한 자부심을 느꼈다. 그녀는 레드의 마음이 작동하는 방식을 보기 시작했다. 그건 그녀가 그를 이길 수 있다는 의미였다.

스타키는 노동자 착취 공장의 폭탄 테이프를 확인해보려고 다시 안으로 들어갔지만, 끝의 뚜껑 조각만 발견했다. 나사산에 접합 테이프 샘플이 있겠지만 테이프 감는 방향을 파악하기에는 충분치 않았다. 그녀는 아래층 폭발물처리반으로 내려가 러스 데이글을 찾았다. 데이글은 경사 구역에서 간소시지 샌드위치를 먹고 있었다. 그는 그녀를 보더니 미소를 지으며 말했다.

"이봐, 스타키. 여긴 어쩐 일이야?"

"첸과 위층에 있어요." 스타키는 거짓말을 했다. "그런데, 리지오의 폭탄에서 나온 끝의 뚜껑이 있죠?"

그는 발을 끌어내리고 고개를 끄덕이며 샌드위치를 삼켰다.

"그럼. 온전한 뚜껑 하나와, 다른 뚜껑 조각이 있지. 자네에게 접합 테이프를 보여줬잖아. 기억나?"

"제가 온전한 테이프를 분해해도 괜찮을까요?"

"테이프를 떼어내겠다는 거야?"

"네, 테이프를 보고 싶어서요."

"그 뚜껑에 자네 하고 싶은 건 다 해도 되지만 힘들 텐데."

데이글은 그녀를 데리고 나가서 자신의 작업대로 갔다. 그는 작업대 캐비닛에 실버레이크 폭탄 조각들을 넣어 잠가두고 있었다. 일단 첸이 그 조각들을 내주면 그 조각들은 데이글의 소유가 되어 폭탄 복원에 쓰였다.

"여기 보이지? 파이프에 뚜껑이 닫혀 있기는 하지만 압력으로 불룩해져서 떼어낼 수 없을 거야."

스타키는 그 말의 의미를 알았고 기대가 가라앉았다. 파이프는 둥글지 않았다. 가스 압력으로 달걀 모양으로 변형되어서 테이프를 떼어낼 방법이 없었다.

"이 파이프를 위층에 가져가서 좀 만져봐도 될까요?"

데이글이 어깨를 으쓱했다.

"전력을 다해봐."

스타키는 뚜껑을 위층으로 가져와 바이스에 고정하고 고속톱을 이용해 반으로 잘랐다. 그러고는 철 막대를 지레로 이용해 바깥쪽 뚜껑 절반으로 부터 안쪽 파이프 절반을 비틀어 올리고 나서, 파이프 절반 두 개를 함께 바이스에 다시 고정했다. 뚜껑을 절단했다고 데이글이 짜증을 내겠지만 테이프를 만질 다른 방법은 생각나지 않았다.

테이프 끝을 찾는 데 거의 40분이 걸렸다. 한쪽 눈으로 계속 시계를 보면서 점점 좌절감을 느끼던 차였다. 그제야 그녀는 마이애미 폭탄 테이프처럼 이 테이프가 위에서부터 휘감겨 있다고 여긴 탓에 시간이 오래 걸렸다는 걸 깨달았다. 이 테이프는 그렇지 않았다. 접합 부위의 테이프가 아래에서부터 감겨 있었다.

시계 반대 방향으로. 시계 방향이 아니라.

스타키는 작업대에서 뒷걸음쳤다.

"맙소사!"

그녀는 로크빌의 보고서를 획획 넘기면서 그 보고서의 작성자가 재니스 브록웰이라는 범죄학자라는 것을 알아냈다. 그녀는 시간을 다시 확인했다. 이곳보다 세 시간 느린 워싱턴 DC에서는 사람들이 점심식사는 이미 끝냈겠지만 아직 퇴근하지는 않았을 시간이었다. 스타키는 실험실을 뒤져서 전화기를 찾아 ATF 국립실험센터에 전화해 브록웰을 부탁했다.

재니스 브록웰이라는 여자가 전화를 받자 스타키는 신원을 밝히고 마이애미 가짜 폭탄의 사건 번호를 댔다.

"아, 네. 막 당신에게 그 폭탄을 보냈습니다."

"맞습니다. 지금 여기 갖고 있습니다."

"뭘 도와드릴까요?"

"처음 일곱 건의 폭탄을 잘 알고 계시죠?"

"미스터 레드 폭탄 말인가요?"

"맞아요. 그 보고서를 읽었는데, 파이프 접합 테이프에 관한 사항은 본 기억이 전혀 없어서요."

스타키는 그녀에게 자신이 도서관 폭탄에서 찾은 것을 설명했다.

"당신이 테이프를 벗겨낼 수 있었다고요?"

스타키는 브록웰의 목소리에서 딱딱한 어조를 감지했다. 브록웰은 스타키가 자신을 비난하고 있다고 느끼는 모양이었다.

"제가 끝의 뚜껑 한쪽을 열었는데, 근처에 붙여진 테이프가 저절로 벗겨졌어요. 그래서 테이프에 대해서 생각하게 됐고 다른 쪽도 작업해서 벗겨냈어요. 그러고 났더니 다른 폭탄의 뚜껑에 대해서 궁금해지기 시작했죠."

스타키는 자신의 거짓말로 그녀의 말에 깃든 가시가 부드러워지길 기대했다.

브록웰의 목소리에서 방어적인 어조가 가라앉았다.

"그거 진짜 멋진 생각이에요, 스타키. 난 사실 우리가 테이프에 주의할 필요가 없다고 생각했어요."

"부탁드릴게요. 다른 폭탄도 확인해주시겠어요? 테이프가 일치하는지 알고 싶습니다."

"테이프가 시계 방향이라고 했죠?"

"네, 둘 다 시계 방향으로 감겨 있었어요. 다른 테이프들도 일치하는지 알고 싶어요."

"우리가 얼마나 온전한 끝의 뚜껑을 갖고 있는지 모르겠네요."

스타키는 아무 말도 하지 않았다. 브록웰이 알아서 일을 처리해주기를 바랐다.

"이렇게 하죠, 스타키. 내가 조사하고 나서 전화를 드릴게요. 괜찮죠?"

스타키는 브록웰에게 자신의 전화번호를 불러준 다음, 폭탄 부품들을 상자에 넣어 작업대 아래에 넣고 잠갔다.

스타키는 회의시간 10분을 남겨놓고 스프링스트리트 서로 돌아왔다. 서둘러 오는 데 급급했던 그녀는 계단에 멈춰 서서 담배 반 개비를 피우며 마음을 진정시켰다. 계단을 올라가 사무실에 들어서자마자 마직과 후커를 찾았다. 마직이 눈썹을 동그랗게 추켜올렸다.

"당신이 회의를 땡땡이치는 줄 알았어요."

"글렌데일 서에 가 있었어."

그녀는 마직과 후커에게 마이애미 폭탄에 대해서 말할 시간이 없다고 판단했다. 두 사람은 잠시 후 회의에서 스타키가 켈소에게 그 사항을 브리핑할 때 들을 수 있었다.

"모건 국장보님은 아직 안 오셨어?"

"켈소 경위님하고 같이 계세요. 레이턴 경위님도 함께요."

"왜 두 사람은 여기 나와 있어?"

마직은 화난 얼굴이었다.

"켈소 경위님이 우리더러 들어오지 말래요."

"농담하지 마."

"머저리라니깐. 경위님은 안에 사람들이 너무 많으면 집무실이 더 비좁아 보인다고 생각하실 거예요."

스타키는 마직의 말이 사실일 거라고 생각했다. 그녀는 아직 시간이 좀 있다는 걸 알고 마직과 산토스에게 새로운 소식이 있는지 물었다. 마직은 실버레이크 탐문이 여전히 실패라고 보고했고, 산토스는 포스트프로덕션 사와 통화했는데 좋은 소식을 들었다고 했다.

"모든 테이프 중간에 주차장 인근 360도 전경이 상당히 많이 담겨 있어요. 911 신고자가 거기 있다면 아마 알아볼 수 있을 거예요." 산토스가 말했다.

"언제 그 테이프를 받게 되지?"

"늦어도 모레요. 최대로 선명하게 보려면 가서 그곳에 있는 기계로 봐야 할 것 같아요. 그쪽 말로는 아주 좋대요."

"알았어. 잘됐네."

마직은 스타키에게 가까이 다가오더니 주위를 획획 둘러보며 엿듣는 사람이 없는지 확인했다.

"당신에게 경고해줄 게 있어요."

"당신은 내게 경고할 거리들을 항상 듣고 다니더라."

"내가 들은 걸 말할 뿐이에요. 모건이 이 수사를 강도강력과로 넘길 생각을 하고 있어요."

"나 놀리는 거지?"

"말 되잖아요. 그렇잖아요? 한 사람이 죽었어요. 살인사건이니 강력과에서 수사하는 거죠. 이봐요, 난 내가 들은 걸 말하고 있을 뿐이에요. 그게 다예요. 난 당신보다도 더 이 수사를 잃고 싶지 않거든요."

스타키가 산토스를 보니 그도 이 소문을 심각하게 여긴다는 얼굴이었다.

"알았어, 베스. 고마워."

스타키는 시계를 다시 확인했다. 지금껏 내내 그녀는 이 사건이 연방 프로젝트 팀에 넘어갈까 봐 걱정하고 있었는데, 이제는 이거였다. 그녀는 자신이 할 말이 전혀 없기 때문에 그 점에 대해서는 생각하지 않기로 결정했다. 그녀가 이 사건을 잘 처리하고 있다고 모건에게 확신시키거나 그렇지 않거나, 둘 중 하나였다. 그녀는 알토이즈와 타가메트를 한 알씩 입에 톡 넣은 다음, 단단히 마음먹고 정확히 1시에 켈소의 문을 두드렸다.

켈소는 지나칠 정도로 나긋나긋한 미소를 지으며 말했다. 국장보에게 보이기 위한 쇼였다. 딕 레이턴이 그녀에게 인사하면서 미소 지었다.

"안녕, 캐롤. 어떻게 지내?"

"좋습니다, 경위님. 고맙습니다."

그녀는 레이턴과 악수를 나눴다. 그의 손바닥은 축축했다. 그는 그녀를 지지한다는 뜻에서 그녀의 손을 꽉 쥐고 좀더 붙들고 있었다.

켈소가 그녀를 크리스토퍼 모건 국장보에게 소개했다. 모건은 짙은 회색 정장이 돋보이는 강렬하고 호리호리한 남자였다. 대다수 경찰관처럼 스타키는 모건이나 다른 여섯 명의 국장보를 만난 적이 없지만, 그들의 명성은 들어서 알고 있었다. 모건은 격정적인 성질로 자신의 영역을 일일이 다 챙기며, 요구 사항이 많은 간부로 유명했다. 그는 로스앤젤레스 시 마라톤을 연속해서 12회 뛰었고 부하들에게도 같이 뛸 것을 요구했다고 한다. 그의 부하들 중 담배를 피우거나 술을 마시거나 과체중인 사람은 전혀 없었다. 모건처럼 그의 부하들도 모두 티 하나 없이 단정한 회색 정장을 차려입었고, 사무실 밖에서는 정부에서 지급한 똑같은 선글라스를 끼고 다녔다. 낮은 계급의 경찰관들은 모건과 그 부하들을 맨인블랙이라고 불렀다.

모건은 별다른 감정을 보이지 않고 그녀와 악수를 하더니, 사교적인 인사말은 건너뛰고 자신에게 최신 정보를 보고할 것을 요구했다.

"캐롤, 폭탄 설명부터 시작하는 게 어떤가? 자네 수사가 폭탄에서 비롯되니까." 레이턴이 말했다.

스타키는 모건에게 실버레이크 폭탄의 구성과 폭발 방법, 제조범이 현장 90미터 안에 있었던 정황을 파악한 방법을 보고했다. 그리고 이 설명과 함께 미스터 레드에 관해서도 보고했다. 레드가 무선으로 폭탄을 터트린다는 점과 그가 폭탄에서 90미터 거리 안에 있었다고 믿는 근거를 설명하기 시작했다. 그때 모건이 끼어들었다.

"그건 TV 방송국의 도움을 받을 수 있을 거네. 방송국에서 비디오테이프들을 제공받을 수 있어."

스타키는 이미 테이프들을 입수하여 현재 해상도를 높이는 중이라고 말했다. 그 말에 모건은 만족스러워하는 것 같았지만, 표정이 전혀 변하지 않아서 알아차리기 힘들었다.

그녀가 RDX와 미스터 레드의 정보를 얻을 만한 출처로 클라우디우스를 발견했다는 수사 진척사항과 이미 처리된 모든 진행사항을 설명하는 데 5분이 채 걸리지 않았다. 그녀는 자신이 브리핑을 꽤 잘했다고 여겼다.

"이 폭탄이 실버레이크의 상인들을 협박하기 위해 설치된 것일 수도 있지 않나?"

"아닙니다. 오렌지카운티 지국과 램파트 지국 형사들이 모든 쇼핑몰 사업장과 그곳 직원들에 대한 배경조사를 했습니다. 협박 같은 건 전혀 나오지 않았습니다. 협박받은 사람이 없는 데다 지금까지 폭탄을 터트렸다고 자처하는 자가 없습니다."

"그럼 자네 수사 방향은 무엇인가?"

"성분입니다. 모텍스 하이브리드는 최고의 폭약입니다만 성분만 있다면 만들기는 복잡하지 않습니다. 그 성분들 중 TNT와 피크린산암모늄은 구하기 쉽지만 RDX는 희귀한 약품이죠. 지금 생각은 RDX를 이용해 폭탄을 제조한 자가 누가 됐든 그자를 역추적하자는 것입니다."

모건이 그녀를 유심히 보는 것 같았다.

"누가 됐든, 이라니 그게 무슨 말인가? 미스터 레드가 그 폭탄을 제조했다고 동의한 줄로 알았는데."

"글쎄요. 저희는 그의 범행이라는 가정 하에 수사하고 있습니다. 다만, 다른 자가 제조했을지도 모른다는 점도 고려해야 할 것 같습니다."

딕 레이턴이 소파에서 일어났고 켈소가 눈살을 찌푸렸다.

"무슨 말을 하는 건가, 스타키?"

스타키는 마이애미 폭탄 끝의 뚜껑 두 개와 실버레이크 폭탄에서 남아 있는 뚜껑의 접합 테이프를 비교해서 설명했다.

"미스터 레드와 관련된 각 폭탄은 같은 방식으로 고안 제작되었습니다. 총알단자에 전선을 감는 방식조차 시계 방향으로 세 번 두릅니다. 매번 같은 방식입니다. 그는 폭탄 제조의 장인입니다. 아마 그는 자신을 예술가라고까지 여기고 있을 겁니다. 그런데 실버레이크 폭탄에서는 좀 다른 점이 있습니다. 사소한 것이긴 하지만, 이런 자들은 습관의 동물이라서요."

딕 레이턴은 심사숙고하는 듯 보였다.

"이전 일곱 건의 폭탄에 그 사항이 언급되었나?"

"로크빌에 전화해 그 점을 문의했습니다. 전에는 아무도 감는 방향을 확인할 생각을 하지 못했다고 합니다."

모건이 팔짱을 꼈다.

"그런데 자네는 그런 생각을 했고?"

스타키는 그와 눈을 마주쳤다.

"모든 걸 확인해야 합니다, 국장보님. 수사 진행방식이 그렇습니다. 우리에게 모방범이 있다고 말씀드리는 것은 아닙니다. 미스터 레드 수사의 보안은 아주 철저했습니다. 제가 말씀드리는 것은 이 차이점을 발견했다는 것뿐입니다. 고려할 사항입니다."

스타키는 애초에 이 말을 꺼내지 않았으면 좋았을 것 같았다. 모건은 눈살을 찌푸리고 있었고 켈소는 화난 것 같았다. 그녀는 자기 무덤을 파고 있는 것 같았다. 딕 레이턴이 이 집무실에서 유일하게 그녀의 말에 관심 있어 하는 사람이었다.

"캐롤, 이 폭탄이 모방범의 작품이라면 자네 수사에 어떤 영향을 미치겠나?"

"수사가 확대됩니다. 이 폭탄의 제조범이 미스터 레드가 아니라고 가정한다면, 누가 이 폭탄을 제조했는지 질문을 해봐야 합니다. 누가 미스터 레드의 폭탄을 복제할 만큼 레드에 대해서 충분히 아는지, 성분은 어떻게 구할 수 있는지, 그다음에는 동기가 무엇인지 의심해야 합니다. 왜 미스터 레드를 모방하는지, 특히 폭탄을 제조했다고 자처하지 않는다면 왜 폭발물처리 수사관이나 다른 사람을 죽이는지 말입니다."

모건은 그녀의 말을 끝까지 들었지만 가면 같은 그의 얼굴은 아무런 표정도 드러내지 않았다. 그녀가 말을 마치자 그는 시계를 흘깃 보고 켈소를 보았다.

"이 사건은 강력과 수사 같군. 배리, 강도강력과에서 맡아야 한다는 생각이 드네. 그쪽이 경험이 있으니까."

상황이 그랬다. 마직의 경고가 있었는데도 스타키는 숨이 턱 막혔다. 그들은 강력국에 사건을 잃게 될 모양이었다.

켈소는 그 의견을 반가워하지 않았다.

"글쎄요. 잘 모르겠습니다, 국장보님."

딕 레이턴도 한마디 했다.

"국장보님, 그러면 실수가 될 거라고 생각합니다."

레이턴의 말에 스타키는 놀랐다.

레이턴은 두 손을 여유 있게 펼쳤다. 그는 아주 침착하고 자신만만한 전문가처럼 보였다.

"이자를 잡는 방법은 폭탄 수사를 통한 것입니다. 반드시 스타키 형사의 수사처럼 RDX를 추적해야 합니다. 따라서 이 수사에는 강력과 경찰이 아니라 폭탄 수사관이 필요하지요. 그 점에서 스타키 형사는 일을 훌륭히 해내고 있습니다. 저희는 스타키 형사가 발견한 이 차이점에 대해 좀더 알아봐야 하지만, 이 단서 때문에 감정적으로 휩쓸리지는 않을 겁니다. 미스터 레드 같은 상습범들은 진화를 경험합니다. 물론 그들은 습관의 동물이긴 하지만 그들 역시 배우며 변화합니다. 그자들이 무슨 생각을 하는지 저희로서는 알 수 없습니다."

스타키는 온기가 느껴지는 그 말에 당혹하며 레이턴을 쳐다보았다.

모건은 심사숙고하는 듯하더니 시계를 다시 확인하고 고개를 끄덕였다.

"알았네. 경찰 살해범이 저 밖에 활보하고 있네, 스타키 형사."

"네, 저희가 그자를 찾을 겁니다. 제가 이 사건을 해결하겠습니다."

"그러길 바라네. 자네가 제기한 질문들은 다 훌륭해. 그 해답을 찾는 데는 아주 오랜 시간이 걸릴 거라고 확신하네. 하지만 우리의 경험으로 보건대 그건 거의 승산 없는 시도 같아. 그런 시도는 시간을 아주 많이 잡아먹지. 나는 모든 증거가 미스터 레드를 가리키고 있는 것 같네."

"테이프가 단지 일치하지 않는 것뿐입니다. 그게 다입니다."

스타키의 목소리는 방어적이고 불평하는 어투로 흘러나왔다. 그녀는 그런 어투로 말한 자신이 미웠다.

모건이 켈소를 흘깃 쳐다보았다.

"그럼, 성공적이지 못한 이론들을 좇느라 옆길로 새지만 않으면 되겠네. 이게 자네에게 주는 내 충고네, 형사. 레이턴 경위의 말을 귀담아듣고 자네 수사를 계속 진전시키게. 수사는 상어와 같지. 앞으로 나가지 않고 멈춘다면 상어는 가라앉게 마련이야."

켈소가 고개를 끄덕였다.

"수사를 진전시킬 것입니다, 국장보님. 저희가 그자를 잡을 겁니다. 미스터 레드를 잡겠습니다."

모건은 일을 훌륭히 해내고 있다고 모두를 치하하고는 시계를 다시 내려다본 뒤 일어섰다. 딕 레이턴이 그녀에게 윙크를 한 뒤 모건을 따라 나갔다. 스타키는 그를 따라 달려 나가 키스를 해주고 싶었지만 켈소가 그녀를 막아섰다.

켈소는 모건과 레이턴이 멀어질 때까지 기다렸다가 문을 닫았다.

"캐롤, 이 모방범 건은 잊어버려. 그 말을 꺼내기 전까지만 해도 자네는 잘하고 있었어. 그 말은 터무니없게 들렸어."

"단지 관찰이었을 뿐이에요, 배리. 그 점을 무시하길 원하세요?"

"그 말 때문에 자네가 아마추어 같았네."

남부의 위안

존 마이클 파울스는 루이지애나 메테리에 있는 '데이고 레드의 중고 차'에서 1969년식 세빌레 SS 396을 샀다. 그 SS 396은 후미가 들어 올려진 유형으로 굿이어 레이디얼 타이어가 장착되어 있었는데, 엄청나게 큰 그 타이어에는 글자가 새겨져 있었고, 범퍼와 차량 외부의 금속판은 녹이 슬어 부식돼 있었다. 녹슬어 부식된 것은 덤이었다. 존은 그 빌어먹을 차가 빨간색이어서 산 것이었다. 미스터 레드를 위한 데이고 레드의 빨간 차. 존 마이클 파울스는 그 조합이 못내 재미있었다.

그는 클레어 폰트노트라는 이름의 가짜 루이지애나 운전면허증을 제시하고, 마이애미에서 받은 돈으로 현금 지불을 했다. 그러고는 근처 쇼핑몰로 차를 몰아 새 옷과 애플 아이북 신제품을 역시 현금으로 샀다. 그가 고른 아이북은 탄제린 오렌지 빛깔이었다.

그는 폰차트레인 호수 건너편 루이지애나 슬라이델까지 차를 몰고 가서 '이르마의 퀵스톱'이라는 작은 식당에서 점심을 먹었다. 해산물 검보(닭이나 해산물에 채소를 넣어 걸쭉하게 만든 수프)를 먹었는데 만족스럽지는 않았다. 식당에서 검보를 하루 종일 끓이고 있어서 새우가 작고 쪼글쪼글했다. 존 마이클 파울스가 루이지애나에 온 건 이번이 처음이었다. 그는 이 지역이 별로 마음에 들지 않았다. 플로리다만큼 습하면서 그만큼도 예쁘지 않았다. 대부분의 사람이 뚱뚱했고 정신지체인들 같았다. 기름에 너무 푹 튀긴 음식이며.

이르마의 퀵스톱은 '이르마의 클럽 파리지엔느'라는 스트립쇼 클럽에서 좁은 2차선 도로 길 건너편에 있었다. 존은 그날 밤 8시에 클럽에서 피터 윌리를 자처하는 남자를 만날 예정이었다. '피터 윌리'는 '윌리 피터'를 가지고 말장난친 이름으로, 윌리 피터는 '백린'(공기중 인체에 닿으면 산소가 없어질 때까지 살을 모두 태우는 맹독성 인화물질)을 뜻하는 군대 속어였다. 피터 윌리는 클레이모어 대인 지뢰 네 개를 팔겠다고 했다. 그 말이 사실이라면 존은 지뢰에 들어 있는 RDX 0.2킬로그램을 손에 넣기 위해서 한 개당 1천 달러씩 주고 지뢰들을 사들일 것이다. 그의 폭탄에 이용하는 모덱스 하이브리드의 한 성분인 RDX는 빌어먹게도 구하기가 무척 힘들었다. 그래서 그가 RDX를 찾아 루이지애나까지 오는 수고를 기꺼이 할 만했다. 설령 피터 윌리가 터무니없는 거짓말을 했다고 할지라도.

존은 자신의 많은 연줄을 맺을 때와 마찬가지로 인터넷 대화방에서 피터 윌리를 '만났다'. 피터 윌리는 자신이 최강 특전대 출신으로 오토바이족이었는데, 현재는 엑슨 노동자로 연안 석유 굴착용 플랫폼에서 2주 일하고 2주 쉬면서 때때로 비번일 때는 남아메리카에서 용병으로 고용되어 지낸다고 했다. 존은 이 말이 헛소리임을 알았다. 존은 일명 '크리퍼(Creeper)' 프로그램을 통해 피터 윌리의 아이디를 역추적한 결과 그가 조지 파슨스라는 이름의 어스링크(인터넷 서비스업체) 회원이라는 것과, 파슨스가 계정 비용 지불에 이용한 비자카드 번호를 알아냈다. 일단 비자카드 번호를 알아내자 뉴올리언스 국제공항에 근무하는 FAA(미국 연방항공청) 항공 관제사라는 파슨스의 진짜 신분을 밝히는 건 쉬웠다. 파슨스는 결혼해서 세 딸을 뒀고 유죄 판결을 받은 적이 없으며 군대 참전용사도 아니었다. 최강 특전대 출신과 시간제 용병이라는 건 말할 것도 고. 어쩌면 그는 오늘 밤 나타날 수도 있고 나타나지 않을 수도 있다. 피터 윌리 같은 자들은 종종 겁을 먹고 꽁무니를 뺐다. 인터넷상에서는 요란하게 떠들지만 바깥 세상으로 나오면 행동력이 부족했다. 이것이 포식자와 먹이를 구분 짓는 특성임을 존은 알았다.

존은 그 작은 식당에 앉아서 구석 칸막이 자리의 여자 여섯 명이 일어나 나갈 때까지 아이스티를 홀짝거리고 있었다. 마침내 클레롤(머리 염색제의 일종)로 염색한 금발머리에 피부가 울퉁불퉁하고 이동식 주택만큼 엉덩이가 넓고 뚱뚱한 대장격의 여자가 신용카드 위에 계산서를 올려놓왔다. 그 여자들이 우르르 나가자 존은 그들의 자리를 지나쳐 느긋하게 걸어갔다. 그리고 아무도 보고 있지 않다고 확신하자 손 안에 신용카드 영수증을 감추고 주머니에 집어넣었다.

오후 2시가 좀 지났을 뿐이었다. 존은 시간을 때워야 하는 데다, 자신이 브로워드 카운티 도서관에 보낸 작은 러브레터의 의미를 ATF가 이해했는지 궁금했다. 존은 그 이후로 새로운 RDX 출처를 찾기 위해 클라우디우스에서 작업하며 계속 이동 중이었는데, 이쯤 되니 ATF와 FBI 공고에 명시된 자신에 대한 경계경보가 몹시 궁금했다. 그는 자신이 도서관에서 벌인 작은 소란 행위로 인해 10대 지명수배자 명단에 오르진 않겠지만, 전국 현지 사무소에서 경계경보에 대해 떠들어대고 있을 거라고 기대했다. 그런 수군거리는 글들을 읽으면 그의 페니스가 상당히 발기됐다.

존은 그 모순을 비웃었다.

때때로 그는 아주 빌어먹게도 별나서 자기 자신이 놀랄 지경이었다.

존은 형편없는 새우 탓에 팁도 없이 음식 값을 지불하고는 덩치 큰 396에 올라타, 22달러짜리 객실을 얻은 블루 베이유 모텔로 덜커덩거리며 돌아왔다. 방에 들어오자마자 새 아이북의 플러그를 전화선에 꽂아 AOL에 전화를 걸었다. 숙소에 들어오면 대개 그는 클라우디우스에 접속해 소름 끼치는 괴짜들이 자신에 관해 올린 글을 읽고, 때로는 다른 사람인 척까지 해가며 미스터 레드에 관한 힌트를 남기고 자신의 신화적인 지위를 즐기곤 했다. 존 마이클 파울스라든가, 도시 전설이라든가, 팬들이 추종하는 출중한 예술가라든가, 그는 그들이 추어올려주는 지위를 광적으로 좋아했다. 하지만 오늘 밤은 아니었다. 그는 비자카드 전표와 클레롤로 염색한 금발머리의 이름을 이용해 AOL을 통해 인터넷에 접속했다. 그리고 킵 러셀이라는 이름으로 유지 중인 웹사이트 URL 주소를 입력했다. 그 웹사이트는 미네소타 주 로체스터에 서버가 있고 번호로만 식별 가능하며 어떤 검색 엔진에도 등재되어 있지 않았다. 야후!, 알타비스타, 핫봇, 인터넷 익스플로러, 기타 다른 검색 엔진에서도 그 웹사이트를 찾을 수 없었다. 존의 웹사이트는 소프트웨어를 위한 저장시설이었다.

존은 짐을 아주 적게 지니고 가볍게 여행했다. 때로는 이동하면서 추적당할 수 있는 소지품들과 신원을 버렸고, 현금 가방만 가지고 다니기도 했다. 그는 은행계좌도, 신용카드도(훔치거나 임시로 이용하려고 마련한 신용카드를 제외하고는), 부동산도 없었다. 어디서든 현지에서 필요한 물건들을 현금으로 구입했고, 이동할 때 그 물건들을 버렸다. 그가 자주 필요하지만 가지고 다니지 않는 것 중 하나가 소프트웨어였다. 그의 소프트웨어는 없어서는 안 되는 것이었다.

폭탄 제조에 나서기 전 존은 소프트웨어 프로그래머였다. 그는 컴퓨터 시스템을 해킹했다. 다른 해커들과 네트워크를 형성해 폭약에 열중하는 것만큼이나 그 세계에 깊이 빠져 지냈다. 해킹 실력은 폭약 제조 실력만큼 좋지는 않았지만 꽤 쓸 만했다. 로체스터에서 대기 중인 소프트웨어를 이용해 피터 월리 같은 얼간이의 배경을 조사할 수 있었고, 연방기관에서 미스터 레드에 대해 파악하고 있는 정보를 알아낼 수도 있었다. 또, 로체스터의 그 소프트웨어로 FBI 폭탄 데이터센터와 ATF 국립보관소, 국방부의 일부 부서를 비롯해 신용카드 회사, 은행, 전화 시스템, 국가 법집행 기관 통신시설 시스템에 접근할 수 있었다. 일부 국방부 부서에서는 군수품 절도에 대한 보고서를 훑어보기도 했다.

존은 자신의 웹사이트에 접속해 오스카(OSCAR)라는 공격 프로그램과 피위(PEEWEE)라는 복제 프로그램을 내려받았다. 소프트웨어를 내려받는 데 10분이 걸렸다. 그는 미시간 주 칼라마주 시에 있는 뱅크오브아메리카의 한 지점 전화번호로 수동 다이얼을 돌려서 오스카를 이용해 시스템을 해킹했다. 피위는 오스카에 편승해 뱅크오브아메리카 시스템에 일단 들어가면 칼라마주의 뱅크오브아메리카 시스템에서만 존재하는 자유로운 독립체로 자신을 복제했다. 피위는 칼라마주에서 ATF 국립보관소로 전화를 걸었는데, 예측한 대로 암호화된 비밀번호를 요구하는 문에 막혔다. 그런 경우 피위는 문을 공격하기 위해 오스카를 불러왔다. 처음부터 끝까지 이 과정을 마치는 데 2분 12초가 걸렸다. 그 결과 미스터 레드라고도 알려진 존 마이클 파울스는 ATF의 정보 데이터베이스에서 폭탄과 폭파범에 대한 어떤 정보에도 접속할 수 있게 되었다.

존은 늘 그렇듯 혼자 웃으면서 말했다. "더럽게도 식은 죽 먹기네."

최신 정보가 로스앤젤레스에서 입력돼 있어서 존은 놀랐다. 최신 정보의 출처가 마이애미일 줄 알았는데 아니었다.

존은 거의 2년 동안 로스앤젤레스에 간 적이 없었다.

그는 그 정보를 몇 초간 쳐다보며 궁금해하다가 파일을 열었다. 개요를 훑어본 그는 찰리 리지오라는 LA경찰 폭발물처리 수사관이 실버레이크 주차장에서 사망했다는 것을 알았다. 그리고 개요의 마지막 줄에서 핵폭탄에 버금가는 충격을 받고 말았다.

(……) 분석에서는 삼중 폭약으로 된 모덱스 하이브리드의 잔여물이 발견되었다. (……) 초기 증거에서는 범인이 '미스터 레드'로 알려진 신원미상의 폭파범이라고 시사한다.

존은 방을 가로질러 걸어가 벽에 기대선 채 멍하니 있었다. 숨이 거칠어졌고 등이 축축해졌다. 그는 아이북으로 성큼 되돌아갔다.

존은 눈에 화면이 가득 찰 때까지 폭탄의 성분에 눈을 갖다 댔다.

모덱스 하이브리드

그는 잠깐 정신이 나가 자신이 그 폭탄을 만들어놓고 어찌 된 일인지 잊어버렸던 게 아닌가 생각하다가, 그 생각에 낄낄 웃다가 아이북을 방

저편으로 온 힘을 다해 내던졌다. 아이북은 벽에 7센티미터 홈을 내고 떨어져 플라스틱 용기가 산산조각 났다.

"이 후레자식아!"

존 마이클 파울스는 현금 가방을 움켜쥐고 모텔에서 뛰쳐나왔다. 피터 윌리는 오지 않을 사람을 기다리며 스트립쇼 클럽에서 긴긴 밤을 보낼 것이다. 존은 연비가 높은 엔진을 더 세게 밀어붙였다. 두툼한 저급 타이어에서 끼익 소리가 나면서 크고 빨간 SS396은 호수 가장자리를 따라 쏜살같이 질주했다. 존은 잠시 둑길가에 정차해 아이북을 물에 처넣고 공항까지 내내 후레자식처럼 차를 몰았다. 공항에 도착하자 차를 장기주차장에 넣고 차 내부와 문을 구석구석 닦아서 지문을 지우고는 로스앤젤레스행 편도 비행기표를 현찰로 구입했다.

존 마이클 파울스만큼 모텍스 하이브리드의 제작성분을 잘 아는 사람은 아무도 없었다. 폭탄 커뮤니티에서도 그 성분들을 발견하는 방법을 그보다 더 잘 아는 자가 없었다.

존 마이클 파울스는 자원이 있었고 단서가 있었다.

누군가 그의 작품을 훔쳤다. 다시 말해 그의 영광에 끼어들려 하고 있었다.

존 마이클 파울스는 그 행위를 용납하지 않을 작정이었다.

그는 그 개자식을 잡으러 가고 있었다.

Part II

LA가 너무 좋아

존 마이클 파울스는 수중에 2만 6천 달러와 운전면허증 세 장, 신용카드 세 장을 가지고 비행기에서 내렸다. 신용카드 두 장은 면허증의 이름과 일치했다. 존은 스물여덟 살 승무원의 전화번호도 얻어냈다. 사람을 집어삼킬 만큼 깊은 보조개가 파이고 금빛 일몰보다 더 따뜻한 빛으로 선탠한 그 승무원은 맨해튼 비치에 사는 페니라는 이름의 여자였다.

로스앤젤레스에 와 있는 것만으로도 존은 미소가 나왔다.

그는 건조하고 화창한 날씨와 야자수나무들, 노출이 심한 멋진 몸매의 귀여운 아가씨들, 대범한 사람들, 매끄러운 자동차들, 부에 대한 갈망, 지긋지긋한 영화배우들, 망할 놈의 전 지역이 아주 크고 평평하고 지옥까지 뻗어 있다는 점, 라브레아 타르피트 공원, 뜨거운 개들을 파는 것 같은 핫도그 가판대, 저 빌어먹을 산을 가로질러 펼쳐진 거드름 피우는 할리우드 표지판, 지진, 폭풍처럼 번지는 불길, 선셋 스트립의 펑키한 클럽, 초밥, 갈색 선탠, 멕시코인들, 아이오와 사람들로 가득한 관광버스, 반짝거리는 수영장, 바다, 아널드 슈워제네거, 사십대 갱단들, 디즈니랜드를 아주 좋아했다.

이곳은 대량 파괴를 위한 최적의 장소였다.

그는 우선 허츠(렌터카 회사)에서 컨버터블을 임대한 다음 셔츠를 벗어 젖히고 선글라스를 낀 채 세풀베다 대로 위를 기분 좋게 천천히 달렸다. 이제 흥분이 가라앉았고 광기가 지나갔다. 이제는 냉철히 계산해 맹렬히 복수할 때였다. 미스터 레드가 왔다.

그는 시골 무지렁이 행색은 그만두고 흑인 모습을 흉내 냈다. 그는 흑인인 척 구는 백인 남자들을 좋아했다. 겉은 하얗고 속은 검게. 어이, 형씨, 뭐야? LA는 흑인인 척하기에 최적의 장소였다. 모두 실제로는 아니면서 항상 다른 사람인 척하고 있었다.

존은 베니스 해안 두 블록 위쪽의 한 중고가게에서 특대 사이즈의 옷을 사고, 새 아이북과 필요한 물건들을 산 다음 플라밍고 암스라는 작은 모텔에 방을 잡았다. 방에서는 외국인들 냄새가 났다. 존은 머리를 빡빡 밀고 가짜 금팔찌를 두르고 인터넷에 접속했다. 이번에는 굳이 NLETS를 해킹하지 않고 실버레이크 폭탄에 대한 뉴스 기사를 검색해 세 건을 찾았다. 처음 두 기사는 거의 같은 내용을 다루고 있었다. LA경찰 폭발물처리반에서 의심스러운 소포를 조사하기 위해 출동했는데, 6년 경력의 베테랑인 34세의 폭발물처리 수사관 찰리 리지오가 소포 폭발 시 사망했다는 내용이었다. 어떤 기사에서도 폭탄에 관한 세부사항이 나오지 않았다. 다만, 수사 지휘관인 캐롤 스타키라는 여형사의 말을 빌어, "대충 형편없이 만든 폭탄"이며 "유치한 자"의 소행으로 간주한다고 씌어 있었다. 존은 그 기사를 읽고 웃었다. 그는 ATF에서 자신을 의심하고 있으며, 따라서 LA경찰도 자신을 의심하리라는 것을 알았다.

"이 멍청한 년이 날 갖고 놀려고 하고 있어."

존은 관련기사로 다룬 세 번째 이야기가 특히 흥미로웠다. 스타키 형사는 폭발에 휘말릴 때까지 한때 폭발물처리 수사관이었다고 나와 있었다.

당시 그녀는 실제로 죽었지만 현장에서 되살아났다고 했다. 존은 그 사실에 매료되었다. 현장에서 찍힌 스타키와 다른 경찰관들의 사진이 있었지만 작은 데다 해상도도 안 좋았다. 존은 스타키를 쳐다보다가 흐릿함에 묻힌 그녀를 꿰뚫어 보려는 듯 화면을 만졌다.

"저런."

마지막 문단에서 스타키는 리지오의 죽음에 대한 책임이 있는 자를 잡겠다고 맹세하고 있었다.

존은 그 말에 웃었다.

"내가 먼저 그 후레자식을 찾지 않는다면 말이지."

존은 뉴스 기사들을 치워버리고 전화번호와 이메일 주소, 그 밖의 목록을 보기 위해 로체스터의 자기 웹사이트로 갔다. 그는 클래런스 제스터라고 알고 있는 베니스에 사는 한 남자의 전화번호를 복사했다. 현재 작은 전당포를 운영하고 있는 클래런스는 방화범이기도 했다. 나이는 오십대 후반인데, 방화 혐의로 12년간 연방 감옥에서 복역했고 정신과를 들락날락하며 치료를 받았다. 그의 취미는 유기견 보호소에서 개들을 입양해 휘발유를 흠뻑 부어 개들이 불타는 광경을 지켜보는 것이었다. 지금까지 존은 그를 폭탄 커뮤니티 내 사람들에 대한 최고의 정보 출처라고 여겼다.

"클래런스. 이봐, 리로이 아브라모비치야. 나 LA에 와 있어."

"응?"

클래런스 제스터는 편집증 환자답게 조심스럽게 주저하면서 응대했다. 과연 그다웠다.

"거기 들러서 작은 거래를 할까 하는데. 괜찮겠어?"

"괜찮은 것 같아."

존은 얼른 가고 싶어 안달이 났다. 하지만 허기를 참을 수 없어 가는 길에 빅카후나 햄버거를 게눈 감추듯 먹어치우고 클래런스의 전당포로 어슬렁 걸어갔다.

클래런스 제스터는 신경과민의 키 작은 남자로 머리가 심하게 빠져 있었다. 그는 자신이 세균에 아주 민감하다며 악수를 하지 않으려 했다.

"이봐, 클래런스. 산책이나 가지."

그를 맞을 준비를 하고 있었던 클래런스는 아무 말 없이 가게 문을 닫았다.

밖에서 클래런스는 그를 주의 깊게 쳐다보았다.

"달라 보이는군."

"흑인 흉내를 냈지. 누구나 다 그렇게 하고 있어."

"음."

거래는 항상 밖에서 이루어졌다. 존은 클래런스가 고객들을 복역기간과 맞바꾼다면 더없이 기뻐하리란 것을 알고 있었다. 이전에도 두 번 존은 클래런스에게 피크린산암모늄을 샀다. 클래런스는 방화범이면서 폭약과 극단적인 포르노물, 반자동 개인화기를 사고파는 사람이었다. 존은 자신의 폭탄을 복제한 자가 누구든 그들만의 모덱스 하이브리드를 혼합해야 한다는 사실을 알고 있었다. 다시 말해 그들이 RDX를 구해야 했다는 의미였다.

"클래런스, RDX를 좀 찾고 있는데 도와주겠어?"

"하."

"이봐, '하'가 무슨 뜻이야?"

"자네 말은 흑인처럼 안 들려. 깜둥이 말을 지껄이려는 백인처럼 들려."

"RDX에 집중해, 클래런스. 내게 그 정도 예의는 보여줘."

"RDX는 어디에도 없어. 한때 2년마다 RDX를 좀 보긴 했는데, 그게 다야. 하지만 TNT와 PETN(펜타에리트리톨 테트라니트레이트. 고성능 폭약으로 충격과 열에 민감하게 반응한다)은 좀 있어. 그 PETN이면 자네 엉덩이를 날려버릴걸."

클래런스는 그 말을 하면서 손가락으로 입을 비비며 말을 웅얼거렸다.

그는 아마도 존이 도청장치를 하고 있다고 생각했을 것이다.

"RDX가 아니면 안 돼."

"그건 도와줄 수 없어."

"당신은 할 수 있어. 누군가 있을 거야. 이런 제기랄. 당신은 좆같은 엉덩이 틈 사이에 살고 있는 게 아니잖아. 여긴 LA라고. 여기서 빌어먹을 것들을 다 구했잖아."

초록색 데이글로 비키니를 입고 헤드폰을 찬 소녀가 롤러블레이드를 타고 지나갔다. 소녀는 바지 위로 솟아오르는 태양 모양의 문신을 하고 있었고, 노란 코커스패니얼 개를 맨 가죽끈을 쥐고 있었다. 존은 클래런스가 그 개를 주시하는 것을 알아차렸다.

"길만 알려줘, 클래런스. 내가 찾는 걸 구하게 되면 중개 수수료를 사례금으로 줄게. 당신에게 아무 영향도 없을 거야."

개가 모퉁이로 사라졌다.

"RDX가 생각나고 있어."

"거봐, 나오잖아."

"흥분하긴 아직 일러. 내가 찾기 힘들다고 말할 땐 진짜 찾기 힘들다는 거야. 불과 몇 년 전에 차를 폭발해서 잡힌 놈이 북부에 있었어. 그가 RDX를 사용하고 있었지. 잘하면 그와 접촉하게 해줄 수 있을 거야."

존은 흥분하기 시작했다. 연줄이 연줄을 낳는 법이었다.

"당신 고객인가?"

"그가 나한테 RDX를 구하지는 않았어. 그건 말해두지."

클래런스는 댈러스 테넌트라는 남자에 대해 이야기하며 현재 복역 중이라고 말을 이었다. 존은 교도소 부분에서 짜증이 나서 그의 말을 가로막았다.

"잠깐만. 그가 빌어먹을 감옥에 있는데 도대체 무슨 도움이 된다는 거야?"

"클라우디우스에서 그와 이야기할 수 있어."

"감옥에서?"

"헛소리 같지. 내가 감옥에서 지내면서 한 일을 믿지 못할걸. 이봐, 어찌 된 일인지 그자한테 RDX가 충분히 있어서 차량 세 대를 폭파할 수 있었어. 그자가 자네를 돕지 못한다면 아마 도와줄 수 있는 다른 사람을 연결시켜줄 거야."

짜증이 사라지고 존은 다시 흥분하기 시작했다. 이것이 그가 뉴올리언스에서 올라오면서 머릿속으로 그렸던 일의 수순이었다. 그는 스타키 형사가 RDX를 역추적할 정도로 똑똑한지 궁금했다. 그들의 길이 교차할지 여부도.

"테넌트의 아이디를 아나?"

"돌아가면 내 컴퓨터에 있어. 클라우디우스에 들어가는 방법은 아나?"

"알아."

존은 클래런스가 그저 움찔하는 걸 보려고 그의 등을 손바닥으로 탁 쳤다.

"고마워, 클래런스."

"나에게 손대지 마. 안 좋아한다고."

"미안."

"어이, 여기서 우리 사이에 도는 엄청난 소문 들었어?"

"아니, 무슨 소문?"

"미스터 레드가 여기 왔어. 사람들 말로는 그가 실버레이크에서 어떤 경찰을 폭발시켰다던데."

존이 다시 클래런스 제스터의 등을 탁 치는 바람에 그의 기분은 엉망이 됐다.

아타스카데로

남아 있던 한 수감자가 도서관을 나가자 댈러스 테넌트는 책상에서 잡지와 책을 챙겨서 손수레에 쌓았다. 도서관은 그다지 크지 않았고 책상이 여섯 개뿐이었지만 최신 책들이 들어왔고 분야도 다양했다. 아타스카데로에 수감돼 있는 백만장자들이 후하게 기증해준 덕에 도서관에는 수감자들이 읽을거리가 넉넉했다. 아타스카데로 도서관은 캘리포니아 주립 교도소 시스템 중에서 부러움의 대상이었다.

도서관을 관리하는 민간인 직원 라일리 씨가 사무실 불을 껐다. 그는 퇴직한 고등학교 역사 교사였다.

"일은 거의 끝났나, 테넌트?"

"이 책들만 넣고 나서 책들 위의 먼지를 털면 돼요. 오래 걸리지 않을 거예요."

라일리 씨는 사무실 문 앞에서 머뭇거렸다. 수감자 직원을 혼자 두고 가는 게 규율 위반은 아니지만 그는 결코 마음이 편치 않았다.

"그럼 내가 좀더 있어야겠네."

테넌트는 상냥하게 웃었다. 앞서 테넌트는, 아들 부부가 저녁식사에 오기로 했다는 라일리 씨의 말을 엿들었다. 라일리 씨는 분명 얼른 퇴근하고 싶어 안달일 것이다.

"오, 괜찮아요, 라일리 씨. 오늘 저 새책 상자를 받았잖아요. 오늘 밤에 그 책들을 컴퓨터에 입력하려고요. 그래야 내일 책장에 책을 다시 꽂을 여유가 있을 것 같아서요. 생각보다 늦게까지 여기 있어야 할지 모르겠어요."

"그럼 9시에 문이 닫힐 때까지만. 자네는 9시까지 의무실에 가야 해. 아니면 자네를 찾으러 올 거야."

아타스카데로의 수감자들은 막대한 자유를 누렸지만 여전히 감독 하에

226

있었다. 예를 들어, 테넌트는 도서관에서 늦게까지 일할 수 있지만 밤마다 의무실에 들러 약을 복용해야 했다. 그가 밤 9시까지 의무실에 도착해 보고하지 않으면 간호사가 근무 교도관에게 알려서 그를 찾기 시작할 것이다.

"알고 있어요, 선생님. 갈게요. 교도관에게 제가 선생님 사무실에 있을 거라고 말 좀 전해주세요. 지나가다 사무실 안에서 저를 볼 경우에 대비해서요."

"전하지. 좋은 저녁 시간 보내게, 테넌트."

"선생님도요."

라일리 씨는 더 꾸물거리지 않았다. 퇴근할 때면 늘 그렇듯 테넌트에게 수고했다며 감사인사를 하고 떠났다.

댈러스 테넌트는 착한 아이였다. 항상 착했고 아타스카데로에서조차 여전히 착했다. 그는 공손하고 예의 바르고 차분했다. 또한 똑똑한 아이였다. 화학물질을 섞어 복잡한 폭탄을 만들어낼 뿐만 아니라 다른 사람들을 조종할 정도로 아주 똑똑했다.

테넌트는 아타스카데로에 오자마자 주방 일에 배치되었다. 덕분에 베이킹소다와 성냥꼭지들을 얻어냈을 뿐 아니라 간식을 무제한 공급받았다. 그는 청소 팀에서 일하는 수감자에게 간식을 주고 특정 청소용품을 얻어냈다. 그 청소용품을 주방에서 빼돌린 물건들과 섞자 작고도 멋진 폭약이 만들어졌다.

그런데 그는 사소한 사고로 엄지손가락을 잃는 바람에 그 일자리가 주는 기회를 망쳐버렸다. 화학 제품이 있는 곳은 어디나 접근이 금지되었다. 하지만 이 도서관 일도 다른 종류의 일에 접근하는 것만큼이나 괜찮았다.

주방 출입이 금지당하고 청소 임무가 금지된 처분이 아이러니했던 이유는, 테넌트가 교도소 내에서 발견한 물품들로 그 특정 폭약을 만들지는 않았기 때문이었다. 그는 외부의 사람과 거래해서 그 폭약의 재료를 얻었었다.

테넌트는 엄지손가락을 잃긴 했지만 그 일을 떠올리며 여전히 웃었다. 어떤 일들은 사소한 희생을 치를 가치가 있었다.

테넌트는 나머지 잡지와 책을 치웠지만 제자리를 찾아 꽂아놓지는 않았다. 그는 복도로 나와 라일리 씨가 간 것을 확인하고 시계를 보았다. 교도관이 테넌트가 지정 장소에 있는지 알아보기 위해 약 20분 후에 올 것이다. 테넌트는 라일리 씨의 사무실로 들어가 교도관의 눈에 띄도록 책상자를 열어놓고, 라일리 씨의 파일 캐비닛 뒤에 숨겨둔 소프트웨어 디스켓을 찾아냈다. 현대적 교도 시설이 갖추어진 아타스카데로는 인터넷을 통해 캘리포니아 교도소 시스템에 연결되어 있었지만, 재소자들이 접근 가능한 컴퓨터에는 인터넷 소프트웨어의 설치가 금지돼 있었다. 인터넷 소프트웨어는 관리직원들의 보안 사무기기와 컴퓨터에 별도로 설치되어 있었다.

테넌트는 임대 수익에서 매달 변호사에게 비용을 지불하기로 하고 자신의 소프트웨어를 손에 넣었다.

그는 라일리 씨의 하드드라이버에 소프트웨어를 로딩하고 전화선에 모뎀을 연결해 접속했다. 나중에 작업을 다 마치고 소프트웨어를 삭제하면 라일리 씨는 감쪽같이 모를 것이다.

잠시 후에 댈러스 테넌트는 다시 '집'으로 왔다.

클라우디우스에 왔다.

클라우디우스는 테넌트가 유일하게 안락함을 느끼는 장소였다. 사람들이 그를 조롱하거나 재단하지 않고 자기들과 비슷한 종족으로 포용해주는 익명의 세계였다. 그의 친구들은 모두 이곳에 있었다. 그 친구들은 그가 공개 구역에서 글을 나누고 비밀 대화방에서 자주 수다를 떨었던 익명의 아이디들이었다. 그의 인스턴트 메시지 목록을 보니 현재 여러 명이 접속 중이었다. 테넌트가 보기에는 항상 틀린 내용의 복잡한 화학공식을 즐겨 올리는 애시드러쉬(ACDRUSH), 테넌트와 함께 미스터 레드를 존경하는 메이어2(MEYER2), 몇몇 소소한 개선으로 오클라호마 시 폭탄의 폭발력을 40퍼센트 더 증대시키는 방법에 관한 14페이지짜리 논문을 쓴 랫보이(RATBOY), 시어도어 카진스키가 유나바머가 아니라고 믿는 데드티드(DEDTED)가 그 친구들이었다.

테넌트는 '부머(BOOMER)'라는 이름으로 글을 올렸다.

그는 조심스럽게 교도관의 눈을 피해, 미스터 레드의 로스앤젤레스 출현에 관해 자신이 만든 게시판 스레드를 훑어보았다. 그가 추가로 글을 쓰고 있을 때 화면에 메시지 창이 나타났다.

네오(NEO)의 메시지를 수락하시겠습니까?

테넌트는 '네오'를 알지 못했다. 어떤 사람일까 궁금하여 수락 버튼을 클릭하자 인스턴트 메시지 창이 열렸다.

네오: 자네는 날 모르지만 난 자네를 알아.

테넌트는 교도관이 곧 올 시간이라 불안한 눈으로 복도 쪽을 흘깃 바라보았다. 온라인에 접속할 수 있는 시간은 짧았다. 그가 대답을 입력했다.

부머: 누구세요?

네오의 대답이 곧 돌아왔다.

네오: 자네가 RDX를 사용한 걸 존경하는 사람이지. 그 이야기를 하고 싶어.

클라우디우스에서는 가끔 법집행기관 요원들이 미끼를 던져 접속자들을 함정에 빠트림으로써 유죄가 입증되는 말을 하도록 유도하곤 했다. 종종 이런 일이 있다는 것을 테넌트는 물론 클라우디우스에 상주하는 모든 사람이 알고 있었다. 테넌트는 안전한 대화방 밖에서는 유죄가 입증되는 어떤 메시지도 올리지 않도록 주의했다.

부머: 그럼 이만.
네오: 잠깐! 자넨 날 만나고 싶어 하잖아, 테넌트. 오늘 밤 다른 사람들은 꿈만 꾸던 기회를 자네에게 줄게.

테넌트는 자신의 본명이 불리자 공포가 확 밀려왔다.

부머: 내 이름을 어떻게 알죠?
네오: 난 많은 걸 알고 있어.
부머: 스스로를 대단하게 생각하나 봐요.
네오: 자네가 날 대단하게 생각하지, 테넌트. 나에 대해서 글을 많이 올렸잖아. 대화방으로 와.

테넌트는 망설였지만 '대화방'이란 말이 모든 것을 바꿔놓았다. 네오에게 대화방 열쇠가 있다면 누군가 그를 보장했다는 뜻이다. 그는 이 불확실한 세계에서 더할 나위 없이 안전했다.

부머: 열쇠가 있나요?
네오: 있어. 지금 대화방에 있어. 기다리고 있어.

테넌트는 자신의 열쇠를 이용해 대화방 창을 열었다. 네오를 제외하고는 아무도 없었다.

부머: 누구세요?

네오: 나 미스터 레드야. 자네는 내가 원하는 걸 갖고 있지, 테넌트. 정보 말이야.

테넌트는 '미스터 레드'라는 이름을 주시했다. 믿지 못하겠다는 듯이…… 믿지 않으면서…… 희망에 차서…….

그리고 그는 입력했다.

부머: 거래하고 싶은 게 뭐죠?

9

그날 밤 스타키는 집에 들어서자마자, 자신의 집으로 오겠다던 펠의 말에 동의한 것을 후회했다. 그녀는 바닥에서 잡지와 신문을 재빨리 주워 올렸다. 중국음식 상자를 치우고는 냄새가 남아 있을까 봐 조바심을 쳤다. 마지막으로 부엌과 욕실을 청소한 게 언제인지 떠올려보았지만 기억이 나지 않았다. 집에는 진과 토닉, 수돗물을 제외하고는 음료수가 전혀 없었다. 텔레비전 위에 쌓인 먼지에는 이름을 쓸 수 있을 정도였다. 그녀는 재빨리 샤워를 하고 청바지와 검은색 티셔츠를 입고 썩 내키지 않은 기분으로 집 안을 정리했다. 집에 마지막으로 온 손님은 딕 레이턴으로, 거의 1년 전의 일이었다. 레이턴은 그녀가 어떻게 지내는지 보려고 들러서는 음료수만 한 잔 마시고 갔다.

정말 자네 삶을 살아야 해, 스타키. 어쩌면 베스트바이(미국의 유명한 전자제품 유통업체)에서 그 삶이라는 걸 팔지도 모르겠군.

켈소가 어떻게 생각하든 스타키는 수사에 대한 느낌이 좋았다. 마이애미 폭탄을 직접 만져본 게 도움이 됐다. 그 폭탄은 구체적이고 실제적이

232

어서 직접 만져보지 않았더라면 알지 못했을 실버레이크 폭탄에 대한 새로운 사실을 일깨워주었다. 켈소를 비롯한 다른 사람들은 그 점을 보지 못할지 모르지만, 스타키는 폭발물처리 수사관이었다. 그녀는 조각들이 조금씩 늘어났다고 믿었다. 이제 또 다른 조각을 얻었다. 그녀는 클라우디우스에서 뭔가 쓸 만한 얘기가 나왔을지 몹시 기대됐고, 포스트프로덕션 회사에서 들어온 후커의 보고에 고무되었다. 또한 댈러스 테넌트에게서 얻을 수 있는 게 더 있을 것 같았다.

스타키는 두 사람이 일하기엔 식탁이 가장 적절할 것 같아서 식탁에 노트북을 설치했다. 노트북 플러그를 꽂아 전원을 켰을 때 펠의 차가 진입로로 들어오는 소리가 들렸다.

문을 열었더니 펠은 피자와 흰 봉지를 들고 있었다.

"저녁 시간이라 뭐 좀 챙겨 왔어요. 피자와 전채요리예요. 당신이 괜히 무슨 요리를 해둔 건 아닌가 모르겠네요."

"아니 이런, 오리를 구웠는데 어쩌죠?"

"전화를 미리 할 걸 그랬군요."

"펠, 농담이에요. 참치캔과 토틸라칩이 내 주된 저녁거리예요. 오늘은 정말 성대한 식사를 하겠네요."

그녀는 그에게 음식을 받아 부엌으로 가져왔다. 그런데 음료가 전혀 없어서 아까보다 두 배로 당황스러웠다. 깨끗한 접시가 있는지조차 확신할 수 없었다.

"진토닉 마시지 않죠?"

"진 빼고 토닉이라면 괜찮을 거예요. 컴퓨터는 어디 있죠?"

"식탁에 있어요. 거기로 들어가면 돼요. 식사 먼저 할래요?"

"일하면서 먹어도 돼요."

스타키는 그가 일을 얼른 끝내고 가고 싶은 모양이라고 생각했다. 유리잔에 얼룩이 묻어 있었지만 그녀는 그가 알아차리지 못하길 바라며 두 개

233

의 유리잔에 얼음과 토닉을 채웠다. 자신의 잔에는 진을 넣고 싶은 충동이 들었지만 참았다.

그녀가 몸을 돌려 유리잔을 건넸을 때 그는 그녀를 지켜보고 있었다.

"당신이 뭘 좋아하는지 몰라서 반은 채소, 반은 페퍼로니와 소시지로 갖고 왔어요."

"어느 쪽이든 괜찮아요. 고마워요, 배려해줘서."

자신의 입에서 나온 말을 곱씹으며 그녀는 혼자 투덜거렸다. 두 사람은 마치 어색한 첫 데이트에 나온 사회부적응자 한 쌍처럼 말을 나누고 있었다. 그녀는 자신에게 데이트가 아니라 일을 하는 거라고 상기시켰다. 그녀는 데이트를 하지 않았다. 그녀는 여전히 베스트바이에 가서 삶을 골라와야 했다.

접시와 은식기류를 꺼내면서 그녀는 그에게 접합 테이프에 대해 알게 된 사실을 말하려다가 그만두었다. 아무래도 재니스 브록웰의 연락이 올 때까지 기다리는 게 좋겠다. 그때가 돼야 가치 있는 단서인지 아닌지 알게 될 거야, 라고 혼잣말을 했지만, 마음 한구석에서는 펠이 켈소처럼 자신의 발견을 묵살하는 반응을 보이지 않을까 염려됐다.

두 사람은 전채요리와 피자를 각자의 접시에 나눠 담고 잔과 함께 식탁으로 들고 왔다. 그들은 버겐의 사무실에서처럼 두 의자를 나란히 놓고 앉았다. 스타키는 곧 클라우디우스에 접속했다. 그녀는 옆에 있는 그가 의식되어서 불편하게 앉아 있다가 의자를 조금씩 옆으로 떨어트렸다.

"식사를 먼저 하는 게 좋겠어요. 그래야 키보드에 기름이 묻지 않죠."

"키보드는 걱정 마세요. 난 누가 답글을 올렸는지 얼른 보고 싶어요."

스타키는 그의 곁으로 다시 의자를 옮겼고, 두 사람은 클라우디우스행 문을 열었다.

버겐과 함께 그들은 메시지를 세 개 올렸었다. 두 개는 미스터 레드에 대한 열렬한 존경을 피력한 메시지였고, 다른 하나는 미스터 레드가 로스앤젤레스에서 다시 공격했다는 소문이 사실인지 묻는 메시지였다. 이 마지막 메시지에는 여러 답글이 달려 있었다. 그중 하나는 〈LA 타임스〉의 기사를 복사한 글이었다. 하지만 대부분의 답글은 최근 마이애미에서 저지른 그의 폭발 범죄와 높아지는 '도시의 전설'로서의 지위를 언급하면서 미스터 레드의 출현을 의심하는 내용이었다. 게시판에 글을 올린 한 사람은 미스터 레드가 미국 내 모든 데니스(미국 레스토랑 체인업체)에서 일하는 모습을 보게 될 거라고 암시하면서 레드를 엘비스에 비유했다.

스타키는 마우스를 움직여 메시지에서 메시지로 이동하면서 글을 읽었다. 매번 펠이 투덜거리는 반응을 듣고 나서야 다음 메시지를 클릭했다. 그녀는 이 게시판 글의 특이한 성향에 집중하느라 펠을 점점 덜 의식하게 됐다. 그러다 어느 순간 그가 그녀 쪽으로 손을 뻗어 마우스를 잡았다.

"잠깐만요! 마지막 글을 다시 읽고 싶은데."

그의 손이 자신의 손을 덮는 순간 그녀는 몸에 전기가 흐르는 듯했다. 반사적으로 그에게서 몸을 뗀 그녀는 당황해서 저절로 얼굴이 붉어졌다. 그녀는 마우스를 다시 잡고 질문을 하면서 이 상황을 수습했다.

"뭘 봤어요?"

"이걸 읽어봐요."

Subject: Re: 진실 또는 결과
From: AM7TAL
Message-ID: 〉9777721.04@selfnet〈

〉〉 소문에 대한 진실? 〈〈

내 정보통이 알려오길 그분께서 최근 남부 플로리다에서 쑥대밭을 만드셨다는데. 이건 확인된 정보야. 이때까지의 전력으로 보아 그분께서는 다른 일을 하시기 전에 한동안 기다리실 거야. 현실은 아무도 오전에 모덱스를 싸지르지 않는 다는 거지. 누구, 팔려고 내놓은 사람 없나?

하하, 농담 한번 했어. 연방 후레자식들아!

_Am7

스타키는 그 메시지를 다시 읽었다.

"이자가 미스터 레드라고 생각해요?"

"아니. 이자는 모덱스 사는 일로 농담하고 있어요. 미스터 레드는 직접 모덱스를 혼합하니까 아니죠. 레드가 모덱스를 사지는 않겠지만 성분은 사려고 할 겁니다. 우리가 농담을 늘어놓으면서 이 남자에게 답글을 올리 는 게 어때요? 모덱스는 없지만 RDX는 좀 있으니 당신을 도와줄 수 있겠 다는 식으로요."

"물속에 미끼를 놓자는 말이군요."

"레드에게, 그리고 이 글을 읽는 다른 자들에게도요."

펠이 자기 앞으로 키보드를 당겼다. 그 순간 그의 무릎이 그녀의 무릎 을 스쳤고 그의 오른팔이 그녀의 왼팔을 스쳤다. 스타키는 이번에는 확 물러나는 대신 서로 닿게 내버려뒀다. 그녀는 펠을 힐끗 봤지만 펠은 메 시지 작성에 정신이 팔려 있는 모양이었다. 어느새 그녀의 머릿속에 그림 이 그려지고 있었다. 그녀가 그의 팔을 만지고 서로 눈을 맞추고 키스한다. 그 생각에 심장이 두근거렸다. 그녀가 그의 손을 잡고 그를 침대로 이끌고, 그가 그녀의 상처를 본다.

스타키는 속이 메슥거렸지만 곧 괜찮아졌다.

나는 아직 이런 일에 준비가 되어 있지 않아.

그녀는 피자를 쳐다봤지만 먹을 수 없었다.

펠은 아무것도 모른 채 말했다.
"어떤 것 같아요?"

Subject: Re: 진실 또는 결과
From: 핫로드
Message-ID: 〉5521721.04@treenet〈

〉〉 아무도 오전에 모덱스를 싸지르지 않는다는 거지. 누구, 팔려고 내놓은 사람
없나? 〈〈

RDX는 최고의 완화제야! 적당한 가격이면 나눌 용의가 있을지도 모르지. 하하
여러분!

_핫로드

"괜찮은 것 같아요."
스타키는 주위를 둘러보다가 그가 눈을 비비고 가늘게 뜨는 모습을 보
았다.
"괜찮아요?"
"곧 독서용 안경이 필요할 것 같아요. 그다음에는 지팡이가."
"안약이 좀 있는데 드릴까요?"
"괜찮아요."
그들은 메시지를 올렸다.
"다른 건요?"
"그냥 두고 봐야 할 것 같아요."
펠이 노트북을 닫았다.

"내가 이래라저래라 한다는 생각이 들게 하고 싶지는 않지만, 당신이 NLETS에 RDX를 다시 검색해보는 게 어때요? 테넌트 외에 다른 자에 대한 단서가 나올지도 모르니까요."

"이미 했는데 없었어요. 유일하게 떠오른 이름이 테넌트예요."

"이미 그에게서 얻어낼 건 다 얻었잖아요."

"테넌트에게라면 그럴지도 모르죠. 하지만 테넌트의 사건에서는 아니에요."

"그게 무슨 말이죠?"

"뮬러의 사건 수사기록을 다시 읽어봤어요. 뮬러가 자신의 사건을 성립하기 위해서 테넌트의 작업장이나 추가 폭약을 찾을 필요가 없었던 게 분명해요. 그래서 많은 사항을 소홀히 했어요. 면담 기록을 보면 그가 테넌트의 집주인 여자나 고용주에게 많이 알아보지 않은 것을 알 수 있어요. 테넌트가 파괴한 차량 세 대의 사진과 그 차들을 훔친 녀석의 진술만이 뮬러에게 필요한 전부였어요. 뮬러가 다른 증인들을 날려버린 거라면 여전히 찾을 게 있을지 모르죠."

"좋은 생각이에요, 스타키. 성과를 올릴 수 있을 거예요."

스타키는 자신이 그에게 웃고 있고 그도 마주 웃어주고 있다는 것을 깨달았다. 집은 조용했다. 컴퓨터 전원이 꺼져 있어서 자신과 펠이 단둘이 있다는 게 더 의식되었다. 그녀는 펠도 같은 기분인지 궁금해하다가 문득 텔레비전이나 라디오, 차 경적 같은 소리가 끼어들면 좋겠다는 생각이 들었다. 하지만 이곳에는 둘뿐이었고, 그녀는 이 상황을 어찌해야 할지 알 수 없었다.

그녀는 갑자기 접시를 치워서 부엌으로 가져갔다.

"피자, 다시 한 번 고마워요. 다음에는 내가 살게요."

그녀는 싱크대에 접시를 내려놓고 식탁으로 돌아왔다. 하지만 의자에 앉지는 않았다. 그에게 토닉을 더 권하지도 않았다. 이제 그만 가라는 자신의 신호가 전해지길 바랐다. 펠은 할 말이 있는 것 같았지만 그녀는 그에게 기회를 주지 않았다. 주머니에 손을 찔러 넣고 있을 뿐이었다.

"그럼 내일 다시 확인해야 할 것 같아요. 그 일로 전화할게요."

마침내 펠이 일어섰다. 그녀는 그에게 문을 열어주고 뒤로 물러섰다.

"또 봐요, 펠. 우리가 그놈을 잡을 거예요."

"잘 있어요, 스타키."

그가 나가자마자 스타키는 문을 닫았다. 그녀는 문이 닫혔는데도 기분이 좋아지지 않았다. 자신이 바보 같고 머릿속이 혼란스러웠다. 침대에 누워서도 계속 같은 기분이었다. 그녀는 어둠 속 천장을 바라보면서, 자신이 마음의 갈피를 잡지 못하는 이유를 생각해보았다. 그녀는 일이 전부였다. 수사가 자신의 전부였다. 그게 지난 3년 동안 자신의 삶이었다. 그건 앞으로도 죽 그럴 것이었다.

펠

호텔에서 괴물들이 튀어나왔을 때 펠은 컴퓨터를 쳐다보고 있었다. 괴물들은 반딧불이가 몰려들듯 꿈틀거리는 절지동물처럼 키보드에서 튀어나와 허공을 떠다녔다. 그는 눈을 감았지만 여전히 어둠 속에 떠다니는 괴물들을 볼 수 있었다. 결국 욕실로 비틀거리며 걸어가 여전히 화장실에 있는 얼음과 타월을 가져와서는 침대에 누워 얼굴에 차가운 타월을 댔다. 두통이 너무 심해서 숨을 헐떡였고 두려움에 몸을 떨었다.

그는 스타키에게 전화하고 싶었다.

하지만 그 생각을 했다는 이유로 자신을 욕했고, 그대로 누운 채 고통에 집중했다. 창밖으로 퇴근 차량들의 소리가 들렸다. 브레이크를 끼익 밟는 소리, 회전 속도가 올라가며 엔진이 윙 울리는 소리, 과적 트럭이 으르렁거리는 소리가 들렸다. 도시의 중압감에서 빠져나와 상류로 거슬러 올라가는 차들이 가다 서다를 반복하고 있었다. 그는 마치 지옥의 가장자리에 와 있는 것 같았다.

그는 그녀를 알아가고 있었다. 그녀를 안다는 것은 안 좋았다. 함께 있을 때마다 그는 그녀의 좀더 어두운 면을 발견하며 놀랐고, 그 때문에 죄책감이 늘고 있었다. 그는 사람들을 읽는 데, 비밀스럽게 숨겨진 모든 사람의 진짜 얼굴을 보는 데 너무나 능숙했다. 펠은 아주 오래전에 모든 사람이 실제로는 각기 두 사람임을 알았다. 타인에게 보여지는 한 사람과 그 안에 숨어 있는 비밀스러운 또 한 사람이었다. 펠은 비밀스러운 사람을 언제나 읽을 수 있었다. 단단한 쿠키 같은 스타키의 외면 안에 있는 비밀스러운 사람은 애써 용감해지려는 작은 소녀였다. 작은 소녀는 전사의 심장이 있어서 자신의 삶과 경력을 새로 세우려고 하고 있었다. 그는 그녀를 좋아한다는 것을 확신할 수 없었다. 그녀가 자신을 좋아한다는 것을 확신할 수 없었다. 확신할 수 없어서 괴로웠고 불확실성이 점점 커지고 있었다.

하지만 할 수 있는 일이 없었다.

잠시 후 고통이 지나가고 시야가 밝아졌다. 펠은 시계를 흘깃 보았다. 한 시간이나 지나 있었다. 펠은 손으로 얼굴을 덮었다. 5분, 어쩌면 10분이겠지. 한 시간일 리 없다.

그는 침대에서 내려와 다시 컴퓨터로 갔다. 화염에 휩싸인 머리가 화면에서 그를 쳐다보았다. 펠은 스타키에게 느꼈던 죄책감을 한쪽으로 치우고 클라우디우스로 가는 문을 열었다. 그녀의 이름이 폭탄에 있었다. 미스터 레드는 그녀를 원한다. 그는 그 사실을 이용할 것이다.

펠은 스타키가 모르는 다른 아이디를 이용해 그녀에 대한 글을 쓰기 시작했다.

10

다음 날 아침 스타키는 여느 날처럼 가장 먼저 출근했다. 그녀는 뮬러가 오전 6시에 사무실에 와 있지는 않을 거라 생각하고 서류 작업을 하면서 시간을 보냈다. 후커는 7시 5분에 도착했고, 마직은 약 20분 후에 스타벅스를 들고 어슬렁거리며 나타났다.

스타키가 흘깃 봤을 때 마직은 서류가방을 내려놓고 있었다.

"국장보님과 함께한 회의는 어땠어요?"

"수사를 계속하라고 하셨어. 그게 국장보님 의견이었어."

마직은 의자에 털썩 앉아서 커피를 홀짝였다. 스타키의 코끝에 초콜릿 향이 느껴졌다. 모카커피였다.

"레이턴 경위님이 당신 목숨을 구해줬다면서요?"

스타키는 마직이 무슨 말을 들었는지 궁금해하면서 눈살을 찌푸렸다.

"그게 무슨 말이야? 무슨 이야기를 들었어?"

마직이 컵 뚜껑을 비틀어 올리더니 입김을 불어 커피를 식혔다.

"켈소가 지아도나에게 얘기했어요. 그의 말로는 당신이 실버레이크 사건에 모방범이 있다는 의견을 내놓았다던데요. 난 당신이 언제 나와 후커에게 그 이야기를 해줄 계획이었는지 궁금해하던 차예요."

스타키는 켈소가 함부로 말을 흘리고 다녔다는 사실에 화가 났다. 또, 자신이 두 사람에게 뭔가 숨기고 있다는 마직의 생각에 화가 났다. 그녀는 마이애미 폭탄에 대해, 그리고 테이프가 감긴 방향에서 발견한 차이점에 대해 설명했다.

"당신 말처럼 큰 기삿거리는 아니야. 오늘 이 이야기를 하려고 했어. 어제는 그럴 기회가 없었거든."

"그래, 그랬겠지요. 어쩌면 당신이 펠을 생각하느라 너무 바빴는지 모르겠군요."

"무슨 말이야?"

"캐롤, 그는 잘생긴 남자예요. 연방요원치고는."

"몰랐는데."

"그가 당신을 클라우디우스 건에 합류시켰어요. 맞죠? 내가 말하려는 건 남자가 당신에게 그런 대접을 해주면 당신도 보답을 생각해야 한다는 거예요. 그 남자에게 펠라티오를 해줘요."

그때 후커가 선 채로 휘청거리더니 뒤돌아서 가버렸다. 그 모습에 마직이 웃었다.

"호르헤는 융통성이라고는 먹고 죽으려도 없다니까."

스타키는 화가 났다.

"아니야, 베스. 그는 신사야. 당신, 당신은 쓰레기 같은 백인이야."

마직은 의자 바퀴를 굴려 더 가까이 다가와 목소리를 낮췄다.

"지금 진짜 진지하게 말하는 거예요. 알겠어요? 당신이 그 남자에게 끌리는 게 분명해요."

"무슨 헛소리야!"

"누가 그 남자를 언급할 때마다 당신은 겁이 나서 죽을 것같이 보이는

걸요. 그가 사건을 맡을까 봐 그러는 것 같지도 않고요."

"베스? 마지막으로 목 졸려본 게 언제지?"

마직은 알겠다는 듯 눈썹을 위로 추켜올리고는 의자를 굴려서 제자리로 돌아갔다.

스타키는 마직을 무시하고 커피를 더 따르러 갔다. 마직은 빌어먹게도 의기양양한 미소를 지으며 퉁퉁한 엉덩이를 의자에 대고 앉아 있었다. 후커는 마직의 말에 당황한 채 사무실 저쪽에서 얼쩡대며 스타키와 눈도 마주치지 못했다.

스타키는 자리로 돌아오자마자 수화기를 들고 뮬러에게 전화했다. 시간이 아직 이르긴 했지만 뮬러에게 전화하거나 마직의 미간에 총을 쏘거나 둘 중 하나였다.

전화를 받은 뮬러는 다급한 목소리였다.

"나 빨리 출발해야 해, 스타키. 어떤 자식이 우편함에 수류탄을 넣었어."

"두세 가지 질문이 있어요, 경사님. 테넌트와 이야기를 했는데, 경사님께 몇 가지 더 알아볼 게 있어서요."

"진짜 대단한 녀석 아냐? 그 녀석, 더 잃을 손가락도 없어서 곧 발가락으로 셈을 하게 될 거야."

스타키는 그 말이 우습지 않았다.

"자기 작업장이 있었다는 걸 테넌트가 계속 부정합니다."

뮬러는 자신의 시간을 뺏는 그녀에게 화가 나서 말을 가로막았다.

"잠깐만. 그 이야기는 하지 않았나?"

"맞아요."

"새로 다룰 건 아무것도 없어. 그자에게 작업장이 있었다고 하더라도 우리는 찾을 수 없었어. 자네 전화를 받은 후로 이 일을 죽 생각하고 있었어. 이 말은 해둬야겠네. 난 그자가 사실을 말하고 있다고 생각해. 그 하찮은 녀석은 복역기간과 맞바꿀 수 있었을 때 버틸 만한 배짱도 없었을 거야."

그녀는 테넌트같이 하찮은 녀석에겐 개인 작업장이 세상에서 가장 중요할 거라는 점을 굳이 지적하지 않았다.

그 대신, 테넌트에게 작업장이 있었고 RDX도 더 있을 거라고 믿는 근거를 설명했다. 뮬러는 딱딱한 목소리로 물었다.

"무슨 근거?"

"테넌트는 레이시온 GMX 대인지뢰 한 상자에서 RDX를 구했다고 했습니다. 그가 경사님께 말한 내용 그대로죠. 그 지뢰는 한 상자에 여섯 개 들어 있어요."

"응, 그건 나도 기억나."

"그렇죠. 저희가 갖고 있는 사양 책에서 GMX를 찾아봤습니다. 그 책에 의하면 각 GMX에는 RDX 816그램이 들어 있습니다. 다시 말해, 그에게 RDX가 4.5킬로그램 이상 있었다는 뜻이 됩니다. 지금 경사님이 보내주신 차량 세 대의 사진을 보고 있는데요. 이 차들은 차체가 상당히 가벼운 것들로, 대부분의 피해가 연소로 인한 것으로 보입니다. RDX의 에너지 계산을 돌려봤는데, 각각의 차에 그가 가진 RDX의 3분의 1을 썼다면 피해 규모가 이 사진들보다 훨씬 더 클 것 같습니다."

뮬러는 대답하지 않았다.

"게다가 경사님이 로버트 카스틸로를 면담한 기록에는 테넌트가 네 번째 차를 훔쳐달라고 부탁했다는 내용이 있습니다. 그 말은 테넌트에게 RDX가 더 있었다는 것을 의미합니다."

마침내 뮬러가 입을 열었다. 그의 어조는 방어적이었다.

"우리는 테넌트가 살았던 쥐구멍 같은 방을 수색했네. 그곳에 있는 빌어먹을 상자와 작은 공간도 모두 다. 그의 차도 세 달 동안 압수해서 차 문 아래 패널까지 다 뜯어냈어. 그 노부인의 집과 차고까지 수색했지. 심지어 난 연방수사국 요원들에게 개를 대동하게 해서 화단도 수색했어. 그러니 내가 일을 개판으로 망쳤다고 주장하지 말게."

스타키는 자신의 목소리가 딱딱했다는 걸 깨닫고 후회했다.

"제가 뭘 주장하려는 게 아니에요, 경사님. 제가 전화한 이유는 다만, 그의 집주인인 노부인이나 고용주를 면담한 경사님의 기록에 내용이 많지 않았기 때문이에요."

"적을 게 없었어. 그 박쥐 같은 노부인이 우리와 얘기하려 들지 않았지. 그 노부인은 우리가 화단을 짓밟지 않도록 하는 데만 신경 쓸 뿐이었어."

"테넌트의 고용주는요?"

"그는 다른 사람들과 똑같은 말만 했어. 자기가 얼마나 놀랐는지, 테넌트가 얼마나 평범한 남자였는지 말이야. 우리가 여기서 카우보이 부츠를 신고 지내지만 멍청하지는 않네, 스타키. 이것만 기억하면 돼. 내 덕분에 그 개자식이 아타스카데로에 앉아 있다는 걸. 난 내 사건을 성립했어. 자네 사건을 성립할 때 다시 전화하게."

그는 그녀가 대답하기 전에 전화를 끊었다. 스타키는 수화기를 쾅 내려놓았다. 고개를 들자 베스 마직이 그녀를 쳐다보고 있었다.

"살살 해요."

"제기랄!"

"당신 오늘 정말 화났네요. 누가 당신 엉덩이에 기어오른 거죠?"

"베스, 나 좀 내버려둬."

스타키는 사건 수사기록을 이리저리 넘겨보았다. 테넌트의 집주인은 에스텔 리거라는 노부인이었다. 고용주는 브래들리 퍼먼이라는 남자로, '로비의 취미점'이라는 취미용품점을 운영하고 있었다. 그녀는 두 사람의 전화번호를 찾아서 전화해보았다. 로비의 취미점은 폐업 상태였고, 에스텔 리거는 그녀와 이야기하는 데 동의했다.

스타키는 가방을 챙겨서 일어섰다.

"이리 와봐, 베스. 우리 이 부인을 면담하러 가자."

마직은 충격을 받은 것 같았다.

"난 베이커즈필드에 가고 싶지 않아요. 후커를 데려가요."

"후커는 테이프 건으로 바빠."

"나도 바빠요. 여전히 세탁소 사람들과 이야기 중이에요."

"갈 준비 하고 그 엉덩이 차에 집어넣어. 드라이브 갈 거야."

스타키는 기다리지 않고 나왔다.

로스앤젤레스 북쪽으로 뻗은 골든스테이트 고속도로는 광대하고 평평한 센트럴 밸리 평원을 관통해 캘리포니아 주를 양분하고 있었다. 스타키는 이 고속도로가 캘리포니아나 다른 어느 곳의 도로보다도 가장 괜찮다고 여겼다. 길고 곧고 넓고 평평했다. 차의 자동주행 속도유지 장치를 125킬로미터에 맞춰놓고 머리를 앞으로 향한 채 다섯 시간이면 샌프란시스코에 도착할 수 있었다. 베이커즈필드는 90분도 채 안 걸렸다.

골이 난 마직은 팔짱을 끼고 다리를 꼰 채, 입을 비죽 내민 십대처럼 조수석에 딱 붙어 있었다. 스타키는 자신이 왜 마직을 데리고 가는지 확신하지 못했다. 심지어 스프링스트리트 서를 떠날 때조차 그녀는 자신의 행동을 후회했다. 둘 다 처음 30분 동안 아무 말도 하지 않았다. 샌페르난도 밸리 꼭대기 뉴홀 패스에 이르러 매직 마운틴 놀이공원의 엄청난 롤러코스터와 첨탑이 왼편으로 보일 때까지 아무 말도 하지 않았다.

마직이 불편하게 자세를 바꿨다. 먼저 말을 꺼낸 쪽은 그녀였다.

"우리 아이들이 저기 가고 싶어 해요. 저 놀이공원은 비싸서 아이들에게 계속 나중에 가자고 하고 있거든요. 하지만 젠장, 아이들은 저 망할 놈의 광고에서 롤러코스터를 탄 사람들을 본다고요. 광고에서는 비용이 얼마나 드는지 절대 나오지 않아요."

스타키는 마직이 분개한 얼굴일 거라 생각하며 흘깃 고개를 돌렸다. 그러나 마직은 화난 게 아니라 지치고 비참해 보였다.

"베스, 뭣 좀 물어보고 싶어. 나와 펠에 대해서 이야기했던 거, 그거 진짜 그 정도로 빤히 보여?"

마직이 어깨를 으쓱했다.

"모르겠어요. 그냥 그렇게 말한 거였어요."

"알았어."

"당신은 자기 삶에 대해서 말하는 법이 없어요. 난 그저 당신에게 삶이라고 할 만한 게 없다고 생각할 뿐이에요."

마직이 그녀 쪽을 쳐다보았다.

"지금 뭣 좀 물어봐도 돼요?"

스타키는 그 질문이 불편했지만 마직에게 원하는 건 다 물어보라고 말했다.

"마지막으로 남자가 있었던 게 언제예요?"

"그런 걸 묻다니 좀 심하네."

"물어봐도 된다고 했잖아요. 말하고 싶지 않으면 됐어요."

스타키는 손가락 마디가 하얘질 만큼 핸들을 꽉 붙들었다. 그녀는 숨을 내쉬고 억지로 자신을 진정시키려고 했다. 그러나 결국 자신이 이 이야기를 하고 싶어 했다는 걸 인정했다. 어떻게 말을 풀어놓아야 할지는 잘 모르겠지만. 어쩌면 그래서 마직과 함께 왔는지도 모른다.

"오래됐어."

"뭘 기다리고 있어요? 앞으로 더 젊어질 거라고 생각해요? 당신 엉덩이가 더 작아질 거라고 생각해요?"

"모르겠어."

"당신과 제대로 대화를 나눠본 적이 없어서 당신이 뭘 원하는지 모르겠어요. 우리 수사과에 여자라곤 우리 둘뿐인데, 우리는 젠장, 일 외에는 아무 얘기도 하지 않잖아요. 내가 말하려는 건, 캐롤, 이 빌어먹을 일을 하지만 일 외에도 우리에겐 다른 뭔가가 필요하다는 거예요. 왜냐하면 이 일이 거지 같기 때문이에요. 이 일은 가져가기만 할 뿐 당신에게 아무것도 주지 않아요. 진짜 개떡 같아요."

스타키는 힐끔거렸다. 마직의 눈은 젖어 있었고 깜박거리고 있었다. 스타키는 갑자기 모든 게 변했다는 것을 깨달았다. 그들은 스타키가 아니라 마직에 대해 이야기하고 있었다.

"이런, 내가 원하는 걸 이야기할게요. 나는 결혼하고 싶어요. 나보다 키가 큰 사람, 이야기를 나눌 수 있는 사람을 원해요. 그 사람이 하루 종일 소파에서 뒹굴고, 내가 맥주를 갖다 바쳐야 하고, 새벽 3시에 방귀 소리를 들어야 하더라도 집에 누군가 있었으면 해요. 난 크래커 먹는 두 아이 외에 같이 지낼 사람이 없다는 게 신물이 나요. 젠장, 난 그렇게나 결혼하고 싶은데, 애들은 천오백 미터 밖에서 내가 오는 모습을 보고 뛰어와요."

스타키는 뭐라 말해야 할지 알지 못했다.

"미안해, 베스. 종종 데이트하고 있잖아. 그렇지? 누군가 만날 거야."

"당신은 쥐꼬리만큼도 알지 못해요. 난 이 빌어먹을 직업이 싫어요. 시시한 내 삶이 싫고, 내 두 아이가 싫어요. 당신이 들어본 말 중 가장 끔찍한 소리 아니에요? 난 내 두 아이가 싫어요. 그 애들을 매직 마운틴까지 어떻게 데려갈지 모르겠어요."

마직은 숨을 헐떡이더니 차츰 조용해졌다. 스타키는 불편한 심정으로 계속 운전했다. 마직은 자신이 뱉어낸 말에 대해 그녀가 무슨 말이든 해주길 원할 것이다. 하지만 스타키는 무슨 말을 하면 좋을지 알지 못했다. 자신이 마직을 실망시키고 있는 것만 같았다.

"베스, 듣고 있어?"

마직은 머리를 흔들 뿐 그녀를 쳐다보지 않았다. 분명 당황하는 눈치였다. 스타키 역시 당황스러웠다.

"내가 여자들 얘기는 잘 못 해. 미안해."

그 후로 그들은 다시 조용해졌고 고속도로를 따라 산에서 내려와 대센트럴 밸리에 이를 때까지 각자 자기만의 생각에 빠져 있었다. 베이커즈필드가 평평하고 텅 빈 평원에 나타나자 마침내 마직이 입을 열었다.

"내 아이들에 대해서 그런 뜻으로 말한 게 아니었어요."

"나도 알아."

잠시 후 고속도로를 나온 그들은 베이커즈필드 남쪽 기차 환승역과 공항 사이, 전쟁 전의 치장벽토 집에 도착할 때까지 에스텔 리거가 알려준 방향을 따라갔다. 리거 부인은 청바지와 체크무늬 셔츠 차림에 목장갑을 낀 손으로 문을 열었다. 부인의 피부는 생애 많은 시간을 땡볕에서 보낸 여인같이 주름진 가죽 같았다. 스타키는 뮬러가 저 노부인을 함부로 여겨 카우보이처럼 쳐들어와 그녀를 화나게 했으리라 짐작했다. 일단 화가 나면 그녀를 자기편으로 끌어들이기란 힘들 것이다.

스타키는 자신과 마직을 소개했다.

리거 부인은 그들을 눈여겨보았다.

"여자 두 명이라고? 하? 거기 있는 게으른 남자 직원들 중에는 차 끌고 여기까지 오려는 사람이 아무도 없었나 보네."

마직이 웃었다. 스타키는 반짝거리는 에스텔 리거의 눈을 보고 일이 잘될 거라고 짐작했다.

리거 부인은 그들을 안으로 들이고 뒷문을 통해 반투명 초록 차양이 드리워진 작은 파티오로 안내했다. 차양이 햇빛을 받아들여 모든 것을 초록빛으로 물들이고 있었다. 집 옆면을 따라 진입로가 차고까지 나 있었고, 차고 뒤에는 작고 깔끔한 임대숙소가 있었다. 파티오와 임대숙소 사이 정원에는 채소가 싱그럽게 자라고 있었다.

"저희를 만나주셔서 감사합니다, 리거 부인."

"나야 도울 수 있어서 기쁘지. 뭘 더 말해줄 수 있을지는 모르지만. 전에 이미 다 말한 상태라."

마직이 임대숙소를 살펴보려고 파티오 가장자리로 갔다.

"저기가 테넌트가 살았던 곳인가요?"

"아, 그렇지. 저기 4년간 살았어. 테넌트보다 더 괜찮은 젊은이를 들이긴 힘들 거야. 지금 그 젊은이에 대해 알려진 사실을 생각하면 좀 의아하게 들리겠지만 말이야. 테넌트는 항상 사려 깊었고 임대료도 제때 냈거든."

"비어 있는 것 같네요. 혹시 누가 살고 있나요?"

"지난해 젊은 남자를 들였는데 교사하고 결혼해서 더 큰 공간이 필요해졌지. 이 가격대에서 괜찮은 사람을 들이긴 힘들어. 알다시피 말이야. 근데 뭘 찾으러 여기 온 건지 물어봐도 될까?"

스타키는 폭탄 성분 비축분이 테넌트에게 여전히 남아 있을 거라는 자신의 확신을 설명했다.

"글쎄, 그런 건 여기서 찾지 못할 거야. 경찰이 여기저기 온 곳을 수색해서 그 점은 말해줄 수 있지. 경찰들이 죄다 내 정원에 있었지 뭐야. 난 기꺼이 도와주려고 했는데 내 도움을 별로 달가워하지 않았어."

과연 뮬러에 대한 스타키의 추측이 옳았다.

"테넌트의 물건을 살펴보겠다면 마음껏 살펴봐. 저기 차고에 그대로 있어."

마직이 몸을 돌려 스타키를 쳐다보았다.

"아직도 테넌트의 물건들을 갖고 계세요?"

"그게, 그 젊은이가 나한테 보관해달라고 부탁했거든. 음, 젊은이가 감옥에 있으니까 말이야."

스타키는 차고를 보았다가 다시 리거 부인을 보았다.

"경찰들이 수색할 당시에도 여기 있었던 물건들인가요?"

"응, 그렇지. 차고에 넣어뒀어. 보고 싶으면 봐."

노부인은 테넌트가 감옥에 수감되고도 첫해에는 계속 임대료를 지불했는데, 결국 편지를 보내와 더는 지불하지 못하겠다고 사과하며 자신의 물건을 보관해줄 수 있는지 물어봤다고 설명했다. 그 물건들은 그다지 많지 않았다. 겨우 몇 상자였다.

스타키는 노부인에게 자리를 잠시 비우겠다고 양해를 구하고 마직과 함께 차고까지 걸어갔다.

"리거 부인이 차고에 들어가도 된다고 했으니 우리는 차고에서는 문제가 없어. 차고는 리거 부인 소유니까. 하지만 테넌트의 상자에서 뭔가 발견된다면 그때는 문제가 될 수 있어."

"수색 영장이 필요할까요?"

"물론 수색 영장이 필요해."

수색 영장이 필요한 데다, 베이커즈필드 시에 있는 로스앤젤레스 경찰관인 두 사람은 현재 관할 구역에서 벗어나 있었다. 가장 쉬운 방법은 뮬러에게 전화해서 그에게 전화로 영장을 신청케 해서 여기 오도록 하는 것이었다.

스타키는 리거 부인에게 돌아갔다.

"리거 부인, 분명히 해두고 싶은 게 있습니다. 부인 차고에 있는 저 물건들은 경찰들이 이미 살펴봤던 거죠?"

"그야 경찰들이 왔을 때 그 물건들이 숙소에 있었으니 봤겠지."

"알았습니다. 그럼, 테넌트가 부인께 물건을 보관해달라고 부탁했다고 하셨죠? 그 물건들을 포장해두셨나요?"

"응, 테넌트는 물건이 그다지 많지 않았어. 옷가지 몇 개와 그저 그런 성인용 영화 몇 개였는데, 그것들을 싸두지는 않았어. 찾아서 던져놨지. 가구는 내 거야. 그때는 가구가 비치된 채로 임대했거든."

스타키는 상자를 수색해서 얻을 게 아무것도 없을 거라고 결론 내렸다. 그녀의 진짜 희망은 테넌트가 체포되기 전 폭탄 성분을 보관해둘 때 그와 함께 행동했을지 모르는 사람들을 확인하는 것이었다.

"혹시 테넌트의 친구나 지인 중에 부인께서 아는 사람 없으세요?"

"아무도 여기 찾아오지 않았어. 아 참, 그 말 물려야겠네. 한 젊은이가 몇 번 찾아오긴 했지만 테넌트가 체포되기 훨씬 전이었지. 함께 일했던 친구 같더군. 취미용품점에서 말이지."

"얼마나 오래전에요?"

"아, 아주 오래전이었어. 적어도 1년. 저 영화들을 함께 보는 것 같았지."

마직이 세 명의 용의자 몽타주를 꺼냈다.

"이 중에 그 젊은이랑 닮은 사람이 있나요?"

"어이쿠, 아주 오래전 일인 데다 주의해서 보질 않았어. 없는 것 같은데."

스타키는 부인의 말이 맞을 거라고 생각하며 몽타주는 포기했다.

"그 취미용품점 일이 테넌트의 유일한 직업이었어요?" 마직이 물었다.

"그렇지."

"여자친구는 없었어요?"

"응, 내가 알기론 아무도 없었어."

"가족은요?"

"흠, 내가 아는 테넌트의 가족이라곤 어머니뿐이었어. 그런데 돌아가셨다고 들었어. 그 젊은이가 내 집으로 와서 직접 얘기해줬지. 비통해하면서 말이야. 커피를 같이 마셨는데 그 불쌍한 녀석은 울기만 했어."

스타키는 어머니에 대해서 생각하고 있지 않았다. 상자에 대한 무언가가 그녀의 신경을 건드리고 있었다.

"테넌트가 1년 동안 계속 임대료를 지불했다고 하셨죠? 감옥에 간 후로도요."

"그랬지. 아마 풀려날 거라고 생각했던 게지. 그리고 돌아오고 싶어 했어. 다른 사람에게 그 집을 세주는 걸 원하지 않았지."

마직이 눈썹을 추켜올렸다.

"그렇겠네요. 지금 그럼 누가 그 집에 세들어 있나요?"

"아니, 지난번 젊은 남자 이후로 아무도 들이지 않았어."

스타키가 흘깃 쳐다보자 마직이 고개를 끄덕였다. 둘은 같은 생각을 하고 있었다. 더 필요하지도 않은 그 숙소를 테넌트가 포기하지 않으려 했던 이유가 궁금했다. 그가 지금 임대료를 내지 않는 데다 기록상 입주자가 아니라면, 스타키와 마직은 집주인의 허락 아래 그 부지에 법적으로 들어가 수색할 수 있었다.

"리거 부인, 숙소 안을 둘러봐도 된다고 허락해주시겠습니까?"

"안 될 이유가 뭐가 있겠어?"

임대숙소는 퀴퀴한 냄새가 나고 더웠다. 큰 방과 간이부엌, 욕실, 침실이 있었고, 간단한 간이식탁과 의자를 제외하고 가구는 치워진 지 오래였다. 리놀륨 바닥은 변색되어 있었고 우중충했다. 스타키는 마지막으로 리놀륨을 본 게 언제인지 기억나지 않았다(현재는 리놀륨을 대신해 폴리염화비닐이 대중적으로 이용되고 있다). 리거 부인이 열린 문가에 서서, 자기 남편이 이 건물을 사무실로 이용했었다고 설명하는 동안 스타키와 마직은 비밀 공간을 찾아 바닥과 굽도리 판자를 확인하며 숙소를 살폈다.

리거 부인은 두 사람을 재미있어하며 지켜보았다.

"테넌트가 비밀스레 숨겨둔 장소가 있을까 봐?"

"흔히 있는 일이잖아요."

"여기 왔던 그 경찰들도 그런 장소를 찾았어. 그들은 바닥 밑까지 찾아보려고 했지만 우리 집 밑은 평판이라. 다락방도 없어."

10분 동안 이리저리 쿡쿡 찌르고 뒤져본 끝에 스타키와 마직은 더 이상 찾아볼 게 없다는 데 동의했다. 스타키는 실망스러웠다. 베이커즈필드까지 차를 몰고 올라온 게 낭비처럼 여겨졌고, RDX의 역추적이 막다른 끝에 이른 것만 같았다.

"저기, 여기 꽤 괜찮은 임대숙소네요, 리거 부인. 제 두 아이를 이리로 보내서 부인과 함께 살게 하면 어떨까요? 창문에 쇠창살을 달아도 돼요."

마직의 말에 노부인이 웃었다.

"베스, 달리 생각나는 거 뭐 없어?"

마직이 고개를 저었다. 두 사람은 모든 것을 살펴보았다.

테넌트가 임대료를 계속 지불했다는 부분이 여전히 신경에 거슬렸지만 그녀는 그게 뭔지 알 수 없었다. 마침내 리거 부인에게 협조해줘서 고맙다고 인사하고 마직과 함께 문으로 걸어 나올 때였다. 드디어 생각이 났다. 스타키는 문 앞에서 멈춰 섰다.

"왜 그래요?"

"취미용품점에서 일하는 남자가 있어. 그는 돈을 그다지 많이 벌지 못했어. 그런 그가 감옥에 들어갔는데 어떻게 임대료를 낼 수 있었지?"

그들은 집 옆을 돌아 뒷문으로 갔다. 리거 부인이 다시 나오자 그들은 그 궁금증을 물어보았다.

"글쎄, 모르겠는데. 엉망진창인 이 모든 일이 벌어지기 딱 1년 전 그 젊은이 어머니가 돌아가셨어. 어쩌면 유산을 좀 받았는지도 모르지."

스타키와 마직은 차로 돌아갔다. 스타키는 엔진 시동을 걸고 에어컨을 틀었다. 뮬러의 기록에는 테넌트의 부모가 사망했다고 나와 있을 뿐 그 이상의 내용은 없었다고 스타키는 기억했다.

"이런, 완전 실패잖아요."

"아니, 모르겠어. 막 떠오르는 생각이 있어, 베스."

"어어, 다들 뒤로 물러나야 할 것 같은데요. 뭘 터트리려고요?"

"아니, 좀 들어봐. 테넌트는 어머니가 죽고 부동산을 상속받았거나, 받은 돈의 일부로 다른 장소를 임대했을 거야."

"난 엄마가 돌아가시면 아무것도 받지 못하는데. 젠장."

"그건 당신 이야기지. 하지만 테넌트는 뭔가 얻었다는 거야. 뮬러가 부동산 소유권을 수색하지 않았다는 데 10달러 걸게."

부동산 소유권 확인 조사를 하는 데는 보통 하루나 이틀이 걸리지만, 그들은 베이커즈필드 지방검사 사무실을 통해 검사가 그 일을 처리하게 할 수 있었다. 뭔가 확인된다면 베이커즈필드에서 영장을 처리할 것이다.

스타키는 로스앤젤레스로 차를 몰고 가는 동안 기분이 훨씬 나아졌다. 수사가 제대로 돌아가게 할 단서를 건진 것 같았다. 국장보는 그녀에게 수사를 진전시키라고 했다. 이제 켈소가 묻는다면 그녀는 방향을 가리킬 수 있었다. 그녀와 펠이 클라우디우스를 통해 두 번째 단서를 잡을 수 있다면 좋겠지만, 지금 그들은 그 단서가 필요하지 않았다.

스프링스트리트 서에 도착하기 전에, 스타키는 펠에게 연락하기로 결심했다. 오늘 밤 클라우디우스에 접속할 시간을 정하기 위해 연락하는 거야, 라고 혼잣말을 하면서. 그러나 사실은 어젯밤 자신의 행동을 사과하고 싶어서라는 걸 마침내 깨달았다. 그러더니 다시 생각했다. 아니, 사과하고 싶지 않아. 그녀는 그에게 자신이 인간임을 보여줄 또 다른 기회를 원했다. 삶에서 만날 수 있는 또 다른 기회를. 차에서 나눈 이야기는 대부분 마직에 대한 것이었지만, 마직과 나눈 그 이야기가 그녀의 생각에 도움이 된 것 같았다.

스타키는 사무실로 들어서면서 자신의 책상에 놓인 봉투를 보았다. 그 봉투는 마치 횃불처럼 그녀의 눈을 사로잡아 끌어당기고 있었다. 우편주소 라벨을 보니 'KROK-TV'가 거대하게 박혀 있었다.

갑자기 뱃속이 죄어들었다. 봉투의 불룩한 모양으로 봐서 비디오테이프였다. 그 비디오테이프를 요청한 것을 그새 까맣게 잊어버리고 있었다. 그녀는 그 테이프를 생각하지 않으려 했었다. 그런데 지금, 그 테이프가 와 있었다.

스타키는 봉투를 뜯고 테이프를 꺼냈다. 날짜가 라벨에 적혀 있었다. 3년 전 그녀가 죽었던 날짜 외에는 아무것도 적혀 있지 않았다. 그녀는 귀에 거슬릴 만큼 숨소리가 커졌고 갑자기 한기가 느껴졌다.

"캐롤?"

옆을 쳐다보는 데 아주 오랜 시간이 걸렸다.

마직이 그녀 옆에서 곤혹스러운 낯으로 서 있었다. 날짜를 보고 알아차린 게 분명했다.

"내가 생각하는 그거 맞아요?"

스타키는 대답하려 했지만 목소리를 낼 수 없었다.

"저 테이프로 뭘 하려는 거예요?"

마직의 목소리가 수백만 킬로미터 밖에서 들렸다.

"보려고 해."

마직이 그녀의 팔을 잡았다.

"같이 있을 사람이 필요해요?"

스타키는 테이프에서 눈을 뗄 수 없었다.

"아니."

퇴근하는 스타키의 차 안에는 테이프가 있었다. 조수석에 놓인 그 테이프는 그녀를 질식시킬 정도로 무척이나 위협적이었다. 그것은 마치 망자들 틈에서 돌아온 육체인 듯 오래 비어 있던 폐를 채우기 위해 숨을 깊이 들이쉬어 차 안 공기를 다 빨아들일 것만 같았다. 교통 신호에 걸려 멈췄을 때 그녀는 테이프를 쳐다보았다. 테이프가 자신을 돌아보고 있는 것 같았다. 그녀는 서류가방으로 테이프를 덮었다.

스타키는 집으로 곧장 가지 않았다. 커피숍에 들러 큰 사이즈의 블랙커피 한 잔을 사서 거리 쪽을 향한 작은 바에 기대어 마셨다. 금속 띠가 목과 어깨를 꽉 죄는 것 같았다. 머리가 너무 아파서 눈이 짓이겨지는 것 같았다. 배리건에서 형편없는 의자에 앉아 더블 진 한 잔만 마시면 눈의 압력이 덜어질 것 같았지만 가지 않기로 했다. 안 돼, 라고 그녀는 혼잣말을 했다. 이 테이프를 맑은 정신으로 봐야 해. 그녀는 그 순간의 사건을, 자신이 슈거 부드로와 함께했던 마지막 순간을 맨 정신으로 지켜볼 것이다. 아무리 지독히 아프고 힘들더라도. 그녀는 이날 술을 마시지 않았다. 지금 술을 마시지도 않을 것이다.

스타키는 집으로 달려가 자신을 테이프 속으로 내던지는 것보다는 정상적인 삶을 사는 것처럼 행동하는 게 이 상황을 대하는 태도라고 결론 내렸다. 그녀는 자신에게 맞는 속도를 지킬 것이다. 그녀는 기계적인 감정을 느끼는 기계적인 여자가 될 것이다. 그녀는 수사관이었다. 이 일은 그녀 자신에 대한 수사였다. 그녀는 형사였다. 일을 하고, 하던 일은 사무실에 두고 오고, 집에 와서는 자신의 삶을 사는 것이다.

스타키는 랄프스 마켓에 들렀다. 집에 먹을거리가 전혀 없었다. 지금이 식료품을 집에 채워 넣을 기회라는 생각이 들었다. 그녀는 이리저리 다니면서 연어 통조림과 크림옥수수와 방울양배추 등 먹어본 적도 없고 앞으로 먹을 리도 없을 것 같은 것들을 카트에 던져 넣었다. 그리고 계산대 앞에 줄을 섰다. 입맛을 잃은 상태였지만 어쨌든 식료품을 샀다. 도대체 크림옥수수로 뭘 하려는 걸까.

스타키는 집으로 들어서자마자 술에 대한 강렬한 충동을 억눌러야 했다. 술은 습관이야, 학습된 패턴이야, 라고 혼잣말을 했다. 집에 오면 술 마시는 습관. 그녀의 경우에는 여러 잔이었다.

"나중에." 그녀는 중얼거렸다.

스타키는 서류가방과 식료품 세 봉지를 들고 부엌으로 갔다. 자동응답기에는 메시지가 두 개 있었다. 첫 번째는 펠의 메시지로, 그는 그녀의 연락이 없는 이유를 묻고 자신의 호출번호를 남겼다. 그녀는 펠에 대한 생각을 떨쳐냈다. 지금은 그를 생각할 정신이 없었다. 두 번째는 마직의 메시지였다.

"아, 캐롤, 나예요. 음, 내가, 음, 당신이 괜찮은지 전화해봤어요. 그럼, 알았어요. 나중에 봐요."

스타키는 몹시 감동하여 마직의 메시지를 두 번 들었다. 그녀와 베스 마직은 개인적인 친분을 나눈 적이 거의 없었다. 그녀는 나중에 마직에게 전화해 감사인사를 해야겠다고 생각했다. 그것도 나중에.

스타키는 식탁에 테이프를 놓고 식료품을 정리하러 갔다. 물을 한 잔 따라 마시면서 테이프를 쳐다보다가 컵을 씻고 조리대에 올려놓았다. 식료품을 다 정리하자 테이프를 집어서 거실로 가져가 VCR에 넣었다. 함께 있어주겠다던 마직의 제안이 불현듯 머리를 스쳤다. 그녀는 그 제안을 재고해봤지만 그 또한 테이프를 보지 않으려는 술수임을 알았다.

재생 버튼을 눌렀다.

화면에 화면조정 컬러바가 나타났다.

스타키는 텔레비전 앞에서 바닥에 책상다리를 하고 앉았다. 여전히 정장을 입은 채였고 재킷이나 구두도 벗지 않았다. 그녀는 현장에 KROK가 언제 도착했는지 기억이 전혀 없었다. 언제 녹화를 시작해 얼마의 시간 동안 녹화했는지 전혀 기억이 없었다. 모든 장면을 담았거나 마지막 장면만 녹화했을 수도 있다. 그녀는 방송국 밴 꼭대기에 앉아 모든 전경을 바라보던 촬영기사를 기억했다. 그 기억이 전부였다. 카메라가 밴 꼭대기에 있었고 모든 광경을 보았다.

테이프가 시작되었다.

스타키는 슈거의 방호 보호복 끈을 단단히 잡아당기고 있었다. 헬멧만 남겨두고 이미 끈을 다 묶은 상태였다. 벅 다제트와 이제는 은퇴한 다른 간부급 경사 원 브라이언트가 트럭 뒤에서 그들을 도우며 움직이고 있었다. 그녀는 그날 이후로 보호복을 입지 않았지만, 지금도 보호복의 무게와 무거운 밀도와 열기가 느껴졌다. 그 빌어먹을 보호복은 입자마자 몸의 열기를 되돌려 사람을 구워 삶았다. 키 크고 단단한 몸매의 스타키는 몸무게가 60킬로그램이었는데 그 보호복은 43킬로그램이었다. 완전 한 짐이었다. 내가 왜 저리 심각해 보이지? 라는 생각이 제일 먼저 들었다. 그녀는 침울하게 얼굴을 찡그리고 단호한 표정을 짓고 있었다. 슈거는 자연스럽게 그 특유의 영화배우 미소를 짓고 있었다. 그들이 함께 자게 된 지 얼마 되지 않았을 때 그녀는 폭탄 작업을 하면서 겁을 낸 적이 없다고 고백했다. 대단한 마초들이나 지껄이는 헛소리 같아서 그녀는 한껏 용기 내서 한 말이었다. 그리고 사실 그랬다. 그녀는 겁이 나지 않는 자신이 뭔가 잘못됐다고 생각하곤 했다. 그 말을 받아 슈거는 자신은 너무 두려워서 출동 명령을 받자마자 보호복을 입은 채로 실례할까 봐 이모디움(지사제의 일종)을 왕창 먹을 거라고 고백했다. 테이프를 보면서 스타키는 슈거가 얼마나 편안해 보이는지, 또 자신은 얼마나 겁에 질려 보이는지 알게 되었다. 우습게도, 보이는 모습이 반드시 실체와 일치하지는 않았다.

그들은 이야기를 나누고 있었다. 테이프에서 소리가 나긴 했지만 마이크 주위의 잔잔한 소리만 들을 수 있었다. 그녀와 슈거가 서로 무슨 말을 하고 있든지 마이크가 잡아내기에는 너무 멀었다. 슈거가 농담을 한 게 분명했다. 그녀는 자신이 웃는 모습을 보았다.

다제트와 브라이언트는 그들을 도와 헬멧을 씌워줬고 실시간 엑스레이를 슈거에게 넘겼다. 슈거가 그녀의 헬멧을 탁 치자 그녀도 그의 헬멧을 탁 쳤다. 그들은 우주 유영을 하는 우주비행사 커플처럼 이동식 주택을 향해 느릿느릿 움직였다.

이동식 주택 전면과 위로 드리워진 나무들이 시야에 들어왔고, 이동식 주택 주위로 빽빽이 늘어서 낮은 벽을 이룬 울창한 진달래 관목이 가장 잘 보였다. 슈거가 먼저 앞으로 나가면서 관목을 일부 잘라내어 작업할 수 있는 빈 공간을 만들었다. 그리고 그들은 각각 관목의 다른 부분들을 가리키면서 폭탄에 어떻게 접근할지 계획했다. 슈거가 실시간 엑스레이로 스냅사진을 찍을 수 있게 스타키가 큰 나뭇가지들을 옆으로 치우는 게 계획이었다.

스타키는 그 장면을 스스로도 놀랄 정도로 무심하게 지켜보았다.

슈거가 살아 있을 시간이 30초도 채 안 됐다.

그녀는 관목 속으로 몸을 숙여서 보호복 무게로 큰 가지들을 옆으로 밀쳤다. 좋은 자리를 잡기 위해 뒤로 물러섰다가 다시 들어가고 있었다.

화면을 보는 스타키는 자신이 했던 그 동작을 기억하지 못한다는 게 놀라웠다. 기억 속에서는 두 번째 동작을 취하지 않았다. 슈거가 그녀를 지나쳐 실시간 엑스레이를 지니고 몸을 기울인 그때 지진으로 인해 카메라가 튀어 올랐다. 강도 3.2의 그 지진은 그들의 바로 북쪽 뉴홀이 진앙지로, 대단한 지진은 아니었다. LA 기준으로 빌어먹게도 아주 사소한 지진이었다. 하지만 영상이 튀었고, 그녀는 촬영기사가 중얼거리는 소리를 들었다.

"이봐, 이게⋯⋯?"

폭탄이 터지는 소리가 그의 말을 덮었다. 텔레비전에서는 그저 날카로운 소리에 불과했다. 총소리처럼.

폭탄이 아주 빠르게 터져서 화면으로는 섬광과 실시간 엑스레이가 공중에서 천천히 빙글빙글 도는 장면밖에 보이지 않았다. 그녀와 슈거가 쓰러졌다. 카메라 뒤에서 고함 소리와 찢어질 듯한 비명이 들렸다.

"이거 잡아야 해! 실수하지 마! 계속 찍어!"

영상은 작고 멀었다. 마치 그녀나 슈거가 아닌 다른 사람을 보는 것 같았다.

다제트와 브라이언트가 그들에게 달려갔다. 다제트는 스타키에게, 브라이언트는 슈거에게 달려갔다. 다제트가 그녀를 이동식 주택에서 끌어냈다. 폭탄 연수원에서 주입시키는 교육 중 하나는 2차 폭발을 대비하라는 것이었다. 한 차례 폭발이 일어나면 또다시 폭발이 일어날 수 있으니 폭발 공간에서 부상자를 내보내야 했다. 스타키는 자신이 옮겨진 줄 전혀 모르고 있었다. 그녀는 폭탄이 터졌을 때 죽었다.

테이프는 그 후로도 9분간 계속되었다. 그동안 구급요원들이 앞으로 달려와 방호 보호복을 벗기고 그들을 살리기 위해 소생술을 실시했다. 꿈 속에서 그녀는 차양처럼 드리워진 나뭇가지 밑에 누운 채 나뭇가지와 잎이 레이스처럼 덮여 있었다. 지금 그녀는 자신 위에 아무것도 없었다는 것을 확인했다. 꿈속에서 그녀는 손을 뻗으면 닿을 만큼 슈거와 가까이 있었다. 지금 그녀는 두 사람이 서로 9미터쯤 떨어져 부서진 인형처럼 쓰러져 있는 모습을 보았다. 두 사람을 살리기 위해 땀 흘리고 소리 지르는 구급요원들이 벽이 되어 그들을 갈라놓고 있었다. 이 순간에 아름다움은 없었다. 구급차가 화면에 잡히면서 테이프가 갑자기 끝났다.

스타키는 자신과 슈거가 둘 다 땅에 누워 있는 장면까지 테이프를 되돌려 정지 버튼을 눌렀다. 그녀는 화면에서 슈거가 누워 있는 자리를 손으로 만졌다.

"당신 불쌍해서 어떡해. 불쌍해서 어떡해."

잠시 후 테이프를 되감아 VCR에서 빼고 텔레비전을 껐다.

전화벨이 다시 두 차례 울렸다. 전화 건 사람은 두 번 다 메시지를 남겼다. 그녀는 확인하려 들지 않았다.

그녀는 술을 마시지 않고 침대로 가서 깊이 잠들었다. 꿈은 꾸지 않았다.

확고한 사명

"누구시죠?"

"알렉산더 웨이벌리라고 하는데, 변호사입니다. 댈러스 테넌트 문제로 전화드렸었지요."

교도관은 캘리포니아 주 변호사증과 운전면허증을 검사하고 일지에 기록한 다음 되돌려줬다.

"알았습니다. 테넌트의 새 변호사군요."

"네, 면담시간을 조정하기 위해 전화했었습니다."

"전에 여기 아타스카데로에서 고객을 만나신 적이 있습니까, 웨이벌리 씨?"

"아니요. 이런 시설엔 와본 적이 없습니다. 제 전문은 의료과실과 정신질환이거든요."

교도관이 웃었다.

"우리는 이 '시설'을 감옥이라고 하죠. 하지만 제 개인적인 생각으로는 여긴 컨트리클럽에 가깝습니다. 테넌트에게 왜 그가 미쳤는지 물어보실 건가요?"

"글쎄요. 그런 질문은 당신과 논의해서는 안 되죠. 그렇지 않은가요?"

"아니, 그렇지 않죠. 알았습니다. 여기 서명하시고 기록부 여기에도 서명하십시오. 변호사님 서류가방을 검사해야 합니다. 그리고 여기 금속탐지기를 통과해 이쪽으로 들어오셔야 합니다."

"알았습니다."

"무기나 금속 물체를 소지하고 계십니까?"

"오늘은 아닙니다."

"휴대폰은요?"

"있습니다. 휴대폰을 소지하고 갈 수 없습니까?"

"안 됩니다. 무선호출기는 괜찮지만 휴대폰은 안 됩니다. 휴대폰은 여기 보관해두십시오. 녹음기는요?"

"있습니다. 이 작은 녹음기를 가져왔는데 가지고 들어가도 괜찮겠죠? 메모에는 영 재주가 없어서요."

"녹음기는 괜찮습니다. 다만 제가 우선 살펴봐야 합니다."

"알겠습니다. 그런데 제 휴대폰 말입니다. 제가 호출을 받고 전화를 걸어야 한다면 어떻게 하죠? 법원에 나가 있는 동료가 있거든요."

"저희에게 알려주시면 전화기 있는 곳으로 안내해드릴 겁니다. 문제없습니다."

그는 교도관이 일러준 기록부에 서명했다. 조심스레 자신의 펜을 꺼내

서명하며, 지문을 레이저로 잘 뜰 수 있는 카운터나 일지 등에는 손이 닿지 않도록 조심했다. 그는 교도관이 서류가방과 녹음기를 조사하는 것은 쳐다보지도 않았다. 대신, 다른 쪽에서 기다리고 있는 교도관에게 웃음을 보이며 금속탐지기를 통과했다. 휴대폰을 서류가방과 녹음기와 맞바꾼 그는 두 번째 교도관을 따라 이중 유리문으로 나가 인도를 통해 다른 건물까지 걸어갔다. 그의 모습은 보안 카메라에 찍혀 녹화되었을 것이다. 비디오테이프가 조사를 거치고 그의 모습을 재생해낼 것이다. 하지만 그는 변장한 모습에 아주 자신만만했다. 그들은 결코 그의 실제 모습을 알아차리지 못할 것이다.

존 마이클 파울스는 작은 면담실로 안내받았다. 댈러스 테넌트는 이미 와서 기다리고 있었다. 탁자에 앉아서 다친 손을 보이기가 당혹스러운 듯 성한 손으로 가리고 있었다. 그는 존을 향해 수줍게 웃고는 어쩔 줄 몰라 하다가 두꺼운 스크랩북에 성한 손을 얹었다.

"30분간 면담하실 수 있습니다, 웨이벌리 씨. 필요한 게 있으시면 제가 복도 끝 책상에 있을 테니 고개를 내밀고 소리치시면 됩니다."

"네, 감사합니다."

존은 문이 닫힐 때까지 기다렸다가 서류가방을 탁자에 놓았다. 그리고 두 손을 펼쳐 보이며 테넌트에게 활짝 웃었다.

"짜잔! 미스터 레드네. 자네 뜻대로 하게."

테넌트는 천천히 일어섰다.

"이건…… 영광입니다. 바로, 그렇죠, 영광. 달리 표현할 말이 없군요."

"나도 알아. 이 세계는 놀라운 곳이지 않나, 테넌트?"

테넌트가 손을 내밀었지만 존은 잡지 않았다. 그는 테넌트가 개인 위생이 부족하다는 것을 알고 있었다.

"이봐, 난 악수를 하지 않아. 내가 아는 바로는 자넨 페니스를 만지작거리고 자네 도구를 가지고 노는 데다 자만심 강한 남자와 몸을 섞지. 내가 무슨 말 하는지 알겠어?"

　테넌트는 존이 악수하지 않을 작정임을 알아차리고 무거운 스크랩북을 탁자 맞은편으로 밀었다. 그가 발을 이리저리 움직이며 어색하게 굴자 존은 그를 발로 차주고 싶었다.

　"제 스크랩북을 보여드리고 싶습니다. 당신이 여기 계시니까요."

　존은 스크랩북을 못 본 척하고 코트를 얼른 벗어 의자 등받이에 걸쳤다. 벨트를 풀고 나서는 발가락으로 의자를 움직였다.

　"스크랩북을 보긴 하겠지만, 먼저 나에게 RDX에 대해 말해줘야 해."

　테넌트는 주인이 스푼으로 사료를 퍼주기를 기다리는 개처럼 존을 쳐다보았다.

　"그거 가져오셨나요? 얘기한 그거 가져오셨어요?"

　"거기 침 흘리며 서 있을 필요 없어, 테넌트. 내가 성기를 과시하고 싶어서 옷 벗고 있다고 생각해?"

　"아니, 아니요. 죄송합니다."

　"미스터 레드는 약속을 지키는 사람이야. 자넨 그것만 기억하면 돼. 나역시 자네가 약속을 지키는 사람이길 바라네, 테넌트. 그 점이 내게 아주 중요하고 앞으로의 우리 관계에도 아주 중요하지. 흥분해서, 미스터 레드가 자넬 보러 왔다고 아무한테나 자랑하지는 않을 거지? 그럴 거야?"

　"아니, 아, 아니요. 절대로요."

　"말만 해봐, 테넌트. 그랬다간 엄청난 대가를 치를 거야. 경고하는 거야. 알겠어? 우리 사이에 이 점을 분명히 해두지."

　"알겠습니다. 그런 말을 했다간 다시는 당신이 날 보러 올 수 없잖아요."

　"바로 그거야."

　존은 웃었지만, 테넌트가 일주일도 못 가서 자기와의 만남을 떠벌리리란 걸 확신했다. 그래서 미리 그에 대한 대비책을 세워뒀다.

　"경찰이 이미 여길 다녀갔어요. 그리고 알다시피 다시 올지도 모르고요. 제가 경찰들한테 아무 말이나 했다고 생각하지 마세요. 그들이 온 건 저로서도 어쩔 수 없었어요."

"괜찮아, 테넌트. 그건 걱정하지 마."

"그들은 RDX 때문에 왔어요. 하지만 저는 그들에게 아무 말도 하지 않았어요."

"잘했어."

"한 명은 여자였어요. 이름이 캐롤 스타키인데, 그 여자도 이 스크랩북에 있어요. 폭발물처리 수사관이었지요."

테넌트는 존이 스크랩북을 보길 바라며 탁자 맞은편으로 밀었다.

"그 여자는 혼자가 아니었어요. 펠인가 텔인가 하는 ATF 요원을 데리고 왔었어요."

"잭 펠."

테넌트는 놀란 표정이 되었다.

"그를 아세요?"

"안다고 할 수 있지."

"그는 고약했어요. 제 손을 단단히 움켜쥐고 아프게 했다고요."

"저런. 그 일은 그냥 잊어버려. 여기서 자네와 나 사이에, 우리끼리의 작은 거래가 있잖아."

존은 바지를 툭 내리고 셔츠를 아래로 잡아당기고는 사타구니에서 테이프로 붙인 비닐봉지를 두 개 떼어냈다. 한 봉지에는 얇은 회색 반죽이 들어 있었고, 다른 봉지에는 미세한 노란색 가루가 들어 있었다. 존은 그 봉지들을 테넌트의 스크랩북 위에 올려놓았다.

"이건 밖의 채소밭에서 흔들어야 해. 자네가 그걸 폭파하는 거지."

테넌트는 각 봉지를 문지르며 투명한 비닐을 통해 내용물을 살폈다.

"이게 뭐지요?"

"지금 당장은 그냥 봉지에 든 두 개의 화학물이지. 하지만 암모니아를 좀 넣어서 함께 혼합하면, 테넌트, 자네는 우리 업계에서 피크린산암모늄 이라고 부르는 아주 위험한 폭약을 갖게 되는 거야."

테넌트는 화학물 혼합 장면을 상상할 수 있다는 듯이 두 비닐봉지를 함께 잡았다. 존은 그 모습을 가까이 지켜보며 테넌트가 손에 쥔 물질을 감지해내는지 그 신호를 찾아보았다. 아무래도 테넌트는 피크린산암모늄에 대해 들어보긴 했어도 직접 다뤄본 적은 없는 것 같았다. 존은 그 점을 확신했다.

"고성능 D폭약이라고 부르지 않나요?"

"응, 괜찮고 안정적이지만 지랄맞게 강력하지. 전에 D폭약으로 작업한 적 있나?"

테넌트는 화학물을 다시 유심히 들여다보고 봉지들을 옆으로 치웠다.

"아뇨. 어떻게 폭발시키죠?"

존은 테넌트의 무지에 기뻐하며 크게 웃었다.

"성냥불 붙이는 것만큼 쉽지, 테넌트. 날 믿어. 실망하지 않을 거야."

"어디서 얻었는지 말하지 않을게요. 약속드릴게요. 절대 말하지 않을 게요."

"그건 걱정하지 않아, 테넌트. 쥐꼬리만큼도. 자, 누가 RDX를 가지고 있는지 말하면 이 물질들의 혼합 방법을 말해주지."

"이 일 잊지 않을게요, 미스터 레드. 제가 할 수 있는 한 어떻게든 도울 게요. 정말이에요."

"자네가 그러리라는 걸 알아, 테넌트. 자 이제 RDX에 대해서 말해봐. 그러면 바로 그 작은 봉지에 든 삶과 죽음의 가루를 자네에게 주지."

댈러스 테넌트는 바지 앞에 두 봉지를 쑤셔넣고 미스터 레드에게 누가 RDX를 가지고 있는지 말했다.

존은 시간을 들여 차분히 퇴실 서명을 했다. 그러나 일단 차에 올라타 경비 초소를 나서자 고속도로를 향해 힘껏 가속 페달을 밟았다. 존은 테 넌트에게 적어도 이틀간 성분을 혼합하지 않겠다는 약속을 받아냈다. 하 지만 아무에게도 자신의 방문을 떠벌리지 않겠다던 그의 말을 믿지 않는 것처럼 그 약속도 믿지 않았다. 존은 테넌트가 가능한 한 빨리 그 빌어먹 을 물질들을 혼합하리라는 걸 알았다. 테넌트 같은 바보는 스스로도 어쩌 지 못했다. 존은 그 점도 확신했다. 그가 화학물질의 정체와 반응 방식에 대해서 거짓말을 한 이유가 거기 있었다.

그 물질들은 고성능 D폭약이 아니었고 전혀 안전하지도 않았다.

그가 테넌트의 입을 확실히 막기 위해 취한 유일한 조치였다.

스타키는 평소처럼 이른 시간에 일어났지만 평소에 종종 느꼈던 불안감은 없었다. 그녀는 부엌에 앉아 인스턴트 커피와 함께 담배를 피우며 자신이 테이프에 대해서 어떻게 느꼈는지 생각해보았다. 다르게 느꼈다는 건 알지만 어떤 점에서 다른지는 확신할 수 없었다. 뜻밖의 사실도, 놀라운 사실도, 밝혀야 할 숨겨진 진실도 없었다. 그녀는 죄책감의 저주를 봉인해줄 사실, 즉 자신이나 슈거 쪽에 아무 잘못이 없었다는 사실을 눈으로 지켜보았다. 하지만 그 저주를 쫓아줄 영웅적 행동도 없었다는 사실도 눈으로 지켜보았다. 마침내 깨달음이 왔다. 3년 동안 매일 그 이동식 주택은 멍에처럼 그녀를 괴롭혔고, 그녀의 생각에 당면과제였다. 이제 이동식 주택은 저 멀리 가버렸다.

스타키는 샤워를 하고 전날 입었던 정장을 그대로 입고 밖으로 나갔다. 그녀는 차를 이동해 헤드라이트가 집 옆의 하얀 치자나무 관목을 비추게 했다. 그리고 꽃을 세 송이 꺾었다.

웨스트우드의 로스앤젤레스 국립묘지는 6시가 돼야 문을 열지만, 스타키는 경비원을 찾아가 배지를 보이며 들여보내 달라고 말했다. 노인인 경비원은 머뭇거리며 걱정스러워했다. 스타키가 단호한 경찰관의 눈으로 계속 쳐다보자 마침내 그가 문을 열어줬다.

스타키는 죽은 사람들을 찾아가는 사람이 아니었다. 그녀는 슈거의 무덤을 찾는 데 애를 먹었다. 주인을 찾으려는 길 잃은 개처럼 하나같이 하얀 묘비들 위로 플래시를 휙휙 비췄다. 그녀는 그의 무덤을 두 번 지나쳐 걸어가다가 두 번 되돌아와서 발견하고는 그의 이름 밑에 꽃을 놓았다. 슈거는 루이지애나의 치자 향과 함께 자랐다.

그녀는 이 모든 일을 딛고 일어서는 것에 대해 몇 마디 하고 싶었지만, 실제로 말할 게 있는지 알지 못했다. 그러나 어쨌든 앞으로 슈거보다는 자신에 대해 더 많이 이야기하리라는 것을 알고 있었다. 삶은 그런 것이었다.

마침내 그녀는 심호흡을 했다.

"우리는 특별한 사이였어요, 슈."

그녀가 발을 돌리고 하루를 시작하기 위해 차를 몰고 떠나는 모습을 노인은 정문 관리실에서 말없이 지켜보고 있었다.

스프링스트리트 서에 도착한 스타키는 사건일지를 정리하며 한 시간을 보냈다. 그런 다음 마직과 후커와 함께 처리할 일의 목록을 만들었다. 후커가 마직보다 먼저 사무실에 나왔다. 후커는 마치 스타키가 사무실에 총이라도 난사할 거라 생각하는지 옆걸음 치듯 주저하며 다가왔다. 그의 표정을 보니 마직이 그에게 그 테이프 얘기를 한 게 분명했다. 스타키는 실망스러웠지만 마직다운 행동이라고 생각했다.

"안녕, 캐롤? 저, 별일 없죠?"

"나 괜찮아, 호르헤. 고마워."

"괜찮아요?"

"그 테이프 봤어. 괜찮아."

후커가 조마조마한 얼굴로 고개를 끄덕였다.

"저, 내가 도울 일이 있으면."

스타키는 일어서서 그의 뺨에 입을 맞췄다.

"당신은 다정한 사람이야, 호르헤. 고마워."

후커가 엄청 하얀 이를 드러냈다.

"이제 내 얼굴은 치우고 일로 돌아가죠."

후커는 웃으며 자리로 돌아갔다. 그때 스타키의 전화벨이 울렸다.

"스타키 형사입니다."

"워런 뮬러요, 이 위쪽 베이커즈필드에 있는."

놀란 스타키는 그에게 뜻밖이라 말하고 전화한 이유를 물었다.

"당신들이 우리 시 검사에게 테넌트의 어머니 도로시아 테넌트라는 여자의 부동산 조사를 시켰지."

"맞아요."

"자네가 한 점 올렸어, 스타키. 내가 이 말을 전하는 사람이 되고 싶었네. 난 바로 지금 그 장소 앞에 서 있어. 여기 작은 두 세대용 건물을 소유했던 노부인이 사망했는데 건물은 여전히 그 여자 명의로 되어 있네. 테넌트가 이 유언을 검인법원에 가져가지 않은 게 분명해."

스타키는 굉장한 에너지가 몰려드는 것 같았다. 그때 마직이 들어왔다. 스타키는 그녀에게 손짓하며 한 손으로 송화구를 막고 말했다.

"베이커즈필드야. 베스, 우리가 한 건 했어. 테넌트에게 부동산이 있대."

마직이 주먹을 쥐고 위아래로 흔들었다.

"뭐라고 했나? 자네 말을 못 들었어." 뮬러가 물었다.

"여기 사람들에게 이야기해줬어요. 뮬러, 그쪽 폭발물처리반을 출동시켜야 할 거예요. 그 장소에 폭약이 있을지……."

뮬러가 그녀의 말을 잘랐다.

"자자, 천천히, 형사. 우리가 자네보다 두 단계 앞서 있어. 자네가 단지 부동산에서만 한 건 올린 게 아니야. 그의 작업장도 찾아낸 거야. 여기가 그자가 물건들을 보관하는 곳이야, 스타키. 우리 폭발물처리반 사람들이 지금 그 장소를 확보하고 있어."

후커와 마직 둘 다 손을 펼쳐 보이며 일의 진행상황을 알고 싶어 했다. 그녀는 뮬러에게 잠시 기다려달라고 부탁한 다음 두 사람에게, 자신이 들은 사실을 말해주었다.

"좋아요, 경사님. 다시 왔어요. 뭐가 좀 발견됐나요?" 스타키가 말했다.

"그의 어머니가 소유한 이곳은 두 세대용 작은 건물이야. 한 채는 비어 있고, 다른 한 채에는 사람이 살고 있어."

"맙소사. 그럼 옆집이 테넌트의 작업장이란 말인가요?"

스타키는 테넌트가 감옥에 있으면서도 숙소 임대료를 계속 낼 수 있었던 이유가 바로 이 부동산 덕분이라고 생각했다.

"아니, 그렇지는 않아. 여기 건물 뒤에 문을 잠가둔 개조 차고가 있어. 그 차고가 물건이 보관된 곳이야."

"RDX를 찾으셨어요?"

"RDX는 없었지만 TNT 일부와 흑색 화약 9킬로그램을 찾았어."

"테넌트와, 그에게 RDX를 대준 자를 연계할 증거가 있을지 모른다고 기대하고 있었어요. 이건 실버레이크 수사와 직접적인 관련이 있어요, 뮬러. 서류, 통신, 사진 등 실마리가 될 만한 걸 하나라도 발견한다면 확보해주셨으면 해요. 조사하러 갈게요."

"그러지. 그런데 얻어낸 게 더 있어. 그 집 사람들 말로는 한 달쯤 전에 여기를 배회하는 자가 있었대."

"네? 누군가 작업장에 들어갔었다고요?"

"그자가 건물에 들어가거나 나가는 건 보지 못했대. 다만 어떤 남자가 배회하는 것만 봤대. 그 집 노인이 남자를 불렀더니 남자가 담장을 넘어

271

급히 떠났다는군. 노인 말로는 그 남자가 뭔가를 들고 가는 것 같았대."

"그게 RDX라고 생각하세요?"

"글쎄, 안에 RDX가 있었다면 가져갈 수 있었겠지."

"인상착의는 받으셨어요?"

"사십대에서 오십대쯤의 백인 남자로 키는 160에서 180센티미터, 몸무게는 약 80킬로그램. 그리고 야구모자와 선글라스를 착용했대."

스타키는 송화구를 손으로 막고 마직과 후커에게 지금까지 들은 이야기를 전해줬다. '야구모자'라는 말을 듣고 두 사람은 하이파이브를 했다.

"경사님, 여기 실버레이크 건에서 유사한 용의자가 있어요. 저희 몽타주를 팩스로 보내드릴 테니 거기 증인들에게 보여주고 뭐라고 말하는지 알아봐주시겠어요?"

"물론이지."

"팩스 번호 좀 주세요."

스타키는 마직에게 번호를 넘기고 나서 뮬러에게 돌아왔다.

"한 가지 더요. 강제로 침입한 흔적은 없었나요? 그 남자가 들어갔다면 침입해야 하지 않았을까요?"

"무슨 말인지 아는데, 아니야. 테넌트가 차고를 튼튼한 예일 맹꽁이자물쇠 두 개로 잠가뒀어. 우리는 볼트커터로 그 자물쇠를 잘라내야 했지. 강제로 침입한 흔적은 없었어. 그래서 그 남자가 안에 들어가 RDX를 가져갔다면 열쇠를 갖고 있었던 거야."

스타키는 더 이상 물어볼 말이 생각나지 않았다.

"뮬러, 저한테 이런 전화 하실 필요 없었다는 거 압니다. 격이 다르시군요."

"음, 자네가 맞았어, 스타키. 융통성이 없을지는 몰라도 나도 신사거든."

"정말 그러시네요. 이 일을 정말 잘 처리하셨어요, 경사님. 저희 수사에 큰 도움이 될 거예요."

뮬러가 웃었다.

"나와 자네가 세상에서 가장 잘난 두 경찰관이라고 생각하면 어때?"

그녀는 웃으면서 전화를 끊었다.

"정말 멋져! 우리, 형사 맞는 거지?" 마직이 말했다.

스타키는 후커에게 화질이 개선된 테이프를 보러 가자고 말했다. 야구모자를 쓴 남자에 대한 유사한 인상착의로 인해 그들의 911 신고자가 폭파범일 가능성이 높아졌다. 그녀는 가능한 한 빨리 테이프를 보고 싶었다. 긴 셔츠 차림의 남자가 테이프에 있을 거라는 강한 예감이 들었다. 360도 전경에 대한 후커의 말이 맞다면, 그는 그 자리에 있어야 했다. 그는 폭탄을 터트리기 위해서 90미터 주위에 있어야 했다.

후커가 준비하는 동안 스타키는 켈소에게 진행상황을 설명하고 잭 펠을 호출했다. 그와 소식을 나누고 싶어 하는 자신의 강한 충동에 놀라면서. 그녀는 자신의 호출기 번호를 회신번호로 남겼다.

포스트프로덕션 회사는 멜로즈 남쪽으로 한 블록 떨어진, 일본 관광객들이 북적거리고 중고 옷가게들이 즐비한 지역에 있었다. 스타키와 산토스는 함께 차를 타고 갔다. 마일즈 베넬이라는 늘씬한 젊은 남자가 로비에서 그들을 맞았다.

"시간 내주셔서 감사합니다."

스타키의 말에 베넬이 어깨를 으쓱했다.

"음, 당신들은 범죄 수사를 하고 있잖아요. 두루마리 화장지 광고 편집보다 훨씬 중요한 것 같은데요."

"때론 그렇죠."

스타키는 레스터 이바라에게 그 테이프를 보여주고 싶다는, 그리고 어쩌면 벅 다제트에게도 보여주면 좋겠다는 생각이 들었다. 그녀는 떠날 때 복사본을 가져갈 수 있는지 베넬에게 물었다.

"집에 있는 기기로 보시려고요?"

"그래요."

베넬은 기분이 상한 듯 보였다.

"흠, 복사본은 만들어드릴 수 있지만 해상도가 떨어질 거예요. 그래서 여기 오셔서 테이프를 봐야 하는 거예요. 이 작업을 어떻게 하는지 조금이라도 아세요?"

"난 VCR의 프로그램도 설정 못 해요."

"TV 화면은 픽셀이라는 작은 점으로 이루어져 있어요. 테이프상의 이미지들을 확대하면 일정량의 정보를 수록한 픽셀이 확장되면서 정보가 약화되기 때문에 그 이미지들이 흐릿해지지요. 저희 작업은 그 픽셀을 잡아 좀더 작은 픽셀로 쪼개고 컴퓨터를 이용해 그 잃어버린 내용을 추정하는 거예요. 거꾸로 말하면 일종의 고정밀 텔레비전을 만드는 일이죠."

"컴퓨터가 빈 공간에 색칠을 한다는 말인가요?"

"아니, 실제로 그렇지는 않아요. 컴퓨터에서 명암의 차이를 측정해 그림자 선이 어디인지 결정한 후에 밝은 곳은 더 밝게, 어두운 곳은 더 어둡게 만드는 거예요. 그러면 정말 선명한 선과 진한 색을 볼 수 있지요."

스타키는 그의 설명이 이해되지 않았지만 개의치 않았다. 그녀는 오직 그 테이프가 제대로 작동하는지에만 관심이 있었다.

그들은 복도를 따라 인기 텔레비전 시리즈의 소리가 흘러나오는 다른 편집실들을 지나서 한 어두운 방으로 들어갔다. 그곳에는 텔레비전 모니터가 여러 대 길게 늘어서 있고, 그 앞에 계기판이 있었다. 데이지 향이 나는 방이었다.

"테이프 분량이 얼마나 되죠?"

"18분이요."

스타키는 놀랐다.

"여섯 시간에서 겨우 18분을 얻었단 말이에요?"

베넬이 계기판 앞에 앉아 초록색 배면광이 비치는 버튼 하나를 눌렀다.

중앙 TV 모니터에 화면조정 컬러바가 나타났다.

"화면에 있는 유일한 사람들이 폭발물처리반 사람들이면 그 부분을 잘라냅니다. 테이프의 대부분은 그 사람들을 비춘 분량이었어요. 우리는 카메라가 각도를 바꾸거나 헬리콥터가 원래 위치에서 벗어나 회전할 때 구경꾼들만 볼 뿐이에요."

스타키는 자신이 본 테이프에서 그 점을 기억했다.

"알았어요. 그럼 우리가 뭘 보게 되죠?"

"짧은 클립들이요. 카메라 각도에 군중이나 건물 뒤에 숨은 사람들이나 그 비슷한 화면이 잡히면 예외 없이 잘라냅니다. 그리고 클립들의 해상도를 높이는 거죠. 각도에서도 운이 좀 좋았어요. 호르헤 씨 말로는 두 분 다 거의 전 주변을 보고 싶으시다면서요."

"맞아요."

"다른 헬리콥터들 사이에서 우리가 그 전체 화면을 잡은 것 같아요. 야구모자를 쓰고 선글라스를 낀 남자를 찾고 있는 거죠?"

"맞아요. 긴 셔츠도 입고 있어요."

스타키는 베넬이 볼 수 있게 계기판 위에 몽타주를 올려놓았다.

"이야, 제 룸메이트 같은데요."

"룸메이트가 최근에 마이애미에 간 적 있어요?"

"아뇨. 침대 밖으로 나오는 일도 없는걸요."

베넬은 계기판을 계속 조정했다.

"야구모자를 쓴 남자가 두세 명 있어요. 그건 말씀드릴 수 있어요. 그 남자들이 어떻게 생겼는지 보죠. 원하시는 대로 빨리 가거나 천천히 갈 수 있어요. 화면을 정지시킬 수도 있고요. 화면을 정지시키면 선명도가 좀 떨어져 보이겠지만 그 부분은 제가 조정할 수 있어요."

그가 다른 버튼을 누르자 테이프가 시작되었다. 이미지에 초현실적 특성이 입혀져서, 스타키에게는 화면의 물체가 금속제로 보였다. 파란색은 아주 선명한 파란색이었고, 회색은 거의 빛을 발하고 있었고, 그림자들은 달그림자처럼 윤곽이 뚜렷했다.

"맥스필드 패리시(20세기 전반기의 미국 화가. 몽환적인 신고전주의의 이상화 이미지로 유명하다) 그림 같은걸요." 산토스가 말했다.

베넬이 씩 웃었다.

"바로 그거예요. 좋아요. 우리 눈이 사진을 따라잡을 시간을 주기 위해서 화면 이동에 몇 초 간격을 뒀어요. 보이죠. 지금 당장 저 경찰관 외에 아무도……."

"그의 이름은 찰리 리지오예요."

"죄송해요. 리지오 경찰관. 자, 보세요. 카메라가 이동하려고 해요."

카메라 각도가 갑자기 이동해, 과테말라 마켓 옆 선셋 대로 북쪽으로 경찰 비상경계선 테이프 뒤에 한데 모여 있는 사람들이 화면에 나왔다. 스타키는 걸음 수로 거리를 재면서 기록했던 주요 지형물을 알아보았다. 화면에 보이는 사람들은 그 거리 안에 있었고, 따라서 폭파범일 수 있었다.

베넬이 테이프를 정지하고 조이스틱을 움직여 이미지를 밝게 했다.

산토스가 한 인물을 가리켰다.

"여기, 여기 야구모자 쓴 남자요."

스타키는 이 화면에서 여덟 사람을 발견했다. 화질은 여전히 또렷하지 않았지만, 집에서 곤드레만드레 취한 채 봤던 화면보다 훨씬 선명하게 보였다. 산토스가 가리킨 남자는 모자챙이 앞으로 나와 있고, 빨간색이나 갈색 모자를 쓰고 있었다. 레스터는 다저스 야구모자 같은 파란색 야구모자를 쓴 남자라고 했지만, 스타키는 그 진술이 별 의미가 없다는 걸 알 만큼 목격자에 대한 충분한 경험이 있었다. 색을 잘못 기억하기는 쉬웠다. 각도 때문에 그 남자가 선글라스를 쓰고 있는지 긴 셔츠를 입고 있는지 확인할 수 없었다.

"얼마나 오랫동안 이 사람들이 촬영됐어요?" 스타키가 물었다.

베넬은 자신이 메모해둔 클립보드를 확인했다.

"16초간 프레임에 있어요."

"앞으로 보면서 무슨 일이 벌어지는지 보죠. 이 남자의 팔이 잡힌 장면이 있다면 보고 싶어요."

베넬이 그녀에게 프레임을 앞당길 수 있는 계기판 위의 커다란 다이얼을 보여줬다.

"여기, 이 다이얼을 돌려서 원하는 대로 빠르게 또는 느리게 가게 할 수 있어요. 시계 방향은 앞으로 가고요, 뒤로 가고 싶으면 시계 반대 방향으로 다이얼을 돌리면 돼요."

스타키는 다이얼을 돌려보았다. 그런데 너무 많이 돌려서 화면이 흐릿해졌다. 베넬이 원 상태로 돌려서 그녀에게 다시 손잡이를 쥐여주었다. 두 번째는 좀 나았다. 12초 화면에서 모자 쓴 남자가 뒤쪽의 남자를 보려고 몸을 돌리는 순간 짧은 팔 셔츠를 입은 모습이 드러났다.

그들은 한 시간쯤 테이프를 앞뒤로 돌려 보면서 현장 주변의 모든 사람을 하나하나 살펴보았다. 마침내 산토스가 일어서 화장실에 갔다. 스타키는 잠시 쉬면서 담배를 피우자고 말했다. 그녀가 주차장에 서서 담배를 피우고 있는데 호출기가 진동했다. 호출한 사람이 펠이라는 걸 확인하자 그녀는 급격히 흥분했다. 산토스가 문 밖으로 머리를 쑥 내밀었다.

"준비 다 됐어요, 캐롤."

"1분 후에 갈게."

그녀는 차 앞좌석에서 펠에게 전화해 뮬러가 테넌트의 작업장에서 얻은 정보를 들려줬다. 그녀가 말을 마치자 침묵이 흘렀다. "펠, 들어봐요. 지난번에 당신이 피자를 가져왔으니 오늘 밤은 내가 저녁을 준비할게요" 라고 그녀가 말할 때까지.

그녀는 그가 거절을 하거나 자신이 지난밤에 했던 말을 꺼낼 거라고 생각했다. 그런데 한동안 침묵만 흐르더니 마침내 그가 말했다.

"그쪽으로 몇 시에 가면 좋겠어요?"

"7시가 어때요?"

통화가 끝나자 스타키는 도대체 내가 뭘 하고 있는 거야, 라고 자문했다. 저녁 이야기를 꺼내거나, 펠을 만나자거나, 그 비슷한 말도 할 생각이 없었다. 펠은 그 제안을 듣고 놀랐을 것이다. 그녀는 자신이 그런 말을 했다는 것 자체에 펠만큼이나 놀라고 있었다.

스타키는 담배를 마저 피우고 편집실로 돌아갔다. 18분 분량의 고해상도 테이프를 보는 데 거의 두 시간이 걸렸다. 클립을 보면서 스타키는 남은 주변 지형물을 기록했다. 그리고 현장의 360도 전경과 무선송신기의 최대 범위 안에 있는 모든 사람의 거의 완벽한 사진을 얻어냈다. 그녀는 그 정도로 만족했다.

하지만 한편으로는 야구모자의 남자를 찾을 수 없어서 실망했다.

그들은 대부분의 지역을 보여주는 와이드샷에서 일을 끝냈다. 리지오는 폭발 바로 직전에 폭탄 위에 있었다. 벅 다제트는 서버번 옆에 있었다. 주차장은 넓고 텅 비어 있었다. 스타키는 팔짱을 끼고 이 특별한 조사에서 아무것도 나오지 않았다는 점을 곰곰이 생각했다.

호르헤 산토스는 풀이 죽었다.

"그자가 여기 있을 거라고 확신했어요. 여기 있어야 한다고요."

"그자는 있어, 호르헤, 여기 어딘가에. 모자를 벗고 소매를 걷어 올린다면 그는 이 사람들 중 누구든 될 수 있어. 우리가 아직 발견하지 못했을 뿐, 그는 여기 어딘가에 있어야 해."

베넬도 산토스만큼이나 실망한 것 같았다. 그는 필름 해상도를 높이는 동안 내내 사건 해결의 일부가 되고 싶었다.

"그는 이 건물들 중 어느 한곳의 반대편에 있을 수도 있어요. 이 차량들 중 어느 한 대 뒤의 인도에 서 있을 수도 있고요. 그러면 그를 절대 볼 수 없어요."

스타키는 어깨를 으쓱했지만 그럴 가능성이 없다는 것을 알고 있었다. 원격제어 시스템 업체 직원 말로는 송신기가 수신기를 '봐야' 한다고 했다. 그 말은 송신기를 확실하게 조준해야 한다는 뜻이었다.

"테이프 복사본을 정말 가져가시겠어요?" 베넬이 물었다.

"그게 좋을 것 같아요. 나중에 다시 살펴볼 수도 있으니까요."

"집에 있는 기기로는 선명하지 않을 수 있어요."

"지금 당장은 선명도가 크게 도움이 될 것 같지 않아요."

베넬은 그들에게 복사본을 하나씩 만들어줬다.

스타키와 산토스는 아무 말 없이 스프링스트리트 서로 차를 타고 돌아왔다. 불과 세 시간 전의 열정은 수그러들었지만 완전히 사라지지는 않았다. 미스터 레드는 어딘가 있어야 했다. 문제는…… 그럼 어디에?

스타키의 거울

존 마이클 파울스는 아랍인들을 빼면 비벌리힐스 도서관이 딱 괜찮다며 마음에 들어 하던 차였다. 그들이 자신들을 아랍인, 이란인, 페르시안인(망할 놈의 이란인을 일컫는 또 다른 명칭이었다), 이라크인, 사우디아라비아인, 모래 껌둥이(sand nigger. 중동계 사람을 경멸적으로 일컫는 말), 모래 깜둥이(dune coon. 'sand nigger'와 같은 말로, 그을린 갈색 피부에 아라비아 억양을 쓰는 사람을 경멸적으로 일컫는 말), 그림자 검둥이(shade spade. 'spade'는 흑인을 낮잡아 이르는 말), 쿠웨이트인이라고 부르든 말든 상관없었다. 터번 두른 거지발싸개 같은 무슬림들은 무슬림들일 뿐이었다. 존은 낙타나 타고 돌아다니는 저 망할 녀석들이 10대 지명수배자 명단에 아주 쉽게 오른다는 이유로 그들을 증오했다. 아랍인을 잡으면 그는 콧방귀를 뀌는 반면에 연방요원들은 그 자식을 명단에 올린다. 존 같은 진짜 미국인이 명단에 오르려면 엄청난 노력을 해야 한다. 비벌리힐스에 아랍인들이 득실거리고 있었다.

존은 눈을 감고 명상하며 스트레스를 다스리려고 노력했다. 존은 구찌 등 명품을 몸에 휘감은 메뚜기들처럼 진열대 사이를 떼 지어 다니는 아랍인들이 없는 척했다. 훤한 대낮에 자유롭게 활보하는, 세상에서 가장 위험한 사람이 되기란 쉽지 않았다. 잘 대처해야 했다.

존은 이제 나머지 RDX를 어디서 찾아야 하는지 알았고, 하루나 이틀 정도 놔두겠지만 곧 회수할 작정이었다. 테넌트는 그쪽으로 도움이 되었다. 오싹한 머저리 같으니라고. 존은 자신의 세계에 거주하는 댈러스 테넌트처럼 사회적으로 혐오스럽고 손가락 없는 부적응자들을 질색했다. 그런 자들이 진지한 폭약 마니아들에게 오명을 씌웠다.

RDX에 관해서 자신이 알아야 할 사항을 알아낸 존은 테넌트가 캐롤 스타키에 대해 들려주는 이야기를 즐겼다. 테넌트는 그녀를 거친 여자로 설명했다. 존은 그 점이 아주 맘에 들었다. 테넌트가 그녀 이야기를 엄청 해대는 바람에 존은 어느새 질문을 하게 됐고, 단지 그녀에 관한 기사를 보기 위해 테넌트의 스크랩북까지 들여다보았다. 테넌트와의 일을 끝낸 뒤 존은 차를 타고 로스앤젤레스로 돌아와 여기 도서관에 와 있었다. 그는 스타키의 기사가 실린 과거의 신문을 읽고 그녀의 사진을 찾으며 많은 시간을 보냈다. 기사에서 묘사된 것처럼 그녀가 실력 좋은 폭발물처리 수사관이었는지 궁금했다.

불운이었다, 그 지진은.

그 글을 읽고 존이 껄껄 웃는 소리에 이란인 두세 명이 그를 쳐다보았다. 아니, 이런. 존은 생각했다. 신이 있다면 신이야말로 비열한 개자식이군.

망할 놈의 지진.

캘리포니아에서만.

존은 스타키가 실제로 폭탄에 의해 죽었다가 되살아났다는 점에 매혹되었다. 그는 그 경험에 경탄했고 그 생각을 멈출 수 없었다. 폭발에 그토록 근접해 있었다는 것을, 그 에너지에 휩쓸렸다는 것을, 정신 나간 키스처럼 온몸으로 폭발의 압력을 느끼는 것을, 폭발로 몸이 들려 그렇게 어루만져지는 것을 생각하지 않을 수 없었다.

그는 자신과 스타키가 영혼이 통하는 사람일지 모른다는 생각이 들었다.

그는 도서관을 나와 벨에어 호텔의 객실로 돌아왔다. 하룻밤에 800달러나 하는 이 호텔은 멋지고 낭만적인 방갈로로, 그가 최근 얻은 아메리칸 익스프레스 골드카드와 가짜 신분증 덕분에 묵을 수 있었다. 그는 클라우디우스에 접속했다. 지난 며칠 동안 그와 RDX에 대한 글이 꽤 많이 올라와 있었다. 클래런스 제스터의 말대로 미스터 레드가 실버레이크 사건의 배후라는 소문을 퍼트리는 글도 많았다. 존은 이 상황이 마음에 들지 않았다. 그는 테넌트가 스타키와 펠에게 클라우디우스에 대해 말했다는 사실을 알고 있었고, 그래서 이제 어떤 일이 벌어지고 있는지 알아차렸다. 스타키는 미스터 레드가 리지오를 살해했다고 판단하여 미끼를 놓고 있었다. 모방범의 술책에 속아 넘어간 것이다. 존은 화가 나는 동시에 의기양양했다. 그는 스타키가 자신을 생각하고 있다는 사실에, 그녀가 자신을 잡으려고 한다는 사실에 기쁨을 느꼈다.

존은 새로 올라온 글들을 읽다가 이 글들이 더 이상 자신에 관한 것만은 아니라는 것을 알았다. 스타키에 관한 글이 많았고, 그중에는 전직 폭발물처리 수사관이자 폭탄광들의 포스터 걸이 현재 수사를 책임지고 있다는 내용도 있었다. 그녀에게만 환호하는 지면이 따로 생긴 것 같았다.

존은 글의 스레드를 스크롤해서 마지막 글을 찾아보았다.

Subject: 마지막 결전

From: 기아(KIA)

Message-ID: 〉136781.87@lippr〈

그들은 유나바머를 잡았다. 힉스도, 맥베이도, 그 나머지 놈들도 잡았다. 누군가 레드를 체포한다면 그건 스타키다. 레드가 이미 그녀를 잡으려고 했다가 놓쳤다고 들었다.

하, 넌 한 발만 남았어.

잘 가, 미스터 레드.

존은 기아가 무슨 소리를 들었기에 미스터 레드가 스타키를 죽이려 했다는 생각을 했는지 궁금했다. 이자들은 아침에 일어나 똥 대신 소문을 싸지르나? 존은 아이북을 덮고 신경질을 냈다. 이자들은 빌어먹게도 제정신이 아니었다. 스타키는 점점 스타가 되고 있었고, 자신은 점점…… 그저 그런 녀석이 되고 있었다.

기분이 좀 진정된 뒤 존은 아이북을 재부팅해서 미네소타의 자기 사이트에 전화를 걸었다. 자신이 원하는 소프트웨어를 얻자 지역 전화회사를 해킹해 캐롤 스타키의 주소를 내려받았다.

욕실 창문은 미늘식 유리창으로 진녹색 자갈 무늬였고, 바닥에서 천장까지 이어진 폭이 좁은 창문들 중 하나는 욕실 증기가 빠지도록 열어두는 창문이었다. 이 창문들은 1950년대 무렵 설치된 후 한 번도 교체된 적이 없을 것이다. 그는 끼움쇠를 이용해 방충망의 걸쇠를 풀어 옆으로 밀치고 유리판을 빼내는 작업을 했다. 첫 번째 유리판이 가장 힘들었다. 그는 떨어지지 않도록 전기 테이프로 느슨하게 줄을 만들어 유리판을 고정시킨 다음 드라이버와 손가락 끝으로 유리판을 빼냈다. 첫 번째 유리판이 빠지자 손을 안으로 넣어서 문고리를 더듬어 발견하고 창문을 열었다. 그때부터 다른 유리판들은 쉽게 빠졌다.

존은 빈 공간이 60센티미터 높이가 될 만큼 유리판을 충분히 빼낸 다음 창문을 통해 발을 들여놓고 캐롤 스타키의 집 안으로 들어갔다.

그는 숨을 들이마셨다. 그녀의 냄새를 맡을 수 있었다. 비누와 담배 냄새였다. 그는 그녀의 사적인 공간에 들어왔다는 기분을 잠시 만끽했다. 여기 그가 그녀의 집에, 그녀의 가정에 와 있었다. 그녀의 냄새를 맡으며, 그녀가 호흡했던 공기를 마시며 여기 그가 와 있었다. 마치 그녀 안에 들어와 있는 것 같았다.

존은 우선 집 안을 빠르게 돌아다니며 개가 있는지, 손님이 있는지, 예기치 못했던 무언가가 있는지 확인했다. 문득 에어컨 소리에 불안한 마음이 들었다. 차가 들어서는 소리나 열쇠가 자물쇠에 꽂히는 소리가 묻혀버릴 수 있었다. 서둘러야 했다.

존은 급히 나가야 할 때를 대비해 뒷문을 열어두었다. 그러고는 욕실로 돌아가 방충망을 제자리로 끌어당기고 걸쇠를 걸고 유리판들을 원 위치로 돌려놓았다. 이제 그는 좀더 길게 마음의 여유를 누렸다. 숨을 더 깊게 들이쉬었다. 욕실 선반은 온갖 병과 용기 들로 어수선했다. 알바보타니카 로션, 유리병에 든 화장솜, 비누공, 먼지 낀 솔방울 바구니, 파란 상자에 든 탐팩스 슈퍼플러스 탐폰, 좀 써서 용기가 흐늘흐늘해진 크레스트 치약과 칫솔 하나가 든 LA경찰 머그잔이 있었다. 변기 위 거울은 줄무늬 같은 얼룩으로 지저분했다. 타일 사이의 회반죽은 곰팡이로 거무스름했다. 캐롤 스타키는 가정에 신경 쓰지 않는 모양이었다. 존은 실망스러웠다.

존은 스타키의 거울 속에서 자신의 얼굴을 보았다. 원숭이처럼 활짝 웃어서 이를 살펴보고는 그녀의 칫솔을 자세히 바라보았다. 그 칫솔을 입에 넣고 크레스트 치약을 맛보았다. 민트 맛이었다. 그는 이와 잇몸 주위를 닦고 혀를 쓸어주고는 칫솔을 머그잔에 도로 넣었다.

그는 거실을 오가며 창문을 재빨리 훔쳐보고 그녀의 차가 오는지 확인했다. 이상 무. 그는 소파에 앉아 손바닥의 평평한 부위로 천을 따라 소파를 어루만졌다. 스타키가 자신과 똑같이 소파를 쓰다듬는 모습을 상상하고, 둘의 손이 하나가 되어 움직이는 장면을 머릿속에 떠올렸다. 거실은 욕실만큼이나 깨끗하지 못했다. 존은 자신의 옷차림에 까다로웠고, 옷차림이 그 사람을 반영한다고 생각했다.

부엌 식탁 위에 컴퓨터가 있었다. 컴퓨터 모뎀의 플러그가 부엌 전화선에 꽂혀 있었다. 존이 원한 것은 컴퓨터였지만, 그는 컴퓨터를 지나쳐 부엌을 통해 침실로 들어갔다. 침실은 어둡고 집의 다른 공간들보다 시원했다. 그는 침대 발치에 섰다. 침대는 정돈되지 않았고 시트와 이불이 새 둥지처럼 쌓여 있었다. 이 여자는 돼지 우리처럼 해놓고 살고 있군! 존은 자신이 미친 짓을 하려고 한다는 것을 알았다. 정신 나간 짓을 할 것이기에, 지금 그녀가 집에 돌아온다면 그는 큰 대가를 치르든지 그녀를 죽이든지 해야 할 것이다. 하지만, 세상에, 이야, 여기가 그녀의 **빌어먹을 침대**였다. 그는 옷을 벗었다. 그녀의 베개에 얼굴을 묻고 시트 위에서 몸을 비벼댔다. 눈의 천사(사람이 맨눈 위에 등을 대고 누워서 팔을 위아래로, 다리를 좌우로 움직여 만드는 모양)를 만들기라도 하듯 팔과 다리를 퍼덕거렸다. 존은 단단해졌지만 지금은 그럴 시간을 내고 싶지 않았다. 그는 시트와 이불 더미를 원래대로 해놓고는 옷을 입고 부엌으로 돌아왔다.

존은 PC와 매킨토시 두 기종에 대비해왔지만, 그녀가 PC를 이용하는 걸 알자 또 실망스러웠다. PC는 너저분한 집과 마찬가지였다. 그녀에 대한 평가가 형편없어졌다.

그는 노트북을 부팅하면서, 흔히 그렇듯 화면에 개인적인 아이콘들이 배열되어 뜰 거라고 생각했다. 그런데 뜻밖에도 아이콘 하나만 달랑 떠올랐다. 그때 문득 떠오른 생각이 있어서 존은 껄껄 웃었다. 스타키는 완전 컴맹이었던 것이다. 테넌트가 그들에게 클라우디우스에 대해 말하자 펠이 연방수사관들을 통해서 그녀에게 노트북을 마련해준 게 틀림없다. 그녀는 이 빌어먹을 물건을 어떻게 작동시키는지조차 모를 것 같았다.

그 후의 일은 고작 몇 분밖에 걸리지 않았다. 존은 노트북에 자신의 집 드라이브를 연결해 그녀의 파일을 복사하는 데 필요한 소프트웨어를 설치했다. 복사를 끝내고 나서는 소프트웨어를 삭제하여 작업 흔적을 지웠다. 나중에 호텔에 돌아가면 그녀의 파일을 열어 그녀가 클라우디우스에서 사용하는 아이디를 알아낼 것이다.

지금 그는 그녀의 집 안에 있었다. 그녀의 아이디를 얻으면 그는 그녀의 마음속을 알 수 있을 것이다.

1.2

스타키는 스프링스트리트 서에 후커를 내려주고 집으로 차를 돌렸다. 가는 길에 랄프스 마켓에 들러 구운 통닭과 으깬 감자, 다이어트 탄산음료를 골랐다. 계산대 앞에 줄을 서 있자니 문득 펠이 탄산음료를 마시지 않을지도 모른다는 생각이 들었다. 그래서 1리터짜리 우유와 메를로 와인 한 병을 더 고르고 프랑스빵을 한 덩이 집었다. 언제 마지막으로 저녁 식사 손님을 맞이했는지 기억이 나지 않았다. 딕 레이턴이 1년 전 저녁에 잠시 들렀을 때 그는 겨우 음료수 한 잔만 마시고 돌아갔다.

시내에서 빠져나오는 차량의 흐름은 인정사정없었다. 스타키도 그 흐름에 끼어들었다. 그녀는 자신이 바보 같다는 기분이 들었다. 펠을 초대할 계획도 아니었고, 초대에 대한 생각을 하고 있었던 것도 아니었다. 그런데 갑자기 저녁 제안이 튀어나왔다. 지금 그녀는 빤한 속내를 들킨 사람처럼 당혹스러웠다. 열여섯 살 때 그녀는 잘 알지도 못하는 제임스 마스터스라는 소년으로부터 2, 3학년이 참석하는 무도회에 초대받은 적이 있었다. 무도회 당일 큰언니에게 드레스를 빌려 입은 그녀는 자신이 아주 뚱뚱하고 못생겨서 제임스 마스터스가 비명을 지르며 달아날 거라고 확신했다. 스타키는 그날 두 번 토했고 하루 종일 아무것도 먹을 수 없었다. 지금이 마치 그때와 같은 기분이었다. 스타키는 동작 감지기가 연결된 다이너마이트 상자를 해체할 수는 있지만, 이런 일들은 폭탄 해체와는 다른 식으로 파괴를 불러올 가능성이 있었다.

그녀는 집에 늦게 도착했다. 펠은 이미 와서 그녀의 집 앞 거리에 차를 세워놓고 있었다. 그녀가 진입로로 들어서자 그가 차에서 나와 그녀에게 다가왔다. 그의 얼굴을 본 순간 그녀는 손을 뻗어 타가메트를 찾고 싶었다. 그는 자신이 이 자리에 있고 싶은 건지 확신이 서지 않은 표정이었다.

그녀는 봉지들을 들고 내렸다.

"이봐요."

"봉지 좀 들어줄게요."

그녀는 두 봉지 중 하나를 그에게 넘겨주고는 베이커즈필드에 대해 말하면서 그와 함께 집으로 들어갔다. 그녀가 테넌트의 작업장에서 목격된 남자가 911 신고전화를 한 남자와 동일인일 수 있다고 말하자 펠은 흥미를 보이는 듯했다. 하지만 용의자가 사십대라는 말에 어깨를 으쓱했다.

"우리 범인이 아니에요."

"우리 범인이 아닌 걸 당신이 어떻게 알아요?"

"미스터 레드는 더 젊어요. 여기는 로스앤젤레스라고요. 여기선 누구나 선글라스를 끼고 야구모자를 쓰고 다닌다고요."

"어쩌면 우리 범인은 미스터 레드가 아닐 수도 있어요."

펠은 얼굴이 어두워졌다.

"미스터 레드예요."

"그렇지 않다면요?"

"맞아요."

스타키는 펠이 내부 정보나 그 비슷한 정보를 갖고 있는 것처럼 확신하

287

고 있어서 더 짜증이 났다. 그에게 접합 테이프 이야기를 꺼낼까 또 생각해봤지만, 여전히 재니스 브록웰의 연락을 기다리는 게 먼저인 듯싶었다.

"이봐요, 그 건에 대해선 이야기하지 말죠. 여기 좋은 게 있는 것 같은데 당신이 잡치고 있는 것 같거든요."

"그럼 그 건은 그만 이야기하죠."

그들은 싱크대 옆 조리대에 두 봉지를 내려놓았다. 스타키는 심호흡을 했다. 그러고는 막 신분증을 제시해달라고 하려는 상황인 것처럼 싸울 태세로 그를 마주 보았다. 그녀는 이 저녁을 무사히 보낼 수 있는 유일한 방법이 대놓고 말하는 거라고 생각했다.

"오늘 밤은 데이트예요."

그녀는 바보 같은 말을 뱉어낸 기분이었다. 여기 두 사람이 부엌에 서서는 그녀가 고백을 하듯 말을 펑 터트린 것이었다.

펠은 아주 불편해하는 눈치였다. 스타키는 오븐 속으로 기어 들어가고 싶었다. 펠은 그녀의 눈을 살펴보더니 봉지들을 쳐다보았다.

"난 이런 일은 잘 몰라요, 캐롤."

그녀는 창피한 기분이었다. 당황스러웠고 바보같이 굴었다고 속으로 투덜댔다.

"여기서 나가고 싶다면 이해해요. 이 상황이 우스워 보이는 거 알아요. 이 말을 해야겠어요. 난 지금 내가 정말 머저리 같다는 기분이 들어요. 내 스스로 바보 같다고 생각하는 것만큼 당신도 같은 생각이라면, 젠장, 여기서 나가주면 좋겠어요."

"나가고 싶지 않아요."

"그냥 데이트일 뿐이에요, 제발, 그게 다예요."

그녀는 어느 누가 보더라도 일을 완전히 망친 거라고 생각하면서 그를 지나쳐 바닥을 쳐다보았다.

펠은 봉지에 든 식료품들을 꺼내기 시작했다.

"이 물건들을 정리하고 저녁을 먹는 게 어때요?"

그녀가 서 있는 앞에서 그는 몇 분 동안 식료품을 정리했다. 결국 그녀도 그를 도와 우유를 냉장고에 넣고 식기 세척기에서 막 씻은 접시와 은식기를 꺼냈다. 무슨 데이트가 이렇담. 아무도 아무 말도 하지 않았다.

스타키는 통닭과 으깬 감자를 한쪽 옆에 놓았다. 그런데 이 음식들을 어떻게 해서 먹어야 할지 알 수 없었다. 통닭과 감자는 은박지에 싸여 있고 플라스틱 용기에 들어 있어서 형편없어 보였다.

"음식들을 데워야 할 것 같아요."

펠이 닭이 든 상자에 손바닥을 갖다 댔다.

"충분히 따뜻해요."

스타키는 접시와 통닭을 자를 나이프를 꺼내다가 샐러드거리를 사왔어야 했다고 생각했다. 그녀는 완전히 기운이 빠져버렸다. 펠이 그 기색을 알아챈 것 같았다. 그녀처럼 그도 곤란한 표정을 짓고 있었다.

"내가 도우면 어때요? 나 썩 괜찮은 요리사거든요."

"난 요리에는 젬병이에요."

"저런, 이미 요리된 상태라서 당신이 아주 심하게 망치지는 못할 것 같은데요. 그냥 접시에 올려놓기만 하면 돼요."

스타키는 웃었다. 키득대며 웃자 몸이 흔들렸다. 그녀는 울게 될까 봐 두려웠지만 눈물이 흐르게 내버려두지 않았다. 넌 늘 강한 여자였어. 펠이 음식을 내려놓고 다가오자 그녀는 손을 들어 제지했다. 그녀는 문이 열리고 있다는 것을 알았다. 어쩌면 찰리 리지오에게 일어난 일 때문에, 어쩌면 이동식 주택 폭탄의 테이프를 봤기 때문에, 어쩌면 단지 3년이 지나는 동안 준비가 됐기 때문에. 그녀는 생각했다. 그렇다면 이유는 중요치 않아. 그냥 문이 열렸을 뿐이었다.

"난 이런 일에 익숙지 않아요, 펠. 난 다시 감정을 느껴보도록 노력하고 있는데 쉽지 않네요."

펠은 통닭을 쳐다보았다.

"젠장. 무슨 말이라도 해봐요. 나만 혼자 벌거벗은 채 서 있고 당신은 그냥 날 지켜보고 있는 것만 같아요."

펠은 더 가까이 다가와 그녀에게 팔을 둘렀다. 그녀는 긴장했지만, 그는 그녀를 안는 것 이상의 행동은 하지 않았다. 그녀는 포옹을 받아들였다. 서서히 긴장이 풀린 그녀가 그에게 팔을 두르자 그가 한숨을 내쉬었다. 그들은 서로에게 자신을 맡기고 있는 것 같았다. 마음 한구석에서는 이 감정이 더 부풀길 원했지만 그녀는 아직 이에 대한 준비가 되어 있지 않았다.

"난 못 해요, 펠."

"쉿. 이건 좋은 거예요."

얼마 후 그들은 식탁으로 음식을 가져와 가벼운 이야기를 나누었다. 그녀는 그에게 ATF와 그가 맡았던 사건에 대해서 물었다. 그러면 그는 대답 대신 종종 화제를 바꾸거나 다른 질문을 던졌다.

또 얼마 후 접시를 치우고 씻고 나자 그는 그녀에게서 물러선 채 여전히 어색해하며 말했다.

"가야 할 것 같아요."

그녀는 고개를 끄덕이고 현관문까지 그를 배웅했다.

"이 자리가 너무 끔찍하지 않았기를 바라요."

"아니. 다시 이런 자리를 마련했으면 해요."

스타키가 웃었다.

"이야, 당신은 벌을 자처하는 사람이 틀림없어요."

문 앞에 멈춰 선 펠은 하고 싶은 말을 찾으려고 애쓰는 것 같았다. 그는 그녀와 함께한 시간 내내 고심하는 눈치였다. 그녀는 그 이유가 궁금했다.

"당신을 좋아해요, 스타키."

그녀는 자신이 웃는 게 느껴졌다.

"그래요?"

"나 역시 이건 쉽지 않아요, 아주 많은 이유에서."

스타키는 그 말에 자신감을 얻었다.

"나도 당신 좋아해요, 펠. 오늘 밤 와줘서 고마워요. 이 자리가 좀 별나서 미안하고요."

펠은 돌아서서 차로 걸어갔다. 스타키는 그의 차가 떠나는 소리를 들으면서 좀 별난 것도 괜찮은 것 같다고 생각했다.

스타키는 부엌 정리를 끝내고 침실로 돌아왔다. 처음에는 그냥 옷 벗고 침대로 기어 들어갈 생각이었다. 그런데 침대가 엉망이라는 생각에 시트와 베갯잇을 벗겨서 세탁물에 쑤셔넣고 새로운 시트와 베갯잇을 깔았다. 온 집 안이 엉망진창이었고 박박 닦아내야 할 것 같았다. 하지만 청소 대신 그녀는 샤워를 했다.

샤워를 마치고 전화 메시지를 확인했다. 워런 뮬러의 전화가 와 있었고, 그 외에 다른 메시지는 없었다.

"스타키, 워런 뮬러요. 그 쓰레기 같은 그림을 테넌트의 집에 사는 노인네한테 보여줬어. 노인네는 가타부타 말하지는 못했지만, 사십대 백인 남자에 모자와 선글라스가 어느 정도 비슷해 보인다고 하더군. 내가 우리쪽 화가를 그 노인과 작업하게 할 테니 그 그림을 개선할 수 있는지 알아보자고. 뭐 좀 얻어내면 그쪽으로 팩스 보내지. 잘 지내고."

스타키는 메시지를 삭제하고 전화를 끊었다. 그녀는 자신들의 몽타주가 형편없을지라도 모든 이들이 거의 같은 사람으로 보이는 남자를, 그것도 미스터 레드와 전혀 다른 남자를 목격했다는 점을 생각했다.

스타키는 클라우디우스를 확인하는 게 낫겠다는 생각에 식탁으로 돌아가 컴퓨터를 켰다. 클라우디우스의 게시판 글을 다시 읽고, RDX에 대해 자신들이 올린 글을 확인했다. AM7이라는 사람은 특이하게도 자신의 군복무 이야기로 두서없이 길게 답글을 달아놓았다. 그 외에도 많은 이들의 답글이 달려 있었다. 하지만 아무도 RDX를 사거나 판매하겠다고 제안하지 않았고, 심지어 어떻게 RDX에 대해 알게 됐는지조차 힌트를 남기지 않았다. 아주 많은 사람들이 그녀에 대한 글을 올리고 있었다.

한참을 읽고 있는데 화면에 메시지 창이 떴다.

미스터 레드의 메시지를 수락하시겠습니까?

공포로 인한 흥분이 등을 타고 흘러내렸다. 하지만 그녀는 웃었다. 틀림없이 농담이거나 자신이 전혀 이해하지 못하는 어떤 기묘한 인터넷 현상일 거라 생각했다.

여전히 창이 화면에 떠 있었다.

미스터 레드의 메시지를 수락하시겠습니까?

스타키는 창을 열었다.

미스터 레드 : 당신이 날 찾고 있었지.

스타키는 이 말이 틀림없이 농담이라고 생각했다.

핫로드 : 누구야?
미스터 레드 : 미스터 레드.
핫로드 : 하나도 재미없어.
미스터 레드 : 아니. 이건 위험해.

스타키는 서류가방을 찾았다. 그녀는 펠의 호텔 번호를 찾아 그에게 전화를 걸었다. 전화를 받지 않자 그의 무선호출기에 전화를 걸었다.

미스터 레드 : 도움을 요청하고 있나, 캐롤 스타키?

그녀는 메시지를 쳐다보다가 시간을 확인하고 이 사람이 펠일 리 없다는 것을 알았다. 그는 컴퓨터가 없었다. 도널드 버겐이 틀림없었다. 버겐은 변태성욕자처럼 보이는 데다 펠과 자신 외에 핫로드에 대해 아는 유일한 사람이었다.

핫로드 : 버겐, 이 개자식, 너지?
미스터 레드 : 날 의심하는군.
핫로드 : 네가 누군지 정확히 알아. 이 개자식 같으니. 펠에게 이 일을 말할 거야. ATF에서 널 자르지 않으면 다행인 줄 알아.
미스터 레드 : 하하하하하! 그렇지. 펠 씨에게 말해. 그에게 날 자르라고 하라고.
핫로드 : 내일은 웃고 있지 못할걸, 이 머저리야.

스타키는 화난 얼굴로 메시지를 쳐다보았다.

미스터 레드 : 누구인지 모르는군, 캐롤 스타키. 난 버겐이 아니야. 난 미스터 레드야.

전화벨이 울렸다. 펠이 전화를 걸어온 것이었다.
"버겐과 문제가 생긴 것 같아요. 클라우디우스에 들어와 있는데 갑자기 창이 하나 떴어요. 누구인지 몰라도 내가 핫로드인 걸 아는 자예요. 자기가 미스터 레드래요."

"무시해요, 캐롤. 버겐이 틀림없어요. 내가 내일 그 녀석을 처리할게요."

미스터 레드 : 뭐 하나, 캐롤 스타키?

수화기를 내려놓고 보니 새로운 메시지가 그녀를 기다리고 있었다. 그녀는 메시지를 쳐다볼 뿐 아무 대꾸도 하지 않았다.

미스터 레드 : 알았어, 캐롤 스타키. 당신이 아무 대꾸도 하지 않으니 내가 가야겠지. 미스터 레드에 의한 세계를 당신에게 남겨둘게.

미스터 레드 : 난 찰리 리지오를 죽이지 않았어.

미스터 레드 : 나는 누가 그랬는지 알아.

미스터 레드 : 내 이름은 복수야.

도시 불빛

존 마이클 파울스는 클라우디우스를 종료했다. 인터넷에 접속했던 휴대폰 연결을 끊고, 아이북을 옆으로 치우고 의자에 편히 기댔다. 낮의 열기가 사라진 후 달그림자에 기분이 좋아진 그는 조용한 거리 한곳에 자리해 있었다.

그의 차는 스타키의 집에서 겨우 한 블록 위로 떨어진, 여름 잎이 무성한 느릅나무의 짙은 그림자 속에 주차해 있었다. 그는 여기서 그녀의 집을 볼 수 있었다. 그녀의 창문 불빛을 볼 수 있었다. 그는 지켜보았다.

유황

댈러스 테넌트는 종이컵에 암모니아를 넣어 커피인 척하며 들고 있었다. 암모니아를 후후 불면서 홀짝거리는 척도 했다. 코에 톡 쏘는 냄새가 스며들어 눈물이 났다.

"안녕히 가세요, 라일리 씨."

"잘 가게, 테넌트. 내일 보세."

라일리는 자리에 앉아 그날의 서류 업무를 마무리하고 있었다. 테넌트는 그를 향해 컵을 들어 올렸다.

"제 감방에 커피 가져가도 괜찮겠죠?"

"아, 물론이지. 괜찮아. 커피포트에 커피가 더 남았나?"

테넌트는 짜증이 섞인 얼굴로 컵을 내밀었다.

"이게 마지막이에요, 라일리 씨. 죄송해요. 포트를 씻었거든요. 가기 전에 한 잔 만들어놓을까요? 이 커피 드시겠어요?"

"괜찮아. 난 곧 갈 거야. 자네나 마시게, 테넌트."

라일리는 그에게 잘 가라고 손을 흔들고 다시 일을 시작했다.

테넌트도 라일리에게 다시 한 번 인사를 하고 돌아섰다. 그는 약을 먹기 위해 의무실에 들를 동안만 암모니아를 비품 벽장에 숨겨두었다. 의무실을 나와서는 좀더 빠른 걸음으로 곧장 감방으로 갔다. 폭약을 만들고 싶은 마음이 굴뚝같았다. 사실 그는 미스터 레드에게 며칠 기다리겠다고 약속했지만, 암모니아와 기폭장치가 있었다면 미스터 레드가 떠나자마자 어제 고성능 D폭약을 혼합했을 것이다. 테넌트는 오늘 오전에도 폭약을 혼합하지 못했다. 점심시간이 되기만을 기다린 그는 라일리가 식사하러 간 사이 인터넷에 접속해 암스테르담과 태국의 웹사이트들에서 포르노 사진을 인쇄했다. 그는 매춘부들이 말과 수간하는 사진을 암모니아와 맞바꿨고, 서로에게 주먹을 날리는 아시아 여인들의 사진을 기폭제로 이용할 성냥꼭지 및 담배와 맞바꿨다. 수중에 이 물건들이 들어오자 그는 자신의 새 장난감을 혼합하고 싶어서 남은 시간 동안 안절부절못했다. 감방에 다다를 즈음 그는 거의 뛰다시피 했다.

테넌트는 오랫동안 문가에 서서 복도를 따라 누가 오지 않는지 확인했다. 그러고는 비닐봉지 두 개와 암모니아 컵을 가지고 침대 발치에 웅크려 앉았다. 미스터 레드의 설명은 단순했다. 암모니아를 가루 봉지에 넣어 가루가 다 용해될 때까지 섞은 다음 그 혼합물을 반죽 봉지에 붓는다. 미스터 레드는 두 물질이 섞이면서 봉지가 따뜻해지겠지만, 혼합물이 플라스틱 폭약처럼 끈적거리는 반죽으로 굳은 후에야 폭약이 활성화될 거라고 주의를 줬다.

테넌트는 가루 봉지에 암모니아를 붓고 입구를 잠근 다음 가루를 녹이기 위해 봉지를 치댔다. 그는 폭약을 만든 다음 오늘 밤 남은 시간은 매점 뒤에서 금속 쓰레기통 하나에 폭약을 넣어 터트리는 상상을 하면서 보낼 계획이었다. 쓰레기통이 부서지고 온 뜰에 천둥 같은 굉음이 울리리라는 상상만 해도 흥분이 되었다.

가루가 녹자 반죽 봉지에 그 용액을 부을 준비를 하고 있을 때였다. 교도관이 다가오는 소리가 들렸다.

"테넌트! 약은 챙겨 먹었지?"

테넌트는 다리 밑으로 봉지들을 밀고는 신발 끈을 푸는 것처럼 몸을 숙였다. 교도관이 창살을 통해 그를 들여다보고 있었다.

"물론 먹었지요, 윈슬로 씨. 의무실 사람들에게 확인해보셔도 돼요. 저 의무실 갔다 왔어요."

"그럼 됐어, 테넌트. 오늘 저녁 늦게 그쪽 사람들을 볼 거야. 난 자네가 이 일정을 기억하고 있는지 확인하러 온 거야."

"네, 고마워요."

교도관은 발을 떼다가 멈춰 서더니 눈살을 찌푸렸다. 테넌트는 심장이 벌렁거리고 땀이 등으로 흘러내렸다.

"괜찮아, 테넌트?"

"네, 왜요?"

"몸을 숙이고 있어서."

"저 응가해야 해요."

교도관은 한순간 생각에 잠기더니 고개를 끄덕였다.

"저런, 테넌트, 바지에 싸지는 말라고. 한 시간쯤 후에 소등할 거야."

테넌트는 발소리가 희미해지기를 기다렸다가 문으로 다가가 복도 이쪽 저쪽을 훔쳐보았다. 돌아온 그는 반죽 봉지를 열어 다리 사이에서 반듯이 세우고 가루 용액을 넣었다. 그런 다음 입구를 봉하고 봉지를 치댔다. 미스터 레드의 말대로 봉지가 따뜻해지기 시작했다.

미스터 레드가 말하지 않은 것은 내용물이 보라색으로 변할 거라는 점이었다.

테넌트는 흥분되면서도 걱정이 되었다. 그는 포르노 사진들을 다 다운받았을 때 폭약 사이트를 두 개 검색해 피크린산암모늄에 대해 읽은 터였다. 피크린산암모늄은 강력하고 안정적인 폭약으로 보관과 사용이 쉽고 그 때문에 (폭약치고는) 안전하다고 소개돼 있었다. 한편, 두 기사에서는 피크린산암모늄이 보라색 반죽이 아니라 희고 수정같이 맑은 가루라고 언급했다.

봉지가 점점 더 따뜻해졌다.

테넌트는 치대기를 멈췄다. 봉지의 반죽을 쳐다보았다. 반죽은 작은 가스 거품이 이는 것처럼, 이스트 빵 반죽이 부풀듯 부풀고 있었다.

테넌트는 봉지를 열고 코를 킁킁댔다. 냄새가 고약했다.

머릿속에 두 가지 생각이 스쳤다. 첫 번째는 미스터 레드가 틀릴 리 없다는 생각이었다. 미스터 레드가 이 물질이 피크린산암모늄이라고 했다면 틀림없이 피크린산암모늄일 것이다. 두 번째는 어떤 폭약들은 기폭장치가 필요 없다는 생각이었다. 테넌트는 언젠가 함께 섞기만 해도 폭발하는 물질들에 대한 글을 읽었다. 그런 반응을 일컫는 말이 있는데 그 단어가 기억나지 않았다.

그가 그 단어를 기억해내려고 애쓰고 있을 때였다. 보라색 물질이 폭발했다. 그 폭발로 그의 팔이 떨어져 나갔고, 아타스카데로를 무섭게 뒤흔들어 경보기들이 죄다 울렸고, 스프링클러마다 물이 쏟아져 나왔다.

그 단어는 '자동 연소성의(hypergolic)'였다.

13

스타키는 자신을 쳐다보는 마직의 태도를 무시하려고 했다. 마직은
911 신고전화자의 목격자를 한 명도 찾지 못한 채 세탁소 사람들과의 면
담을 끝냈고, 그 결과 보고서를 작성하지도 않은 채 팔짱을 끼고 앉아 스
타키를 곁눈질하고 있었다. 그녀는 오전 시간 거의 내내 스타키를 지켜보
았다. 스타키가 그 이유를 물어오기를 기대하는 것 같았지만 스타키는 그
녀를 못 본 척했다.

결국 마직은 더 이상 참지 못하고 의자 바퀴를 굴려 가까이 다가왔다.

"왜 쳐다보는지 궁금하죠?"

"날 보는 줄 몰랐어."

"거짓말. 당신이 오늘 뽐내고 있는 모나리자 미소에 감탄하는 중이었
어요."

"무슨 말을 하는 거야?"

"코 밑 바로 거기에 보이는 미소 말이에요. 꾹 참고 연방요원을 꼬치구
이 해먹었다는 미소 말이에요."

"달콤한 것도 늘 역겹게 만드는 재주가 있어서 좋겠어."

마직은 심술궂게 씩 웃었다.

"내가 맞았어요!"

사무실에 있던 형사들이 모두 쳐다보는 바람에 스타키는 몹시 당황스러웠다.

"아냐. 그런 일은 없었어."

"뭔가 있는 게 분명해요. 이렇게 부드러운 당신의 모습은 이제껏 본 적이 없어요."

스타키가 눈살을 찌푸렸다.

"이 변화라면 이미 전에 일어났어. 당신도 한번 해봐."

마직은 싱긋 웃고 제자리로 의자를 당겼다.

"당신을 그렇게 방긋 웃게 한다면야 뭔 일인들 못 하겠어요. 두 번도 더 해볼 거예요."

마직이 여전히 히죽히죽 웃고 있는데 스타키의 전화가 울렸다. 메릴랜드 로크빌에 있는 ATF 실험센터의 재니스 브록웰이었다.

"안녕하세요, 형사. 우리가 논의했던 문제에 관해서 전화했어요."

"네."

"미스터 레드의 범행으로 여겨지는 일곱 건의 폭발 사건에서 폭탄에 이용된 끝의 뚜껑이 스물여덟 개로 추정됩니다. 그중에서 이용 가능한 뚜껑이 여섯 개 있는데, 그 여섯 개를 분해해서 봤더니 접합 테이프가 죄다 시계 방향으로 감겨 있더군요."

"전부 같은 방향으로 감겨 있다고요?"

"네, 시계 방향으로요. 끝의 뚜껑 여섯 개가 세 도시에서 이용된 각기 다른 폭탄 다섯 개에서 나온 부속임을 아셔야 합니다. 나는 이 단서가 중요하다고 생각해요. 우리는 이 단서를 국립보관소에 미스터 레드의 특징 일부로 포함시키고 우리 현장사무소에 경계경보로 내보낼 겁니다. 내 보고서를 복사해서 당신 파일을 위해 정부 행낭으로 보낼게요."

스타키는 손바닥이 차가워지고 심장이 두근거렸다. 미스터 레드가 접합 테이프를 매번 같은 방향으로 감는다면, 왜 실버레이크 폭탄의 테이프는 반대 방향으로 감겨 있을까?

스타키는 후커와 마직에게 소리치고 싶었다.

"훌륭했어요, 스타키 형사. 그리고 고마워요." 브록웰이 말했다.

스타키는 수화기를 내려놓았다. 이제 무엇을 어떻게 해야 할지 정리해 보았다. 몹시 흥분되었지만 신중해야만 했다. 테이프 감는 방향과 같이 사소한 단서가 아무 의미도 아닐 수 있었지만, 이제는 그것이 모든 것을 의미했다. 이 단서는 폭탄 제작 방식에 일치하지 않았다. 이 단서는 차이점이었다. 따라서 실버레이크 폭탄이 다르다는 의미였다.

스타키는 커피 머신 쪽에서 서성이며 열기를 식힌 뒤 자리로 돌아왔다. 미스터 레드는 똑똑했다. 그는 자신의 폭탄이 회수되어 폭탄분석 결과가 공유될 거라는 사실을 알았다. 그는 연방, 주, 현지 폭탄 수사관들이 그 분석결과를 연구해 자신에 대한 프로파일을 세울 거라는 사실을 알았다. 그가 전율을 느끼는 것의 일부는 자신을 잡으려는 자들보다 자신이 더 똑똑하다는 믿음이었다. 그런 이유에서 폭탄에 이름을 새기고, 폭발물처리 수사관들을 사냥하고, 마이애미에 가짜 폭탄을 남겨둔 것이었다. 그는 수사관들의 마음을 갖고 노는 것을 즐기고 있었다. 단순히 의심을 불러일으키려고 자신의 범행 특징에서 사소한 한 가지를 바꾸는 것보다 수사관들을 농락하는 더 좋은 방법이 뭐가 있을까? 캐롤 스타키 같은 수사관들이 의심하도록 말이다.

폭탄이 다르다면 그 이유를 찾아야 했다. 그 이유의 가장 분명한 대답은 가장 끔찍한 것이었다. **다른 사람이 그 폭탄을 제조한 것이다.**

스타키는 이 부분을 철저히 파헤치고 싶었다. 켈소에게 이 추론을 제시하기 전에 절대적으로 확신하고 싶었다.

"베스?"

베스 마직이 흘깃 쳐다보았다.

"잠깐만 밖에 나갔다 올게. 호출기 있으니까, 알았지?"

"그러든지요."

스타키는 담배를 피우면서 거리가 짧은 몇몇 블록을 지나 필리페로 갔다. 그녀는 폭탄을 잘 알았고 폭파범들을 잘 알았다. 미스터 레드는 경찰을 조롱하기 위해서라도 자신의 프로파일을 바꾸지 않았을 거라고 그녀는 판단했다. 그는 자신을 알아주기를 간절히 바랐다. 그는 경찰들이 누구를 상대하고 있는지 의심하지 않기를 바랐다. 경찰들이 그 점을 잊지 않기를 바랐다. 이러한 그의 바람은 레드의 특징 그 자체에 드러나 있었다. 미스터 레드는 자신의 승리가 확실하기를 바라고 있었다.

스타키는 필리페의 긴 탁자에 홀로 앉아 담배에 불을 붙이고 커피를 마셨다. 흡연은 금지돼 있었지만 손님도 많지 않았고 아무도 뭐라 하지 않았다.

나는 찰리 리지오를 죽이지 않았어.

연방수사관들은 예전 목격에서뿐만 아니라 마이애미 도서관에서 얻은 용의자 몽타주가 여러 개 있었다. 이 모든 몽타주에서 레드는 이십대 후반의 남자로 묘사되었다. 하지만 테넌트의 두 세대용 건물에 사는 노인의 말처럼 레스터 이바라는 사십대 남자라고 설명했다. 미스터 레드가 이 폭탄을 제조하지 않았다면 다른 누군가가 이 폭탄을 제조했다. 그는 심혈을 기울여 이 폭탄이 미스터 레드의 작품처럼 보이게 제작한 자였다. 마침내 스타키는 그 단어를 입 밖에 내뱉었다. '모방범'이다.

모방범은 연쇄살인과 연쇄강간에서 가장 흔하다. 연쇄 범행에 대한 뉴스 보도가 반복해서 흘러나오면 범행을 꿈꾸는 자들은 자극을 받아 모방 범행을 계획하게 된다. 그들은 모방 범행을 저지름으로써 병적인 살해 욕구나 여자들에 대한 혐오감과는 동떨어진 자신의 범행 동기를 감추고 수사선상에서 교묘히 빠져나가려 한다. 대부분의 사건에서 모방범은 다른 범죄로 위장하면 전형적인 복수나 돈 문제나 정적 제거 같은 자신의 진정한 범행 동기가 감춰질 거라고 믿고 있었다. 한편, 그들은 연쇄 범행의 세부사항이 공개되지 않기 때문에 범행 수법에 대해서는 완전히 알지 못했다. 그들은 자신이 신문에서 읽은 내용만 알았다. 그리고 그 내용은 언제나 잘못된 정보였다.

하지만 이 모방범은 미스터 레드의 폭탄 제조방법을 세부사항까지 모두 알고 있었다. 폭탄분석 보고서에 전혀 나오지 않은 단 한 가지 사항, 미스터 레드가 배관용 테이프를 감는 방향을 제외하고.

스타키는 담배에서 한 가닥 가느다란 실처럼 피어나는 연기를 바라보았다. 그녀는 자신의 생각이 흐르는 방향에 언짢아하고 있었다. 미스터 레드의 폭탄에 대해 정확한 구성 성분을 알고 그 성분들을 모아 폭탄을 만들 수 있는 용의자의 범위는 작았다.

경찰들.

폭발물처리반 경찰들.

스타키는 한숨을 내쉬었다.

생각을 잇기가 힘들었다. 찰리 리지오를 살해한 자는 90미터 거리 안에 있었다. 그는 리지오가 현장에 도착하는 것을 보았다. 그는 리지오가 방호 보호복에 줄을 매는 것을 지켜보았다. 그는 리지오가 폭탄에 접근하기를 기다렸다. 그는 자신이 누구를 죽이고 있는지 알았다. 스타키는 폭탄 수사관으로 근무하는 2년 반 동안 정확히 스물여덟 건의 사건을 처리했다. 그중 어떤 사건에서도 미스터 레드 폭탄의 세부사항에 접근이 가능하거나 그 정보를 빼낼 재주가 있는 자가 없었다.

스타키는 커피에 담배꽁초를 톡 떨어트렸다. 담뱃불은 날카롭게 쉬익 소리를 내며 꺼졌다.

스타키는 휴대폰을 꺼내 잭 펠에게 전화했다. 그는 호텔에 있었다.

"펠? 당신을 봐야겠어요."

"안 그래도 전화하려고 했어요. 오늘 아침에 버겐과 통화했거든요."

그들은 배리건에서 만나기로 했다. 스타키는 다급히 그를 보고 싶어 하는 자신을 깨닫고 놀랐다. 지난밤 늦게, 또 오늘 이른 아침에, 그를 사랑하고 있을지 모른다는 생각이 들었지만 그녀는 확신할 수 없었고 신중하고 싶었다. 지난 3년의 세월은 그녀에게 채워지길 갈망하는 공허함을 남겼다. 그녀는 그 갈망과 사랑을 혼동해선 안 된다고, 그 갈망 때문에 우정과 친절을 사랑으로 왜곡시켜선 안 된다고 혼잣말을 했다.

늘 그렇듯 배리건에는 아침 손님으로 윌셔 형사들이 모여 있었고, 램파트 형사들이 모인 테이블 주위로 몇 사람이 어슬렁거리고 있었고, 첩보부 요원 패거리는 술집 저 끝에 자기들끼리 뭉쳐 앉아 있었다. 오전 10시밖에 안 됐는데도 벌써 경찰들로 가득했다. 문을 밀치고 들어선 스타키는 펠이 지난번 그들이 함께했던 테이블에 앉아 있는 것을 보았다. 순간 온기가 밀려드는 느낌이었다.

"고마워요. 이 일로 정말 당신을 봐야 했어요."

그녀를 보자 그는 분명 기쁨을 머금은 얼굴로 미소를 지어 보였다. 그는 행복해 보였다. 그녀는 그가 자신과 함께 있어서 행복한 모습이길 바랐다.

"펠, 당신이 이 사건을 맡을 때예요."

그는 농담하지 말라는 듯, 한편으론 혹시 그 말이 진담이냐는 듯한 미소를 지어 보였다.

"무슨 얘기를 하는 거죠?"

말을 꺼내기가 쉽지 않았다.

"당신이 ATF에서 찰리 리지오 살인 수사를 넘겨받으라고 이야기하는 거예요. 난 이 사건을 진행시킬 수가 없어요, 펠. 효과적으로 진행할 수가 없어요. 지금 나는 실버레이크에서 찰리 리지오에게 일어난 사건이 로스

304

앤젤레스 경찰과 관련이 있다고 생각해요."

그는 누가 듣고 있는 게 아닌지 확인하듯 술집을 둘러보았다.

"당신네 사람 중 하나가 미스터 레드라는 건가요?"

"난 미스터 레드가 이 일의 배후에 있다고 생각하지 않아요. 난 켈소를 거치지 않고 파커 센터에 직소하거나 내사과에 갈 수도 있지만, 증거를 좀더 모을 때까지 수사할 준비는 되어 있지 않아요."

펠이 앞으로 몸을 숙여 그녀의 손을 잡았다. 순간 그녀는 기운이 솟는 걸 느꼈다. 좋아하는 사람에게서 어떻게 힘을 얻을 수 있는지 알게 되어 기분이 묘했다.

"잠깐만. 잠시 기다려요. 오늘 아침에 버겐에 관해서 다른 사람들과 이야기해봤어요. 버겐은 당신이 나에게 전화한 어젯밤 바로 그 시간에 다른 고객들과 있었어요. 당신은 어젯밤 미스터 레드와 있었던 거예요. 캐롤. 우리가 그 개자식을 잡은 거예요. 이 기회를 이용해 그자를 체포할 수 있다고요."

펠은 의자에서 떨어질 듯 아주 흥분해 있었다.

"그럴 리가 없어요. 그는 내 이름을 알고 있었어요. 핫로드가 캐롤 스타키라는 걸 알고 있었다고요. 어떻게 그가 그 사실을 알아냈죠?"

펠이 천천히 대답했다.

"그건 나도 모르겠군요."

"그가 자기는 리지오를 죽이지 않았다고 했어요. 누가 죽였는지 안다고도요."

펠이 그녀를 쳐다보았다.

"이 모든 게 다 그자 때문입니까? 그가 리지오를 죽이지 않았다고 해서 그를 믿는 겁니까?"

"미스터 레드는 실버레이크 폭탄을 만들지 않았어요."

"그자가 그것도 말해주던가요?"

"메릴랜드 로크빌의 ATF 실험센터에서 그 사실을 말해줬어요."

그녀는 재니스 브록웰의 전화 내용과, 실버레이크 폭탄이 미스터 레드의 범행으로 추정되는 다른 모든 폭탄들과 어떻게 다른지 이야기했다.

펠은 점점 화가 난 얼굴로, 그녀가 말을 마칠 때까지 첩보부 요원들을 쳐다보았다.

"단지 테이프에 불과합니다."

펠의 목소리에 초초한 기색이 나타났다.

스타키의 목소리는 점점 더 굳어갔다.

"틀렸어요, 펠. 이건 법의학 증거예요. 이 폭탄이 다르다는 거죠. 아무도 모르던 단 한 가지 방식에서 달라요. 예전에는 폭탄분석 보고서에 실리지 않기 때문에 아무도 몰랐던 사실이죠. 다른 모든 특징은 경찰보고서를 보고 흉내 낼 수 있었어요. 그자는 미스터 레드의 범행이라고 오인하도록 폭탄에 찰리 리지오의 이름까지 새겨 넣었어요."

펠이 다시 술집을 둘러보았다. 그가 고개를 한 번 돌렸을 뿐인데 순간 그녀는 외로움의 냉기를 느꼈다. 혼란스럽고 두려웠다.

"범인은 미스터 레드예요. 이 건에 대해서는 날 믿어요, 스타키. 미스터 레드라고요. 여기서 우리가 하는 모든 일이 제대로 돌아가고 있어요. 우리가 이 개자식을 몰고 있다고요. 옆길로 새지 마요. 가장 중요한 것에 계속 집중하도록 해요."

"마이애미 도서관 사람들은 이십대 남자라고 했어요. 당신이 갖고 있던 몽타주 두 장에서도 이십대 남자였어요. 하지만 여기 LA에서, 우리에게는 사십대 남자의 몽타주가 두 개 있어요.

"미스터 레드는 변장을 하잖아요."

"젠장, 펠. 이 수사에 당신 도움이 필요해요."

"모든 수사에는 모순되는 증거가 느닷없이 나타나는 법입니다. 난 그렇지 않은 수사를 본 적이 없어요. 당신은 지금 몇몇 사소한 증거를 움켜쥐고 전체를 뒤엎으려고 하고 있어요. 범인은 미스터 레드예요, 캐롤. 그 자가 당신의 목표라고요. 우리가 잡아야 할 자라고요."

"날 도와주지 않을 거군요, 펠."

"당신을 돕고 싶지만 이건 잘못된 방향입니다. 범인은, 이 일을 저지른 자는 미스터 레드란 말입니다. 제발 날 믿어줘요."

"미스터 레드에게만 집착해서 사실을 보려고도 하지 않는군요."

"범인은 미스터 레드예요. 그 사실이 내가 여기 있는 이유입니다. 그 사실이 곧 나이고요. 미스터 레드 말이에요."

그녀가 느꼈던 따뜻한 감정이 사라지는 순간이었다. 나중에 돌이켜보니 배리건에서의 그는 그녀만큼이나 고통스러워 보였다. 그 고통의 의미를 캐냈어야 했는데 그녀는 그러지 못했다.

그녀는 이 수사에 다시 혼자가 되었다. 그래도 괜찮아, 라고 그녀는 혼잣말을 했다. 3년 동안 혼자였으니까.

"펠, 당신은 틀렸어요."

스타키는 배리건을 나와 스프링스트리트 서로 차를 달렸다.

"훅, 사건일지 갖고 있어?"

서류 업무를 하던 후커가 얼빠진 눈으로 그녀를 쳐다보았다.

"퇴근하지 않았었나요?"

"돌아왔어. 사건일지를 봐야 해."

"마직이 갖고 있었어요. 마직 책상 위에 있을지 모르겠네요."

스타키는 마직의 책상에서 사건일지를 찾아 자리로 가져왔다. 한 페이지에 리지오가 죽던 날 실버레이크 주차장에 있던 경찰관 전원의 목록이 실려 있었다. 그녀는 그 목록을 보는 게 꿈을 꾸는 것만 같았다. 이 사람들은 친구들이며 동료들이었다.

"사건일지 찾았어요?"

307

후커가 그녀를 쳐다보고 있었다. 깜짝 놀란 그녀는 사건일지를 덮고 애써 태연한 척했다.

"응, 고마워."

"마직이 갖고 있었죠?"

"응, 책상에 있었어. 고마워."

사건일지에는 출동 명령이 떨어졌을 때 현장에 있었던 폭발물처리반 경찰관들과 폭발 뒤에 현장에 들어온 경찰관들의 명단이 있었다. 폭발물처리반 경찰들로는 벅 다제트, 찰리 리지오, 딕 레이턴, 그리고 폭발물처리반 주간근무조 중 다른 다섯 명이었다. 폭발물처리반 열네 명 중 여덟 명의 이름이 명단에 오른 것이었다. 그녀 자신과 후커, 마직, 켈소의 이름도 있었다. 순경들과 램파트 지구의 형사들도 있었다. 명단에 기록되어 있지도 않으며 그녀가 확실히 알지 못하는 것은 이들이 언제 현장에 도착했는지, 그리고 현장에서 숨거나 변장해 있었던 다른 누군가가 있었는지의 여부였다.

스타키는 바인더에서 그 페이지를 빼내어 한 부 복사한 다음 사건일지를 마직의 책상에 갖다놓았다.

글렌데일 서를 향해 북쪽으로 차를 달리는 스타키의 모습은 마치 슬로모션 장면과도 같았다. 스타키는 리지오와 펠에 대한 자신의 행동과 그에 따른 결론에 대해 끊임없이 되물었다. 그녀는 살인사건 수사관이 아니었지만, 어떤 살인 수사에서도 적용되는 첫 번째 규칙을 알고 있었다. 희생자와 살인범 간의 연결점을 찾아라. 그녀는 찰리 리지오를 살펴봐야 했다. 그의 삶의 흔적에서 어떤 단서가 나와 살인범으로 안내해주길 기대했다. 그녀는 펠을 떠올리자 기분이 언짢았다. 그에게 전화하고 싶었지만, 그가 먼저 전화해주기를 바랐다. 그녀는 그가 자신에게 특별한 감정을 품고 있다고 확신했지만 더 이상 자신의 확신을 믿을 수 없었다.

스타키는 주차장에 차를 댔다. 차에서 내리지는 않았다. 그대로 앉은 채 폭발물처리반의 현대적인 벽돌 건물을 쳐다보았다. 날은 환하고 더웠다. 주차장과 짙은 색 서버번들, 웃고 있는 검은색 작업복의 수사관들, 모든 게 달라 보였다. 그녀는 갑자기 다나가 묘사했던 인지 퍼즐 안에 들어가 있었다. 한 관점에서는 그녀에게 경찰관들의 사진을 보여주고 있었고, 다른 관점에서는 용의자와 살인범 들의 얼굴을 보여주고 있었다. 스타키는 건물을 바라보면서, 이런 생각을 하는 자신이 미친 게 아닌지 의문이 들었다. 어쨌든 배관용 테이프의 의미에 대해서는 자신이 맞거나 틀리거나 둘 중 하나였다. 그녀는 자신이 틀리기를 바랐다. 그녀는 차 안에서 담배를 피우며 건물을 쳐다보았다. 그 건물은 그녀 자신이 가장 살아 있다고 느끼며 집같이 편안해했던 곳으로, 한때 그녀의 가장 큰 일부분이었다. 자신이 틀린 거라면 그녀는 그 점을 스스로 입증해야 한다는 것을 알았다.

"어이, 괜찮나?"

스타키는 펄쩍 뛸 뻔했다.

"놀랐잖아요."

"자네가 여기 앉아 있기에 날 본 줄 알았지. 안으로 들어가려던 거면 함께 걷지."

딕 레이턴은 키 크고 자비로운 큰오빠 같은 미소를 지어 보였다. 그녀는 어쩔 수 없이 차에서 내려 그와 함께 걸었다.

"찰리의 책상은 벌써 정리되었나요?"

"벽이 들러서 가족들을 위해 상자에 담아뒀어. 찰리에게 누이가 둘 있거든. 그거 알고 있었어?"

그녀는 찰리 리지오의 누이들 이야기를 하고 싶지도, 병원에 입원했을 때 매일 밤 자신을 보러 왔던 딕 레이턴과 함께 걷고 싶지도 않았다.

"아, 아니, 모르고 있었어요. 그런데 딕, 찰리의 물건이 아직 여기 있나요?"

레이턴은 모른다고 대답했다. 그리고 그녀가 왜 그걸 궁금해하는지 물었다. 그녀는 자신의 거짓 대답에 스스로 당황한 빛을 띠어서 그가 틀림없이 알아챘을 거라고 생각했다. 하지만 그는 알아채지 못했다.

"누이들에 대해서는 몰라요. 이런 일을 하면 사건을 보지 결코 사람을 보진 못하거든요. 찰리의 물건들을 통해 제가 그에 대해 좀더 자세히 알고 싶은가 봐요."

레이턴은 대답하지 않았다. 두 사람은 부서 사무실까지 함께 걸어갔다. 러스 데이글이 리지오의 책상 밑에 그의 물건을 담은 상자가 있다고 알려줬다. 리지오의 사물함도 치워져서 운동복과 여벌 옷, 세면용품들이 봉투에 담겨 상자에 보관돼 있었다. 그의 누이들을 기다리며.

스타키는 홀로 있을 수 있는 보호복 보관방으로 상자를 가져갔다. 벅다제트의 작품인 리지오의 사물 상자는 철저하고 조심스럽게 포장돼 있었다. 펜과 연필은 고무줄로 함께 묶인 채 아마 펜과 연필이 꽂혀 있었을 LA경찰 폭발물처리반 컵에 고정되어 있었다. 모터보트 잡지 두 권과 제임스 패터슨의 문고본 한 권 속에는 몇 컷 안 되는 스냅사진들이 보관돼 있었다. 스타키는 스냅사진들을 들여다보았다. 한 사진에는 오토바이를 탄 리지오가, 다른 사진에는 머리를 짧게 쳐서 옆머리가 파르라니 보이는 해병대 시절의 리지오가, 세 번째 사진에는 전리품 사슴 옆에서 포즈를 취한 리지오가 있었다. 스타키는 리지오가 사냥꾼이었다는 것을 기억했다. 그는 매년 함께 사냥 가는 경찰 특수기동대 친구 둘보다 자신이 총을 더 잘 쏜다고 떠벌렸다. 그녀는 그들 중 누군가가, 찰리 리지오가 죽음에 처해진 동기를 숨기고 있는 게 아닌지 의심해보았다. 리지오가 죽은 날 출근하면서 입었던 옷으로 보이는 일상복은 단정하게 개켜진 채 다른 물건들 위에 덮여 있었다. 모토로라 휴대폰은 검은색 티셔츠에 감싸여서 안전하게 보관돼 있었다. 스타키는 옷 속에서 지갑을 찾아보았지만 발견하지 못했다. 그날 리지오가 아마 작업복 속에 지갑을 넣어뒀으리라 짐작됐다. 검시실에서 지갑을 보관 중이거나 가장 가까운 친척에게 바로 넘겼을 것이다. 스타키는 10분도 채 안 되어 상자 조사를 끝냈다. 사실 지난 몇 달간의 그의 행적을 보여주는 책상 달력이나 일지를 기대했는데 그런 것은 없었다. 그가 개인적인 성향의 물건은 직장에 거의 두지 않는다는 사실이 놀라울 뿐이었다.

그녀는 상자를 부서 사무실로 도로 가져와 지금은 비어 있는 책상 밑에 집어넣었다.

러스 데이글이 피곤한 얼굴로 그녀에게 고개를 끄덕였다.

"꽤 슬프지 않나?"

"늘 그렇죠, 러스. 가족들이 장례식 날짜를 벌써 정했나요?"

"글쎄, 알다시피 검시관이 시신을 아직 내주지 않았어."

그녀는 몰랐던 사실이었다. 그동안 수사에 신경을 쏟느라 시신에는 관심을 두지 못했다.

데이글은 검은 책상 위에 육중한 어깨를 구부린 채 서류 업무로 돌아갔다. 그의 잿빛 머리는 아주 짧았고, 뒷목은 주름이 져서 그루터기 같았다. 간부급 경사 중 가장 나이가 많은 그는 누구보다도 이 부서에서 오래 근무했다. 지난해 정예 정복 부서인 메트로에서 팀 위더스라는 순경이 전근해 왔다. 거칠고 건방진 젊은이였던 위더스는 데이글의 계속된 만류에도 고집스럽게 그를 아빠라고 불렀다. 위더스는 어느 날 아침 주차장에서 데이글에게 실신할 정도로 맞고 나서야 아빠 소리를 그쳤다. 데이글이 위더스의 귀 밑을 한 방 먹였는데 그가 나가떨어진 사건이었다. 결국 위더스는 메트로로 돌아갔다.

"러스?"

러스 데이글이 뒤돌아보았다.

"폭발이 일어났을 때 실버레이크에 계셨어요?"

"집에 있었어. 그런 사건이 일어나면 항상 그 자리에 있었다면, 하게 되

지. 내가 그 사건을 위해 무슨 일이든 할 수 있었을 거라고 생각하게 되
지. 자네도 그렇게 느끼는 거지?"

"네, 저 역시 그래요."

"괜찮아, 캐롤? 마음에 걸리는 일이 있는 것 같은데."

스타키는 마치 살인범 소굴에 갇힌 듯한 공포에 휩싸여 대답도 없이 사
무실을 걸어 나갔다. 그녀는 그 공포 때문에 자신이 미웠다. 러스 데이글
은 결혼해서 행복하게 살고 있었고, 네 명의 장성한 자식과 아홉 명의 손
주를 두고 있었다. 가족들의 사진이 그의 책상 위 숲이었다. 그가 찰리 리
지오를 죽였다고 생각하는 것은 터무니없었다.

"캐롤?"

그녀는 뒤돌아보지 않았다.

14

스타키는 어디로 가야 할지 무엇을 해야 할지 알지 못한 채 글렌데일
서를 떠났다. 안 좋은 상황이었다. 수사는 폭탄 작업과 같았다. 중심을 잡
아야 했다. 땀을 마시고 피오줌을 싸고 있더라도 분명한 목표를 가지고
끝까지 작업해야 했다.

만약 이 사건이 일반적인 수사였다면 찰리 리지오의 친구들을 비롯한
인간관계에 대해서 그의 동료들을 심문했겠지만, 지금 그녀는 그렇게 할
수 없었다. 리지오의 경찰 특수기동대 동료 두 명을 접촉할까 생각해보
기도 했지만, 폭발물처리반으로 말이 흘러 들어갈지 모른다는 우려가 들
었다.

딕 레이턴은 찰리 리지오에게 누이가 두 명 있다고 했다. 스타키는 거
기서부터 시작하기로 했다.

모든 사건일지에는 희생자에 대한 페이지가 포함되어 있었다. 이름과
주소, 신체 묘사, 그런 종류의 내용이다. 리지오가 죽던 날 밤 스타키는
후커에게 이 정보를 수집하라는 임무를 내렸고, 후커는 평소처럼 철저하

게 일을 처리했다. 그 페이지를 찾아보니 찰리 리지오는 안젤라 웰로와 마리 리지오라는 두 누이 사이에 낀 둘째아이로 기록돼 있었다. 누나인 안젤라는 노스리지에 살았는데, 카노가 공원에 있는 찰리 리지오의 아파트에서 멀지 않은 곳이었다. 여동생은 로스앤젤레스 남부 토런스에 살았다.

스타키는 안젤라 웰로에게 전화해 자신의 신분을 밝히고 애도의 말을 전했다.

안젤라의 목소리는 또렷했지만 지쳐 있었다. 호르헤의 기록에는 그녀의 나이가 32세라고 돼 있었다.

"찰리와 함께 일하셨나요?"

스타키는, 예전에 함께 일했지만 지금 자신은 범죄음모수사과의 폭탄수사관이라고 설명했다.

"웰로 부인, 좀⋯⋯."

"그냥 안젤라라고 불러요, 제발. 아이들이 아줌마라고 부르는 것만으로도 충분해요. 찰리의 친구라면 그렇게 불리고 싶지 않아요."

"찰리의 아파트 근처에 살고 계시죠, 안젤라 씨?"

"맞아요. 바로 이쪽이에요."

"경찰과 말씀 나누신 적 있으세요?"

"아니, 나는 아니에요. 누군가 부모님한테 전화해서 찰리에 대해 얘기했고, 부모님이 나한테 전화해서 알려줬어요. 부모님은 스코츠데일에 사세요. 여동생한테는 내가 전화해서 알려줬고요."

"당신이 찰리의 집 근처에 살고 있어서 전화드렸어요. 저희 생각에 찰리가 다른 두 건의 사건에 필요한 몇몇 파일을 가지고 있었던 것 같습니다. 그 파일들을 집에 가져간 것 같은데 지금 그 파일들을 돌려받아야 해요. 찰리의 아파트에서 만나서 제가 그 파일들을 찾을 수 있게 해주시겠어요?"

"찰리에게 파일들이 있었다고요?"

"예전 사건들에 대한 폭탄 보고서입니다. 실버레이크 사건과는 아무 관련 없고요. 지금 그 파일들을 돌려받아야 합니다."

안젤라의 목소리에서 짜증스런 기색이 서서히 묻어 나왔다.

"내가 이미 다녀왔어요. 그 애 물건을 싸려고 매일 거기 가 있거든요. 이런, 맙소사."

스타키는 거짓말을 하고 있는 자신이 저질 같았지만 애써 냉정하고 무심하게 말했다.

"안젤라 씨 심정은 충분히 이해합니다만, 그 파일들이 꼭 필요해서요."

"언제 그 파일을 찾아볼 거죠?"

"저는 지금 당장 괜찮습니다. 빠르면 빠를수록 좋거든요."

그들은 한 시간 후에 만나기로 했다.

차가 막혀서 스타키가 샌페르난도 밸리 위쪽 노스리지에 도착하기까지 거의 한 시간이 걸렸다. 리지오의 아파트 건물은 캘리포니아 주립대학교 캠퍼스에서 남쪽으로 세 블록 떨어진 분주한 거리에 있었다. 그 아파트는 거대한 무덤 같은 건물로, 1994년 대지진 이후 재건축되었을 것 같은 고급 치장벽토 건물이었다. 스타키는 차를 주차금지 구역에 두고 안젤라와 만나기로 한 유리 보안문으로 갔다. 책가방을 들고 나가던 젊은 여자 두 명이 문을 잡아줬지만, 스타키는 사람을 만나기로 했다며 손사래를 쳤다. 스타키는 그 여자들이 캠퍼스를 향해 걸어가는 모습을 지켜보며 미소를 지었다. 이곳은 찰리 리지오가 살 법한 딱 그런 종류의 아파트였다. 안에는 수영장과 자쿠지 욕조가 있을 것이고, 아마 당구대를 갖춘 오락실도 있을 것이다. 매일 밤 야외 파티가 벌어지고 젊은 여자들이 넘쳐날 것이다.

시달린 아줌마 같은 야위고 젊은 부인이 유리문을 열고 밖을 내다보았다. 옆에는 네 살쯤 된 어린 남자아이를 데리고 있었다.

"스타키 형사님이세요?"

"웰로 부인? 죄송해요. 안젤라 씨?"

"맞아요."

안젤라 웰로는 건물 밑에 차를 주차하고 안으로 들어온 것 같았다. 스타키는 배지를 보여준 다음 안젤라를 따라서 중앙 뜰을 지나 2층 아파트까지 계단을 올라갔다. 어린 소년의 이름은 토드였다.

"오래 걸리지 않았으면 좋겠어요. 큰아들이 3시에 학교에서 돌아오거든요."

"오래 걸리지 않을 거예요. 번거로우실 텐데 와주셔서 고맙습니다."

리지오의 아파트는 높은 아치형 천장과 고급스러운 대형 텔레비전이 있는, 침실 두 개짜리 쾌적한 로프트였다. 벽 위쪽에 사슴 머리가 걸려 있었다. 스타키는 이 사슴이 사진에서 본 것과 같은 사슴인지 궁금했다. 소파에는 큰 상자들이 줄지어 있었고, 더 많은 상자가 부엌에 있었다. 죽은 사람의 소지품을 정리하는 것은 가슴 아픈 일일 것이다.

안젤라는 어린 소년을 내려놓았다. 아이는 텔레비전이 믿을 만한 친구라도 되는 듯 그쪽으로 달려갔다.

"파일들이 어떻게 생겼지요? 어쩌면 봤을 수도 있는데."

스타키는 자신이 꾸며댔던 말에 움찔했다.

"고리가 세 개 달린 바인더같이 생겼어요. 아마 검은색일 거예요."

안젤라는 상자 안에 든 물건들을 떠올려보는 표정으로 상자들을 쳐다보았다.

"저런, 난 못 본 것 같군요. 이 상자들은 대부분 옷이고 부엌에서 나온 물건들이에요. 찰리는 사무실 물건 같은 건 집에 두지 않았죠. 위층에 침실이 있어요. 다른 침실에는 체력단련 운동기구가 하나 있고요."

"제가 봐도 괜찮을까요?"

"괜찮긴 한데, 난 진짜 오래 있지 못해요."

스타키는 리지오의 침실을 혼자 둘러보고 싶었지만, 안젤라가 어린 소년을 안고 그녀를 위층으로 안내했다.

"이쪽이에요, 형사님."

"찰리와 가깝게 지내셨나요?"

"찰리는 마리하고 더 가까웠을 거예요. 마리가 막내거든요. 하지만 우리 가족은 화목해요. 형사님은 찰리를 잘 알고 지냈나요?"

"그다지 잘 알고 지내진 못했어요. 이런 일을 맞으면 누구나 충분히 알고 지낼 걸 바라게 되죠."

안젤라는 스타키와 함께 층계 끝까지 오를 때까지 입을 열지 않았다.

"그 애는 멋진 청년이었어요. 유머 감각이 젬병이긴 했지만 좋은 남동생이었어요."

이미 침대 린넨이 벗겨져 있었다. 좀더 많은 상자가 바닥에 놓여 있었다. 일부 상자들은 비어 있었고 부분적으로 물건이 담겨 있는 상자도 있었다. 한쪽 벽에는 서랍장이 있었는데, 거울 틀 속에 사진이 뒤죽박죽으로 꽂혀 있었다. 대부분의 사진은 찰리 리지오의 부모인 듯한 노부부를 찍은 것이었다.

"이분이 여동생인가요?"

"네, 마리예요. 여기 이분들은 저희 부모님이고요. 아직 사진들을 치우지 못했어요. 너무 힘들어서요."

어린 소년이 상자 하나를 뒤집더니 그 안으로 기어 들어갔다. 안젤라는 아이를 지켜보며 침대에 앉았다.

"저 상자들을 살펴보셔도 될 것 같아요. 대부분 옷인데, 내 기억으로는 서류가 좀 있고 책과 이런저런 물건들이에요."

스타키는 상자를 살펴보며 자신의 몸으로 안젤라의 시야를 가로막았다. 하지만 자신의 왼쪽 뒤 1미터도 안 되는 거리에 리지오의 누나를 두고서는 상자에 무언가 들어 있더라도 찾지 못할 거라는 생각이 들었다. 들여다본 상자에는 메모장과 그녀가 살펴보고 싶었던 두꺼운 사진첩이 있었다. 방 구석에는 무언가 들어 있을지 모르는 매킨토시 컴퓨터가 있었

317

다. 하지만 자신의 등을 쳐다보는 죽은 자의 누나에게 거짓 구실을 대고 물건들을 살펴보는 일은 너무나 벅찼다. 이렇게 한심한 엉터리 수사가 어디 있담.

"형사님도 찰리처럼 폭발물처리 수사관인가요?"

"예전에는요. 지금은 폭탄 수사관이에요."

"뭣 좀 물어봐도 될까요?"

스타키는 물어보라고 대답했다.

"찰리의 시신을 내주지 않는군요. 우리가 찰리를 보러 가는 것도 허락해주지 않고요. 머릿속에 이런저런 그림이 계속 떠오르는데, 무슨 뜻인지 알죠? 시신을 내주지 않은 이유 말이에요."

불안한 낯을 보이는 여인이 부담스러워 스타키는 돌아서버렸다.

"찰리가, 그러니까, 산산조각 난 건가요?"

"그런 건 아니에요. 걱정하지 않으셔도 돼요."

안젤라는 고개를 끄덕이고는 얼굴을 돌렸다.

"알다시피, 이런저런 일을 생각하게 돼요. 아무것도 말해주지 않으니 온갖 안 좋은 일만 상상하게 돼요."

스타키는 화제를 바꿨다.

"찰리가 직장 일에 대해 종종 이야기하던가요?"

그녀는 웃으면서 눈을 훔쳤다.

"오, 이런. 그 애가 일 이야기를 하지 않은 적이 있었나. 그 애 입을 막을 수가 없었어요. 매번 출동할 때마다 원자폭탄이나 짓궂은 장난, 둘 중 하나였대요. 이발소 밖에 두고 간 의심스러운 소포 건으로 출동했을 때의 이야기를 즐겨 했죠. 찰리가 그 안을 들여다보니 사람 머리가 있었대요. 이런 머리 말이에요. 찰리의 상관이 상자 안에 든 게 뭐냐고 물었더니 찰리는 이발사가 꼭대기를 너무 많이 자른 것 같다고 대답했대요."

스타키는 웃었다. 그녀는 그런 이야기를 들은 적이 없었다. 아마 리지오가 지어낸 이야기일 것이다.

"찰리는 폭발물처리반에서 일하는 걸 아주 좋아했어요. 거기 사람들도 아주 좋아했고요. 그 애 말로는 거의 가족 같았대요."

스타키는 고개를 끄덕였다. 그녀는 리지오와 시간을 함께했던 가족들의 마음과, 그 마음을 잃은 상실감의 고통을 떠올려보았다. 그리고 지금 그녀는 그 가족들을 살인 용의자로 의심하고 있었다.

상자들을 다 살펴보고 서랍장과 옷장까지 살폈지만 어떤 단서도 발견하지 못했다. 리지오가 죽음에 처해진 동기를 시사할 만한 단서를 저 혼자서 발견해내리라던 그녀의 자신감은 이제 사라져버렸다. 어쩌면 발견될 단서가 전혀 없었을지도 모른다. 단서가 있었던 적도 결코 없었을지도.

"이런, 제 판단이 틀렸나 봐요. 찰리가 보고서들을 집에 가져오지 않은 것 같아요."

"유감이군요."

스타키는 딱히 할 얘기나 부탁할 말도 떠오르지 않아 그만 떠날 차비를 했다. 안젤라는 아들을 위해 얼른 가봐야 한다고 했으면서도 침대에서 발을 떼지 않았다.

"형사님, 다른 것 좀 물어봐도 될까요?"

"그럼요."

"형사님과 찰리가 연인 사이였나요?"

"아니에요. 전 찰리에게 애인이 있는지도 몰랐어요."

스타키는 거울 속 사진들을 흘깃 쳐다보았다. 리지오와 부모님 사진, 그리고 누이들과 조카들과 함께한 리지오의 사진이었다.

"찰리한테 여자친구가 있었는데 가족들한테 보여준 적이 한 번도 없었어요. 여기 이 괜찮은 이탈리아계 남자가 결혼해 아이를 많이 낳아야 하는데 말이에요. 부모님이 늘 그 애를 닦달했어요. 아시죠? 언제 결혼할 거니, 언제 정착할 거니, 언제 그 여자를 인사시켜줄 거니, 라고요."

"찰리가 뭐라 하던가요?"

안젤라는 다시 당황하는 것 같았다.

"글쎄요. 그 애가 들려줬던 이야기로는 그 여자는 이미 결혼한 것 같았어요."

"저런."

안젤라가 고개를 끄덕였다.

"맞아요. 저런."

"죄송해요. 그런 의도가 아니었어요."

"아니, 이해해요. 하지만 그런 일이 일어나면, 그렇죠? 난 찰리가 힘들었을 것 같아요. 여기 이 젊고 잘생긴 남자는 진심이었고요. 그 여자는 찰리의 동료 부인인 것 같았어요."

안젤라는 반응을 기대하고 말했다는 듯 스타키의 눈을 마주했다가 곧 눈길을 돌렸다.

"아마 이 얘기를 하지 말았어야 했는지도 모르죠. 하지만 형사님이 그 여자가 아니라면 형사님이 그 여자를 알지도 모른다고 생각했어요. 난 그 여자와 이야기를 나누고 싶어요. 그 여자의 남편과 문제를 일으키거나 뭐 그러지는 않을 거예요. 난 단지 우리가 찰리 이야기를 할 수 있을 거라고 생각했어요. 그러면 좋을 거라고 생각했어요."

"죄송해요. 전 여자친구에 대해선 전혀 알지 못해요."

스타키는 사진첩에, 리지오가 숨기려 했던 사진들이 있을지, 다른 남자의 아내인 탓에 거울에 꺼내놓을 수 없었던 여자의 사진들이 있을지 궁금했다.

안젤라가 갑자기 자신의 시계를 흘깃 보더니 벌떡 일어섰다.

"이런, 이제 정말 늦었군요. 죄송하지만 가야겠어요. 곧 큰애가 집에 올 거예요."

"괜찮아요. 이해해요."

스타키는 안젤라를 따라 아래로 내려갔지만, 그녀의 머릿속은 어떻게 하면 리지오의 사진첩을 볼 수 있을까 궁리하느라 분주했다.

문으로 걸어가는 동안 토드는 엄마 팔에 매달려 버둥거렸다. 낮잠 잘 시간이 지나서 짜증을 내는 것이었다. 문 앞에서 안젤라가 아이와 씨름하는 모습을 보고 스타키는 그녀의 손에서 열쇠를 집어 들었다.

"이리 주세요. 제가 문을 잡고 있을게요. 아이 다루기 힘드시죠?"

"물고기를 붙들고 있는 것 같네요."

스타키는 안젤라가 아이와 함께 나가도록 문을 붙들어주었다. 그러고는 밖에서 문을 닫고 잠그는 척했다. 손잡이를 잡고 문을 덜컹거리며 확실하게 잠갔는지 확인하는 시늉까지 했다. 안젤라는 여전히 버둥거리는 아이를 팔로 그러안고 있었다. 스타키는 문을 잠그지 않은 채 안젤라의 가방에 열쇠를 넣어주었다.

"협조해주셔서 정말 고마워요. 여기까지 오시게 했는데 파일을 못 찾아서 송구스럽네요. 찰리가 파일들을 집에 가져왔다고 확신했거든요."

"파일들이 나오면 전화할게요."

안젤라는 스타키가 유리문으로 나가는 모습을 바라보았다. 스타키는 차 운전석에 올라탔지만 시동을 걸지는 않았다. 심장이 쿵쿵 뛰었다. 이건 정신 나간 짓이야, 라고 혼잣말을 했다. 더 심각한 점은 이 일이 불법이라는 것이었다. 그녀를 본보기로 삼으려는 지방 검사가 무단 침입으로 압박을 가할 수 있었다.

5분쯤 뒤, 안젤라 웰로가 흰색 혼다 어코드를 타고 아파트 건물 옆 진입로로 나와서 남쪽으로 차를 돌려 떠났다. 스타키는 창밖으로 담배를 털었다. 책가방을 든 남자가 유리문으로 산악자전거를 꺼내며 끙끙대고 있었다. 스타키는 도로를 건너 아파트 건물로 돌아가서는 그 남자를 위해 문을 잡아주었다.

"수업에 늦지 마요."

"늘 늦는걸요. 지각대장으로 태어났어요."

스타키는 2층으로 조용히 올라가 찰리 리지오의 아파트로 들어갔다. 곧바로 위층 침실을 향해 한 걸음에 두 계단씩 올라가서는 사진첩이 든 상자로 다가갔다. 그녀의 머릿속은 자신이 지금 불법을 저지르고 있다는 생각으로 가득했다. 그리하여, 리지오의 전화요금 고지서와 영수증을 찾아야 한다는 걸 알면서도 너무 떨려서 차분히 상자를 열어볼 수가 없었다. 그녀는 암울하게 웃었다. 자신은 겁 없는 폭발물처리 수사관일지 모르지만 순 겁쟁이 사기꾼이었다. 마침내 사진첩을 찾았지만 그 자리에서 감히 들춰볼 생각은 하지 못했다. 사진첩이 너무 두꺼웠고 사진도 아주 많이 들어 있었다.

스타키는 사진첩을 가지고 나오면서 이번에는 문단속을 하고 서둘러 밖으로 나갔다. 그녀는 차에 올라타 곧장 집으로 향했다. 그리고 사진첩이 무슨 포르노물이라도 되듯 재킷 안에 감춰 안고 집으로 들어왔다.

그녀는 식탁에 앉아 사진첩을 한 페이지씩 천천히 넘겨 보며 혼잣말을 했다. 상상도 못 할 만큼 가능성이 많아. 안젤라 웰로가 아마 잘못 알았을 거야. 내일이면 난 찰리 리지오의 죽음의 배후에 미스터 레드 외에 다른 자가 있다고 믿으면서 다시 처음으로 돌아가 있을 거야.

페이지를 넘길 때마다 찰리 리지오의 삶이 기록된 사진들이 나왔다. 고등학교에서 미식축구를 하는 찰리, 친구들과 함께 있는 찰리, 전혀 경찰관 부인들 같지 않은 예쁘고 젊은 여자들과 함께 있는 찰리, 사냥하는 찰리, 경찰학교에서의 찰리, 가족들과 함께 있는 찰리, 모두 행복한 모습이었다. 사진을 보고 있으면 저절로 미소가 나와서 특별히 보관해두는 사진들이었다.

사진첩 거의 끝 페이지로 가니 지난해 폭발물처리반의 칠리요리 경연대회에서 찍은 사진이 있었다. 두 번째로 발견한 사진은 크리스마스 파티 때 찍은 것 같은 사진이었다. 두 페이지를 더 넘겼더니 세 번째 사진이 발견되었다. 7월 4일에 켈소가 주최한 범죄음모수사과 바비큐 파티 때의 사진이었다.

스타키는 사진첩에서 사진들을 떼어내 탁자 위에 나란히 놓았다. 그녀는 자신이 이 사진들에 대해 생각하는 의미가 실제로 이 사진들이 의미하는 것일지 반문해보았다. 그런 의미일 리 없어. 내가 잘못 안 거야. 사진에 너무 많은 의미를 부여하고 있어. 그녀는 혼잣말을 했다. 하지만 안젤라 웰로가 한 말이 도끼처럼 박혀 뇌리를 떠나지 않았다.

……그 여자는 찰리의 동료 부인인 것 같았어요.

사진은 모두 같았다. 한 남자와 한 여자가 서로 팔짱을 끼고 약간 너무 가깝게, 약간 너무 친밀하게, 약간 너무 다정하게 웃고 있었다.

찰리 리지오와 수전 레이턴.

딕 레이턴의 아내였다.

스타키는 독한 진과 토닉을 컵에 쏟아붓고 거의 다 마셨다. 무척이나 화가 났고 배신감이 느껴졌다. 하지만 딕 레이턴을 용의자로 본다는 것은 너무나 엄청난 일이라 자신의 추리와 판단에 확신이 서지 않았다. 레이턴이 범인일 수 있다는 생각만 해도 수사에 대한 사기가 꺾였다. 그래서 그냥 수사의 또 다른 일환인 것처럼 레이턴에 대한 수사를 진행하기로 했다. 이 정황을 받아들일 다른 방법이 없었다.

그녀는 사진을 모아둔 곳으로 가서 LA경찰 여름 청년 캠프에서 찍은 레이턴의 사진을 한 장 찾았다. 평상복 차림으로 선글라스를 낀 레이턴을 근접촬영한 선명한 사진이었다. 그녀는 그 사진을 킨코스에 가져가 가장 세부적으로 잘 나온 복사본을 얻을 때까지 명암을 조정하며 여러 장 복사했다. 원하는 복사본을 얻자 집으로 돌아와 워런 뮬러에게 전화했다. 그가 사무실에 있을 것 같지는 않았지만 어쨌든 전화를 걸어보았다. 놀랍게도 첫 번째 발신음 뒤에 그가 전화를 받았다.

"부탁드릴 게 있어요, 경사님. 테넌트의 두 세대용 건물에 사는 노인에게 보여주셨으면 하는 사진이 한 장 있어요."

"모자 쓴 남자 말인가?"

"그럴 수 있어요. 단, 주의해야 할 사항이 있는데 누구도 이 사진을 보게 해서는 안 돼요. 경사님과 저만 아는 일로 하고 싶어요."

뮬러가 머뭇거렸다.

"그 말로 봐서는 별로 내 맘에 들지 않은 일 같은데."

"테넌트의 RDX를 추적하는 일에 관한 거예요. 그 외에는 더 말씀드리고 싶지 않군요. 그리고 묻지 마셨으면 좋겠습니다."

"자네 말을 들으니 그 사진 속 인물이 누군지 궁금해지는군."

"경사님, 이 일이 정 힘드실 것 같으면 제가 거기 올라가서 직접 할게요."

"자, 잠깐만."

"제 판단이 틀렸다면 이 일로 심하게 상처 받을 사람의 사진이에요. 제가 틀렸을 수도 있어요. 그래서 부탁드리고 있잖아요. 어떻게 하시겠어요?"

"사진 속의 그 남자, 혹시 LA경찰인가?"

스타키는 차마 대답할 수 없었다.

"알았어, 알았어. 내가 처리하지. 자네가 그 아래서 무슨 일을 벌이고 있는지 알고는 있나, 스타키? 이 일로 괜찮겠어?"

"전 괜찮아요."

"좋아. 사진을 팩스로 보내게. 내가 팩스기 옆에서 기다리고 있을 테니. 자네가 그 신원을 법원에서 이용하길 기대하고 있다면 내가 식스팩을 만들어야 할 거야."

용의자 사진은 결코 단독으로 증인에게 보여줄 수 없었다. 법원에서는 그것을, 증인을 유도하는 행위라 하여 배제하고 있었다. 형사들은 증인이 옳은 판단을 해주길 기대하며 여러 장의 사진을 펼쳐놓아야 했다.

"그건 괜찮아요. 음, 한 가지 더요. 우리가 경사님 증인에게 확인을 받으면 이 건으로 테넌트를 만나려고 해요. 내일 그를 면담하고 싶어요."

뮬러가 목소리를 가다듬으며 머뭇거렸다.

"젠장, 스타키. 아직 소식 못 들었군. 테넌트는 죽었어. 그의 작업장 건으로 오늘 아타스카데로에 전화해서 면담 시간을 잡으려고 했더니, 그자가 죽었다는 거야. 그 어리석은 개자식이 빌어먹게도 자기 팔을 날려버려서 출혈 과다로 죽었대."

스타키는 할 말을 잃어버렸다.

"팔을 날려버렸다고요? 팔이 절단되었어요?"

팔이 절단될 정도면 엄청난 에너지였다.

"응, 전화받은 사람이 말하길, 완전히 엉망이었대."

"테넌트가 뭘 이용했죠? 젠장! 청소용품으로는 그런 엄청난 에너지를 내는 폭약을 만들지 못해요."

"보안관 산하 폭발물처리반에서 분석을 돌리고 있어. 하루이틀이면 알게 되겠지. 어떤 사건이든 테넌트한테서 뭘 얻어낼 생각은 그만둬. 그자는 과거가 됐어."

스타키는 대답을 미적거렸다.

"지금 사진을 팩스로 보낼게요. 사진이 선명하게 안 들어가면 전화하세요. 다시 보낼게요."

그녀는 그에게 집 전화번호를 알려줬다.

"신세 졌어요, 경사님. 고마워요."

"내가 직접 사진 받을게. 그 점에 대해서는 자네 버자이너를 걸어도 돼."

"경사님은 제가 아는 남자 중 가장 멋져요."

"자네가 점점 더 마음에 드는군."

"흠, 항문사마귀처럼 말이죠."

스타키는 뮬러에게 여유를 주려고 1분쯤 기다려 레이턴의 사진을 팩스로 보냈다. 몇 분이 지나도록 뮬러의 전화는 오지 않았다. 사진은 제대로 들어갔을 것이다.

그녀는 이제 뭘 해야 할지 혼란스러웠다. 레이턴의 사진을 레스터 이바라에게 가져가 보여줄 수도 있지만, 레스터가 마직에게 그 사진 얘길 해버린다면 그녀는 마직에게 설명을 해야 할 것이다. 그녀는 폭파 시간에 실버레이크에 레이턴이 있었다는 확증이 필요했지만, 그것은 자신이 심문할 수 없는 더 많은 사람을 심문한다는 의미였다. 그녀가 도착했을 때 레이턴이 현장에 있었던 것을 그녀는 알고 있었다. 하지만 폭탄이 폭파되던 순간에도 그가 거기 있었을까?

스타키의 시선은 식탁 위에서 조용히 기다리고 있는 컴퓨터로 자꾸만 향했다. 그녀는 지난밤 컴퓨터를 끈 후로 한 번도 켜지 않았다. 이제 컴퓨터가 자신을 지켜보고 있는 것만 같았다.

나는 찰리 리지오를 죽이지 않았어.

나는 누가 죽였는지 알아.

스타키는 담배에 불을 붙이고 부엌으로 가서 술을 한 잔 더 만들었다. 술 없이 지낸 것은 고작 이틀뿐이었다. 그녀는 식탁으로 돌아와 컴퓨터를 켜고 클라우디우스에 접속했다.

미스터 레드는 금방 눈에 띄지 않았다. 대화방은 비어 있었다. 그녀는 술을 홀짝이며 담배를 피우고 게시판을 죽 읽었다. 새로 올라온 글들이 있었지만 결함 있는 인간들의 일상적인 잡담에 불과했다. 그녀는 두 번째 잔을 비우고 한 잔을 더 만들어 왔다. 잠시 후 클라우디우스의 화염에 휩싸인 머리를 벽에 걸린 그림처럼 내버려두고 자리를 비웠다. 그리고 두 번째 담배를 피웠다. 스타키는 집 안을 가로질러 한 번은 뒷문으로 걸어나갔다가 두 번은 앞문으로 걸어 나갔다. 그러면서 펠을 생각했고, 언젠가는 감나무를 좋아하게 될지 모른다고 생각했다. 감나무가 어떻게 생겼는지는 모르지만 그렇다고 감나무를 원하는 마음을 멈추지는 못했다. 밖에서 동쪽 하늘이 자줏빛으로 물들고 서서히 저물어갔다.

자줏빛이 어둠 속으로 사라져갈 때까지 그녀는 거의 두 시간 동안 그렇게 어슬렁거렸다. 그러고 나서는 보상을 받았다.

미스터 레드의 메시지를 수락하시겠습니까?

그녀는 창을 열었다.

미스터 레드: 내가 버겐인가?

그녀는 메시지를 쳐다보다가 대답을 입력했다.

핫로드: 아니. 당신은 미스터 레드야.
미스터 레드: 고마워! 마침내 우리가 서로 통했군.
핫로드: 그게 당신에게 중요해? 우리가 통했다는 게?

레드가 머뭇거리자 그녀는 암울한 만족감을 느꼈다.

미스터 레드: 혼자인가?
핫로드: 여기 방 안 가득 경찰들이 있어, 자기야. 경기에 관중이 많은걸.
미스터 레드: 아, 그럼 발가벗고 있는 게 분명하네.
핫로드: 쓰레기 말을 늘어놓을 거면 난 이만 갈래.
미스터 레드: 아니, 그러지 못할걸, 캐롤 스타키. 질문이 있잖아.

물어볼 말이 있었다. 그녀는 담배를 깊이 빨아들인 후 질문을 입력했다.

핫로드 : 누가 리지오를 죽였지?

미스터 레드 : 내가 아니었던가?

핫로드 : 당신이 아니라고 했잖아.

미스터 레드 : 내가 당신에게 말하면 놀라운 일을 망칠 거야.

핫로드 : 난 이미 알아. 단지 우리 대답이 맞는지 확인하고 싶을 뿐이야.

미스터 레드 : 당신이 안다면 체포했을걸. 의심할 수는 있지만 누구인지는 모르
지. 여기 당신과 나 단둘이 있다면 말해주겠는데…… 방 안 가득 경찰
들이 있는 앞에서는 아니지.

스타키는 자신이 시인하도록 말을 돌리는 그의 화법에 웃음을 흘렸다.

핫로드 : 그들은 떠났어. 지금 우리 단둘이야.

그는 다시 머뭇거렸다. 그녀는 그가 정말 대답할지 모른다는 희망에 찌르는 듯한 통증을 느꼈다.

미스터 레드 : 그래? 정말 당신만 있어?

핫로드 : 난 거짓말하지 않아.

미스터 레드 : 그럼 내가 비밀을 하나 알려주지. 그냥 우리끼리의 이야기야.

핫로드 : 뭔데?

그녀는 기다렸지만 아무 대답도 돌아오지 않았다. 그가 대답을 길게 입력하는 중일지도 모른다. 하지만 몇 분이 지나도록 답글은 올라오지 않았다. 마침내 그녀는 그가 자신을 애태우려는 속셈임을 알아차렸다. 사람을 조종하고 지배하려는 그의 욕구는 교과서적이었다.

핫로드 : 큰 비밀이란 게 뭐야, 진홍색 소년? 내가 여기서 시간을 재고 있어.

미스터 레드 : 리지오에 관한 게 아니야.

핫로드 : 그럼 뭔데?

미스터 레드 : 이걸 보면 겁먹을 거야.

핫로드 : 뭔데?????

잠시 사이를 두고 그의 메시지가 나타났다.

미스터 레드 : 펠은 보이는 그대로가 아니야. 그는 당신을 이용하고 있어, 캐롤 스
타키. 그는 당신과 내가 서로 싸우게 만들고 있었어.

그의 말이 판자처럼 그녀를 내리쳤다. 갑작스레 정면충돌한 것처럼 충
격이 느껴졌다.

핫로드 : 무슨 말이야?

그는 대답하지 않았다.

핫로드 : 그게 무슨 말이야? 펠이 보이는 그대로가 아니라니?

대답이 없었다.

핫로드 : 펠을 어떻게 아는 거지?

아무 대답도 없었다.

아무 대답도 돌아오지 않았다. 대화창이 아무런 변화 없이 그대로 떠 있었다. 펠은 보이는 그대로가 아니야, 라는 말이 뇌리를 떠나지 않았다. 그녀는 당장 펠에게 전화를 걸고 싶었다. 하지만 바다와 폭풍 사이에 묶인 배처럼 그녀는 두 사람 사이에 사로잡힌 것만 같았다. 한쪽에는 미스터 레드, 다른 한쪽에는 펠.

스타키가 폭발물처리반에서 근무하던 시절 ATF가 LA경찰에 상주시켰던 연락요원이 범죄음모수사과와 같은 사무실에서 근무했다. 스타키가 앨라배마의 폭탄 연수원에서 돌아온 지 3주째였던 어느 날 슈거는 그녀를 리걸 필립스라는 그 연락요원에게 소개했다. 리걸은 친근한 미소의 뚱뚱한 노인으로 스타키의 첫해 근무가 끝나가던 무렵에 은퇴했다. 그들은 그해에 가끔씩만 함께 일했지만, 슈거가 리걸을 무척 좋아했고 스타키는 그들 사이에 유대감이 아주 깊었다는 것을 느꼈다. 리걸은 스타키가 병원에 입원했을 때 병문안을 두 번 왔는데, 두 번 다 그는 슈거가 부서에서 세운 공적을 일일이 늘어놓고 우는 것으로 병문안을 마무리했다.

3년 전의 그 마지막 병문안이 스타키가 리걸 필립스를 마지막으로 본 것이었다. 그녀는 슈거 없이 리걸과 함께 있을 수 없어서, 슈거가 없다는 사실에 너무 깊은 상처를 받아서, 퇴원 후 리걸에게 전화하지 않았다.

그 모든 시간이 흐른 지금, 그녀는 그를 향한 전화 발신음을 들으며 당혹스러워하고 있었다.

리걸이 전화를 받자 그녀가 말했다.

"리지, 캐롤 스타키예요."

"맙소사, 아가씨, 어떻게 지내? 자네가 다시는 흑인과 이야기하지 않을 거라고 생각했지."

리지는 놀란 기색을 보였지만 따뜻한 목소리는 예전과 변함이 없었다.

"꽤 좋아요. 일하면서 지내고 있죠. 지금은 CCS에 있어요."

"그 소식은 들었어. 그쪽에도 친구가 있으니까. 자네를 주시하고 있지."

그는 부드러운 웃음과 함께 말했다. 그의 목소리에 애정이 가득해서 그녀는 부끄러운 마음이 들었다.

"리지, 연락드리지 못해서 정말 죄송해요. 제가 그런 쪽으로는 영 부족해서요."

"그건 걱정하지 마, 캐롤. 이동식 주택 사건의 그날, 많은 사람들의 상황이 변했지."

"찰리 리지오를 아세요?"

"뉴스에서 봤어. 그 사건을 맡고 있나?"

"맞아요, 리지. 부탁드리기 좀 곤란한 일이 있어요."

"말해봐."

"제가 어느 ATF 요원과 함께 일하고 있는데, 그가 좀 의심스러워요. 저를 위해 그 요원을 조사해주실 수 있는지 해서요. 무슨 말씀인지 아시겠어요?"

"아니, 캐롤. 무슨 말인지 모르겠어."

"그가 어떤 사람인지 알고 싶어요, 리지. 그러니까, 그가 믿을 수 있는 사람인지 좀 알아봐달라는 부탁일 거예요."

"그의 이름이 뭐지?"

"잭 펠이에요."

리걸은 그에 대해 알아보는 데 하루나 이틀 걸리겠지만 곧 연락해주겠다고 말했다. 스타키는 감사인사를 전하고 수화기를 내려놓은 뒤 전등을 껐다. 그녀는 잠을 자지 않았다. 침대에 들어가지도 않았다. 그녀는 희미한 불빛 아래 소파에 앉아서, 자신이 지금 못 미더워하는 남자가 얼마나 자신에게 큰 의미가 될 수 있는지 의아해하며 아침이 오기를 기다렸다.

펠

그날 일찍 배리건을 나오면서 펠은 눈을 가늘게 뜨고 원자력 같은 캘리포니아 태양을 바라보았다. 볕이 몹시 눈부셔서 도끼날이 미간에 꽂힌 것 같았다. 선글라스도 소용이 없었다.

펠은 차에 앉아 무엇을 해야 할지 생각해보았다. 그녀의 얼굴에 어린 상처 입은 표정에서 그는 자신이 개자식 같다는 기분이 들었다. 그는 그녀가 옳다는 것을 알았다. 그는 미스터 레드에 완전히 사로잡혀서 그 외에 다른 것을 볼 수 없었다. 하지만 그에게는 그녀 이름이 새겨진 파편이 있었다. 그는 탁자 너머로 손을 뻗어 그녀에게 모든 것을 말하고 싶었다. 그녀에게 진실을 말하고 싶었다. 마음을 터놓고 싶었다. 하지만 자신 또한 마음을 닫고 지낸 지 오랜지라, 그녀가 유일하게 이해해줄지 모른다고 생각하면서도 쉽게 마음을 열지 못했다. 그는 점점 커져만 가는 그녀에 대한 감정을 전하고 싶었지만, 그녀와의 만남에는 오직 미스터 레드만 있었다. 그는 더 이상 미스터 레드가 어디서 끝냈고 자신이 어디서 시작했는지 알지 못했다.

머리가 욱신거리기 시작했다.

"제기랄, 또야."

부드러운 회색 형체들이 계기판에서, 창문에서, 차 후드에서 떠돌아다녔다.

요즈음 이 증상이 더 빈번해지고 있었다. 더 악화될 뿐이었다.

15

스타키는 동이 트기 전에 집에서 출발했다. 집에 홀로 있으려니 공허함이 밀려드는 데다 펠과 레이턴과 엉망진창인 자신의 삶에 대한 상충되는 생각들 때문에 지치기만 했다. 자신감을 갖고 수사하자, 라고 그녀는 혼잣말을 했다. 그리하여 어지러운 그 생각들과 공허함을 남겨두고 도시를 가로질러 앞으로 나아갔다.

그녀는 폭파 시간대의 딕 레이턴의 소재를 알아내야 했다. 후커가 기록한 사건일지에 레이턴의 도착 시간이 나와 있을지 모른다. 스타키는 굳이 샤워를 하지는 않았다. 그냥 옷을 갈아입고 새로운 담배에 불을 붙이고 운전을 시작했다.

스프링스트리트 서는 무덤이었다. 그녀가 주차한 층에는 그녀의 차가 유일했다. 수배자수사과에조차 아무도 나오지 않았다.

스타키는 에라 엿먹어라 하면서 사무실 안으로 담배를 들고 들어갔다. 그녀는 언제나 청소 팀에 핑계를 돌릴 수 있었다.

사건일지는 그녀의 기억대로 마직의 책상에 있었다. 하지만 레이턴의

333

도착 시간은 없었고 그가 그 자리에 있었다는 사실만 기록돼 있었다. 스타키는 후커의 책상 밑에서 비디오테이프 상자를 꺼냈다. 상자에서 베넬이 만든 고해상도 테이프 복사본을 찾고는 가장 넓은 각도로 촬영된 것으로 기억하는 뉴스 테이프와 함께 위층 비디오실로 갖고 갔다. 그녀는 이 지긋지긋한 테이프들을 수없이 봐서 거의 외울 정도였지만, 그때마다 야구모자의 남자를 찾고 있었다. 경찰들을 주시한 적은 전혀 없었다.

고해상도 테이프의 화질은 베넬의 경고대로 VCR에서 보니 형편없었다. 그래도 테이프를 틀어놓고 경찰 비상경계선 근처에서 딕 레이턴을 찾아보았다. 그녀는 그날 딕이 집에서 막 나온 것처럼 폴로셔츠를 입고 있었다는 것을 기억했다.

테이프를 보고 또 봤지만 여전히 똑같았다. 찰리 리지오가 상자에 접근했고, 폭발이 일어났고, 벽이 앞으로 달려 나가 파트너의 헬멧을 벗겼다. 그녀는 폭발 이전의 순간에 레이턴을 찾아보려 했지만 클립들이 너무 짧고 흐릿해서 포기해야 했다. 대신에, 레이턴이 현장에 있었다면 자기 부하를 보려고 앞으로 달려 나갔을 거라는 생각에 폭발 후 시간에 집중하기로 했다. 그녀는 테이프를 폭발에 맞춰서 다시 시청했다. 꽝! 폭발 후 실제 시간으로 거의 12초 동안 벽과 리지오 둘만 프레임에 있었다. 그 후에 구급요원들이 탄 구급차가 프레임 아래에서 위로 등장해 그들 옆으로 뛰어들었다. 로스앤젤레스 소방서 구급요원 두 명이 뛰어나가 벽의 자리를 차지했다. 4초 후 제복 순경 한 명이 프레임 왼쪽에서 앞으로 달려갔고, 제복 순경 두 명이 오른쪽에서 들어왔다. 왼쪽에서 들어온 순경은 벽을 주저앉히거나 물러나게 하려고 애쓰는 것 같았다. 하지만 벽은 그를 뿌리쳤다. 순경 세 명이 아래 쪽에서 프레임으로 들어오더니 이내 뒤돌아서서 일반인 복장의 두 남자를 차단했다. 일반인 복장의 다른 남자들이 오른쪽에서 들어왔다. 이제 두 번째 구급차가 프레임 속으로 들어왔고, 그 뒤를 이어 더 많은 사람들이 걸어 들어왔다. 두 형체가 폴로셔츠를 입고 있는 것 같았지만 그들이 누구인지는 알아볼 수 없었다. 그러고 나서 테이프는 끝났다.

"젠장!"

테이프의 장면 중 그녀의 신경에 거슬리는 게 있었지만 그게 무엇인지 확실치 않았다. 그녀는 뭔가를 보고 있었지만, 뭔가를 보지 못했다. 대답은 테이프에 있었다. 스타키는 카메라를 좀더 길게 촬영하지 않았다고 뉴스 방송국을 욕하며 사무실로 돌아왔다.

스타키는 벅 다제트에게 물어보기로 했다. 그녀는 다른 형사들이 오기 전에 CCS를 떠나 글렌데일 서로 향했다. 오늘 벅이 근무하는 날인지는 알 수 없었다. 그래서 일단 작은 식당에 들어가 폭발물처리반 접수원 루이즈 멘도사가 도착하는 7시까지 기다렸다. 근무자 명단을 알고 있는 멘도사는 대개 폭발물처리 수사관들보다 먼저 출근했다.

7시 5분 전에 스타키는 전화를 했다.

"루이즈, 캐롤 스타키예요. 오늘 벅이 근무하나요?"

"벅은 차고에 와 있어요. 연결해드릴까요?"

"그냥 벅이 있는지 알아보려고 전화했어요. 지금 벅을 만나러 그쪽으로 가는 중이거든요."

"벅에게 그렇게 전해드릴게요."

"한 가지 더요, 루이즈. 저, 딕이 거기 있나요?"

"예. 딕과 통화하시려면 제가 연결해드리는 게 나을 거예요. 딕은 오늘 아침 파커에 내려가야 하거든요."

"괜찮아요. 나중에 할게요."

스타키는 10분 후 글렌데일 경찰서 주차장으로 들어섰다. 차고에 가보니 벅 다제트와 러스 데이글이 있었다. 그 차고는 주차장 가장 후미진 끝에 있는 벽돌 건물로, 부서에서 해체 장비와 로봇으로 연습하는 장소였다. 그들은 앤드루스 로봇을 내려다보며 눈살을 찌푸린 채 커피를 마시고 있었다. 두 사람 모두 그녀를 보자 미소를 지었다.

"이 녀석이 오른쪽으로 쏠리고 있어. 이 망할 녀석을 곧장 앞으로 가게 하려는데 자꾸만 오른쪽으로 방향을 튼단 말이지. 뭐가 잘못됐는지 아는 거 없나?"

"얘는 공화당이거든요."

골수 공화당원인 데이글이 껄껄 웃었다.

"벅, 잠시 볼 수 있을까요?"

벅은 문가로 다가와 그녀와 함께 밖으로 걸어 나갔다. 그녀는 그에게 고해상도 테이프를 만들었다면서 그가 테이프를 볼 수 있게 준비해놓았다고 말했다. 대화를 위해 그녀가 지어낸 핑곗거리였다.

"자네가 원한다면 보겠지만, 난 테이프들에서 아무것도 보지 못했어. 맙소사, 찰리가 그렇게 되는 모습을 다시 두 눈으로 볼 수 있을지 모르겠네."

그녀는 화제를 딕 레이턴으로 돌리고 싶었다.

"지금 당장 보라는 건 아니고요. 혹시 딕이 뭔가 발견한 게 있는지 물어봐야겠어요. 딕이 누군가를 짚어낼 수도 있으니까요."

벅이 고개를 끄덕였다.

"그럴지도. 딕은 비상경계선 뒤에 거기 있었어."

스타키는 토할 것 같았다. 프로답게 굴자. 이런 일을 처리하는 게 그녀가 여기 있는 이유였다. 그것이 그녀가 경찰인 이유였다.

"딕이 언제 현장에 왔어요?"

"모르겠는데. 아마 찰리가 나가기 20분 전인가, 그때쯤이었어."

"딕과 이 일에 대해서 이야기할게요."

스타키는 주차장을 가로질러 되돌아왔다. 다리가 마치 거대한 죽마(竹馬)가 되어 현기증 나는 높이까지 그녀를 밀어 올리는 느낌이었다. 그녀는 사마귀가 다리를 접듯 아주 오랫동안 죽마를 접어 간신히 차에 올라탔다. 더 이상 어떤 것도 들어맞지 않았다. 그녀는 폭발물처리반 건물을 쳐다보았다. 딕 레이턴의 사무실이 저기 있었다. 찰리 리지오의 소지품을 넣은 상자가 여전히 리지오의 책상 밑에 있었다. 그녀는 그 상자에 있는 그의 휴대폰을 생각했다. 리지오와 수전 레이턴이 연인이라면 그는 그녀에게 자주 전화했을 것이다. 딕이 근무하는 낮 동안 그녀에게 몰래 전화했을 것이다. 그 전화 기록이 그의 전화요금 고지서에 있을 것이다. 이런 추리를 해냈을 때 스타키는 자신이 얼마나 덤덤하게 그런 생각을 떠올렸는지 깨닫고 새삼 놀랐다. 어쩌면 이것은 사건을 따라가는 또 다른 단계일 수 있었다. 이 순간 그녀는 켈소에게 내밀 수 있는 증거를 쌓고 펠이 틀렸음을 증명하는 일 외에는 아무것도 생각할 수 없었다.

그녀는 휴대폰을 꺼내 안젤라 웰로에게 전화했다. 그리고 이번에는 사실을 말했다.

스타키는 안젤라 웰로의 집에서 너덜너덜해진 소파 가장자리에 조용히 앉아 있었다. 리지오의 사진첩이 안젤라와 그녀 사이 소파 위에 있었다. 토드는 바닥에 얼굴을 묻고 자고 있었다. 안젤라는 스타키에게 들은 설명 이상의 내용이라도 찾아내겠다는 듯 사진첩을 보고 또 보았다. 그러더니 허벅지에 손바닥을 비비며 말했다.

"이 일은 모르겠어요. 도대체 내가 어떻게 생각해야 할지 모르겠어요. 찰리가 살해되었다고 말하는 건가요?"

"그 가능성을 수사하고 있어요. 그런 이유에서 찰리의 전화요금 고지서가 필요한 겁니다. 찰리가 누구에게 전화하고 있었는지 봐야 해요."

안젤라가 그녀를 쳐다보았다. 스타키는 앞으로 닥칠 일을 알았다. 스타키가 사진첩을 돌려주면서, 어제는 거짓 구실을 대고 찰리의 집을 방문했던 거라고 했을 때 안젤라는 아무 말 없이 그 모든 설명을 듣고만 있었다. 이제 그녀가 막 말하려는 참이었다.

"왜 어제 내게 거짓말했지요? 그냥 말해줄 수는 없었나요?"

스타키는 그녀의 눈을 보려고 했지만 볼 수 없었다.

"달리 어떻게 해야 할지 알 수 없었어요. 죄송합니다."

"맙소사."

안젤라는 어린 아들에게 다가가더니 그 아이가 제 아들인지 확신할 수 없다는 듯 내려다보았다.

"부모님한테 이걸 어떻게 말씀드리죠?"

스타키는 그 말을 못 들은 척했다. 그녀는 눈앞에 드러나는 일들을 세세히 알려주고 싶지는 않았다. 그녀는 옆길로 새고 싶지 않았다. 이 일을 단단히 얽어매어 켈소에게 가져갈 수 있을 때까지 계속 앞으로 나아가고 싶었다.

"찰리의 전화요금 고지서가 필요해요. 고지서를 찾아봐도 될까요?"

"토드? 토드, 아가야, 일어나. 나가봐야 해."

안젤라는 잠자는 아이를 어깨 위로 둘러업고는 성난 눈으로 스타키에게 몸을 돌렸다.

"따라오세요. 하지만 찰리의 집에는 다시 들어오지 마세요."

스타키는 안젤라가 흰 봉투들을 한 손 가득 쥐고 유리문을 나올 때까지 리지오의 건물 밖에서 거의 한 시간을 기다렸다.

"이걸 찾느라 오래 걸렸어요. 미안해요."

"괜찮아요. 협조해주셔서 정말 고마워요."

"아니, 고마워하지 마세요. 형사님이 무슨 일을 하고 있는지, 왜 하고 있는지 나도 잘 모르지만, 형사님 역시 내가 한 일에 감사해할 정도로 날 제대로 알진 못해요."

안젤라는 그녀에게 봉투를 건넨 뒤 말없이 돌아서버렸다.

스타키는 담배에 불을 붙이고 차창을 내렸다. 하지만 차 안은 담배 연기로 금세 자욱해졌다. 그녀는 담배 맛이 좋았고 담배가 가져다주는 기분이 좋았다. 그녀는 금연하라는 모든 잔소리가 무슨 뜻인지 알지 못했다. 그래, 암에 걸린다 해도 무슨 상관이야.

그녀는 찰리 리지오의 전화요금 고지서를 열었다. 고지서에 찍힌 그 번호는 금방 눈에 띄었다. 그녀는 레이턴의 집 전화번호를 알지 못했지만 알 필요도 없었다. 리지오는 여러 달 전부터 지역번호 323으로 시작된 같은 번호에 하루에 두세 번씩, 어떤 날은 예닐곱 번씩 전화했다.

스타키는 고지서를 옆으로 치우고 담배를 마저 피웠다. 그러고는 휴대폰을 꺼내 번호를 다시 확인하고 전화를 걸었다.

익숙한 여자의 목소리가 전화를 받았다.

"여보세요?"

"안녕하세요, 수전."

스타키는 피로가 느껴졌다.

"죄송하지만, 누구시라고요?"

스타키는 잠시 말을 멈췄다.

"수전?"

"죄송해요. 전화를 잘못 거셨어요."

스타키는 번호를 다시 확인하고 자신이 잘못 걸지 않았음을 확인했다. 그녀는 맞게 걸었다.

"캐롤 스타키예요. 수전 레이턴 씨 댁 아닌가요?"

"오, 안녕하세요, 스타키 형사님. 전화 잘못 거셨어요. 저는 나탈리 다제트예요."

16

"듣고 계세요? 여보세요?" 나탈리 다제트가 물었다.

스타키는 전화번호를 다시 확인했다. 같은 번호였다. 여러 달 동안 매일 여러 번 건 번호였다.

"듣고 있어요. 미안해요, 나탈리. 다른 사람이 받을 줄 알았거든요. 기어를 바꾸는 데 시간이 좀 걸리네요."

나탈리가 웃었다.

"나도 그런걸요. 항상 이런 노인네 같은 순간이 있어요."

"앞으로 한 시간 정도 집에 계실 건가요?"

"벅은 집에 없어요. 직장에 복귀했어요."

"알아요. 당신을 좀 만나보고 싶어요. 오래 걸리지 않을 거예요."

"무슨 일로 절 보시려는 거죠?"

"오래 걸리지 않을 거예요, 나탈리. 바로 찾아 뵐게요."

"무슨 일인데요?"

"벅에 관한 거예요. 제가 그를 위해 작은 깜짝 파티를 준비하고 있어요.

찰리에게 일어난 일 때문에요. 일종의 복귀 환영 파티랄까요."

"그래서 수전에게 전화를 걸고 있었던 거예요?"

"맞아요. 딕이 그 파티를 제안했어요."

"오! 오, 알았어요. 그런 것 같네요."

"곧 뵐게요."

"알았어요."

스타키는 전화기를 옆으로 치웠다. 딕 레이턴이 아니라 벅 다제트였다. 그녀는 테이프에서 살해범을 찾고 또 찾았다. 매번 눈에 확연히 보이는 곳에, 그가 바로 그곳에 있었다. 탁 트인 시야에 숨어서 자신의 파트너가 폭탄 위로 다가가기를 기다리며. 스타키는 다나에 대해서 다시 생각했다. 인지 퍼즐에 대해서도. 그림을 바라보는 방법에 다 있었다. 이제 그녀는 테이프에서 신경에 거슬렸던 점이 무엇인지 알아차렸다. 벅은 2차 폭탄에 대비해 그 자리에서 철수해야 했는데 그러지 않았다. 그는 캐롤을 이동식 주택에서 끌어냈던 것처럼(그녀는 자신의 죽음이 담긴 테이프에서 그 장면을 봤다) 방호 보호복을 벗기기 전에 리지오를 현장에서 끌어냈어야 했다. 그런데 그는 리지오를 끌어내지 않았다. 모든 폭발물처리 수사관들은 2차 폭탄에 대비해 그 장소에서 철수하도록 훈련받았다. 벅은 2차 폭탄이 없다는 것을 알고 있었다. 그 사실이 매번 그 자리에서 그녀에게 환하게 드러나 있었는데 그녀가 보지 못하고 놓친 것이었다.

스타키는 몬터레이 공원까지 장거리 운전을 했다. 그녀는 서두르지 않았다. 나탈리는 자신의 애인을 남편이 살해했다는 사실을 알지 못할 거라고 스타키는 확신했다. 벅은 지나칠 정도로 조심스럽게 살인을 계획했다. 아내에게 자신의 범행을 털어놓는 위험을 무릅쓸 리 없었다. 그녀를 벌준다고 하더라도.

스타키는 벅 다제트의 집 진입로로 들어서면서 벅의 토요타 사륜구동차가 없는 것을 보고 안도했다. 그녀는 현관으로 들어서기 전에 자신이 지어낼 수 있는 가장 경찰다운 표정을 지어냈다. 그녀가 베니스에서 어린 소녀의 엄지손가락을 가지고 그 애 아버지와 대치했을 때 써먹었던 바로 그 표정이었다.

스타키는 벨을 눌렀다.

문을 열고 얼굴을 내민 나탈리는 핼쑥해 보였다. 잠을 이루지 못하는 모양이었다.

"안녕하세요, 나탈리. 만나줘서 고마워요."

스타키는 그녀를 따라 작은 식당으로 갔다. 그들은 빈 탁자에 앉았다. 잔디깎기기계가 뒤뜰에 놓여 있었다. 벽은 잔디를 깎은 적이 없었다. 나탈리는 스타키가 마지막으로 들렀을 때 그랬던 것처럼 마실 것을 내오지 않았다.

"어떤 깜짝 파티를 준비하고 있어요?"

스타키는 가방에서 전화요금 고지서들을 꺼내 탁자에 올려놓았다. 나탈리는 상황을 이해하지 못한 채 고지서들을 흘깃 쳐다보았다.

"나탈리, 미안하지만 파티 일로 여기 온 게 아니에요. 찰리의 물건들을 살펴보다가 당신에게 물어봐야 할 몇 가지 사항을 발견했어요."

찰리의 이름을 언급한 순간 그녀의 얼굴에 공포의 빛이 떠올랐다.

"난 벽에 관한 일이라고 생각했는데요?"

스타키는 나탈리 쪽으로 고지서들을 바로 돌려서 건너편으로 밀었다.

"찰리의 휴대폰 고지서예요. 거기 당신 번호가 보이죠? 그가 얼마나 자주 전화했는지 보이죠? 지금 난 이 의문에 대한 답을 알고 있지만 당신의 입으로 그 답을 들어야 해요, 나탈리. 당신과 찰리가 불륜을 저지르고 있었나요?"

나탈리는 고지서에 손을 대지 않고 바라보기만 했다. 코가 빨개지고 눈물이 흐르는 동안 그녀는 입을 꾹 다물고 있었다.

"나탈리, 그랬나요? 당신과 찰리가 사랑하는 사이였나요?"

나탈리는 고개를 끄덕였다. 열두 살짜리 소녀 같은 얼굴이었다. 스타키의 가슴에 당혹스러움과 수치심이 가득 차올랐다.

"얼마나 오랫동안 관계를 맺었지요?"

"지난해부터요."

"크게 말해주세요."

"지난해부터요."

"벅이 그걸 알고 있나요?"

"물론 몰라요. 알면 몹시 상처 받을 거예요."

스타키는 고지서를 도로 가방에 넣었다.

"알았어요. 이런 걸 물어봐서 미안해요. 상황이 어쩔 수가 없군요."

"벅에게 이야기할 건가요?"

스타키는 눈앞의 여인을 바라보다가 거짓말을 했다.

"아니에요, 나탈리. 이건 내가 벅에게 이야기할 사항이 아니에요. 그건 걱정하지 않아도 돼요."

"난 그냥 찰리와 실수를 한 거예요. 실수한 것뿐이라고요. 누구나 실수를 할 수 있잖아요."

스타키는 나탈리를 그대로 두고 맹렬한 열기 속에 놓인 차로 걸어 나왔다. 그녀는 곧장 스프링스트리트 서로 향했다.

벅

벅 다제트는 스타키가 글렌데일 서에서 오랜 시간을 보내는 게 마뜩잖았다. 그녀가 그 개자식 찰리 리지오에 대해서 질문을 퍼붓는 바람에 그는 초조해졌다. 리지오가 죽은 마당에 리지오에 대해서 알고 싶어졌다는 말을 들었을 때는 특히나. 도대체 이게 무슨 일이란 말인가. 스타키는 그 빌어먹을 이동식 주택 사건 이후로 리지오든 다른 누구에 대해서든 일체 신경 쓰지 않았다. 그녀는 술고래에 한물 간 사람이 되었다. 그런데 이제 감상적인 사람이 되기라도 했단 말인가.

벅은 미스터 레드와 스타키 간의 연결고리를 세웠다는 점에서 자신을 대견스러워했다. 그는 가능한 한 수사 방향을 찰리 리지오에게서 멀리 떨어트리고 싶었다. 하지만 그녀의 이름자 중 유일하게 발견된 글자가 그 빌어먹을 S라는 자신의 형편없는 운 덕분에 사람들이 그 글자를 '찰스(Charles)'의 일부라고 생각하게 됐다. 그래도 연방수사관들이 나타나고 모든 사람이 미스터 레드의 흔적을 추적하기 시작했을 때 벅은 여전히 일이 잘 풀려나가고 있다고 생각했다. 그런데 지금 이 재수 없는 년 스타키가 어쨌든 진실을 불현듯 알아차린 것 같았다. 아니면 적어도 그 진실을 의심하고 있었다.

벅 다제트는 나탈리가 전화했을 때 앤드루스 로봇을 가지고 빈둥거리고 있었다. 이 행실 나쁜 여편네는 사람들이 그를 위해 깜짝 파티를 여는 일로 스타키가 잠깐 들를 거라고 입 가볍게 나불댔다. 그의 기운을 북돋우려고. 하. 벅은 전화를 끊고 가까스로 화장실로 달려가 토한 다음 무슨 일인지 직접 알아보기 위해 쏜살같이 집으로 달려갔다.

자신의 집에서 스타키의 차가 빠져나가는 동안 벅은 이웃집 뜰에 쭈그리고 앉아 그녀를 지켜보았다. 그는 아직 그녀가 자신에게 얼마나 많은 혐의를 두고 있는지 알지 못했지만, 그녀가 자신을 의심하고 있다는 것은 분명히 알아챘다. 그것이면 충분했다.

벅은 스타키를 죽이기로 결심했다.

17

스타키는 뮬러가 사무실에 있을 때 연락하려고 차에서 전화했지만 그는 퇴근하고 없었다. 그녀는 그의 보이스 메일에 사진의 남자가 더 이상 용의자가 아니며 새로운 사진을 팩스로 보내겠다는 말을 남겼다. 그러고는 베스 마직에게 전화했다.

"베스, 식스팩을 모아서 꽃집에서 나와 만났으면 해. 전화해서 레스터가 꽃집에 있는지 확인하고. 배달 중이라면 얼른 돌아오게 해달라고 가게 사람들에게 말해."

"막 점심 먹으러 가려던 참이었어요."

"젠장, 베스, 식사는 나중에 할 수 있잖아. 레스터의 설명대로 식스팩에 사십대 백인과 히스패닉을 섞어. 아무에게도 말하지 마, 베스. 그냥 식스팩 모아서 레스터네 가게로 나와."

"캐롤, 나한테 이 일을 그냥 툭 떨어트리면 안 되죠. 누구 때문에 식스팩을 준비해야 하는 거죠? 용의자 있어요?"

"있어."

스타키는 마직이 용의자가 누구인지 묻기 전에 전화를 끊었다. 지금은 시간이 변수였다. 나탈리가 벅에게 그녀가 집에 방문했었으며 리지오에 대해 관심을 보이더라는 말을 하지 않을 거라고는 장담할 수 없었다. 스타키는 벅이 도망치는 건 두렵지 않았다. 그녀의 관심사는 벅이 그를 상대로 한 소송에서 필요할 수 있는 증거를 인멸하기 위해 움직일 거라는 점이었다.

그녀는 실버레이크로 차를 돌리기 전에 집에 잠깐 들러 벅의 스냅사진을 챙기고 나왔다. 딕 레이턴의 사진처럼 사복 차림을 한 벅의 사진이었다. 꽃집에 도착하니 마직과 레스터가 인도에서 이야기를 나누고 있었다. 스타키의 차를 보자 마직은 레스터를 남겨두고 그녀 쪽으로 걸어왔다. 마직의 손에는 식스팩 용지가 담긴 마닐라 봉투가 있었다.

"여기서 무슨 일이 벌어지고 있는지 말해줄 거예요? 저 아이 노친네가 막 화내면서 항의란 항의는 다 하고 있어요."

"용지 좀 보여줘."

식스팩은 종이를 샌드위치처럼 붙여서 사진첩 페이지와 같이 여섯 개의 사진 자리를 만들어놓은 용지였다. 형사국에서는 식스팩에 연령, 인종, 유형에 따라 사진 파일들을 보관했다. 대다수 사진은 경찰관들을 찍은 자료 사진이었다. 스타키는 여섯 사진 중 한 장을 뺀 자리에 벅 다제트의 사진을 끼워 넣었다.

마직이 스타키의 팔을 잡았다.

"농담하는 거죠?"

"농담하는 거 아니야, 베스."

스타키는 용지를 레스터에게 가져갔다. 레스터에게 각 사진을 주의 깊게 보라고 하고는 누가 공중전화를 이용한 남자인지 물었다. 마직이 레스터의 얼굴을 너무 바짝 들여다보는 바람에 레스터는 무슨 잘못된 거라도 있냐고 물었다.

"아무것도 아니야. 사진을 좀 보는 것뿐이야."

"이 남자들은 아무도 모자를 쓰고 있지 않은걸요."

"얼굴을 봐, 레스터. 네가 본 공중전화의 남자를 다시 한 번 떠올려봐. 이 사진들 중 누가 그 남자일까?"

"이 남자인 것 같아요."

레스터가 벅 다제트를 가리켰다.

마직은 그 자리를 떠났다.

"마직 형사님 괜찮나요?"

"그래, 괜찮아, 레스터. 고마워."

"제가 맞는 사람을 골랐어요?"

"어떤 대답도 맞다고는 할 수 없어. 어느 한 대답이 다른 한 대답보다 조금 더 틀릴 뿐이야."

스타키는 인도를 내려다보고 있는 마직 쪽으로 걸어갔다.

"지금 말해줄 거예요?"

스타키는 마직이 궁금해하는 것을 상세히 설명해주었다. 그런 다음 켈소에게 전화해 지금 사무실로 들어가는 중이며, 잠시 후 마직과 후커와 함께 경위님을 뵙고자 하니 시간을 좀 내달라고 말했다. 켈소는 세 사람이 함께 자신을 만나려는 이유가 뭐냐고 캐물었다.

"이 사건의 추가 증거를 일부 확보했어요. 그 증거를 가지고 어떻게 진행할지 경위님께 조언을 구하고 싶습니다."

그의 지도를 부탁드린다는 계책이 들어맞았다. 켈소는 산토스와 함께 사무실에서 기다리고 있겠다고 대답했다.

스타키가 전화를 끊었을 때 마직은 여전히 자기 차에 기대서 있었다.

"좀 우스운 소리 같지만, 캐롤, 차 한 대로 가면 어때요? 혼자 운전해서 돌아가고 싶지 않아요."

"우스운 소리 아니야."

스프링스트리트 서에 도착하자 스타키는 굳이 씨름하며 주차장에 들어가지 않았다. 주차금지 구역 앞에 차를 두고 엘리베이터를 이용했다.

켈소의 집무실로 가보니 그녀의 기억으로는 처음으로 그의 컴퓨터가 꺼져 있었다. 켈소는 그녀의 전화를 받은 이후 내내 그랬다는 듯 손가락을 뾰족이 세우고 책상에 앉아 기다리고 있었다. 산토스는 교장에게 불려온 아이 같은 표정으로 소파에 앉아 있었다. 꽤 지쳐 보이는 얼굴이었다. 아마 그들 모두 지쳐 보일 것이다.

"뭔가, 캐롤?" 켈소가 물었다.

"범인은 미스터 레드가 아닙니다. 미스터 레드가 전혀 아니었어요."

켈소는 머리를 저으며 손바닥을 들어 보였다.

"그 얘기는 전에 하고 지나갔잖아? 특징들이 동일하고……."

"경위님, 그냥 들어보세요." 마직이 딱딱거렸다.

산토스가 놀라서 눈썹을 추켜올렸다. 켈소는 마직을 쳐다보더니 두 손을 펼쳤다.

"듣고 있네."

스타키가 말을 이었다.

"경위님, 그 특징들이 동일하지 않아요. 거의 동일하지만 똑같지는 않아요. 믿기지 않으시면 직접 로크빌에 전화해서 ATF에 물어보세요."

"그쪽에서 뭐라고 말하는데요?" 산토스가 물었다.

"실버레이크 폭탄이 다르다고요. 그쪽에서는 실버레이크 폭탄 제조범이 ATF 폭탄분석 보고서를 토대로 작업한 거라고 시사할 겁니다. 실버레이크 폭탄과 다른 폭탄들과의 한 가지 편차가 그 보고서에도 빠져 있던 요소이기 때문입니다."

스타키는 한마디 한마디 설명을 늘어놓으면서 벅 다제트의 이름은 끝내 언급하지 않았다. 그녀는 폭탄 폭발장치의 차이점과 유사점, 제조범이 미스터 레드가 선호하는 모덱스 하이브리드를 혼합하기 위해서 RDX의 출처를 찾아야 했다는 점을 자세히 설명했다.

"RDX는 가장 구하기 힘든 성분입니다. 최근 이 지역에서는 댈러스 테넌트라는 자가 유일하게 RDX를 소지하고 있었지요. RDX를 구하고 싶다면 테넌트를 찾아가야 할 겁니다. 저와 베스가 바로 테넌트의 작업장을 찾았습니다. 그런데 911 신고전화자와 인상착의가 유사한 남자가 그 작업장 주변에서 한 달 전에 목격됐다고 하더군요. 그자가 테넌트의 RDX를 구하러 그곳에 간 것으로 판단됩니다. 그자가 어떻게 테넌트의 작업장을 알게 됐는지는 모르겠습니다. 저희처럼 부동산 조사를 통해 발견한 건지, 아니면 테넌트와 모종의 거래를 한 건지는 모르겠습니다. 현재 테넌트가 죽어서 물어볼 수가 없습니다."

"어떤 자야?"

스타키는 대답하지 않고 결의를 다지며 말을 계속했다. 뒷받침 증거를 내놓기 전에 벅 다제트의 혐의를 제기했다가는 이 회의가 아귀다툼의 장이 되버릴 것 같았다.

스타키는 손에 식스팩을 들고 있었지만 아직 그에게 넘기지는 않았다.

"이 식스팩을 레스터 이바라에게 보여줬습니다. 레스터는 이 남자들 중 한 명을 신고전화 한 남자로 지목했지요. 유사한 식스팩을 베이커즈필드의 증인에게 보여서 그쪽에서도 그 남자를 지목하는지 알아봐야 합니다."

스타키는 켈소에게 식스팩 용지를 건네고 벅 다제트의 사진을 가리켰다.

"레스터가 이 남자를 지목했습니다."

켈소가 머리를 저으며 스타키를 올려다보았다.

"그 애가 실수했어. 더 이상 할 말 없네."

스타키는 리지오의 전화요금 고지서를 식스팩 위에 올려놓았다.

"찰리 리지오의 휴대폰 고지서들입니다. 제가 표시한 번호들을 보세요. 그 번호는 벅 다제트의 집 전화번호입니다. 리지오와 나탈리 다제트가 불륜관계였어요. 나탈리는 조금 전 저에게 그 관계를 인정했어요. 벅이 이 사실을 알고 찰리를 살해한 거라고 생각합니다."

후커가 큰 소리로 한숨을 내쉬었다.

"오, 맙소사!"

켈소는 턱을 당겼다. 그는 창가로 다가가 밖을 내다보더니 다시 돌아와 팔짱을 끼고 책상에 기댔다.

"이 일을 또 누가 알지, 캐롤?"

"이 자리에 있는 사람들만요."

"벅에게 살인 혐의를 두고 있다고 나탈리에게 말했나?"

"아니요."

켈소는 다시 한숨을 내쉬고 책상으로 돌아갔다.

"알았어. 이 일을 그냥 둬서는 안 돼. 벅이 이 정황을 설명할 수 있다면, 그가 해명을 하고 이 일은 해결되는 거야."

마직이 투덜거리자 켈소의 눈이 이글거렸다.

"자네는 이 일이 그렇게 쉬워 보이나, 형사? 난 이 남자를 10년간 알아왔어. 이건 그저 그런 빌어먹을 체포가 아니란 말이야!"

스타키는 켈소 배리가 욕을 내뱉는 소리를 처음 들었다.

"아닙니다. 아니죠." 산토스가 말했다.

켈소는 산토스를 흘깃 보더니 다시 숨을 내쉬고 뒤로 기댔다.

"나는 모건 국장보께 보고해야 해. 스타키, 자네가 나와 함께 자리해주게. 모건이 우리를 보자고 하실지 몰라. 질문하실 게 빌어먹게도 훤하군. 이건 너무나 끔찍한 일이네. 이런 일에 로스앤젤레스 경찰이 관련돼 있다니. 우리가 레이턴을 데려와야 할 거야. 그쪽으로 출동해 무슨 일인지 말도 안 하고 우리 사람 중 하나를 체포하지는 않을 거야. 내가 모건과 레이턴과 얘기하자마자 우리는 이 일을 끝낼 거야."

스타키는 자신이 켈소 배리를 좋아한다는 것을 알았다. 그녀는 한마디 하고 싶었다.

"경위님, 죄송합니다."

켈소가 자신의 얼굴을 비볐다.

"캐롤, 자네가 죄송해할 이유는 하나도 없어. 자네에게 수고했다고 말하고 싶지만, 그런 말을 할 만한 일이 아닌 것 같네."

"네, 이해합니다."

속죄

벅 다제트는 글렌데일 서로 돌아가지 않았다. 대신에 딕 레이턴에게 전화해 오늘은 이대로 조퇴하겠다고 말했다. 사실 전화를 한 진짜 이유는 레이턴을 좀 떠보기 위해서였다. 레이턴이 벅을 용의자로 여기고 있다면, 벅은 최고의 빌어먹을 변호사를 고용해 이 상황을 정면돌파하여 당당히 넘어갈 계획이었다. 하지만 레이턴은 관대하고 친절했다. 벅은 스타키가 그녀의 의심을 알리지 않았다는 데 기꺼이 농장을 걸 수 있었다.

그리고 그는 지금 농장을 걸고 있었다.

벅은 미스터 레드의 폭탄을 모방하는 데 사용했던 성분들과 모덱스 하이브리드 3킬로그램 정도가 아직 남아 있었다. 스타키는 행동을 취하기에 충분한 증거를 아직 확보하지 못한 게 분명했다. 그는 이 확신에 희망을 얻었다. 그녀가 수사를 진척시키기 전에 그는 재빨리 행동에 나서서 그녀를 죽일 계획이었다. 그러면 자신은 문제 없이 이 일에서 빠져나갈 수 있으리라고 생각했다.

레이턴과 통화를 마친 벅은 나탈리를 집에서 내보내기 위한 세세한 심부름 목록을 작성하고 집으로 갔다. 나탈리는 스타키의 방문과 질문으로 긴장한 것 같았지만 벅은 모르는 체했다. 그는 목록을 쥐여주며 그녀를 내쫓은 다음 억지로 마음을 진정시키며 다시 이 일에 대해 숙고해보았다. 그는 두려웠고 절망적이었다. 그는 두렵고 절망적인 사람이 실수를 저지른다는 것을 알고 있었다.

마음이 어느 정도 진정된 벅은 스타키를 죽이는 것이 유일한 탈출구라고 확신하게 됐다.

"좋아, 그럼 일을 시작해보자."

모덱스 하이브리드와 남은 성분들은 큰 아이스박스에 담긴 채 차고 안에 보관돼 있었다. 벅은 사륜구동차를 후진하여 작업할 공간을 마련하고 거리에서 사람들이 보지 못하도록 위로 올려졌던 차고 문을 내려 닫았다. 뒤뜰로 난 옆문은 바람이 통하도록 열어두고 차고 안 환풍기를 가동했다. 모덱스는 유독 증기가 승화되기 때문이었다.

벅은 나탈리의 손이 닿지 않는 높은 선반에서 아이스박스를 꺼내 작업대로 가져왔다. 진회색 창유리 접합제 같은 모덱스가 커다란 비반응성 유리 단지에 담겨 있었다. 지문이 묻어나지 않도록, 그리고 살갗에 모덱스가 묻지 않도록 비닐장갑을 끼고 성분들을 펼쳐놓았다. 이 젠장할 물질은 다루는 과정에서도 납처럼 사람을 죽일 수 있었다.

그때 뒤뜰에서, 그것도 더럽게 가까운 곳에서 목소리가 들렸다. 벅은 기겁했다.

"여 여 여 안녕하쇼? 안녕하쇼? 아무도 없어요?"

벅은 작업대 위로 타월을 내던지고 밖으로 나갔다. 말하는 품새가 꼭 흑인 남자 같았는데 기다리고 있는 소년은 백인이었다.

"뭘 원해?"

"돈을 좀 벌어볼까 하고 두리번거리고 있죠. 뜰을 보니 뭐랄까, 혼란스럽네? 제 조경 서비스를 제공해드리면 어떨깝쇼?"

"내가 직접 잔디를 깎을 거야. 어쨌든 고맙군. 자, 난 다시 일하러 가야 해."

"딱히 급한 일이 있는 것 같지도 않은데, 내가 하려는 말을 안다면 말이
죠. 범죄를 저지르지 않고 생계를 꾸리고 싶은 형제를 도우슈."

벅은 머리가 지끈거렸다. 다시 보니 이 녀석은 아이가 아니었다. 이십
대 후반으로 보였다.

"알아서 여기서 꺼져, 이 개자식아. 바쁘다고 했잖아."

녀석은 뒤로 한발 물러섰지만 겁먹은 것 같지는 않았다.

"알아서 물러납죠. 해고 통지를 나눠주고 있는 것처럼 구시네. 나갑죠,
볼일 보슈!"

"이 자식이 아주 돌았나?"

"아뇨, 다제트 씨, 난 그저 즐거운 시간을 보내려고 한 것뿐인데. 방해
했다면 죄송하네요."

벅은 녀석이 '다제트'라고 내뱉는 소리를 놓치지 않았다.

"어떻게 내 이름을 알지?"

"길 건너 중국인이 말해줬어요. 먼저 그 집 잔디를 깎으려고 했는데, 이
쪽으로 건너가보라고 하더군요. 당신네 뜰이 늘 진창 같다며."

"제기랄! 그 자식도 빌어먹을 놈이군. 자, 난 다시 일해야겠어."

벅은 녀석이 나가는 모습을 지켜보다가 길 건너 중국인을 욕하며 차고
로 돌아왔다. 하지만 벅은 녀석이 되돌아오는 모습은 보지 못했다. 단단
한 물체도 보지 못했다. 벅은 그 물체에 맞아 무릎을 꿇었다. 물체가 다가
오는 걸 보았더라도 속수무책이었을 것이다. 이미 너무 늦었다.

벅은 의식을 완전히 잃지는 않았다. 그는 자신이 무언가에 맞았고 쓰러
진 후에도 두 번 더 맞았다는 것을 알았다. 그는 자신의 몸에 올라탄 그
녀석을 봤지만 팔을 들어 방어하지는 못했다. 녀석은 작업대에 대고 그
에게 수갑을 채운 뒤 시야에서 사라졌다.

벅은 말해보려 했지만 입도 팔다리와 다르지 않았다. 벅은 자신이 마비되었다는 사실에 점점 더 겁에 질렸다.

잠시 후 녀석이 돌아와 벅을 흔들었다.

"깼어?"

녀석은 그의 눈을 들여다보더니 뺨을 때렸다. 녀석의 얼굴은 흰 담비처럼 마르고 수척했다. 벅은 그제야 녀석의 머리가 파르랗다는 걸 알아차렸다. 머리를 빡빡 민 지 얼마 되지 않았다는 뜻이었다.

"깼어? 이봐, 내가 당신을 죽일 만큼 세게 치지는 않았거든. 그놈의 자세 좀 가다듬어봐."

"난 돈이 전혀 없어."

"당신 돈은 필요 없어, 멍청아. 내가 돈만 원한다면 당신은 운이 아주 좋은 거야."

벅의 귀에는 아주 높고 일정한 음역대의 소리가 계속해서 울리고 있었다. 고등학교 시절 그는 야구를 하다가 다른 선수와 충돌하여 뇌진탕을 일으킨 적이 있었다. 지금의 증상이 그때의 뇌진탕 증상과 똑같이 느껴졌다.

"그럼 뭘 원해? 트럭을 원한다면 내 주머니에 열쇠가 있어. 가져가."

"내가 가져가려는 건 이 모덱스의 나머지야. 내가 원하는 건 당신에게 따끔한 맛을 보여주는 거야."

벅의 머리는 둔하게 돌아가고 있었다. 마치 흑인 래퍼처럼 분장한 이 녀석이 모덱스를, 심지어 모덱스의 정체까지 안다는 사실이 놀라웠다.

"무슨 말인지 모르겠어."

녀석은 손으로 벅의 멱살을 움켜잡고 몸을 바짝 숙였다.

"당신이 내 빌어먹을 작품을 훔쳤잖아, 이 개새끼야. 나인 척했잖아. '판단 실수'의 철자가 뭔지 알아?"

"도무지 무슨 말인지 모르겠어."

"어쩌면 이게 당신이 이해하는 데 도움이 될지 모르겠군."

녀석은 작업대 다른 쪽 끝으로 가더니 파이프 하나를 가지고 왔다. 파이프의 열린 한끝으로 전선들이 나와 있었고, 다른 쪽 끝에는 뚜껑이 씌워져 있었다. 녀석은 벽의 코 밑에서 파이프를 흔들어 그 안에 든 모덱스의 강렬한 냄새를 맡게 했다. 벽은 공포에 사로잡혔다.

"이제 내가 누군지 알겠지?"

벽은 알았다. 그를 알아본 순간 너무 두려워 오줌을 지렸다. 곧 엉덩이로 온기가 밀려들었다.

"제발 절 죽이지 마세요. 제발. 저 빌어먹을 모덱스는 다 가지고 가세요. 제발 절 죽이지만 마세요. 당신 흉내를 내서 죄송하지만, 제가 아내와 붙어먹은 그 후레자식을 죽여야 했다는 걸 아신다면……"

미스터 레드는 벽의 입을 손으로 막았다.

"열 좀 식히고 대범해져 봐. 진정해."

벽이 고개를 끄덕였다.

"이제 괜찮아?"

벽이 고개를 끄덕였다.

"좋아. 이제 들어봐."

미스터 레드는 벽 앞의 딱딱한 콘크리트 바닥에 책상다리로 앉았다. 그러고는 장난기 많은 아기고양이라도 다루듯 무릎에 폭탄을 올려놓았다.

"듣고 있어?"

"네."

"이 일로 농담하지는 않을 거야. 그 남자를 죽인 자가 나라고 다들 오인하게 만들어서 정말 화가 났지만, 당신이 살아날 방도는 있어. 기회가 한 방 있어. 바로 이거야."

벽은 그가 말하길 기다렸지만 미스터 레드는 벽이 질문하길 기다리고 있었다.

"뭐죠? 제가 살아날 방도가?"

"캐롤 스타키가 알고 있는 걸 내게 말해."

존은 거리에 세워둔 훔친 차로 걸어갔다. 그 중국인은 어디에도 보이지 않았다. 그는 벅을 거의 살려됐지만 의식이 없는 채로 작업대에 그대로 두었다. 다만 벅이 의식을 되찾도록 물을 좀 끼얹고 뺨을 때리고는 그가 정신 차리는 모습을 확인하고 돌아섰다.

존은 운전석에 올라타 시동을 걸고 머리를 흔들었다. 미국의 진창 같은 마을 한복판, 더러운 거리, 더운 날이었다. 어떻게 이렇게 살 수 있지? 존은 백까지 세면서 천천히 아래로 차를 굴렸다. 백을 다 셌을 때 그는 벅이 완전히 깨어났을 거라고 생각했다.

그 순간 그는 은색 버튼을 눌렀다.

스프링스트리트

마직과 산토스는 각자 집으로 전화했다. 마직은 어머니에게, 산토스는 아내에게 늦을 거라고 말했다. 스타키는 마직의 반응으로 봐서 그녀의 어머니가 야근 소식을 달가워하지 않았다는 것을 알았다. 전화를 마친 뒤 세 형사는 각자 자리에 앉아 홀로 생각에 빠져들었다. 중간에 한 번, 산토스가 커피를 새로 끓여 마시고 싶은지 물었지만, 스타키도 마직도 대답하지 않았다. 그는 커피를 끓이지 않았다.

마침내 가장 먼저 지루해진 마직이 화를 냈다.

"도대체 왜 이리 오래 걸리는 거야? 이런 일에 파커 센터의 형식적인 승인이 필요하지는 않잖아. 가서 그 개자식을 잡아 오자고."

산토스가 그녀에게 눈살을 찌푸렸다.

"켈소는 모건 국장보의 승인을 원해. 그게 다야. 이건 정치야."

"켈소는 새가슴이야."

"어쩌면 모건이 자리에 없을지도 몰라. 어쩌면 모건이 레이턴 경위에게 연락하지 못했을 수도 있어."

"이런 젠장, 엿먹으라고 해."

스타키가 담배를 가지고 계단통으로 가려는데 리걸 필립스에게서 전화가 왔다. 조심스럽고 신중한 리지의 목소리에 그녀는 신경이 바짝 곤두섰다. 산토스와 마직이 통화 내용을 듣는 것도 원치 않았다.

"지금 통화할 수 있을지 모르겠네요, 리지. 나중에 전화해도 되죠?"

"안 될 것 같아, 캐롤. 자네한테 문제가 생겼어."

"저, 제가 지금 바로 전화드릴까요?"

"전화기를 바꾸려는 모양이군."

"맞아요. 당신 번호는 알고 있어요."

"알았어. 난 여기 있을게."

스타키는 전화를 끊고 산토스와 마직에게 담배를 피우러 간다고 하고는 가방을 가지고 나왔다. 계단통에서 그녀는 휴대폰으로 리걸에게 전화했다. 번호를 누르고 있을 뿐인데 그 순간 울컥 토할 것만 같았다.

"무슨 말씀이세요, 제게 문제가 생겼다는 게?"

"잭 펠은 ATF 요원이 아니야. 한때는 요원이었지만 지금은 아니야."

"그럴 리 없어요. 펠은 로크빌의 폭탄분석 보고서들을 갖고 있어요. 그에게는 우리를 위해 일하는 캘리포니아 공과대학의 비밀요원도 있어요."

"잠자코 들어봐. 펠은 법무부 조직범죄 부서 소속 폭력범죄 프로젝트 팀에서 일하는 ATF 현지요원이었어. 20개월 전 그는 쿠바에서 들여온 중국제 AK소총에 관한 물증을 잡으려고 뉴저지 뉴어크의 한 창고에 있었지. 그가 자네한테 준 보고서 읽었지?"

"네."

"뉴어크를 생각해봐."

"미스터 레드의 첫 번째 폭탄이요."

"펠은 그 폭탄이 터졌을 때 창고 안에 있었어. 뇌진탕으로 그의 눈에 망막진탕이라는 문제가 생겼지. 제때 치료하면 레이저로 고칠 수 있었는데 펠이 나중에야 나타났어. 그래서 너무 늦어버렸지."

"무슨 말씀이세요, 너무 늦다니?"

"그는 눈이 멀고 있어. 이 증상을 설명해준 사람 말로는 시신경에서 망막이 분리되고 있는 거래. 실명을 막을 방법도 없다는군. 그래서 ATF에서 그를 은퇴시켰어. 자네 말로는 그가 여전히 직무 중인 것처럼 행동하고 있나 본데, 그건 자네 손에 요원 사칭꾼이 있다는 거야, 캐롤. 그는 자기 눈을 앗아간 개자식을 뒤쫓고 있어. 펠이 다른 사람을 해치기 전에 현지 담당관에게 전화해서 그쪽에서 이 일을 처리하도록 조치하는 게 좋겠어."

스타키는 망연자실한 채 벽에 기댔다.

"캐롤? 듣고 있어?"

"제가 처리할게요, 리지. 고마워요."

"내가 사무실에 이 사실을 알릴까?"

"아니, 아니에요. 제가 할게요. 저 이만 가봐야 해요, 리지. 다른 일이 있어요."

"그자를 조심해야 해, 캐롤. 그는 그 개자식을 죽일 기회를 엿보고 있어. 그가 무슨 일을 저지를지 아무도 몰라. 자네까지 죽일 수도 있어."

스타키는 통화를 끝내고 담배를 피운 다음 자리로 돌아왔다. 그녀의 낌새가 이상해 보였는지 마직이 물었다.

"무슨 일 있어요?"

"아무것도 아냐."

마침내 문이 열리고 켈소가 나왔다. 스타키는 그의 얼굴에서 무언가 문제가 생겼음을 읽어냈다. 그런데 마직은 투덜거리며 계단으로 벌써 반쯤 가버렸다.

"빌어먹을 때가 됐어요."

"베스, 기다려!"

켈소는 아무 말 없이 그들을 쳐다보았다. 아주 오랫동안 움직이지 않은 채.

"무슨 일입니까, 경위님?" 산토스가 물었다.

켈소가 목소리를 가다듬었다. 그는 침을 뱉으려는 듯 턱을 움직였다.

"형사들, 산가브리엘 경찰서에 벅의 집에서 폭발이 있었다는 신고가 들어왔네. 벅이 현장에서 사망한 것으로 공식발표됐어."

18

그들이 벅 다제트의 집에 도착할 때까지 산가브리엘 소방서에서 화재를 진압했다. 차고와 집 뒤쪽에서 여전히 연기가 새어 나오고 있었지만, 보안관 산하의 폭탄 수사관들이 이미 현장을 거닐고 있었다. 스타키는 그들과 함께 걷고 싶었지만, 보안관 산하 폭발물처리반 지휘관이 시신이 치워질 때까지 그녀가 현장에 들어가는 것을 허락하지 않았다. 켈소만이 뒤쪽에 들어가는 게 허락되었다. 딕 레이턴은 그들보다 몇 분 전에 도착해 있었다.

스타키와 마직, 산토스는 앞뜰에 함께 모여 서 있었다. 산토스가 긴장된 분위기를 누그러뜨리려고 말을 꺼냈다.

"벅이 자살한 거라고 생각해요? 당신이 수사망을 좁혀가자 자살한 건가요?"

"모르겠어."

"경찰들에 대한 그런 이야기 많잖아요. 자신의 몰락을 직감하고 탕 자살하는 거죠."

스타키는 몹시 불쾌해져서 그 자리를 벗어났다.

"난 벅이 자기 아내도 죽였는지 궁금해."

마직이 산토스의 어깨에 손을 얹었다.

"호르헤, 그 망할 입 좀 닥치지 못해!"

스타키는 처음에 자살이라고 생각했지만 벅이 유서를 남기지 않았다면 결코 알 수 없는 일이었다. 유서가 발견되지 않으면 잔해를 치우고 파편을 수집하여 다른 사건들처럼 폭탄을 복원하게 될 것이다. 폭파 순간을 찾아서 우발적인 일이었는지 계획적인 일이었는지 판단하게 될 것이다. 스타키는 이 작업이 모두 짐작의 문제임을 알았다.

거리에서 서성이며 스타키는 저도 모르게 다시 펠을 떠올렸다. 그에게 호출을 넣어볼까 생각했지만, 그가 정작 전화를 걸어오면 무슨 말을 해야 할지 난감할 것 같았다. 그녀는 애써 그에 대한 생각을 지웠다. 그녀는 머릿속에서 이 생각 저 생각을 지우는 데 능숙해지고 있었다.

잠시 후 켈소가 벅의 사륜구동차를 지나 진입로로 나와서 그들에게 오라고 손짓했다.

"사망자 수는요?"

"벅뿐이야. 나탈리는 집에 없었던 것 같아. 폭파 전에 떠났는지 그 후에 떠났는지 아직 모르지만 나탈리의 차가 없어."

스타키는 긴장이 조금이나마 가라앉았다. 벅과 나탈리가 함께 죽었을까 봐 내내 걱정하던 터였다.

켈소가 스타키를 쳐다보았다.

"현재 의견은 자살이라는 거야. 자네가 그에 대한 대비를 해두는 게 좋겠어, 캐롤. 아직 확실하지는 않지만 자살로 보여."

"이유는요?" 마직이 물었다.

"벅이 작업대 위쪽 벽에 뭐라고 써놓았어. 스프레이 페인트가 아직 덜 말랐더군. 자살 유서라고 확신하지는 못하지만 그럴 가능성이 있어."

스타키가 깊게 숨을 들이쉬었다.

"그 글에 제가 언급되어 있나요?"

"아니. '진실을 알면 다친다'라고만 쓰여 있어. 그게 전부야."

산가브리엘 검시 수사관들이 푸른색 비닐로 된 시신 보관 자루를 바퀴 달린 들것에 실어 밴으로 밀고 갔다. 자루는 모양이 일그러지고 젖어 있었다.

켈소는 진입로 아래를 다시 쳐다보았다.

"자네들, 지금은 들어가도 되네. 미리 경고해두겠는데 엉망진창이야. 벽의 몸이 심하게 탈구되었어. 게다가 여기는 우리 범죄 현장이 아니라는 점 기억들 하게. 보안관 산하 수사관들이 지금 딕 레이턴과 얘기 중이야. 우리하고도 얘기하려고 할 거야. 가지들 말고 근처에 있게."

산토스는 침울해 보였다.

"그럼 캐롤이 맞았네요."

마직이 그에게 눈살을 찌푸렸다.

"당연히 캐롤이 맞았지, 이 머저리 같으니."

"저는 바라고 있었어요…… 우리가 아는 모든 사실에도 불구하고 캐롤이 틀리길 바라고 있었던 것 같아요."

마직은 멈춰 서서 그들에게 앞으로 가라고 손짓했다.

"엿이나 먹으라고 해. 난 저 피투성이 현장을 보고 싶지 않아요. 여기서 나가 있을게요."

그들은 소방관들과 산가브리엘 폭발물처리반 수사관들을 지나 진입로를 따라 뒤로 걸어갔다. 다른 상황에서 다른 범죄 현장이라면 그 수사관들과 말을 나눴겠지만, 스타키는 그들을 모르는 척했다. 딕 레이턴은 산가브리엘 정복을 입은 두 사람과 함께 뒤뜰에 있었다. 스타키가 보기에 두 사람은 보안관 산하 수사관인 듯했다. 켈소와 산토스는 스타키를 혼자두고 그들과 합류했다. 스타키는 혼자라서 다행이었다. 그녀는 이런 파괴

현장을 보고 싶지 않았다. 뇌리에 떠오르는 상념들을 생각하고 싶지 않았다. 어느 누구와도 억지로 이야기하고 싶지 않았다. 그녀는 지금 자살에 대한 죄책감을 느끼고 있었다. 자살에 대한 온갖 헛소리는 듣고 싶지 않았다.

진입로와 건물은 젖어 있었다. 소방관들이 팀을 이루어 벽의 사륜구동차 주변과 차고 한옆에서 크랭크를 돌려 물을 뿌리고 있었다. 스타키는 그들에게 길을 내주느라 진입로에서 내려왔다. 신발 주위로 철벅철벅 물소리가 났다. 알루미늄 차고 문은 소방관들에 의해 문틀에서 뜯겨나가 있었다. 스타키는 알루미늄 판이 밖으로 휘어진 모습으로 봐서 폭파 순간에 문이 내려진 상태임을 알 수 있었다. 소방관들은 물을 뿌리기 위해 문을 들어 올리려 했을 것이다. 하지만 올려지지가 않아 여러 개의 갈고리가 달린 닻을 걸어서 문을 뜯어낸 모양이었다. 차고 안에서는 보안관 산하 폭탄 수사관들이, 스타키가 부하들과 함께 실버레이크에서 그랬듯이 잔해를 살피고 사진을 찍고 있었다. 차고 안 공기는 축축했고 나무 탄 냄새가 가득했다.

작업대 위 벽을 보니 스프레이 페인트로 과연 그렇게 적혀 있었다.

진실을 알면 다친다

빨간색으로 적은 글이었다.

"LA경찰이시죠?"

스타키가 자신의 배지를 보여줬다.

"네, CCS요. 제가 좀 봐도 되겠습니까?"

"뭐든 만지기 전에 미리 말씀해주시면 됩니다. 아시겠죠?"

스타키가 고개를 끄덕였다.

삐쭉삐쭉한 가시왕관 같은 반달 형체가 벽의 작업대에서 터졌고, 나무 파편들이 호저 가시처럼 차고 안쪽 벽에 박혀 있었다. 작업대의 많은 부분이 화재로 새까맣게 탔지만 폭발로 산산이 부서지지는 않은 상태였다. 저 멀리 벽에는 뭔가 날아가 부딪혔었는지 빨간 얼룩이 남아 있었다. 스타키는 페인트 글에 집중했다. **진실을 알면 다친다.** 중요한 의미일 수도 있고, 아무 의미가 아닐 수도 있었다. 무슨 진실? 막 밝혀지려던 진실? 그의 아내가 다른 남자를 사랑했다는 진실? 펠이 스타키에게 거짓말을 하고 그녀를 이용했다는 것?

"현장을 어떻게 판단하세요?" 스타키가 물었다.

"그런 말을 하기엔 너무 이른데요."

"너무 이른 건 알지만 전 시신을 보지 못했어요. 당신은 보셨을 테니 생각하고 계신 게 있을 거 아니에요."

수사관은 하던 작업을 계속하며 의견을 내놓았다. 여느 수사관들처럼 그는 자기 일을 후딱 해치우고 떠나고 싶어 했다.

"몸이 절단된 형태로 판단해볼 때, 그가 작업대에서 폭탄 바로 위에 있었던 것 같아요. 하반신은 나무 파편이 박힌 것을 제외하고는 괜찮아요. 대부분의 피해는 가슴과 복부에 있었어요. 빌어먹게도 내장이 거의 다 튀어나왔죠. 폭탄이 터졌을 때 배 아래 폭탄이 있었다는 의미예요. 자살이라면, 음, 그는 배에 폭탄을 쑤셔넣는 게 죽는 방법이라고 생각한 것 같아요. 우발적인 일이라면, 아마 뇌관에 레그 와이어(leg wire, 전기식 뇌관이나 폭죽의 부품이 되는 두 개의 전선 중 하나)들을 장착하다가 불꽃이 튀었을 것 같아요. 그게 내 추측이에요."

스타키는 벅 다제트가 연결 배터리에 화약을 전선으로 연결할 정도로 멍청하게 구는 모습을 머릿속에 그려보았다. 하지만 그런 모습은 좀체 떠올려지지 않았다. 물론 벅이 다른 사람을 살해하기 위해 폭탄을 만드는 모습도 떠올릴 수 없었다.

스타키는 밖으로 나와 진입로로 돌아와 현장을 곰곰이 생각해보았다.

그녀는 압력방출을 추정하려고 했다. 차고 문은 휘어졌고 옆문은 날아갔고 벅 다제트는 심하게 부상당했지만, 구조적인 손상은 심하지 않았다. 그녀는 방출된 에너지가 수류탄 두 발에 해당할 거라고 짐작했다. 충분히 컸지만 찰리 리지오를 죽인 폭탄이나 테넌트가 차를 산산조각 날리는 데 이용한 폭탄과 유사하지는 않았다.

켈소가 그녀를 불렀다.

"스타키, 이쪽으로 와봐."

"잠시만요."

옆문은 경첩이 떨어져 나간 채 압력 변화로 부서져 있었다. 그것은 옆문이 닫혀 있었다는 의미였다. 벅은 자신의 작업 모습을 이웃들이 보지 못하게 문을 닫아두었을 것이다. 하지만 옆문까지 닫았을 거라는 점은 이치에 맞지 않았다. 스타키는 그가 모덱스나 RDX로 작업 중이었다는 것을 알고 있었다. 두 성분 다 꽤 고약한 연기를 내뿜는다는 것도.

스타키는 다시 안으로 들어가 그 수사관에게 갔다.

"그쪽 폭발물처리반에서 혹시 폭발하지 않은 폭약을 발견했나요?"

"아뇨. 여기 있었던 건 다 폭발했어요. 폭발물처리반에서 검시관 사람들을 들여보내기 전에 개를 동원해 급히 살펴보게 했거든요. 당신이 오기 바로 전에요. 그 개들은 폭약 찾는 능력이 정말 탁월해요."

"시신의 손은요?"

"부상 말인가요?"

"네."

"두 손은 온전했어요. 일부 찢겨진 상처와 조직 손상이 있었지만 그대로 붙어 있었죠. 무슨 생각을 하시는 건지는 알겠어요. 두 손이 떨어져 나갔어야 했다는 거죠? 하지만 그건, 그가 폭탄 위로 몸을 구부리고 있었다면 화약이 터졌을 때 뭘 하고 있었는지에 따라 달라질 수도 있어요."

스타키는 그 점이 의아했다. 벅이 자살하려고 했다면 그는 단번에 확실히 죽기 위해 폭탄을 몸에 대고 꽉 움켜쥐고 있었을 것이다. 그의 두 손도 떨어져 나갔을 것이다. 그가 화약에 뇌관을 설치하는 중에 우발적으로 폭약이 터졌더라도 두 손은 떨어져 나갔을 것이다.

"스타키."

스타키는 뜰로 나와 켈소와 다른 사람들이 있는 곳으로 갔다. 마음이 몹시 뒤숭숭했다. 그녀는 빨간색 페인트 글과 자신의 모방범을 안다던 미스터 레드의 주장을 계속 생각했다. 어떻게 미스터 레드가 그자를 알지? 테넌트를 통해서?

정복 입은 두 사람은 코넬리와 제럴드라는 이름의 보안관 산하 강력과 형사들이었다. 코넬리는 키가 크고 진지한 남자였고, 제럴드는 너무 오래 이 직업에 종사하다 보니 눈이 텅 비어 보이는 남자였다. 스타키는 그의 옆에 있고 싶지 않았다.

서로 인사를 시키고 나자 켈소는 스타키에게 코넬리와 제럴드가 그녀를 면담하고 싶어 한다고 말했다. 명함을 교환하면서 코넬리는 며칠 안으로 연락하겠다고 했다.

"지금 당장 우리를 도와주실 게 있는 것 같은데요." 제럴드가 말했다.

"제가 할 수 있는 일이라면요."

"오늘 일찍 다제트 경사를 봤습니까?"

"오늘은 아니요. 어제 봤어요."

"그의 얼굴이나 머리에서 멍이나 타박상을 봤습니까?"

스타키는 켈소를 흘깃 쳐다봤다. 그는 그녀를 쳐다보고 있었다.

"그런 상처는 전혀 보지 못했어요. 오늘에 대해서는 대답할 수 없지만 어제는 없었습니다."

제럴드가 자신의 이마 왼쪽을 만졌다.

"다제트의 이마 이쪽에 부종과 멍이 보이더군요. 우리는 언제 그런 혹이 생겼는지 궁금해하고 있죠."

"모르겠어요."

그녀는 이 상황이 마음에 들지 않았다. 처음에는 테넌트가 폭탄에 날아가버리고, 이제는 벅 다제트가 자신을 날려버렸다. 미스터 레드는 모방범을 안다고 주장하는데, 테넌트를 통하지 않고서 어떻게 알 수 있었을까.

스타키는 다시 차고를 쳐다보며 말했다.

"그리 큰 화약은 아니었어요."

제럴드는 고약한 상어처럼 씩 웃었다.

"당신은 시신을 보지 못했잖아요. 저 불쌍한 자식이 진창이 될 정도로 폭탄이 터져버렸거든요."

스타키는 제럴드는 잊고 켈소에게 말했다.

"저 안에서 폭탄 수사관에게 설명을 들었어요, 배리. 폭탄 가까이에 있어서 벅이 부상을 입었지만 대단한 폭발은 아니었어요. 테넌트가 RDX를 얼마나 많이 갖고 있었는지는 확실히 모르지만 이보다는 많았어요."

켈소가 눈을 가늘게 뜨고 그녀를 보았다.

"폭약 일부가 분실됐다고 말하는 건가?"

"모르겠어요."

스타키는 담배를 피우러 다시 거리로 나갔다. 정말 끝이 아닌데 모든 게 끝났다. 그녀는 벅의 머리에 났다는 타박상과 그의 두 손을 계속 생각했다. 두 손은 떨어져 나갔어야 맞았다. 그녀는 테넌트가 무슨 물질을 이용해 자신을 날려버렸는지, 어떻게 그 물질을 손에 넣었는지 궁금해하고 있었다. 사람의 두 팔을 떨어져 나가게 하려면 엄청난 에너지가 필요했다. 그녀는 해답 없는 소소한 질문들을 좋아하지 않았다. 그런 질문들은 폭탄 복원 중에 그 결과가 어느 곳으로도 연결되지 않는 전선들을 발견한 상황 같았다. 그 전선들이 존재하지 않는 척할 수는 없었다. 전선들은 항상 어딘가로 연결됐다. 폭탄을 다루고 있을 때 전선들은 항상 어딘가 안 좋은 장소로 연결됐다. 그녀는 펠을 생각했다.

마직이 고개를 저으면서 다가왔다.

"안 좋아요?"

"아주 심한 정도는 아니야. 당신이나 나나 더 심한 것도 봤잖아."

"벌어먹게도 꽤 심한 것 같군요. 당신 울고 있잖아요."

스타키가 몸을 돌렸다.

마직은 당황하며 목소리를 가다듬었다.

"난 저 엉망진창인 현장을 보고 싶지 않아요. 이제까지 엉망진창인 거라면 충분히 본 터라 다음 생애까지 날 따라다닐 거예요. 담배 한 개비 줘봐요."

스타키가 놀라서 그녀를 쳐다보았다.

"담배 안 피우잖아."

"6년 동안 피우지 않았죠. 하나 줄 거예요? 아니면 당신에게 사야 해요?"

스타키는 그녀에게 담배곽을 건네주었다.

그때 비명 소리가 날아들었다. 그리고 나탈리가 모습을 드러냈다. 그녀는 거리 끝에 설치된 경찰 비상경계선으로 들어오고 있었다. 집으로 들어오려고 순경들을 밀치고 발버둥치고 있었다. 딕 레이턴이 나탈리에게 달려가는 동안 이웃인 듯한 노부인이 그녀를 팔로 끌어안았다. 스타키는 나중에 산가브리엘 형사가 나탈리에게 폭약에 대한 질문을 하면서 벽이 자살을 언급한 적이 있는지 심문하리란 걸 알았다. 스타키는 자신이 그런 질문을 하지 않아도 된다는 것에 안도했고, 그 안도감에 죄책감이 들었다.

마직이 머리를 흔들었다.

"여기서 더 나빠질까요?"

스타키는 담배를 비벼 껐다. 상황은 더 안 좋아질 수 있었다.

"베스, 켈소와 함께 차 타고 돌아가. 알았지? 내가 차 가져갈게."

"어디 가요?"

스타키는 급히 걸어갔다.

펠에 대한 소소하면서도 의아한 모든 일이 이제야 이해가 됐다. 형편없는 호텔이며, 그가 그녀에게 NLETS 검색을 돌리라고 요구했던 일이며, 증거 이전 문제하며, 그가 테넌트에게 이성을 잃었던 모든 일이 다 이해되었다. 그의 호텔을 향해 차를 달리면서 스타키는 폭탄 해체 작업 중일 때와 똑같은 마음가짐을 가지려고 노력했다. 그 마음가짐을 갖는 것은 일종의 분리를 겪는 것과 같았다. 안전하고 편안한 다른 차원의 공간에서 살과 뼈는 있지만 감정은 전혀 없는 로봇이 되어 폭탄을 처리하는 것 같았다. 그녀는 그 공간에 들어서려고 했지만 실패했다. 더 이상 자기 자신을 감정에서 분리하는 일이 쉽지 않았다.

스타키는 호텔 앞에 주차를 하고 휴대폰으로 전화를 걸었다. 전화는 발신음이 열 번쯤 울리더니 지친 남자 목소리의 전화교환원에게 넘어갔다. 호텔 교환원은 그녀에게 메시지를 남기겠는지 물었다. 스타키는 전화를 끊고 호텔로 들어가서는 익히 와봤던 곳이라는 듯 로비를 지나쳐 걸어갔다. 펠의 객실로 전화해봤기에 그녀는 그의 객실 번호를 알고 있었다. 객실을 찾아가 복도를 살피고 있는데 청소원이 눈에 띄었다.

스타키는 애써 사근사근한 여자처럼 표정을 지어 보였다. 스스로도 제 얼굴에서 나올 거라고는 믿기 힘든 표정이었다.

"안녕하세요. 112호의 펠 부인이에요. 제 남편이 열쇠를 둘 다 가지고 있는데 지금 여기 없어서요. 저 좀 들여보내 주시겠어요?"

"이름이 모라고요?"

"펠. P-e-l-l. 112호예요."

젊은 히스패닉 청소원은 클립보드에서 112호 객실을 찾아보았다.

"그러죠. 들어가게 해드리죠."

청소원은 열쇠로 문을 따고 스타키가 들어가도록 옆으로 비켜섰다. 펠 부인이라는 말이 스타키의 머릿속에 울려 퍼졌다.

그는 당신을 이용하고 있어, 캐롤 스타키. 그는 당신과 내가 서로 싸우게 만들고 있었어.

막대기같이 긴 책상이 벽에 붙어 있고, 그 위에 컴퓨터가 있었다. 그녀의 컴퓨터와 동일했다. 똑같았다. 컴퓨터를 켜자 화면에 그녀의 것과 똑같은 아이콘이 떴다. 아이콘을 열자 클라우디우스로 통하는 같은 출구가 나왔다.

스타키는 침대로 향했다. 침대 시트는 구겨져 있었고 땀 냄새가 났다. 내가 저 침대에서 잘 수도 있었지, 라는 생각이 문득 들더니, 미풍에 날아왔던 속삭임처럼 그 생각은 온데간데없이 사라졌다.

그녀는 방을 수색했다. 자신이 무엇을 찾고 있는지, 무엇을 찾을 수 있는지도 알지 못했다. 하지만 욕실과 상자와 책상과 그의 여행가방을 살펴봤고, 결국 아무것도 발견하지 못했다. 다시 방 한가운데에 선 채, 더 기다려야 할지 이만 가야 할지 생각해보았다. 그녀는 문으로 걸어가다가 몸을 돌려 옷장으로 다가가 그의 옷을 살펴보았다. 가죽 재킷 안주머니에 지퍼락 비닐봉투가 있었다. 파편 한 조각이었다. 그녀는 비닐봉투를 열고 파편 조각을 꺼내어 손바닥에 올려놓았다. 글자가 박혀 있었다.

타키(TARKEY)

그녀는 피가 멈추어버린 듯 손과 팔이 얼얼했다. 그녀의 이름을 새겨 사람들의 오인을 불러들인 자가 벽 다제트인지는 중요하지 않았다. 펠은 미스터 레드가 그 폭탄을 만들었다고 생각했다. 배리건에 앉아 있던 내내 그는 알고 있었다. 그녀의 집에서 그날 밤 그녀를 안고 있으면서 펠은 그녀가 '목표'라고 믿고 있었다. 그리고 지금껏 펠은 그것을 감추고 있었다. 지금껏 그는 그녀를 이용하고 있었다.

"여기서 뭐 하는 거죠?"

펠이 문가에 서 있었다. 창백한 얼굴에 볼이 쑥 들어간 그는 2차 발작을 기다리는 백세 노인 같았다. 그녀는 자신이 희생자인 것처럼 그도 희생자라는 것을 알고 있었다. 그녀의 마음 한구석에서 그의 마음을 위로하고 싶은 충동이 일었다. 난 바보야.

"이 개자식아!"

그녀는 그의 뺨을 때리지 않았다. 그녀는 주먹을 이용했다. 그의 얼굴을 세게 후려치자 그의 입에서 피가 흘렀다.

스타키는 검은 금속 조각을 들어 올렸다.

"이거 어디서 났죠? 검시관한테서? 당신이 여기 온 그 빌어먹을 첫날에?"

펠은 움직이지 않았다. 심지어 주먹을 맞은 것조차 느끼지 못하는 것 같았다.

"캐롤, 미안해요."

"나는 뭐였어요, 펠? 미끼? 그가 날 쫓고 있다고 내내 생각하면서도 내게 경고하지 않았죠?" 그녀는 컴퓨터를 가리켰다. "당신은 저 빌어먹을 물건으로 그가 날 쫓게 하면서도 내게 경고하지 않았어!" 그녀는 잠시 사이를 두고 말했다. "범인은 미스터 레드가 아니었어! 벅 다제트가 찰리를 죽였고, 이제 벅이 죽었어!"

"범인은 미스터 레드입니다."

그녀는 또 그를 후려쳤다.

"그 소리는 이제 그만해요!"

청소원이 문 앞에 나타나 눈을 휘둥그렇게 뜨고 쳐다보았다. 스타키는 가까스로 진정하려 했다.

"찰리가 벅의 아내와 불륜관계를 맺고 있어서 벅이 찰리를 죽였어요. 베이커즈필드의 목격자가 테넌트의 작업장 남자로 벅을 지적했고요. 그 작업장이 벅이 폭탄 성분을 구한 곳이에요. 벅이 그것과 똑같은 성분으로 죽었을 때 우리는 벅을 체포하러 가려던 찰나였어요. 범인은 미스터 레드가 아니에요."

펠은 그녀를 지나쳐 침대 끝에 걸터앉았다.

"그것 때문에 여기 온 건가요? 그 사실을 말해주려고?"

"아니. 난 당신이 더 이상 현역 요원이 아니라는 사실과 그 이유를 알아요. 당신 눈에 대해서는 유감이에요. 정말 유감이에요, 펠. 하지만 당신은 이미 눈이 멀었어요. 우리가 사람들을 죽이고 있다는 것조차 보지 못하잖아요."

"무슨 소릴 하는 거예요?"

"댈러스 테넌트. 벅 다제트. 그들 스스로 저지른 일이 아니라면 누군가 그들에게 저지른 일이에요. 우리가 미스터 레드를 여기로 끌어들인 바람에 그들이 죽게 된 거라면 어쩌겠어요?"

"그자가 여기 있다면, 그러면 우리가 그자를 잡을 수 있어요."

스타키는 그가 안쓰러웠다.

"당신은 아니에요, 펠. 그 역할은 끝났어요. 난 켈소에게 말할 거예요. 켈소가 ATF 현지 사무소에 전화할 거예요. 그다음 일은 당신에게 달렸어요. 난 당신이 앞으로 닥칠 일을 알았으면 해요."

펠이 그녀에게 다가오려 했지만 그녀는 고개를 저었다.

"그러지 말아요."

"켈소에게 말하지 말라는 부탁을 하려는 게 아닙니다."

"당신이 무엇을 하려고 했는지는 중요치 않아요. 중요한 건 당신이 했던 일이에요. 난 오랜 동안 어떤 감정도 내 안에 들이지 않으려고 애썼어요. 하지만 당신에게 나 자신을 열었어요. 그런데 당신은 날 이용했죠. 3년이 흐르고 마침내 발을 내디뎠는데, 그게 거짓이었어요."

"그건 사실이 아니에요."

"그런 말 말아요. 내게 감정이 있다고 해도 중요치 않아요. 내게 감정이 있다고 말하지 말아요. 그러면 이 일이 더 힘들어질 뿐이니까."

명예롭게도 그는 고개를 끄덕였다.

"알았어요."

그녀는 펠에게 이 모든 사실을 말하는 게 생각보다 꽤 힘들었다. 그녀는 그가 자신과 논쟁을 벌이거나 방어적인 태도를 보일 거라고 예상했다. 그런데 예상과 다르게 나오는 그의 태도에 그를 대하기가 더 힘들었다. 그는 상처를 입은 것 같았고 혼란스러워하는 것 같았다.

"난 모든 사람에게 비밀 심장이 있다고 믿어요. 비밀스런 자신을 보관하는 저 깊숙한 안쪽에 있는 심장이요. 난 우리의 눈이 보지 못하는 것들을 그 비밀 심장이 본다고 생각해요. 아마 내 심장은 내가 상처 받은 것처럼 당신이 상처 받은 모습을 봤나 봐요. 우리가 영혼이 통하는 사람들인 것처럼요. 아마 그런 이유에서 내가 감정을 다시 느끼게 된 것 같아요. 당신이 내게 거짓말하고 있었다는 사실을 내 심장이 볼 수 있었다면 얼마나 좋았을까 생각할 뿐이에요."

그녀가 고개를 돌리자 그의 눈에 눈물이 고여 있었다. 그녀는 다시 고개를 돌려야 했다. 이 모든 일이 원래 짊어져야 했던 것보다 아주 더 많이 힘들었다.

"그 이야기를 해주러 여기 왔어요. 잘 있어요, 펠."

스타키는 자신의 이름이 새겨진 파편을 책상 위에 놓고 떠났다.

스타키는 집에 도착하자마자 클라우디우스에 접속했다. 대화방 점유 계수기에는 네 명이 있었다. 그들 중 누구도 미스터 레드가 아니었다. 그녀는 그들이 올리고 있는 메시지를 굳이 읽으려 하지 않았다. 그녀는 세 단어를 입력했다.

핫로드 : 내게 말을 해.

몇몇 사람이 대답 메시지를 보내왔지만 그의 메시지는 없었다.

핫로드 : 거기 있는 거 다 알아. 내게 말하라니깨!

창이 나타났다. 그는 그녀를 기다리고 있었다.

미스터 레드의 메시지를 수락하시겠습니까?

스타키는 마우스를 세게 쳐서 메시지 창을 열었다. 그들끼리만 대화할
것이다. 사적인 대화가 될 것이다.

미스터 레드 : 안녕하신가, 캐롤 스타키. 당신을 기다리고 있었어.

스타키는 눈을 감고 애써 마음을 누그러뜨렸다. 마음의 준비가 될 때까
지 차분히 기다렸다.

핫로드 : 당신이 그를 죽였어?
미스터 레드 : 난 살아오면서 많은 멍청이들을 태웠지. 구체적으로 누굴 말하는
　　　　　　건가?
핫로드 : 누구를 말하는지 알잖아, 씨발. 벅 다제트 말이야.
미스터 레드 : 우우우. 난 당신이 음란한 말을 하면 좋더라.
핫로드 : 네가 그를 죽였어?
미스터 레드 : 이제 그녀가 소리를 지르고 있군요. 내가 되받아 고함치면 좋아하
　　　　　　지 않을걸. 자기야, 내 목소리는 폭발적이거든.

스타키는 부엌으로 가서 톨드링크(굽이 높은 잔에 넣어 얼음을 곁들여서

마시는 칵테일)를 만들었다. 타가메트 두 알을 급히 털어 넣고 혼잣말을 했다. 침착하게 대화를 주도해야 해.

그녀는 컴퓨터로 돌아왔다.

핫로드 : 당신이 그를 죽였어?

미스터 레드 : 진실을 원하나, 캐롤 스타키? 아니면 듣고 싶은 말을 해줄까?

핫로드 : 진실.

미스터 레드 : 진실은 실재야. 실재하는 것들은 상품이지. 이 질문에 답하면 당신도 내 질문에 답을 내놓아야 해. 동의하나?

핫로드 : 좋아.

미스터 레드 : 진실을 알면 다치지.

그녀는 순간 깨달았다. 그는 그녀의 물음에 대한 대답을 한 것이었다. 그가 벅 다제트의 벽에 그 문장을 쓴 것이었다. **진실을 알면 다친다.**

조용히, 그녀가 입력했다.

핫로드 : 뒈져버려.

미스터 레드 : 내 꿈속에서 당신이 뒈지겠지.

핫로드 : 왜 이런 일을 저지른 거지?

미스터 레드 : 그가 함부로 내 이름을 들먹였어, 캐롤 스타키. 당신은 그가 리지오를 살해한 사실을 알 정도로 똑똑하잖아?

핫로드 : 그래, 그가 한 짓을 알지.

미스터 레드 : 이것도 아나? 내가 그를 발견했을 때 그는 두 번째 폭탄을 만들고 있었어. 그는 리지오에게 한 짓 그대로 당신에게 저지르려고 하던 중이었어.

핫로드 : 당신이 그걸 어떻게 알지?

미스터 레드 : 그가 실토했거든. 난 그가 의식을 잃기 수분 전에, 그가 만든 폭탄
위에 그를 놓고 터트렸지.

눈물이 흘러 화면이 흐려졌다. 스타키는 술을 더 마시고 눈물을 훔쳤다.

핫로드 : 이 일이 나 때문에 생긴 건가?
미스터 레드 : 이거 희미한 향기가 나는데…… 죄책감인가?
핫로드 : 이 일이 나와 펠 때문에 생긴 건가? 우리가 당신을 여기로 끌어들인
건가?
미스터 레드 : 당신 질문에 대한 답은 이미 얻었잖아. 지금은 내가 물어볼 차례야.

스타키는 마음을 가라앉혔다.

핫로드 : 좋아.
미스터 레드 : 지금쯤 당신은 틀림없이 펠의 정체가 듣던 그대로가 아니라는 걸
알고 있을 거야. 그가 내 첫 번째 희생자들 중 하나라는 것도. 당신은
그가 법의 테두리를 넘어섰다는 것을 알고 있지.
핫로드 : 그래.
미스터 레드 : 그가 당신을 이용하고 있었다는 걸 알고 있지.

스타키가 마음을 가라앉히는 데는 시간이 좀 걸렸다.

핫로드 : 당신 질문이나 해.

그는 그녀가 기다리게 했다. 그가, 자신이 다시 물어주길 원한다는 걸
알았지만 그녀는 질문하지 않았다. 그녀는 그에게 묻지 않은 채 남은 생

애 내내 그대로 앉아 있기로 했다. 조종당하는 데 신물이 났다.

  결국 그가 입을 열었다.

미스터 레드 : 사랑하는 남자에게 이용당한 기분이 어때?

  스타키는 질문을 받고도 무덤덤히 앉아 있었다. 그가 그녀의 반응을 원한다는 걸 알았지만 그녀는 그에게 만족감을 주지 않을 작정이었다.

핫로드 : 내가 널 체포할 거야.

미스터 레드 : 나 웃고 있어. 하하.

핫로드 : 지금은 웃지만 나중에는 울게 될 거야.

미스터 레드 : 여기서의 내 일은 끝났어, 캐롤 스타키. 당신이 있어서 즐거웠어.
       잘 있어.

  이제 더 이상의 메시지는 뜨지 않을 것이다. 스타키는 컴퓨터를 끄고 적막한 집에 앉아 담배를 피웠다. 그녀는 자동응답기에 가서 펠이 전에 남겼던 메시지를 틀었다. 그 메시지를 여러 번 되풀이하여 그의 목소리를 들었다. 마음이 아팠다.

19

스타키는 그날 밤 내내 술을 마시고 끝없이 담배를 피워댔다. 집 안은 담배 연기로 온통 뿌예졌다. 그사이 두 번 잠들었는데, 두 번 모두 슈거와 이동식 주택의 그날에 대한 꿈을 꿨다. 잠은 고통스러웠고 한 번에 몇 분밖에 자지 못했다. 한 번은 이동식 주택 옆면에서 '진실을 알면 다친다'라는 빨간색 페인트 글씨를 보고 잠이 깨었다. 그것으로 잠은 끝이었다.

그녀는 아침에 일어나면 제일 먼저 켈소에게 말하리라고 결심했다. 달리 할 수 있는 게 없었다. 수사 방향을 다시 미스터 레드에게로 되돌려야 했다. 그를 잡을 기회를 놓치지 않으려면 가급적 빨리 되돌려야 했다. 그녀는 어떻게 하면 그를 잡을 수 있는지 알 것 같았다.

새벽 5시 10분에 그녀는 워런 뮬러에게 호출을 보냈다. 너무 취해서 시간에 신경 쓸 정신도 없었다. 12분 후에 그녀의 전화가 울렸다. 수화기를 귀에 대자 억지로 몸을 일으킨 듯한 사람의 목소리가 전화선 너머로 들려왔다.

"이런, 나중에 전화해주실 줄 알았어요. 머리맡에 호출기를 두고 주무

시나 봐요."

"스타키? 지금 몇 신지 알아?"

"경사님, 테넌트가 자신을 날려버린 폭약을 어떻게 손에 넣었는지 아세요? 그를 만나러 교도소에 찾아간 미스터 레드에게 구한 거예요."

뮬러가 목소리를 가다듬는 소리가 넘어왔다.

"자네가 그걸 어떻게 알지?"

"그자가 말해줬어요."

"테넌트가?"

"아니, 미스터 레드요. 경사님이 해야 할 일이 두 가지 있어요. 첫째로, 지난 며칠 동안 교도소로 테넌트를 보러 간 사람들의 비디오 녹화 자료를 죄다 확인해야 해요. 그리고 다른 건데요. 이게 아주 중요해요. 테넌트의 스크랩북 아세요?"

"지금 무슨 말을 하고 있는지 도통 모르겠군."

"테넌트를 보러 간 적 전혀 없으세요?"

"대체 내가 왜 그자를 보러 가야 하지?"

"테넌트에게 스크랩북이 있었어요. 폭탄 사건에 관한 기사들과 이것저것 자료를 모아둔 책인데, 교도소로 테넌트를 찾아간 사람은 누구나 그 빌어먹을 책을 보게 돼 있어요. 그 스크랩북을 입수해야 해요. 거기에 있는 지문들을 전부 채취해서 감식해봐야 해요. 레드가 테넌트를 보러 가서 그 스크랩북을 만지지 않았을 리 없다고요."

그녀는 스크랩북에 대해 상세히 설명하고 나머지 사실들도 알려주었다. 얼마 후 그녀는 샤워를 하고 옷을 입고 컴퓨터를 챙겼다. 클라우디우스에 대해 설명하려면 그 컴퓨터가 필요할 것이다. 떠나기 전 그녀는 마지막으로 휴대용 술병을 채우고 타가메트 새 통을 가방에 넣었다.

스타키는 켈소가 집무실에 있을 시간에 맞춰 스프링스트리트 서에 도착했다. 사무실로 먼저 가서 마직과 후커와 얘기해야 하는 상황을 맞고 싶지 않았다. 그녀는 마직의 차 옆 공간에 차를 밀어 넣은 뒤 컴퓨터를 챙기고 사무실로 들어갔다.

후커는 자리에 앉아 있었다.

"안녕, 훅. 경위님 안에 계셔?"

"예."

"베스는?"

"레이디즈 룸에요."

스타키는 후커가 아주 맘에 들었다. 그는 미국에서 여자 화장실을 레이디즈 룸이라고 부르는 마지막 남자였다.

화장실로 가보니 마직이 담배를 피우고 있었다. 마직은 화장실로 다가오는 사람이 스타키라는 것을 알아차리기 전에 손으로 연기를 휘저었다. 그녀의 얼굴에 죄책감이 어려 있었다.

"당신 잘못이에요."

"그냥 계단으로 가지그래."

"누가 아는 거 싫어요. 6년간 이 빌어먹을 걸 끊었다고요."

"이만 끄고 안으로 들어와. 켈소를 만나야 하는데 당신과 후커가 함께 자리해줬으면 해."

"제기랄, 이제 막 불을 붙였다고요."

"제발, 베스, 제발."

스타키는 마직을 아주 좋아하는 순간에도 그녀를 미워했다.

그녀는 후커와 마직을 기다리지 않고 켈소의 집무실로 향했다. 셋이서 한 무리 오리처럼 줄지어 행군하듯 들어가고 싶지는 않았다. 그녀는 문을 똑똑 두드리고 컴퓨터를 들고 안으로 들어갔다. 켈소는 컴퓨터를 눈여겨보았다. 그는 스타키가 컴맹일뿐더러 컴퓨터도 갖고 있지 않다고 알고 있었다.

"경위님, 드릴 말씀이 있어요."

"나와 자네가 나중에 모건 국장보와 회의를 할 거야. 국장보께서는 언론 발표에 앞서 브리핑을 원하셔. 또한 자네를 축하하고 싶어 하셔. 내게 그렇게 말씀하셨어. 다들 준비도 없이 미스터 레드에게 섣불리 달려들었는데, 자네가 이 사건을 풀었어. 자네를 D-3로 승진시킬 것 같아."

스타키는 컴퓨터를 그의 책상에 놓았다. 그때 마직과 산토스가 들어왔다.

"알았어요. 회의는 할 수 있습니다. 하지만 먼저 말씀드릴 사항이 있어요. 마직과 산토스도 이 이야기를 같이 들어줬으면 해요. 경위님, 벅은 자살하지 않았어요. 사고가 아니었어요. 미스터 레드가 죽인 거예요."

켈소는 마직과 산토스를 흘깃 보다가 스타키에게 눈살을 찌푸렸다.

"나 좀 혼란스러운 것 같은데. 미스터 레드가 이번 일에 관여하지 않았다고 한 사람이 자네 아니었나?"

"미스터 레드는 찰리 리지오를 죽이지 않았어요. 벅이 죽였어요. 벅은 우리가 입증한 대로 살인을 덮기 위해 미스터 레드의 범행 수법을 모방했어요."

"그럼 도대체 무슨 이야기를 하는 거야?"

"미스터 레드는 다른 사람이 자기인 척하는 걸 못마땅해했어요. 그래서 이곳에 와서 자기를 모방한 벅을 찾아서 죽인 거예요."

"캐롤, 당신이 그걸 어떻게 알아요?" 산토스가 물었다.

스타키가 컴퓨터를 가리켰다.

"그자가 클라우디우스를 통해서 내게 그 사실을 시인했어요. 저와 미스터 레드는 최근 일주일 동안 개인적인 접촉이 있었어요."

그녀는 그들에게 비밀로 했던 수사의 전체적인 과정과, 그 수사 결과 클라우디우스를 통해 미스터 레드와 접촉하게 된 경위를 설명했다. 설명을 듣는 켈소는 무슨 생각을 하는지 얼굴만 잔뜩 찡그리고 있었다. 그는 단 한 차례 스타키의 말을 제지했는데, 그녀가 잭 펠에 대해 이야기할 때였다.

"펠이 ATF 요원이 아니라는 사실을 안 지 얼마나 됐지?"

"어제요. 어젯밤에 그 일로 펠과 대면했어요."

"확실한 사실이야? 그자가 권한 없이 활동하고 있다고 확신하는 건가?"

"네."

켈소는 턱을 당기고 심호흡을 하면서 콧구멍을 벌름거렸다. 스타키가 산토스와 마직을 흘깃 쳐다보았다. 두 사람은 바닥을 내려다보고 있었다.

"배리, 죄송해요. 일을 이렇게 처리한 건 사과드릴게요. 하지만 저희는 여전히 미스터 레드에 대한 한 방이 남아 있어요. 벅은 모덱스를 더 갖고 있었어요. 더 갖고 있었다고 확신합니다. 그리고 그 나머지 모덱스를 레드가 가져간 것 같습니다."

"레드가 자네한테 그런 말도 했나?"

"저는 레드와 대화를 나누는 게 아니에요. 서로 비밀 이야기를 하는 것도 아니고요. 레드는 저를 비웃고 괴롭히거든요. 아무튼 저희 관계는 그렇습니다. 그래서 저와 펠이 그를 끌어내려는 시도로 온라인에 접속한 거예요. 저는 다시 레드와 접촉할 수 있다고 확신합니다. 저희가 그를 조종할 수 있어요. 저희가 그 개자식을 잡을 수 있다고요."

켈소는 고개를 끄덕였지만 스타키의 말에 동의해서 끄덕인 건 아니었다. 화가 난 채 자신이 하고 있던 생각에 고개를 끄덕였을 거라고 스타키는 생각했다.

"우리가 바보 같군."

스타키는 숨을 내쉬었다.

"경위님은 아닙니다. 제가 그렇죠."

"그 점이 자네가 틀렸다는 거야, 형사. 모건 국장보께 전화할 거야. 밖에서 기다리게. 아무 데도 가지 마. 아무 짓도 하지 마. 마직, 산토스, 자네들도 마찬가지야."

그들은 고개를 끄덕였다.

"자네들도 이 사실을 알고 있었나?"

"아닙니다." 스타키가 말했다.

"젠장, 자네한테 물어본 게 아니야."

"아닙니다." 마직이 대답했다.

"아닙니다." 산토스가 대답했다.

"밖에서 기다리게."

스타키가 나가려는데 켈소가 그녀를 불렀다.

"한 가지 더. 자네가 '그거' 하는 동안, 음, '대화'라고 부르나? 아무튼 그 살인자하고 얘기 나눌 때 수사 정보를 조금이라도 밝힌 적이 있나? 그러니까, 어떤 정보든 말일세."

"아니에요, 배리. 그러지 않았어요."

"스타키, 절대 다시는 내 이름 부르지 말게."

켈소의 집무실을 나온 스타키는 산토스와 마직에게 사과했다. 산토스는 침울하게 고개를 끄덕이더니 자리로 돌아가 침묵했다. 몹시 화가 난 마직은 화를 감추려고도 하지 않았다.

"당신 때문에 내 승진 기회가 꽝 되면 술 취한 당신 엉덩이를 걷어찰 거예요. 당신이 그 개자식과 붙어먹고 있었다는 거 알고 있었어요."

스타키는 굳이 입씨름을 벌이지 않았다. 자리로 가서 조용히 기다릴 뿐이었다.

켈소의 집무실은 거의 45분 동안 닫혀 있었다. 문이 열리자 스타키와 마직과 산토스가 모두 일어섰다. 켈소는 눈짓으로 마직과 산토스를 제지하고 스타키 쪽으로 고개를 돌렸다.

"자네들 말고. 스타키, 안으로."

그녀가 안으로 들어가자 켈소가 문을 닫았다. 그녀는 지금처럼 화가 나 있는 켈소를 본 적이 없었다.

"자네는 끝났어. 이 자리에서 정직됐어. 그리고 이 수사를 위태롭게 한 혐의뿐만 아니라 직업윤리 혐의로 기소될 거야. 이미 내사과에 이야기했어. 그쪽에서 자네에게 직접 연락할 거야. 자네는 내사과 행정 명령에 따라야 해. 차후 수사에서 어떤 범죄 혐의라도 불거진다면 자네는 모든 혐의에 대해서 다 기소될 거야. 오늘 변호사에게 연락하는 게 좋을 거야."

스타키는 머릿속이 텅 비는 듯했다.

"제가 일을 개판으로 망친 건 알지만 미스터 레드는 여전히 저 밖에 있습니다. 모덱스를 더 갖고 있다고요. 여기서 멈출 수는 없습니다. 이렇게 끝낼 수는 없다고요."

"단 하나 끝난 게 있다면, 자네야. 자네는 이제 끝났어. 남은 우리가 우리 일을 계속할 거야."

"젠장, 제가 수사 그 자체예요. 제가 레드를 잡을 수 있어요. 절 해고하고 싶은 심정은 알지만, 좋아요, 저희가 그 개자식을 잡은 후에 절 자르세요."

켈소가 천천히 팔짱을 끼면서 그녀를 유심히 쳐다보았다.

"자네가 수사 그 자체라고? 내가 이 경찰서 형사들한테 들어본 말 중 가장 거만하고 자기중심적인 발언이군."

"배리, 그런 의미가 아니에요. 그런 뜻으로 말한 게 아니라는 거 알잖아요."

"자네가 내 사무실에서 독자적으로 수사를 진행한 건 알지. 자네가 말해준 덕분에, 우리 모두가 애써서 찾아야 하는 살인마한테 자네가 비밀스레 미끼를 놓은 걸 알지. 만일 자네가 나한테 왔다면 우리가 어떻게든 그 일을 할 수 있었을지도 모르겠네. 하지만 그건 알 수 없는 노릇이지. 그리고 지금은 자네가 말해준 덕분에 벅 다제트가 레드의 손에 죽었다는 걸 알아. 어떤 기분이 드나, 캐롤? 벅이 자네로 인해 목숨을 잃었을지도 모른다는 사실을 알아서."

스타키는 눈에 가득 고인 눈물을 흘리지 않기 위해 눈을 세게 깜박거렸다. 진실을 알면 다친다. 하지만 상황이 그랬다.

"경위님이 생각하는 그 심정 그대로예요. 제발 그러지 마세요. 제가 여기서 그자를 잡는 걸 도울 수 있게 해주세요. 전 그래야 해요."

켈소는 심호흡을 하더니 책상으로 돌아가 자리에 앉았다.

"나가보게."

스타키는 컴퓨터로 다가갔다. 미스터 레드를 잡으려면 그 컴퓨터가 필요했다.

"그건 놔두고."

스타키는 컴퓨터를 그대로 두고 걸어 나왔다.

20

베스 마직은 자리에 있었고 호르헤 산토스는 사무실에 없었다. 스타키는 정직 처분을 받은 사실을 마직에게 말할까 하다가 될 대로 되라지, 라는 심정이 되었다. 나중에 다들 진정이 되면 전화를 걸어 말할 수 있을 거라고 생각했다.

"잘 있어, 베스."

스타키의 인사에 마직은 대꾸하지 않았다. 스타키를 쳐다보려고도 하지 않았다.

주차장에서 차를 뺀 스타키는 이제 무엇을 해야 할지, 어디로 가야 할지도 모른 채 도심으로 향했다. 그녀는 켈소의 처벌을 예상했고 정직 처분에 따른 급여 삭감도 예상했다. 하지만 자신을 수사에서 완전히 빼버릴 줄은 전혀 예상치 못했다. 그녀는 그 수사에 너무 깊이 빠져 있었다. 자신의 너무 많은 부분을 그 수사에 투자했다. 자신의 모든 것을 그 수사에, 미스터 레드에게 투자했다. 그 생각을 하니 눈물이 나고 화가 났다. 그녀는 간신히 눈물을 참았다. 펠도 자신과 같은 생각을 하고 있으리라고 그녀는 생각했다.

스타키는 좌석 밑을 뒤져서 휴대용 술병을 꺼내 다리 사이에 끼웠다. 담뱃불을 붙여 물고 창밖으로 연기를 뿜어냈다. 술병이 눈앞에 있었다. 그녀는 그 술을 원했다. 그녀는 다리 사이로 술병을 세게 밀어 넣었다. 오, 제발! 그녀는 술병을 좌석 밑으로 집어넣었다.

그녀는 그리피스 공원 꼭대기까지 차를 몰았다. 그곳은 관광객들이 많아 차가 서행하고 있었다. 날은 더운 데다 아주 짙은 스모그가 안개처럼 드리워져 건물들을 가리고 있었다. 스타키는 그 형편없는 커튼 사이로 도시를 보려고 하는 관광객들을 지켜보았다. 그들은 분지를 3, 4킬로미터까지밖에 보지 못할 것이다. 마치 희뿌옇게 보이는 폐암을 쳐다보고 있는 것 같았다. 연기라면 여기 여기 좀더 있어요, 라고 속으로 말하며 그녀는 새로운 담배에 불을 붙였다.

그만 생각하자. 그녀는 중얼거렸다. 그녀는 머저리처럼 굴고 있었다. 벅 다제트를 생각하고 있었다. 벅이 무슨 짓을 했든지 벅의 죽음에 자신이 한몫했을지 모른다는 생각이 뇌리에서 떠나지 않았다. 펠도 생각하고 있었다. 그 형편없는 머저리 자식은 그녀가 인정하고 싶은 것보다 더 대단한 의미였다.

그녀는 매점에서 다이어트 콜라를 사 들고 전망대 꼭대기로 향했다. 잠시 후 호출기가 진동했다. 지역번호로 봐서 뮬러의 번호였다. 그녀는 꼭대기에 도착해서 그에게 전화를 걸었다.

"스타키입니다."

"자네 FBI 커버걸이 되겠어."

"그 스크랩북이요?"

"오, 이런. 스크랩북 찾아보라는 게 요청이었나, 아니면 압박이었나? 깨끗한 지문 한 세트를 얻었어. 열 손가락 중 여덟 개야. 엄지손가락 둘 다 있어. 그 개자식이 테넌트의 변호사인 척하고 거기 들어간 거 아냐?

그 배짱이 믿겨져?"

"감시 테이프가 있던가요?"

"테이프도 확보했지. 샌루이스오비스포 현지 사무소에서 샅샅이 살피고 있어. 스타키, 여기 위의 연방수사관들이 완전 흥분해 있어. 그의 신원이 확인됐거든. 존 마이클 파울스, 나이 28세. 전과 기록은 전혀 없어. 열여덟 살에 해군에 입대해서 연방 자료에 그의 지문이 있었지. 그 자식, 군복무에 적합하지 않아서 탈락됐더군. 빌어먹을 병영에 불을 질러대서 말이야."

스타키는 경주를 시작하려는 말처럼 가쁘게 숨을 내쉬었다.

"뮬러, 들어봐요. 여기 CCS에 전화해서 그 정보를 알려줬으면 해요. 전 수사에서 물러났거든요."

"대체 그게 무슨 말이지?"

"제가 일을 개판으로 망쳐놓았거든요. 제 잘못이에요. 어찌 된 건지 설명해드리고 싶지만 지금 당장은 안 되겠어요. 경사님이 CCS에 꼭 전화해주셔야 해요? 그 정보가 필요할 거예요."

"이봐, 스타키, 자네가 무슨 짓을 했든 그 사람들이 미친 거야. 자네가 그 점을 알아주길 바라네. 자네는 최고의 경찰이라고."

"전화해주실 거죠?"

스타키는 세상이 자신을 남겨두고 저 멀리 바다로 떠나버린 것만 같았다.

"그래, 그러지. 물론이야. 전화할게."

"나중에 어떻게 된 일인지 말씀드릴게요."

"스타키?"

"네?"

"몸조심해야 해. 알았지?"

"안녕히 계세요, 경사님."

스타키는 전화를 끊었다. 관광객들이 스모그를 더 가깝게 보려고 망원경에 10센트짜리 동전을 넣고 있었다. 존 마이클 파울스라. 그녀의 눈앞에 존 마이클 파울스가 컴퓨터 앞에 몸을 숙이고 핫로드가 접속하길 기다리는 모습이 그려졌다. 그녀는 존이 벅 다제트의 나머지 모덱스로 폭탄을 만드는 모습을 보았다. 그녀는 그가 또 다른 폭발물처리 수사관을 산산조각 내기 위해 버튼 누를 타이밍을 기다리는 모습을 보았다. 그녀는 그와 함께 그 컴퓨터에 접속해 있고 싶었다. 그리고 자신이 시작한 일을 끝내고 싶었다. 하지만 켈소가 그녀를 수사에서 제외시켰다.

아니.

또 다른 방법이 있었다.

그녀는 휴대폰을 다시 꺼내 펠의 번호를 눌렀다.

펠

펠은 호텔을 떠났다. 그는 현지 ATF 사무소에서 요원이 불법으로 사건을 진행했다는 통보를 받으면 즉시 수사에 나설 것임을 알았다. 스타키가 그가 묵는 호텔을 알려주었을 게 분명하다. 그는 거처를 옮겨야 했다. 자신이 무엇을 해야 할지, 어디로 가야 할지 알지 못했지만 그는 미스터 레드에 대한 자신의 추적이 끝에 봉착했음을 확신했다. 이제 그가 발각되었으니 전국의 현지 사무소에 통지되었을 것이다. 미국의 모든 경찰 폭탄 담당 부서에도. 그는 끝장이었다.

그는 달아나지 않기로 했다. 이제 곧 그의 망막은 다시는 회복될 수 없도록 완전히 분리될 것이다. 그러면 그것으로 끝이 날 것이다. 그는 스타키나 LA경찰들이 미스터 레드를 체포하길 기대하며 하루나 이틀 기다릴 수 있었다. 그는 그 후에 자수를 해야겠다고 생각했다. 제기랄. 2등에게는 아무 상금도 없는 법이다.

그는 미스터 레드를 놓쳤다는 사실에는 아무런 상실감도 들지 않았다. 그런 자신을 깨닫자 한편으로는 놀라웠다. 거의 2년 동안 레드에 대한 개인적인 추적에 자신의 온 열정을 바쳤다. 하지만 이제 뭐, 그건 중요하지 않았다. 그가 느낀 상실감은 스타키에 대한 것이었다. 그가 후회한 것은 자신이 그녀에게 안겨준 고통이었다.

펠은 다른 호텔에 체크인하고 나와 차를 몰았다. 정처 없이 달리다 보니 산타모니카 해변의 작은 식당에 와 있었다. 그는 이곳에 바다를 보러 왔다. 아직 시력이 남아 있을 때 가능한 한 많은 것을 봐두기 위해서였다. 하지만 정작 식당에 들어선 그는 해변 쪽 탁자에 앉지 않았다. 안쪽 구석 자리에 앉은 채 생각에 잠겼다. 그는 당분간 로스앤젤레스에 머물러야 할지도 모르겠다는 생각이 들었다. 적어도 스타키와 화해할 수 있을 때까지 오래도록. 어쩌면 사과할 수 있을 것이다. 그가 제대로 사과하지 못하더라도 그녀가 자신을 덜 미워하게 만들 수는 있을 것이다.

호출기가 진동했다. 호출기에 뜬 스타키의 번호를 보고 펠은 그녀가 자수를 권하기 위해 자신을 찾고 있으리라 생각했다.

그는 그녀에게 전화했다.

"날 체포하려고 전화한 겁니까?"

그녀의 대답은 그를 놀라게 했다.

"아뇨, 당신에게 그 개자식을 잡을 마지막 기회를 주려고요."

스타키는 좁고 지저분한 식당 칸막이 좌석에 앉아 있는 그를 발견했다. 그를 보자 가슴이 무겁게 내려앉았지만 그런 마음을 밀어내려고 했다.

"당신이 알아둘 게 있어요. 당신만 법을 어긴 게 아니에요."

"그게 무슨 말이죠?"

그녀는 상황을 간략하게 설명했다. 그와 함께 앉아 있다는 것에 거북함을 느끼면서.

"이렇게 하죠, 펠, 이 제안에 따라줘야 해요. 이 자식을 잡으면 죽이지 않고 체포할 거예요. 이 일은 더 이상 당신의 사적인 복수가 아니에요. 동의해요?"

"그럴게요."

"이 일의 판을 다 짜놓으면 우리는 켈소에게 돌아갈 거예요. 난 당신 같은 빌어먹을 카우보이가 아니에요. 난 이 일을 올바른 방법으로 하고 싶고, 반드시 그렇게 되길 원해요."

"직업을 놓치고 싶지 않은 거군요."

"그래요, 펠, 난 내 일자리를 지키고 싶어요. 만일 해고돼서 나오더라도 난 현재의 내 모습, 경찰관의 모습으로 당당히 나오고 싶어요. 벅 다제트를 죽게 한 어리석은 머저리가 아니라."

펠은 창밖을 쳐다보았다. 그가 밖에 보이는 것은 무엇이든 기억해두려는 중일 거라고 스타키는 생각했다.

"당신과 함께 가면 난 구속될 수 있어요."

"당신은 갈 필요 없어요. 원한다면 가고 아니면 말고요. 난 단지 진행 절차를 말하고 있는 거예요."

펠이 다시 고개를 끄덕였다. 그녀는 이 일이 그에게 힘들다는 것을 알았다. 그는 이 연극에서 발을 빼고 있었을 것이다.

"그럼 내게 원하는 게 뭐죠?"

"미스터 레드는 나를 기다리고 있어요. 그는 음…… 집착이 있어요. 그 점을 이용하면 돼요. 그런데 클라우디우스에 돌아가려면 당신 컴퓨터가 필요해요. 켈소가 내 컴퓨터를 가져갔거든요."

펠이 다시 시선을 돌렸다.

"내가 벌이고 있던 짓을 당신에게 말했어야 했어요. 말하지 않아서 미안합니다."

"그만해요. 그 이야기는 듣고 싶지 않아요."

"난 오랫동안 삶에서 한 가지 일에 매달려왔어요. 일을 하다 보면 어떤 식으로든 그 일에 익숙해지게 마련이죠."

"이게 당신이 2년 동안 해온 일인가요, 펠? 그 자식을 쫓아 이 도시에서 저 도시로 허튼 수작 하고 다닌 게?"

펠은 당혹스러운 듯 어깨를 으쓱했다.

"배지가 있고 ID 번호가 있으니까. 절차를 알고 친구들도 있으니까. 대부분의 사람은 배지에 의혹을 품지 않아요. 경찰들은 절대 배지를 의심하지 않죠."

"이봐요, 난 그 일에 신경 쓰고 싶지도 않고 그 이야기를 하고 싶지도 않아요. 이 일 할 거예요, 말 거예요?"

그가 그녀를 쳐다보았다.

"하고 싶어요."

"그럼 가죠."

그녀는 칸막이 좌석에서 미끄러지듯 몸을 뺐다. 그가 그녀의 팔을 붙들었다.

"캐롤?"

"뭐예요? 그렇게 만지지 마요, 펠. 싫어요."

"당신을 사랑했어요."

그녀는 또 그의 얼굴을 한 방 먹였다. 반사적으로 일어난 일이라 자신이 그를 때리고 있다는 것조차 의식하지 못했다. 주변 테이블에 앉은 사람들이 그들을 쳐다보았다.

"그런 말 하지 말아요."

펠이 자신의 얼굴을 손으로 만졌다.

"맙소사, 스타키, 세 번째예요."

"그런 말 하지 말아요."

그는 칸막이 좌석을 빠져나왔다.

"컴퓨터는 내 차에 있어요."

그들은 그녀의 집으로 갔다.

그녀는 펠을 보는 게 힘들었다. 그와 한 방에 있는 게 견디기 힘들었다. 강해지자, 라고 그녀는 혼잣말을 했다. 두 사람은 함께 이 길에서 바닥까지 추락했다. 같이 일하는 것 외에 달리 이 상황을 해결할 방법이 없었다. 하지만 그녀는 그와 함께 이 자리에 있었을 때 느꼈던 감정이 떠올라 불편했다.

식탁에 컴퓨터를 설치하고 그녀는 클라우디우스에 접속했다. 미스터 레드와 전에 접촉했던 시간대보다 이른 시간이었지만 그냥 앉아 있을 수는 없었다. 화염에 휩싸인 머리가 나오자 대화방으로 들어갔다. 대화방은 비어 있었다.

"뭘 기다리는 겁니까?" 펠이 물었다.

"이거요."

핫로드 : 존 마이클 파울스

"존 마이클 파울스가 누구죠?"

"미스터 레드요. 워런 뮬러가 테넌트의 스크랩북에서 레드의 지문을 떴어요. 레드가 교도소로 테넌트를 찾아갔다면 그 빌어먹을 스크랩북을 보게 되리란 걸 알고 있었죠."

펠은 화면을 쳐다보았다. 스타키는 그의 입술이 조그맣게 움직이는 것을 보았다. 화면 속의 이름을 조용히 읊어대는 듯, 자신의 세포에 그 이름을 낙인찍기라도 하듯 그의 입술이 움직였다.

스타키는 파울스가 자신을 기다리고 있지는 않을 거라고 생각했다. 게

다가 이렇게 이른 시간에 말이다. 그는 언제라도 올 수 있었고, 아니면 아예 안 올 수도 있었다. 그들은 오래 기다려야 할 수도 있었다. 그녀는 담뱃불을 붙이고, 펠에게 부엌에서 뭐든 찾아 먹어도 좋다고 말했다. 하지만 두 사람 다 컴퓨터를 떠나지 않았다.

파울스는 거의 즉시 나타났다.

미스터 레드의 메시지를 수락하시겠습니까?

스타키가 미소를 지었다. 펠이 앞으로 바짝 몸을 당겼다. 스타키는 그가 컴퓨터 속으로 빨려 들어갈지 모른다는 생각이 들었다.

"빠르군요."

"그가 기다리고 있었어요."

그녀는 창을 열었다.

미스터 레드 : 훌륭하군, 스타키 형사. 당신 정말 대단해.

핫로드 : 당신이 칭찬을 하니 얼굴이 붉어지네.

미스터 레드 : 어떻게 내 이름을 알았지?

핫로드 : 아…… 질문이네. 진실을 원해, 아니면 듣고 싶은 말을 해줄까?

미스터 레드 : 나 웃고 있어, 캐롤 스타키. 잘했어.

스타키는 대답하지 않았다.

"어째서 대답하지 않는 거예요?" 펠이 물었다.

"그를 기다리게 하는 거예요. 이건 미스터 레드가 벌이는 게임이에요."

결국 미스터 레드가 또 메시지를 보내왔다.

미스터 레드 : 진실은 상품이지. 그 대가로 뭘 원할 거지?

핫로드 : 내 질문 하나에 답해야 해. 동의해?

미스터 레드 : 말이 되는 경우에만. 나의 행방이나 그런 종류의 질문에는 대답하지 않을 거야. 다른 건 모두 공평한 게임이야.

핫로드 : 좋아.

미스터 레드 : 좋아.

핫로드 : 테넌트의 스크랩북. 난 당신이 테넌트를 만난 사실을 알아차렸을 때, 테넌트가 당신에게 그 스크랩북을 보여줬을 거라고 확신했어.

파울스는 다시 조용해졌다. 몇 분이 흐르고 그가 대답했다.

미스터 레드 : 제기랄(fuck).

핫로드 : 행여 당신 꿈에서나 가능할걸(미스터 레드의 욕 'fuck'을 '성교하다'의 뜻으로 받아친 말이다).

"맙소사, 스타키, 당신네 둘 관계가 얼마나 가까운 거예요?"

"입 닥쳐요."

미스터 레드 : 내가 왜 그자의 스크랩북을 봤는지 알아, 캐롤 스타키?

핫로드 : 당신 기사를 읽으려고?

미스터 레드 : 당신 기사를 읽으려고.

펠이 다시 움직였다. 스타키는 화면을 쳐다보며 잠시 생각을 한 뒤 메시지를 입력했다.

핫로드 : 이제 내 질문이야.

미스터 레드 : 좋아.

스타키는 망설였다. 손가락이 떨리고 휴대용 술병이 생각났다. 그녀는 새 담배에 불을 붙였다.

그녀가 떠는 모습이 펠의 눈에 띄었다.

"괜찮아요?"

그녀는 대답하지 않았다.

핫로드 : 다시 물을게. 우리가 미끼를 놓지 않았더라도 로스앤젤레스에 왔을 건가?

미스터 레드 : 진실, 아니면 듣고 싶은 말?

핫로드 : 내 질문에 대답해.

파울스가 다시 꾸물거렸다.

"미스터 레드가 뭘 하고 있는 거죠?"

"생각 중이에요. 뭔가 원하고 있거든요. 어떻게 얻어낼지 골몰하는 중이에요."

"그가 뭘 원하죠?"

"집중해요, 펠. 이자는 날 원해요."

미스터 레드 : 내가 직접 당신 귀에 대답해줄게. 당신 전화번호를 줘봐.

핫로드 : 미쳤군.

미스터 레드 : 난 미스터 레드야! 당연히 미쳤지!

핫로드 : 흥분하지 마, 존.

미스터 레드 : 날 존이라고 부르지 마. 난 미스터 레드야.

핫로드 : 그래도 내 번호를 주지는 않을 거야. 내가 감수하려고 했던 것보다 도가 지나치군.

미스터 레드 : 당신과 섹스까지 하는 환상을 한두 번 한 게 아니야, 캐롤 스타키.

핫로드 : 기본원칙을 기억해, 존. 노골적으로 성희롱을 할 거면 난 접속을 끊고
　　　　찬물에 샤워할 거야.

미스터 레드 : 당신에게 득이 되는 건…… 진실이지.

핫로드 : 진실을 알면 다치지.

미스터 레드 : 진실은 또한 당신을 자유롭게 해주지.

그녀는 등을 기대고 그대로 앉아 있었다. 생각을 좀 해야 했다. 그녀는
미스터 레드를 체포할 기회가 단 한 방뿐임을 알았다. 만약 그가 그녀의
계획을 알아낸다면 그녀의 기회는 사라지고 그의 기회도 사라질 것이다.

"약한 척해봐요." 펠이 말했다.

스타키는 흘깃 고개를 돌렸다. 펠이 그녀를 지켜보고 있었다.

"그는 남자니까. 당신이 그를 원한다면 그가 필요하다고 해봐요. 그가
당신을 돌보게 해보라고요."

"그건 내가 아니에요.

"척하라니까요."

그녀는 키보드로 돌아갔다.

핫로드 : 난 두려워.

미스터 레드 : 진실이?

핫로드 : 당신은 10대 지명수배자 명단에 오르고 싶어 하잖아. 거기에 오르기 위
　　　　해 날 이용할 것 같아 두려워.

미스터 레드 : 그 명단에 오르는 것보다 내가 더 원하는 게 있지.

핫로드 : 이를테면?

미스터 레드 : 당신 목소리를 듣고 싶어, 캐롤 스타키. 대화를 나누고 싶어. 이렇
　　　　게는 말고. 당신 얼굴 표정을 보고 싶어. 당신 억양을 듣고 싶어.

핫로드 : 그 말이 얼마나 터무니없는지 알고 있어? 난 경찰관이고 당신은 미스터

레드야.

미스터 레드 : 우린 둘 다 테넌트의 스크랩북에 있어.

그녀는 대답하지 않았다.

미스터 레드 : 우리는 똑같아.

스타키는 다시 망설였다. 그녀는 자신이 제안하고 싶은 게 뭔지 알았지만 그것을 자신이 제안할 수는 없었다. 미스터 레드가 그 제안을 내놓아야 했다. 그는 자신이 생각한 제안이 아니라면 동의하지 않을 것이다.

핫로드 : 내 전화번호를 줄 수는 없어.

미스터 레드 : 그럼 내가 당신에게 번호를 줄게.

핫로드 : 나 지금 웃고 있어. 당신이 번호를 주면 내가 당신 위치를 알게 될 거야.

미스터 레드 : 어쩌면 그게 내 생각인지도. 어쩌면 당신이 알게 되길 원하는지도 모르지.

핫로드 : 막가지 마.

미스터 레드 : 막가지만 멍청하지는 않아. 우리 이렇게 하지. 이따가 정각 3시에 클라우디우스에 접속해. 내가 여기 있을 거야. 당신에게 전화번호를 줄게. 내 전화가 15초 후에 안 울리면 난 떠날 거야. 그러면 다시는 내 연락을 못 받을 거야. 당신이 전화하면 정확히 5분간 이야기하고 당신 질문에 답해줄게. 5분 이상은 안 돼. 나야 대화를 좀더 길게 하고 싶지만 통화하는 동안 당신이 뭘 할지 우리 모두 알고 있으니까.

핫로드 : 맞아. 난 당신 전화를 추적하고 있을 거야.

미스터 레드 : 아마도. 하지만 좀더 좋은 계기로 우리가 서로의 인연이라는 걸 당신에게 납득시킬 수도 있어.

핫로드 : 그건 기대하지 마.

미스터 레드 : 좋아. 그 점에서 당신을 이길 테니 말이야. 당신은 날 잡지 못할 거
야.

핫로드 : 두고 보지.

"미스터 레드를 잡았나요, 스타키?"

"어쩌면요."

그녀는 켈소에게 돌아가는 데 필요한 것을 얻었지만 모든 것은 미스터 레드에게 달려 있었다. 그녀는 그가 지금 접속을 끊고 돌아오지 않을까 봐 두려운 마음이 컸다. 그는 3시에 클라우디우스에 오지 않을 수도 있었다. 그녀는 이런 의심을 입력해 물어볼 만큼 어리석지는 않았지만, 알고 싶은 게 있었다. 내가 미스터 레드를 이 정도까지 끌어냈다면 그자는 내 거야, 라고 그녀는 혼잣말을 했다. 그는 사라지지 않을 것이다. 그는 없어지지 않을 것이다. 그는 그녀에게 돌아올 것이다. 그녀가 그를 잡을 것이다.

그녀는 질문을 입력했다. 아주 은밀한 질문이어서 펠에게 보이기가 좀 민망했다.

핫로드 : 나에 대해 성적인 환상을 할 때 뭘 생각해?

그는 아주 오랫동안 머뭇거렸다. 그녀는 그가 가버렸을까 봐 점점 조마조마했다. 마침내 그의 대답 메시지가 뜨자 그녀는 질문한 것을 후회했다.

미스터 레드 : 죽음.

스타키는 아무런 대꾸도 하지 않았다. 그녀는 클라우디우스의 접속을 끊고 컴퓨터를 껐다.

펠이 그녀를 쳐다보고 있자 그녀가 한마디 했다.

"그만 쳐다봐요. 우리는 할 일이 있어요."

미스터 레드

존 마이클 파울스의 차는 스타키의 집에서 위쪽으로 두 블록도 채 안 되는 곳에 세워져 있었다. 그는 아이북을 덮고 웃었다.

"젠장, 난 훌륭해! 나는 정말 환장하게도 훌륭해서 내 양 볼기에 '미스터 매력쟁이'라고 문신을 새겨야 할 정도야."

그는 아이북을 옆으로 치우고 모덱스가 든 병을 쓰다듬었다. 그는 큰 치약 덩어리 같은 회색 폭약을 병에 넣어 갖고 다니는 게 좋았다. 금붕어를 키우는 것보다 더 좋았다. 먹이를 줄 필요가 없으니까.

그는 스타키와 펠이 떠날 때까지 기다렸다가 새 폭탄을 만들기 위해 차를 몰고 호텔로 돌아갔다. 이번에는 다른 종류의 폭탄, 오직 캐롤 스타키만을 위한 폭탄을 만들고 있었다. 시간이 많지 않았다.

21

스타키는 존 마이클 파울스를 조종해 그의 위치를 노출시켜서 체포하고 싶었다. 그러기 위해서는 존과 자신이 일반전화로 통화할 경우 그 자리에서 전화 추적을 해야 했다. 그리고 그의 전화가 휴대폰일 경우에 그 가능성이 더 높을 것 같은데, 삼각측량을 위해 대기할 휴대전화 회사가 필요했다. 일단 그의 위치가 확인되면 주변을 봉쇄할 경찰 병력도 필요했다. 목표가 존 마이클 파울스, 일명 미스터 레드인 만큼 그녀는 그가 폭탄을 소지하고 있을까 봐 두려웠다. 그렇다면 폭발물처리반이 출동해야 했다. 이 모든 일은 켈소 배리의 도움이 필요하다는 의미였다.

그녀는 딕 레이턴에게 전화를 걸었다.

전화를 받은 레이턴은 냉랭했지만 걱정하는 목소리였다. 그의 어투를 들어보니 그녀의 소식을 들었다는 눈치였다.

"경위님 도움이 필요해요."

"내가 도움을 줄 입장인지 모르겠군. 배리에게 들었어. 도대체 무슨 생각을 하고 있었던 거야, 캐롤?"

"제가 미스터 레드와 접촉했다고 켈소 경위님이 얘기하던가요?"

"물론, 그가 말해줬어. 그 일로 자네는 아주 심한 곤경에 처했어. 심각해. 단순히 정직만으로 끝날 것 같지 않아."

"경위님, 제가 곤경에 처한 거 알아요. 하지만 일단 제 얘기 좀 들어주세요. 저는 아직 미스터 레드와 접촉하고 있어요. 지금 막 레드와 온라인에 같이 있었어요."

"이런, 캐롤, 자네 스스로 일을 더 엉망으로 만들고 있을 뿐이야. 자네는 좀……."

스타키가 그의 말을 가로막았다.

"켈소 경위님이 절 해고한 거 알아요. 제가 팀의 일원이 아니라는 것도요. 하지만 전 그 자식을 잡을 수 있어요. 켈소 경위님의 마음에 들든 안 들든 전 미스터 레드와 관계를 맺고 있어요. 그 관계를 이용해 우리는 그 개자식을 잡을 수 있어요. 제가 그에게 올가미를 씌웠어요. 그 자식에게 올가미를 씌웠다고요."

레이턴은 아무 말도 하지 않았다. 그가 생각 중이라 생각한 그녀는 그를 납득시키기 위해 계속 밀고 나갔다.

"정확히 3시에 미스터 레드가 다시 온라인에 들어올 거예요. 그가 제게 전화번호를 알려줄 거예요. 제가 그 번호로 전화할 거고요. 경위님, 제가 그자와의 대면을 주선할 수 있을 것 같아요. 설령 대면하지 못하더라도 우리는 그 번호를 추적할 수도 있어요. 그자는 미스터 레드예요, 맙소사, 이런 기회를 걷어차야겠어요? 절 켈소 경위님께 데려가주세요, 제발."

레이턴이 질문하면 스타키가 대답하는 식으로 그들은 10분 동안 더 이 작전을 논의했다. 둘 다 레이턴이 모건 국장보에게 전화해야 한다는 것을 알고 있었다. 레이턴은 켈소가 이 작전에 찬성하기 전에 모건을 납득시킬 필요가 있었다. 게다가 모든 일을 제때 준비하려면 모건의 힘이 필요할 것이다. 스타키는 미스터 레드와 오늘 접촉하기로 동의한 게 후회스러웠다. 그와의 약속을 내일까지 미뤄야 했다고 자책했지만 지금으로서는 너무 늦었다. 레이턴은 마침내 자신이 그 일을 처리하겠다며 스타키에게 2시에 스프링스트리트 서에서 만나자고 했다.

그녀는 전화를 끊고 펠을 쳐다보았다.

"들었죠?"

"우리는 한 배를 탔어요."

"모건 국장보가 이 일에 찬성하면 그가 ATF와 연방요원들에게 경보를 발령할 것 같아요. 그들이 현장에 출동할 수 있어요."

"그들은 아마 올 거예요. 그 녀석들이 춤판에 빠지는 법은 없으니까."

"어쩌면 당신은 가지 않는 게 좋겠군요."

"그만두려고 여기까지 오지는 않았어요, 스타키."

"그럼 가요. 펠, 뭐라도 좀 먹겠어?"

"못 먹을 것 같은데."

"타가메트는 어때요?"

펠이 웃었다.

스타키는 펠의 차를 세워둔 작은 식당까지 그를 태워다주었다. 그리고 두 사람은 각자 제 갈 길을 갔다.

2시 5분 전, 스타키는 스프링스트리트 서 밖의 주차금지 구역에 차를 두고 컴퓨터를 가지고 올라갔다. 레이턴은 이미 와 있었고 모건과 그의 휘하 맨인블랙 두 명도 있었다. 펠은 아직 도착하지 않았다. 스타키는, 펠이 마음을 바꾸고 이곳에 오지 않기를 어느새 바라고 있었다. 켈소는 집무실 밖에서 연방요원들로 보이는 정장 차림의 남자 두 명과 함께 있었다. 마직은 맨인블랙 한 명과 이야기하고 있었는데 스타키를 모르는 척했다.

사무실 안의 모든 사람이 하던 일을 멈추고 스타키를 쳐다보았다.

"캐롤, 배리의 집무실로 가는 게 어때?" 딕 레이턴이 말했다.

스타키는 그들을 따라 켈소 배리의 집무실로 들어갔다. 모건은 고개를 정중히 끄덕이더니 스타키에게 말했다.

"자네가 상당한 곤경에 빠진 것 같군, 형사."

"네, 그렇습니다."

"그럼 앞으로 어떻게 할지 얘기 들어보지."

켈소는 이 작전이 마음에 들지 않았지만 우둔한 사람은 아니었다. 그는 미스터 레드를 원했고, 자신들에게 이 작전이 최선이라면 한번 시도할 의지가 있었다. 전화회사 직원 세 명이 자신들의 컴퓨터를 설치해 켈소의 전화선 잭에 연결했다.

"캐롤, 우리가 논의한 사항을 모건 국장보와 켈소 경위에게 대략 설명 드렸어. 두 분 다 이 일에 합류하실 거야. 지금 급파 사무소가 순찰차 부서와 보안 회선으로 대기 중이야. 경찰 특수기동대도 비상대기 중이고, 폭발물처리반도 늘 그렇듯이 출동 준비 돼 있어." 레이턴이 말했다.

스타키는 '늘 그렇듯이'라는 말에 웃으면서 고개를 끄덕였다.

"알았습니다."

보안 회선으로 대기 중이란 것은 순찰차 팀에 모든 지시가 흑백 컴퓨터로만 내려질 것이라는 뜻이었다. 언론이나 민간인들의 도청 우려 때문에 무선 통신을 꺼리는 것이었다.

"어디서 이 일을 하면 될까요?"

"여기 내 집무실에서. 컴퓨터에 뭐 또 필요한 게 있나?" 켈소가 말했다.

"전화선만 있으면 돼요. 휴대폰으로 음성통화를 할 겁니다."

"추적하려면 일반전화로 걸어야 하는 거 아닙니까?"

맨인블랙의 물음에 전화회사 직원이 대답했다.

"아닙니다. 상대편이 번호를 제공하는 상황입니다. 상대편이 일반전화를 이용한다면 우리는 그 번호에서 주소를 알아내는 작업을 할 겁니다. 휴대폰을 쓴다면 이쪽에서 어떤 전화로 걸어도 상관없습니다."

켈소는 스타키가 컴퓨터를 설치할 수 있도록 자신의 책상을 치웠다. 그때 부서 사무실 저쪽에서 연방요원들과 애기 중인 펠의 모습이 스타키의 눈에 들어왔다.

3시 10분 전, 스타키는 청중에게 둘러싸인 채 접속 대기 중이었다. 레이턴이 그녀 뒤로 다가와 어깨를 토닥였다.

"아직 몇 분 여유가 있어. 커피 한 잔 마셔."

스타키는 잠시 숨을 돌릴 수 있어서 기뻐하며 부서 사무실로 나갔다. 펠은 여전히 정장 차림의 남자 두 명과 함께 있었지만 수갑을 차고 있지는 않았다. 그녀는 커피를 마시러 가지 않고 펠 쪽으로 갔다.

"이분들이 ATF에서 오신 분들인가요?"

두 명 중 키 작은 남자가 자신을 특수요원 책임자보 월리 쿰스라고 소개했고, 키 큰 남자는 버튼 아르무스 특수요원이라고 소개했다. 둘 다 로스앤젤레스 현지 사무소 소속이었다.

"펠이 체포된 건가요?"

"지금은 아닙니다. 이 일로 몇 가지 질문을 하고 싶습니다."

"나중에 물어보셔야 할 겁니다."

"이해합니다."

"지금은 다른 방에서 제가 펠의 도움을 받아야 하거든요."

두 요원은 시선을 교환하더니 쿰스가 어깨를 으쓱하며 말했다.

"그러시죠."

펠은 그녀의 뒤에 바짝 붙어 걸으면서 켈소의 집무실로 들어갔다.

"고마워요."

2시 59분에 스타키는 컴퓨터 앞에 앉았다.

"준비 다 됐습니까?" 그녀가 물었다.

모건이 부서장들 및 전화회사 직원들과 눈을 맞췄다. 전화회사 직원이 개인 회선으로 뭐라고 중얼거리더니 엄지손가락을 들어 올렸다. 모건이 그녀에게 고개를 끄덕였다.

"시작하게."

스타키는 클라우디우스로 가는 문을 열었다. 거의 즉시 메시지가 나타났다.

미스터 레드의 메시지를 수락하시겠습니까?

"맙소사." 켈소의 목소리였다.

모건이 눈살을 찌푸렸다.

"조용히."

창이 뜨자 그들 중 누구도 생각하지 못한 메시지가 떴다.

미스터 레드 : 미안한데, 자기야, 마음을 바꿨어.

"젠장!" 켈소가 내뱉었다.

모건이 그에게 쉿 하라고 손짓했다. 그는 스타키에게 격려의 의미로 고개를 끄덕였다.

"자네 뜻대로 하게, 스타키 형사. 저들이 뭐라 하는지 알잖아. 헛소리가 다반사야."

스타키가 고개를 들어 그를 흘깃 쳐다보았다. 맨인블랙 한 명이 웃었다.

스타키가 메시지를 입력했다.

핫로드 : 당신은 머저리야.

미스터 레드 : 계속 생각을 해봤어.

핫로드 : 스스로 상처 주지 마.

미스터 레드 : 이런 대화는 성에 차지 않을 것 같아. 난 욕구가 대단한 사람이야.

당신이 내 진의를 파악한다면.

핫로드 : 우리는 거래를 했어.

미스터 레드 : 당신 논지는?

핫로드 : 내 질문에 대답할 거라고 했잖아.

미스터 레드 : 내가 말했던 건 내가 직접 당신 귀에다 대답해주겠다는 거야. 그건 여전히 그래.

핫로드 : 날 교묘히 조종하고 있는 것 같군. 내가 당신을 만나지 않을 거라는 거 알 거야. 절대 만나지 않을 거야.

"저, 캐롤……." 켈소가 입을 열었다.

"캐롤은 지금 자기가 무얼 하고 있는지 압니다." 펠이 말했다.

미스터 레드 : 그럼 벅 다제트가 죽게 된 이유를 결코 알지 못할 거야.

스타키는 의자에 등을 대고 기다렸다. 그녀는 켈소와 레이턴과 다른 사람들이 그녀 뒤에서 움직이는 걸 느꼈다. 그녀는 그 움직임이 신경에 거슬렸다.

미스터 레드 : 날 만나, 캐롤 스타키. 당신을 해치지 않을게.

핫로드 : 어디서?

미스터 레드 : 만날 생각이 아니라면 묻지 마.

핫로드 : 어디서?

미스터 레드 : 에코 공원. 큰 분수 알지?

모건은 자신의 보좌관들에게 에코 공원 주변에 사복경찰 병력을 배치하라고 조용히 말했다. 딕 레이턴은 스타키의 휴대폰에 대고 폭발물처리반에게 부드럽게 경보를 알렸다. 스타키는 그 소리들을 못 들은 척했다.

핫로드 : 좋아.
미스터 레드 : 연못 남쪽에 주차를 하고 매점을 향해 걸어와. 매점 쪽으로 죽 걸
        어와. 그 방향으로만. 당신을 지켜보고 있을 거야. 혼자 오면 우리가 만
        날 수 있을 거야. 혼자 오지 않으면 당신을 하수로 보겠어.
핫로드 : 당신은 머저리야.
미스터 레드 : 내가? 난 미스터 레드야. 진실은 저 밖에 있어.

그들은 경찰 특수기동대와 폭발물처리반이 에코 공원 동쪽으로 여섯
블록 떨어진 주차장에서 만나기로 하고 출동 준비를 했다. 히스패닉 출신
의 사복정찰 경찰관들이 무선통신 장비를 갖추고 공원 주위의 거리에 배
치되었다. 통보받지 못한 경찰관들과 흑백 무선경찰차들은 철수되었다.
명령들이 내려지는 상황에서도 전화회사 직원들이 켈소의 집무실에서
스타키에게 도청장치를 달았다. 스타키는 자신의 차를 몰고 공원으로 가
서 존 마이클 파울스의 지시대로 하기로 했다. 일단 공원에서 만약 그가
그녀에게 접근해 자신을 밝힌다면 그 순간 그 지역은 봉쇄될 것이다. 필
요하다면 저격수들이 대기할 것이다.
"이 일 괜찮겠어요?" 펠이 물었다.
일이 너무도 신속히 진행돼서 그녀는 구역질이 날 지경이었다.
"물론이죠."
컴퓨터를 끈 지 8분도 되지 않아 그들은 스타키를 재촉하여 차로 가게
했다.
스타키는 아무 일도 없다는 듯 홀로 에코 공원으로 차를 몰았다. 그녀
는 이게 최선의 접근임을 알았다. 폭탄에 접근하는 것처럼 자신을 지원하
는 모든 활동을 잊어버리자. 그렇게 하면 그녀가 저격수나 사복경찰 들을

찾는 모습을 들키지 않을 것이고 자신의 정체를 들키지 않을 것이다.

스프링스트리트 서에서 에코 공원까지 차로 12분이 걸렸다. 그녀는 존 마이클 파울스가 말한 대로 남쪽에 차를 세웠다. 치밀어오를 듯한 구역질을 애써 밀어내면서. 그가 손에 핫도그를 들고 씩 웃으며 서 있지는 않을 것이다. 그는 미스터 레드였다. 놀랄 일이 기다리고 있을 것이다.

"무선 점검하세요."

"하나 둘 셋, 셋 둘 하나."

"이상 없습니다."

"플러그를 뺍니다."

"알았습니다."

그녀는 귀에서 플러그를 빼냈다. 파울스가 이 모습을 본다면 그녀가 도청장치를 달았다는 것을 알 것이다. 가슴 사이에 테이프로 붙여진 마이크는 그녀의 목소리를 잡아낼 것이다. 만약 그녀가 "안녕, 미스터 레드"라고 말한다면 사람들이 귀를 기울일 것이다.

계획은 단순했다. 그를 가리키고 엎드리면 대기 중인 사람들이 각자 맡은 일에 돌입한다.

스타키는 차 문을 잠그고 매점을 향해 걸었다. 평일 여름 오후였다. 공원은 가족들과 풍선을 든 아이들, 롤러블레이드와 스케이트보드를 타는 사람들, 아이스크림 장사치들로 북적거렸다. 찌는 듯 더운 날이라 발밑의 아스팔트가 말랑말랑했다. 그녀는 더 이상 더워지지 않기를 바랐다.

매점에는 긴 줄이 늘어서 있었다. 스타키는 55미터 정도의 구역을 담당해야 해서 그 지역의 모든 얼굴을 살펴볼 수 있도록 천천히 움직였다. 그녀는 조심스럽게 굴고 있는 자신의 모습이 파울스에게 전해지는 건 괜찮았다. 다만 그 모습이 다른 경찰들이 준비할 수 있도록 시간을 벌려는 수작으로 비쳐져서는 안 되었다.

매점에 도착하자 그녀는 멈춰 섰다. 그녀에게 접근하는 사람도 전혀 없었고 미스터 레드처럼 보이는 사람도 전혀 없었다. 대부분 히스패닉 사람들이었고 흑인과 아시아인도 더러 있었다. 그녀는 자신의 눈에 띄는 몇 안 되는 백인들 중 하나였다.

스타키는 담배를 털어서 불을 붙였다. 몇 분이 흘렀다. 미스터 레드는 어디에나 있을 수 있었고 어디에도 없을 수 있었다. 그녀는 그가 다시 마음을 바꾼 게 아닌지 의심스러웠다.

키 작고 땅딸막한 여자와 아이들이 줄을 섰다. 문득 스타키는 다나의 창가에서 본 여인들, 버스를 잡으려고 뛰어가던 여인들이 떠올랐다. 줄을 선 여자의 아이 넷 중 작은 애들은 모두 남자애로 엄마를 닮아 키 작고 땅딸막하고 갈색 피부였다. 가장 큰 아이는 엄마 옆에 서 있었고, 나머지 셋은 허둥지둥 원을 그리고 괴성을 지르며 서로를 쫓아 뛰어다녔다. 스타키는 아이들이 그 망할 입 좀 닥쳐주기를 바랐다. 빽빽거리는 모든 소리가 신경을 건드리고 있었다. 작은 아이 둘이 매점 뒤로 달려가 다른 한편으로 나오다가 미끄러지듯 멈춰 섰다. 아이들은 가방을 발견했다. 처음에 스타키는 그 아이들이 무엇을 하고 있는지, 무엇을 가지고 있는지 알지 못했다. 하지만 그때 발밑의 땅이 위로 들썩거렸다. 순간 그녀는 알아차렸다.

어린 두 소년이 가방을 들여다보고 있는데 그 애들 큰형이 끼어들었다. 매점 한편에 누가 두고 간 평범한 종이 쇼핑백이었다.

스타키는 타가메트를 좀더 먹고 왔으면 좋았을 걸 싶었다.

"거기서 비켜."

그녀는 소리 지르거나 돌진하지 않았다. 저것은 미스터 레드의 작품이었다. 그는 리모컨을 가지고 있을 것이다. 그는 지켜보고 있었고, 자신이 원하면 언제라도 화약에 불을 붙일 수 있었다.

스타키는 담배를 떨어뜨리고 짓밟았다. 저기서 아이들을 내보내야 했다. 그녀는 종이가방을 향해 걸어갔다.

"폭탄이 있는 것 같습니다. 다시 한 번 말씀드립니다. 폭탄일 가능성이 있습니다. 이 아이들을 내보내야겠습니다."

종이가방에 가까워지자 그녀는 날카롭고 성난 목소리로 외쳤다.

"얘들아!"

아이들이 쳐다봤다. 아이들은 영어를 모르는 것 같았다.

"빌어먹을, 거기서 당장 물러나!"

아이들은 그녀가 자신들에게 말하고 있다는 것은 알았지만 무슨 말인지 몰라 그녀를 쳐다만 볼 뿐이었다. 아이들 엄마가 스페인어로 뭐라고 말했다.

"아이들에게 종이가방에서 물러나라고 하세요." 스타키가 말했다.

아이들 엄마가 스페인어로 말하고 있을 때 스타키는 가방에 도착해 파이프들을 보았다.

"폭탄이다!"

그녀는 소년들 중 두 아이만 잡을 수 있었다. 두 아이를 낚아채 뒤로 쑥 밀어놓고 소리쳤다.

"폭탄이다! 폭탄이다! 폭탄이다! 경찰들, 지역을 소개하라! 움직여! 움직여! 움직여!"

아이들이 비명을 질렀다. 아이들 엄마는 어미 고양이처럼 그녀를 맹렬히 공격했다. 줄서 있던 사람들은 혼란에 빠져 우왕좌왕했다. 스타키는 사람들을 움직이게 하려고 밀고 밀쳤다. 경찰 병력이 연석 위로 뛰어올라 공원을 가로질러 그녀 쪽으로 요란하게 달려올 때조차……

……그리고 아무 일도 일어나지 않았다.

러스 데이글은 땀에 젖은 채, 폭탄 작업을 할 때만 짓는 초췌한 표정으로 말했다.

"파이프에 화약이 없어."

스타키가 40분 전에 이미 짐작한 대로였다. 미스터 레드가 그 폭탄을 터트리려고 했다면 그녀가 매점 앞에 서 있었을 때 폭파했을 것이다. 지금 그녀는 폭발물처리반에 있었을 때 즐겨 앉았던 데이글의 서버번 뒤에 앉아서 폭탄 해체 작업에서 오는 긴장을 풀고 있었다. 데이글은 파이프들을 폭파하기 위해서 앤드루스 로봇을 해체 장치와 함께 앞으로 보냈었다.

"메모가 있었어."

데이글이 그녀에게 3×5인치 색인카드를 건넸다. 딕 레이턴과 모건이 그와 함께 걸어왔다.

메모에는 "명단을 확인해봐"라고 씌어 있었다.

스타키는 그들을 쳐다보았다.

"젠장, 도대체 이게 무슨 말이죠?"

레이턴이 그녀의 팔을 꽉 쥐었다.

"그가 10대 지명수배자 명단에 올랐어. 연방수사국에서 그의 신원을 얻자마자 그를 추가했어."

스타키가 웃었다.

"유감이야, 캐롤. 좋은 시도였어. 정말 좋은 시도였어."

그들은 끝났다. 그녀가 미스터 레드와 어떤 관계였든 지나간 이야기였다. 그는 그들의 시도를 지켜봤을 것이다. 그는 어디에 있었든지 배꼽 쥐고 웃었을 것이다. 그녀가 다시 클라우디우스에 접속할 수 있고 그가 그곳에 있을 수 있지만, 미끼를 던져 그를 함정으로 몰려던 희망은 다 사라졌다. 그는 자신이 원하던 것을 가졌다.

켈소가 다가와 그녀에게 레이턴과 거의 똑같은 소리를 했다. 그는 심지어 당황스러워했다.

"이봐, 캐롤, 여전히 자네 문제를 처리해야 하는 상황이지만 음, 어쩌면 자네가 해직되지 않게 조치를 할 수 있을 것 같아. 자네가 계속 CCS에 있는 건 가능하지 않겠지만 두고 보면 알겠지."

"고마워요, 배리."

"내 이름 불러도 되네."

스타키가 웃었다.

ATF 요원 두 명이 펠 주위를 개인경호원처럼 빙빙 돌고 있었다. 스타키는 펠과 눈이 마주쳤다. 그는 요원들에게 사정을 말하고 그녀에게 걸어왔다.

"어때요?"

"더 좋아졌어요. 하지만 더 형편없어지기도 했고요. 그자가 명단에 올랐다는 말 들었어요?"

"응, 어쩌면 은퇴할 수도 있겠군. 개자식 같으니라고."

스타키는 고개를 끄덕였다. 그녀는 '은퇴'라는 그의 추측에 대해 생각해보았다. 앞으로 미스터 레드는 로스앤젤레스에 머물까? 살인을 계속할까? 아니면 그냥 사라질까? 그녀는 샌프란시스코의 조디악 킬러를 생각했다. 그는 일련의 사람들을 살해하더니 돌연 살인 행각을 멈췄다(조디악 킬러는 1960년대 후반에 북부 캘리포니아에서 활동했던 연쇄 살인자로, 신원이 아직까지 밝혀지지 않았다. 조디악이라는 명칭은 그가 언론사에 보냈던 일련의 조롱 편지에서 나온 이름이다).

그녀는 연방요원 두 명을 쳐다보고는 펠에게 말했다.

"당신 친구들과는 일이 어떻게 돼가고 있죠?"

"나를 묶어서 연행하지는 않을 겁니다. 저들은 내가 현지 담당관에게 출두해 심문을 받길 권하면서 내 권리를 알려줬고 변호사를 구하라고 말해줬어요. 그게 무슨 말인 것 같아요?"

"당신이 엿먹는다는 거요?"

"당신은 그런 말을 아주 잘 쓰는군."

스타키는 웃고 싶은 기분이 아니었는데도 웃고 말았다.

"멋진 미소예요."

"그만."

"난 당신과 이야기를 해야 해요, 캐롤. 우리는 이 일에 대해서 얘기해야 해요."

스타키는 서버번 뒤쪽에서 나왔다.

"난 이야기하고 싶지 않아요. 그냥 어디 가서 마음을 치유하고 싶을 뿐이에요."

"앞으로 내게 닥칠 일을 이야기하자는 게 아니에요. 우리 이야기를 하자는 겁니다."

"무슨 말인지 알아요. 잘 가요, 펠. 그쪽에서 날 심문하면 할 수 있는 한 최대한 당신을 도울게요."

스타키는 어두워지는 그의 두 눈을 깊이 바라보더니 자신이 얼마나 그와의 시간을 원하는지 들키지 않도록 발을 돌렸다.

22

스타키는 스프링스트리트 서로 차를 몰지 않았다. 여름 해가 여전히 서쪽에 높이 걸려 있었지만 공기는 맑았고 열기는 기분 좋게 느껴졌다. 그녀는 차창을 내리고 운전했다.

스타키는 AM/PM 미니마트에 들러 특대 아이스티를 하나 사서는 램파트 지구를 가로질러 산책했다. 그녀는 시민들과 지나가는 차들을 지켜봤고, 경찰 순찰차를 볼 때마다 그쪽으로 고개를 돌렸다. 허리에 찬 호출기가 한 차례 진동했지만 번호도 확인하지 않고 꺼버렸다. 펠일 거라고 생각했다. 아니면 켈소이거나. 어느 쪽이든 상관없었다. 폭탄과는 이제 끝났다. 그녀는 폭탄 업무를 하지 않아도, 폭탄 수사관이 되지 않아도, 그 분야를 떠나서도 잘 살 수 있었다. 그녀는 켈소의 말에 기운을 얻었다. 강력과에서 근무하고 싶어질지도 모른다는 생각이 들었다. 하지만 대부분의 형사들이 강력과를 원했다. 강력과는 얻기 힘든 자리인 데다 그녀가 CCS에서 일을 썩 잘했던 것도 아니었다. 그녀가 함께 일하는 형사들에게도 정보를 숨겼다는 말이 퍼지면 재산범죄과에서 자리를 구하는 것만도

행운일 것이다.

스타키는 자신이 이런저런 생각을 하는 게 펠을 생각하지 않기 위해서라는 걸 깨달았다. 그를 머릿속에서 지우기가 힘들었다. 갑자기 아이스티에서 더 쓴 맛이 났고, 레드가 자신을 어떻게 갖고 놀았는지 생각하니 목에 뾰족뾰족한 알약이 박힌 것만 같았다. 그녀는 아이스티를 버리고 타가메트 두 알을 삼킨 다음 허기를 느끼며 집으로 향했다. 속이 아주 허한 것은 아니니 진으로 그 잃어버린 자리를 채우고 싶었다.

특별한 감정을 느꼈다. 그 점에 감사할 수 있도록 펠이 있었나 보다는 생각이 들었지만, 그녀는 감사할 기분이 아니었다.

집에 도착할 때까지 스타키는 진입로에서 펠이 기다리고 있을 거라고 기대하고 있었다. 그러나 그는 없었다. 오히려 다행이라는 생각이 드는 한편, 슈거가 죽은 뒤로 한동안 느끼지 못했던 상실감으로 가슴이 온통 고통스러웠다. 그러한 자신을 깨달았지만 기분이 나아지지는 않았다. 그녀는 되찾은 상실감이 시사하는 의미를 뇌리에서 지워버렸다. 지금이 훨씬 좋았다. 자신은 성장했다. 오늘 나머지 시간은 일자리를 지키기 위한 방법을 찾는 데 보낼 것이다. 아울러 상실감의 고통과 잭 펠에 대한 기억을 잊는 최선의 방법을 찾는 데 보낼 것이다.

스타키는 엔진을 끄고 집 안으로 들어갔다. 메시지 불빛이 전화기 앞면에서 깜박거리고 있었지만 보지 못했다. 아마 봤더라도 개의치 않았을 것이다.

가장 먼저 눈에 띈 물체는 탁자 위의 폭탄이었다. 마치 발톱을 뻗고 있는 것처럼 그녀의 시선을 사로잡았다. 생경하고 기계적이고 냉혹하고 분명한 플라스틱과 전선을 뜻밖에 보게 되자 그녀는 급격한 충격을 받았다. 폭탄이 《부와 미국의 범죄 현장》 따위가 쌓여 있는 위에 놓여 있었다. 산(酸)이 영혼을 확 점령해버리듯 모든 신호가 폭탄임을 알리는 동시에 스타키의 세상이 하얀 분노로 폭발했다.

"내 말 들려?"

그의 목소리는 놀랍게도 부드러웠다. 그녀는 날카롭게 파고드는 귀의 울림 속에서 간신히 그의 말을 알아들었다.

"눈동자 움직이는 게 보여, 캐롤 스타키."

그녀는 딱딱한 바닥을 울리는 무거운 발굽 소리를 들었다. 그리고 휘발유가 내뿜는 듯한 고약한 악취를 느꼈다. 발소리는 멀어졌다.

"냄새 나지? 식품 저장실에서 찾은 숯불 일으키는 용액이야. 깨어나지 않았으면 당신 다리에 불을 놓았을 거야."

그녀는 다리와 멋진 도나카렌 바지와 부루노말리 구두가 젖은 것을 느꼈다.

부어올랐는지 오른쪽 귓등으로 찌르는 듯한 통증이 느껴지면서 눈물이 흘러내렸다. 심장이 요란하게 쿵쾅거리고 있었다. 눈을 뜨자 사물이 두 개로 보였다.

"괜찮나, 캐롤 스타키? 내가 보여?"

그녀는 그의 목소리가 들리는 쪽을 쳐다보았다.

시선이 마주치자 그가 웃었다. 45센티미터 길이의 검은 금속 막대가 그의 오른손에 들려 있었다. 그가 옷장에서 그녀의 경찰 곤봉을 찾아낸 것이었다. 그는 두 손을 펴고 큰 동작으로 자신을 소개했다.

"나 미스터 레드야."

그녀는 벽난로에 앉혀져 있었다. 팔은 벌려진 채로 벽난로 주위의 금속 틀에 수갑이 채워져 있었다. 다리는 어린아이처럼 앞으로 뻗어 있었고, 두 손은 감각이 없었다.

"축하해, 존. 결국 명단에 올랐더군."

그가 웃었다. 그는 치아까지도 아름다웠다. 그녀의 상상과는 전혀 다른 모습이었다. 이제까지 본 선명하지 못한 사진들과도 전혀 달랐다. 스물여덟이라는 나이에 비해 어려 보였고 대다수 폭파범처럼 추레한 사회부적응자의 모습도 아니었다. 잘생긴 남자인 데다 손가락도 다 있었다.

"글쎄, 거기 오르고 나니 별것도 아니던데 말이야. 더 중요한 할 일이 있거든."

그녀는 그가 계속 지껄이게 해야 한다고 생각했다. 그가 말하고 있는 한 그녀가 살아남을 확률이 높아졌다. 폭탄은 더 이상 커피 탁자 위에 있지 않았다. 그녀의 발치에서 몇 센티미터 떨어진 바닥에 놓여 있었다.

그녀는 폭탄에 시선을 두지 않으려고 했다.

"폭탄을 봐, 캐롤 스타키."

그는 그녀의 마음을 읽고 있었다.

그가 앞으로 오더니 바닥에 책상다리를 하고 앉아 친구라도 대하듯 폭탄을 가볍게 두드렸다.

"다제트가 갖고 있던 모덱스 하이브리드 중에서 마지막으로 남은 거야. 내 취향의 혼합물은 아니지만 이 폭탄이 제 역할을 할 거야." 그는 폭탄을 자랑스럽게 어루만졌다. "게다가 이 폭탄은 오로지 당신을 위한 거야. 폭탄 위에 당신 이름과 모든 게 새겨져 있어."

그녀는 단지 그의 손을 보려고 폭탄을 쳐다보았다. 그의 손가락은 길고 가늘고 섬세했다. 다른 삶을 살았다면 외과의나 시계 엔지니어의 손이었을 것이다. 그녀는 폭탄을 쳐다보았다. 검은 형체가 플라스틱 용기 안에 있었고, 스위치 달린 검은 플라스틱 상자가 용기 옆면에 있었다. 그리고 용기 뚜껑을 관통해 올라온 전선들이 검은 상자에 연결돼 있었다. 이 폭탄은 달랐다. 원격조종되는 폭탄이 아니었다.

"시한폭탄이군."

"그래. 이 폭탄이 터질 때 난 다른 곳에 있어야 해서. 10대 명단에 오른 것을 자축하면서 말이야. 내 이름이 파악될 때까지 명단에 오르지 못했어. 그런데 당신이 내 신원을 확인해준 거지. 어때? 멋지지, 캐롤 스타키. 당신이 내 꿈을 실현시켜줬어."

"그거 고맙군."

그는 말없이 검은 상자로 손을 뻗어 옆면을 눌렀다. 초록색 발광 타이머가 뜨더니 15분부터 카운트다운에 들어갔다. 그가 씩 웃었다.

"좀 감상에 젖은 짓이라는 건 알지만 어쩔 수 없었어. 당신이 저 빌어먹을 물건을 지켜보게 하고 싶었어."

"넌 미쳤어, 파울스."

"당연하지. 하지만 좀더 독창적인 말을 생각해봐."

그는 그녀의 다리를 가볍게 두드리더니 소파에 가서 넓은 덕테이프 통을 가지고 왔다.

"이봐, 겁쟁이 짓은 하지 마. 눈도 감지 마. 알았지? 내 말은, 왜 그 순간을 낭비하느냐는 거지. 내가 당신에게 주는 선물이야, 캐롤 스타키. 당신이 파괴되는 실제 순간을 보게 될 거야. 죽는 마지막 순간까지 시간이 똑딱똑딱 줄어드는 것을 지켜봐. 부상 따위에 연연하지 말고 말이야. 알다시피 0.001초도 안 되는 순간에 죽게 될 거야. 흔적도 없이 사라지는 거지."

"뒈져버려!"

그는 테이프 한쪽 끝을 떼어내고는 무릎을 꿇은 뒤 동작을 멈추고 웃었다.

"어떤 면에서는 그게 내가 지금 당신에게 저지르려는 짓이지."

"진실을 알고 싶은 게 있어."

"진실은 상품이야."

"대답해, 이 개자식아. 이 모든 일이 일어난 게…… 내가 당신을 여기로 불러들였기 때문에 벅이 죽은 건가?"

그는 그녀를 바라보기 위해 뒤로 물러났다가 웃었다.

"진실을 원해?"

"그래."

"내 질문에 답해야 해."

"네가 원하는 것은 뭐든 말해줄게."

"좋아. 그럼 진실을 말해주지. 죄책감은 다른 문제에나 쓰라고, 스타키 형사. 난 당신과 펠이 당신네 작은 게임을 벌이기 전에 NLETS 시스템에서 실버레이크 폭탄에 대해서 알았어. 벅 다제트가 날 여기로 불러온 거지. 당신은 아니야."

스타키의 몸에 쐐기처럼 박혀 있던 긴장이 풀리는 순간이었다.

"이제 내 질문에 대답해."

"뭔데?"

"어떤 기분이었어?"

"어떤 기분이라니? 이용당한 거?"

그는 수족관을 들여다보는 아이처럼 그녀 쪽으로 몸을 바짝 굽혔다.

"아니, 아니, 아니야. 이동식 주택 말이야. 당신, 폭탄 바로 위에 있었잖아. 흑색 화약과 다이너마이트에 불과한 폭탄이었지만 거의 27톤의 과중한 압력을 맞았지."

질문을 하는 그의 두 눈은 생기에 넘쳤다. 그녀는 그제야 그 순간을 맞이하는 게, 그 압력을 느끼는 게 그의 소망임을 알았다. 단순히 폭탄을 조종하는 게 아니라, 폭탄을 자신 안으로 받아들여서 불타버릴 정도로 폭탄을 느끼는 게.

"파울스, 어떤 느낌이었냐 하면…… 아무 느낌도 없었어. 난 의식을 잃었거든. 나중까지도 아무것도 느끼지 못했어."

그는 여전히 대답을 기다리듯 그녀를 처다봤다. 그녀는 화가 치솟았다. 그날의 사건 이후 모든 사람이 똑같았다. 친구들과 낯선 사람들, 경찰들에 이어 이제는 이 미치광이까지. 스타키는 진절머리가 났다.

"뭘, 파울스? 창이 열려서 하느님이라도 봤을 줄 알았어? 지독한 폭발이었어, 이 바보 천치야. 순식간에 폭발해서 무슨 일이 벌어지는지조차 알 수 없었어. 신비로운 걸로 치자면 내가 저 문으로 걸어 들어오다 당신에게 얻어맞은 것 정도에 불과해."

파울스는 눈도 깜박이지 않고 그녀를 마주 보았다. 그녀는 그가 일시적 기억상실 상태가 아닌지 의심스러웠다.

"파울스?"

그는 화가 난 듯 얼굴을 찡그렸다.

"그건 그냥 하급 엉터리 폭탄에 맞았기 때문이야, 스타키. 어떤 무식쟁이가 어설프게 만든 사제 쓰레기 폭탄이었어. 지금 당신은 미스터 레드를 상대하고 있어. 28켈빈(물질의 특이성에 의존하지 않는 절대온도)에서 끓어오르는 모덱스가 2킬로그램이나 돼. 압력파가 0.0001초 속도로 다리를 휙 들어 올려서 허리 바로 위로 도로공사용 롤러가 지나가는 것처럼 피가 몸통 위로 솟구칠 거야. 피가 솟구치는 충격 때문에 0.001초 정도 후에 머리 모세혈관이 다 터질 거야. 종아리 절단과 동시에 즉시 뇌사할 테지. 죽겠지만 느낌은 없을 거야."

"당신이 여기서 그 쇼를 즐겨야겠군. 내 무릎에 앉아도 돼."

파울스가 씩 웃었다.

"당신이 좋아, 스타키. 당신이 폭탄 일을 할 때 당신을 알지 못했다는 게 너무 아쉬워. 나라면 처음에 당신을 제대로 처리했을 거야."

그는 왼손으로 그녀의 머리카락을 꽉 움켜잡더니 머리를 뒤로 젖혀서 테이프로 입을 막았다. 그녀가 입을 비틀어 테이프를 떼내려고 했지만 그는 테이프를 단단히 누르고 한 번 더 붙였다. 그녀는 최대한 힘을 주어 입을 벌렸다. 테이프는 느슨해졌지만 떨어지지는 않았다.

타이머는 13분 42초로 내려가 있었다. 파울스는 자신의 시계를 확인했다.

"완벽해."

그녀는 그에게 뒈져버리라고 말하고 싶었지만 웅얼거리는 소리밖에 나오지 않았다.

존 마이클 파울스는 쭈그리고 앉아 그녀의 머리를 부드럽게 쓰다듬었다.

"지옥에 내 자리 하나 맡아놔, 캐롤 스타키."

그는 일어서서 출입문으로 걸어갔다. 그녀는 그를 보지 않았다. 그녀는 타이머를 보았다. 초록색 발광 숫자들이 영원을 향해 빠르게 회전하고 있었다.

펠

쿰스와 아르무스는 펠의 연행에 관대했다. 그를 그냥 또 다른 개자식처럼 데려갈 수 있었지만 공정하게 대했다. 그들은 그가 호텔에 두고 온 총과 배지를 원했고, 그와 이야기하길 원했다. 그가 현지 사무소에서 만나도 되는지 묻자 그들은 괜찮다고 대답했다. 미스터 레드에게 가까이 접근하는 데 펠이 한몫을 했다고 딕 레이턴이 말해준 덕분이었다.

펠은 차를 몰고 호텔로 돌아가 신분증과 큰 스미스 10 권총을 챙기고 나와 체크아웃했다. 그는 두근거리는 심장 소리와 가슴에 땀이 흐르는 것을 느끼며 오랫동안 차에 앉아 있었다. 그는 존 마이클 파울스나 쿰스와 아르무스를 생각하지 않았다. 스타키를 생각했다.

시동을 건 펠은 무슨 말을 해야 할지, 무엇을 해야 할지 전혀 알지 못한 채 그녀를 쫓아갔다. 그녀를 이렇게 쉽게 보낼 수 없다는 것만 알았다. 쿰스와 아르무스에게는 나중에 갈 수 있었다.

진입로에 그녀의 차가 서 있는 걸 보고 펠은 안도했다. 그녀의 집 앞 거리에 주차하면서 그는 우습다는 생각이 들었다. 사느냐 죽느냐 하는 상황에서 개자식들과 대치 중이었을 때처럼 지금 이 순간 자신의 심장이 강렬하게 뛰고 있다는 게.

스타키는 대답해주지 않았다. 아마 자신이 오는 걸 보고 모르는 척하고 있으리라고 펠은 생각했다.

그는 계속 문을 두드리고 그녀를 불렀다.

"캐롤, 제발. 이야기하고 싶어요."

문 옆의 세로로 난 작은 창유리를 통해 안을 보려고 했지만 창유리에는 먼지가 더께로 앉아 있었다. 그는 창유리를 문질러 다시 안을 들여다보았다. 그녀는 벽난로에 앉아 있는 것 같았다. 아니, 뒤이어 그의 눈에 들어온 것은 테이프와 손목에 채워진 수갑이었다. 그리고 그녀의 발치에 놓인 폭탄이었다.

펠은 문을 발로 쾅 찼다. 안으로 들어간 순간 등 뒤로 둔중한 물체에 얻어맞았다. 눈앞이 온통 흐릿해졌다. 그는 빛이 번쩍 터지는 것을 보면서 앞으로 비틀거렸다. 스타키는 마구 흥분한 눈빛이었다. 뭔가가 그의 머릿속에 찬란하게 폭발했다. 등 뒤에서 한 남자가 악을 쓰며 자신을 때리고 있었다.

"죽어, 이 새끼야! 죽어, 이 새끼야!"

무언가에 다시 한 번 맞았을 때 펠은 손을 더듬어 스미스 권총을 꺼냈다. 그는 의식을 잃어가고 있었지만 스미스가 빠져나오고 안전장치가 풀렸다. 빛이 어둠 속으로 스며들고 있었지만 그는 자신 위의 그림자를 향해 총을 발사했다.

펠이 문앞에 왔을 때 스타키는 머리를 마구 흔들며 테이프 사이로 외치려고 했다. 구둣굽으로 바닥을 세게 쳐서 그에게 경고하려고 했다. 얼굴을 어깨에 문질러대며 테이프를 떼어내려고도 했다. 수갑이 채워진 양손을 비틀어대는 바람에 수갑이 손목을 파고들기도 했다.

펠이 문을 부수고 들어온 순간 파울스는 문 뒤에서 경찰 곤봉으로 그를 공격했다. 스타키가 눈으로 경고의 빛을 보내는 순간에도 펠에게는 그녀밖에 보이지 않았다. 파울스는 펠을 곤봉으로 때렸다. 단단한 무게의 곤봉을 콘크리트 블록처럼 아래로 내리쳐 그를 계속 때렸다.

펠은 갑작스런 충격과 어지러움으로 바닥에 쓰러졌다. 하지만 곧 그가 괴물같이 못생긴 자동장전 권총을 손으로 잡는 것을 스타키는 보았다. 그는 파울스를 향해 총을 마구 쏘아댔다. 파울스는 뒤에서 옆으로 젖혀지더니 소파 쪽으로 기어갔다.

스타키는 어깨에 대고 얼굴을 문질렀다. 테이프가 떨어져 나가는 게 느껴졌다. 그 순간에도 그녀는 타이머를 지켜보았다. 남은 시간이 조급히 줄어들고 있어서 숫자가 흐릿해 보였다.

파울스는 일어서려고 했지만 일어나지 못했다.

펠은 신음했다.

스타키는 테이프의 한쪽 끝이 떨어질 때까지 턱을 당기며 얼굴을 문질러댔고, 마침내 목소리를 찾았다.

"펠! 펠, 일어나요!" 스타키가 소리를 질렀다.

6분 48초. 47초. 46초.

"펠, 일어나서 열쇠 갖다줘요! 일어나요, 펠, 젠장!"

펠은 등을 대고 누웠던 몸을 일으켰다. 그는 천장을 똑바로 쳐다보면서 가장 놀라운 장면을 목격했다는 듯 눈을 계속 깜박였다.

"젠장, 펠, 6분 남았어요. 이 폭탄이 터질 거예요! 이쪽으로 와요."

펠은 옆구리로 밀면서 움직였다. 눈을 다시 깜박이더니 얼굴을 문질렀다.

"당신을 볼 수 없어요. 더 이상 앞이 보이지 않아. 빛과 어둠밖에 보이지 않아요."

스타키의 얼굴에 핏기가 가셨다. 그녀는 무슨 일이 벌어졌는지 알았다. 싸움이 벌어지는 동안 그의 눈에서 손상된 망막이 분리되고 접혀서 시신경에 연결된 마지막 연결이 끊어진 것이었다.

스타키는 가쁘게 숨을 들이쉬고 내쉬더니 오랫동안 애써 숨을 참았다. 충분히 자신을 통제할 수 있을 만큼 오랫동안.

"눈이 안 보여요, 펠? 바로 가까이에서는요? 손이 보여요?"

그는 얼굴 앞으로 두 손을 들어 올렸다.

"그림자가 보여요. 그림자밖에 보이지 않아요. 누가 날 때렸지? 그자였나?"

"당신이 파울스를 쐈어요. 그자는 소파에 있어요."

"죽었나요?"

"죽었는지 살았는지는 몰라요, 펠. 그자는 잊어버려요! 이 폭탄은 시한 폭탄이에요. 저 빌어먹을 타이머의 시간이 다 돼가고 있어요. 알아들었어요?"

"시간이 얼마나 남았죠?"

"6분 10초요."

경찰이 대응하기에는 시간이 촉박했다. 촉박한 시간이란 걸 그가 제일 먼저 떠올리리라고 그녀는 생각했다.

"난 앞을 볼 수 없어요, 캐롤. 미안해요."

"젠장, 펠. 난 이 거지 같은 벽난로에 수갑이 채워져 있어요. 당신이 날 풀어주면 내가 저 폭탄을 해체할게요!"

"난 볼 수 없어!"

그의 짧은 머리카락에서 땀이 새어 나와 얼굴로 흘러내렸다. 그는 옆구리를 바닥에 대고 손과 무릎으로 몸을 밀었다. 방 건너편에서 파울스가 다시 한 번 일어나려고 했지만 도로 무너져내렸다. 삶에서 무엇이 남아 있었든 이제 그에게서는 모든 것이 빠져나가버린 것 같았다.

"펠."

펠이 돌아보았다.

그녀는 가까스로 호흡을 진정시켰다. 폭탄 작업을 할 때는 침착해야 한다. 공포가 사람을 죽이는 법이다.

"펠, 지금 빨리 내 목소리 쪽으로 몸을 돌려요."

"이거 비참하군."

펠은 투덜거리며 그녀 쪽으로 돌아누웠다.

6분 7초. 6초. 5초.

"당신 바로 앞이 12시 방향이에요. 파울스는 8시 방향에 있어요. 알았죠? 그냥 방을 가로질러 가요. 아마 4미터쯤 될 거예요. 파울스는 커피 탁자 뒤의 소파에 있는데 죽은 것 같아요. 그의 주머니에 열쇠들이 있을지 몰라요."

그녀는 펠의 얼굴에 희망이 깃드는 것을 보았다.

"움직여요, 얼른!"

펠은 한 손으로 탁자를 찾기 위해 앞을 더듬거리며 다른 한 손과 두 무릎으로 기어가기 시작했다.

"그거예요, 펠. 거의 탁자에 가까워졌어요. 탁자 뒤에 파울스가 있어요."

탁자가 손에 닿자 펠은 탁자를 옆으로 밀쳤다. 그리고 소파로 옮겨가 파울스의 다리를 찾고는 다리에서부터 위로 더듬어 올라가 주머니를 발견했다. 파울스의 셔츠는 젖어 있었고, 피가 두 허벅지를 따라 흘러내려 있었다. 펠의 두 손은 주머니를 더듬으면서 점점 붉어졌다.

4분 59초. 58초. 57초.

"찾아요, 펠! 그 망할 놈의 열쇠들을 찾아요!"

"열쇠는 여기 없어요! 주머니에 없다고!"

"당신이 못 찾은 거예요!"

"여기 없어!"

펠은 양쪽 바지주머니와 뒷주머니를 뒤졌다. 뒤이어 용의자를 몸수색하듯 파울스의 허리 주위를 더듬었다.

"양말! 양말과 신발을 확인해요!"

그녀는 파울스가 열쇠들을 어딘가에 던져놓지 않았나 하여 눈으로 방 곳곳을 살폈다. 수갑을 채울 때는 열쇠가 필요하지 않았다. 수갑을 풀 때만 열쇠가 필요했다. 그는 절대 수갑을 풀어줄 의도가 없었다. 그녀는 열쇠를 보지 못했다. 그렇게 작은 물건을 찾아 이리저리 방을 더듬고 다니는 것은 시간 낭비일 뿐이었다.

"못 찾겠어!"

파울스가 한 차례 신음하며 몸을 움직였다.

"이자가 아직 살아 있어!"

3분 53초. 52초. 51초.

그녀는 반짝이는 타이머로 시선을 돌려 1초 2초 똑딱똑딱 내려가는 것을 바라보았다.

"그자가 총을 갖고 있나요?"

"아니, 총은 없어요."

"그럼 그자는 잊어요! 이제 5시 방향으로 몸을 돌려요."

펠은 파울스의 옷을 계속 거칠게 찢고 있었다.

"펠, 말 좀 들어요! 5시 방향으로!"

펠이 그녀의 목소리 쪽으로 몸을 돌렸다.

3분 30초. 29초. 28초.

"문은 5시 방향이에요. 여기서 나가요."

"싫어요."

"낭만적이네요, 펠, 퍽도 낭만적이세요."

"난 당신을 떠나지 않을 겁니다!"

펠은 장애물을 무시하고 바닥에 붙어서 그녀 쪽으로 기어오다가 오른쪽으로 방향을 획 틀었다……

"이쪽이에요."

그는 그녀의 발을 찾기 위해 방향을 바꾸면서 가까스로 폭탄을 피했다. 마침내 그의 손이 그녀의 다리에 닿았다.

"말해봐요. 캐롤. 어디에 수갑이 채워져 있죠?"

"벽난로 쇠살대에요. 벽돌에 틀이 박혀 있어요."

펠의 두 손이 그녀의 몸을 더듬어 팔로 건너가더니 오른손을 찾아서 쇠틀에 수갑이 채워진 손목을 만졌다. 그는 두 손으로 쇠틀을 단단히 잡아당기느라 얼굴이 붉게 달아올랐다. 그는 벽에 발을 대어 틈에 고정시킨 다음 얼굴에 혈관이 툭 튀어나올 때까지 세게 잡아당겼다.

"단단해요. 펠. 볼트가 깊이 박혀 있어요."

그는 그녀 쪽을 단단히 잡고 다른 쇠틀을 잡아당겼다. 이 순간 이상하게도 그녀는 침착해지고 있었다. 그녀는 다나가 이 상태를 뭐라고 말할지 궁금했다. 수용? 체념?

펠은 제정신이 아닌 목소리였다.

"지렛대. 어쩌면 지렛대로 열 수 있을지 몰라. 내가 이용할 수 있는 뭔가가 있을 거예요."

"곤봉이요."

곤봉은 저 멀리 벽 쪽에 뒹굴고 있었다. 그가 그녀의 지시에 따라 곤봉을 가지고 돌아오는 동안 거의 1분이 허비되었다. 그는 곤봉을 벽난로 난간 뒤에 끼워서 잡아당겼다.

곤봉은 이음매에서 구부러져 맥없이 떨어져 나갔다.

"부러졌어요."

펠은 곤봉을 버렸다.

"그럼 좀더 강한 거! 벽난로 부지깽이! 통나무!"

"그딴 건 하나도 없어요, 펠! 망할 내 집에는 아무것도 없어요! 난 형편없는 살림꾼이라고요! 당신은 이제 그만 여기서 나가요!"

그때 펠이 동작을 멈추고 아주 부드럽게 활짝 뜬 눈으로 그녀의 얼굴을 처다보았다. 그녀는 그가 볼 수 있게 된 거라고 확신했다.

"문이 어디죠, 캐롤?"

그녀는 망설이지 않았다. 펠이 떠나주어서 너무 좋았다. 자신이 그를 죽게 했다는 마지막 3분의 죄책감을 겪지 않게 해주려는 그가 너무 좋았다.

"당신 뒤로 7시 방향이에요."

펠은 손가락으로 그녀의 얼굴을 오래도록 만졌다.

"당신에게 나쁜 짓을 했어요, 캐롤. 그 점 미안해요."

"잊어버려요, 펠. 용서해줄게요. 제기랄, 나 빌어먹게도 당신 사랑해요. 이제 제발 가요."

펠은 그녀의 다리를 따라 내려가 자신의 팔 밑에 폭탄을 끼고 문을 향해 길을 찾기 시작했다.

스타키는 펠의 의도를 알아채고 격분해서 소리를 질렀다.

"젠장, 안 돼요! 펠, 그러지 말아요! 날 위해 죽지 말아요!"

펠은 왼쪽 팔 밑에 폭탄을 끼고 문을 향해 기어가고 있었다. 그러나 곧 방향을 잃으면서 문 오른쪽으로 향하고 말았다.

"당신이 내게 은혜를 베푸는 거예요, 스타키. 나는 영웅으로 죽는 거니까. 난 사랑하는 여인을 위해 죽는 거예요. 그건 나 같은 남자가 언제나 가장 희망했던 일이에요."

펠은 콘솔에 부딪혀 균형을 잃고 폭탄을 떨어트렸다. 그녀는 타이머의 불빛이 흐릿해지는 것을 보았다.

펠이 폭탄을 찾아 여기저기 더듬는 동안 스타키는 그가 폭탄을 들고 나갈 작정임을 확신했다. 그는 저 빌어먹을 폭탄을 밖으로 들고 나가 자신을 지옥으로 날려버리고 그녀를 여기 남겨둘 것이다. 그러면 그녀는 슈거 때와 마찬가지로 이 일에 대한 부담을 짊어지게 될 것이다. 그제야 그녀는 눈물이 글썽글썽해지면서 둘 다 살아날 수 있는 유일한 방법이 떠올랐다.

"펠, 들어봐요."

그는 폭탄을 다시 찾았고 문을 향해 더듬고 있었다.

"펠, 들어봐요! 그 폭탄을 해체할 수 있어요. 내가 폭탄을 해체할 방법을 알아요."

그는 멈춰서 그녀 쪽으로 얼굴을 돌렸다.

"시간이 얼마나 남았죠?"

"보이지 않아요. 폭탄을 오른쪽으로 돌려서 옆면을 바닥에 내려놔 봐요."

2분 44초. 43초. 42초.

"이쪽으로 가져와요, 펠. 내가 자세히 볼 수 있게. 그러면 당신에게 무엇을 해야 할지 말해줄게요."

"허튼 짓거리야, 스타키. 당신은 그냥 죽고 싶어 하는 거라고."

"난 살고 싶어요, 펠! 젠장. 난 살고 싶고 당신도 살리고 싶어요. 그런데 당신은 시간을 허비하고 있어요! 우린 해낼 수 있어요!"

"난 볼 수 없어!"

"당신의 눈 대신 내가 이렇게 말해주고 있잖아요! 펠, 난 진지해요. 아직 시간이 좀 남았는데 그 시간을 허비하지 말자고요. 이쪽으로 가져와요."

"젠장!"

펠은 스타키가 지시하는 방향을 따라 그녀 옆으로 다가왔다. 그는 격하게 숨을 몰아쉬며 셔츠가 젖을 정도로 땀을 흘리고 있었다.

"바닥에 내려놔요. 내 옆으로. 좀 떨어트려서."

그는 그녀의 말대로 했다.

"자, 그걸 돌려요. 어서요. 시간을 보고 싶어요."

1분 56초. 55초. 54초.

"얼마나 남았어요?"

"우리는 아주 잘하고 있어요."

그녀는 한 번 더 숨을 멈췄다. 그 순간 자신이 처음으로 폭탄에 다가갔던 때가 떠올랐다. 그때 자신의 감독관이 벽 다제트였다는 것과, 벽과 함께 자신의 보호복 단추를 잠그면서 그가 숨을 멈추는 요령을 말해줬던 게 기억났다.

"좋아요. 그걸 뒤집어요. 바닥을 보여줘요."

"가위가 없어요. 펜치도 없고. 칼이 있는 것 같은데."

"입 닥치고 내가 생각하게 해줘요."

선택을 해야 해. 그 선택이 자네를 영원히 따라다닐 거야. 아니면 자네를 자유롭게 해주겠지.

"뭐가 보이는지 내게 말해줘요, 캐롤. 설명해봐요."

"투명한 터퍼웨어 음식 용기 위에 검은 라디오색(Radio Shack. 미국의 전자제품 유통업체) 타이머가 고정돼 있어요. 뚜껑의 구멍을 녹여서 레그 와이어를 떨어뜨린 것 같아요. 전형적인 미스터 레드예요······. 작품은 숨겨져 있어요."

"배터리 팩은?"

"안에 다른 모든 것들과 함께 있을 거예요. 뚜껑에는 테이프가 붙어 있지 않아요. 그냥 딱 닫혀 있어요."

펠은 타이머 위를 가볍게 만지다가 뚜껑 모서리 주위를 더듬었다. 스타키는 그가 자신과 똑같은 생각을 하고 있으리란 걸 알았다. 미스터 레드가 뚜껑이 열리면 자동으로 폭약을 기폭시키는 접속 연결을 뚜껑에 만들어놓았으리란 생각이었다.

선택을 해야 해. 그 선택이 자네를 영원히 따라다닐 거야. 아니면 자네를 자유롭게 해주겠지.

"뚜껑을 열어요, 잭. 모서리에서. 그냥 모서리가 위로 올라오게 해요. 천천히."

그녀의 머리카락에서 땀이 슬금슬금 흘러내렸다.

펠은 눈을 깜박이며 터퍼웨어를 보려고 애썼다. 침으로 입술을 적시고 고개를 끄덕였다. 그도 뚜껑을 열면 폭발할 수 있다는 생각을 하고 있었다. 하지만 폭탄이 터지더라도 그들 누구도 알지 못할 것이다. 0.0001초는 너무 빨라서 거의 아무것도 알 수 없었다.

1분 51초. 50초. 49초.

펠이 뚜껑을 열었다.

"네 모서리를 모두 느슨하게 하고 용기에서 뚜껑을 들어내지는 말아요. 전선의 장력을 시험할 정도로만 뚜껑을 위로 올려요."

펠이 그녀의 지시대로 움직였다. 그녀는 땀이 눈으로 흘러들자 땀을 닦기 위해 얼굴을 어깨 쪽으로 비틀었다. 그녀는 거의 펠만큼이나 눈을 깜박이고 있었다.

"안에 뭐가 있든 전선이 거기에 당겨지는 게 느껴지는데."

"폭약과 기폭제예요. 전선이 움직일 정도로 낙낙해요?"

그는 용기에서 뚜껑을 몇 센티미터 위로 들어 올렸다.

"그래요."

"전선이 당겨지는 게 느껴질 때까지 뚜껑을 들어 올려요."

그가 뚜껑을 들어 올렸다.

1분 26초. 25초. 24초.

"좋아요. 자, 용기를 내 쪽으로 기울여요. 안을 보고 싶어요."

펠이 터퍼웨어를 기울이자 내용물이 미끄러지는 게 보였다. 좋은 징조였다. 용기에 고정돼 있지 않아서 내용물을 빼낼 수 있다는 의미였다.

페인트 통으로 보이는 낮고 폭이 넓은 약 1리터들이 금속 원통형 용기가 안에 있었고, 전자 뇌관의 엔드 플러그가 뚜껑을 통과해 나와 있었다. 엔드 플러그에서 나온 빨간색과 흰색의 레그 와이어들이 분로(하나의 전기회로를 두 갈래로 병렬 접속한 회로)로 이어져 있고, 분로에서부터 뚜껑을 통과해 나온 또 다른 전선 세트가 타이머에 이어져 있고, 페인트 통 옆에 테이프로 붙여진 AA건전지 두 개 방향으로 왼쪽으로 이어져 있었다. 보라색 전선 하나가 건전지에서 바로 타이머로 이어져 있었는데, 분로를 우회하지만 작은 빨간색 상자를 통과해 연결돼 있었고, 그 상자에서 또 다른 전선이 나와 뇌관으로 다시 연결돼 있었다. 그녀는 그 부분이 마음에 들지 않았다. 다른 모든 것은 간단하고 직접적이었고 그녀가 전에도 수백 번 본 것이었지만…… 빨간 상자는 아니었고 뇌관으로 다시 연결되는 하얀 전선도 아니었다. 그녀의 눈은 빨간 상자와 하얀 전선에 닿아 있었다. 그녀는 자신이 두려워하고 있다는 것을 알았다.

"뭘 해야 할지 말해줘요, 캐롤."

"잠시만요, 펠. 생각 중이에요. 뚜껑을 빼내요. 그 안에 전부 테이프로 붙여진 것 같아요. 그러니 산산조각 날 거라는 걱정은 안 해도 돼요. 그냥 두 손으로 뚜껑을 감싸서 뒷면에서 받쳐서 들어 올려요. 상자를 바닥에 내려놓고요."

펠은 레이스 달걀 공예품처럼 아주 부드럽게 뚜껑을 다루면서 그녀의 지시대로 했다.

"괜찮은지 보여요?"

"좋아요."

1분 1초. 0초.

59초.

"시간은 얼마나 남았죠?"

"시간은 차고 넘쳐요, 펠."

"우리가 정말 해낼 수 있겠어요?"

"물론이죠."

"티끌만큼도 거짓말해서는 안 돼요, 스타키."

상자 뚜껑이 열린 채 폭탄이 바닥에 놓여 있어서 연결 부분과 배선을 좀더 자세히 볼 수 있었다. 하지만 여전히 작은 빨간색 상자의 용도를 알 수 없었다. 그녀는 그 상자가 서지 감지기일지 모른다는 생각이 들어 두려웠다. 서지 감지기는 건전지 전원이 끊기거나 배선이 잘리면 이를 감지해 분로와 타이머를 우회할 것이다. 폭탄 해체를 방지하기 위해 내장된 방어 제동기가 있을 것이다. 전선을 자르거나 타이머를 빼내면 분로에서는 뇌관을 자동 점화시킬 것이다.

그녀는 심박동수가 증가했다. 그녀는 땀을 닦기 위해 또다시 고개를 비틀었다.

"문제가 있나요, 캐롤?"

그녀는 그의 목소리에서 긴장감을 감지했다.

"아니에요, 펠. 나 이걸로 먹고살아요."

펠이 웃었다.

"제기랄(Jesus Christ)."

"이봐요, 예수님께서 여기 계셨으면 좋겠군요."(펠의 욕 'Jesus Christ'를 말 그대로 '예수 그리스도가 있었으면 좋겠다'는 의미로 받아친 말이다.)

펠이 다시 웃었지만 그 웃음은 곧 사라졌다.

"내가 뭘 하지, 캐롤? 날 잘 조종해봐요, 귀여운 아가씨."

그녀는 펠 역시 자신의 목소리에서 긴장감을 감지했을 거라고 생각했다.

"좋아요, 펠. 여기 우리가 살펴볼 게 있어요. 회로에 끼어든 서지 감지기인 것 같아요. 그게 뭔지 알죠?"

"응, 자동 파괴장치."

"어떤 것이라도 연결이 끊기면 서지 감지기가 임피던스(교류회로의 전기저항)라는 것의 변화를 감지해 폭탄을 터트릴 거예요. 타이머는 상관없을 거예요."

"그래서 우리가 뭘 하지?"

"모험 한번 해보죠. 타이머에 손가락을 대고 뚜껑을 통해 아래로 내려가는 전선을 찾아요. 뚜껑 뒷면에 손을 둬요. 좋아요. 그래야 폭탄에 가장 가까울 거예요."

"알았어요."

그는 지시대로 했다.

"뚜껑에서 나오는 전선이 다섯 개 있어요. 하나를 잡아요. 아무거나."

그가 빨간색 전선을 잡았다.

"좋아요. 그건 우리가 찾는 전선이 아니니까 다른 전선들에서 분리시켜요. 그리고 다른 하나를 잡아요."

순전히 운으로 펠은 보라색을 잡았다.

"그거예요. 바로 그 전선이에요. 이제 그 전선을 따라가면 작은 상자로 이어질 거예요."

그녀는 그의 손가락들이 전선을 따라 아주 부드럽게 움직이는 모습을 지켜봤고, 그 손가락들이 자신의 상처를 따라 똑같이 부드럽게 움직일 거라고 생각했다.

"다 왔어요. 두 전선이 다른 쪽으로 연결돼 있어요."

"알았어요. 하지만 그건 걱정하지 말아요. 타이머보다 우선 감지기를 해체해야 해요. 그런데 어떻게 해야 할지 모르겠어요. 진짜예요, 펠. 난 우리가 뭘 상대하고 있는지 모르겠어요. 그래서 오로지 추측으로 해볼 뿐이에요."

펠은 말없이 고개를 끄덕일 뿐이었다.

"지금은 진짜 쉬워요. 잘못해서 전선을 느슨하게 잡아당겨서는 안 되니까 폭탄에서 서지 감지기를 분리해요. 그냥 전선들을 옆으로 당기는 식으로 해서 상자가 저절로 떨어져 나가게 하고 바닥에 놓아요."

"내가 감지기로 뭘 하지?"

"짓밟으면 돼요."

그는 눈을 깜박이거나 그녀가 미쳤다고 말하지 않았다.

"알았어요."

그가 감지기를 분리하는 동안 그녀가 말했다.

"폭파될 수 있어요, 펠. 미안해요. 하지만 그게 빌어먹게도 그냥 가버릴 수 있어요."

"어차피 가버릴 수 있어요."

"그래요."

"우리는 전에도 이런 일을 겪어왔어요, 캐롤."

"물론이죠, 펠. 우리 같은 사람에겐 별것도 아니에요."

다른 전선들에서 감지기를 떼어내 바닥에 내려놓았을 때, 그는 한 손을 감지기 위에 둔 채 감지기 위에 뒷굽을 놓기 위해 게처럼 쭈그리고 앉았다.

"내가 이 빌어먹을 것 위에 제대로 있나요?"

"밟아요, 펠."

0.0001초.

펠은 뒷굽을 세게 밟았다.

스타키는 가슴에 쇠테가 칭칭 감겨진 것처럼 숨에서 쉬 소리가 새어 나왔다.

아무 일도 일어나지 않았다.

펠이 발을 들어 올리자 플라스틱 사각형 상자가 산산조각 나 있었다. 그리고 그들은 여전히 살아 있었다.

"내가 밟아서 부쉈어요. 그렇죠, 스타키? 내가 해냈죠?"

그녀는 부서진 조각들을 쳐다보았다. 작은 은색 열쇠 한 세트가 잔해 속에 섞여 있었다. 수갑 열쇠들이었다. 저 개자식은 폭탄에 열쇠들을 넣어둔 것이었다.

"스타키?"

스타키는 타이머를 힐긋 보았다.

0분 36초. 35초. 34초.

그녀의 마음속에서 그에게 열쇠를 집어 올려 자신을 풀어달라고, 그래서 함께 달려 나가자고 하는 소리가 메아리쳤다. 하지만 그녀는 그게 가능하지 않다는 것을 알았다. 그는 결코 열쇠를 찾아 수갑을 더듬어서 제때 그녀를 풀어줄 수 없을 것이다. 시간이 거의 없었다.

"뭘 하지? 말해줘요, 캐롤. 뭘 해야 할지 말해줘!"

그녀는 그가 열쇠를 생각하게 하고 싶지 않았다. 그의 정신을 산란케하고 싶지 않았다.

"건전지들을 찾아요."

그는 손으로 폭탄 위를 따라가 페인트 통 옆에 테이프로 붙여진 AA건전지 두 개를 발견했다.

"찾았어요."

"뚜껑에서 나오는 전선이 느껴져요? 그 건전지 위쪽의 작은 스냅단추 옆에 붙어 있어요."

"스냅단추를 찾았어요. 이제 뭘 하지?"

만약 출동 명령을 받아 이 폭탄을 해체하는 상황이라면, 그녀는 방호보호복을 입고 해체 장치를 설치해놓고 45미터 밖 서버번의 안전한 곳에서 폭탄을 산산조각 날려버렸을 것이다. 폭탄이 무엇 때문에 터질지, 폭탄이 얼마나 안정적인지, 폭탄 제조범이 어떤 장치를 설치했을지 절대 알지 못하기에 손으로 폭탄을 만지지 않았을 것이다. 안전은 저 멀리 있었다. 안전은 위험을 무릅쓰지 않은 안전한 상태에서 폭탄을 해체하기 전에 모든 사항을 철저히 생각하는 데 있었다.

"그 스냅단추를 떼어내요."

펠은 움직이지 않았다.

"그냥 떼어내라고?"

18초. 17초. 16초.

"네, 떼어내요. 그냥 저 빌어먹을 스냅단추를 끌러서 벗겨내요. 그게 우리가 할 수 있는 전부예요. 회로를 끊을 다른 방법이 없어요. 그래서 건전지들을 회로에서 떼어내고 뇌관을 점화할 대안 동력이 없길 바라자고요. 어쩌면 이 개자식이 우리가 볼 수조차 없는 두 번째 서지 감지기를 만들지 않았을 수 있어요. 어쩌면 터지지 않을 수 있어요."

그는 잠시 동안 아무 말도 하지 않았다.

10초. 9초. 8초.

"이게 단추인 것 같아요. 그럼. 맞나요?"

"단 한 번에 깨끗하게 잡아당겨요. 연결들을 끊은 후에는 접촉면이 닿지 않게 해요."

"물론이죠."

"어중간하게 하면 안 돼요, 펠. 단 한 번으로 깨끗하게 떼어내요. 당신 삶이 거기 달려 있다는 듯 연결을 끊어내요."

"시간이 얼마나 남았어요?"

"6초요."

그가 그녀 쪽으로 고개를 돌렸다. 그의 눈은 오른쪽으로 너무 많이 비켜 있었다.

그가 웃었다.

"고마워요, 스타키."

"당신도요, 펠. 자, 그 빌어먹을 건전지 위쪽을 잡아당겨요."

그가 잡아당겼다.

5초. 4초. 3초.

타이머가 계속 아래로 돌아갔다.

"안전한 거예요, 스타키?"

타이머는 계속 돌아가고 있었다. 스타키의 눈 상태는 꽤 정상이었다. 이런 젠장. 하지만 그녀는 아무 말도 하지 않았다.

"미안해요. 펠."

2초. 1초.

그녀는 눈을 감고 이제껏 느껴보지 못했던 어떤 것에 대비해 긴장했다.

"스타키? 우리 괜찮아요, 스타키?"

그녀가 눈을 떴다. 타이머는 00:00을 가리키고 있었다.

"우리가 아직 살아 있는 것 같아요." 펠이 말했다.

존 마이클 파울스는 죽고 싶지 않았다. 가슴이 부어오르는 듯했지만 그래도 머리는 가벼워졌다. 스타키와 펠의 목소리가 들렸다. 그들이 폭탄 해체 작업을 하고 있다는 걸 깨달은 순간 파울스는 웃고 싶었다. 그러나 그는 죽어가고 있었다. 출혈이 무척 심했고, 폐에 피가 들어차는 게 느껴졌다. 그는 다시 기절했다가 한 번 더 그들의 목소리를 들었다. 그는 그들을 볼 수 있을 정도로만 머리를 들어 올렸다. 폭탄이 눈에 들어왔다. 그들이 해냈다. 그들이 폭탄을 해체했다. 순간 존 마이클 파울스는 웃다가 입과 코에서 빨간 거품을 내뿜었다. 그들은 자신들이 살았다고 생각하고 있었다. 자신들이 틀렸다는 걸 몰랐다.

파울스는 일어나려고 온 힘을 불러 모았다.

"펠, 손이 아파요."

펠이 그녀를 붙들고 있었다. 그 순간이 지나가자 그는 기어와 그녀를 팔로 꽉 껴안고 있었다. 이제 그는 무릎으로 몸을 일으켰다.

"전화기가 어디 있죠? 911에 전화할게요."

"우선 열쇠들을 가져와서 날 풀어줘요. 서지 감지기 안에 열쇠들이 있어요. 그게 수갑 열쇠들인 것 같아요."

펠은 바닥에 뒤꿈치를 대고 뒤로 앉았다.

"열쇠들이 있었는데 왜 말하지 않았어요?"

"시간이 많지 않았어요, 펠."

펠은 그제야 모든 긴장을 내려놓듯 깊게 한숨을 내쉬었다. 그는 그녀의 지시대로 열쇠들을 찾아 가져왔다. 손이 풀리자 스타키는 손목을 문질렀다. 피가 돌면서 손이 화끈거렸다.

그때 펠 뒤의 저쪽에서 파울스가 젖은 목으로 끄르륵거리는 소리를 냈다. 그는 곧 소파에서 바닥으로 굴러 떨어졌다.

펠이 휘청거렸다.

"이게 무슨 소리죠?"

스타키는 전혀 놀라지 않았다. 파울스는 젖은 시트처럼 축 처져 있었다.

"파울스예요. 소파에서 떨어졌어요."

스타키가 그를 불렀다.

"파울스? 내 말 들려?"

파울스는 식당 쪽으로 한 손을 뻗었다. 다리가 천천히 기어 나오려는 것처럼 움직였지만 그는 다리를 끌어올릴 수 없었다.

"그자가 뭘 하고 있죠, 스타키?"

"내가 911에 전화해 구급차를 부를게요. 아직 살아 있어요."

스타키는 일어서서 펠을 부축해 일으켰다. 방 저편에서 파울스가 커피 탁자 끝을 지나쳐 조금씩 움직였다. 그가 지나간 자리로 붉은 자국이 남았다.

"거기 그냥 누워 있어, 파울스. 구조 요청 할 거야." 스타키가 말했다.

그녀는 펠을 문 옆에 있게 하고 파울스에게 다가갔다. 그사이 그는 소파 저쪽 끝을 향해 엎드린 채 조금씩 움직였다. 스타키는 곧 그와 나란히 서게 되었다.

"파울스?"

파울스는 불안정하게 등을 바닥에 대고 돌아누워 다시 한 번 그녀 쪽을 향했다. 그때 스타키는 알아챘다. 자신이 폭발물처리 수사관으로 훈련받은 모든 내용이 비명으로 되돌아오고 있었다. **2차다! 항상 2차에 대비해 철수하라!**

그녀는 늘상 벅 다제트가 설교했던 것처럼 2차 폭탄에 대비해 현장에서 철수해야 했다.

파울스는 가슴에 2차 폭탄을 꽉 붙안고 있었다. 그는 피로 얼룩진 미소를 지으며 스타키를 올려다봤다.

"진실을 알면 다쳐."

스타키는 미스터 레드에게서 떨어지려고 몸을 젖혔다. 순간 다리가 움직이지 않는 악몽이 그녀를 사로잡았다. 그녀는 자신을 단단히 잡아매는 바닥을 힘껏 박찼다. 공포가 머리끝까지 차올랐다. 그녀는 천둥처럼 울리는 심장 소리를 들으며 펠이 있는 문을 향해 무섭게 돌진했다.

존 마이클 파울스는 눈동자를 덮은 피의 렌즈를 통해 진홍색 세계를 올려다보았다. 그리고 마침내 자신을 자유롭게 할 은색 버튼을 눌렀다.

스타키는 임대한 집의 현관문을 열고 서서 길 건너 집을 바라보며 담배를 피웠다. 그녀는 건너편 집 사람들을 잘 모르지만, 그 집에 검은 치와와 한 마리가 살고 있다는 것은 알고 있었다. 그 치와와는 뚱뚱했고 못생겨 보였다. 개는 앞뜰에 앉아서 지나가는 모든 것을 향해 짖어댔고, 길 한가운데 서서 차를 향해 짖어댔다. 경적을 울려도 저 빌어먹을 치와와가 비켜주질 않아서 차들은 넓게 에돌아 개 주위를 기어가야 했다. 스타키는 그런 치와와를 보며 그저 웃어넘겼다. 이틀 전 놈이 이쪽으로 건너와 집 진입로에 똥을 싸지르기 전까지만 해도 말이다. 그녀는 놈을 길 건너로 쫓아내려고 했지만 놈은 그대로 선 채 짖어대기만 했다. 이제 그녀는 저 작고 사나운 녀석을 미워했다.

"어디 있어요?"

"담배 피우고 있어요."

"당신 암에 걸릴 거야."

그녀가 웃었다.

"무척이나 낭만적인 이야기를 하는군요."

스타키는 전에 살던 자신의 집으로 이사 가고 싶었다. 하지만 수리를 마치는 데 한 달이 더 걸릴 것이다. 건물 토대 공사를 하고 바닥을 새로 깔고, 전단벽 두 대도 새로 갈아야 하고, 문들도 다 교체해야 한다. 폭발 시 과중한 압력을 받아 온전히 남아 있는 문이 하나도 없었다. 그때 상황이 더 심각해질 수도 있었다. 폭탄이 폭발했을 때 스타키는 출입문에 있는 펠에게 도착했다. 압력파가 초음속 해일처럼 그녀를 덮친 순간 그녀가 펠 쪽으로 걷어차이면서 두 사람은 문 밖으로 내쳐졌다. 그 때문에 살았다. 그들은 현관에 떨어져서 마당으로 굴러 떨어졌다. 둘 다 유리에 베였고, 나무 파편이 몸에 박혔고, 일주일간 아무 소리도 들을 수 없었지만, 어쩌면 그보다 더 안 좋은 상태에 처해질 수도 있었다.

스타키는 담배를 마저 피우고 꽁초를 털어서 뜰로 던졌다. 연기가 그의 눈을 자극하기 때문에 그녀는 집 안에서는 담배를 피우지 않으려고 했다. 그녀는 23일째 술 없이 지내고 있었다. 술을 끊는다면 어쩌면 담배도 떨쳐낼 수 있을 것이다. 변화가 그저 가능한 건 아니었다. 변화를 위해 새로운 시도를 해야 할 것이다.

ATF에서는 눈먼 남자를 기소하지 않기로 했다. 처음에 그 일로 말들이 많았지만, 스타키와 펠이 미스터 레드를 잡았다는 사실이 많이 감안되었다. 심지어 펠은 의료보험 혜택도 그대로 받게 됐다. 근무 중에 실명한 남자에게 의료보험 혜택을 빼앗으려는 사람은 없었다.

스타키는 여전히 소식을 기다리는 중이었다. 그녀는 실력 좋은 경찰공제조합 변호사를 구했고 모건의 지원도 있어서 잘 해낼 것이다. 그녀는 이 달은 휴직했고, 앞으로 심리가 예정되어 있었다. 그녀는 그 심리를 처리하겠다고 한 모건을 믿었다. 켈소가 때때로 전화해서 안부를 물어왔다. 스타키도 그의 소식을 듣는 걸 좋아했다. 베스 마직은 여태 전화 한 통 없었다.

"이리 와요. 당신에게 보여주고 싶은 게 있어."

펠은 언제나 그녀에게 뭔가를 보여주는 것으로 자신이 즐거움을 얻을 수 있다는 듯 말했다. 스타키도 그의 그런 말을 좋아했다. 아주 많이 좋아했다.

펠은 침실 여기저기에 양초를 놓았다. 그는 작고 뭉툭한 촛대에 초를 넣고 받침과 접시에 받쳐서 놓았다. 서랍장과 옷장, 침실용 탁자 두 대 위에서 초가 반짝거렸다. 그녀는 그가 마지막 초를 밝히는 모습을 지켜보았다. 그는 손가락으로 심지를 따라가 그녀의 빅라이터로 불을 붙이고, 접시 위에 손가락으로 초 끝을 아주 조심스레 겨눠서 촛농을 떨어트렸다. 그리고 그 위에 초의 뭉툭한 끝을 세웠다. 그는 어떤 일에도 결코 도움을 청하지 않았다. 그녀가 때때로 도와주겠다고 제안했지만 절대 억지로 돕지는 않았다. 그는 심지어 요리까지 했다. 그가 처음 요리를 하겠다고 나섰을 때 그녀는 엄청 겁을 먹었다.

"뭘 생각하지?"

"아름다워요, 잭."

"당신을 위한 거야."

"고마워요."

"움직이지 마."

"나 여기 있어요."

그가 그녀의 목소리를 따라 침대 가까이로 조금씩 움직여 그녀에게 다가왔다. 그가 그녀를 빗나가 두 걸음 옆으로 갈 터라 그녀가 그의 팔을 붙들었다.

펠은 퇴원 후 스타키와 함께 살고 있었다. 그의 시력은 가버렸다. 그게 끝이었다. 두 사람 다 앞으로의 일은 알지 못했다. 그것은 누구도 알 수 없었다.

스타키는 그를 가까이 끌어당겨서 입을 맞췄다.

"침대로 들어가요, 펠."

그는 천천히 침대로 들어가면서 웃었다. 그녀는 방 곳곳의 차양을 내렸다. 아직 밖이 환했지만 차양을 내리면 차양에 양초의 구릿빛 그림자가 드리워졌다. 때때로 그들이 사랑을 나눈 후에 그녀는 촛불로 동물 그림자를 만들며 그에게 이야기해주곤 했다.

스타키는 옷을 벗어 바닥에 떨어트리고 그의 팔에 안겼다. 그의 손을 잡아 자신의 몸 위로 이끌었다. 그의 손가락들이 그녀의 오래된 상처와 새로 생긴 상처를 스쳐 지나갔다. 그는 그녀의 몸이 손길에 닿으면 그녀가 좋아하는 부분을 만졌다. 그들이 처음 함께했을 때 그녀는 어둠 속에서조차 겁을 먹었다. 그는 자신의 손으로 그녀를 보았다.

"당신은 아름다워, 캐롤."

"당신이나 그렇게 말한다고요"

"내가 그 말을 증명할게."

그녀는 그의 손길에, 그리고 그의 사랑에 숨을 헐떡였다. 스타키는 먼 길을 걸어왔다. 아직 가야 할 길이 더 멀었다. 자신의 삶에서 펠과 함께 가는 길이라면 더 다행일 것이다.

외국 드라마나 영화를 보다 보면 폭탄이 나오는 장면이 있다. 그럴 때 폭탄을 해체하는 방법은 거의 비슷하다. 시한폭탄이 막 터질 것 같은 절체절명의 상황에서 주인공이 타이머에 연결된 아무 전선이나 잡아 뽑는다. 그 순간 타이머가 어이없게도 00:00을 가리키기 바로 직전에 멈추고 한 지역이 통째로 날아갈 뻔했던 위험한 상황이 종료된다. 이렇게 엉성하기 그지없는 해체 방법이 나오거나, 아니면 어린아이 키 정도 되는 작은 로봇을 보내서 폭탄을 회수하거나 두꺼운 보호복을 입은 전문가를 보내는 장면이 짧게 스치고 지나간다. 하지만, 스크린에서 묘사하는 것처럼, 폭탄 해체란 그리 간단한 작업이 아니다. 그럼 폭탄을 어떻게 해체하는가. 만약 폭탄이 폭발했다면 그 사후 처리와 수사는 어떻게 진행되는가. 《데몰리션 엔젤》에서는 폭탄수사관인 주인공을 통해서 기존에 단편적으로 다뤄졌던 폭발물 수사를 본격적으로 그리면서, 드라마나 영화에 등장하지 않았던 스크린 밖 실제 폭탄의 세계로 독자들을 안내한다.

첫 장 정신과의사와의 상담에서 알 수 있듯이, LA경찰국 형사인 주인

446

공 캐롤 스타키는 신체적으로나 정신적으로나 상처가 많은 사람이다. 술 담배에 찌들어 살고 말을 함부로 하고 거친 행동을 하지만, 겉으로 드러난 모습은 3년 전 자신의 심장이 멎었던 폭탄 사고의 여파에서 헤어 나오지 못하고 괴로워하는 자신을 감추기 위한 방어수단에 불과하다. 그런 그녀가 폭발물처리반 시절 함께 근무했던, 그것도 자신처럼 폭탄이 터져서 죽은 동료의 사건을 수사하게 되면서 이야기가 펼쳐진다.

폭탄 파편이 여기저기 흩어져 있고 시신이 널브러져 있는 범죄현장에서부터 수사가 진행되어, 폭탄파편의 수집과, 폭탄의 화학성분 분석, 화학성분의 입수경로 및 관련자 추적, 폭탄 복원 등등 일련의 과정이 차례대로 진행돼서, 《데몰리션 엔젤》은 폭탄 수사에 대한 전체적인 얼개를 그려볼 수 있는 좋은 기회가 된다. 물론, 저자의 공지대로 이 책의 모든 내용은 허구임을 잊지 않는 센스도 필요하다. 폭탄의 위험성에 대해서 누구이 강조하지 않아도 알겠지만, 폭탄이야말로 보고 따라 배우면 안 되기 때문이다.

삼촌 세 명이 경찰이었고 사촌 두 명이 경찰인 친척들 틈에서 자란 로버트 크레이스는 경찰의 수사절차를 취재하다가 우연히 폭발물처리반 수사관들을 알게 되었고, 수사관들의 기술과 특성에 매혹되어 캐롤 스타키라는 인물을 구상했을 때 폭발물처리반 수사관에 대해서 글을 쓰기로 마음먹었다고 한다. 그래서 짧게는 수주에서 길게는 여러 달에 걸쳐, 퍼즐 맞추기같이 길고 지루한 폭탄복원 작업을 해내며 최대한 안전하게 폭탄을 해체하기 위해서 기술을 연마하는 폭발물처리반 수사관들의 면면이 잘 드러나 있다. 또한, 암웨이 제품을 판매하는 마직이나 제산제를 입에 달고 사는 캐롤 같은 형사들의 모습과, LA경찰 권력의 핵심인 파커센터와 일반서 간의 위계 관계, 과학수사부와 폭발물처리반의 사무실 묘사같이 저자의 철저한 취재를 바탕으로 재현된 상황상황마다 실제 LA경찰서의 모습을 보는 듯 세세해서 현장감이 살아나고 있다.

무엇보다도《데몰리션 엔젤》에서는 수사관들 역시 사람이라는 점을 알수 있다. 겉으로는 강한 척 하지만 잭 펠과의 사소한 접촉에도 당황해 하는 캐롤이나, 생활력 강하지만 의지가 될 만한 남자가 필요한 두 아이의 싱글맘인 마직이나, 마직의 음담패설에 얼굴 붉히고 어쩔 줄 몰라 하는 호르헤나, 자신이 발탁한 부하 직원인 캐롤을 끝까지 보살피는 딕 레이턴이나, 권위적이고 허세를 부리지만 나름 균형을 잡을 줄 아는 켈소, 자신의 실수를 지적당하자 버럭 소리를 지르지만 나중에는 끝까지 스타키를 도와주는 거칠지만 속정 깊은 워런 뮬러 역시 우리처럼 다 사람이라는 점이 이 책을 읽는 재미이다. 좋은 날도 있고 안 좋은 날도 있는 일상 속에서 지지고 볶는 사람 냄새 나는 수사관들의 모습이 꽤 볼 만하다.

　그리고 끝까지 읽고 나면, 아 그랬지, 하고 머리를 탁 치는 순간이 온다. 저자가 내내 깔아둔 복선이 마지막에 빛을 발하기 때문이다. 눈치 빠른 독자들은 금세 알아챌 수도 있다. 진실은 저 너머에 있는 것이 아니라, 언제나 가까운 곳에 있으니까. 다만 주의해서 보지 않았을 뿐. 캐롤 스타키가 FBI 10대 수배자 명단에 오르기만을 학수고대하는 사이코패스 폭탄광 미스터 레드를 쫓는 과정을 보면서 날카로운 눈으로 진실을 찾아보길 바란다.

2011년 6월
박진재